中国比较文学年鉴
2009

曹顺庆　王向远　主编

中国社会科学出版社

图书在版编目（CIP）数据

中国比较文学年鉴．2009/曹顺庆，王向远主编．—北京：中国社会科学出版社，2023．3

ISBN 978－7－5227－1272－7

Ⅰ．①中…　Ⅱ．①曹…②王…　Ⅲ．①比较文学—中国—2009—年鉴
Ⅳ．①I0－03

中国国家版本馆 CIP 数据核字（2023）第 024275 号

出 版 人　赵剑英
责任编辑　郭晓鸿
特约编辑　杜若佳
责任校对　师敏革
责任印制　戴　宽

出　　版　中国社会科学出版社
社　　址　北京鼓楼西大街甲 158 号
邮　　编　100720
网　　址　http://www.csspw.cn
发 行 部　010－84083685
门 市 部　010－84029450
经　　销　新华书店及其他书店

印刷装订　北京君升印刷有限公司
版　　次　2023 年 3 月第 1 版
印　　次　2023 年 3 月第 1 次印刷

开　　本　880×1230　1/16
印　　张　36.75
字　　数　875 千字
定　　价　298.00 元

《中国比较文学年鉴》编委会

目　录

Ⅲ 重要论著简介及要目

Ⅳ　大事记

Ⅴ　文献索引

编者说明

比较文学在中国已有一百多年的学术发展史，20 世纪 80 年代以来，已经成为中国学术中最具前沿性、国际性和最具活力的人文学科之一。为中国比较文学编纂年鉴，是中国比较文学学科建设的需要，也是中国比较文学及学术文化进一步繁荣发展的必然要求。

1987 年，北京大学出版社出版了杨周翰和乐黛云主编、张文定编纂的《中国比较文学年鉴 1986》，编辑整理了 1985 年以前中国比较文学学科史上的重要文献。但由于种种原因，《中国比较文学年鉴》此后一直未能续编。鉴于此，四川大学重点建设一流学科中国语言文学与中华文化全球传播，四川大学国家级重点学科比较文学研究基地和北京师范大学比较文学与世界文学研究所与有关方面及有关方面专家教授协商，决定继北大版《年鉴》后继续编纂，到 2012 年底前，分别以一年一卷（2008，2009）、二年一卷（2004—2005，2006—2007）、三年一卷（2001—2003）、五年一卷（1986—1990，1991—1995，1996—2000）的体式，用三四年的时间，以共八卷的规模，陆续编完 1987—2009 年各年度年鉴，补齐了二十多年来年鉴编纂的空缺，陆续出版发行。自 2010 年度后，可做到一年一卷。

《中国比较文学年鉴》的编纂宗旨，是为读者系统全面地提供和保存中国比较文学的信息资料。本着明确学科边界、恪守学术规范、甄别轻重、去粗取精、科学定性、恰当定位的原则，对严格意义上的比较文学成果加以初步的整理、筛选与评介。为此，本年鉴将比较文学分为五个分支学科。

一，比较文学学科理论与学科史研究，包括：①比较文学学科基本理论与方法，②比较文学学术史与学科史研究，③民族文学、区域文学、世界文学的理论与实践问题。

二，比较诗学研究，包括：①中外文论与诗学的平行比较研究，②中外文论与诗学交流史研究，③文化与诗学的跨学科、跨文化研究及相关理论问题。

三，东方比较文学研究，包括：①中国与东方各国文学关系研究，②东方各国文学之间的关系研究。③东方文学的综合研究与总体研究。

四，中西比较文学研究，包括：①中西作家作品比较，②中西各体文学比较，③中国与西方各国文学关系研究（含华人文学的跨文化问题、各国汉学中的比较文学问题），④西方文化文学思潮与中国文学，⑤西方各国文学之间的文学关系与比较研究。

五，翻译文学研究，包括：①翻译文学基本理论与方法论，②翻译文学家及其译作的评论与研究，③中外翻译文学史的研究。

在此基础上，本《年鉴》除卷首的年度概观外，共分五个栏目。一，分支学科研究综述；二，重要论文摘要；三，重要论著简介及要目；四，大事记；五，文献索引。其中，各分支学科综述力求眉目清晰、重点突出，重要成果的遴选力求科学公正，成果摘要与简介力求简明扼要，文献索引的收集编排力求齐全可靠。

在今天的电子化、数字化时代，信息资料的查阅越来越便捷，但即便如此，资料查寻的电子化仅仅是文献资料收集的一种方便快捷的手段。在人文科学的研究中，如果仅仅依赖电子途径查阅资料，就不免造成许多莫名其妙的遗漏。因此，在文献目录的齐全、信息的可靠、编纂的系统化方面，纸质本的《年鉴》及其文献索引仍然是无可替代的。我们希望《中国比较文学年鉴》能为学习与研究者提供方便，也能为今后的中国比较文学学术史与学科史保存基本史料并奠定研究基础。

2009年度中国比较文学概观

曹顺庆　寇淑婷

在中国比较文学百余年的发展历程中，2009年是至关重要的一年，以钱钟书《管锥编》的出版为标志，这一年被认为是中国比较文学走向繁荣的起点。本年度中国学者在比较文学学科理论与学科史、比较诗学、东方比较文学、中西比较文学以及翻译文学等领域的研究都收获了可喜的成就。

第一，在比较文学学科理论与学科史研究方面，2009年度学者们围绕中国比较文学三十年、比较文学危机论等焦点问题展开讨论，为中国比较文学学科理论建设和学科发展贡献智慧与力量。同时，中国学者也通过借鉴外国的“他山之石”，即通过翻译外国的学科理论著作来为国内学者的研究提供参考。

比较文学危机论是关乎比较文学学科生死存亡的大问题，2008年《中国比较文学》杂志刊载了苏珊·巴斯奈特的《二十一世纪比较文学反思》一文，再次引发“危机论”的热议。本年度中国学者关于这一问题的讨论成为焦点，大多数学者直指危机论的荒谬，对其提出了强烈的批判。乐黛云在《“学科之死”与学科之生》中明确认为，中国学界在比较文学研究中具有优势，期待以跨文化对话的方式在中国实现比较文学发展的第三阶段。曹顺庆和王蕾在《失败的预言　过时的药方》一文中，批判了巴斯奈特的欧洲中心主义立场，揭示了这一断言和解决方法的过时性，呼吁中国学界突破影响研究和平行研究的局限，走自我发展的学术创新之路。孙景尧和段静在《巴斯奈特同谁“较劲”，又同什么“较劲”?》中，发掘了巴斯奈特一元欧洲中心比较文学观的理论逻辑，重申了在比较文学研究中全球视野的重要性。刘象愚的《巴斯奈特比较文学“反思”之反思》和严绍璗的《“文学”与“比较文学”同在共存》等文章，都表达出坚持比较文学研究中以文学为本位的观念。

另外，学者们围绕“中国比较文学三十年”的讨论既是对三十年来中国比较文学发展的总结与展望，也是学科理论构建的一个重要支撑。曹顺庆等撰文梳理了中国比较文学的发展脉络，肯定了比较文学中国学派定位的合理性，指出跨文化意义上的阐发法是比较文学中国学派的重要方法论，再次呼吁以跨文明和变异学为基础建设比较文学学科新理论。王向远批判性地指出西方学者对东方文化的隔膜及其对中国学界的闭目塞听的现状，并基于其学术史研究经验，指出中国业已形成了“跨文化诗学”的学术形态，中国已经成为世界比较文学领域的重心，“跨文化诗学”是中国比较文学的形态特征，世界比较文学进入了第三个发展阶段。宋炳辉全面梳理了中国学界在中外文学关系研究方面取得的成就，充分肯定了形象学、译介学等新兴学科的学术前景，并呼吁中国学界全面清理和继承历史悠久的中国古代文学和文化传统，逐步建立起跨越东西方文化的比较研究的视野和范式，实现新世纪中国比较文学新跨越和新发展。孟昭毅系统总结了中国当代比较文学在中外文学关系、译介学、域外汉学与形象学、海外华人文学与流散文学、文学人类学、比较诗学等领域取得的成就，肯定了学界对文学研究及文学性的自始至终的关注。此外，学者们还对三十年来中日比较文学研究、四川比较文学三十年、四川民族文学教学与研究、四川少数民族文学研究与比较文学联姻三十年、湖南比较文学三十年、改革开放三十年蒙古比较文学研究等问题进行了广泛探讨。

在比较文学学科理论方面，变异学与形象学的研究成果显著。2009 年度关于变异学的讨论，从跨文明差异性观念与比较文学变异学建构、老子“有无相生”的哲学思想与变异学、比较文学学科中的影响变异学研究、从变异学审视平行研究的理论缺陷等方面展开研究，进一步深化了变异学的理论范式。学者们对形象学的研究，考察了中国比较文学形象学的发展状况，同时呼吁中国学界要突破西方形象学的研究思路，从中国的实际出发，把握中国形象学的一般特点和特殊形态，真正实现比较文学形象学的本土化。另外，中国学者对外国比较文学理论著作的译介也是本年度的一个亮点。方维规翻译的德国胡戈·狄泽林克的《比较文学导论》一书，注重从历史的发展中阐述问题，以综合的眼光分析问题，同时引证材料丰富翔实、纵横交错，是中国学者全面认识比较文学学科理论的一条路径。在该书中，狄泽林克断言总体文学是比较文学的最高形式，比较是获得总体文学知识的必由之路。由范劲、高晓倩翻译的奥地利学者彼得·V. 齐马的著作《比较文学导论》，探讨了作为对话理论的比较文学、类型学比较、发生学比较、比较性接受研究、文学翻译、分期和文体史等问题，对中国学者的比较文学理论建设具有借鉴意义。

在比较文学学科史研究方面，2009 年度出版的王向远所著《比较文学系谱学》一书，首次从学术理论史的角度切入学科史进行研究，显示出中国学者的学术自信，是中国学者在国际比较文学研究中可以占据一席之地的有力说明，体现出东方学者突破西方中心主义立场的勇气。该书认为，中国比较文学学科理论发展史经历了“历史积淀期”、“学科先声期”和“学科化阶段”三个阶段，并渐次形成三种学术形态——“文学史研究”“文艺学”“跨文化诗学”，同时指出，中国学者在比较文学研究方法上所作的新探索和新表述等，使得世界比较文学进入了第三个发展阶段，其特征是“跨文化诗学”。此外，本年度出版的陈惇的《比较文学基础教程》一书，联系本科教学的实际，改变以往比较文学教材以原理阐述为主、过度追求理论深度的编写思路，加强文学交流史实和文学比较研究的具体论述，体现出比较文学在“全球化”时代的特殊意义。

第二，2009 年度中国学者的比较诗学研究，集中在中国文论话语建构路径、中西诗学对话和东方比较诗学研究等方面。首先，对于中国文论话语的探讨，曹顺庆等学者在文章中指出：面对中国文论的“失语症”，要重建中国文论话语，并提出了重建中国文论话语的三条路径：一，中国文论的当下直接有效性；二，西方文论中国化；三，让中国文论在当代成为主流话语，使中国文论中国化。对于这个问题，黄维樑也强调，要以《文心雕龙》为基础建构中国文学理论体系。这些真知灼见对于中国比较文学发展和中国文论话语建构具有借鉴意义。

在中西比较诗学研究方面，2009 年度出版的《逐点点燃的世界：中西比较诗学发展史论》一书，以宏观的视野对中西比较诗学发生的必然性以及发展历史作了梳理，认为中西比较诗学发生的必然性在于近代以来中西方文化比较意识的增强和中国传统诗学自身发展的必然结果；百年中西比较诗学主要由三大块构成，即中国大陆学者的中西比较诗学、海外华人及港台学者的中西比较诗学、西方学者的中西比较诗学，展现了百年中西比较诗学发展的历程。另外，本年度出版的《对话诗学》一书，从人的对话性和文学的对话性的根源出发，系统而具体地展开对话诗学的本质、范畴、结构，文学对话的场域维度、谱系维度以及文化维度，系统地整合了中西诗学的资源，进行了中西会通的对话诗学的建构，赋予对话理论以新的生长点。此外，本年度出版的《中西语言诗学基本问题比较研究》一书，选取“语言诗学”作为中西诗学比较研究的领域，确立语言哲学的两大基本问题作为透视框架，以“名”与“逻各斯”为基点，以跨文化宏观比较的视野，对中西诗学的基本问题进行系统梳理和比较分析，揭示出中西传统诗学在诗学观念、诗学理想、诗学形态方面的深刻歧异，以及中西诗学精神生成的不同的语言文化逻辑，是一部中西诗学比较研究领域的重要论著。除此以外，中国学者还对中西诗学源头、中外诗歌共享的诗歌理论、跨语际语境下的中国诗学、维柯的《新科学》及其对中西美学的影响、比较美学与艺术批评、中西戏剧审美陌生化思维、华裔汉学家叶嘉莹与中西诗学、新人文主义的中国影迹、巴赫金思想与中国当代文论等问题进行了广泛深入的探讨与研究。

其次，在东方比较诗学研究方面，2009 年度出版的《佛教与六朝诗学》从多个维度分析论证了佛教对六朝诗学的影响原因、影响方式和影响途径，描述出佛教影响六朝诗学的过程和表现，揭示出佛教对中国诗学乃至文化的深广影响。另外，《近代中日文艺学话语的转型及其关系之研究》一书，讨论了日本作为输入西方文艺理论、美学的“中间人”对中国现代文艺学、美学学科的影响，该著作弥补了国内学术界在这一方面研究的不足，为 21 世纪中国文艺理论家、美学家如何重建当代形态的文艺学、美学体系走中西结合的道路提供了可资借鉴的经验。此外，在印度梵语诗学的研究实践中，中国学者还梳理了印度梵语诗学的现代翻译、研究状况以及印度比较诗学的发展过程，并对梵语诗学和西方诗学进行了比较研究，为我们展示了一个尚未关注的领域，打开了中国比较诗学的视野。在个案研究中，学者们的研究集中在中国与东方各国文论和诗学交流史，中国与朝鲜、韩国、日本文论比较研究等方面，选题较为广泛，成果颇丰。例如学者们对《文心雕龙》审美范畴的佛教语源，佛禅话语与金代诗学，辽金诗文话语与佛禅，佛学对钱谦益文学思想的影响，中古汉译佛经偈颂诗学价值，朝鲜汉文学家柳梦寅对柳宗元古文理论的接受与变通，对韩愈古文理论的接受与变通，朝鲜古代“天机论”的形成与发展，陆机《文赋》在韩国的流传与影响，朴齐家的“味”学观与中国诗学的关系，高丽、李朝诗人对黄庭坚诗学的接受与变通，日本古典文论中的“道”“艺道”与中国之“道”，《济北诗话》的“立异”与儒家价值理念，日本江户时代中国文章论的接受及其展开，“美学”从西方经日本到中国，晚清至五四时期“美学”汉语名称的译名流变等问题的探讨，体现出中国学者的学识与研究视野的开阔。

第三，在东方比较文学研究领域，中国学者也取得了一定的成绩，总体观之，中日比较文学研究成果最为丰富。首先，在东方文学总体研究及学科史研究中，本年度出版的《东方古代文学》、《东方近代和现代文学》（上、下）等著作，运用丰富的文学史料、故事和逸闻，以及通俗易懂的文风梳理了东方文学史上的名家名作。学者们还对东方民间文学与东方文学、波斯文学的民族特性，沙特阿拉伯民族文化与文学的基本象征，亚洲文学区域的形成及其特征等问题进行了深入的研究。

2009 年度还发生了一件大事，2009 年 7 月 11 日，中国东方文学、东方学研究的奠基人和开创者季羡林先生逝世。学者们纷纷发文缅怀季先生，围绕这一事件的纪念文章，如王邦维的《我们怎么研究东方文学——缅怀季羡林先生时的感想》、叶舒宪的《季羡林的比较文学研究》等，追溯了季先生对中国东方文学研究以及学科建设的贡献。

其次，中国学者在东亚比较文学研究方面成果较为突出，2009 年度出版的《江户时期的日本诗话》一书属于日本文学理论的研究范畴，反映了日本人对于文学（主要是汉诗文）的性质、特点和作用的观察与认识，诗话中包含着作者的文学批评意识，为研究文学批评史提供了丰富的资料，该书也为了解江户时代的文学思潮变迁和文学理论的消长提供了参考。另外，《日本诗经学史》一书，梳理了中国传统典籍《诗经》在日本萌芽乃至绽放的不同情形，为今后继续重新省视在不同视野下《诗经》的研究意义提供了可能。“日本中国学”是在日本“明治维新”以后近代化的潮流中形成的一种“国别文化研究”，它最显著的特征在于摆脱了传统的“经学主义”文化观念，而以“近代主义”和“理性主义”作为其学术的导向。本年度出版的《日本中国学史稿》一书，在考察、论说日本中国学发展历史时，以一种超越民族和当代的清醒理念、以文献考辨的实证方法，进行客观的研究、启蒙性的论说，体现出中国学者对于历史文化宽广的思考和敏锐的批判意识。此外，《朝鲜半岛汉学史》一书，从半岛汉学的发轫、高丽王朝的汉学、朝鲜王朝的汉学、当代韩国的中国文学研究和韩国现存汉文作品等方面梳理了朝鲜半岛的汉学史。《昭和史的证言：战时体制下的日本文学 1931—1945》一书，以昭和文学中长达十五年的战争文学为基本研究对象，力图突破中国现有的日本文学研究格局，探讨了文学与战争、国家体制及意识形态之间的关系。在个案研究中，学者们还对《剪灯新话》在东亚各国的不同接受、东亚汉文小说的衍变及本土特色、东亚文学语境中的神话故事比较、滩簧小戏与东亚滑稽笑剧传统、鲁迅留日时期“现代”思想的发生与形成、北洋政府时期的留日学人与中国文化的对日传播、谷崎润一郎笔下的中国江南、清末民初文学文本中“日化”语言的淘汰与扬弃、武士道与日本近现代文学、战后日本女性文学萌生的时代土壤、韩国朝鲜文学的概念及其文化审美特征、朝鲜文人对李攀龙诗文的接受与批评、杜牧诗文在朝鲜半岛的流传及其影响、中国古代小说与朝鲜半岛古代小说的渊源发展等学术问题进行了研究。

与东亚比较文学的蓬勃发展相比，南亚、东南亚文学研究成果相对薄弱，其中，中国学者对泰戈尔的研究是 2009 年度的一个焦点。本年度出版的专著《诗人的精神：泰戈尔在中国》，详细地梳理了泰戈尔与中国思想、文化、文学的交流过程，对于推进中国的泰戈尔研究具有重要价值。同时，围绕泰戈尔，学者们还撰写了很多质量较高的学术论文，如《泰戈尔笔下的中国形象》《泰戈尔究竟怎样影响了郭沫若》《文化碰撞与心灵对话——徐志摩“康桥情结”与泰戈尔“人类第三期世界”比较研究》《中印文化哲学：泰戈尔与道家》等文章，都可谓一家之言。另外，在中印文学关系研究中，学者们还对印度作家维克拉姆·赛特笔下的中国题材、印度移民作家芭拉蒂·穆克吉的后殖民书写、中国作家与印度文化的因缘关系、章太炎的语言文化观与印度、《摩诃婆罗多》与《三国演义》的英雄观等问题进行了深入的探讨与研究。此外，中国学者对东南亚文学的研究，主要聚焦以下一些问题，例如中国现代作家游记的南洋情调、形象学视野下的香港文学和新加坡华文文学、从《马来纪年》看古代马来人对中国形象的认知、琉球汉诗、晚清南洋革命派的小说观念及小说品格、泰国的华文小诗、全球化视野下徐志摩的南国书写、菲律宾华文文学对中原文化的坚守与传承、中国明清小说在越南的流传与影响、中国古代小说与越南古代小说的渊源发展，以及印度尼西亚的《覆舟山故事》的叙事结构等，表现出研究内容的丰富和研究视角的广阔。

在西亚和北非文学研究中，学者们对中国回族文学与中亚华裔东干文学、玛卡梅的艺术和文学、阿拉伯“玛卡梅”与中国“苏州评弹”比较、李贽“亦穆亦商”思想与《古兰经》、鲁斯塔姆形象及其在中国的影响、汉文伊斯兰译著的造化流行学说、维吾尔文学中的苏菲神秘主义，以及唐五代词中的胡风与丝绸之路民族诗歌的交流等问题进行了深入的研究。

第四，中西比较文学研究领域一直是中国比较文学研究的重镇。在中国与西方国家文学关系研究中，2009 年度出版的《冷战·民族·文学：新中国“十七年”中外文学关系研究》一书，是国内第一部系统研究中华人民共和国成立后“十七年”（1949—1966）中外文学关系的著作，该书以“冷战”为背景，以史实为基础，将文学关系研究与话语研究相结合，对于深化认识新中国十七年文化思潮和文学特征具有重要启示意义。本年度出版的《比较文学视阈中的中国古典文学》一书，从比较文学的视野，运用西方现代文艺理论，以新的视角对中国古典文学进行重新阐释，尤其侧重于对中国古典小说名著的重新解读与阐发，是中国古典文学研究的新成果，对于全球化视野中的中国古典文学研究具有一定的借鉴意义。《晚清小说中的西方器物形象》一书，通过对晚清小说中西方器物形象进行考察，指出器物对作为整体生活方式的文化有着重要的塑造作用。另外，学者们以中外互为视角的文学关系研究也成为焦点，本年度出版的《百年流变：中国视野下的英国文学史书写》《想象的“互塑”中美叙事文学因缘》《中国当代文学与美国文学》等著作具有代表性。从传播角度对中外文学关系的研究，主要有《英语世界唐宋词研究》《俄苏文学在中国的传播与接受》《巴尔扎克在中国》《唐诗西传史论：以唐诗在英美的传播为中心》《20 世纪文坛上的英伦百合：弗吉尼亚·伍尔夫在中国》《20 世纪〈老子〉的英语译介及其在美国文学中的接受变异研究》《鲁迅域外百年传播史：1909—2008》等著作。

在中西个体文学的比较研究中，2009 年度出版的《英语世界的中国传统戏剧研究与翻译》对中国戏曲的各种艺术形态在海外的传播进行了宏观梳理与研究。另外，本年度出版的《当代中外比较戏剧史论：1949—2000》一书，是一部资料翔实且论证扎实的断代史著，该书对中国当代戏剧发展的三大问题进行了探讨：一是如何对外来戏剧影响进行基于主题选择的汲取和借鉴，二是如何对民族戏剧及文化传统进行现代阐释和创造性转化，三是如何在中与西、传统与现代的交融中创造具有人类普适价值的现代民族话剧。此外，《中国与两河流域神话比较研究》一书，是21世纪初期中国比较神话学领域的一部力作，该书通过中国与两河流域神话的文化比较，总结出不同的文化类型，塑造不同的神话面貌，并认为这正是人类文化多样性的反映。《安徒生童话与中国现代儿童文学》也是一部在比较文学、中国现代文学、中国儿童文学研究领域均具有突出的学术创新性与学术补白价值的著作，该书系统深入地呈现了安徒生童话对中国现代儿童文学的重要影响，清晰地揭示出中国现代儿童文学初创期的发展历程与历史轨迹，从一个独特的研究视角，深入地研究了中国现代文学发展进程中来自外来文化的影响问题。此外，《捷克和斯洛伐克汉学研究》《新移民小说研究》《从族裔声音到经典文学：美国华裔文学的文学性研究及主体反思》等研究也具有重要学术价值。

在中西作家作品比较中，具有代表性的著作如《中国现代作家与尼采》一书，运用影响研究的方法系统梳理了中国现代作家接受尼采思想的历史源流与具体史实，并在此基础上运用哲学阐释学的相关理论探讨这一文化事件所呈现出的思想资源得以丰富的基本规律。另外，本年度出版的《多维视野中的沈从文和福克纳小说》是国内第一部将沈从文与福克纳小说置于中西跨文化语境中进行全面、系统比较研究的著作，该书运用本土化、后现代性、生态美学、宗教学、原型批评等对20世纪世界文学及文化产生重大影响的多维理论视角，对沈从文和福克纳两位作家作品的趋同性和差异性进行了深入系统的分析阐释。

在西方文化文学思潮与中国文学的研究中，2009年度出版的《基督教文化与中国当代文学》一书，通过对基督教文化与中国当代文学关系的系统全面的历史描述，探究了基督教文化对于当下中国文学存在状态与价值建构所具有的学理意义乃至实践的有效性问题。另外，后现代主义在中国，与市场消费话语呈共生状态，对中国文学与文化的影响是全方位的。本年度出版的《后现代主义踪迹与文学本土化研究》一书，将复杂的本土文化积淀、复杂的后现代文化和复杂的当代文化心态，共同交织成当代复杂的文学图景。该书用“文学踪迹”的命题切近中国后现代主义文学影响，探讨了当代文学内在的精神气质。此外，《德国浪漫派与中国原生浪漫主义》一书，对德国浪漫主义与中国浪漫主义诗歌分别进行追根溯源，并进行了总体比较研究。该书以中国学界长期以来对“浪漫主义”概念的混乱使用为契机，清理了原生于中国本土的“浪漫”与西方浪漫主义在理论和实践上的各自特征，并辨析了他们之间的异同和关系。《东海西海之间：晚清使西日记中的文化观察、认证与选择》这部著作以晚清使臣这一特殊人群、晚清使西日记（游记）这一特殊文体作为研究对象，在吸收借鉴前人成果的基础上，独辟蹊径，从中西文化交流的角度研究了晚清日记中所表现出的晚清外交官对中西文化态度的主要分歧。此外，《异国形象：海明威小说中的现代文化寓言》《中国禅与美国文学》《和声与变奏：华美文学文化取向的历史嬗变》《“误读”的方法：新时期西方现代主义文学的传播与接受》等著作也是该领域的代表性成果。

第五，翻译文学研究也是中国比较文学研究中的重要组成部分。在翻译文学基本理论与方法论研究方面，2009年度出版的《汉诗英译主体的多元诗艺关怀》一书，以寒山诗为引子，深入地探讨了汉语诗歌的英语翻译问题，借助译者主体的“诗艺关怀”提出评价译作成功与否的价值标准，并对中国古典诗歌英译事业的问题和前景进行了讨论。另外，《浙籍翻译家翻译艺术》一书所关注的主要是出生在浙江且主要在浙江以及周边江南地区从事翻译活动的文学翻译家及其翻译艺术成就。该书将翻译理论思想的阐述与具体翻译实践的探讨相结合，将宏观的研究综述与微观的翻译文本分析相结合，对浙籍作家的杰出的翻译艺术以及相应的译学思想进行了深入的探讨，这种区域性翻译文学研究的思路和模式，值得提倡和借鉴。此外，《五四时期外国文学翻译研究》一书，以五四时期的外国文学翻译为研究对象，考察了当时社会思潮、政治状况与文学翻译趋向转变的关系，以及文学翻译对我国现代文学的影响，并指出五四时期外国文学翻译对中国翻译理论具有重要影响。在个案研究中，学者们还关注了明治言文一致文体对梁启超的影响、清末民初日语文学的汉译与中国文学的现代转型、现代西班牙汉译文学的译介策略等问题。

在翻译文学家及其译作的评论与研究方面，2009 年度出版的《鲁迅翻译研究》一书，从鲁迅与翻译合作者的关系、鲁迅参与和主持的几套翻译丛书与杂志、鲁迅翻译与创作之间的关系等方面入手，通过对鲁迅翻译的文学作品的研究，从一个独特的角度全面深入地探讨了鲁迅研究中的诸多问题。该书指出鲁迅是思想家型的翻译家，他对翻译作品的选择往往带有自己某方面的深入思考，而其中译本的序跋附记等更是研究鲁迅思想的珍贵文献。另外，《英语世界的中国传统戏剧研究与翻译》一书集中、深入、系统地介绍了英语世界的戏曲研究成果，并特别关注到了西方学者对中国仪式戏剧、傀儡戏、影戏、京剧、粤剧、秧歌戏、藏戏、戏曲音乐、戏曲翻译的研究，对于建设正确的学术话语主体具有重要意义。在个案研究中，学者们关注的焦点集中在林译村上文本在中国大陆的传播、晚清语境中的鲁滨孙汉译、威廉·琼斯对《诗经》的译介等具体问题上。

在中外翻译文学史研究方面，2009 年度出版的《中国的英美文学翻译 1949—2008》一书，回顾了中华人民共和国成立后 17 年间我国的英美文学翻译情况和改革开放后新时期的英美文学翻译情况，分析了英美文学的翻译与出版从“冰冻”到逐步繁荣的原因，充分肯定了出版社及翻译家们所作的努力，并分别选取优秀的出版社、翻译家及其翻译理论进行了重点论述。另外，《中国古典诗歌英文及其他西文语种译作及索引》一书由中外学者共同编纂，是一部检索中外诗歌翻译家和学者所译唐五代以前中国古典诗词的重要工具书。该书收录了 1990 年以来近百种出版在中国大陆、台湾、香港，以及北美洲和欧洲有关唐五代以前古典诗歌的研究著作和翻译作品集，以及少量未被之前的工具书所收录的、出版于 1990 年以前的翻译作品，并为大约 2500 例英、法、德、俄、意大利、西班牙等文种的中国唐五代以前诗歌译作提供了出处（以英文译作为主），对国内外学者检索中国古典诗歌译作以及欣赏和比较不同版本的译作具有重要价值，有助于学者进一步开展中国古典诗歌的翻译研究与教学实践。

从 2009 年度中国比较文学取得的成绩可以看出，中国学者一直活跃在世界比较文学发展的最前沿，在对三十年来中国比较文学取得的成果和经验加以总结和分析的基础上，认为世界比较文学的重心已经转移至中国，中国比较文学是世界比较文学发展的第三阶段，并提出比较文学的中国学派。可以说，中国比较文学呈现出欣欣向荣的气象。

2009 年度中国学者在比较文学学科理论构建、中西比较文学研究领域取得了突出成就，比较诗学、东方比较文学和翻译文学研究也紧随其后，成果喜人。三十年来中国比较文学的繁荣发展，见证了中国社会发展的历史进程，正如比较文学是一门开放的、具有世界视野的学科一样，在全球化的当下，中国社会的发展也步入一个崭新的时代。中国比较文学研究的全体学者，将以崭新的姿态迎接下一个十年、下一个三十年。

Ⅰ　分支学科研究综述

一　2009 年度比较文学学科理论与学科史研究综述

薛英杰

比较文学学科理论与学科史研究位于比较文学发展的最前沿，关乎比较文学的学科定义、研究方法、学术历史及评价等学科根本问题。2009 年，比较文学学科理论与学科史方面的研究在总体上呈现以下特点。（1）与西方学界的悲观情绪以及激进的方法论主张相比，中国学界有关比较文学学科基本理论的探析，表现出高度的学术自信以及相对保守的研究方法取向。（2）以三十年为关键词来梳理国内比较文学学科史的研究成果全面开花，相比之下，学界对国际比较文学学科发展的关注尤显不足。（3）在课程与教材建设研究方面，比较文学教学的分层化、比较文学与世界文学教学相结合的呼声日益高涨。以下将从四个方面具体展示 2009 年比较文学学科理论与学科史的发展概况。

（一）对比较文学基本理论问题的论析

比较文学自诞生之日起，因其跨学科的天然特性、学科名称的含糊不清及学科体制的不稳定性，一直身陷危机论的围攻之中。危机论的思考，关乎比较文学未来的学科走向及出路。历经克罗齐、韦勒克、伯恩海默、巴斯奈特、斯皮瓦克等西方学者的质疑，危机论成了比较文学学科理论建设方面最为引人注目的问题。《中国比较文学》2008 年第 4 期刊载了苏珊·巴斯奈特《二十一世纪比较文学反思》一文的中译本。2009 年该刊陆续推出一系列文章，围绕该文展开了热烈的讨论。

在国际上引起空前反响的《二十一世纪比较文学反思》一文内容堪称丰富尖锐，为中国学界的批驳和反思提供了众多发声地带。第一种反驳的声音从中国比较文学的实际出发，在批判危机论的同时，力求在国际学界中为中国比较文学立名。乐黛云《“学科之死”与学科之生》（《中国比较文学》第 1 期）历数了中国学界的研究优势，期待在文化平等对话基础上实现比较文学发展的第三阶段。乐黛云先生多年来致力于跨文化研究的倡导和实践，2009 年再次发表《跨文化对话的紧迫性及其难点》（《社会科学》第 1 期）、《当代中国比较文学发展中的几个问题》［《北京大学学报》（哲学社会科学版）第 4 期］、《文化转型时期比较文学面临的问题》（《文艺研究》第 6 期）等文章，呼吁在跨文化对话的背景下促进比较文学的繁荣。

既然中国的比较文学并没有陷入危机，那么究竟应该如何在国际视野中对中国比较文学进行定位呢？一方面，比较文学第三阶段论继续高扬自己的理论旗帜，试图作出圆满的回答。王向远《世界比较文学的重心已经移到了中国》（《中国比较文学》第1期）大胆评估了西方学术文章的质量，指出西方学者对东方文化的隔膜及其对中国学界的闭目塞听的现状。并基于深厚的学术史研究经验，论断中国业已形成了“跨文化诗学”的学术形态，成为世界比较文学领域的重心，发出了中国学者不可妄自菲薄的高亢呼声。在他的另一篇《“跨文化诗学”是中国比较文学的形态特征》[《北京师范大学学报》（社会科学版）第3期]中，则历数了中国学者在比较文学研究方法上所作的新探索和新表述，以及在若干分支学科方面的建构和开拓，以翔实的资料证明中国比较文学业已形成了“跨文化诗学”这一新的学术形态与特色，也使世界比较文学进入了第三个发展阶段。

另一方面，以中国学派为中国比较文学正名的呼声也不绝于耳。台湾学者黄维樑《中美学者在“比较文学家之径”上——刘介民编译〈见证中国比较文学三十年〉序》（《中国比较文学》第4期）追溯了中国学派的早期西方宣传者李达三对中国比较文学事业做出的贡献，论及了中国学派的问题，提议将中国学派作为一份对内工作指引，以提醒中华学者努力的方向。曹顺庆、王蕾《比较文学中国学派三十年》（《外国文学研究》第1期）一文延续了以往比较文学中国学派的态度，梳理了其1978年至今的发展脉络，肯定了比较文学中国学派定位的合理性，指出跨文化意义上的阐发法是比较文学中国学派的重要方法论，再次呼吁以跨文明和变异学为基础建设比较文学学科新理论。该文承上启下，是比较文学中国学派的呼吁者在2009年的总结之作。在为比较文学中国学派增砖添瓦的同时，曹顺庆还开始了比较文学发展动力的探索。曹顺庆、王庆《比较文学发展动力研究》[《西南民族大学学报》（人文社会科学版）第9期]、《从比较文学学科发展史看文化软实力》（《江汉论坛》第1期）等文解析了频遭质疑的比较文学仍然焕发生机的外因与内因，从学科发展史的角度发掘了比较文学所暗含的较量文化软实力的深层目的，体现了比较文学学者的政治敏感度。

相对于国内比较文学界整体上的自信和乐观，吴锡民《读渡边洋〈比较文学研究导论〉所想到的几个问题》[《广西师范学院学报》（哲学社会科学版）第1期]以日本学术界为标尺，对比了中日两国的学术态度和学术成果，批判了国内比较学界的“第三阶段”说、脱离文学本位的研究现象以及理论研究的热潮。吴文的论断确有武断之处，例如单纯对比中日两国20世纪80年代的学术成果的做法显然不太合理。80年代是中国学术的解冻期，而当时日本学术界的发展已经相当成熟。但该文犀利的笔锋确实提醒了我国比较文学界尚存在若干问题，可视为督促中国学界向前发展的警示之作。

第二种反驳的声音来自中国学者对巴斯奈特欧洲中心主义立场的批判，这与东方学者特有的学术敏感相契。孙景尧、段静《巴斯奈特同谁“较劲”、又同什么“较劲”?》（《中国比较文学》第1期）发掘了巴斯奈特由一元欧洲中心经典观到一元欧洲中心经典的全球化，再到一元欧洲中心比较文学观的理论逻辑，重申了在比较文学研究中全球视野的重要性。曹顺庆、王蕾《失败的预言　过时的药方》（《中国比较文学》第1期）同样批判了巴斯奈特的欧洲中心主义立场，揭示其断言和解决方法的过时性，呼吁中国学界突破影响研究和平行研究的局限，走上自己的学术自主创新之路。

第三种反驳的声音从巴斯奈特对比较文学的去学科化和研究对象的泛化入手，展示了中国学者在跨学科研究问题上的总体姿态。在文化转向的大潮中，比较文学的界定日益模糊化，固守以文学为本位的比较文学研究和乘文化研究之大潮，成为学界的两种选择。刘象愚《巴斯奈特比较文学“反思”之反思》（《中国比较文学》第 4 期）认为取消比较文学的学科地位只能加深比较文学的危机，以文学中心的研究对象的限定是比较文学走出困境的必由之路。严绍璗《“文学”与“比较文学”同在共存》（《中国比较文学》第 1 期）同样表达了对比较文学研究中文学本位观念的支持。严文犀利地指出了西方比较文学“危机论”者的软肋，即学理阐述与文本研究的分离。作为一门非纯思辨性学科，比较文学的学理应该在广泛深厚的文本阐述的基础上提升发展。刘、严二人的观点基本代表中国学术界的主流看法。面对国外比较文学界在跨学科研究方面的浩荡声势，大部分中国学者表达了自身对非文学本位研究的质疑。许相全《比较文学跨学科研究的另类思考》［《内蒙古农业大学学报》（社会科学版）第 3 期］、王雁飞《跨越中的留守——比较文学的学科处境探究》［《石家庄铁道学院学报》（社会科学版）第 3 期］等文均持比较文学研究的文学本位观点。与中国大陆学者相对保守的立场相比，部分海外学者则显示了对巴斯奈特更多的赞同。张英进在《比较文学是一个跨学科的学科》（《中国比较文学》第 1 期）中认为比较文学的发展已经到了跨国别、跨媒体、跨学科的阶段，建议通过跨语言、跨国别、跨媒体的比较方法，扩大中国比较文学在国际学术对话中的声音。纵观各位专家的论述，比较文学的研究对象究竟何去何从，尚需要中国学界根据自身的研究优势及特色，作出自己的独立选择。

由巴斯奈特掀起的这场争论的另一个核心问题是比较文学与翻译文学的关系。与巴斯奈特将翻译文学独立于比较文学乃至将二者均看作研究方法的做法相比，中国学界的观点更加温和，多采取折中的办法，并未决然放弃翻译文学在比较文学中的从属地位。陈思和在《翻译学与比较文学：两个相切相重的学科》（《中国比较文学》第 2 期）中主张用相切相重一语来形容二者的关系。陈文认为文学性的翻译研究、中外文学关系的译介研究，应当作为比较文学的分支而存在，但翻译的文化意义等非文学元素的研究，则属于翻译学与比较文学学科相重的部分，具有跨学科的意义。章亚琼《比较文学与翻译研究》［《长春理工大学学报》（高教版）第 11 期］同样认为两者之间具有“交而不同”的关系，它们的不同在于两者有各自关注的对象：文学和翻译；它们的相交点在于二者共同关注文学翻译并且都开始文化转向。在该方面的理论探讨中，王富《外延的互逆——“译介学”概念植入的尴尬与反思》（《社会科学战线》第 12 期）一文作为一篇直面西方世界、大胆解析中西学术界之差异的文章，实属难得。王文通过梳理西方学界有关翻译研究的发展状况，回答了译介学概念难以得到国际承认的原因，锐利地指出了相对于译介学将翻译研究从属于比较文学的现状，西方的译本研究派则视其为一门独立学科并涵盖比较文学，与西方学界有关比较文学与翻译研究之间关系的认识相契，因而占据了翻译研究概念的主流。由上可见，如何解决中外学界在认识比较文学与翻译文学关系上的分歧，尚需进一步探讨。

2009 年，《外国文学研究》发表大卫·达姆罗什的《世界文学中的美国色彩》一文

（《外国文学研究》第5期）。尹星《阅读世界文学的挑战与对策——大卫·达姆罗什的〈怎样阅读世界文学〉》（《外国文学》第3期）介绍了美国著名比较文学学者大卫·达姆罗什于2009年3月发表的新著《怎样阅读世界文学》。对大卫·达姆罗什著述的引进与介绍，昭示了中国比较文学界对世界文学概念的关注。关于世界文学概念的讨论，以王宁的两篇文章较有分量。在《比较文学的危机和世界文学的兴盛》（《中国比较文学》第1期）一文中，王宁指出巴斯奈特的看法主要针对西方比较文学的现状，即比较文学的危机和世界文学的兴盛。但在中国，由于比较文学与世界文学已经被合并为一个二级学科，这种危机就不复存在。伴随着全球化的全方位实践，世界文学必然是比较文学的最高阶段。中国的比较文学学者有理由在一个广阔的世界文学语境下从事中西比较文学研究。另一篇《"世界文学"与翻译》（《文艺研究》第3期）从翻译的角度探析世界文学，行文饶有新意，富于反思色彩。王文借鉴戴姆拉什对世界文学的定义，将其划分为三层含义：第一，世界文学是东西方各国优秀文学的经典之汇总；第二，世界文学是我们的文学研究、评价和批评所依据的全球性和跨文化视角和比较的视野；第三，世界文学是通过不同语言的文学的生产、流通、翻译以及批评性选择的一种文学历史演化。在理清世界文学的概念的基础上，王文在本雅明翻译思想的启示下，特别关注翻译在世界文学形成中所发挥的重大作用，重新审视了中国五四时期对翻译的认识。并提出为了让中国文学更加接近世界文学的主流，翻译的重点应该由外译中转移到中译外。此外，岳峰《比较文学视野与世界文学史重构》（《学术交流》第5期）、季红真《全球文明交汇时代的文学——关于世界文学的随想》（《当代作家评论》第6期）均追溯了世界文学的问题。

在国内比较文学学科理论建设的热潮中，2009年两本德语国家的比较文学理论译著的出版为国内学界提供了他山之石。德国著名比较文学家胡戈·狄泽林克的《比较文学导论》由北京师范大学教授方维规翻译，为我们展示了20世纪70年代德语区比较文学的研究实绩。狄氏用语言界限和政治界限定义国别文学的研究领域，相应地将"多国研究材料"和"超国界立场"作为研究比较文学的条件，主张比较文学家要从超国界的立场出发进行跨国研究，来获得对文学的普遍认识。在研究方法方面，狄氏主张建设性地利用影响研究与平行研究的方法，不能厚此薄彼。相对于韦勒克对文学内部研究的重视，狄氏同样关注文学的外部研究，并以此为由确立了欧洲比较文学形象学的合法性，为形象学的真正突破做出了贡献。外国理论著作的翻译不仅能够为理论界注入新的血液，也为中国学界评估自身的学术成果提供了参照。如果说狄泽林克的《比较文学导论》使用的是较为传统的比较文学话语，那么奥地利学者齐马的《比较文学导论》则体现了立足于本民族的理论资源对传统比较文学话语的突破。齐氏的著述深深浸润着自己对比较文学丧失理论锐气的忧虑，并将开展比较文学与其他学科的对话作为解决这一问题的主要路径。因此，齐氏从德国批判理论出发，并借用法国符号主义的术语以丰富比较文学的概念，希望通过社会科学为比较文学奠定基础，使比较文学重新获得人文和社会科学的理论先锋性。译者将此书介绍到中国，其主要目的之一也是希望中国的比较文学将齐马的符号化彻底展开，与德语区的比较文学展开对话。

（二）比较文学理论建设的开拓

2009年，比较文学界的变异学呼声依然高涨。从不同角度为变异学的立论提供理论资源是今年的比较文学界变异学的重要趋向。刘圣鹏《跨文明差异性观念与比较文学变异学建构》［《吉首大学学报》（社会科学版）第2期］从差异性理论的角度声援了比较文学变异学的建构，认为从知识学上梳理比较文学学科的内在动因以及论证差异性研究的合理性，是比较文学的内在逻辑。李天道、魏春艳《“有无相生”与跨文化文学比较》（《当代文坛》第6期）尝试从中国古代文化的角度，为差异性研究提供新的理论资源。老子“有无相生”的哲学思想告诉我们既要承认异质文化的并存，更要推崇异质文化的理解与汇通。在同与异的跨文化比较研究中揭示中西文学的民族特色和独特价值，才能实现比较文学的研究目的。另外，张雨《比较文学学科中的影响变异学研究》［《四川大学学报》（哲学社会科学版）第3期］一文解析了变异学的首要研究领域——影响变异学研究的定义、研究对象和研究领域。邱明丰《从变异学审视平行研究的理论缺陷》（《求索》第3期）重申异质性研究在平行研究中的缺席，是平行研究的重大理论缺陷，亟须变异学研究的参与。王鹏飞《论国际文学关系的两大支柱》（《求索》第11期）将国际文学关系分为实证性和变异性的两种文学关系，认为变异性文学关系的研究是继法美学派之后的另一理论突破。究竟应该如何看待比较文学变异学的发展呢？马淞等《比较文学变异学研究探析》［《西南科技大学学报》（哲学社会科学版）第4期］提出了较为中肯的意见。一方面，变异学理论的提出是对现有学科版块的有机重组，其所建立的差异性研究范式，开辟了比较文学新的研究路径。另一方面，该文也大胆指出了变异学研究的不足。即建立在质疑法美学派研究模式基础上的变异学研究，将法美学派及其研究方法都固定在一个特定的时空环境中，无视当前其学术重心转移的现状。同时，涉及变异学的学术实践尚未形成一种世界范围内普遍的学术趋势，甚至在国内也未达成一致。因此，该文作者期待曹顺庆先生所率领的学术团队继续完善自身的学理建构，并与学术界加强讨论和交流。

形象学自20世纪末进入中国学界的研究视野，在21世纪迅速升温，成为比较文学研究的重要领域。2009年中国学界有关形象学方面的论文，具有两种鲜明趋势。首先，一批学者站在历史和全球的维度上，考察中国比较文学形象学的发展状况，体现了难得的反思意识。尹德翔《比较文学形象学本土化二题》（《求索》第3期）就形象学研究提出了自己的真知灼见。所谓二题，首先提议通过加强中国文献中的西方形象、国内地域文学的异族形象、形象与文学传播的关系等方面的研究，以拓展中国形象学的研究领域，其次呼吁中国学界突破西方形象学的研究思路，从中国的实际出发，把握中国形象学的一般特点和特殊形态。通过以上两种途径，真正实现比较文学形象学的本土化。周宁《跨文化形象学的“东方化”问题》［《福建论坛》（人文社会科学版）第4期］一文以中国学者的身份对世界性的东方主义文化霸权问题进行了形象学方面的关注，体现了较高的理论素养。周文阐述了印度、日本等亚洲国家的中国形象中存在的“自我东方化”与“彼此东方化”的现象，指出自我东方化、去东方化和彼此东方化是解析东方或亚洲国家的中国形象的关键。研究东方的中国形象，最终应该落脚在东方或亚洲现代性的自我建构及其与西方现代性的关系的问题上。伍依兰《形象学在中国的传播、发展与前景》[《社会科学论坛》（学术研究卷）第6期] 指出了中国在形象学研究领域方面的不足，即研究范式缺乏中国特色、较少关注中国文学中的异国形象研究，且时段多集中于中国的近现代。

其次，从中国古代文化中汲取形象学的研究资源，以更新目前的研究思路，也是国内形象学值得关注的一种取向。颜敏《当代比较文学形象学中“想象”设定的问题及其解决》[《惠州学院学报》（社会科学版）第2期] 一文指出，根植于西方二元对立思维的当代比较文学形象学，过于强调想象的创造性和虚拟性，将“我”与“他者”的分立作为理论研究的前提，从而与创作研究实际之间发生了分裂。颜文希望借助中国古代想象理论，改变当代比较文学形象学势不两立的思维，以扩展比较文学的研究领域。让中国古代想象理论与形象学理论的互补更生的建议令人耳目一新，可惜作者并未进行深入的展开。王瑜嘉《中国之“形象”与西方形象学之“形象”比较》（《四川文化产业职业学院学报》第2期）则通过比较中国传统意义上的“形象”与西方形象学之“形象”的异同，反思了中国“形象”研究的弊端。

除了变异学和形象学等比较文学学科理论的开拓建设之外，还有一部分文章另辟蹊径，提出了一系列较有价值的理论问题。李庆本《跨文化研究的三维模式》（《文史哲》第3期）以回返影响的问题为中心，通过分析《赵氏孤儿》、《红楼梦研究》、海德格尔的老庄思想、庞德意象理论等个案，提出了比较文学研究的新模式——跨文化研究的三维模式。该模式着力考察文学文本或理论从中国古代文化到西方文化再到中国现代文化环形旅行的路线图，以说明中国对西方理论的接受视野，变中西二元论为世界文化多元论。李文所关注的研究新路径，为我们展示了比较文学发展的无限可能，也需要更多的学者参与到该研究思路的理论建设中来。此外，邹建军《多维视野中的比较文学研究》（长江文艺出版社）收集了作者最近五年来在比较文学研究方面所发表的主要论文，较为系统地展示了作者在比较文学研究模式、文学伦理学方面的研究成果，其中有关“下潜模式”的说明较为新颖，可资借鉴。在他的带领下，文学地理学的研究也小有声势，2009年度发表的文章有邹建军、刘遥《文学地理学研究的主要领域》（《世界文学评论》第1期），邓岚、潘秋子《“文学作品中的地理空间问题”研讨会综述》（《世界文学评论》第2期），谭芳《地理空间视野下的文学地理学》（《世界文学评论》第2期）。但总体看来，文学地理学尚处于理论的酝酿阶段，具体的个案研究成果值得期待。

（三）中外比较文学学科史研究

比较文学学科史是比较文学学科建设的重要组成部分。梳理中国比较文学学科史，是中国学界系统总结自身发展情况的内在需求。而介绍国际比较文学学科史，则有助于中国学界融入国际学术界，在全球的视野中衡量自身的发展状况。2009年，借着改革开放30周年的春风，中国比较文学学科史研究方面涌现出一批“质”“量”兼备的论文，既包含总结个人成就的回顾之作，也包括从国家、地域等角度展开论述的总结之作。相比之下，国际比较文学学科史的介绍则较为匮乏，是本年度学科史研究美中不足的地方。

2009年在比较学科史研究方面的最大亮点是王向远《比较文学系谱学》（北京师范大学出版社）的出版。该书收集了比较文学学术史上的基本文献，对比较文学学术理论史进行了系统深入的把握，重点阐释和评述了学术理论史中出现的主要人物、关键著述、重要的理论观点和学术现象，为比较文学学科建设归纳出一个理论谱系。从学术理论史的角度切入学科史的研究，在国内外比较文学研究领域中尚属首次。该选题所显示出的学术自信和责任感，是我国学者在国际比较文学研究中可以占据一席之地的有力说明。理论关键词选用的新颖和准确是《比较文学系谱学》的一大特色。该书以“历史积淀期”“学科先声期”“学科化阶段”来概括比较文学学科理论发展史的三个阶段，用“文学史研究”“文艺学”“跨文化诗学”来归纳学科化阶段的比较文学研究所渐次形成的三种学术形态。同时，用“历史积淀”“学科先声”“学理基础”“学科成立”“学科更新”“学术东渐”“跨文化诗学”等七个核心词统领全书的理论框架，为各章的行文厘定了中心，准确地勾勒出学科理论史的发展过程。而具体的论述过程，不时涌现出令人耳目一新的观点。在历史积淀期的阶段，作者将古代阿拉伯、古代印度、朝鲜和日本纳入论述范围，体现了东方学者突破西方中心主义立场的勇气。在学科先声期的阶段，作者使用“比较文学批评”和“比较文学研究”的概念解决了近代与现代学术史的贯通和定位问题，将比较文学研究的学术渊源和学理基础扩展到哲学、社会学、历史学、语言学等领域。在学科化阶段，作者对法国学派、苏联学派、美国学派及其与中国比较文学之间的关系进行了深入辩证的探讨，并以“跨文化诗学”概括中国比较文学的特征。

在单篇论文方面，首先是从个人角度所展开的学科史介绍。2009年7月11日，著名东方文学与比较文学研究专家季羡林在北京辞世。为了纪念季先生为学术界所作出的巨大贡献，学界纷纷撰文总结季先生的学术成就，以激励后学。叶舒宪《季羡林的比较文学研究》（《光明日报》8月25日）在追溯了德国比较神话学和比较语言学的发展历程的基础上，高度评价了季羡林先生在比较文学及东方文学方面的建树，认为季羡林先生所进行的印度梵语文学研究，不仅具有在国内接引西方后殖民主义批判之意义，在国际比较文学界也是打破世界屋脊的阻隔、对中印两国文学之联系进行审视和研究的先例。高旭东《季羡林：学科复兴的主将跨文化研究的典范》（《中国比较文学》第4期）以季羡林先生的吐火罗学研究为中心，声情并茂地讲述了季先生在比较文学研究方面所做出的贡献，盛赞其为往圣继绝学的文化忧患感和跨文化研究的学术素养。在充分肯定季先生学术贡献的同时，也赞赏了其请辞“国学大师”头衔的举动，指出了季先生作为印度学大师、东方学大师的地位。王俊莎《留学与季羡林的比较文学研究》［《科教文汇（上旬刊）》第9期］分析了留学德国十年在季羡林比较文学研究中所发挥的作用。这不仅为他从事比较文学打下了语言文字的工具基础，更为他开阔了“跨文化”

视野，使他具有了世界眼光和胸怀。

此外，吴培显《在比较视野中破解新文学领域的难题——论贾植芳先生的新文学研究》（《中国比较文学》第3期），张莉、郭君臣《贾植芳的比较文学观》[《延安大学学报》（社会科学版）第3期]，杨滓伟《观澜而索源 反本而弥新——曹顺庆文学理论研究述评》（《东方丛刊》第3期），苏义《曹顺庆比较文学变异学产生原因初探》（《学理论》第10期），饶芃子《我与比较文学》[《湘潭大学学报》（哲学社会科学版）第1期]，张白桦《大爱无形——翻译理论家谢天振学术个性中的人文情怀》[《内蒙古工业大学学报》（社会科学版）第1期]，尹凤莉《叶维廉"模子寻根法"的比较文学观管窥》（《牡丹江大学学报》第1期）分别评述了贾植芳、曹顺庆、饶芃子、谢天振、叶维廉在各自学术领域方面所做出的贡献及学术方法。

2009年，"三十年"成为中国比较文学学科史梳理的重要关键词。中外文学关系研究是中国比较文学研究成果最为丰富的领域。宋炳辉《30年中外文学关系研究综述》[《重庆大学学报》（社会科学版）第1期] 全面梳理了中国学界在中外文学关系研究方面所取得的成就，充分肯定了形象学、译介学等新兴学科的学术前景，盘点了富有学术潜力的青年学者，并呼吁中国学界全面梳理和继承历史悠久的中国古代文学和文化传统，以及开埠以来的现代文学和文化传统，借助其他相关学科的共同成果，逐步建立起跨越东西方文化的比较研究的视野和范式，最终超越已有的西方格局，实现21世纪中国比较文学新跨越和新发展。孟昭毅《垦拓与建构的大趋势——中国当代比较文学三十年》（《文学评论》第5期）从研究领域的横向角度，系统总结了中国当代比较文学在中外文学关系、译介学、域外汉学与形象学、海外华人文学与流散文学、文学人类学、比较诗学等研究领域中所取得的成就，肯定了学界对文学研究及文学性的自始至终的关注。这从另一个侧面也反映了作者对比较文学研究对象的思考。王琢《20世纪中日比较文学研究的回顾与展望》[《暨南学报》（哲学社会科学版）第4期] 以1978年为界，将中日比较文学研究划分为漫长摸索期和快速发展期，从历史的角度梳理了20世纪中日比较文学的研究成果。重点介绍了1978年至20世纪末在中日比较文学研究领域所收获的重要专著、论文、译著，也指出了目前的学术成果质与量相背离的问题，希望通过提高比较文学学科理论的修养、加强中日文学交流史的基础研究、应用多种研究方法等手段，提高中日比较文学领域的整体学术质量。

站在历史的拐点上，作为比较文学研究的重镇，四川和湖南的比较文学研究者表现出强烈的地域认同感和自豪感，纷纷发表论文梳理本地比较文学的研究情况，总结本地比较文学的研究特色，是2009年中国比较文学学科史中值得关注的现象。四川学者曹顺庆、王涛《四川比较文学三十年》（《天府新论》第5期）回顾了四川比较文学1978—2008年三十年的成长和发展历程，总结了在四川比较文学的土壤中所诞生的理论命题以及实践成果，肯定了四川学者对中国比较文学以及对世界比较文学学科理论发展所作的历史贡献。此外，杨荣《比较文学视阈下的四川民族文学教学与研究》（《四川文理学院学报》第6期）、《四川少数民族文学研究与比较文学联姻三十年》[《西南民族大学学报》（人文社会科学版）第9期] 等文介绍了在比较文学视域的推动下四川少数民族文学研究所取得的成就，强调了比较文学与民族文学研究相结合的必要性，体现了四川比较文学的另一发展特色。湖南学者宋德发《湖南比较文学三十年》[《湘潭大学学报》(哲学社会科学版)第5期]则剖析了改革开放以来湖南比较文学的发展脉络，特别介绍了在“湖湘文化与世界文学”的研究领域中，湖南比较文学为使自身研究带点“湘味”的努力。我们期盼湖南比较文学在这一极具地方特色的研究方向上进行更多的探索。

此外，万建中、李琼《20世纪比较故事学发展轨辙》(《民族文学研究》第2期)为我们展示了20世纪比较故事学的发展脉络。比较故事学的发生源于学者对相似民间故事的学术兴趣，20世纪80年代以后比较故事学引入了更加多样的研究方法，开始了跨学科、跨专业的比较。文中着重介绍了刘守华在实例比较和理论建构方面所作出的贡献。该文引证丰富，评述精到，足以引起我们对比较故事学的关注。孙景尧《比较文学在当代中国的复兴与发展(1978—2008)——在中国比较文学学会第九届年会暨国际学术研讨会上的学术总结报告》(《中国比较文学》第1期)，陈众议《外国文学与中国文学三十年》(《当代作家评论》第1期)，胡铁生、王延彬《新兴学科的历史发展与时代反思——中国比较文学学科建设的百年回顾与现状评估》[《河南师范大学学报》(哲学社会科学版)第2期]，胡铁生、吕娜《全球化语境下比较文学学科定位的再思考》(《求是学刊》第3期)等文均从国家乃至全球的角度考察了中国比较文学学科的发展历程。

2009年，国际比较文学学科史的研究成果虽然数量较少，但依然有质量较高的论文出现。陈岗龙《改革开放三十年蒙古比较文学研究的回顾与展望》[《内蒙古师范大学学报》(哲学社会科学版)第1期]系统总结了蒙古国以及中国在蒙古比较文学研究方面的成就，详细列举了蒙古文学与突厥语族民族文学、印度文学、藏族文学、汉文学等领域的比较文学研究成果，并指出了目前蒙古比较文学研究的不足。建议从完善蒙古比较文学的理论体系、培养多语种人才等四个方面完善和提升蒙古比较文学的学科建设。该文资料翔实、内容丰富，为比较文学界展示了蒙古比较文学的实绩，印证了当前东方比较文学蓬勃发展的现状。另外，宗争《比较文学之我见——从韦勒克〈文学理论〉出发的“比较文学”探微》(《康定民族师范高等专科学校学报》第4期)，蔡乾、叶惠英《理想的比较文学——阅读艾田伯的〈比较不是理由〉》(《鸡西大学学报》第5期)，吴锡民《来自罗马尼亚“较新”的学术声音——读亚·迪马的〈比较文学引论〉》(《广西教育学院学报》第6期)等文以国外学者的单篇专著为切入点，进行了介绍和分析。

(四) 课程与教材建设研究

中国比较文学蓬勃发展的重要标志是比较文学学科从无到有，逐渐在相关专业的本科、硕士研究生和博士研究生等层面上开设了相关课程。课程设置的有效性和教材编写的合理性，成为比较文学教学研究的核心问题。

在课程教学方面，随着比较文学学科设置的日益完善，教学分层化的需要被提上日程。由于比较文学本身的学习难度较大，如何针对学术准备尚不充足的本科生开展教学的问题，备受学者的关注。王向远《“宏观比较文学”与本科生比较文学课程内容的全面更新》（《中国大学教学》第12期）提出通过以世界文学宏观比较论为主要内容的“宏观比较文学”对本科生的“比较文学概论”课程加以改革，把以学科原理及研究方法为主要内容的“微观比较文学”划归为研究生的教学内容，以此来解决本科生比较文学教学内容的烦琐化、比较文学与西方文论等其他课程的重叠交叉化、研究生与本科生课程的无层次化等的问题。该文是作者在2008年出版《宏观比较文学讲演录》之后对比较文学本科教学的再次呼吁和关注。

鉴于比较文学教学与外国文学教学之间的密切关系，越来越多的教育工作者倡议利用二者相辅相成、互相促进的积极关系，以有效推动比较文学与世界文学的课程改革。胡俊飞《论高校比较文学与世界文学课程互渗式教学模式改革》（《沙洋师范高等专科学校学报》第5期）一文旗帜鲜明地提出比较文学与世界文学课程内容互渗式的教学改革模式：通过在比较文学教学中全面渗透外国文学的内容，来解决比较文学教学的理论化与空洞化的问题；运用比较文学的观念打通外国文学的教学，以克服外国文学教学的线条化与零散化的难题。该文所指出的教学改革方向，日益成为比较文学与世界文学课程改革所讨论的热点。王春景《外国文学教学与比较文学》［《河北师范大学学报》（教育科学版）第11期］主张从比较文学的观念出发改革外国文学课程，并提出增加译本介绍、借鉴比较文学研究成果、在比较中突出文化特性等具体可行的教学建议，以提升文学史课的理论性，培养学生的世界文学眼光，增强课程本身的时代性与学术性。另外，郝岚《比较文学教学与科研资源的共享与整合——一个被忽视的话题》（《中国比较文学》第4期），祁晓冰《多元文化语境下的外国文学教学研究》［《郑州航空工业管理学院学报》（社会科学版）第6期］，吴锡民《“比较文学”课程本科教学刍议》［《广西师范学院学报》（哲学社会科学版）第4期］，赵长征《高等师范院校比较文学课程建设的瓶颈及对策》［《廊坊师范学院学报》（社会科学版）第1期］，庄文泉、焦春燕《我校本科生开设比较文学课的必要性和可行性》（《福建师大福清分校学报》第3期）等文均从不同角度就比较文学的教学问题提出了自己的看法。

在比较文学教材建设方面，有关教材建设的总结工作逐步展开，教材的分层化趋向渐次明显，按照阅读者的学习能力适当设置教材难度的观点已经成为主流。吴家荣、刘萍《论新时期比较文学教材的发展》（《中外文化与文论》第17辑）将新时期比较文学教材建设划分为开创期、繁荣期、创新期三个阶段，总结了各个阶段的教材建设情况。张能泉《近三十年我国比较文学教材编写情况评议》（《湖南科技学院学报》第3期）一文列举了近三十年我国已出版的比较文学教材，对其中部分教材进行了很有见地的评述，切中肯綮地指出了目前比较文学教材依然存在层次性不明确、相似处过多、重复率过高、学术性太强等问题，并提出了改进的意见。谢永新、耿海霞《一本适宜于比较文学初学者的教材——对渡边洋先生〈比较文学研究导论〉的解读》［《广西师范学院学报》（哲学社会科学版）第4期］扼要地介绍了渡边洋的《比较文学研究导论》，赞赏了该书作为一部入门教材在行文上的简明扼要、对本民族学术自主性和独创性的重视以及评价本国学术成果时的客观立场，希望为中国比较文学界的教材编写提供参考。

在教材编写分层化的呼声中，陈惇主编的《比较文学基础教程》（中央广播电视大学出版社）应运而生。该书以适用于本科教学为导向，本着“简化理论，加强对史料和文本的分析”的原则，从学科基本理论、文化交流史、中外文学比较、比较文学的历史与现状等几个方面展开论述，融合理论思辨和案例讨论，并在每节设有学习提示、思考题、参考资料索引，为教师的授课和学生的钻研提供了方便。张铁夫、季水河主编的《新编比较文学教程》（湖南教育出版社）是该书的第三版，相对于 1997 年版和 2000 年版在体例上有了较大变动。相对于原教材的章节分工，改版后的教材更加具有条理性，内容不显得那么驳杂，中编有关比较文学研究类型的论述与比较文学的学术发展相契，显示了进入 21 世纪后中国比较文学的长足进步。杜进主编的《跨文化视野中的比较文学》（安徽人民出版社）则是一本着力突出跨文化的研究背景的比较文学基础教材，可以为人文学科及社会科学等专业所用。

二　2009 年度比较诗学研究综述

刘　璐

比较诗学，旨在探讨人类文学的共同规律。在中国，比较诗学通常被理解为文学理论的跨文化比较研究。同时，与文学理论、文学批评等基本原则与方法密切相关的文化与诗学的跨学科研究，也属于比较诗学的范围。鉴于此，本文将从以下几个方面对 2009 年度中国比较诗学的研究状况加以分析和综述。

（一）比较诗学基本理论问题的探讨与学术史总结

2009 年度对比较诗学基本理论问题和学术史的探讨和总结，依然包括了对比较诗学学科理论与方法的讨论、比较诗学的学科史研究，以及对马克思主义文论在内的西方文论中国化和中国文论的现代转换等问题的探究。

首先，在对比较诗学进行学理探讨的文章中，值得我们注意的有两篇文章。一篇是王柏华、周荣胜的《比较诗学的第三领域——兼论比较诗学与文学理论的关系》（《中国比较文学》第 2 期），作者基于对目前比较文学如何走出中西诗学比较的困境的思考，延续其自身对国际诗学关系史和诗学的跨文化研究两大领域的探究，提出了比较诗学的第三大领域，即理论诗学。总的来说，理论诗学，就是跨学科、跨国界的“理论”研究。作者指出，理论诗学是比较诗学的一大走向；当代的理论本身就是“比较性”的，今天的理论内在地就是比较诗学。并且强调，比较诗学不仅仅是比较文学的一个充满能量的组成部分，而且对比较文学其他领域的健康发展有着不可替代的推动作用。国际诗学关系史和诗学的跨文化研究两大领域的研究都需要理论作指导，因此理论诗学必不可少，但是，这样的文学理论不可能是“一种”大写的理论（THEORY），而是复数的理论（theories），各种多元异质的文学理论，世界流通的文学理论。此外，作者还对中国现有的学术建制，即将比较诗学和文学理论分别归属在比较文学和文艺学两个学科之下，提出了质疑和改进之方法。另一篇是戴前伦的《和而不同：比较诗学错位后的另类范式》（《西南民族大学学报》第 9 期）。作者指出，中国比较诗学几乎自其诞生之日起，就存在着“错位”的偏向，即话语的“西化”错位和范式的“中化”错位。所谓比较诗学话语的“西化”，是指以西方文化为本位和价值取向，运用西方的话语去解读中外文学文本，这是“西方中心主义”的一种表现；而所谓“中化”，就是以中国文化为本位和价值取向，用中国的传统诗学话语系统去解读中西文学文本，力图建立“中国化”的比较诗学话语体系，保持比较诗学的中国精神，这似乎又体现出一种“中国中心主义”。鉴于此，作者主张比较诗学应当“和而不同”，实现平等对话以及“亦中亦西”范式的二次重铸，实现中西诗学的共容（相互宽容、相互包容）、共融（相互融合、加强沟通）、共熔（彼此结合、铸成整体）和共荣（共同进步、共同繁荣）。

在比较诗学学科史研究方面，2009年度值得我们注意的有这样几篇文章。周荣胜的《到了书写比较诗学史的时候吗？——评方汉文主编的〈世界比较诗学史〉》（《文艺研究》第1期）与方汉文的《世界比较诗学史的话语建构——兼及对〈世界比较诗学史〉的评论》（《文艺研究》第8期）两篇文章，围绕着方汉文于2007年主编的《世界比较诗学史》一书，对世界比较诗学史的写作展开了论争。刘耘华的《比较诗学的本土生成》（《东方丛刊》第1期）一文，则简要概括了中国比较诗学的生成过程。另外，尹锡南的《印度梵语诗学研译及比较诗学发展》（《深圳大学学报》第5期）一文，简单明了地勾勒了印度梵语诗学的现代翻译、研究状况以及印度比较诗学的发展过程，为我们展示了一个之前没有得到充分注意的领域，打开了中国比较诗学的视野。此外，向天渊著的《逐点点燃的世界：中西比较诗学发展史论》（文心出版社）一书，在继2008年曹顺庆主编的《中西比较诗学史》之后，再一次以专著的形式对中西比较诗学的发展历史进行了梳理和总结。该著在对中西比较诗学的一些基本概念作了界定，并在以宏观的视野对中西比较诗学发生的必然性以及发展历史作了梳理之后，又选取了王国维、朱光潜、宗白华、钱钟书、王元化、刘若愚、叶维廉和刘小枫等八位中西比较诗学领域的大家，以专章的形式“分析他们的文化身份、知识谱系、话语方式以及在吸取、承传中西学术思想中的得与失”。该著资料翔实准确、思路严谨缜密、点评到位、文风朴实，为中西比较诗学史的梳理作出了重要贡献。

怀着对文论话语、文论研究“西化”的焦虑，如何建构中国自己的原创诗学，如何实现中国古代文论的现代转换、摆脱中国文学理论的“失语症”问题，如何更好地实现西方文论的“中国化”等问题，仍是2009年比较诗学界讨论的一个焦点。虽然关于“中国古代文论的现代转换”这一议题已经提出了十余年，国内学者也提出了自己的见解和主张，但到目前为止，对怎样“转换”以及“转换”后建立一个什么样的体系的问题，还没有深入及切实可行的具体主张。曹顺庆、邱明丰的《重建中国文论话语的三条路径》（《思想战线》第6期）一文指出，面对中国文论的“失语症”，重建中国文论话语中，怎样重建是一个更为重要的问题。并提出了重建中国文论话语的三条路径：第一，中国文论的当下直接有效性；第二，西方文论中国化；第三，让中国文论在当代成为主流话语，使中国文论中国化。黄维樑的《以〈文心雕龙〉为基础建构中国文学理论体系》（《文艺研究》第1期）一文，则对怎样“转换”以及“转换”后建立一个什么样的体系的问题作出了初步的探索。作者指出，《文心雕龙》体大虑周，具有体系性、恒久性、普遍性和实用性，因此可以以它为基础，建构中国文学理论体系。作者以“大同诗学”为目标，在韦勒克、沃伦的《文学理论》的启发下，将这一以

《文心雕龙》为基础的中国文学理论体系分为了文学通论、实际批评及其方法论、文学史及分类文学史三大领域，并提出了一些切实可行的方案。作者还认为，可以以《文心雕龙》的关键概念“情采”“通变”为主轴，同样以《文心雕龙》的内容为基础，建构一个更具中国特色的文学理论体系。可以说，黄文为“中国古代文论的现代转换”以及中国原创诗学的建立提供了一个颇具实用性的方案，让这一话题不再流于表面化和空洞化。

支宇的专著《术语解码：比较美学与艺术批评》（光明日报出版社），以“关键词与术语解码”的方式对美学与艺术诸领域中的30个术语进行了深入的研究与阐释。其中，第二章“东方美学”和第三章“比较美学”都涉及了比较诗学的重要内容和研究领域。在第二章中，作者对东方美学中“内游”“神韵”“格调”“性灵”“肌理”等东方诗学和美学术语作了细致的梳理，并对“失语症”问题及东西方文论差异、美学话语异质性等问题作了重点阐述。在“比较美学”一章中，该著对比较文学和美学的“第三次危机”“双向阐发”“异同比较”“对话理论”“话语融合”“话语变异”等比较诗学重要学理问题进行了分析和探讨。该著内容全面、资料翔实、阐释深入，具有一定的理论深度。

马克思主义文艺理论作为一种外来理论，在中国具有特殊的地位，而如何实现马克思主义文论的“中国化”也是中国文艺理论界与比较诗学界的许多学者关心的问题，关于该问题的讨论也是层出不穷。朱立元等著的《马克思主义文艺理论中国化研究》（经济科学出版社）一书，共计五篇二十章，以马克思主义文艺理论中国化理论探索和具体实践为轴心，分为历史、当下、艺术人类学视野下的思考三个方面，对马克思主义文艺理论中国化论题展开了全方位的研究。此外，这方面的文章也相当多，比较重要的有高迎刚的《马克思主义文论中国化进程的回顾与反思》（《西北师大学报》第2期）、马建辉的《马克思主义美学中国化问题的反思》（《学习与探索》第3期）、郭昭第的《马克思主义文艺理论中国化得失短评》（《文艺理论与批评》第3期）、何雁与熊元义的《当代中国文艺理论的发展与马克思主义美学嬗变》（《南方文坛》第6期）、泓峻的《传统文学观念在20世纪前期中国化马克思主义文论形成中的作用》（《马克思主义美学研究》第1期）、寇鹏程的《马克思人学范式的当代境遇与中国美学建设》（《文学评论》第5期）以及张武军的《“马克思主义中国化”与文艺界“民族形式”运动——兼及对中国当下文艺问题的启示》（《求索》第1期）等。冯宪光的《六十年马克思主义文学理论的译介和研究》（《社会科学战线》第10期）一文，系统总结了中华人民共和国成立60年来，国内学术界对马克思主义文论的译介和研究状况。

（二）中外诗学的平行比较研究

平行研究的方法一直是比较诗学研究中的一种主要方法。2009年度，中外诗学平行研究的论文仍然不少。下面将从古典文论和近现代文论两方面来看中西诗学的平行比较研究，包括以概念、范畴、文论家、文论作品、诗学的整体差异等为中心的比较研究，其中以概念、范畴为中心的平行比较研究最为重要。

首先，在古典文论方面，张世君的《中西叙事概念“间架”与“插曲”辨析》（《文艺理论研究》第 3 期）一文，对比分析了中西方关于叙事结构的两个概念——“间架”和“插曲”。文章从词源学的角度考察了这两个概念，并指出，间架和插曲是两个不同的概念。中国评点家从空间视角评价小说错综复杂的情节，称章回小说结构为间架；西方理论家从时间视角评价小说的线性叙事，称复杂的小说结构为插曲，特称中国章回小说结构为缀段式。作者认为，“间架”概念带有缀段的片段特点，但它更加突出“间架”的空间性特征，其文化内涵丰富，从整体上倾向于人与大地的亲和，追求天人合一的境界，这是缀段式概念所不具有的。近两年来，张世君对明清小说叙事理论的研究以及中西叙事概念的比较研究，都是值得肯定的。陈桐生的《出土竹书心性论与弗洛伊德心理结构学说之比较》（《北方论丛》第 3 期）一文，从进入心理学领域的契机、如何划分心理结构层次和如何看待心性与艺术的关系三方面比较了出土竹书心性论与弗洛伊德的心理结构学说，指出竹书的文艺心理学内容应该引起学界的注意。代迅的《从艺术的功利化到审美的伦理化——中西美学分道扬镳的起点》［《厦门大学学报》（哲学社会科学版）第 5 期］一文，分析了中西美学的异同，认为和西方美学相同的是，中国美学以关注艺术的社会功利性始，和西方美学相异的是，中国美学以艺术的审美伦理化终。造成这种分歧和差异的原因在于，西方社会始终有着强大的宗教传统，而中国社会的宗教观念却历来淡漠；西方思想传统以追求知识本身为目的，中国思想传统则以知行合一和经世致用为旨归。李家骧发表了两篇中西文论比较的文章，一篇是《中西文论之论圆》（《湘潭大学学报》第 2 期），另一篇是《中西文论的运用比例观念》（《邵阳学院学报》第 5 期）。前文认为，中西文论之论圆是一种广泛的现象。中西文论之论圆有同有异，其共同之处在于都表示意味上的象征性、认知感受上的审美性和理论指向上的哲理性；其差异之处则是：中方重韵致、格调，西方重形态、数理。其同是因文学与数学间关系的缘故，其异是中西方的艺术特点、思维惯性、文化传统所造成的。后文指出，中西文论运用比例观念的共同性在于具有传统性、精确性、审美性；其差异性在于中方偏重人情——注重情韵、品格的蕴涵，西方偏重物理——注重物态、数理的推究。王先霈的《中西移情理论之异同》（《沈阳工程学院学报》第 1 期）一文则简要比较了中国本土传统的移情思想与西方的移情理论。2009 年度，《大众文艺》刊登了多篇中西诗学平行比较的文章。如张文彩的《论卡西尔的“净化”观与庄子美学的汇通》（第 17 期）、张杨的《试谈中西方文学理论中的“性格”范畴》（第 12 期）和毕小蕊的《理想的读者——中国古代文论中的“知音”与西方接受美学中的接受者之比较》（第 19 期）等。

在中西近现代文论的比较方面，由于中国近现代文论与西方文论存在着千丝万缕的联系，因此纯粹地对中西近现代文论进行平行比较的研究相对较少。叶朗的《从中国美学的眼光看当代西方美学的若干热点问题》（《文艺研究》第 11 期）一文，植根于中国美学的基本观点，即美和艺术（意象世界）是对“自我”的有限性的超越，是对“物”的实体性的超越，从而回到本然的生活世界，回到人的精神家园这一观点，对当代西方美学的若干热点问题进行了讨论，包括自然美、艺术与非艺术的区分、“艺术的终结”及“日常生活审美化”问题。作者认为，美不是自然物的客观物理属性，美是人与自然的沟通和契合而形成的意象世界，因而它必然受历史的、社会的各种因素的影响，必然受审美主体的审美意识以及审美活动的具体情境的影响，必然包含审美的价值内涵，因此“肯定美学”的理论是不能成立的。其次，艺术与非艺术是应该加以区分的，区分就在于这个作品能不能呈现一个意象世界，能不能使人“感兴”（产生美感）。此外，艺术不可能终结，因为除了哲学，人还需要审美体验活动，因而需要艺术，人通过审美体验活动，超越自我，超越自我与万物的分离，超越主客二分。不同的历史时期，审美活动会具有不同的文化内涵和历史形态，但是决不会消亡。最后，“日常生活审美化”是对大审美经济时代的一种描绘，在这样一个大审美经济时代，审美（体验）的要求越来越广泛地渗透到日常生活的各个方面。这将是人类物质生活高度发展后的必然走向。叶文启示我们，不能迷恋一切西方的新思想和新理论，应该客观看待它们，其中中国自身的一些美学思想是重要参照物。吴兴明、卢迎伏的《为“天道”之光所照亮的一隅——庄子的意义论与20世纪西方文学意义论的视角相关性》（《文艺理论研究》第4期）一文，以文学意义论的视角作为切入点，比较了庄子的“天道论”和海德格尔的“纯粹的所说”、雅各布森的“诗性功能”等20世纪西方文学意义论。文章指出，两者都把诗意的原初源泉追溯到意义的原始之发生，诗意的特殊性在于它的非实用性语用特征，这些实际上就是出自一种独特的眼界，即庄子的“原域”，或者是“就天道而论文”。但庄子与海德格尔和文学语用学也有着根本的分野，包括关注重心的差异和内在指向的差异。陈斯金的《多元语境下的文学真实性》（《南京师范大学文学院学报》第3期）一文，梳理了中西文艺理论界关于文学真实性的各种看法，并认为，在当今多元化的文学语境中，文学真实性也必然是多极的。

除了中西诗学的平行比较外，2009年度还出现了几篇将印度诗学与西方诗学进行比较的文章，即尹锡南的《同中有异：东西“诗人学”理论探幽》（《东方论坛》第3期）、《梵语诗学曲语论和西方诗学比较》（《文艺理论研究》第1期）和《梵语味论诗学和西方诗学比较》（《人文杂志》第3期）。第一篇文章对梵语诗学和西方诗学所共有的“诗人学”思想作了对比分析，认为它们同中有异。并从三方面说明了其异同：首先，两者都有诗歌神授观。其次，两者都十分看重想象力。但西方诗学家对文学想象和幻想进行了区分，而梵语诗学则没有；梵语诗学家把想象力分成文学创作想象力和文学批评想象力，西方诗学则没有这样的划分。最后，在文学借鉴与创作模仿的问题上，两者都有辩证合理的模仿借鉴观。第二篇文章以梵语诗学中注重语言修辞的运用、强调作者主体作用的发挥以及重视读者的审美接受的曲语论为准绳，对婆摩诃、恭多迦等人的诗学观与亚里士多德、提利雅德、瑞恰兹、艾伦·退特、索绪尔、罗兰·巴特、伊瑟尔等西方诗学家或语言学家的理论进行比较，并指出曲语论基本原理仍未过时，梵语诗学研究还有很多学术空间等待我们去开拓。第三篇文章提炼出了梵语诗学和西方诗学中相似的范畴——情由论和艾略特的“客观对应物”；普遍化与非个性化、情感符号、原型论等；波伽的艳情味与弗洛伊德的原欲——进行比较，旨在中西诗学比较之外，引入梵语诗学与西方诗学比较研究的新维度，以丰富中国比较诗学研究的内容。从研究动机和成果来看，尹锡南的这一系列研究都是具有一定意义和价值的，它不仅提供了新的研究维度，还提供了新的研究思路和方法，即以某一概念或范畴为核心，把中西以外的诗学体系也纳入比较的范围之内，形成三维甚至多维立体式的中西比较诗学研究。

专著方面，汪涛的《中西诗学源头辨》（人民出版社）是一本典型的平行比较研究著作。该著以中西比较的“三大块”意识为依归，在分别对西方与中国的诗学源头以及诗学传统进行梳理的基础上，又对中西诗学本体论、方法论及会通目的进行了比较分析。该著极力摒弃以前平行比较的随意性和随机性，提炼出“诗学源头”这一范畴为比较核心，思路清晰，有较浓的思辨色彩和较厚的理论深度。

赵奎英的《中西语言诗学基本问题比较研究》（中国社会科学出版社）一书，选取“语言诗学”作为中西诗学比较研究的领域，确立语言哲学的两大基本问题作为透视框架，以“名”与“逻各斯”为基点，以跨文化宏观比较的视野，运用共时性与历时性相结合的方法，结合对中国语言文字、思维方式和宇宙时空意识的分析，并以动态的历史发展的眼光对中西诗学的基本问题进行系统梳理和比较分析，力图揭示中西传统诗学在诗学观念、诗学理想、诗学形态方面的深刻歧异，以及中西诗学精神生成的不同的语言文化逻辑。曾繁仁在序中指出了该著的许多创新之处，首先，它突破了长期以来几成定式的从“道与逻各斯”对立构建中西诗学比较研究的框架，而是从“名与逻各斯”出发对中西诗学的比较研究进行整体架构；其次，赵奎英对中国古代哲学是否有本体论提出了自己独到的见解，认为根据中国古代文献对“本体”一词的运用以及道家对“名道”关系的认识，中国古代没有西方那种纯粹的逻辑本体论，但有现象化和逻辑化相统一的、以混沌中和为本质特征的“无名本体论”，打破了某些学者断言中国古代没有本体论的看法；最后，作者对重时间轻空间的观点给予了反驳，认为诸种文化现象都表明，中国古代存在着一种浓郁的“空间方位情结”。《中西语言诗学基本问题比较研究》一书，凡53万字，篇幅厚重，观点新颖，见解独到，是一部在中西文学理论比较研究上具有重大突破和重要价值的论著。

杨矗的《对话诗学》（人民出版社），突破了以往只将对话理论局限于巴赫金及其后西方学者的相关论述，而是在自己研究的基础上将“对话”看作一种结构关系和交流模式，从而发现了西方诗学中存在着的一个从古至今的对话体系，并将其推广运用到中国诗学内在对话性的观照之中。由此出发，作者在用历史的眼光及对话理论的视角对中西诗学作了系统的发掘和重新梳理后，又试图进一步建构具有当代意义的新的对话诗学理论和体系。该著自觉地以中西相关哲学为基础，系统地整合了中西诗学的资源，进行了中西会通的对话诗学的建构，赋予了对话诗学新的理论生长点。此外，其材料丰富、理论视野开阔、富有原创性，为比较诗学研究作出了贡献。

（三）最具实绩的研究领域：中外诗学关系史研究

国际诗学关系史的研究，侧重于采用传播—影响研究的方法，有时也会将传播—影响研究的方法与平行研究方法相结合。这是最考察比较诗学研究者学术功力的领域，也是比较诗学研究中最具实绩的领域。2009年度中外诗学关系的研究是一大亮点，无论是在研究的数量方面，还是在研究质量方面，都大大超过了中外诗学的平行研究。

大体上，中外诗学关系包括中西诗学关系和东方诗学关系两方面。其中，中西诗学占了很大一部分，主要有对单个文论家或文学流派的个案研究、对某一概念或思潮的比较研究以及中外诗学总体关系的研究等。

2009年度，在概念、范畴的引进、译介和演变的研究上，有一定的突破，出现了几篇质量较高的论文。首先是鄂霞、王确的两篇文章：《美学关键词“崇高”的生成和流变》（《文艺争鸣》第11期）和《晚清至五四时期“美学”汉语名称的译名流变》（《东北师大学报》第5期）。前者从译介学角度出发，深入细致地考察了西方美学关键词“崇高”在中国的生成流变以及中国学者对其理解的曲折复杂过程。作者注意到了由于译名误差而导致的误读现象：作为西方“崇高”范畴的中译名而出现的“壮美”，却常被替换成中国古典美学中“阳刚之美”的同义词，并被用来与西方的“崇高”概念作对比研究。后者则梳理了晚清至五四时期“美学”一词的汉语译名的流变，并对“美学”这一译名作了反思和质疑。此外，鄂霞的《“浪漫”概念在中国近代的缘起与演变》（《长春师范学院学报》第11期）一文，从梳理概念入手，揭示了“浪漫”这一术语在中国近代的发展演变历程，并分析了中国“浪漫主义”与西方“浪漫主义”的区别。支宇的《“仿真叙事”：从“符号政治经济学批判”到“去现实主义化”——一个西方后现代主义文论关键词在中国的话语个案》（《社会科学研究》第6期）一文，解析了“仿真叙事”这一西方后现代主义文论关键词从西方到中国的创造性的话语变异过程，并试图揭示中国当代语境与西方后现代文论在文化交往和诗学对话过程中流传、模仿、挪用与重构等复杂的话语关系。总之，对概念、范畴的引进、译介和演变的研究，揭示了译名翻译问题以及文化、语境的差异所带来的理解上的误读与错位现象。

个案研究仍是许多学者热衷的研究领域。所谓个案研究，主要是以中国近现代某一文学理论家与西方诗学或西方文学理论家的关系为研究对象，探讨其对外来思想资源的接受、改造和超越。2009年度，王国维、宗白华、闻一多、朱光潜、钱钟书、胡风、瞿秋白等依然是个案研究关注的主要人物。

关于王国维，有李晓华的《西方哲学与中国文学熔铸而成的“天才之作”——王国维〈人间词〉的审美意象剖析》（《中国比较文学》第1期），李艳丰的《王国维〈人间词话〉的生命之思——以悲观主义理论为视点》（《船山学刊》第1期），郑玉明的《再论王国维的“古雅说”与中西诗学传统——兼同罗钢先生商榷》（《浙江工业大学学报》第3期），余颖的《融合中西超越中西——论王国维“境界说”对叔本华美学的借鉴》（《阴山学刊》第1期），郭彧的《从〈红楼梦评论〉看王国维的悲剧思想》（《大众文艺》第24期），胡建升、杨茜的《融汇中西的文体探索——论王国维的文体思想》（《社会科学论坛》第10期），罗钢的《本与末——王国维“境界说”与中国古代诗学传统关系的再思考》（《文史哲》第1期），俞晓霞的《欲望超脱与生命自由——王国维与席勒美育思想比较》（《文艺争鸣》第1期）和卢春红的《古雅说：王国维与康德之间的“文化互读”》（《哲学动态》第6期）等文章。其中，罗文对王国维关于“境界”与“兴趣”、“神韵”的本末划分这一学界一直以来所赞同的观点提出了质疑。文章以文本为基，层层深入，透彻地剖析了“境界说”的渊源与本质，指出王国维的

“境界说”源于以叔本华“直观说”为代表的西方美学传统，而“兴趣说”“神韵说”植根于中国古代“比兴”的诗学原则，二者之间并不存在一种“本”与“末”的关系，王国维的“本末说”本身恰恰是近代东西方不平等文化关系的一种历史写照。其论证可谓翔实有力。

关于钱钟书，焦亚东的《“非线形阅读”与钱锺书文学批评的双重语境》（《宁夏社会科学》第6期）一文，以西方互文性理论所倡导的“非线性阅读”为参照，剖析了钱钟书文学批评的双重语境。许丽青的《诗、画、乐：瑞恰慈与钱钟书评论之比较》（《福建论坛》第12期）一文，比较了瑞恰慈和钱钟书关于诗歌、绘画、音乐的评论。袁仕萍的《打通：寻找中西共同的诗心文心——对钱钟书中西比较诗学观的梳理和研究方法的剖析》（《世界文学评论》第2期）一文，则梳理了钱钟书中西比较诗学观，剖析了钱钟书中西比较文学的研究方法。

关于郭沫若，姚春树、汪文顶的《论郭沫若和康德》（《中国比较文学》第2期）一文，从郭沫若小说中的康德形象、以康德美学思想作为理论支柱的浪漫主义文艺观、以康德为参照阐释中国传统文化三个方面，概述了郭沫若对康德的传播与接受。此外，夏敏的《厨川白村：郭沫若吸收唯美主义的重要中介》（《郭沫若学刊》第3期）和刘静的《生命的文学：郭沫若与厨川白村》（《重庆师范大学学报》第5期）两篇文章，则同时注意到了郭沫若与厨川白村的关系问题。前者通过将郭沫若的《批评—欣赏—检察》一文与厨川白村的《近代文学十讲》进行比较对照，发现郭沫若对唯美主义批评的认识与厨川白村的介绍密不可分。后者则分析了郭沫若生命文学观的形成与厨川白村文艺思想的关系。

关于瞿秋白，杨慧的《瞿秋白对现实主义的正名和对自然主义的批评——从〈“现实”〉的中俄文文本对勘说起》（《中国现代文学研究丛刊》第2期）一文，从译介学角度，通过对瞿秋白的编译文集《“现实”》的中俄文本进行比照，分析了瞿秋白对现实主义的“正名”以及对自然主义的批判，认为其对中国“现实主义”的发展作出了很大的理论贡献。

关于朱光潜，夏中义、曹谦的《中西“汇通”、“半汇通”及“未汇通”——朱光潜〈诗论〉的方法论细读》（《学术月刊》第10期）一文，从“技”“艺”“道”三方面考察了朱光潜《诗论》的“中西汇通”情况，指出了其得失优劣。2009年度，贵州人民出版社还出版了朱光潜先生的《维柯的〈新科学〉及其对中西美学的影响》一书。其中，朱光潜着重阐发的是维柯三个方面的思想：“认识真理凭创造”，“人类世界是由人类自己创造出来的”，有关形象思维的思想。此外，书中朱光潜还简要分析了维柯对西方哲学的革新，以及维柯和克罗齐对我国美学界的影响。

关于闻一多，卢惠余发表了几篇文章研究其与美国意象派之间的关系。其中，《闻一多与美国意象派研究述评》（《学术论坛》第1期）和《闻一多与美国意象派研究中几个问题的辨正》（《河南社会科学》第5期）两篇文章，对闻一多与美国意象派这一课题的研究历程进行了梳理，并对相关问题的研究进行了思考，提出了新观点。他的另一篇文章《美国意象派对闻一多诗歌创作的影响》（《深圳大学学报》第6期），则分析了美国意象派对闻一多诗歌创作的影响，指出闻一多的意象诗在凝聚了中国古典意象诗精华的同时又吸收了美国现代意象诗的营养。此外，罗先友的《论闻一多诗学中的世界文化视野》（《江西社会科学》第4期）一文则从闻一多的诗学思想和著述出发，浅析了其中所蕴含的中西文化比较视野。

关于胡风，谢刚的《胡风与浪漫主义》（《合肥学院学报》第3期）一文，探讨了胡风文艺思想与浪漫主义的关系，指出其文艺思想的浪漫主义特征源于两个因素：一是西欧浪漫主义和“五四”浪漫主义文学作品的影响，二是对厨川白村与苏联作协“革命浪漫主义”文学理论的接受。

关于陈铨，黄怀军的《陈铨与尼采》（《中国文学研究》第1期）一文，从对尼采的介绍、研究和阐释以及在文学作品中对尼采思想的发挥两方面，梳理了“战国策派”成员陈铨对尼采的传播和接受过程。并指出，其接受尼采有对尼采学说的神圣化和对尼采学说作功利化甚至政治化的解读两个特征，其这样做的原因在于试图借助尼采学说以帮助国人确立“内心的新精神”，推动新一轮思想启蒙。此外，他的《田汉、成仿吾与尼采》（《湖湘论坛》第3期）一文，分析了尼采对田汉和成仿吾的影响，以及田汉、成仿吾对尼采“超人说”的误读。

2009年度，以西方某位文论家在他国的译介与接受、对他国文论的影响为研究对象的个案研究也不少。宋春香出版了两部论著：《他者文化语境中的狂欢理论》（中国社会科学出版社）和《巴赫金思想与中国当代文论》（知识产权出版社）。前者主要考察了狂欢与宗教（主要是多神教和基督教）丰富的渊源关系及巴赫金狂欢理论内容中的宗教文化内涵。后者则系统考察了巴赫金思想在中国当代文论中的接受历程，从美学文学叙事、美学文化、美学哲学思辨三个层面解析了中国对巴赫金复调小说的接受。作者指出，巴赫金思想的中国化历程不仅丰富了中国当代文论的话语阐释资源，而且也折射着中国新时期文论的当代走向——以开放性的姿态日益昭显着走向多元、走向开放、走向综合对话的文脉趋向。而来自复调的平等意识、来自狂欢的文化解读力，来自对话的方法论意义，更是引领着人文学科未来发展的潮头。论文方面，邱岚的《格林布拉特与中国当代文化诗学》（《西南民族大学学报》第4期）一文，是国内第一篇以格林布拉特与中国诗学的关系为题的论文。文章简要介绍了中国对格林布拉特的译介和研究，重点分析了由格林布拉特的“文化诗学”理论催生出的两种具有代表性的中国当代“文化诗学”研究。杨冬的《百年中国批评史中的“勃兰兑斯问题”——关于勃兰兑斯在中国的译介与接受》（《文艺争鸣》第1期）一文，是对其2005年发表的文章《认同与误读：勃兰兑斯在中国的世纪之旅》（《探索与争鸣》第4期）的深化，梳理了从鲁迅《摩罗诗力说》起，勃兰兑斯及其《十九世纪文学主流》在中国的百年译介与接受历程；详细深入地分析了百年来中国对勃兰兑斯的接受视野和理解误区。2009年研究瑞恰慈在中国的译介、传播与接受的论文有：黑龙江大学翟硕的硕士学位论文《瑞恰慈在中国的接受情况研究》、陈越的《重审与辨正——瑞恰慈文艺理论在现代中国的译介与反应》（《中国现代文学研究丛刊》第2期）以及葛桂录的《I. A. 瑞恰慈与中西文化交流》（《福建师范大学学报》第2期）。其中，葛文从文论思想、“包容诗”观念、《孟子论心：多义性实验》和基本英语运动几个方面阐述了瑞恰慈与中国哲学、文学的关系，并分析了中国学者对瑞恰慈的接受，作者指出，瑞恰慈作为一个典范的实践批评家，其批评理念及操作方法，对中国现代文学批评实践体系的建构具有重要的借鉴意义。支宇的《雷纳·韦勒克对中国新时期文论的影响及其话语变异》（《学习与探索》第5期）一文，考察了韦勒克对新时期中国文学“内部研究”、审美主义话语形态以及中国比较文学学科三方面的影响，并分析了韦勒克文论在中国的话语变异。此外，这类论文还有曾军的《问题意识的对话——中国巴赫金接受30年的回顾与反思》（《学习与探索》第5期）、王兴文的《德里达文学理论批评在中国的变异》（《阴山学刊》第3期）、梁呐的《艾略特与中国诗学》（《理论界》第2期）、崔海妍的《弗吉尼亚·伍尔夫“双性同体”理论在中国的接受和影响》（《妇女研究论丛》第5期）等。

2009年度，以西方某一文学思潮、文学流派为中心，研究其在中国的传播与影响的也不少。其中，对英美新批评、精神分析学说、存在主义文学以及新人文主义在中国的传播和影响的研究，相对较多。

关于英美新批评，赵毅衡、姜武的《英美“新批评”在中国“新时期”——历史、研究和影响回顾》（《学习与探索》第5期）一文，回顾了中国学界对英美“新批评”的译介和研究，并考察了“新批评”对中国文论、文学批评以及文学教育的影响。而赵毅衡的《新批评与当代批判理论》（《英美文学研究论丛》第2期）一文，除了介绍新批评理论在中国的30年历程外，还回顾了形式文论，特别是符号学和叙述学在中国的发展；肯定了新批评以及整个形式文论对当代文论发展做出的重要贡献。这类文章还有龚武的《新批评与中国现代文学》（《求索》第4期）和王金龙的《英美“新批评”理论的中国化》（《许昌学院学报》第6期）。胡燕春也发表了关于“新批评”在中国的译介和接受的研究文章——《新批评派在中国的接受与启示》（《新疆大学学报》第2期）。但在胡燕春的研究中，最值得我们注意的还是其探讨新批评与海外汉学界的中国文学研究的关系的一系列研究文章，可谓独辟蹊径。其《新批评派与美国汉学界的中国现当代文学研究》（《南京师范大学文学院学报》第2期）和《新批评派与美国汉学界的中国文学研究》（《福建师范大学学报》第2期）就是这方面的代表文章。后文是对前文的扩展，其以浦安迪、宇文所安、刘若愚、叶维廉、夏志清、李欧梵、康正果、奚密等学者的研究为例，较为系统深入地梳理和阐释了美国汉学界的中国古典文学和中国现当代文学研究与新批评派的诸种研究范式之间的关系。

关于精神分析学说与中国文学的关系，有刘智跃的一系列文章：《心理叙事美论——精神分析学说与新时期中国小说美学新质研究》（《湖南社会科学》第2期）、《精神分析与新时期创作心理研究》（《湖南科技学院学报》第2期）、《精神分析学说与新时期中国小说的美学现代性——精神分析学说与新时期中国小说美学新质研究之一》（《湘潭师范学院学报》第2期）、《精神分析与新时期小说中的个人无意识主体观》（《湘潭大学学报》第2期）以及《论精神分析主体观及对新时期小说的影响》（《常熟理工学院学报》第5期）等。

关于存在主义，杨经建发表了一系列文章阐述其与中国文学的关系，主要有《五四文学与存在主义》（《厦门大学学报》第3期）、《启蒙主义语境中的存在主义选择——论20世纪中国存在主义文学的历史文化语境》（《广东社会科学》第4期）、《从超越性到世俗性——20世纪中国存在主义文学“本土化”表征之一》（《天津社会科学》第6

期）、《从存在的焦虑到生存的忧患——20世纪中国存在主义文学“本土化”论之二》（《浙江学刊》第5期）、《存在的“危机”与“边缘”的存在——再论20世纪中国存在主义文学“边缘性”》（《人文杂志》第2期）等。这些文章梳理了存在主义与五四文学的关系，认为“五四文学”与“存在主义”的价值关系实质上是指世纪初中国文学“现代性焦虑”所导致的典型症候。文章还从具体文本入手分析了“从超越性到世俗性”“从存在的焦虑到生存的忧患”这两个存在主义“本土化”特征。可以说，杨文为我们看待和研究中国20世纪文学提供了一个新的视角。

关于新人文主义在中国的传播、接受与影响的研究，2009年度取得了重大突破。论文有李怡的《新人文主义视野中的吴宓与梁实秋》（《汕头大学学报》第2期）、朱寿桐的《“哈佛三杰”与新人文主义意念理性》（《现代中国文化与文学》第1期）、李广琼的《自主选择与理论渊源——学衡派对新人文主义的接受方式和接受形态》（《中国文学研究》第3期）、蔡龙威的《新人文主义思想的中国信徒——对吴宓与白璧德的源流关系及吴宓贯彻新人文主义思想具体实践的考察》（《大庆师范学院学报》第1期）等。其中，李怡在文章中认为，从吴宓到梁实秋，我们看到的是新人文主义理想如何自然地融入中国现代文学理想的过程；而吴宓和梁实秋所共同存在的中西融合的理想，是白璧德新人文主义扎根于中国现代文化、寻找到来自中国文化内部支持的基本方式。白璧德是新人文主义思想的代表人物，曾教授过梅光迪、吴宓、汤用彤、梁实秋等中国学生，其思想通过《学衡》杂志传入中国，对20世纪二三十年代的中国思想界、文学界产生过一定的影响。段怀清等编的《新人文主义思潮　白璧德在中国》（江西高校出版社）便整理收录了吴宓、梅光迪、梁实秋、胡适、鲁迅等人的相关文章。朱寿桐的著作《新人文主义的中国影迹》（中国社会科学出版社）则是对新人文主义与中国现代思想、文学关系的系统性研究。作者在对西方新人文主义的概念、发展以及理论特征作了详细的界定和概括之后，系统地揭示了中国现代文学和文化运作中新人文主义的基本范畴，将白璧德的新人文主义输导到中国现代思想界和文化界的骨干人物如现代人文主义的先驱者辜鸿铭，学衡派文人吴宓、梅光迪等，新月派批评家梁实秋等，以及后来的新儒学家，甚至包括后来转向人文主义的林语堂，都与这种人文主义有着相当的学术联系和理论联系。该著作将辜鸿铭阿诺尔德式的近代人文观念以及新儒学人文主义纳入新人文主义的价值视野进行审视与评骘，从而较为科学地完成了对新人文主义中国影迹的历史把握。该书是国内第一部对白璧德新人文主义与中国现代思想和文学关系作全面系统研究的著作，填补了学术的空白，意义巨大。

此外，研究西方某一文学思潮、文学流派在中国的传播与影响的文章还有：赵毅衡的《我们需要补一个“语言转折”吗？——形式文论在中国六十年》（《西南民族大学学报》第9期），陈建华、耿海英的《俄国形式主义文论在中国30年》（《学习与探索》第5期），陈希的《论中国现代派诗对意象主义的接受》（《文学评论》第5期），戴冠青的《西方叙事学理论对中国文学批评的影响》（《江西社会科学》第10期），方卫平的《西方学术资源与当代中国儿童文学理论建设：兼谈“当代西方儿童文学和儿童文学理论译丛”》（《文艺报》第3期），林精华的《俄国现代主义在中国的艰难旅行》（《外国文学研究》第4期），王钟陵的《典型论在中国二十世纪三四十年代的内涵、争论与运用》(《学术交流》第1期)，马大康的《接受美学在中国》(《东方丛刊》第4期)以及许霆的《中国诗人移植十四行体的文化意义》(《文艺理论研究》第5期)和《中国诗人移植十四行体格律论》(《中国比较文学》第4期)等。

在中外诗学关系的总体、综合研究方面，主要论文有王一川的《外国文论在中国六十年(1949—2009)》(《当代文坛》第5期)、李媛媛的《他山之石：60年外国文艺理论的译介及影响》(《理论学刊》第12期)、张杰的《俄苏诗学理论在中国的接受》(《俄罗斯文艺》第3期)等。其中，王文细致地考察了外国文论在中国的六十年历程，梳理出了四次转向，即政治论范式主导期、审美论范式主导期、符号论范式主导期和跨学科范式主导期，并分析了这四次转向的动力和特色，可谓见解独到。

就中外诗学关系的总体、综合研究而言，专著研究成果则更显著、更有分量。冯黎明的《走向全球化：论西方现代文论在当代中国文学理论界的传播与影响》(中国社会科学出版社)一书，以改革开放以来中国文学学术界引进、译介和运用西方现代文学理论的历史实践为研究对象，系统完整地考察了20世纪晚期中国学术界译介西方现代文论的过程，深入剖析了现代性西学东渐在中国思想文化界引发的历史变革。全书辑录、梳理了改革开放以来译介西方现代文论的成果，按照历史发展的过程描述了现代性西学东渐的展开程序，并用大量资料阐述了现代性西学东渐的结果，如意义经验的个人化、总体性思维的消解、元叙事的置换，等等。作者认为，20世纪晚期的现代性西学东渐语境中，中国思想文化的最大变革表现为总体性历史元叙事的解体，而存在的问题则表现为现代性焦虑和文化身份的迷失。该专著紧紧抓住“现代性”西学东渐这一核心，从历史支点、历史程序、逻辑程序和困境多方面来考察，具有较高的理论视野和理论架构。在附录部分，作者还叙述了对相关学术问题的思考，包括“文学性”概念的本质、汉语文学的文学性特质、文学理论的学科身份、文学理论的知识学属性等。

2009年度，在中国与东方各国文论和诗学交流史研究方面，收获颇丰。

其中，在中印诗学的交流研究方面，本年度的研究目光仍集中在佛教对中国古代诗学的影响上。刘艳芬的三篇文章《试析六朝诗学韵范畴的佛教影响因子》(《内蒙古社会科学》第2期)、《试析佛教“神”范畴对六朝诗学的影响》(《青海社会科学》第5期)和《试论佛教对六朝诗学“味”范畴的影响作用》(《社会科学辑刊》第6期)，分别考察了佛教对六朝诗学的韵范畴、“神”范畴和“味”范畴的影响，丰富了六朝诗学研究。普慧的《〈文心雕龙〉审美范畴的佛教语源》(《文学评论》第3期)和陶礼天的《〈文心雕龙〉与佛学关系再探》(《陕西师范大学学报》第1期)，则探讨了六朝诗学巨著——《文心雕龙》——与佛教的关系。前者从语源学和发生学的角度，细致考察了《文心雕龙》中“文心”“般若”“圆通”“虚静”“性灵”“物色”“体性”等审美范畴与佛教哲学的关系，有助于我们进一步准确把握《文心雕龙》审美范畴的内涵与外延。后者概述了此前学界对《文心雕龙》与佛学关系这一问题的研究状况，并提出了自己的研究主张，即应该重视“语词分析”的方法，从佛教中国化的角度来分析，从佛学思想给当时带来的“新问题”进而使“旧传统”如何被作出“新诠释”的角度来讨论。刘达科的《佛禅话语与金代诗学》(《社会科学战线》第12期)一文，从

“师心说”、“圆成说”和“佛禅与诗通补说”三个重要的理论命题出发，考察了金代诗学对佛禅话语、思维和表达方式的参借和运用。其另一篇文章《辽金诗文话语与佛禅》（《晋中学院学报》第6期），从借用佛禅意像、使用佛禅故实和引用佛禅语汇三个方面分析了佛禅对辽金诗文作品的渗透。师雅惠的《佛境文心——试论佛学对钱谦益文学思想的影响》（《中国社会科学院研究生院学报》第2期）一文，则分析了佛学对钱谦益的“鼻观”说及其文学追求的影响。孙尚勇的《中古汉译佛经偈颂诗学价值述略》（《宗教学研究》第4期）一文，则分析了中古汉译佛经偈颂对中国古代诗体、诗歌艺术的影响。

在中国与朝鲜、韩国文论的交流方面，曹春茹写了一系列文章，其中，《朝鲜汉文学家柳梦寅对柳宗元古文理论的接受与变通——以“文以明道”“旁推交通”为例》（《邵阳学院学报》第2期）和《朝鲜汉文学家柳梦寅对韩愈古文理论的接受与变通——以“文以明道”和“不平则鸣”为例》（《社会科学论坛》第8期）两篇文章，探讨了朝鲜王朝中期著名汉文学家柳梦寅对柳宗元、韩愈古文理论的接受与变通。蔡美花、郭美善的《朝鲜古代“天机论”的形成与发展》（《延边大学学报》第6期）一文，从影响研究的角度，分析了朝鲜古代对中国“天机论”的接受、批评和展开、发扬。并指出，在中国文论中的“天机”概念仅停留在古代艺术理论初级阶段，还没有发展成为内涵丰富的美学思维范畴；但在朝鲜，“天机”概念既没有脱离本来的载体，又在朝鲜朝后期发展成为一个独特的诗论概念范畴，具有更高层次的美学思想内涵。杨焄的《陆机〈文赋〉在韩国的流传与影响》（《文艺理论研究》第6期）一文，简要概括了陆机《文赋》在韩国的流传，及其对韩国的文学创作、文学评论以及哲学、科举等文化领域的影响。此外，《东疆学刊》第2期也刊登了两篇中朝文论关系的研究文章。金哲的《朴齐家的“味”学观与中国诗学的关系》一文，细致考察了朴齐家的“味”学观，分析了其“味”学观与中国诗学的关系。马金科的《论高丽、李朝诗人对黄庭坚诗学的接受与变通》一文，分析了高丽、李朝诗人对黄庭坚诗学的接受和变通，对黄庭坚在中国诗学发展史上的地位和作用的肯定。

在中日文论关系研究方面，2009年度也取得了丰硕的成果。王向远的《道通为一——日本古典文论中的“道”、“艺道”与中国之“道”》（《吉林大学社会科学学报》第6期）一文，探讨了日本古典文论与古典美学中的“道”和中国哲学与文论中的“道”的密切关系。作者指出，“道”从中国传到日本后，失去了其作为本原与终极本体的最高抽象意义。日本古代文论对中国之“道”的理解，受制于日本儒学对“道”的“人道”及“圣人之道”的规定，同时又回避了儒学之“道”中“性”“理”的抽象内涵，而专指学问或学艺。“道”由此而与日本古典文论产生了密切关系并成为日本古典文论的元范畴，以“道”为中心产生了“和歌道”“连歌道”“俳谐道”“能乐道”等一系列相关文论概念并最终形成了统括性的范畴——“艺道”。《船山学刊》第2期和第3期登载了两篇研究日本第一部狭义的诗话作品《济北诗话》与中国思想、诗学的关系的论文。一篇是黄威的《论宋代诗学思想对日本〈济北诗话〉之影响》，论述了我国宋代诗学思想对《济北诗话》的影响。另一篇是段丽惠的《〈济北诗话〉的“立异”与儒家价值理念》，其从诗话的质疑立异出发，认为《济北诗话》的作者虎关所持的儒家价值理念促使其在品评人物、综论诗歌时，对中国诗话时有批驳，而这种理念的形成与其自身社会学术背景及异域文化接受有关。乔秀岩、宋红的《关于〈文选〉的注释、版刻与流传——以日本足利学校藏宋刊明州本六臣注〈文选〉为中心》（《东南大学学报》第 2 期）一文，梳理了《文选》版刻、注释与流传中的历史文化变迁，并讨论了足利藏明州本的重要版本价值。另外，日本学者副岛一郎的《日本江户时代中国文章论的接受及其展开》（《中华文史论丛》第 4 期）一文，梳理介绍了日本江户时期对中国宋代文章论的接受背景和过程。江户时期日本人致力于"古文"创作，实现了对"儒教"的再发现，创造出了日本独有的学术——"古学"，并由此产生了日本的国学。宋学的文章论借由《古文真宝后集》的流传而渗透到了社会各个阶级，催生出了江户时代的多种文艺样式。副岛一郎希望借此文论证"一种文化在他种文化圈中传播时所出现的一个折射现象"。

此外，近现代时期日本作为中西文化交流的桥梁作用，受到了研究者的重视。陈望衡、周茂凤的《"美学"：从西方经日本到中国》（《艺术百家》第 5 期）一文指出，中国对"美学"概念的引入，经历了从西方经日本再到中国的过程。在日本，西周、中江兆民和菊池大麓在翻译、介绍西方美学方面做了出色的启蒙工作。而在中国，王国维、吕澂、鲁迅、范寿康、陈望道等对近代美学概念、美学思想的引入、传播、普及以及美育的实施，都做出了巨大的贡献。鄂霞、王确的《晚清至五四时期"美学"汉语名称的译名流变》（《东北师大学报》第 5 期）一文，在考察"美学"一词的汉译流变时，也重点提到了日本译名对汉语译名的影响。张旭春的《文学理论的西学东渐——本间久雄〈文学概论〉的西学渊源考》（《中国比较文学》第 4 期）一文，分析了本间久雄的《文学概论》对温切斯特的《文学批评原理》和哈德森的《文学研究入门》两部西方著作的借鉴、挪用和融会。并指出，由"从温切斯特/哈德森到本间久雄再到田汉"所代表的理论旅行（theory travel）路线，构成了 20 世纪初文艺理论西学东渐的路径之一，因此也是我们考察中国现代文艺理论以及文艺学之发生所必须关注的问题。

在 2009 年度中国与东方各国文论、诗学关系的研究中，有两部专著值得重视。

一是刘艳芬在其博士论文基础上修改而成的专著《佛教与六朝诗学》（中国社会科学出版社）。该书运用比较研究和影响研究的方法，对佛教对六朝诗学的影响关系作了系统分析和集中阐述。作者选取了主体、意象和范畴三个方面为切入点，分别考察了佛教对士族文人思维方式、诗人人生观和审美观、诗论家诗学观念和诗论方法的影响，揭示了"镜""花""水""月"等佛教意象对六朝诗歌文本的影响和渗透，研究了"色""空""神"等佛教重要范畴对六朝诗学的影响，探讨了佛教思想对"韵""律""味"等六朝诗学范畴的影响和催生作用。总的说来，该书史料翔实、角度新颖、分析深入，以点带面，从理论层面把握了佛教影响六朝诗学的原因、方式、过程和表现。

二是彭修银、皮俊珺等著的《近代中日文艺学话语的转型及其关系之研究》（人民出版社）一书。该著从传统与现代这一大的文化语境中探讨了日本作为输入西方文艺理论、美学的"中间人"对中国现代文艺学、美学学科的影响。全书从促成影响发生的主要因素、影响的主要特征、学科的奠基、基本理论体系的建构四个方面进行分析，对日本作为输入西方文论的"中间人"对王国维、梁启超文艺思想和美学话语的影响作了细致的考察，追述了日本近代的几位有影响的艺术理论家，梳理了中日近代“美术”“美学”“文艺学”“文艺美学”等一系列重要概念的形成过程，并深入分析了日本的中介因素对中国艺术史写作模式的影响。近代以来，日本作为输入西方艺术理论的“中间人”对中国文艺学科由古典形态向现代形态的转换而产生的重大影响，该著作弥补了国内学术界在这一方面研究的不足。它对近现代中日引进西方文论、促使中日文艺理论及文艺理论家从古典向现代转换问题的分析，为21世纪中国文艺理论家、美学家重建当代形态的文艺学和美学体系，走中西结合的道路，提供了可资借鉴的经验。

（四）对海外中国文学理论研究的介绍和探讨

近年来，对海外汉学家的学术思想以及学术成果的研究逐渐成为热点，宇文所安、刘若愚、叶维廉、夏志清、叶嘉莹等都成了学者们的研究对象。2009年度，关于这方面的研究也不少。

2009年度，学者们最为关注的是宇文所安。浙江大学陈小亮的博士学位论文《论宇文所安的唐代诗歌史与诗学研究》，系统地介绍了宇文所安对中国唐代诗歌史及诗学的研究，指出了其所存在的方法论矛盾以及文化误读等问题。此外，徐志啸的《文学史及宫廷诗、京城诗——宇文所安唐诗研究论析》（《中国文化研究》第1期）一文，以宇文所安的《初唐诗》《盛唐诗》为对象，从文学史、宫廷诗和京城诗三方面分析了宇文所安的唐诗研究。蒋艳萍的《文学批评的诗意表达——谈宇文所安的论文言说方式》（《山西师大学报》第2期）一文，则考察了宇文所安对西方惯有的分析式研究模式和术语霸权的批判，以及他对中国传统文学批评的价值再认识，对一种融通中西的新型文学批评言说模式的创造。相关论文还有陈小亮的《贾岛五律与佛教戒律的类比之误：以宇文所安的晚唐诗研究为例》（《浙江学刊》第2期）（为其博士学位论文的一节）、陈橙的《宇文所安对中国文学经典选编之贡献》（《求索》第11期）、王敏的《宇文所安的中国文学史观及文学史研究法》［《深圳大学学报》（人文社会科学版）第6期］等。

关于叶维廉，主要文章有闫月珍的《艺道合一：中国美学品格的现代建构——叶维廉阐释道家自然论的历史语境》（《浙江学刊》第6期）、蒋述卓和郑焕钊的《接续历史的整体之思——浅析叶维廉对中国现代文学研究的反思》（《暨南学报》第4期）等。香港学者张万民的《辩者有不见：当叶维廉遭遇宇文所安》（《文艺理论研究》第4期）一文，则比较了叶维廉和宇文所安的中国诗学研究，指出他们从不同的诗人出发，发掘出了中国诗学的不同传统，但他们都存在共同的误区，即为了突出中西文学思想的不同，各自从西方理论中找出一种二元对立的模式，并将这种模式套用在中西文学的对立上。

徐志啸著的《华裔汉学家叶嘉莹与中西诗学》（学苑出版社）一书，以叶嘉莹及其诗学研究为对象，在跨文化视野中考察了她的学术生涯、王国维研究、中西诗学比较研究、中西文学比较研究、运用西方文论评说中国古诗等方面的内容，并总结了叶嘉莹中西诗学研究的特点以及其对传统诗学研究的贡献，对叶嘉莹的生平学术和思想作了详细的分析。对叶嘉莹的研究，还有山东大学张春华的博士学位论文《叶嘉莹中国古典诗词诠释体系研究》，从对中西诗学思想的借鉴两方面考察了叶嘉莹对中国古典诗词的诠释和研究。朱巧云的《混沌之思——论叶嘉莹的诗学理想》（《江苏社会科学》第1期）一文，则概述了叶嘉莹的诗学理想。对刘若愚的研究有两篇文章：一是黄立的《跨文化视野中的刘若愚词学理论研究》（《西南民族大学学报》第9期），二是蒋童、钟厚涛的《话语抵抗与理论构建——刘若愚中国古代文论的英语翻译研究》（《文艺理论研究》第5期）。前者从跨文化的角度分析了刘若愚的词学研究体系；后者则从译介学的角度考察了刘若愚对中国古代文论的翻译和研究。张锦的《夏志清"感时忧国"说对内地学界的影响》（《赣南师范学院学报》第2期）、《夏志清对中国现当代文学研究的影响》（《长沙大学学报》第3期）等文，则考察了夏志清的中国现代小说史研究对新时期以来内地学界的中国现当代文学研究的影响。

另外，徐志啸的《异域女学者的独特视角》（《苏州大学学报》第2期）一文，介绍了美籍华裔学者孙康宜的中国古代文学和文化研究。彭松的《对抗与交融中的中西文学关系——论高利克的中国现代文学研究》（《兰州学刊》第3期）一文，则注意到了捷克学派重要学者高利克的中国现代文学研究。黄立、白冰的《西方女性主义词学研究》（《当代文坛》第3期）一文，则介绍了女性主义文论在西方学者词学研究中的运用。

也有论文从总体、综合的角度对海外学者的中国诗学和比较诗学的研究成果加以概述和反思。如前文提到的胡燕春的关于新批评与海外汉学界的中国文学研究的一系列研究文章。徐志啸的《美国学者中国古代诗学研究方法综述》（《古典文学知识》第1期）一文，从中国古代诗歌研究、中西诗学比较和中西文学的总体碰撞方式三个方面，概括性地介绍了美国学者的中国古代诗歌及诗学的研究方法。田俊武的《当代欧洲学者视野中的中国当代文学》（《当代文坛》第3期）一文，则考察了以德国、法国、丹麦、荷兰和瑞典等为代表的欧洲国家对中国当代文学的研究现状。韩军的《语言问题与比较视阈下的中国诗学研究》（《文化与诗学》第1期）一文，则从语言问题切入，来考察欧美汉学界对中国诗学的研究。

韩军的《跨语际语境下的中国诗学研究》（《华中师范大学出版社）一书，选取了近年来在国内中国诗学及比较诗学研究领域影响最大的五位海外学者——刘若愚、叶维廉、叶嘉莹、宇文所安和弗朗索瓦·于连——作为研究对象，对他们的主要研究成果、学术见解、研究方法与特色进行了详细而准确的介绍和点评，同时对他们的一些观点提出了商榷。作者并没有对研究对象进行面面俱到的分析和评述，而是以敏锐的眼光抓住了研究对象的核心问题，以比较的视野来评介对象的观点，行文明白晓畅，语言准确精练。李春青在为该著作序时指出，"这部论著具有一种探索的风格——既不是对现成的观点进行一般性评述，也不是按照研究对象的逻辑去思考，而是从自己的固有立场出发去审视对象：发现其价值，指出其偏颇，暴露其悖谬。因此这部论著就具有了某种非研究对象本身所能提供的很强的启发性，这可以说是评介性论著的高境界了"。

除了对西方汉学家的研究外，也有一些学者将目光投向了日本的汉学研究。其中，最重要的是胡建次、邱美琼编译的《日本学者中国古典诗学研究主要文献目录 1900—2007》（百花洲文艺出版社）。该书按时间顺序收录了20世纪以来日本学者中国古典诗学研究成果，虽然只是文献索引目录，并没有对日本的古典诗学研究作任何阐释，但其收录的数量之大，足以让我们对其工作成果加以肯定。它全面地向中国学术界展示了日本的中国古典文学研究，对国内古典文学研究具有重要的参考意义和价值。此外，相关的论文还有胡建次的《20世纪以来日本学者南北朝诗歌研究述要（一）》（《许昌学院学报》第6期）和日本学者萩原正树的《日本的中国词学研究及新进展》（《长沙理工大学学报》第3期）。前者主要从一般通论性研究、不同类别诗歌研究、文学集团研究、《玉台新咏》研究、诗作语词研究及诗学史实考论研究六个方面考察了20世纪日本学者对中国南北朝诗歌的研究情况。后者则主要介绍了日本学者对中国词学的研究。由于中日文学交流历史悠长，日本学者对中国文学，尤其是中国古典文学的研究成果十分丰富，因此对日本学者的中国古典文学研究的介绍，不仅能扩大中国学界的视野，也对我国古典诗学研究界具有重要的参照与借鉴意义。

（五）生态批评

环境问题是当今世界面对的重大问题，对此文学界也对其作了深入的思考，环境与文学的关系逐渐受到学界的重视，其中最重要的当属近十年来出现和崛起的“生态批评”。2009年度也有一些学者从理论的角度和比较诗学的视野对其进行研究探讨。首先，王岳川的《生态文学与生态批评的当代价值》（《北京大学学报》第2期）一文，对生态文化的发端、生态文学的特征及价值取向、生态批评的发展与基本特征进行了深度研究和考辨，强调应该从人类价值中断入手对东西方前沿话语加以整合，优化生态文化对人的生存意义的指导性，在生态文化东西方互动中坚持人类精神价值整体创新。代迅的《从牧歌到挽歌：人对自然的审美关系的变迁与生态美学问题》（《社会科学战线》第4期）一文，采用跨文化的视角，从文学艺术中所描绘的自然入手，讨论了人对自然审美关系的历史变迁，进而探索了生态美学理论架构中的主要问题，包括如何摆脱对于生态哲学的附属，获得自己独立的学术话语，真正成为美学的理论等。鲁枢元的《生态批评视域中“自然”的涵义》（《广西民族大学学报》第3期）一文，从生态批评的视野，运用中西比较的方法，在历史演进、时代变迁的过程中阐释了“自然”的含义。胡志红的《中国生态批评十五年：危机与转机——比较文学视野》（《当代文坛》第4期）一文，从比较文学的视野出发，简要梳理了十五年来中国生态批评的发展状况，指出了其面临的理论困境，并提出了一些应对策略。石平萍的《美国少数族裔生态批评：历史与现状》（《当代外国文学》第2期）和《美国少数族裔生态批评在中国》（《解放军外国语学院学报》第3期）两篇文章，回顾了美国少数族裔生态批评的发展历程，总结了其理论话语和批评实践的主要特点和缺憾；并评述了美国少数族裔生态批评在中国的现状。此外，相关文章还有胡志红、刘圣鹏的《生态批评对田园主义文学传统的解构与重构——从作为意识形态工具的自然走向生态自然》（《社会科学战线》第9期）、刘文良的《本土精神：生态批评的创新之基》（《中国文学研究》第4期）、查日新的《西方生态批评的自然观》（《国外理论动态》第2期）、徐国超的《中国本土生态批评理论的深层建构——略论鲁枢元的生态批评研究》（《文艺争鸣》第1期）等。

综观2009年中国比较诗学的研究，成果丰硕，成绩可喜，无论是专著，还是论文，都涌现了大量优秀作品，既有文献考证翔实、功底扎实的实证研究，也有融通古今、会通中外、具有深厚理论素养的平行研究。无论是在研究对象的丰富和深化上，还是在研究方法的完善上，2009年度都做出了重大成绩和突破。总体来看，2009年度比较诗学研究的重大突破主要表现在以下几个方面：首先，在关于摆脱中国文学理论的“失语症”、实现中国古代文论的现代转换的问题上，学术界提出了一些更为切实可行的方案，如黄维梁所倡导的以《文心雕龙》为基础核心的中国文论体系的建构。这表明学术界在肯定“失语症”现象的基础上，已经开始积极地探索解决方案，并业已取得了初步成果，当然究竟如何重建中国文论以及最终建成的问题，还有待学者们继续探讨和努力。其次，在平行比较方面，许多优秀的平行比较论著和论文都已突破了以往流于表面的异同比较，而是以西方文论为参照重新发现中国传统文论的价值，或是以中国传统文艺精神为基准对当今西方热点美学问题进行评述，更有纵古通今、融会中西、显示出广阔视野和深厚理论素养的平行比较专著和文章。此外，许多研究者还力图突破已成定式的结论，试图从新的角度对问题作出新的解答，锐意创新，成果显著；也有研究者力图打破中西二维比较范式，引入印度等新的比较维度，扩大了平行比较的视野。而在以传播—影响方法为主的中外诗学关系的研究方面，2009年度也取得了丰硕而优质的成果。其中最引人注目的是东方比较诗学研究的崛起，虽然目前由于学科体制、研究者规模等诸多因素的影响，中西诗学关系研究仍占主导地位，东方各国诗学关系研究较为欠缺，但今年东方比较诗学研究的成果有了显著的增长，且质量都较高。中印、中朝/中韩、中日的诗学关系都为研究者所关注，而日本作为沟通中西的桥梁，其中介作用也受到越来越多研究者的注意。在中西诗学关系研究方面，概念、范畴的引进、译介、传播和误读受到了研究者的重视，新批评、新人文主义等西方思潮、流派等在中国的影响也进入了总结阶段，出现了许多优秀著作和文章。近年来，对海外汉学家的学术思想以及学术成果的研究逐渐兴起，但其以人物为研究对象，易陷入简单的学术史、传记史的概述当中而缺乏明确的问题意识。2009年，便有优秀的学者力图克服这种缺陷，以明确的问题意识为导向，以研究对象的核心观点以及核心问题为思考重点，进行问题式的反思研究，取得了显著成果。在生态批评研究方面，研究者也努力深化其理论内涵，开掘新的研究点，以期为中国当代文学理论建设做出贡献。

三　2009年度东方比较文学研究综述

郭雪妮

（一）东方文学总体研究及学科史研究述评

2009年度东方文学总体研究及学科史研究呈稳步前行状态，在东方文学史论、东方古代文学、近现代文学专论领域均有编著出现，其中尤以吉林文史出版社推出的《文学名家名著故事全集·外国卷》系列引人注目，2009年8月，该系列东方文学部分推出三部编著，分别是张竹筠著《东方古代文学》、刘妍著《东方近代和现代文学（上）》、裴丹莹著《东方近代和现代文学（下）》，虽然贯通东方古代、近现代文学，但正如该出版选题计划的那样，这三部著作既非一般意义上的东方文学断代史研究专著，也非专论东方文学进程、思潮流派、文体风格等，而是聚焦于那些少为人知又富于文学意味的重要史料、故事和逸闻，以通俗易懂的文风讲述东方文学中的名家名著故事，因此其作为严肃的学术性专著的色彩并不强。

2009年度关于东方文学整体研究的学术论文中，首先应注意黎跃进先生发表的《东方现代民族主义文学的典型形态论》[《重庆大学学报》（社会科学版）第1期] 和《东方启蒙文学与民族主义文学的关系》（《广东社会科学》第4期），这两篇文章都以东方现代民族主义文学为研究对象，指出20世纪初至60年代是东方现代民族主义文学思潮发展最为成熟和典型的阶段，而东方启蒙文学是东方现代民族主义文学的早期形态，这从东方启蒙文学的创作主体、主题和题材可以得到充分的论证。另外，东方现代民族主义文学思潮的共同原则和特征是：反对殖民统治、要求民族独立的主题思想和功利性、现实性的审美追求。如果说上述研究将东方现代民族主义文学的研究带向了一个新的高度，那么陈岗龙先生《东方民间文学与东方文学》[《辽东学院学报》（社会科学版）第1期] 则在东方文学最传统的研究领域——东方民间文学研究中开拓了新领域。陈文指出东方各国的民间文学共同构成了东方民间文学的实质内容，但目前东方民间文学的研究状况还基本处于“一国民间文学”的阶段，各国的研究状况很不平衡。研究东方民间文学首先要关注民间文学的口头传统，而“重复”和“程式化”是其最主要的特征。在提出研究东方民间文学的方法之后，陈文还关注到了东方民间文学的学科建设问题，指出既要继承东方文学研究的成果，还要吸收民间文学界的理论，逐步建构东方民间文学的理论结构和体系。这种对学科的自觉意识和对研究现状的清醒判断，为未来的东方文学整体研究树立了榜样。

2009年7月11日，季羡林先生逝世。季先生是北京大学东方语言文学学科的开创者，也是中国东方文学、东方学研究的奠基人和开创者。作为2009年度东方文学大事记之一，学者们在发文缅怀季先生学术生涯的同时，也在思考中国东方文学研究的动向与可能，如王邦维《我们怎么研究东方文学——缅怀季羡林先生时的感想》（《国外文学》第4期）一文，从季先生的研究经历得出启示，精通外语对于东方文学研究的重要性，继而思考如何培养未来的东方文学人才。另外，文章对于东方文学研究中存在的文学与文化、文学与历史的关系问题，以及东方比较文学与理论的问题等都进行了深入的讨论，令人感佩之余不免深思。另如叶舒宪《季羡林的比较文学研究》（《光明日报》8月25日第11版）一文，讲述了季先生对中国东方文学研究以及学科建设的贡献，季羡林先生以中国学者的身份研究印度梵语文学，他在中国学界所倡导的东方文学研究，不仅在现代学术史上先于后殖民思潮而出现，因而具有在国内接引西方后殖民主义批判之意义，而且在国际比较文学界，也是率先打通世界屋脊的阻隔，将印度与中国两个文学大国联系起来进行审视和研究。另外，新中国高等教育在20世纪50年代后期开始有东方文学的科目，这和季羡林先生的大力倡导与教学及研究实践是分不开的。从某种意义上看，新中国的大学里要传授除了西方文学和中国文学之外的“东方文学”系统知识，这是先于国际上的后殖民主义批评崛起的文化现象，很值得从后殖民视角给予重新考量和评估。

关于东方各民族文学特性的问题，王向远指出应该以民族（国家）文学为最基本单元、以世界文学为广阔平台，进行宏观的比较研究，并相继发表系列文章以证明宏观比较研究的可能性。如《试论波斯文学的民族特性》［《苏州科技学院学报》（社会科学版）第2期］一文将波斯文学民族特性概括为三点：第一，独特的历史文化与国际政治环境，造就了无与伦比的“诗人之邦”；第二，波斯文学整体沉浸于袄教的“善恶二元”观念及“泛伊朗主义”之中；第三，介乎东西方、南北方相交叉的“十字路”位置，使波斯文学形成了“四方交汇”的“介在性”或“间性”特征。《沙特阿拉伯民族文化与文学的基本象征》［《西南民族大学学报》（人文社会科学版）第10期］一文将“沙”这一意象作为阿拉伯民族文学的基本象征，并将其文化特征概括为三个层次：其一，文化的沙漠特质——扩张、包容与吸纳性；其二，诗人的沙漠性情——性格的多变性与极端性；其三，作品的沙质结构：颗粒化、松散化。这三个宏观特征的概括不仅有助于理解和把握阿拉伯文化与文学的民族特性，也为阿拉伯文化与其他民族文化的比较研究提供了宏观参照。

但也应该注意到，从2009年度学术著述的整体情况来看，东方文学总体研究在理论建树上的相对薄弱，这一方面当然是囿于东方各国语言的限制，研究者很难同时掌握多国语言进行比较研究，限制了研究走向深度；另一方面也显示出随着我国东方比较文学的发展，在研究日益精细化的要求下，早期概述性的研究手法已无法激起学界的兴奋，但一时又难以突破窘境。在这种情况下，东方区域文学的比较研究开始蓬勃发展。

王向远发表《论亚洲文学区域的形成及其特征》[《重庆大学学报》(社会科学版) 第1期] 一文，指出亚洲存在三大文学圈的问题，即东亚地区的汉文学圈、南亚东南亚地区的印度文学圈、西亚中东地区的伊斯兰文学圈。这三大文学圈以宗教传播为驱动力，呈现出“三点扩散、渐次重叠、连成一片”的特点，在结构上犹如三个边缘相接的圆环。但事实上，因为政治、经济、社会、文化的因素，这三大文化圈文学的发展情况并不平均，尤其是进入近现代阶段之后，其文学创作呈现出巨大的差异，与之相应的是，关于三大文化圈文学比较研究的差异，其中尤以东亚区域文学研究的成果最为丰硕。

在东亚区域文学的研究中，又以汉文小说的研究及中国古典小说在东亚的传播研究最具特色。严明《东亚汉文小说的衍变及本土特色》[《浙江大学学报》(人文社会科学版) 第1期] 一文以东方文学区域的汉文小说为研究对象，指出明清时期中国小说大规模传播到了周边的朝鲜、日本、越南，直接促进了东亚地区汉文小说创作的全面兴盛。事实上，中国小说在东亚的传播与东亚各国汉语学习的旺盛需求之间有着密切的关系，汉语学习尤其是汉语口语学习便成为明清通俗小说得以在东亚各国广泛流传的重要契机。对中国体制的模仿及文化崇拜，给中国小说在东亚的广泛传播带来了机会，也为东亚汉文小说的创作和发展创造了契机。正是在吸收和改编中国小说的过程中，朝鲜、日本及越南的汉文小说逐渐形成了各自的本土文化特色。而2009年度在中日、中韩、中越文学比较研究中出现的汉文小说研究热潮，无疑显示了这一研究领域内所蕴含的丰富资源。

另外，东亚文学的比较研究与传统的神话故事的“母题”研究密不可分。马骏《东亚文学语境中的神话故事比较研究——「盟神探湯」与“扶南王范寻判案”》(《日语学习与研究》第2期) 一文以东亚文学区域的神话故事为研究对象，关注了《日本书纪》中三则有关“探汤”判案的记载。关于“探汤”判案的出源问题，日本学者神田秀夫指出了它与中国志怪小说《搜神记》中“扶南王范寻”之间的影响关系，马骏一文在梳理前人学说的基础上，重新对包括“探汤”判案的出源在内的诸多问题展开探讨，并在东亚文学的语境下揭示了《日本书纪》“探汤”判案故事所体现出的变异与特质。张龙妹《〈剪灯新话〉在东亚各国的不同接受——以“冥婚”为例》(《日语学习与研究》第2期) 一文，以“冥婚”为例，探讨了越南、朝鲜半岛、日本在接受《剪灯新话》时表现出来的不同个性，同时揭示了日本通过朝鲜半岛间接接受汉文化这一特殊的接受途径，在浅井了意《御伽婢子》中的体现，以及在上田秋成的《雨月物语》中体现出来的传统文学特色。应该注意的是，东亚文学领域内的这种母题研究，往往是以汉籍的传播与影响为基本单位，换言之，唯有依托古典汉籍的研究方能显示其课题的厚重性，这点与南亚、东南亚重视田野调查的母题研究方法稍有不同。

植根于东亚民间文化的戏剧，既保留了各民族文化最根部的特色，又在相互的交流中产生影响，因此自然成为比较文学研究的对象。翁敏华《滩簧小戏与东亚滑稽笑剧传统》(《中国比较文学》第4期) 以东亚文学区域内的滑稽剧为研究对象，特别关注了滩簧戏。滩簧戏是清中叶后中国地方戏之一支，盛行于江浙一带，与韩国山台杂戏、调戏、唱剧，日本“猿乐”、狂言，越南杂戏、嘲剧等共同构成东亚的笑剧传统。文章从剧种、艺人、剧中人的名称入手，论及滩簧戏的民间性笑谑风格：亵渎神圣、表现节庆、荤话调戏、诅咒詈骂、局外评点等，将其置于东亚笑剧的大范畴里一一作出比较，并以巴赫金狂欢化诗学理论分析了它们的狂欢和笑谑精神。其他从文化角度论述的文章还有梁志明《试论中国与东亚国家文化交流的特点与趋势》(《东南亚研究》第2期)、潘洁敏《东亚区域的文化共性探析——以日本茶道和谐美的考察为中心》(《东南亚研究》第2期）等，此处恕不赘述。

关于南亚东南亚地区的文学研究比较薄弱。较具影响的文章有李谋《析印度文化与古代东南亚》(《东南亚南亚研究》第3期)，文章通过对五个问题的解答，令人信服地指出印度文学圈印度文化对古代东南亚影响大，但中国文化对东南亚产生影响要早于印度，因为主导文化影响大小的是接受方而非输入方，尤其是掌控接受方领导权的精英们更起到了举足轻重的作用。另外，文化传播方式途径会影响接受的结果，其中宗教性文化的影响更易显现。这篇文章源于作者在编著《东南亚古代史》一书过程中的感悟，是基于众多史料比较研究的结果。另有张思齐《三一学说的印度来源和〈财宝〉的文本评点》(《大连大学学报》第1期）一文，关注了中世纪拉丁文文献中记有“财宝”的故事，指出它主要通过情节发展，同时也通过人物形象暗示了基督教的三位一体学说。这说明在古代印度的思想中蕴含着基督教的因子，基督教的三位一体学说在形成的过程中吸取了印度的思想营养。这种跨文化的综合研究，可以启迪读者做积极的联想。

西亚中东区域文学的研究也颇有特色，如杨建军《中国回族文学与中亚华裔东干文学》[《宁夏大学学报》(人文社会科学版）第2期］关注了中亚华裔东干文学，文章指出中国古代回族文学的发展在20世纪有两个不同向度：中亚华裔东干族文学和中国回族文学。解读两族文学中的共有意象和文学成长环境会发现，虽然两族文学同根同源，但在民族性建构方面，东干文学偏向中国汉文化色彩，回族文学注重伊斯兰文化特征。以互为参照系的方式观照两族文学，还会发现东干文学对弥补回族文学发展断裂性的民族文献价值，以及“寻亲文学”“寻根文学”等两族文学发展的新动向。另外如黎羌《唐五代词中的胡风与丝绸之路民族诗歌的交流》(《民族文学研究》第2期）一文关注了丝绸之路上的诗歌交流等，但这些研究在整个东方文学研究版图中，毕竟只是少数。下文将通过逐项分析2009年度中国与日本、朝鲜、韩国、印度、越南、新加坡、泰国及阿拉伯国家文学关系的研究成果，来综合述评2009年度我国东方比较文学研究的整体情况。

（二）中日文学比较研究

本年度中日文学比较研究依然是整个东方比较文学研究的重镇，研究论著、论文成果丰硕，令人瞩目，尤其是随着国际汉学热的出现，中日文学比较研究领域也涌现出了一批与汉学相关的、重量级的研究专著和论文，成为2009年度该领域内的一道特殊风景。以严绍璗《日本中国学史稿》(学苑出版社)、王晓平《日本诗经学史》(学苑出版社）的出版为标志，日本的中国学研究一时蔚为大观。

王晓平《日本诗经学史》(学苑出版社）一书共分为十章，除了前言与结语及所附后记之外，主要分别探讨“毛诗写本促成的文化传递”“清原诗经学”“明清诗经学与江户时代诗经研究”“诗经论、诗论、歌论与俳论”等议题，并针对各个议题作了概略性的介绍，大体揭示了日人接受诗经的研究方法、论点，以及对日本本土文学、文学理论的影响与再创造。书中不乏作者独到的观察，尤其在古文献的考索搜罗上，作者有绍继杨守敬、罗振玉赴日访书的理想，对日本特殊的传抄训读方法，有一总体性的介绍，同时也留意了中日间藏书与审美概念的差异，有助于了解日本诗经文献的总体价值。严绍璗《日本中国学史稿》（学苑出版社）首先廓清了“日本汉学”和“日本中国学”这两个概念之间的关系。“日本汉学”不仅是日本人试图从学术上研究中国文化，更为重要的还在于研究者本身的思想意识形态和文化立场已深深地打上了中国文化的烙印。大多数日本汉学家衡量中国文化的标准、评价的眼光和研究的态度都主观地带有认同中国文化的倾向。而“中国学”则是近代型的新学术，它是在日本“明治维新”以后近代化的号角声中诞生的，是一种系统的国别文化研究。它终于取代了在日本古代社会最后三百年间盘踞于意识形态领域的传统“汉学”，开始了对中国文化的客观研究。从“日本汉学”到“日本中国学”这种日本中国观的大转换，实际上反映了中日两个对话者之间地位的消长。严先生原先治文献学，受过严格的文献专业的训练，因而使本书具有浓厚的原典性和文献证性特征。作为一种学术史著作，作者的“史观”寓于对史料的梳理和阐释之中，通过对日本文化轨迹的描述，呈现给我们的是一种民族文化或国别文化的衍进过程。

事实上，昭和初期是日本加速学习西方的一个时期，近代日本的“中国学”也正是成立于这一时期。2009年度关于日本中国学的研究，在上述两部著作之外，尚有如下论文值得关注。首先是关于日本的孔子研究。明治中后期，官方学术为服务于皇权统治和近代国家主义的建立而尊崇儒教，神化孔子的学术风气肆意蔓延，张士杰《试论山路爱山的孔子研究——以〈孔子论·材料论〉为例》（《日语学习与研究》第3期）指出，山路爱山从民间学者的立场上出发，运用文献批评的方法，指斥蟹江义丸《孔子研究》的学术方法的非科学性，同时将孔子形象还原为“史实人物”。山路爱山的文献批评中呈现出独立的思考和批判精神，这在明治中后期的文化语境下显得难能可贵。尽管其中不乏矫枉过正之嫌和疑古倾向的瑕疵，而文章却能提醒后来者进行理性批判和客观评价。其次是关于日本的《老子》研究，在这一领域，尤以引领“中国学”的武内义雄和津田左右吉二人最为著名。郭永恩《长谷川如是闲的〈老子〉研究》（《外国问题研究》第3期）却特别关注了评论家长谷川如是闲的《老子》研究，并通过其具有“outside”和“inside”兼在的双向研究视野，剖析其研究《老子》使用的社会学研究法。

与日本中国学研究相关，是关于日本汉诗、汉文小说、汉籍研究的兴盛。重要专著有祁晓明《江户时期的日本诗话》（中国社会科学出版社），是以日本诗话为专题的研究著作。本书意在阐明日本诗话虽然与中国诗话关系密切，但它毕竟不是中国诗话。它反映的是日本人对于诗歌的性质、特点和作用的观察和认识，属于日本诗歌理论的范畴。因此该著不仅注重中日诗话之同，还力图以比较文学、比较文化学的观点来诠释中日诗话的同中之异。著者学术视野广阔，将与日本诗话作者存在千丝万缕联系的本土文学理论（和歌论、俳论）也囊括入考察之列，是中日诗话比较研究领域的重要著作。尚永亮、黄超《日本汉诗对王维诗之空寂、幽玄美的受容——兼谈“汉诗日本化”的形成过程》（《江西社会科学》第8期）考察了日本汉诗对王维诗之空寂、幽玄风格的受容，认为其受容方式从侧面反映了日本汉诗的演进历程。沈文凡、陈晓雷《日本俳句与中国唐诗艺术表现之异同》（《日本研究》第4期）讨论了唐诗对日本俳句产生的重要影响，以及俳句在借鉴唐诗词汇、构思及表现形式等特质的同时，与唐诗情感、风格的不同。黄少光《奈良·平安朝汉诗编撰事业于日本文学史上的意义——以诗序为中心》（《日语学习与研究》第2期）一文，就《怀风藻》及平安朝敕撰三集序文中“并显爵里”“爵次”等词进行分析，指出这一时期日本诗集序文既秉承了《文选》序的特征，也大量吸收了唐代诗序的模式，继而讨论了奈良平安朝汉诗集编纂的意义。另外重要论文还有吴雨平《“传播研究”及日本汉诗人的文体意识》（《社会科学战线》第12期）、李寅生《从汉诗看中国节日习俗对日本的影响》（《长江学术》第4期）等。

关于汉文小说的研究，孙虎堂发表的《日本唐话学者冈岛冠山及其汉文小说〈太平记演义〉述论》（《外国文学》第1期）、《东洋“纪梦”篇：评介日本汉文小说〈警醒铁鞭〉》（《蒲松龄研究》第3期）两文颇有代表性。18世纪，日本京都、大阪两地的儒者阶层中兴起了一股学习唐话的风气，一批唐话学者随之涌现出来。这股风气不仅直接促进了中国白话通俗小说的输入、翻译、刊刻和流播，而且大大激发了唐话学者撰写汉文小说的热情。孙虎堂上述文章关注了冈岛冠山的《太平记演义》和田中参的《警醒铁鞭》，前文指出冈岛冠山的汉文小说创作活动和《太平记演义》所取得的艺术成就都具有典型意义。后文认为《警醒铁鞭》是一部借虚构创作以发表社会见解的“纪梦”型小说。它在题材和创作主旨、语言风格和叙事艺术、小说文体和语体等方面，均在一定程度上体现出了接受中国文学与本国文学影响的双重属性。

关于日本汉籍的研究，日本室町时代的汉籍抄物不仅是具有历史价值的日语语言资料，同时也是中国古典文献的日本注释资料，刘玲《注释中国古典文献的日本汉籍抄物——以日本内阁文库藏天文五年写本“三体诗幻云抄”为例》［《北京师范大学学报》（社会科学版）第4期］一文，以“三体诗幻云抄”卷首绝句《华清宫》注释为研究个案，通过与原注比较，指出该抄物注释内容广泛，且具有与原注不同的注释角度与方式，能够为学界深入细致地诠释“三体诗”提供有益参考。傅德华《日据朝鲜时期日人所著汉籍研究》［《安徽大学学报》（哲学社会科学版）第5期］一文以日本殖民朝鲜期间出版的大量日人所著汉籍为研究对象，考察了这些汉籍在朝鲜的广泛应用，其研究视野值得借鉴。

在上述这些特色研究领域之外，2009年度中日古典文学影响研究、中日近代文学思潮流派研究、中日现代作家作品比较研究等，依然呈一派繁荣景象，下文将分而述之。

1　中日古典文学比较研究

在中日古典文学比较研究领域，出现的重要专著有金文峰《徒然草》（上海交通大学出版社）受中日古典文学的影响，该著主要通过日本的古典随笔《徒然草》引用的《白居易集》《文选》《蒙求》的文本分析，全面深入地探讨了中国的古典文学作品给

《徒然草》带来的影响。同时也探讨了日本平安时期的文学作品《源氏物语》、说话文学以及日本和歌给《徒然草》带来的影响。著者通过缜密的文本对比，以大量的古典文献资料为依据，在《徒然草》部分章节的出处认定方面，提出了一些独到而有说服力的见解。张晓希《中日古典文学比较研究》（南开大学出版社）从不同时代、不同视角对中日古代文学中的具有代表性的作家、作品、文论进行了探讨和研究。全书共分五章，分别讨论了日本上代、中古、中世、近世、俳谐文学，通过文学文本的审美形式来阐述其文学性、思想性和审美价值，总结了日本古代文学引进外来文学形式、素材和观念并与本土文学相互交融的过程，展现了日本文学以传统为根基，与中国古代思想、文化、文学融合而成的历史。

但是，以《源氏物语》为对象展开的比较研究依然颇受青睐。2009年度发表的与《源氏物语》相关的比较文学论文共14篇，其中不少属于硕博士学位论文选题部分章节。较重要的论文有顾鸣塘发表的对《源氏物语》和《红楼梦》进行比较研究的系列论文，如《〈源氏物语〉中的唐锦与〈红楼梦〉中的云锦》(《红楼梦学刊》第3期)、《另一种功用：再论〈源氏物语〉与〈红楼梦〉中的“锦”》(《红楼梦学刊》第4期)、《文化的交融与分流——浅论〈红楼梦〉与〈源氏物语〉的全面比较研究》(《红楼梦学刊》第1期）等，其中第一篇以贵族生活中常见的“锦”为研究对象，对作为织物的“唐锦”和“云锦”在两部作品的事件进程与人物刻画中所起作用进行了考察，提出源氏与宝玉服饰色彩的主要倾向的差异，源于中日是时贵族阶级对华美的感受标准的差异。另有黄玲青发表的以张爱玲小说与《源氏物语》为比较对象的系列论文，如《论张爱玲小说和〈源氏物语〉的审美特质》(《湘南学院学报》第1期)、《中国古典文学对张爱玲小说和〈源氏物语〉的影响之比较》(《船山学刊》第2期)、《悲剧的女性：张爱玲小说与〈源氏物语〉主题比较》［《广西民族大学学报》(哲学社会科学版)第3期］等5篇文章，作者认为张爱玲和紫式部都以女性为中心，关注女性命运，较好地从女性自主意识的失落和泯灭、生存的困顿和生命无常的苍凉、女性的异化和内心的悲哀等方面真实地再现了男权社会中女性的悲惨遭遇。另外，李光泽《〈源氏物语〉在中国的研究综述》［《内蒙古民族大学学报》(社会科学版）第3期］、《〈源氏物语〉和〈红楼梦〉的比较研究》［《内蒙古民族大学学报》第3期］、陈婵娟《〈金锁记〉、〈源氏物语〉语段中的“意境”辨》［《今日南国》(理论创新版）第9期］等，与上述论文关注视角大致相同，《源氏物语》与中国文学的比较研究的现状由此可窥一斑。

中日神话、民间故事的比较研究一如既往颇受重视，2009年度出现的论文有崔文峰《中日创世神话的异同性比较》［《安徽文学（下半月)》第1期］、郭燕《女娲与伊邪那美命——中日始母神形象比较》(《世界文学评论》第2期)、杨江华《中日两国的偶生神神话对比研究》［《大众文艺》(理论）第16期］及李志芳和柳慕云《日本民间故事中“猫”的形象》(《外国问题研究》第3期）等。其中崔文峰文章就中日“创世神话”的异同进行类型学比较，从而揭示出中日神话所蕴含的不同民族特质和民族心理。郭燕文章通过对中日两国始母神形象的比较，试图探寻儒家文化和伦理观念对两国神话的影响，继而阐述了中日文学传统是如何在作为最初的文学形态的神话中体现出来的。杨江华文章讨论了中日两国创世神话中以血缘兄妹婚为核心的偶生神神话的异同。

李志芳、柳慕云文章将日本猫与人有关联的民间故事概括为三种类型，这三种类型民间故事的产生，与家猫的作用、作为食肉野猫的本性和家猫身上残留的野性及“猫又”传说有很大关系。

以中日古典文学为研究对象，关注中日外交关系的重要论文首推丁莉的《权威、大和魂与血乳交融——平安朝物语作品中的“唐意识”与“和意识”》（《日语学习与研究》第 2 期）一文，平安时代，汉诗文是官方的正统学问，“唐”又是东亚的经济文化中心，自然成为日本人崇拜和景仰的对象。“唐”在平安人的意识当中成为一种判断标准和价值体系，具有绝对的权威性，但“唐”的价值体系并非一成不变，而是在不断发生动摇、偏移和变化。文章以平安时期《宇津保物语》《源氏物语》《滨松中纳言物语》这三部物语为研究对象，探讨了平安时代“唐”与“和”并存的双重文化体系的特征。周菲菲《论欧阳修〈日本刀歌〉中所诠释的日本观》（《牡丹江大学学报》第 4 期）关注中国文学中的日本观，文章指出在欧阳修现存的众多诗文中，专门描写日本刀的《日本刀歌》是中国文人对中世日本文化的一种诠释，这种诠释直接影响了其后甚至到明清之际诸多中国知识分子的日本观。文章能结合中日文化交流史史料，以一首诗观测宋代文人的日本观，视角可谓独特。

论述中国文学、思想、文化、典籍、制度等对日本古典文学影响的论文不胜枚举，重要的有张爱民的《〈庄子〉对日本古代文学的影响》（《齐鲁学刊》第 3 期）一文，论述了道家思想（特别是庄子思想）在日本文学发展中的作用及变化。何卫红的《中国文化语境下的大伴旅人〈赞酒歌〉研究》（《日语学习与研究》第 2 期）一文，批判接受了既往研究中关于《赞酒歌》受老庄思想影响的观点，将六朝饮酒诗文视为《赞酒歌》产生的文化语境，指出《赞酒歌》主题与竹林七贤“任诞”式人生哲学的一致性。李宇玲的《平安朝文章生试与唐进士科考——试论平安朝前期的省试诗》（《日语学习与研究》第 2 期）一文通过对唐进士科考与平安朝文章生试展开比较，剖析了唐初与平安朝前期省试诗的异同。其他值得一提的文章有罗丽杰《论柿本人麻吕的〈仪礼歌〉与司马相如的〈子虚·上林赋〉》（《日语学习与研究》第 3 期）、马骏《〈日本书纪〉祥瑞灾异记载内容的比较文学研究》（《日语学习与研究》第 6 期）、王华《紫草在日本古代文学中的意象——以上代和中古为中心》［《中国海洋大学学报》（社会科学版）第 1 期］等。

在东亚文学语境中，日本近世文学占据了重要的地位。相对于日本近世文学概念十分明晰，中国近世文学这一概念的内涵和外延显得很不稳定。针对这一问题，周以量的《东亚语境中的中日近世文学》（《日语学习与研究》第 2 期）一文，试图以日本近世文学的特征为坐标，结合历史、思想史以及汉学方面的论述，从市民文化和都市文化两个方面探讨了中国近世文学的起始时间和特征。勾艳军《日本近世小说怪异性溯源——以与中国文学的关联为中心》（《解放军外国语学院学报》第 32 卷第 5 期）关注了日本近世怪异小说的流行，指出明清小说及理论的东传是其直接诱因，民间百物语怪谈会等起到了推波助澜的作用。另外，由中国传入日本的佛教和日本的原始信仰都广泛涉及怪异题材，宗教信仰的重叠构成了日本人对怪异小说情有独钟的文化土壤。

对中日古典文学类型的比较研究一直引人注目，尤其是对江户读本小说的研究，汪俊文《日本江户读本小说对中国白话小说的“翻案”——以〈雨月物语·蛇之淫〉与〈警世通言·白娘子永镇雷峰塔〉为例》[《上海师范大学学报》(哲学社会科学版)第1期]指出，上田秋成的《雨月物语》卷四《蛇之淫》翻案于中国明代白话短篇小说《白娘子永镇雷峰塔》，但文中又明显地具有很多改写创新的成分。上田秋成正是通过背景更换、道具换用、内容更改等方法，使作品流露出浓郁的日本生活气息，从而形成其“翻案小说”的日本“国风化”特色。军记物语是日本中世武士政权时期的代表性文学类型，与当时民间说唱文学的兴起和发展尤为关系密切。金文京《军记物语和中国文学》(《日语学习与研究》第2期)一文通过介绍军记物语的特色、代表作品及历史背景，讨论了中国同类文学的异同。王贺英《试论中日隐逸文学的异同——以陶渊明与西行法师为中心》[《沈阳师范大学学报》(社会科学版)第1期]以中日文学中出现的隐逸文学为研究对象，比较了陶渊明与西行法师所处时代、隐逸动机和诗歌特征等的异同。

2 中日近现代文学比较研究

2009年度中日近现代文学比较研究领域硕果繁多，研究焦点主要集中在以下几个方面。

其一是关于中日近现代文学关系的研究。日本接受西方“文学史”的叙述体例，在明治时期兴起了中国文学史撰写的热潮。李群《早期中国文学史写作中的日本影响因素》[《苏州科技学院学报》(社会科学版)第2期]指出，在日本的中国文学史书写模式影响下，20世纪初中国出现了大量以日本的中国文学史为蓝本而撰写的文学史著作。可以说，日本文学史家的“文学”观影响到了中国文学史家对“文学”的理解和定义。李群《近代复古主义思潮与中日文学史写作》(《东方丛刊》第3期)与上述问题相关，同样值得重视。高文汉《步入近代的中日文学交流——以19世纪七、八十年代为中心》(《外国问题研究》第1期)以19世纪七八十年代中日文学交流为中心，指出这一时期参与中日文学交流的主要是中国驻日使馆官员以及旅日文人。他们以游记、随笔等形式，把自己在日本的所见、所闻以及亲身体验等介绍给国人，为国内同胞了解日本的文学艺术、世俗人情、自然风物等提供了生动、翔实的资料。

其二是关于中日文学思潮流派的比较研究。如中国新感觉派与日本新感觉派之间存在的“事实联系”。金舒莺《中日新感觉派表现题材比较谈》(《上海海关学院学报》第3期)从分析两个流派作品中表现题材的不同这一视角出发，进而找寻其产生差异的原因。另外，梁启超文学启蒙思想受到了日本启蒙主义文学的深刻影响，蒋志刚《日本启蒙主义文学对梁启超文学启蒙思想的影响》[《长沙铁道学院学报》(社会科学版)第3期]指出，日本政治小说、明治维新时期文学的文体论，都成为梁启超文学启蒙思想建构的宏富资源，所以说日本启蒙主义文学是其文学启蒙思想形成的重要基础。另外重要论文有黎跃进《简论日本战后民族主义文学》(《日本问题研究》第4期)、孟庆枢《日本自然主义文学、私小说再探讨——近代东西文化交融中的一个值得深思的问题》(《南京师范大学文学院学报》第1期)等论文同样是关于中日文学思潮流派的重要研究。

其三是关于鲁迅的比较研究持续成为焦点，具体可分为四个方面。一，论述鲁迅思想与留日生活的关系，如符杰祥《鲁迅留日时期"现代"思想的发生与形成》（《中国比较文学》第3期）从细读鲁迅留日时期的文本出发，指出鲁迅的现代性批判并没有断然否定现代化学说的意思，新学之"恶"在于有新学之语，而无相应的"新精神"。鲁迅现代思想的独特之处与真正价值不在于"超越"，而在于"寻根"。另外，苏懿的《隐喻：启蒙与救亡历史任务的合二为一鲁迅留日时期个人主义思想的历史反思》（《鲁迅研究月刊》第2期）和《国民性、主体性、功能性的错综与纠缠——鲁迅对东亚封建宗法伦理中皇权思想的反思》（《齐鲁学刊》第2期）也是该领域内出现的重要论文。二，论述日本文学流派对鲁迅的影响。白海君《论鲁迅对白桦派人道主义思想的移植与改造》［《沈阳师范大学学报》（社会科学版）第3期］指出鲁迅思想和思维方式受日本白桦派的影响是很明显的，但中日两国社会现实、思想文化现状、国民性的差异，加之鲁迅本人心理体验上的独特性，决定了鲁迅必然会改造日本白桦派人道主义思想并服务于中国启蒙事业。三，论述日本作家与鲁迅的关系。李杰、李春杰的《太宰治的鲁迅观》（《文艺争鸣》第3期）一文，以太宰治小说《惜别》为研究对象，指出这是太宰治以鲁迅为主人公创作的小说，作品以小说叙事笔法写人物传记，这种创新的文学形式在日本文学界引起了激烈的争论。但是这部作品为研究鲁迅早期思想提供了重要素材，也是唯一的一部以鲁迅为题材的日本文学名著。另外孙淑华《孤独者的彷徨与呐喊——鲁迅的〈孤独者〉与芥川龙之介的〈孤独地狱〉之比较分析》（《名作欣赏》第14期）、马丽丽《宫泽贤治与鲁迅的对比研究》（《知识经济》第11期）等关注了鲁迅与其他日本作家的关系。四，关于日本的鲁迅研究的研究。重要论文有王家平《"竹内鲁迅"的范式、特质、影响及其对它的超越》［《首都师范大学学报》（社会科学版）第1期］、刘伟《鲁迅的"原点"：伊藤虎丸对竹内好和丸山升的质疑》［《沈阳师范大学学报》（社会科学版）第4期］、符鹏《作为方法的日本鲁迅研究——以伊藤虎丸的〈鲁迅与终末论〉为中心》（《文化与诗学》第2期）、靳丛林《战前日本鲁迅研究概观》（《外国问题研究》第1期）等，足以说明鲁迅已经成为一种现象。

其四是关于留日学生群体的研究。"支那"的国族身份带来的屈辱体验，成为中国现代留日作家心中的一种创伤性记忆。苏明《"支那"之痛：中国现代留日作家的创伤性记忆》（《江海学刊》第3期）关注了这种创伤性记忆，文章指出留日作家对于"支那"之痛择取的文学方式呈现为两种价值取向：一是由自卑转向理性的国民性自省，二是带着怨恨情绪丑化日本以求得精神上的胜利。前者使得日本体验成为中国现代文学国民性批判的外源性文化资源，而后者建构出的失真的日本形象，在满足时代所提出的国族动员要求的同时，也造成中日间彼此难以消弭的隔膜。倪正芳《近代留日群体与中国式拜伦形象的初次建构》（《船山学刊》第2期）指出拜伦最早是通过日本这一西洋文化的"摄取走廊"进入中国的。以梁启超、苏曼殊、王国维、鲁迅等留日人员为主体的中国近代知识分子，通过借鉴与改造，建构出了以革命性为主要内涵，兼备私人性和审美性的第一个中国式拜伦形象。另外，中国现代留日作家小说中塑造了大量个性复杂的日本女性形象，于俊青《清纯下女、"藐姑仙子"或"畸形的恶兽"——中国现代留日作家小说中日本女性的三个类型》［《西华大学学报》（哲学社会科学版）第1

期］指出这是中国文学史上第一次大规模地塑造以日本现实为基础的日本人形象，并占据了日本题材小说创作的主流地位，具有重要的开拓意义。此外值得关注的论文有梁胜《青年郭沫若初次留日之思想发展研究》［《云南师范大学学报》（哲学社会科学版）第5期］，元青、王建明《北洋政府时期的留日学人与中国文化的对日传播》（《广东社会科学》第1期），江胜清《“流氓气质”和“绅士风度”——论中国现代留日作家群和留学英美作家群人格的差异》（《名作欣赏》第18期）等。

其五是中日近现代作家的域外游记研究。一，明治时期中国游记与晚清时期日本游记研究。晚清旅外游记生动详尽地记录了中国人最初对民族国家体系的想象与理解，李涯《晚清旅外游记与民族国家想象》［《西南民族大学学报》（人文社会科学版）第5期］梳理了晚清旅外游记中呈现出来的民族国家想象和建构的发展过程。另外还有霍有明《黄遵宪〈日本杂事诗〉在中日文化交流史上的意义》（《安康学院学报》第5期）、温晓静《黄庆澄〈东游日记〉及其日本观》（《温州职业技术学院学报》第4期）等论文可供参考。二，满洲游记。自日俄战争之后，日本为实现对外扩张，“满洲”由此成为世界瞩目、日本朝野上下关注的热点地区，也成了日本作家描述的一个文化对象。如常骄阳《近代日本作家的“满洲”游记述评》（《日本研究》第1期）所述，德富苏峰、夏目漱石、与谢野铁干、与谢野晶子夫妇等日本近现代文坛中的核心人物几乎都到“满洲”旅行过，并将对“满洲”的印象和感想用游记或其他创作形式发表出来。另外如王玲玲《岛木健作的“满洲”之行——以〈满洲纪行为〉中心》（《日语学习与研究》第6期）正是以岛木健作的游记文本为研究对象。三，大正时期日本作家如谷崎润一郎、芥川龙之介的中国游记研究。重要论文有李雁南《谷崎润一郎笔下的中国江南》（《解放军外国语学院学报》第2期），指出谷崎润一郎笔下的中国江南，是一座由美食、美景、美女构筑的天堂，是谷崎逃避现实的心灵栖息地。1921年，芥川龙之介应大阪每日新闻社之邀请赴中国旅行考察，撰写的中国游记也成为研究的热点。孔颖的《芥川龙之介的杭州之行——一个大正西湖梦的破灭》（《浙江工商大学学报》第4期）一文，从“中国趣味”和西湖景观在日本历史中的特殊地位，以及20世纪早期杭州现代化进程等方面，探讨了芥川的浪漫西湖梦及其破灭的原因。刘雪飞《试论芥川龙之介〈上海游记〉》（《作家》第14期）、李秀卿《身份的迷失：记者还是作家？——论芥川龙之介的中国之行》（《名作欣赏》第23期）等文章，讨论了芥川的中国之行与芥川的中国观。

其六是关于翻译的研究。受清末民初繁盛的翻译态势的影响，汉语中引进了大量的“日化”外来语。这些外来语有些最终被现代汉语吸收，有些却遭到淘汰与扬弃。肖霞论文《论清末民初文学文本中“日化”语言的淘汰与扬弃》［《江苏科技大学学报》（社会科学版）第1期］讨论了这种现象的成因，即一方面由汉语自身特点决定；另一方面是受中日政治、经济、文化交往或军事冲突的影响所致。付建舟《清末民初日语文学的汉译与中国文学的现代转型》（《外国文学评论》第4期）关注了清末民初中国现代文学转型的关键时期，指出其间日语文学的汉译，不仅从文学观念、文学类型（小说）与文学内容等本质层面，而且从文学传播与接受等实践层面，对中国文学的现代转型发挥了重大作用。另外，语言与现代民族国家的生成之间具有密切的关联，中日近代语言变革的诸多相似之处得到了凸显。王平《语言重构的两种向度——日本言文一致运动与晚清白话文运动之比较》[《兰州大学学报》（社会科学版）第2期] 指出，日本的言文一致运动和晚清的白话文运动皆以“推动教育进步”为指归，均标举起了“言文一致”的旗帜，但在这表象之下二者间却存在深刻而又微妙的差异，这种差异彰显了语言民族主义的两种截然不同的发展向度。

另外，本年度出版了两部专著。关立丹《武士道与日本近现代文学：以乃木希典和宫本武藏为中心》（中国社会科学出版社）、齐珮《日本唯美派文学研究》（中国社会科学出版社），前者关注了日本文学史上的武士道题材作品，后者通过对永井荷风、谷崎润一郎、佐藤春夫等三位文学大家及其作品的剖析，来凸显日本唯美主义文学在日本近代文学史上的独特价值和意义。从严格意义上来看，这两部著作都属于日本国别文学的研究，对于中日比较文学研究虽有借鉴意义，但不能纳入中日比较文学的研究范畴，因此本综述中不再细述。

3　中日现当代文学比较研究

关于中日现代文学的比较研究，也可以从如下几个方面去总结述评。首先，侵华战争与文学依然是研究的热点。相关专著有胡连成《昭和史的证言：战时体制下的日本文学1931—1945》（吉林大学出版社），以昭和文学中长达十五年的战争文学为基本研究对象，通过关注战争这一极限状态下作家们的言行和活动，探讨他们在战争期间的表现，最终揭示了他们所应承担的战争责任，并力图阐明文学与战争、国家体制及意识形态之间的关系。该专著力图突破中国现有的日本文学研究格局，不失为一种有益的探索与尝试。相关研究论文众多，首先介绍日本左翼在侵华战争期间的文学创作。刘春英《牛岛春子与“满洲”》（《外国问题研究》第1期）便是以左翼最典型的作家牛岛春子为研究对象，从历史叙述的角度揭示“左翼转向作家”牛岛春子笔下的“民族协和”景象，为剖析日本殖民主义政权的侵略政策提供了历史昭示。王劲松《殖民地时空下的女性文学景观——1931—1945年伪满文坛女作家群落考述》（《中华女子学院学报》第1期）关注了日本殖民统治下的伪满文坛涌现的一大批中国女作家，考察了左翼女作家萧红和白朗的文学创作，以及日占中后期新进女作家创作倾向的转变，指出其创作对时局的粉饰作用。另有刘立军《笔征：作为一种侵略——日本侵华战争中的“笔部队”》（《当代社科视野》第3期）、刘春英《战后日本女性文学萌生的时代土壤》（《外国问题研究》第2期）、卞策《东北沦陷时期报纸文艺副刊研究综述》（《黑龙江教育学院学报》第12期）、郑远新《对林语堂抗日语境小说的几点探讨》（《福建商业高等专科学校学报》第1期）等文章，视角各异，讨论了侵华战争期间的中日文学关系。

其次，大众文学尤其是历史小说成为研究热点。王向远《古今中华任挥洒——日本当代著名作家伴野朗的中国题材历史小说创作》（《南京师范大学文学院学报》第2期）指出伴野朗的创作起步于中国，其创作灵感也来自中国生活的体验。他以中国帝王将相、刺客、侠士、谋臣等为题材的历史小说，展现了中华文化的包容性和影响力。闫立飞《“历史小说”与“历史的小说”——中国现代历史小说发生的日本因素》（《理论与现代化》第2期）认为日本近现代历史小说对中国现代历史小说文体的发生有着重要的影响。作为日本近现代文学现代性意识与观念发展的结果，“历史小说”与“历史的小说”的定义与区分，对鲁迅和创造社作家郁达夫对历史小说的理解产生影响，他们分别创作出“新编体”历史小说和纯主观的“历史的小说”的同时，也为中国现代历史小说文体的发生开创了两种模式。

再次，村上春树的研究依然是重点。村上春树一般被视为以描述现代都市人感觉见长的“软性”作家。林少华《作为斗士的村上春树——村上文学中被东亚忽视的东亚视角》（《外国文学评论》第1期）却认为学界大多致力于研讨村上文学中的精神疗愈元素、心灵共振元素、后现代元素、工业文明批判元素和文体元素等，而往往忽视了其中最具启示性的东亚元素和东亚视角，即村上对近现代东亚史中的暴力与邪恶的追问、鞭挞及他在这一过程中表现出来作为斗士的勇气、良知、担当意识和内省精神。蔡鸣雁《村上春树作品中的中国人》（《山东文学》第12期）认为村上春树作品中屡屡出现“中国”和“中国人”，这种现象并非偶然。村上春树笔下的“中国”有两层含义，即抽象的文学意义上的中国和真实层面上的中国。前者出于村上的文学需要，他出于惯常的对“距离感”的强调将“中国”和“中国人”引用到作品中；而后者则包含村上对现实、对历史严肃的思索。另外值得注意的论文有尚一鸥《村上春树的中国观》（《国外社会科学》第3期），尚一鸥、孟庆枢《文学史意义的地震灾难讲述——以村上春树的〈神的孩子都跳舞〉为中心》［《东北师大学报》（哲学社会科学版）第3期］等，也从不同角度讨论了村上春树文学与中国的关系。

总之，2009年度中日比较文学的研究是整个东方比较文学研究中所占比重最大的，但是从整个中日比较文学内部来看，分布也并不均匀，时间维度上较偏向于近现代文学的比较研究，古典部分相对薄弱，但也应该注意到，中日古典文学比较研究越来越倾向于精细化的考证研究，宏观的、富有理论建构性的研究有待进一步推进。另外，从文学类型的比较研究来看，汉诗、汉文小说逐渐受到重视，并与日本的中国学研究、中国的日本学研究一起，正在构成中日比较文学研究的主要领域。最后来看关于中日文学宏观、整体比较研究的成果。重要论文有黎跃进《中日文学特质宏观比较》（《日本研究》第1期）、刘伟《比较视野中的中日文化与文学》［《社会科学家》（桂林）第11期］等文章。黎跃进文章认为，中日文学在文学主题、文学功能和文学表现风格上都表现出各自的独特性：中国文学主题偏重明志载道，日本文学主题偏重人情况味；中国视文学为经国大业，日本作家常以游戏心态对待文学；中国文学表现出雄浑壮阔的美学追求，日本文学则表现出纤细小巧的审美意识。刘伟文章认为中国文化核心是儒家精神。以“内圣外王”思想、忧患意识和积极进取精神为重要内容的儒家文化精神，作用在文学上，中国文学表现出鲜明而强烈的社会性和政治性。日本文化核心是以“神道”为主干和有选择地融会了佛教的宗教精神。根植于宗教文化的日本文学注重情趣，欣赏超然的文学，突出个人表达和内心告白，忽视文学功利性的社会意义。

（三）中朝、中韩文学比较研究

与中日文学比较研究的丰硕成果相比，中朝、中韩文学比较研究仍显薄弱，但与既往相比，2009年度该领域内的研究发展态势喜人，尤其是在中朝、中韩古典文学的比较上，出现了多篇厚重且极具影响力的重要论文。本节首先从介绍中朝、中韩文学整体研究及重要学者的特色研究入手，重点从中国文学在朝韩的流传与影响、中国古典名著在朝韩的翻译与研究、中韩现当代文学的比较研究三个方面出发，对2009年度该领域内的研究成果做简单述评。

在中朝、中韩文学整体研究领域，首先出现的问题是如何厘清朝韩文学的概念及以中国文学为参照所显示出的美学特征，崔雄权《试论韩国朝鲜文学的概念及其文化审美特征》（《东疆学刊》第3期）一文关注的正是这一问题。文章通过梳理中国、韩国、朝鲜等学者关于朝鲜半岛文学所采用的十余种称谓，认为应将其统称为韩国朝鲜文学，并总结其特征为五点：以韩、汉两种语言文字进行创作；焦虑、感伤的美学特征；诗歌格律的自由灵活；女性趣向；国土分裂的痛苦和南北统一的意愿。概言之，韩国朝鲜文学具有浓郁的中国因子，即具有韩、汉双语的文化审美特性和朝鲜半岛南北双方的政治特性。之后崔雄权又以“武陵桃源”这一文学意象为焦点，探究“武陵桃源情结”在韩国文学中发展变化的一个基本特征，并试图勾勒韩国古代山水田园文学发展演变的基本轨迹。其文章《论韩国古代山水田园文学中的“武陵桃源情结”》（《吉林大学社会科学学报》第6期）指出，从新罗末到朝鲜朝，“武陵桃源”从最初简单质朴的、对远离战乱的封闭世界的向往，逐渐演变为带有游仙色彩的、对神界拜访过程的韩国式乌托邦世界。崔文对这一问题的思考与研究，在一定程度上揭示了东亚文学对同一文学概念本土化阐释的模式及意义。

2009年度中朝、中韩文学比较研究领域内最值得瞩目的现象是，某些研究者的特色研究颇有井喷式爆发的倾向，这与中日、中印文学比较研究领域内的稳扎稳打迥然不同，如曹春茹仅在2009年度围绕中朝古典文学的比较研究，发表论文就有19篇之多。其中《朝鲜柳梦寅〈拟古诗十九首〉与〈古诗十九首〉比较研究》（《当代韩国》第1期）指出，朝鲜朝柳梦寅所作《拟古诗十九首》，虽在结构、主题、内容上模仿《古诗十九首》，但描写叙事更细腻完整，人物形象更清晰具体，意象典故更密集丰富，语言更华美雅致，显示了朝鲜诗人对中国古诗的接受与超越。《朝鲜文人对李攀龙诗文的接受与批评》（《昆明学院学报》第5期）一文关注了朝鲜文人对李攀龙诗文的评价，文章认为虽然朝鲜文人的评价多受中国文人的影响，但这些褒贬不一的批评补充了中国的李攀龙研究，具有重要的参考价值。《李梦阳诗文东传朝鲜半岛及对古代朝鲜文学的影响考论》（《甘肃社会科学》第4期）一文，考察了李梦阳诗文在朝鲜的传播与影响，指出李梦阳诗文东传朝鲜的重要意义，就在于促进了朝鲜李朝中期的文学革新。曹春茹其他论文如《朝鲜柳梦寅〈燕京杂诗〉与杜甫〈秦州杂诗〉之比较——兼论柳梦寅对杜诗的接受与批评》（《杜甫研究学刊》第3期）、《朝鲜诗人申钦的和陶诗〈归园田居六首研究〉》［《新乡学院学报》（社会科学版）第1期］、《朝鲜文人论王世贞》［《贵州大学学报》（社会科学版）第3期］等，也都是该领域内极为重要的论文。较曹春茹的研究数量稍逊一筹，王国彪在2009年度也发表论文9篇，其中《朝鲜汉诗中的孟姜女传说》（《民族文学研究》第2期）指出，对孟姜女传说的记述和吟唱是朝鲜汉诗的重要内容之一，诗中对孟姜女传说的基本情节和不同版本结局的记述，具有一定的文学、文化价值，也推动了朝鲜的女教以及汉诗创作的发展。《崔致远三元、黄箓斋词研究》（《湘南学院学报》第4期）以崔致远八篇三元、黄录斋词为研究对象，指出这些作品反映了当时淮南地区崇道的社会意识和社会风气，同时也体现了崔致远较为深厚的道教修养和强烈的忠君报国情怀。另外，王国彪发表的其他论文如《朝鲜诗家与山西诗人郭执桓的诗文友谊》（《晋阳学刊》第6期）、《朝鲜诗人车天辂汉诗中的“剑”意象研究》（《牡丹江大学学报》第6期）等也在该领域内具有一定的影响力。

中国文学在朝韩的流传与影响研究，一直是本领域的研究重点，发表的论文无论从数量还是质量来看皆属上乘。2009年度值得关注的论文首先有杨焄的《陆机〈文赋〉在韩国的流传与影响》（《文艺理论研究》第6期），文章从文学创作、文学评论及其他文化领域等角度，对陆机《文赋》在韩国历史上的流传状况及其产生的直接影响做了介绍和评析。同时通过分析韩国历代文人对杜甫《醉歌行》一诗的接受情况，探究了《文赋》在韩国文坛上所产生的间接影响。这篇文章同时涉及了现代韩国学界对《文赋》研究的基本情况，这对推进我国的《文赋》研究颇有裨益。李红梅《〈归去来兮辞〉在朝鲜朝国语文学中的接受与影响》（《东疆学刊》第1期）一文，研究了陶渊明《归去来兮辞》作为一种“召唤结构”，因满足了朝鲜朝文人的期待，而成为一种他们言说自我的象征语言。朝鲜朝文人通过对陶渊明《归去来兮辞》中的词语、诗句及意境的引用，在时调和歌辞中充分表达了自我的内心诉求，同时也极大地丰富了朝鲜朝时调和歌辞的创作。另外重要论文如琴知雅《〈二十四诗品〉在朝鲜后期文艺理论史上的地位》（《古典文献研究》第0期），朴锋奎《杜牧诗文在朝鲜半岛的流传及其影响——以李奎报为例》[《延边大学学报》（社会科学版）第1期]，王红霞、李廷宰《二十一世纪以来韩国杜甫研究述评》（《杜甫研究学刊》第3期）等，也以传统的比较文学研究方法，扎实地考证了中国诗人及作品在朝鲜半岛的流传及影响。

与上述具体考察某些作家作品在朝韩的流传与影响不同，部分学者研究了中国古典文学某些类型在朝韩的影响，尤其是汉诗、汉文小说研究的兴盛。古代朝鲜半岛的汉文小说创作十分繁荣，15世纪后期受《剪灯新话》影响而产生的汉文小说集《金鳌新话》，是古代朝鲜半岛散文体小说创作成熟的标志。李时人、聂付生《中国古代小说与朝鲜半岛古代小说的渊源发展》[《上海师范大学学报》（哲学社会科学版）第1期]一文指出，17世纪后期以来长篇小说的大量产生与中国长篇白话小说的输入密切相关，但古代朝鲜半岛小说在题材内容、思想情感、美学风貌等方面亦有许多开拓，表现出鲜明的民族文化特色。崔雄权、褚大庆《朝鲜古典汉文小说〈姜虏传〉考释》（《古籍整理研究学刊》第5期）一文，考察了朝鲜古典汉文小说《姜虏传》的六个不同版本，并对不同版本进行了详细校勘，为后来研究者提供了重要的可供参考的资料。

关于《红楼梦》在朝韩的翻译与研究也是2009年度的一个热点。《红楼梦》传入韩国的时间大致可以推断为19世纪30年代之前。最早的翻译本是1884年前后由李朝政府组织翻译的乐善斋本《红楼梦》，后来陆续出现了根据日文本重译的全译本（1969），及由中国朝鲜族翻译的全译本（1980、1982）。鉴于由韩国学者翻译的全译本一直没有出现，高旼喜和崔溶澈一起开始了《红楼梦》的翻译工作，并就翻译过程中遇见的问题发表论文，如高旼喜《〈红楼梦〉韩文翻译本后四十回中的几个问题》

(《红楼梦学刊》第1期）一文，就后四十回所存在的翻译难题和与前八十回共有的翻译难题分别进行了阐述。高旼喜《关于〈红楼梦〉韩译本中称谓语的若干问题》(《红楼梦学刊》第5期）一文，是在翻译实践的基础上，对《红楼梦》里称谓语韩语翻译的几个问题进行的整理与探讨。金芝鲜《从〈红楼梦〉看韩国人的审美意识》(《红楼梦学刊》第5期）一文，却从接受美学的角度独辟蹊径，指出《红楼梦》不符合韩国人的审美意识。文章认为韩国文化属于北方文化，偏重于豪放、阳刚的审美意识，而《红楼梦》带有南方文化的特色，充满着阴柔的审美意识，从社会的多元性、相对主义来看，这种偏重于阳刚的审美意识，成为韩国人正确认识和接受《红楼梦》的障碍。

论及中国明清时期文学对朝鲜文学的影响，道咸年间，清朝和朝鲜文坛面临着共同的问题：如何接受神韵、格调和性灵等前期盛行的文艺思潮，焦点在于宗唐还是宗宋。李春姬《道咸年间诗风与朝鲜文坛诗歌取向》(《社会科学战线》第8期）关注了这一问题，文章指出道咸文坛盛行宋诗风，而对“性灵说”则不齿。由于受到北学的影响，朝鲜文坛也普遍推崇宋代诗人，但在朝鲜中人文人却不仅接受了“性灵说”，更对其进行了符合朝鲜文坛语境的阐发。关于朝鲜文人与清朝文人的交往，徐雁平《玉汉春水鸭江波：朝鲜诗人李尚迪与清朝文士交往研究》(《国学研究》第23卷）关注了朝鲜诗人李尚迪与清道光时期诗人仪克中的交往，指出两人学门背景相同，志趣爱好接近，通过诗歌与书画交流建立了深厚的友情。

在中韩现当代文学比较研究领域，以金鹤哲对韩国文学在中国的译介的研究最有代表性。事实上，20世纪上半叶中国的外国文学翻译有两个重要的特点：其一是重视西欧文明国家文学的译介，其二是关心与中国同样处于民族危机的弱小民族文学的译介。金鹤哲《1949年以前韩国文学汉译和意识形态因素》(《中国比较文学》第4期）一文指出，中国对韩国文学作品的译介，受三种意识形态的影响很深：弱小民族意识形态、抗日民族主义、无产阶级文学思潮。这三种意识形态，从作家、作品的选择和翻译策略上直接影响了韩国现代文学在中国的翻译和介绍，并对中国知识界产生了一定的影响。金鹤哲《中韩建交以后中国文坛对韩国纯文学的译介研究》(《当代韩国》第1期）一文，收集整理了1992年到2008年初这段时间，韩国文学作品在中国翻译出版的中译本，并筛选出其中真正能代表韩国文学水准的纯文学（严肃文学）进行分析，以“中韩建交以后中国文坛对韩国纯文学的译介研究”为主题，考察了翻译事实与中国的社会文化、意识形态之间的相互关系。

研究韩国作家与中国作家关系的有卢寿亨《在华韩人安那其主义者与巴金》(《韩国研究论丛》第2期）一文，关注了流亡中国接受安那其主义的韩人如柳林、沈茹秋、柳基石、柳子明等，从20年代初到日本败亡的1945年，在中国展开了各种安那其主义运动，并以直接或间接方式与中国安那其主义作家巴金保持密切的关系，巴金通过文学作品详细描写了韩人安那其主义者的在华活动。卢寿亨的文章通过整理巴金和韩人之间的独特关系，描述了在华韩人安那其式的反日斗争及跨国思想。另外一些值得关注的论文有朴正元《20世纪80—90年代韩中小说文学》(《当代韩国》第9期)、李国峰《当代韩国与荀子的和谐思想》(《韩国研究论丛》第2期)、马晓毅《韩国文学现状：两极分化的冲击》(《光明日报》第9期）等，这些文章视角各异，却不同程度地关注了韩国现当代文学与中国文学的关系。但总体而言，中韩、中朝文学比较研究的重点依然在古典部分，现当代部分的研究相对比较薄弱，这或许应该成为日后该领域内应该加强的一个方面。

（四）中国与南亚、东南亚及阿拉伯文学比较研究

1 中国与南亚文学比较研究

在中印文学比较研究领域，泰戈尔无疑是一座丰碑，2009 年度关于泰戈尔的研究依然是学界焦点，公开发表的与泰戈尔相关的论文共 49 篇，其中除介绍性、感想性文章外，属于严肃的比较文学意义上的学术论文也有 14 篇之多。另外出现了孙宜学的研究专著《诗人的精神：泰戈尔在中国》（江西高校出版社），作者搜集整理的这部泰戈尔研究资料非常详细地梳理了泰戈尔与中国思想、文化、文学的交流过程，对中国的泰戈尔研究无疑是一件十分有益的工作。

2009 年度关于泰戈尔与中国的学术论文主要集中在如下几个方面。首先是围绕着泰戈尔访华事件的影响。1924 年泰戈尔访华是中国现代文化史上最具影响力的事件之一，1999 年德里大学“泰戈尔教授”西斯·古马尔·达斯（Sisir Kumar Das）受国际大学之托，整理出版《泰戈尔在中国的讲演》（*Rabin-dranath Tagore*：*Talks in China*）一书，为读者提供了泰戈尔 1924 年在华讲演的详细记录。魏丽明《“挟洋自重”和“借光自照”——1999 年英文版〈泰戈尔在中国的讲演〉的启示》（《南亚研究》第 4 期）一文，对此书加以文本细读，重新反思泰戈尔访华的意义，并认为这一历史事件透视出当时中国本土文化对外来文化的复杂心理，外来文化对本土文化的投射，以及当时中国思想界对待外来文化时的偏颇。

其次，是关于泰戈尔笔下的中国形象的研究。访华之前，泰戈尔根据间接了解，既对想象中“富丽的天朝”之古代中国形象寄予了热切向往，又对近代以来“含泪的中国”的命运寄予了深切同情。以来华后的所见所闻为基础，泰戈尔对中国这一巨大文本进行了现实阅读和接受。王汝良《泰戈尔笔下的中国形象》（《东方论坛》第 4 期）一文指出，泰戈尔笔下的中国有对自然风物较为客观的描述，有对中国这一人文乌托邦的钦羡和赞美，也有对处于现代转型期中国的洞见与误读。文章将泰戈尔笔下中国形象的生成和演变概括为想象中国、阅读中国、展望中国几个大的过程，可谓是切中肯綮。

再次，关于泰戈尔与中国作家关系的研究也是热点。魏建《泰戈尔究竟怎样影响了郭沫若》（《中国现代文学研究丛刊》第 3 期）一文以郭沫若与泰戈尔的接触为切入点，指出郭沫若通过泰戈尔的诗接受了泛神论，获得了宗教境界与艺术境界相互造就的精神升华，这成为郭沫若诗思维的重要基础和特征。从《女神》以外郭沫若早期的佚诗来看，泰戈尔诗歌对郭沫若的影响不是“清新”二字所能概括的，而且这种影响绝不限于惠特曼影响之前。更重要的是，泰戈尔成就了郭沫若对新诗“内在律”的发现。戴前伦《文化碰撞与心灵对话——徐志摩“康桥情结”与泰戈尔“人类第三期世界”比较研究》（《江西社会科学》第 4 期）探讨了泰戈尔与徐志摩的关系，认为徐志摩的

“康桥情结”与泰戈尔的“人类第三期世界”的对话，昭示出他们既有思想旨归和哲学基础的迥然异趣，也有忧患意识和“爱”的人生关怀的思想趋同，既有一定可鉴性，也有明显局限性，这是中国文明与印度文明、东方文明与西方文明的文化碰撞，是留给新世纪的文化痕迹与思考。侯传文《中印文化哲学：泰戈尔与道家》（《东方丛刊》第2期）在20世纪的世界上发生很大的影响。这样的精神契合与影响渊源，既是东方文学交流的佳话，也是比较诗学跨文明研究的范例。

继泰戈尔之后，在作品中主动接受中国文化影响的印度作家非常罕见，相关研究也是极为少见的，在这种意义上，尹锡南《印度作家维克拉姆·赛特笔下的中国题材》（《东方丛刊》第2期）一文显示出了其学术价值。文章通过研究当代印度流散作家维克拉姆·赛特（Vikram Seth，1952）的中国游记、中国题材诗歌以及他对中国古代诗歌的译介，指出赛特的中国书写既体现了他对中国文化的热爱，也反映了他以印度之眼观察和思考中国的一面。可以说，他的中国书写浮现出“文化中国”与“政治中国”并存的双重形象。尹锡南文章对赛特在中印文学交流史中的特殊作用作了客观评价，并对其作为后殖民作家的中国书写的特性给予了高屋建瓴性的理论总结。另外，尹锡南、梁昭《从流亡到移居：印度移民作家的后殖民书写——以芭拉蒂·穆克吉为例》（《南亚研究季刊》第1期）一文，关注了印度移民作家的后殖民书写，文章从材料到观点都有令人耳目一新之感。

研究中国作家与印度文化关系的文章，首推王向远《中国作家与印度文化的因缘关系值得研究：兼谈〈佛心梵影——中国作家与印度文化〉一书的写作》（《南亚研究》第1期），文章从跨文化研究的立场出发，对上千年来中国涉及印度的有关作家作品进行了较为系统的梳理与评述。王文尝试打通文史界限、打破虚构性作品与非虚构性作品的界限，以揭示中国作家对印度的客观的研究记述与主观的情感想象之间的内在联系，并最终呈现出中国文学中的印度形象，对于学界研究具有提纲挈领的重要作用。李群《章太炎的语言文化观与印度》（《南亚研究》第2期）一文，研究了印度历史、文化、社会及其进步人士的民族独立观和复兴思想，对章太炎社会革命学说和学术理念方面产生的鲜明影响。章太炎依据自己在小学方面的特长，以印度文字为参照，对中国文字的发音、起源等问题进行考证、清理和净化，形成了独立、完整的汉语言文字学系统，为民族复兴提供了强有力的文化实证支持。

整体来看，2009年度的中印文学比较研究虽然出现了一些重量级的论文，但研究规模无论是从纵向上较往年相比，还是从横向上与2009年度中日、中韩文学比较研究的繁荣相比，都不难发现有收缩的趋势，甚至是在以往中印文学比较研究的传统领域——以印度两大史诗为中心，进行中日文学影响关系的探究清理工作，也有衰落倾向，相关重要论文仅有和建伟《〈摩诃婆罗多〉与〈三国演义〉的英雄观》（《辽宁行政学院学报》第4期）、《〈摩诃婆罗多〉与〈三国演义〉情节结构比较》（《学理论》第27期）两篇文章，这种现象无疑提醒我们应该思考一下未来中国的东方比较文学研究的发展方向以及研究领域的分界与版图了。

2 中国与东南亚文学比较研究

中国与东南亚诸国文学的比较研究，主要集中在六个方面。第一，形象学问题研究，即中国文学中的东南亚形象和东南亚文学中的中国形象研究。夏菁《欲望在高热光源下想象——试论中国现代作家游记的南洋情调》（《文艺争鸣》第7期）以现代中国作家的南洋游记为中心，指出这些游记作品中，自然往往被赋予人文的想象和幻觉，这表现在原始森林、灌木丛林与性欲之间的诗意联想。另外，作为一种独特的南洋体验，高温热、黑色形象成为作家在游记中描述想象的焦点。文章通过地理描写、空间描述、人物形象三个方面的讨论，指出中国现代作家游记笔下的南洋情调，固然在一定程度上反映了南洋真实的图像，但其描述性的、评判性的文字却充盈着幻想和臆测的成分。不仅如此，作家们在描绘南洋图像或南洋情调时，不仅抽离了其复杂性，而且在南洋图像与原始性爱、意趣之间建立联想。周柳波《形象学视野下的香港文学和新加坡华文文学——“中国形象”对读之一》（《柳州师专学报》第4期）指出香港文学和新加坡华文文学基于共同的民族文化心理积淀，建构了“温情中国”的形象，但由于注视者观看时的距离不同，造成了描述结果的差异：一个深沉忧伤，一个单纯明快。张旭东《从〈马来纪年〉看古代马来人对中国形象的认知》（《南洋问题研究》第4期），以马来人的历史经典《马来纪年》为研究对象，认为马来人对中国形象的认知是：中国人与马来人同源而生；中国皇帝拥有巨大的财富和强大的兵力，威仪非凡，但也不能违抗真主的意志而要求马来国王称臣纳贡；中国人充满智慧、温文敦厚，不信奉伊斯兰教而吃猪肉和猪油。总之，《马来纪年》中勾勒出的中国形象是马来人在自我认同中产生的“他国”形象，是“虚幻”和“真实”的混合物。

第二，中国文学与东南亚文学类型的比较研究。明清两代五百余年，琉球作为中国的附属国，受中国文化影响极深。明代琉球汉诗今已不存，清代琉球汉诗自顺治年间开始，风行二百年。毛翰《琉球弹丸缀闽海，得此可补东南荒——琉球汉诗概述》（《华文文学》第1期）概述了琉球汉诗的发展情况，并指出琉球汉诗大致有两大主题：一为有国之乐，二为亡国之痛。朱文斌《新马华文诗歌与中国新诗关系论析》（《华文文学》第4期）关注了新马华文诗歌与中国新诗，指出二者遥相呼应几乎都是在现实主义层面上发生的，中国新诗中一度涌动的浪漫主义与现代主义思潮虽在新马华文诗歌中激起回应，但很快被抗战情境所消解。即使二战结束后，新马华文诗歌脱离了与中国新诗保持步伐高度一致的格局，但是仍然形成了以现实主义为主潮的局面，从根本上来看，还是没有摆脱中国新诗的影响。谢仁敏《晚清南洋革命派的小说观念及小说品格——以新加坡〈中兴日报〉为样本》（《东南亚研究》第6期）以晚清新加坡革命派报刊《中兴日报》刊载的小说作品为研究对象，该报为南洋革命派在孙中山直接指导下兴办的舆论机关报，因此在小说观念上以革命启蒙性为基调。但后期迫于经营压力，逐渐增加小说的娱乐性、消闲性成分以吸引读者。谢仁敏文章特别指出，该报小说以中国性为主要品格，但在小说工具性的发挥、多语体采用及本土题材采纳等几个方面，又体现出本土性，可视为南洋华文小说品格的萌芽。另外，泰国华文小诗是进入新世纪崛起于泰华文坛的文学形式，因此也引起了部分学者的关注。赵朕《论泰国的华文小诗》（《世界华文文学论坛》第3期）认为，台湾诗人林焕彰在主编《世界日报》副刊时，开辟《小诗磨坊》的专栏，为小诗创作提供了生息繁衍的场所。可以说，“小诗磨坊”已经成为泰华小诗的代名词和创作群体的代表。

第三，中国作家与东南亚文化的关系问题。重要论文如衣若芬《在全球化视野下阅读徐志摩的南国书写》[《清华大学学报》(哲学社会科学版)第6期]。1928年徐志摩以其旅游经验为背景，创作小说《浓得化不开》(新加坡)，描写青年林廉枫旅居新加坡，受到大自然郁郁勃发的生命力感染而萌生了原始的欲望和幻想，作品具有鲜明的反传统和西化特点。衣若芬以徐志摩这部作品为核心，联系对照其续篇《浓得化不开》(香港)及《死城》(北京的一晚)，解读异域文化的"他者"如何召唤自身的原始情欲，及徐志摩以"食"与"色"表达对情欲客体的耽溺和主体的厌弃，以书写作为救赎和升华性本能的历程。夏菁《两种声音及其他：鲁迅研究在新马》(《当代作家评论》第6期)则关注了新马的鲁迅研究问题。鲁迅并没有到过新马，但其作品和思想对新马的华人社群，尤其是知识分子有着深远的影响。鲁迅在新马的影响或研究反映了新马特定时候的历史语境，牵扯了新马与中国的历史关系。这里面既包含了新马华人社群如何看中国以及其所持的距离，即所谓"侨民意识"抑或"本土性"，同时也涉及了新马特定历史时期的现实需要。总之，鲁迅在新马的沉浮与新马的历史语境密切相连，而且随着新马学者对阶级等意识形态的疏离，关于鲁迅的研究也就越来越趋向冷静的学术研究。

第四，关于移民作家、流散作家及华文作家的研究。李萃茂《海外中华游子文学创作的文化取向——以东南亚中华游子文学为例》(《赣南师范学院学报》第2期)通过比较海外中华游子的文学创作，指出东南亚中华游子文学的创作因其与中国传统文化的密切关系，呈现出本土性和本源性相互交糅的特点。文章为考察海外中华游子文学创作的世界性以及中国传统文化的现代转换提供了极好的视角。1990年后中国新移民到新加坡的人数渐多，移民和离散族裔的主体性，是经受外部渗透和内部构建的体系，既适应也抵抗生活的环境。游俊豪《主体性的离散化：中国新移民作者在新加坡》(《长江学术》第1期)指出，由于资源掌握、体制运作、分层融入的不同，新移民作者在新加坡的文学作品展现了本地化、原乡化、全球化三种主要趋势，他们的主体性也因此而离散化。新移民作者的多元、流动、弹性，恰恰是当代离散族裔的现代境遇。另外，菲律宾的华文作家注重以文化的视角观照异域生活。菲华文学在语言使用上受到中原文化的濡染，并透出中原民俗文化的独特内涵和深沉底蕴。王欣《论菲律宾华文文学对中原文化的坚守与传承》(《许昌学院学报》第1期)一文指出，菲华文学对中原文化的承传更多地表现为对尊儒重道、怀土念祖、儒商之道等中原文化精神的承传。菲华文学对中原文化的坚守与传承，既饱含着菲华作家与中原文化源远流长、血浓于水的亲情，又生动地展现了中原文化特有的历史震撼力和时空穿透力。另外，值得注意的论文还有张小燕《评新华作家蓉子的"中国在地书写"》(《世界华文文学论坛》第1期)、庄伟杰《马华文学的问题意识和价值判断探蠡——兼谈马华文学研究与教学的可能性》(《华文文学》第2期)等。

第五，越南汉文小说的研究成为热点。陈益源《中国明清小说在越南的流传与影响》[《上海师范大学学报》(哲学社会科学版)第1期]一文从比较文学传播研究的角度出发，首先从传入途径和传入作品数量上探讨了中国明清小说大量流传越南的情况，其次述及中国古代小说对越南汉文小说、喃传和戏曲等方面的种种影响，指出明清小说曾大量流传越南并产生巨大影响，但目前在越南绝少明清小说善本的踪影这一事实。李时人《中国古代小说与越南古代小说的渊源发展》[《复旦学报》（社会科学版）第2期] 从比较文学渊源研究的角度出发，指出16世纪前期模仿和借鉴中国《剪灯新话》的短篇小说集《传奇漫录》的出现，标志着越南古代短篇小说的起步，17世纪以后出现的《皇越春秋》等长篇小说则深受中国“历史演义小说”的影响。严明《越南汉文小说的异国文化特色》[《上海师范大学学报》（哲学社会科学版）第4期] 一文从比较文学接受研究的角度出发，指出越南汉文小说的创作环境及作者身份与中国小说有很大的不同。越南汉文小说并没有像中国小说那样经历过从说话艺术到书面文学的长期过渡，而是直接借鉴和模仿了中国小说创作观念及语言结构形式。但越南汉文小说又并非是对中国小说叙述方式的悉心模仿，而是大量运用越南的人物、场景及历史文化材料创作的极具本土文化色彩的作品，从而确定了越南汉文小说的异国身份及独特艺术价值。孙婷婷、任明华《论越南汉文小说〈圣宗遗草〉的真伪与思想内容》（《枣庄学院学报》第4期）从影响研究的角度出发，具体关注了越南汉文小说集《圣宗遗草》，指出其中《鼠精传》模仿了中国小说《包龙图判百家公案》中的《决戮五鼠闹东京》。上述论文尽管视角不同，但总而言之，都说明了越南汉文小说主要由历史演义类小说及传奇类小说组成，这些小说在体制方面大都采用章回体形式，作品旨趣与明清小说颇为接近，但同时也表现出了鲜明的本土特色。

第六，东南亚神话故事的文化人类学研究。史阳《印度尼西亚的“俄狄浦斯”故事——〈覆舟山故事〉的叙事结构分析》（《国外文学》第1期）指出，《覆舟山故事》是一则典型的俄狄浦斯式故事，它不仅是印度尼西亚家喻户晓的著名民间故事，还是国际民俗学界关注的经典民间故事之一。文章采取结构主义神话学的方法，分别从神话素的二元对立、故事场景的宏观转换、二元对立结构的转换三个层次，对该故事进行形态学的叙事分析，探索故事深层中所蕴含的人与动物的关系问题。史阳《菲律宾阿拉安—芒扬人洪水神话的象征内涵》（《东方丛刊》第2期）属教育部批准的“东南亚古典文学翻译与研究”项目的阶段性成果之一，作者通过大量田野调查指出，芒扬洪水神话展现出洪水前后存在着两个截然相异的世界，众多新秩序是借着大洪水产生出来的，这是土著居民普遍持有的观念。这些神话一方面讲述的是原初人类转变为现实人类的过程，即人类之所为成为人类的历史，解释了人类创生以来一系列最基本的问题；另一方面又讲述了人类文化史上的第二次创造，创造出了今天现实世界所运行的各种秩序，其中包括最为重要的性和生育制度。

整体来看，2009年度中国与东南亚文学的比较研究视野较为广阔，在不同的研究领域皆有代表性论文出现。与中日、中韩文学比较研究不同，中国与东南亚文学比较研究中虽然也有形象学、类型学、主题学的研究，但移民作家、流散作家的研究显得极为特殊。事实上，东亚文学圈内对于移民作家的研究并不少见，如日本比较文学界对于在日朝鲜作家的研究一直比较重视，相较之下，国内的相关研究就显得有些薄弱。另外值得注意的是，东南亚地理环境和自然民族的多样性，以及与南亚、东亚的文化的交叉性，使得这一文化区域内的神话故事成为比较文学及文化人类学最天然的研究文本，目前已经引起了欧美及国内众多研究机构的重视。

3 中国与阿拉伯文学比较研究

2009年度该领域的研究首先集中在文学类型的平行比较研究上，尤其是关于“玛卡梅”的研究。“玛卡梅”是中古阿拉伯文化史上集歌、舞、乐、事为一体的独特艺术形式，以贴近社会底层民众、散发浓郁生活气息的特点吸引了大批生活于阿拉伯社会底层的民众。艺术家对它的叙事性特征的强化，使它的唱词渐渐摆脱了乐曲及动作限制而最终走向文学。孟昭毅《玛卡梅：从艺术到文学》（《文艺研究》第6期）重点探究了玛卡梅艺术与玛卡梅文学在本体论上的联系与区别，并阐释了其成因及影响，其中包括玛卡梅的艺术本质、文学性、文学发生学意义、文学成就，以及对东西方作家的影响等问题。李瑾《阿拉伯“玛卡梅”与中国“苏州评弹”比较研究》（《青海民族学院学报》第2期）一文，关注了“玛卡梅”与我国江浙一带民间流行的“苏州评弹”的关系，通过比较这两种不同民族、不同风格的文学艺术形式，揭示了文学发展的共同规律。另外，宋代诗话与同时的阿拉伯阿拔斯王朝后期诗论，在立足言意关系之辨、对诗歌技巧的关注、随意性与系统性并存的表述等诸多方面都形成对等与呼应关系，徐扬尚、郭明军《宋代诗话与阿拔斯王朝后期诗论技巧论比较》（《铜仁学院学报》第2期）一文通过比较这二者，指出同是技巧论，宋代诗话以追求意境、意象、妙悟、韵味等为内涵的意象诗论，而阿拔斯王朝后期诗论则以追求贝蒂阿、白雅尼、玛阿尼等为内涵的修辞诗论，二者共同的“诗心”与“文心”及其民族特质由此可见。

其次，中国作家文学观、创作思想与伊斯兰的关系研究也是该领域内的热点之一。古代文学方面有李珺平《李贽“亦穆亦商”思想与〈古兰经〉》（《东方丛刊》第4期）一文，文章指出李贽亦穆亦商思想相当突出，这主要体现在李贽对人性、对男女见识、对商业和对社会等问题的看法上，这些看法与《古兰经》非常符契。文章最大的特点，就在于直接引用《古兰经》来阐明李贽某些观念的原始出处。在现当代文学研究方面，梅晓云《举意与旁观：论张承志与V. S. 奈保尔的伊斯兰写作》（《外国文学研究》第5期）一文，通过比较中国作家张承志与印裔英国作家V. S. 奈保尔的伊斯兰写作，指出张承志的伊斯兰写作表现出强烈的前现代激情，是圈内人的“文明内部的发言”，其写作姿态是“主位的”（EMIC）。而奈保尔的伊斯兰写作是圈外人的研究，其写作姿态是“客位的”（ETIC），他只是一个旁观者、思考者和批评者，并表现出西方世界的伊斯兰俗见。因此可以说，主位的文化感受和客位的文化感受，是这两位作家的伊斯兰写作最大的不同。

最后，关于中国与波斯文学的比较研究。波斯文学是东方文学的重要组成部分，尤其波斯诗歌，即使在世界文坛上也占有非常显赫的地位，然而我国对其研究并不全面、深入。考察阿拉伯、波斯文学在中国的传播与影响的文章，最重要的是张爱民《鲁斯塔姆形象及其在中国的影响》（《枣庄学院学报》第3期）一文，文章通过对十世纪波斯诗人菲尔多西的巨型史诗《列王纪》的分析，指出《列王纪》中的一些英雄形象同样活跃于维吾尔古代民间文学之中，这可能与波斯祆教的传入有关，也可能与伊斯兰教传入前就已根深蒂固的尚勇精神有直接关系。另外，关于汉译伊斯兰著作的研究，有周耀明《汉文伊斯兰译著的造化流行学说》[《北方民族大学学报》（哲学社会科学版）

第1期]，文章指出在域外传入的阿拉伯语、波斯语苏非典籍的影响下，诸多明清之际的汉文伊斯兰译著都阐述了以“数一”“大命”等汉语化造物论命题为核心的造化流行学说。文章通过文本比较，对此类概念学说及其来源得到了比较确切的文献还原，并指出以新柏拉图主义“流溢”理论为模式的伊本·阿拉比学派的学说是其思想的主要来源。

另外，该领域内值得关注的论文有周钦《论西班牙文学中的阿拉伯渊源》[《暨南学报》（哲学社会科学版）第2期]，姑丽娜尔·吾甫力、阿曼古丽·依明《维吾尔文学中的苏菲神秘主义》[《北方民族大学学报》（哲学社会科学版）第5期]，金欣《伊斯兰教对其后阿拉伯文学的影响》[《大众文艺（理论）》第11期]，张安琪《〈一千零一夜〉中的“中国”探源》（《吕梁高等专科学校学报》第4期）、宗笑飞《回眸东方——1949年后阿拉伯世界对中国文学的关注》（《回族研究》第3期）等。总之，2009年度中国与阿拉伯文学比较研究领域，依然以平行研究、文学类型研究为重点，最大的亮点在于中国作家创作思想与伊斯兰思想的关系上，另外也出现了少量的影响研究与翻译研究的成果，这些都为日后欲从事中国与阿拉伯文学比较研究的学者奠定了一定的研究基础。

四　2009年度中西比较文学研究综述

李慧娟

中西比较文学研究一直以来作为中国比较文学的重头戏，在2009年度依然呈现出百花争艳的良好势头。从论文的选题情况和专著的研究重点来判断，2009年中西比较文学较以往呈现出以下研究态势：第一，从研究方法上看，从微观入手解决宏观问题成为研究策略。第二，从研究对象上看，比较文体学研究门可罗雀，比较创作学研究炙手可热。第三，有了自觉将中国文学纳入世界文学甚至世界文化大潮中去解读的研究意识。第四，从传播影响研究类著作的时间跨度上看，出现多部跨越百年的大型史论著作，初现"世纪总结"的趋势。第五，2009年度优秀著作中，研究对象上敢于开辟新领域、方法论上敢于进行新探索的著作多是由年轻学者的博士学位论文修改而成，而中老年学者的著作则多用力在"深"或"全"，在既有研究成果的基础上向横纵两个方向拓展。

（一）中西文学总体比较研究

中西总体文学的比较是一个相当宏观的题目，研究者不仅要对新出现的文学现象保持高度敏感，还往往需要深厚的中西文化积淀和修养作为背景前提，否则很容易陷入出力不讨好的尴尬：或者得出的结论适用范围有限，或者结论根本就是老生常谈，没有任何新意。相比而言，2009年的中西文学总体研究情况比以往有了新的变化和实质性突破，给中国比较文学研究注入了新鲜的观念，增添了新颖的视角。

很长一段时间，中西文学比较很大程度上是单方面的影响研究或传播研究，即把重点放在西方文学思潮、文艺思想对现当代中国作家创作的影响上。比较有代表性的是论述西方的浪漫主义、现实主义，以及自然主义、象征主义、唯美主义等文艺观念是如何被中国作家接受并奉为圭臬。而从2009年的论文情况来看，虽然单方面的影响研究仍然存在，但是真正意义上的中西双向比较开始成为主流。郭文君的《中西文学作品命名比较研究》（《皖西学院学报》第6期）把视角集中到文学作品命名这种文化修辞现象上。一般而言，中国文学作品命名重抒情性、写意性；西方文学作品命名重写实性、传记性，还可以加上宗教性。这种差异的产生，来自中西不同学术文化背景和文学作品自身不同内容的双重影响作用。而在现当代，随着中西文学的交流日渐频繁，中西文学作品命名也呈现出一些互动。对中西文学作品命名进行研究是一个很有新意的题目，虽然作者最后得出的结论未免有些笼统，但其丰富的材料支持和详尽的数据分析，以及脉络清楚的流变过程展示，使得这些结论很有说服力。王立的《西方骑士与中国古代的侠——中西方文学共同母题中表现的正义精神》[《上海师范大学学报》(哲学社会科学版) 第4期] 比较了由西方骑士和东方侠客所分别诠释的“正义”。西方文学多从民族解放、铲除暴君、击退外敌等宏大事业来表现骑士的英雄正义，这是一种社会公理正义，注重强调正义必定战胜邪恶的信念；而中国古代侠文学中的正义多为“私义”，即家族或小团伙的道德，带有明显的个体借助为君国建功立业来体现自我价值的趋向。在中国，违法杀人复仇是一种道德实现；在西方，受基督教影响，人的善恶由上帝来仲裁。在个人情感方面，西方骑士的爱情本身就由正义构成，行使正义使命的主要动机就是获取女性爱情；而中国侠的正义，却要高于爱情，常以牺牲爱情来换取正义实现。本文摒弃了以往单纯比较人物形象的传统视角，另辟蹊径，发掘背后支持人物动作的精神动力，在拓宽了研究思路的同时，也加深了研究深度。邓永桂的《论中外古典文学作品中离别模式之异同》(《求索》第5期) 从中西离别模式的书写出发，以小见大，管窥其背后的文化指涉。中西文学创作在离别时的场地背景、情节结构和文体选择诸多方面形成了各自的特定模式。中国诗人描写的分别场景相对固定，定型化的特点很明显，而同样的场景在西方诗人笔下则是过程简单随意，感情豁朗直露。其次，中国文学作品离别情节结构普遍程序化，戏剧文学作品往往情节完整，首尾喜用对比，追求一种喜剧气氛和大团圆的完美结局。而西方戏剧文学中的离别故事有点“有始无终”的味道，作者不重交代离别后的下文，却着意制造缺憾的、不对称的乃至毁灭性的悲剧气氛。最后，从书写离别的常用文体上看，在中西方文学也各有其“特色产品”。中国文学作品中，有唐一代蔚为大观的离别诗，仔细分别，更有宴别、赠别、送别、寄别、留别等。而在西方，人们倾向于用史诗、悲剧、骑士文学的形式来表现离别。这些不同特点体现了中西方不同的文化底蕴、情感体验、风格特点和审美追求。而导致可以从社会经济状况、文化传统、社会政治斗争和文学传统等几个方面来寻找原因。文章从“离别”这一点向外辐射，涉及场景、结构、文体等三个方面，继而又论及文化审美等形而上的层次，见微知著，很有启发性。于晓梅的《〈诗经〉和〈圣经〉对中西文学影响的比较研究》(《边疆经济与文化》第10期) 分析了《诗经》和《圣经》作为经典对中西文学影响的异同。作为两种不同文化的经典，《诗经》和《圣经》对于各自文化中文学的影响有许多相同点：一是为各自的文学提供创作和再创作素材；二是所包含的人文精神对后世文学基调的影响深刻；三是丰富的辞藻和创作手法为后世文学所沿袭继承；四是二者的影响都内化于载体中，自然而不突兀；五是都在各自文学的萌生之初便开始影响，由来已久、潜移默化。但是《诗经》和圣经的文化背景差异注定了它们对于各自文化中文学的影响存在固有差异。《诗经》是作为劳动人民集体创作的歌谣而存在的，而《圣经》却作为宗教典籍而存在，这在根本上决定了二者影响的不同。虽然都在精神层面予以浸淫，但宗教对于人文的介入，似乎更为直接而有力，这决定了《圣经》除了和《诗经》一样有着潜移默化的影响过程外，还有一种宗教介入的强制性。

除了以上的宏观文学比较，双向比较的倾向也渗透到了具体文体的研究当中。孙先旭的《俯仰之间——谈中西戏剧观众欣赏戏剧的审美差异》（《戏剧文学》第 1 期）是从接受理论的角度分析观众对戏剧的欣赏状态。中国戏曲观众处在一种心态上的高位置，去俯视演出；而西方戏剧观众处在一种心态上的低位置去仰视演出。出现这种差别有几个方面的原因：第一，中西方观众和演员的关系不同。西方戏剧倾向于以演员为中心，观众服从演出，而中国戏剧则以观众为中心，演出迁就观众；第二，西方戏剧的文学性很强，欣赏西方戏剧主要是欣赏戏剧的思想内容，而中国戏曲以唱念做打为表现方法，欣赏戏曲主要是欣赏演员的唱做技艺；第三，西方戏剧发端于古希腊祭祀大典上的歌舞表演，是宗教仪式的一个组成部分，带有宗教的庄严肃穆，而中国戏曲的形成过程是多种娱乐样式的综合，宗教祭祀仪式对它的形成影响并不大，本质上是一种娱乐手段。王春云的《中西小说中人的求索之途》（《南通大学学报》第 5 期）对中西方小说中的探索型人物形象进行了分析。文学世界中，活跃着无数永不言弃、不断探索和追求精神自新的人。中西方小说中人的寻求、探索呈现出不同的轨迹和方向。中国人更多的是圆形循环以及对这一圈定的突破和超越，所谓的“画圆”与“破圆”；西方人的探求是开放式的、直线型行进，即便最后要面对无果而终或者死亡毁灭，也始终无悔。双向比较在一定程度上是对单向接受研究的超越和进步，它意味着比较文学思路的拓展，预示着比较文学研究的自觉性。

另外，从微观入手解决宏观问题成为中西比较文学的研究策略。众所周知，西方文学涉及的国家和民族众多、时间跨度巨大，因此对其进行总体上的把握显得过于野心勃勃，得出的结论也往往有失偏颇。而从微观问题出发，以小见大地折射中西方文化差异的微妙之处，成为有效避免此类诟病的捷径。2009 年度论文中就出现了一系列从具体作家作品的比较入手解决宏观问题的研究转向。和俊的《从〈罗宾汉〉与〈水浒传〉的比较中看中西文化差异》（《西安社会科学》第 5 期）从传统文化的角度，以英国小说《罗宾汉》和中国长篇小说《水浒传》两部作品为例，探讨这一相同主题在中西方不同文化的影响之下所表现出来的不同形态，从而得出中西方不同的传统文化价值观，以及产生这种不同文化的深层次根源。首先，从命名上看，一个直接采用小说主人公的名字，一个则采用一百零八位英雄的总体——水浒来命名，这直接反映了中西方不同的思维模式和价值取向：中国强调群体、集体概念，而西方强调个人意识，注重个人的自由与权利。其次，在复仇心理上，《罗宾汉》对绿林英雄的复仇行为的描写表现了强烈的人道主义精神，这与西方人自觉的法治精神、基督教的仁慈博爱、中世纪骑士精神和绅士风度是分不开的。而《水浒传》中血腥、暴力的复仇场面比比皆是，使小说充满了野蛮性和破坏性，这种复仇价值观受到我国“人治”文化的影响。最后在婚姻爱情上，《罗宾汉》中儿女私情处处可见，有情人终成眷属，而在《水浒传》中，不近女色是梁山评定好汉的一条重要标准，水浒英雄大多对婚姻退避三舍，更不用说爱情了。这也间接反映了西方的尊重人欲和中国的“存天理，灭人欲”的文化差异。通过对两部代表性作品的具体分析，作者直观展示了隐藏在文本背后的中西价值观念差异和冲突。值得肯定的是，作者得出的结论均有充分的论证，因此有很强的针对性和目的性，不会显得大而不当。雷丽、钟晓晨的《从阿喀琉斯与格萨尔看中西方的英雄文化》(《楚雄师范学院学报》第8期)通过阐述阿喀琉斯和格萨尔两大英雄的战斗动机、成败及命运结局的差异，从而揭示中西方的英雄文化分歧：在西方，英雄更大意义上是一种精神的寄托和希望。在不如意的现实生活中，人们期待有股力量支撑他们对生活的信念，支持他们一直走下去，这就是英雄的力量。而在东方，英雄代表的则是摆脱苦难现实的一个实在的救世主。人们对他的期望往往超乎现实的限制，而把改变生活的一切希望寄予英雄，这在很大程度上削弱了人们对生活的积极性。阿喀琉斯和格萨尔作为西方和东方最典型的英雄化身，其形象最大限度地涵盖了民众的理想，从而折射出中西方英雄观念的差异，作者从典型人物着手，给文化这一大概念一次惟妙惟肖的模型展示。毕小蕊的《从亚里士多德的悲剧观看中西悲剧结尾设计的差异》[《语文学刊》(外语教育与教学)第6期]以亚里士多德的悲剧观为切入点比较了中西方悲剧结尾的不同。西方悲剧基本上遵循了亚里士多德对悲剧的定义，“由顺境转入逆境”，一悲到底。因此，西方悲剧的结尾往往是以最残酷的方式出现。而中国的悲剧无论过程如何曲折，人物遭受何种折磨，最后必定附上一条“光明的尾巴”。这种差异背后有其文化渊源。中国的“天人合一”理念和儒家的“哀而不伤”的中和思想促使中国文学形成了独特的审美传统，中国的悲剧创作不是执着于对立的毁灭、恐惧的塑造，而是在对立中寻求“和”。而作为西方精神旨归的“神人合一”则孕育着西方人民的“原罪”意识，这种“原罪”意识使他们为赎罪而奋勇斗争，给予直面悲惨人生的心理承受能力。西方的悲剧往往重视矛盾冲突，讲求激烈的行动，西方的悲剧主角也往往具有“明知山有虎，偏向虎山行”的英雄气概，面对强大的对手，也决不退缩。而灾难性或毁灭性的结局也是其悲剧追求的一个方面。

从微观入手解决宏观问题是多数人认可和崇尚的研究策略，然而真正操作起来却困难重重，关键在于材料和结论的对等性，如果材料过于狭窄，很难得出有说服力的大结论，因此怎样在材料和结论之间挂钩是需要作者事先认真考量的。

从研究对象上来看，比较文体学研究门可罗雀，比较创作学研究炙手可热。文体学是对文学的各种体裁样式的研究，及对文学作品的外部结构、体制、样式的研究——套用时髦的说法，就是对文学作品的“硬件”部分的研究。比较创作学，是王向远教授提出的一个新的比较文学的范畴。它指的是对文学作品的各种内部构成因素的跨文化的比较研究，其中主要包括题材、情节、人物形象、主题等四个方面。从收集到的资料来看，中西文学作品在文体特征上的异同没有受到研究者的足够重视，这个领域比较有代表性的研究成果寥寥无几。北塔的《论十四行诗式的中国化》(《中国现代文学研究丛刊》第4期)是仅有的几篇文章中比较有代表性的一例。本文从韵式、句式和章式三个层面系统分析了十四行诗和律诗、绝句、词的关系，梳理了十四行诗中国化的过程，对于那种“只闻十四行的名，不究十四行的实”、不讲格律、肆意粗制滥造的做法给予批评，号召用汉语写出“完美的十四行诗”。此外许霆的《中国诗人移植十四行体格律论》(《中国比较文学》第4期)也从创作论的角度具体探讨了中国诗人对西方十四行诗体格律的移植，主要表现在音步的对应移植、音组的排列方式、诗行的长度格式、短式的格式定位和韵式的对应移植等层面。

绝大多数研究者在作品的创作学研究上表现出极大的兴趣，其中涉及最多的是主题方面的研究。李静的《“永恒女性”与“性灵佳人”：中西文化构型下的女性审美意识》（《辽宁大学学报》第6期）对“永恒女性”与“性灵佳人”这两个中西方最经典的女性审美范式的发生发展史进行了梳理，并在比较中探讨了这两个范式产生和发展的文化根源。在西方更替式的文化发展过程中，永恒女性是暂处边缘地位的诗兴话语寄寓其价值理想的载体；而在儒道互补的中国传统文化结构中，性灵佳人则是源于道家的诗兴文化精神的“存意之象”。因此虽然比起主流的妇德楷模来，审美型女性获得了更多展现个性与挥洒才情的空间，但她们本质上仍是被审视、被塑造者，仍是男性中心主义文化规范下的一批“诗兴文化符号”。刘玉宇的《从〈瓦尔登湖〉中的儒学语录看梭罗的儒家渊源》（《外国文学评论》第3期）详细分析了梭罗在《瓦尔登湖》中所摘引的儒家经典语录，尝试论证儒家思想一方面并没有对梭罗思想产生重要影响，但另一方面书中的儒家经典语录也不像有些学者认为的那样，与梭罗思想毫不相干。梭罗对儒家经典固然有明显的“曲解”或“误用”，但其中也体现了一定程度的契合，虽然这种契合仍旧建立在某些中西方思想的差异之上。李兴华的《浅谈中西方诗歌中和谐思想的三种体现》（《铜陵学院学报》第1期）在对比中西方哲学与诗歌作品之后，认为诗歌的和谐应该包括人与自然的和谐、内在与外在的和谐、生存与死亡的和谐三个方面，中西方诗歌在追求和谐中存在一些共性与个性。李圣轩、滑彦立的《中西方及时行乐诗歌主题比较》（《科技信息》第14期）对中西方诗歌中普遍存在的及时行乐主题进行了对比，认为虽然中西方以及时行乐为主题的诗歌都带有很强的劝世性，但是西方多描写感官上的愉悦、性爱或女性美的消逝，内容比较单纯，而同一主题的中诗表现的内容则更为多面复杂。最后作者认为“及时行乐”虽然有消极颓废的一面，但在当时的历史背景下有着极现实的意义和批判性。他们诗中的享乐思想有着深刻的时代内涵，很难用消极或积极、进步或倒退来定义它。这是特殊时代所产生的特殊诗歌，有它自身的独特风貌。刘淑红的《从中西文化比较的角度论王尔德的写意世界》[《绍兴文理学院学报》（哲学社会科学版）第4期］通过文本分析，结合中西文化比较方法，对王尔德的写意世界进行探讨研究。王尔德的写意世界可以分成两个方面：一是在作品中营造感观化世界，有意模糊诗画界限，用文字创造色彩和勾勒线条，重构世界，最大限度激发读者的想象力；二是在创作上采用虚实相生的手法，用远离现实的荒诞故事情节揭露和批判维多利亚时期社会的庸俗虚伪本质。在解析这两方面的同时，与中国传统文化中的写意展开比较研究，探求两者的相同之处——都具有象征性思维，采用绘画中的写意手法，以求诗与画的融合；而相异之处在于情感投射的对象不同，各自的审美追求亦大相径庭。罗寰宇的《“向死而生”的存在——论冯至〈十四行集〉中海德格尔的存在思想》（《名作欣赏》第6期）从“此在”与自我担当、“在世之在”与自然万物和人的联系、“与他人共在”与人之间的相互联系三个方面来说明冯至《十四行集》与海德格尔存在思想间的联系。从这几组关系中，我们能看到冯至的“沉思的诗”的深厚哲理性和对人生的深沉思考。

主题研究，见仁见智，相对而言，是一个比较容易操作的领域，因此有大量的文章论及，但是量多并不等于质优，从上面列举的一些例子中我们也可以隐约看出，很多文章对主题的挖掘还不够深刻，甚至仍然停留在对文本的感悟式点评。

比较创作学除了对作品主题层面的探讨，另外一个重要的研究对象就是文学形象。对中西文学作品尤其是小说和戏剧中的人物形象的比较也是本年度论文的关键词。陆正兰的《卡门：西方的“东方女人”与东方的“西方女人”》（《外国文学研究》第4期）分析了卡门从东方融入西方，又作为西方形象回返东方的历程。在梅里美时代，对于以法国为代表的已经进入现代进程的欧洲而言，西班牙是异己的“半东方”，对于西班牙来说，吉卜赛人是异类，是他者，是异己的东方。所以卡门在小说中是异中之异；卡门身上的两重性，是西班牙本身的“东方”两重性，也是主流欧洲眼中的西班牙两重性。卡门的魅力所在，也是她的危险所在，所以无论是诱惑的卡门，还是难驾驭的卡门，都必须死去，欧洲人必须把心魔送上祭坛杀死才能解脱，也只有把着魔的何塞送上绞刑架，欧洲文明才能回归自我。在欧洲现代性演变过程中，“卡门”这个能指被保留了，但意义却改变了。这典型地体现在戈达尔与绍拉等人关于卡门的电影中，卡门渐渐成为西班牙迷人的混杂性文化的必要组成部分；卡门追求自由执着，也渐渐成为欧洲现代性成熟过程中获得的因素。“卡门精神”依次成为西班牙精神、法国精神、欧洲精神。此种“内化”，也就是边缘价值被吸收进入欧洲中产阶级文化主流的过程。从《卡门》的当代欧洲改编可以看出，各种人现在都会爱上卡门。这种变化却是欧洲文化一个多世纪演化的印痕，也是欲望凝视本身的逻辑，正如看着一面凸镜，西方对“异类”的凝视，倒过来映出的是凝视着的西方自身：加诸卡门这个“东方女子”身上的诸种神话品质，最后证明是欧洲自身的欲望。卡门的回归在李冯的小说中表现得最为明显。我们可以看到，“卡门精神”对中国人是完全异己的价值。中国在被动现代化的急促进程中，不得不面对一些异己价值：卡门的性自由精神，是经济现代化顺带而来的，不是中国社会生活的主动要求。这篇小说写的是中国人对待“卡门精神”的矛盾态度。在拒绝异己价值的同时，有些变化正在我们身上发生，我们在卡门身上看到的，与19世纪中期的欧洲人一样，是我们的欲望加上我们的恐惧：我们在排拒他者之时，有可能迎面走上他者走过来的路程。当我们的眼睛开始觉察到世界的异样时，我们也感到自己在变——这是我们睁开眼睛的代价。周新民的《塞林格与苏童：少年形象的书写与创造》（《外国文学研究》第3期）分析了美国作家塞林格的少年书写对苏童的影响，是典型的比较文学影响研究。塞林格的小说塑造了许多少年人物形象，展现了少年孤独与寂寞的心灵、矛盾的性态度，以及热衷于探索生命的价值与意义的青春心理。塞林格还从少年的价值立场出发，批判成人世界的庸俗与虚伪，表达了少年追求自由与纯洁的理想。在叙事形式上，塞林格采用了少年叙事视角，以及俚语、意向性语言来塑造少年形象。塞林格给了苏童创作灵感。苏童无论在小说艺术形式上，还是在表现少年青春心理的具体内容上，都承继了塞林格。但是，苏童也有所创造，他笔下的少年形象是特定的社会历史文化背景的反映。不仅如此，苏童还注重吸收中国传统语言来刻画少年形象。因此，苏童所创造的少年形象，与塞林格既相似又有所超越。董锋、丁玉娜的《中外文学悭吝人形象的当今解读》（《沈阳师范大学学报》第4期）以新的思维和视角对中外文学作品中悭吝人的形象进行了重新解读，发掘其身上的某些可取之处甚至是闪光点。作者认为对悭吝人形象的研究长期以来视角过于单一和狭窄，而事实上悭吝人形象自身有着复杂性和多面性。除去文学上的夸张效果，悭吝人的追求财富和吝啬节俭绝对可视为一种古朴风尚的传承与存留。倪思然的《龙瑛宗小说中的“多余人”形象探析——兼与19世纪俄国文学中的“多余人”比较》（《世界华文文学论坛》第4期）将中国台湾作家龙瑛宗小说与19世纪俄国文学中的“多余人”形象的异同点进行了分析比较，与传统的多余人加以细致对比，作者想要说明龙瑛宗以独具特色的浪漫抒情笔调塑造的多余人形象，凸显了日本殖民统治下台湾小知识分子特有的生存困境。

大多数研究有了自觉将中国文学纳入世界文学甚至世界文化大潮中去的意识。中国现当代文学的进程和世界文学是息息相关的。早在清代晚期，梁启超等人掀起的小说革命就是中国文学借鉴西方文学的成功典型。这股潮流在五四时期达到高潮，并作为五四精神的一部分一直延续至今。如今，中国文学的创作已经深深嵌入世界文学之中，在受到本国传统文学的影响之外，也不回避外来营养的摄入。相应的，对中国现当代文学的研究也越来越注意挖掘其中包含的外来因素，避免孤立地看待问题。

李晓华的《西方哲学与中国文学熔铸而成的“天才之作”——王国维〈人间词〉的审美意象剖析》（《中国比较文学》第1期）将王国维放到西方哲学与中国文学的双重背景下加以分析，认为王国维的《人间词》是以儒道为“气”、以康德为“神”、以叔本华为“骨”、以传统语言符号为“象”的“天才之作”，因而其成就“不屑屑于言语之末，而名句间出，殆往往度越前人”。杨经建的《五四文学与存在主义》［《厦门大学学报》（哲学社会科学版）第3期］探讨了五四文学与存在主义这样一个在学界尚未得到正视，却具有实质意义的话题。作者认为，首先，由于五四新文学运动实质上是文化启蒙运动，所以启蒙主义语境中的存在主义价值选择，成为五四文学的时代必然。其次，从“新浪漫主义”——“现代主义”——“非理性主义”的话语意义链来审度，所谓“新浪漫主义”话语不啻为一种存在主义的艺术表述。再次，由生命哲学的视角切入，五四文学的生命诗学及创作形态，在将西方生命哲学本土化吸纳的基础上，显示出其存在主义文学的创作本体论的意义。曾锋的《沈从文的文学创作与西方古典音乐》（《中国比较文学》第3期）采用跨学科的研究方法在沈从文的作品中挖掘西方古典音乐的痕迹。作者认为对西方古典音乐的热爱有助于沈从文形成自己独特的“美的宗教”，音乐滋养了他的灵魂和艺术想象。他自觉地在文学创作中实验作曲方法，用语词模仿音乐。现代中国的音乐抒情文学这一新类型和新风格，在沈从文手中趋于成熟。他通过三个基本途径在文学中表现音乐：声音、结构和主题（以及将三者综合起来的意象），其音乐化创作对音乐—文学关系研究具有重要意义。张勐的《史铁生作品中的〈圣经〉原型》（《文艺争鸣》第3期）将史铁生的作品放到西方基督教文化中加以诠释，除了点名其作品在叙事的句式、修辞、语气、神态等方面受到《圣经》文本的影响之外，重点发掘了史铁生作品底部《圣经》原型意味深远的复现；寻索基督教神性感悟在作者心路历程中的投影，辨析文学形象与神性意境之间交错啮合、抵牾辩证的关系。张全之的《无政府主义与启蒙主义之关系及对中国文学之影响》（《现代中国文化与文学》第2期）在阐明了无政府主义与五四启蒙主义的相互融合与根本分歧之后，也分析了其对中国文学的影响。其一，无政府主义给中国文学建构起世界主义的理想信念。梁启超的《新中国未来记》就想象着全世界弭兵，达到永久的和平。自《新中国未来记》之后，晚清小说中频繁出现世界和平的乌托邦胜景，这与无政府主义的广泛传播有着密切联系。其二，无政府主义引发的晚清暗杀风潮，直接导致了晚清“虚无党”小说的繁荣，使晚清小说充满了浓厚的英雄主义和浪漫主义情绪。其三，一些无政府主义者创作的作品在宣扬无政府主义的同时，也弘扬着人的觉醒与解放的主题，如蔡元培的《新年梦》等。张秦、杨敏的《美国文学中的儒家思想》[《西南民族大学学报》（人文社会科学版）第5期]则在美国文学中寻找中国儒学的踪迹。从18世纪的富兰克林到19世纪的爱默生、梭罗，再到20世纪的庞德，都能看到儒家学说在他们作品中的演绎。曾艳兵的《中国的西方文学经典的生成与演变》（《湘潭大学学报》第4期）是从宏观的角度来把握西方文学经典的“中国化”。作者认为西方文学经典并不等于中国的西方经典，那些成为中国的西方文学经典必然经过了文化的过滤和转换。西方经典的中国化与中国译介者的眼光和视野是分不开的，并与中国的政治意识形态、主流文学传统紧密相关。西方经典还必须经受现代性的考验才能成为中国现代社会的文学经典。西方文学经典“中国化”后就成为中国文学的一部分，甚至成为中国文学经典的一部分，对中国文学的发展和演变发挥着十分重要的作用，甚至在某种程度上影响并改变了中国文学的基本精神和特征。

除上述论文外，2009年度中西文学总体比较领域主要有五部重要专著：王家平的《鲁迅域外百年传播史：1909—2008》（北京大学出版社）、方长安的《冷战·民族·文学：新中国“十七年”中外文学关系研究》（中国社会科学出版社）、沈庆利的《现代中国异域小说研究》（北京大学出版社）、王洁群的《晚清小说中的西方器物形象》（湘潭大学出版社）、尹德翔的《东海西海之间：晚清使西日记中的文化观察、认证与选择》（北京大学出版社）。

《鲁迅域外百年传播史：1909—2008》是迄2009年止对鲁迅在国外的传播研究涉及国家最多、资料最为翔实、评述最为中肯的一部著作。作者利用传播研究的方法，系统全面地梳理了自1909年《日本及日本人》杂志上介绍鲁迅与周作人兄弟的译文集起至2008年本书付梓为止，100年来鲁迅在日本、越南、朝鲜等东亚国家、欧洲和北美、苏联和东欧、南亚、西亚、非洲以及拉美国家的译介传播史。本书通过对百年来鲁迅思想和作品在世界上传播的历史轨迹的爬梳，考察全球范围内中国学界对鲁迅作品的翻译和研究的丰富性及复杂性，评介鲁迅传播史上的重要现象和热点问题，分析有代表性的鲁迅研究者及其学术成果，探讨鲁迅在全世界所产生的影响。全书以20世纪四五十年代之交美国和苏联两大阵营“冷战”局面的形成为界，把百年国外鲁迅传播史分成“冷战前时期”（20年代初—40年代后）、“冷战时期”（50年代初—90年代初）和“冷战后时期”（90年代初以后）三个阶段来作纵深勾勒；在横向维度上，作者把鲁迅在国外的传播研究分为“鲁迅在日本及远东国家的传播”、“鲁迅在欧美西方国家的传播”和“鲁迅在俄苏及其他东欧国家的传播”三个主要群落，再加上对“鲁迅在亚非拉国家的传播”这一群落进行考察。全书架构合理均衡，且根据三个发展阶段的不同特点在内容安排上稍有调整。学术语言老到，对国外鲁迅研究代表性学者及著作的评述颇具洞见。笔者认为该书的价值有二：一是史料价值。本书采用传播研究的方法，对海外的鲁迅译介、传播进行史无前例地全面梳理，数量庞大的资料搜集与整合工作颇见作者扎实的学术功底，对鲁迅研究领域的贡献善莫大焉，在比较文学领域的传播研究著作之中也堪称范例。二是作者在对国外鲁迅研究的梳理介绍之外，还对鲁迅研究中出现的热点想象提出了颇有见地的个人见解，如对鲁迅研究中著名的罗曼·罗兰来信事件的评介等。尤其是在结语部分，作者对鲁迅域外传播的区域格局、重要学派以及鲁迅文学遗产进行了深入分析，对相关领域研究者颇具参考价值。

《冷战·民族·文学：新中国“十七年”中外文学关系研究》以“冷战”时期社会主义与资本主义两大阵营对峙为背景，将“十七年”中外文学关系放在新中国社会主义建设和中国新文学现代性追寻过程中进行梳理阐释。作者具体论述了十七年文学与苏联文学的关系，突破了长期以来“同期对应”的观点，认为十七年中苏文学关系事实上经历了一个由认同、模仿到反思再到疏离的嬗变过程。另外，作者还开拓性地考察、研究了十七年文坛与欧美文学和亚非拉文学之间的特殊关系；不仅研究了十七年文学在社会主义阵营的传播接受现象，而且探讨了西方资本主义国家对十七年文学的绍介与言说；不仅分析了十七年中外文学发展、演变的特征，揭示出其内在的话语逻辑与根源，而且从不同层面对其经验教训进行了反思。在方法论上，作者利用传播研究的方法，重视资料的挖掘、梳理，以史料呈现“十七年”中外文学关系的复杂形态，在此基础上进行理论思辨，力求做到论从史出，史论结合。全书共分为九章。第一章具有绪论性质，概述了“十七年”中外文学关系在“冷战”背景下所呈现出的基本特征。第二、三章梳理了“十七年”中中国文学与欧美文学的关系，既包括纪念欧美进步作家、翻译欧美文学作品等非直接交往活动，也包括集中译介欧美现代派文学的现象。第四、五章考察了“十七年”中中苏文学关系，作者认为认同、焦虑与变异构成了该时期中苏文学关系的内在关系线索与基本特征。第六章考察了“十七年”中中国与亚非拉地区文学的关系，该章无论是史料挖掘还是理论分析，均在某种程度上具有填补空白的意义。第七、八章利用传播研究的方法梳理“十七年”时期中国文学在社会主义阵营、日本及欧美资本主义国家的传播。第九章利用话语理论以时间为序分析了“十七年”中外文学关系嬗变的内在话语逻辑。

《现代中国异域小说研究》首先对该书的研究对象——“现代异域小说”进行界定，即“中国现代作家创作的、以异域为背景、以中国人在异域的生活或以外国人自己的生活为素材”的小说作品。作者在文本细读的基础上，运用文化心理学、社会学尤其是比较文学形象学的相关理论，围绕作品中的“异国、故国与‘自我’这一角度”，对苏曼殊的《断鸿零雁记》、郁达夫的《沉沦》、老舍的《二马》、林语堂的《唐人街》等“异域小说”进行了颇具特色的解读，并且由此探讨了现代作家的“异域观”与“世界观”。全书共分为五章。第一章是总论也是绪论，廓清了古代中国与现代中国对于自身和“异域”的看法，尤其是近代中国“异域”观念的变革，梳理了现代中国异域小说的发生、发展线索。第二章探讨了涉及“日本形象”的异域小说作品。第三、四章分别探讨了与“西方形象”“东方形象”相关的异域小说。作者认为，现代中国作家在构造西方形象的过程中，往往不能忘怀自己背后的祖国“阴影”；他们构造的西方镜像，更多地折射出其复杂矛盾的文化心理人格。但与对西方国家形象的塑造截然不同的是，他们总是把一种浪漫瑰丽的异域情调和从容自若的审美想象，与中国以外的

"东方异域"扭结在一起，从而，更多地体现出一种相对平和从容的文化心态。第五章回到"文学"自身，探讨了异域题材为现代中国小说与文学带来的"新质"与新因素，以及异域题材与作家的创作个性之间的某些特定关系。作者对异域小说的文本细读中闪现着诸多颇具启发性的新观点，而且全文架构中把中国现代小说中的"异域形象"分为"日本形象""西方形象""东方形象"三个类别颇具新意，又言之成理。稍有欠缺的是作者的理论功底有待加强，对部分现代异域小说的评论，还停留在一般的感受和分析上，缺乏深层次的理论观照及问题意识。《晚清小说中的西方器物形象》的研究对象虽是西方器物形象，但使用的却是文化诗学的方法论。作者从晚清小说中所涉及的西方器物形象入手，具体分析了晚清时期国人的种种西方器物经验，探讨附着于其上的社会文化意蕴，尤其关注它是如何与其他因素一起共同促成并试图解决曾经困扰整个中国近现代史的重大问题：民族自我危机和心理焦虑问题。该书的立场是通过对西方器物的祛魅、抵抗、收编、挪用，最终想象性地发明中国器物，构造中国未来，化解身份危机，释放心理焦虑和重建民族自我，并在文本中使一些西方器物形象最终卸下西方印记，转而成为新"中国"、新"国民"的符号。全书共分为四章。第一章考察了晚清社会接受西方器物的过程，及晚清小说中对西方器物的表现，及其所蕴涵的深层社会文化体验。第二章通过对晚清小说中的西方器物形象的解读，挖掘西方器物给晚清国人带来的全新的"现代性体验"。第三章考察了西方器物给晚清社会带来的文化心理创伤，及民族自我意识的危机与焦虑。在第四章中，作者提出晚清后期小说家们通过描述西方器物形象、发明中国器物，来疗救民族心理创伤，建构民族认同。此书开辟了解读晚清小说的另一有效途径，通过展现器物形象与社会文化之间复杂的互动关系，揭示出中国古代文化的深层魅力。而且由于作者出身文艺理论专业，文化诗学理论修养深厚，对中西方理论信手拈来，运用得手，值得细读。《东海西海之间：晚清使西日记中的文化观察、认证与选择》别具匠心，选取晚清使臣这一特殊人群、晚清使西日记（游记）这一特殊文体作为研究对象。晚清使西日记自20世纪80年代重新整理出版后，多被学界作为历史文献，用以探讨中国社会的现代化问题，本书作者则在吸收借鉴前人成果的基础上，独辟蹊径，从中西文化交流的角度进行考察。流传至今的使西日记大约有30余种，著者20余人，本书作者选取其中的15位作者，并特别以斌椿、志刚、郭嵩焘、刘锡鸿、张德彝、薛福成六位为重点，立足于文本细读，利用西方自传学、形象学、文化身份等多重理论视角，对这些使西日记进行考订、解读和比较。作者成功地把传统的历史考证研究与文化学研究相结合，发现并分辨出这些初出国门的外交官对陌生的西方文化不同的接受姿态，以及他们对母体文化不同的守护立场，并进一步从他们的教养、个性、生活环境和生活道路去解释其中的差异。另外还需注意的是作者在全书结构上的考量。作者认为，使西日记五花八门，重点不同，风格各异，欲求综合所有问题以得出结论既不可能也会失去方向。而如果从既定思想命题出发，又容易忽略中国近代史的复杂性，将历史图表化。因此作者选择从代表性作家作品出发，针对不同表现提出不同问题。全书分为绪论、正文八章和结论三部分。在绪论及第一章，介绍遣使西方与晚清使臣日记汇报制度的历史文化背景及具体实践情况。其后的六章分别对六位代表性使西日记作者的日记进行细致讨论，对其他使西日记进行简要介绍，并在此基础上，对使西日记中的文化观点做出总体探讨。在结论部分，作者认为，晚清日记中所表现出的晚清外交官对中西文化的态度主要在三个问题上表现出重大分歧：一是伦理，二是文化取向，三是国家理想。而这三个问题，也都成了日后“中西文化之争”的关键性问题。

除以上重要著作外，冯望岳的《陈忠实小说：在东西方文学坐标上》（中国社会科学出版社）、魏崇新的《比较文学视阈中的中国古典文学》（外语教学与研究出版社）也值得关注。冯著是一部陈忠实小说的研究专著，全书六章，在第五章“陈忠实与东西方小说家比较研究（下）”中，对陈忠实与契诃夫、莫泊桑、马尔克斯、肖洛霍夫、昆德拉等作家的小说作品进行了平行比较研究。魏著是作者以20世纪80年代所作的论文为主体整理而成的一部论文集，集中前三章的研究均是用西方文学理论，如原型与母题理论、女性主义批评、叙事学等对中国古典小说进行解读的“阐发研究”之作，第四章对中西小说进行了平行比较的个案研究。最后，在中西文学总体比较研究中，还有一部治学态度极其不严谨的著作需要提及，即马庆红的《英美文学中的中国文化》（中国戏剧出版社）。本书立足具体文本分析、根据时间顺序对英国文学和美国文学中对中国文化的态度进行梳理。但作者从各个时期的英文文学中选取文本类型与数量的标准有些模糊，而且在对个案文本分析的过程中出现大量对文学史定论的复述，并无多少作者本人的创见。此外，全书所有引文均没有注释出处。

（二）中西文学各体比较研究

从文体来看，中西小说的比较研究仍然是中西文学各体比较的重点，然而戏剧和诗歌也逐渐成为比较研究的热门领域，并大有迎头赶上之势。因此2009年的中西各体比较研究呈现出小说、戏剧、诗歌三家鼎立的局面，相比而言，散文并没有得到应有的重视。戏剧和诗歌研究的繁荣，其实并不会让人感到惊讶，无论在中国还是西方，戏剧和诗歌在数千年的历史沉淀后，都成了拥有特殊规范的文学样式：戏剧有其关于舞台背景、人物台词、情节结构等方面的规范，而诗歌也有其在辞藻、韵律、字数等方面的标志。明显的文体特征无疑增强了内部之间的可比性。从国别来看，中国各体文学在英语世界的传播、影响研究出现了多部重量级著作，但对于欧洲与中国文化、文学交流历史悠久的其他国家，如法国、俄罗斯的中国各体文学研究并未出现系统全面的梳理。

（三）诗歌

在对诗歌的研究上，运用的最广泛的研究方法是平行研究、影响研究以及传播研究。在平行研究方面，罗文敏的《东西方英雄史诗中的“磨难”母题与“三段式”情节》[《西北民族大学学报》（哲学社会科学版）第1期]将古希腊荷马史诗和古印度两大史诗以及中国古代藏族的英雄史诗《格萨尔王传》作了平行比较，从而得出结论：《格萨尔王传》的重心所写，既不如荷马史诗的“历险”，也不同于印度史诗的“受难”，而是介于此两者之间的“磨难”，而且后者是涵盖前两者的一个母题；同时，东西方史诗中隐含着一个共同的最基本的情节模式：神奇“孕”生——情爱受阻——惩治奸佞（建功立业）这样一个三段式结构。武岚的《简论中西方悼亡诗的艺术差异》[《文学教育》（上）第3期] 以苏轼的《江城子》和弥尔顿的 *On His Deceased Wife* 两首悼亡诗为例，分析了中西方悼亡诗的不同，中国悼亡诗在儒家对死亡“存而不论”态度的浸染下是纯粹的悲伤基调，而西方的悼亡诗，受基督教的灵魂不死、升入天国信仰的影响，在悲痛之余往往存有希望。另外在艺术手法上，中国的悼亡诗更多采用现实性意象、白描写实的艺术手法和质朴无华的词语，表现出现实主义的写实风格。而西方悼亡诗多用想象性意象，并运用刻绘想象的艺术手法，以富有丰富内涵的典故表现出浪漫主义的幻想风格。张广奎、闫一炜的《中西诗歌情感之美学比较》（《社会科学家》第6期）从诗歌情感的角度来把握中西诗歌在美学上的异同。情感或感觉是美学的核心问题，西方美学常把情感与理性对立起来讨论，而中国美学则更注重化情感于理性，或化理性于情感。不管中西美学的情感侧重在何处，情感在中西诗歌中都占有非常重要的地位，这也是讨论诗歌要从美学角度出发为好的原因所在。张梅的《中西诗词特点析》（《理论导刊》第8期）从分析汉语古典诗词与英语的特点出发，对宋词翻译采用意象等效性、声韵宽置性、结构灵活性、语言转换可逆性诸项原则做了探讨，认为这些实际是诗词直译方法的具体化。

在影响研究方面，陈伟的《英美意象派诗与中国古诗关系浅析》[《大众文艺》（理论）第19期] 认为中国古诗对英美意象派创作在意象具体可感、诗意的含蓄等方面都有影响。英美意象派在很大程度上是对中国古诗理论的一种借鉴，却有偏误存在。角色定位、思维方式、创作方法的差异是造成它们区别的重要因素。李雁的《论中国现代自由体诗与西方现代文化之关系》[《山东师范大学学报》（人文社会科学版）第5期] 探讨了中国现代自由体诗与西方现代文化之关系。中国现代自由体诗是在现代西方文化的影响下产生的。达尔文的进化论思想改变了中国人传统的思维方式，催生了新文学革命，白话代替了文言，新体诗代替了旧体诗，白话成为自由诗的基本特征；现代诗人接受了西方自由主义思想的影响，自由的文体形式成为其思想自由、个性解放的具体表现；现代诗人具有了平等民主的观念，白话、自由体诗成为诗坛主流，民歌体成为现代诗歌发展的一个重要源泉，诗体发展呈现出大众化趋势。郑平的《中国古诗意象艺术对西方现代诗的影响》[《赤峰学院学报》（汉文哲学社会科学版）第12期] 分析了中国古代诗歌对西方意象主义诗歌形成过程中的关键性作用。20世纪初，一些英美等国的诗人对中国古代诗歌产生了浓厚兴趣，并接受了它的意象艺术的影响，从而形成了英美新诗运动中的意象主义流派。意象派在创作中模仿借鉴中国诗的意象艺术，表现出近似的审美效果，形成了自身特色。

在传播研究方面，陈希的《论中国现代派诗对意象主义的接受》（《文学评论》第5期）运用接受研究的方法，对西方意象派诗歌与中国现代派诗的关系进行了如实清理和辩证剖析；认为中国现代派接受外来诗潮的多元格局中，意象派的地位是主要的：中国现代派诗歌在诗艺和诗论等方面吸纳意象主义诗学，并催生现代都市诗的兴起，但在意象的意义、意象营造和意象价值等方面存在差异，这种变异有其必然性，与我们时代、民族、传统的审美情趣、心理和风尚有关。许霆的《中国诗人移植十四行体格律论》(《中国比较文学》第 4 期）认为中国诗人在诗歌的现代化过程中，成功地移植了西方十四行体，十四行诗成为 20 世纪新诗现代化的重要成果。中国诗人移植西方十四行体，坚持在借鉴中改造，在创作中创体。在移植十四行体的格律方面，主要表现在音步的对应移植、音组的排列方式、诗行的长度格式、段式的格式定位和韵式的对应移植等层面。

2009 年度也有两部专著从传播研究角度对中诗在西方的接受进行了探讨。

江岚的《唐诗西传史论：以唐诗在英美的传播为中心》（学苑出版社）是系统全面地梳理考察 20 世纪中期唐诗在英美世界译介、传播、接受过程的一部力作。该书与本综述的“中国与西方其他国家的比较文学研究”部分提及的斯洛伐克汉学家马立安·高利克所著的《捷克和斯洛伐克汉学研究》一书，均为阎纯德、吴志良主编的研究海外汉学的系列丛书——《列国汉学史书系》中的组成部分。作者以英美公开出版发行的唐诗英译版本为主要依据，通过追溯英译唐诗的起源，系统检视众位主要译介者的成果，力图在客观评价译者们在唐诗西渐进程中的历史贡献的同时，寻绎出唐诗西传的历史渊源与发展脉络，并探析其阶段性成因与特征。作者把英国和美国的唐诗译介作为唐诗西传进程的起步和发展两个阶段，分上、下两篇分别进行论述。上篇分为七章。第一章考察唐诗西传起步阶段的历史背景和特色。鉴于国内对早期唐诗译介研究的一些误解，作者在第二章重新梳理、考证当时的重要译者、译本及其内容，对当时汉学家们的学术成果和学术活动进行更为准确的学术定位。第三章是对英国汉学家翟里斯的唐诗翻译的研究。第四章就对庄延龄、约瑟夫·艾约瑟、丁韪良等人零散的唐诗译介进行了介绍和评价。第五章的研究对象是以文学创作者的身份，在英美大力推介唐诗的第一人——克莱默-宾。第六章研究的是在英国继翟里斯之后的又一位引人注目的中古古典诗歌研究专家——阿瑟·韦利。上篇的最后一章研究的是 20 世纪初的英国外交官弗莱彻。虽然不是专职汉学家，但他《英译唐诗选》(1919) 和《英译唐诗选续集》(1925) 的公开出版，标志着断代唐诗英译传记的出现，是英译世界唐诗译介从起步阶段走向纵深发展阶段的里程碑。下篇的体例与上篇大致相同，先是介绍了唐诗西传发展阶段的时代背景和特色，然后对代表译者、译者进行文本细读。在第八章，作者分析了 20 世纪西方文明遭遇危机，产生在东方文明的内在诉求，进而产生了 20 世纪初美国新诗运动时期对于中国古典诗歌的译介高潮。在第九章中，作者通过对法国、爱尔兰等欧洲汉学家所译的唐诗在美国传播情况的研究，建立了美译唐诗与欧译唐诗之间的源流继承关系。第十章考查了美国从 20 世纪二三十年代开始出现的中国诗歌的主题选译和名家译诗编选，其中唐诗一直占据主体地位。第十一章是对意象主义诗人庞德的汉诗英译集《神州集》的个案分析。作者认为庞德在《神州集》中表现出的对汉文化的翻译改写和挪用移植，标识着唐诗西传已经超越了语言、文学的层面，而进入文化层面。第十二章研究的就是两位美国学者费诺罗萨和鲍瑟尔对于唐诗美学规律、赏析理论的研究探讨。第十三章研究了继庞德之后的意象派诗歌领军人物——女诗人洛维尔与汉学家艾斯珂合作的英译汉诗集《松花笺》。第十四章分析了唐诗英译发展阶段的特有现象——华裔知识分子对唐诗的译介。第十五章研究了 20 世纪中期以后美国汉学家的唐诗译介，主要以“垮掉的一代”的唐诗译介和20世纪80年代美国汉学研究的重新兴盛为主。如本书前言作者罗时进所说，国内学界对唐诗在英语世界传播问题的研究少有整体观照，“这倒不是学界不够重视，而是寻找能够担当这一课题的学者实非易事”。本书作者江岚出生在文学素养深厚的家庭，早年就到美国攻读硕士学位，后在美国大学教授汉语及中国文学，并同时从事写作。后又回国攻读中国古代文学博士学位，可谓完全具备此课题所需的学识素质及资料搜集等条件。从全书体例看，通过对个案译本的研究串起整个脉络，并总结归纳各时期的规律特点。在具体研究中，论述结合，通过对唐诗原文、英文译文、作者对英文译文的再翻译进行仔细比对、小心求证。能够在唐诗西进的总体进程中，来对诸位唐诗译者或汉学家的学术贡献与地位进行定位评价，具有历史意识。而且作者囿于语言能力、资料的限制而未能坐实的研究之处都坦然指出，为该领域后进学者的进一步研究提供了线索。美中不足的是，作者上、下篇的篇名分别为“唐诗西传的起步阶段史论”与“唐诗西传的发展阶段史论”，相对应的内容实为英国汉学界的唐诗译介与美国汉学界的唐诗译介，题目以给人前后发展递进之次序感，而实际研究内容在时间上多有交叉，似有不妥。

黄立的《英语世界唐宋词研究》（四川大学出版社）研究对象是“唐宋词西传”，与江岚的“唐诗西传”研究可谓是“诗词合璧”。作者从唐宋词英译本研究切入，对唐宋词在英语世界的传播、接受、研究状况进行了有重点的梳理，通过对原文和英语译文的比较以及海内外不同唐宋词译本的对比，了解不同译者，尤其是身处中西文化背景下的译者在唐宋词的翻译过程中所变现出来的创造性和叛逆性，在翻译过程中所造成的文化意象的失落和歪曲，以及翻译中不同文化之间的误解与误释，以探讨唐宋词研究中所实现的中西文化的互补、互识与互证。另外，作者希望通过将英语世界的词学研究创新和成语与国内词学研究（主要是20世纪90年代之后）中西学中用或是中西结合的研究成果进行对比，探索英语世界的词学研究成果对国内词学研究所产生的影响。全书分为五章。第一章研究了海外主要的唐宋词译本及特色。第二章研究了国内学者的主要唐宋词英译本。第三章研究了中西学者在中国词翻译宗旨和方法上的差异。第四章研究了英语世界唐宋词研究的主要方向及其创新性。第五章研究了英语世界唐宋词研究对于国内相关研究领域的借鉴意义。从本书内容来看，实为两个平行比较研究，一是国内与英语世界的唐宋词英语翻译的比较研究，二是国内与英语世界的唐宋词研究范式的比较研究。作者对这两个研究领域的平行比较都颇有创见，但有两点值得商榷，一是书名为《英语世界唐宋词研究》似乎有些文不符题，二是在国内与英语世界唐宋词研究范式的比较研究中，似乎有为得出结论而刻意抬高后者的倾向。

（四）戏剧

2009年度中西戏剧比较研究领域的相关著作共有两部：曹广涛的《英语世界的中国传统戏剧研究与翻译》（广东高等教育出版社）和胡星亮的《当代中外比较戏剧史论：1949—2000》（人民出版社）。曹著对中国戏曲的各种艺术形态在海外的传播、研究进行宏观梳理与研究。全书共分为九章，第一章概述了中国戏曲在英语世界的传播史与研究概况，并分析了中国国家实力及西方人的文化距离对其的影响。从第二章至第九章分别对英语世界学者对中国戏曲的起源与形成、宋金杂剧、诸宫调、南戏、元杂剧、明清戏剧、中国仪式戏剧、傀儡戏、影戏以及地方戏和少数民族戏剧的研究。该书虽然资料翔实，但作者并没有以明确的问题意识来整合材料，有些流于堆砌。而且各章分类标准不统一，有按戏剧产生发展的年代分的，也有按戏剧种类分的，而且篇幅比例不均衡，重要程度不同的学者、论著、论文篇幅比例并无固定标准。读完全书后只能留下对相关专家的零散知识点，并不能使读者形成一个完整的英语世界对中国传统戏剧研究的概况得失的理解。而且传播、影响脉络梳理得不够清晰，对个案的分析也是多述少评，并不能够从宏观视野对学者的学术贡献与地位进行准确评价。

胡著是一篇资料翔实且论证扎实、以66.4万字的篇幅对当代中外比较戏剧史进行全面梳理评述的断代史著。在绪论部分，作者首先厘定了本书的研究对象——当代中外比较戏剧——的范围，主要包括三部分内容，首先是中国戏剧与外国戏剧事实关系的梳理，然后是研究中国当代戏剧在哪些方面受到外来戏剧影响，最后是研究外来影响如何在接受中获得新意而成为中国戏剧的当代存在。通过以上比较分析，作者试图对中国当代戏剧发展的三大问题进行探讨：一是如何对外来戏剧影响进行基于主题选择的汲取和借鉴，二是如何对民族戏剧及文化传统进行现代阐释和创造性转化，三是如何在中与西、传统与现代的交融中创造具有人类普适价值的现代民族话剧。在研究方法上，本书是影响研究、接受研究和总体研究并重。影响研究着重在思潮流派、作家作品等外来戏剧影响的主要方面，从事实联系的可视之处入手探进不可视之世界，发现和把握潜在与创作深处的本质；接受研究着重接受者主体性选择与创造性转化的审美研究；总体研究着重分析中国当代戏剧的现代性创造与世界戏剧的相通性、共同性。全书正文部分共分为三编。第一编由八章构成，梳理的是1949—1976年中国大陆戏剧与外国戏剧的关系。此时期大陆戏剧的理论与思潮、创作与演出，突出地表现为苏联戏剧的渗透。新中国初期提倡“写政策”“赶任务”是出现的戏剧“左”倾教条，戏剧界掀起的学习斯坦尼“体系”，1956年前后受苏联“解冻”思潮震荡而兴起的“第四种剧本”，以及“文革”话剧极左猖獗等，都体现出苏联戏剧的影响巨大。苏联戏剧理论和创作对新中国戏剧发展有积极作用，但是苏联戏剧20世纪30年代之后的左倾教条问题也给此时期戏剧运动创作带来相应的消极影响。第二编由十章组成，考察的是1976—2000年中国大陆戏剧与外国戏剧的关系。新时期以来，欧美现当代各种戏剧思潮流派、作家作品纷至沓来。布莱希特的史诗剧、贝克特等的荒诞派戏剧、阿尔托的残酷戏剧、格洛托夫斯基的质朴戏剧、布鲁克的“空的（戏剧）空间”，以及象征主义戏剧、表现主义戏剧和奥尼尔、梅耶荷德、密勒、迪伦马特等世界现实主义戏剧在20世纪的新发展，对中国大陆戏剧从美学观念、剧本创作到导演、表演、舞美诸方面都产生了深远影响，出现了问题剧热、“戏剧观”论争、现实主义戏剧拓展、现代主义戏剧探索、布莱希特热、小剧场艺术变革、后现代主义戏剧实验等戏剧潮流。第三编研究的是台湾、香港、澳门的当代戏剧与西方戏剧的关系。因为社会封闭、政治专制、“反共抗俄”等社会历史原因，1949—1965年的台湾剧坛成为与世界隔绝的“精神的荒原”。1965年以后，随着台湾与西方的交流逐渐加强，和1986年台湾社会政治发生激变，台湾戏剧打开瞭望世界的窗户，从突破传统写实求新求变，到开展现代主义实验剧运动，到后现代主义戏剧和商业剧众声喧哗，其创作在世界戏剧交流中不断发展和丰富。与台湾戏剧的曲折发展历程不同，香港话剧始终处在中外交流的前沿地带。1949—1966年，当中国大陆、台湾在自我封闭中隔绝与世界戏剧的联系时，香港20世纪50年代末开始了对西方戏剧的翻译和演出。只是在左、右社会的尖锐对峙中，这时期的香港话剧创作贫乏，现实剧的创作尤为艰难。当代香港话剧创作出现生机是在1966—1977年前后，"大专戏剧节"和校协戏剧社的校园演剧，继承中外现实主义传统，又吸收西方现代主义养分，推出一系列优秀剧作。1977—2000年，香港话剧走出校园，成为整个社会的文化艺术活动，形成社会写实剧和现代主义、后现代主义实验剧的多元交汇。当代澳门戏剧也在中外戏剧交流中艰难探索与成长，先后经历了现实主义、现代主义、后现代主义等外来思潮的冲击。田本相主编的《中国现代比较戏剧史》（文化艺术出版社1993年版）认为，现代时期"中国话剧发生发展的历史，即是一部接受外国戏剧理论思潮、流派和创作影响的历史。也是把话剧这个'舶来品'创造性地转化为中国现代民族话剧的历史"。而本书作者提出，中国话剧的当代时期是在特定社会情境下，在封闭发展中遭受挫折、走入困顿，和在二度西潮影响下开放探索、变革创新，在中外戏剧交融中创造新型现代民族话剧的历史阶段。

从2009年度的论文发表情况来看，中西悲剧的比较研究在戏剧研究中占有绝对份额，甚至如果没有加以特别说明，基本上默认"戏剧"就是悲剧。从研究方法上来看，多数还是从平行研究的角度来具体分析中西戏剧内在的异同。马小朝的《论中西悲剧精神的内心冲突》［《烟台大学学报》（哲学社会科学版）第1期］审视的是中西悲剧的精神内核——人物的内心冲突。内心冲突是中西悲剧精神最有代表性的审美要素，它是中西文化内在矛盾的结果，也是中西悲剧精神英雄主义的变异。西方悲剧精神的内心冲突是理性主义文化框架深刻裂痕的审美表现，中国悲剧精神的内心冲突是"礼"与"理"深刻悖论的审美表现。郭彧、田甜的《从起源看中西悲剧的差异》［《大众文艺》（理论）第3期］一文以起源为切入点，对西方悲剧和中国苦戏之间的差异做了一个对比分析，认为，西方悲剧和中国苦戏有不同的发展谱系，在根本性的情感机制的取向上，悲剧取道崇高，而苦戏则走向了怜悯，因此两者之间难以直接等同。苦戏这一术语的没落表现出的是西方文化话语的强势。张俊的《论中国戏曲与西方歌剧之异同》（《洛阳师范学院学报》第3期）从产生的背景、艺术表现形式和创作特点、舞台手法、音乐和舞蹈等多方面论述了中国戏曲和西洋歌剧的异同，并鉴于两种艺术在当今的迥然不同的接受情况提出中国戏曲的传承问题。王艳的《东西方命运悲剧之探析》［《辽宁师专学报》（社会科学版）第4期］将元杂剧与古希腊悲剧加以对比，发现二者在命运主题方面有着惊人的相似点。文章认为，中西艺术家共同赋予命运不可思议的力量，具有伤天害理的邪恶性质。但古希腊悲剧在戏剧题材的传奇性、人物抗争的主动性、结局的毁灭性方面，与元杂剧所具有的题材的创造性、人物抗争的被动性、结局的圆满性方面又有所不同。何博的《从〈赵氏孤儿〉的欧洲改本看中西古典戏剧结构之异》（《法国研究》第3期）分析了伏尔泰的《中国孤儿》和墨飞的《中国孤儿》对元杂剧《赵氏孤儿》的线性结构的彻底改造，这其中反映了中西古典戏剧迥然不同的结构观。在西方古典戏剧中，情节与素材的距离很大，为展现戏剧“激变”的特性，剧作家利用“三一律”彻底打破素材的自然顺序，让剧情从即将发生激变的关键点开始，重大素材直接由人物动作在舞台上正面展示，次要素材仅通过人物对话口头提及，剧作家需要在“发现”或“突转”上下功夫。而在中国戏曲中，情节与素材的差距很小，情节的开端通常就是素材的开端，情节的进程一般符合素材的固有顺序，素材无论主次轻重都直接在舞台上表演出来。

以上论文虽然有些处理的基本上还是戏剧比较研究中的老问题，如命运观，悲剧精神等，但大体上都能从中提炼出某些富有新意和价值的观点。然而仍然有不少的文章在进行比较研究的过程中，往往被那些已成定论、无须多加论证的概念所羁绊，从而失去了存在的意义。

宋文文的《戏剧的泾渭——试论中国戏曲和西方戏剧的审美差异》［《美与时代》（下半月）第9期］把中国戏曲和西方戏剧在审美情趣和文化意识上的差异归因于“师法自然”、“天人合一”与强调思辨和理性的不同文化背景。马勇的《中西悲剧意识差异及文化根源》（《戏剧文学》第10期）也认为西方戏剧的“壮美”和中国戏剧的“中和之美”，是西方主客分离与中国主客一体观念的影响使然。主客分离和主客一体，这种已成为学术界不言而喻的共识的东西可以作为原因出现，但是没有再用专篇论文加以论证的需要。

也有从传播接受角度着手研究的例子。周兴杰的《新文化运动与西方戏剧的接受》［《燕山大学学报》（哲学社会科学版）第3期］认为新文化运动的推行，使中国对西方戏剧的接受达到了一个新的层次。由于新文化运动者的大力推动，西方戏剧摆脱了早期只为外国侨民的自娱自乐，或者仅有少数留学背景的人士欣赏，而与中国广大民众相隔绝的局面，开始与中国社会有了更广泛层面的接触，也就是说，正是新文化运动推进了中国社会对西方戏剧的整体性接受。故此，新文化运动对西方戏剧的接受，并非一种单纯的艺术范型的引进，而是促进中国现代社会变革的重要策略，是为这场文化转型代入的结构性变量，对于推动中国文化的现代转化起到了不容否认的进步作用。

对喜剧的研究相比而言没有受到足够的重视，在这个领域还有广阔的发掘空间。景虹梅的《中西喜剧的传统异同与现代转向》（《齐鲁艺苑》第6期）研究了中西喜剧的发展历史。喜剧作为一个由戏剧种类发展而来的美学概念，在中国和西方有着各自的历史，形成了殊为不同的发展轨迹和艺术传统。喜剧的概念源于西方戏剧，因而西方戏剧中的悲、喜剧对立的古老传统深刻影响到西方传统喜剧观念和艺术表现上的诸种规范及其地位，喜剧也因其功能和适用范围，在文人喜剧和民间喜剧两大传统上，发展出极富西方文化性格的讽刺性喜剧和狂欢式喜剧的代表性样式。中国古典时期的喜剧并非严格概念指导下的自觉、独立的创作，而是呈泛喜剧化状态存在于各类喜剧性作品或非典型性喜剧作品中，其创作面貌总体上表现出以浪漫喜剧样式为主，诙谐幽默手段居多的特点，这也符合中国古代“乐而不淫”“谑而不虐”的文化特征。进入现代喜剧时期的中西方喜剧在观念和形态上发生了向悲喜剧融合的转向，西方孕育出的“荒诞喜剧”成为最突出的典型，然而同样是由于文化传统、现实语境等的根本异质，“荒诞喜剧”在中国则表现出了“貌似神非”的旨趣。孙晓天的《中西方戏剧“喜剧性”分析》（《戏剧丛刊》第2期）将中西方戏剧中的“喜”元素单独取出作为一个美学范畴加以研究，发现在中西方不同的社会制度、哲学思想以及艺术理念的影响下，“喜”不仅具有不同的内涵，而且这些内涵还在中西方各自的艺术发展道路上产生了巨大影响力。

（五）小说

在中西小说的比较研究方面，有很多文章分析外来思潮对中国作家创作的影响。富胜利、杨建丽《拉美魔幻现实主义与中国当代文学》（《文艺争鸣》第6期）详细论述了以马尔克斯为代表的拉美魔幻现实主义在中国的翻译界、理论界和创作界先后掀起的热潮。20世纪90年代中期以后，随着拉美魔幻现实主义文学高潮的消退，对马尔克斯的接受进入了一个更为深刻、更为丰富的层面。从研究方面来说，接受的深化主要体现为多元、开放接受视角和视域的引入与运用。此时中国学界引入存在主义、叙事学、后殖民主义等多样化视角探讨其丰厚意蕴与艺术价值。就创作而言，接受的深化则表现为一些作家对马尔克斯魔幻现实主义文学的主动疏离与有意“撤退”。90年代中期，莫言、余华、阎连科等作家为摆脱影响的焦虑，对马尔克斯的魔幻现实主义显露出越来越强烈的疏离与抗拒意向。从80年代的刻意模仿、追求形似到90年代的追求形神兼备，伴随着对魔幻手法创作真谛与文学创作本质的领悟渐渐深入，中国作家开始悟出：魔幻写作手法本身或许并不重要，重要的是对“如何写”的观念的改变与突破。一个更重要的启示是魔幻效果背后的文学创作因子：摆脱陈规，不拘传统的想象与虚构，自由地探索现实真实。余晓栋的《存在主义思想对古龙武侠小说创作的影响》（《理论与创作》第2期）分析了古龙几部武侠小说中的存在主义因素，其中最明显的表现就是作品中充斥的荒谬感和主人公对荒谬感的反抗。浪子形象是古龙小说荒谬感的集中体现。浪子情怀中最明显的心理表现就是空虚以及由此产生的孤独感与焦虑。古龙对荒谬的反抗是综合式的或者说是矛盾的。他一方面强调人的自由意志，主张从内心角度解决；另一方面又如萨特所说，通过人的行动自主选择介入、干预和改变现状，使之成为人们可以“自由”生活的世界。同样分析存在主义对中国作家创作影响的还有万海洋的《荒诞境遇下的存在状态——刘震云小说的存在主义解读》（《名作欣赏》第4期）。不同于风云变化的江湖，在刘震云的小说中，我们看到的是在荒诞境遇下人生道路的扭曲，普通人日常生活存在的沉沦，在物质与权力侵蚀下生存状态的异化。杨剑龙的《论基督教文化与冰心、许地山小说的叙事模式》（《中国比较文学》第3期）分析了基督教文化对冰心和许地山小说创作的影响。冰心和许地山都曾经受洗入教，都深受基督教文化影响，冰心潜隐地形成了她的“爱的哲学”，作为宗教学家的许地山强调宗教归善精进的责任。他们在创作具有基督教色彩的小说时，呈现出不同的叙事模式，冰心的小说构成了一种拯救模式，许地山小说形成了一种“天路历程”模式。“五四”时期，在全面否定中国文化文学传统背景中，基督教文化成为向西方“拿来”的一部分，中国现代作家往往各取所需地拿来基督教文化的不同因素，冰心注重基督教文化中的博爱精神，构成了她的“爱的哲学”；许地山注重基督教文化中的归善精进精神，构成了他的“落花生精神”。

此外，很多对于中西小说的平行研究也得出了一些有益的见解。王影君的《中西文学妓女形象的文化分析比较》[《辽宁大学学报》（哲学社会科学版）第6期] 选取了中西小说中经常出现也比较特殊的一类形象——妓女作为研究对象来反映其深层次的文化根源。在历史上，中西妓女同样以神巫文化为起源，后来逐渐被男性社会剥离了神性外衣，商品化为国家财富的来源。 为改变非人的境遇，中西文学中的妓女，走着不同文化的自我救赎道路，展现了不同的伦理追求和审美情趣：她们在实现自我命运救赎的过程中，分别选择了对宗教皈依和对家庭回归的道路。西方妓女在审美表现上展现的主要是在宗教神性之光笼罩下的人性美，中国妓女则主要表现出的是儒家人伦伦理之维映照下的人情美。张世君的《中西叙事概念“间架”与“插曲”辨析》（《文艺理论研究》第3期）从叙事学的角度来分析中西小说的情节组织方式。“间架”与“插曲”在中国与西方叙事学理论中都是表征情节结构的概念。中国理论家称为“间架”，西方理论家成为“插曲”。间架来源于建筑概念，本义指房屋建筑的结构。中国古代语言家、文章家、书法家、画家、小说家、诗话戏曲理论家和小说评点家以建筑的间架为自己认识结构的出发点。小说评点家从空间视角评价小说错综复杂的情节，称章回小说的结构为间架。插曲来源于音乐戏剧概念，指叙事中插入的一段情节、一个事件、一个片段。西方理论家从时间视角评价小说的线性叙事，称复杂的小说结构为插曲，并特指中国章回小说结构式“缀段式”，带有讥评。间架与插曲是中西理论家对叙事结构的不同称谓，因创作观念和文化品格不同所致。侯春慧的《中国现代域外题材历史小说创作研究》（《齐鲁学刊》第2期）从类型学与阐释学理论入手对域外题材历史小说创作加以综合研究，是对中国现代文学领域和理论视野的一种开拓。从内容上看，中国现代域外题材历史小说作品基本上都取材于欧洲神话或历史。对于外国历史，由于空间文化隔膜造成的认知能力所限，他们并不否定外国历史，也缺少寻求其记载真相的雄心，而是选择以肯定性与追寻性为特征的部分，借外国历史这一躯壳，在其表层结构之上蕴含深层结构，以镜像反映的方式，发表自我之观点，隐喻中国之现实。总之，中国现代域外题材历史小说是跨文化阐释的典型范本。王艳萍的《荒野情结与草原大命——〈熊〉和〈狼图腾〉的生态思想研究》（《名作欣赏》第27期）从生态批评的角度来解读美国作家福克纳的中篇小说《熊》和中国作家姜戎《狼图腾》两部作品中蕴含的生态思想。从生态文学批评角度来解读，我们将看到动物神话解构了人类中心主义和生死循环的圆圈意识。“荒野情结”和“草原革命”都是建立在对工业文明破坏自然的忧患意识基础之上，并且两者在表现生态意识方面具有很强的互补性，从不同的侧面给人类沉重的警告和深刻的启示。王淑君的《中西方中期乌托邦文学研究》[《长春理工大学学报》（高教版）第10期] 主要是对西方从英国托马斯·莫尔的《乌托邦》起到19世纪末这段时间的乌托邦文学（小说）与我国从魏晋南北朝到鸦片战争之前这段时间的乌托邦文学（小说）进行简要的对比研究，指出它们在发展变化、道德伦理、受宗教影响等方面的异同。通过比较，说明中国乌托邦文学与西方的一样具有传统性，一样源远流长。通过比较分析，作者得出结论，虽然中西方中期乌托邦文学同样受到宗教的影响，同样有着浓厚的道德伦理思想，不同的是我国乌托邦文学中的道德伦理思想更浓厚，而西方乌托邦文学因受基督教的影响而带有一定的禁欲主义成分。

不同于影响研究，平行研究由于对象之间没有直接的实质性联系，因此历来在比较的合法性上（即可比性）受到严格的质疑。因此在选取比较对象的时候，必须能够预先有问题意识，抱着解决问题的目的进行平行比较。然而，仍然有很多文章放松了对可比性的要求，难免落入为比较而比较的俗套。周晓微的《老舍与狄更斯笔下底层人物描写比较》[《东南大学学报》（哲学社会科学版）第S1期]、杨立琼的《论〈红楼梦〉与〈百年孤独〉的相似意境》（《宁夏师范学院学报》第1期）、建元的《情爱的悲歌道德的祭品——美狄亚与秦香莲形象比较的再思考》（《戏剧文学》第12期）、吴秋煊的《析堂吉诃德和狂人的差异性》（《语文学刊》第12A期）等一大批文章都是在简单比较作品中存在的异同之后，简单归纳原因，潦草收尾，没有问题意识的参与，整篇文章的价值都会大打折扣。

2009年度中西小说比较研究领域有一部再版著作——黄永林的《中西通俗小说叙事：比较与阐释》（华中师范大学出版社），该书是在作者1995年出版的《中西通俗小说比较研究》（台北：文津出版社有限公司）的基础上修改而成。全书运用平行比较的方法对中西通俗小说这一特殊文类进行了研究，具体而言就是对中西通俗小说的叙事模式、审美特征的比较研究，以及中国的公案小说、武侠小说、科幻小说、言情小说与西方的侦探小说、骑士文学、科幻小说、性爱小说进行平行比较研究。2009年的大陆版本与1994年的台湾版本相比，并无太大改动，主要增添了两部分内容：一是在第一章"通俗文学、精英文学与民间文学"中增添了两节内容，分别论述通俗文学的现代品格与民族传统。二是增添了新的一章"故事叙事与小说叙事"，从发生学的视角比较梳理了民间故事与小说的源流，并对"故事"与"情节"、"时间"、"历史"、"人物"等概念进行了辨析。其他各章内容只是对章节标题和具体细部稍有调整。

（六）散文

散文在中西文学比较中一直被边缘化，研究数量远远少于其他文学体裁。2009年度论文对散文的比较研究主要集中在游记和传记这两类特殊的文体上。李涯的《晚清旅外游记与民族国家想象》[《西南民族大学学报》（人文社会科学版）第5期] 选取"民族国家想象"为视角来展开对晚清旅外游记的研究。晚清旅外游记生动详尽地记录了中国人对民族国家体系的最初想象与理解。结合安德森和梁启超的理论，作者梳理了晚清旅外游记中的民族国家想象和建构的发展过程：一是民族国家体系的直观想象，包括世界地理图景的想象和民族差异与对等的体认；二是民族国家工业的想象，即对西方器物的体认；三是民族国家政治体制的想象，即对近代西方民主制的体认。晚清旅外游记开启了中国旅外游记的传统，整个中国现代和当代历史中留下的各种旅外游记，从五四到三四十年代，到49年以后的十七年时期，乃至于"文革"后到当下，旅外游记最重要的主题都与民族国家想象、建构分不开。如果说李涯的文章是从整体上分析晚清旅外游记中的中国，那么范铁权的《张德彝“述奇”日记中的西方》［《廊坊师范学院学报》（社会科学版）第6期］则是选择了其中一个具体代表来反映晚清旅外游记中的西方。张德彝的“述奇”日记记载了他在西方之见闻以及他对西方文化的认识与看法，涉及科技文明、社会制度、风俗民情等方面，内容颇为丰富。受当时各种因素所限，张德彝对西方文化的认识和看法在一些方面可能存在偏差、甚至谬误之处。尽管如此，作者认为，他的述奇日记为后人留下了关于早期中国人走向世界、了解世界的珍贵史料，在推进中外文化交流上还是做出了积极贡献。由于本文是从历史学的角度来分析作品，因此并没有过多地评价其文学价值。除了旅外游记，进入比较文学研究视野的还有外国人在中国的游记。孙英丽的《十九世纪美国游记中的中国形象》（《语文学刊》第11期）通过梳理19世纪美国三位著名游记作家——贝亚德·泰勒、詹姆斯·威尔逊和艾丽查·西德莫尔——的中国主题游记作品，力求呈现中美接触早期美国游记中的中国形象以及这种形象在美国自身文化身份建构方面所起的作用。吕沙东、陈振波的《克洛代尔多重视角里的中国形象——以散文诗集〈认识东方〉为例》（《广西社会科学》第12期）分析了法国诗人和戏剧家克洛代尔在散文集《认识东方》中所建构起来的中国形象。作者认为克洛代尔笔下的中国形象，既投射了法国社会特定历史文化语境的集体想象，又投射了他主体性的想象和欲望，表达了他对人生和自我的认识以及强烈的文化自觉意识，从而提供了多重解读的可能性。王景丹的《胡适传记文本的语言学阐释及中西传记文本的异同》［《海南师范大学学报》（社会科学版）第5期］从语言学的角度探讨了胡适传记文本的语言形式之后，接着分析了中西传记文本的异同，从叙述人称、写作手法、材料选取等角度进行了探讨，也探讨了其不同的根源以及在语言层面上的表现。李敬巍的《〈忏悔录〉与〈随想录〉比较谈》（《文化学刊》第3期）分析了两部“讲真话”的代表作，认为二者之间有着风格上的一致性，都是作者向读者真诚地展露自己灵魂的作品，但是两本书在审美风格上还是存在着一定差异：读卢梭的《忏悔录》我们感受到的是一种内在的激愤、辩解和控诉的基调；而贯穿巴金《随想录》的则是一种热切、自省和忏悔的情感。造成卢梭与巴金此种不同的原因，既有各自思想体系的因素，同时也与各自所处的不同时代背景有关。

对于通常意义上的散文进行比较研究的寥寥无几。丁增武的《苏雪林早期散文的“西化”色彩》［《安庆师范学院学报》（社会科学版）第8期］分析了五四作家苏雪林作品中的西方因素。和美文运动中女性写作遵循的中国古典感伤传统不同，苏雪林早期散文有明显的西化色彩，表现为对基督教文化、西方唯美—颓废主义文学以及西方社会制度、风俗人物和科学技术等充满亲近感与优越感的描述，显示了她在美文运动中独特的个体存在。

散文在比较研究中的劣势是一个不容置疑的事实，在此领域，期待更多的学者在研究中能找到更好的视角和方法，挖掘出更多的研究价值，开垦出更多的研究空间。

（七）童话和神话

除戏剧、诗歌、小说、散文这四种文体的比较研究之外，中西童话和神话比较研究作为少有学者涉足的领域，在2009年度也出现了部分优秀论文与著作。从晚清和民国时期的中外儿童文学关系的视角切入对中国儿童文学起源的研究，是2009年度中外儿童文学比较研究的一个重点。王蕾的《安徒生童话与中国现代儿童文学》（华东师范大学出版社）选题巧妙，是一部在比较文学、中国现代文学、中国儿童文学研究领域均具有突出的学术创新性与学术补白价值的著作。作者以中国现代儿童文学初创期（1917—1927年）所受的外来影响为研究对象，选取安徒生童话作为切入点和突破口，重点探讨现代儿童文学初创时期安徒生童话对中国现代儿童文学建设所产生的深广而具体的影响。本书运用丰富翔实的材料，在分析研究中注重发掘与运用有关研究领域的最新资料，以史实材料为据，通过纵向梳理与横向比较，按专题方式，从儿童观、儿童文学理论与创作实践三个方面，系统深入地客观呈现了安徒生童话对中国现代儿童文学的重要影响，清晰地揭示出中国现代儿童文学初创期的发展历程与历史轨迹，从一个独特的研究视角，深入地研究了中国现代文学发展进程中来自外来文化的影响问题。全书分为两大部分，即专题研究部分和拓展研究部分。专题部分由三章内容组成，分别研究了安徒生童话对中国现代儿童观、儿童文学理论和儿童文学创作实践的影响。拓展部分由两章组成，分别对中国现代儿童文学初创期和中国当代儿童文学所受到的外来影响进行了系统梳理。对于研究密度过大、很难找到学术创新点的中国现代文学研究和在中国刚刚起步、急需开疆辟土的中国儿童文学研究而言，本书站在两门学科的交叉点上，为两门学科的继续发展开辟了一条颇有价值的研究路径，也为中国比较文学的发展发掘了新的学科生长点。除王蕾的著作外，2009年度还出现了数篇比较儿童文学研究方面的论文。宋莉华的《从晚清到“五四”：传教士与中国现代儿童文学的萌蘖》（《文学遗产》第6期）探讨了传教士对中国儿童文学之发端的筚路蓝缕之功。19世纪中叶以后，传教士加强了儿童读物的编译与出版，主要包括福音小说、作为儿童文学的寓言、世界各国经典童话，不仅内容使人耳目一新，其艺术手法也与中国传统文学迥异，对中国作家具有某种示范性和启示性，催生了中国现代儿童文学的萌发。在倡导儿童文学的同时，传教士也把西方现代的儿童观和教育理念带进中国，对中国的儿童教育产生了一定影响。学界对传教士的作用一般都局限在其游记对中国形象的传播上，本文论述传教士与儿童文学发端之渊源，既有新意又有价值。张安琪的《新时期中国童话的译介与创作》[《湖北经济学院学报》（人文社会科学版）第4期] 分析了新时期中国童话译介与创作所表现出的新特点：译介在走向多元与系统，创作在走向开放与多元。在译介影响下的童话创作基本上分为两类，一类是林格伦旋风下的热闹派童话，这类童话往往有一个独特的反传统的少儿形象，充满游戏精神和热闹风格；另一类是在安徒生影响下出现的“抒情派”童话，这类作品注重刻画人物的心理与梦幻，传达一种艺术氛围，描写一种情绪体验，感受一种审美愉悦，以表达作者对人生的思考，对儿童世界的温馨关爱。

张文安的《中国与两河流域神话比较研究》（中国社会科学出版社）是本年度中西神话比较研究领域的一部力作。该书由三部分组成。第一部分是利用文化要素分析的方法考察中国的神话学研究，第二部分是利用文化要素分析的方法研究两河流域宗教和神话的发展史，第三部分才是对中国和两河流域古代神话进行的文化比较。该书的方法论——文化要素分析法是中国神话学研究的新尝试。具体地说，就是通过把一个神话叙事分解为若干文化要素，再考察这些要素最早出现的场合以及在何种文化背景中相互综合为被考察时的状态，进而还原神灵的原型和神话形成的时代与过程。作者认为，中国古代神话是本身不发达还是神话文献遭到人为破坏而导致稀少面貌，一直是困扰学界的一个谜。解开谜底只有从古代中国宗教的发展特征入手，由于中国早期宗教文献的缺乏，所以借助两河流域神话的成果十分必要。通过对两河流域神话的研究而厘清神话在宗教影响下的发展历程，进而就探掘到底是什么宗教因素限制了中国神话的发展。全书的中西神话比较部分虽然篇幅不是最多的，但其研究思路能给中西比较神话研究带来不少新的启示。也有论文对中西神话进行比较研究。李滟波的《中希“混沌”神话的哲学意蕴》（《世界文学评论》第1期）认为“混沌”神话与中希哲学之间存在一种或隐或显的渊源关系。“混沌”神话是原始先民对宇宙如何起源和万物如何生成等本源问题的集体想象和解释。在中国，远古的“混沌”神话观念潜隐地影响了老子“道”的提出，老子对“道”的描述反过来又影响了后来文献对“混沌”神话的记述；而在希腊，先于哲学而存在的“混沌”神话则直接启发了“始基”这一核心概念的形成，但希腊哲学产生之后不再回到作为其文化背景的神话母体中，而是继续向前发展。本文以中希创世神话中的“混沌”神话为研究对象，考察和探究该神话中所包含的哲学意蕴，即为中希早期哲学概念的形成所提供的文化资源。

（八）国别研究

1 中俄比较文学研究

由于在现代文学史上，俄国文学（苏联文学）和中国现实主义文学创作之间有着切实的影响关系，因此俄国文学在中国的接受研究和影响研究始终是学界关注的焦点问题。汪介之的《论中国文学接受俄罗斯文学的多元取向》［《南京师大学报》（社会科学版）第2期］梳理了中国文学对俄罗斯文学的接受在不同阶段显示出的不同的摄取侧重和价值取向。伴随着20世纪历史的变动，中国文学先后经历了五四时代对19世纪俄罗斯现实主义文学的吸纳，20世纪30—50年代前期对苏联革命文学、日丹诺夫主义的移植，50年代中期对“解冻”文学的译介及其后对“修正主义文学”的批判，自80年代中期起对“回归文学”的引进，90年代以来对俄罗斯文学的补充接受，以及对苏联解体以来俄罗斯当代文学的接纳。这一漫长的接受史程，既不断刷新着国人心目中俄罗斯文学的原有图像，也折射出接受者民族的历史传统、时代氛围、文化心理和现实需求，还透露出中外文学关系史的某些重要规律。文章通过对整个接受过程的纵向梳理，将文学气象与政治气象结合起来考虑，清晰地展示了不同时代中国读者对俄罗斯文学的不同接受态度。林精华的《俄国现代主义在中国的艰难旅行》（《外国文学研究》第4期）依据知识考古学方法，还原俄国现代主义在中国的传播过程，以求冷静呈现俄国现代主义作为一种文化现象在中国艰难传播的基本情况。自五四新文化运动伊始，中国便兴起了俄国文学热，却少有来自现代主义的热度。象征主义、阿克梅主义和未来主义等乃俄国现代主义文学发展中的重要现象，现代中国对此并非不知晓，同时，中国并不排斥欧洲现代主义。造成这种矛盾的原因，除了俄国现代主义本身的复杂性及其和现实主义、左翼文学之差别等之外，更重要的是中国知识界译介俄国现代主义过程本身出了问题。现代中国知识群体（包括不同流派或思潮中的翻译家和作家）虽不同程度地与现代主义发生着不同层次的关系，可是在人们的意识中，代表俄国的是写实主义或左翼文学，而俄国现代主义不能独立于俄国文化结构，于是那些热衷于欧洲现代主义的人对俄国现代主义则不热诚；同样，译介俄国文学的中国知识分子，在整体上是服从于20世纪初中国的整个大局的，紧密围绕启蒙主义和解决非常现实而紧迫的具体问题（救亡）这两个宏大使命，由此现代中国知识界基本上不是悲歌慷慨便是迫不及待，很少有人能静下心来做一些精深严谨的思想工作，而其中的现代主义在直接显示层面上并不吻合这种现实性要求，于是对其译介和接受更多的是知识性的，或者说，不是从寻求思想资源性目的引进俄国现代主义。这也就导致知识界对俄国现代主义的引进是很有限的，认识远不如对西方现代主义的深刻，更缺乏认同感，其存在于中国的方式，或附属于西方现代主义，或视为俄国文学的特例，更没有及时成为中国文学发展、文化建设的资源。

在以上学术论文之外，2009年度对中俄文学关系进行总体研究的有两部专著问世，即陈国恩、庄桂成、雍青等合著的《俄苏文学在中国的传播与接受》（中国社会科学出版社）和田全金的《启蒙·革命·战争——中俄文学交往的三个镜像》（齐鲁书社）。

陈国恩、庄桂成、雍青等合著的《俄苏文学在中国的传播与接受》综合运用传播学、媒介学和统计学的方法，研究俄苏文学与中国现当代文学的关系，着重展示俄苏文学在中国被接受的过程以及这一过程中的矛盾和变异，借以透视中国新文学发展的曲折历程。全书共分为六章。第一章以时间为序，梳理了俄苏文学在20世纪中国的传播历程，之后分别对俄国文学的“为人生”、人道主义和美的典范，以及苏俄现实主义文学对20世纪中国文学的影响进行细致分析。第二章探讨了20世纪中国文学对俄苏文学批评接受过程中的“移植”、“纠偏”及“阐发”现象及其得失。第三章，考察了俄苏形式主义理论与世纪末中国文论的转型关系。第四章颇有新意，考察了20世纪中国文学期刊、社团在俄苏文学文论传播过程中所起的作用。第五章、第六章是个案研究，撷取俄国文学的代表作家陀思妥耶夫斯基和契诃夫，对其在中国的传播接受进行考察。该著把俄苏文学对中国新文学的影响还原为它在中国的传播与接受问题，超越了一般的比较文学研究范围，就使以前没有受到重视的一些环节显示出了它的重要性，如文学传播中的期刊作用，接受过程中的“移植”“阐释”“纠偏”现象，不同语境中的接受形式，接受中的主体因素等。研究角度的独特和研究方法的新颖，使研究投射出新意。这项研究是对中国新文学与俄苏文学关系研究的一次推进尝试，也是对中国新文学发展史的一次理性反思。

田全金的《启蒙·革命·战争——中俄文学交往的三个镜像》一书选取了中俄文学交往史上的三个独特镜像——19世纪俄国启蒙者别林斯基、车尔尼雪夫斯基、杜勃罗留波夫的文学批评，20世纪苏联的“社会主义现实主义”以及最能体现“社会主义现实主义”斗争精神和斗争思维的战争文学，通过对这些镜像的擦拭和清理，检验和反省中国学界接受外国文学尤其是俄罗斯文学的历程。全书分为三篇，每一篇由两章组成，分别论述这三股文艺思想在俄、中两国文学的影响。作者并没有完全把两部分独立开来论述，而是注意到了三股文艺思想在俄国影响的曲折历程，与中国文学界接受的起伏变化紧密相关。第一篇，以时间为序分别考察作为美学家和文艺批评家的别车杜在中、俄两国文艺史上的命运。19世纪中期，别车杜三人先后提出启蒙主义的文学思想，在十月革命之后的苏维埃时期，别车杜被不断地简单化、革命化、偶像化，这使得其文学地位鲜明突出的同时，其文艺思想的丰富性和复杂性也大为削减。苏联解体之后，别车杜研究遭到冷落。在20世纪前半叶的中国，别车杜文艺思想也得到一定译介，但并未取得突出地位。到中华人民共和国成立后，社会主义现实主义成为唯一合法的创作方法，别车杜才得以获得特殊地位。“文革”后学界开始了对别车杜思想研究的拨乱反正，但90年代之后，别车杜回归“边缘作家”。第二篇的目标在于探讨“社会主义现实主义”的发展与演变：首先是考察了中俄两国的理论家们关于社会主义现实主义的阐述与作家的应对策略；其次考察了中俄两国属于社会主义现实主义的作家们的创作中人文精神的体现。作者认为，现代中俄两国与社会主义现实主义的关系史，就是人文精神因遭到沉重挤压而萎缩、衰落、扭曲、变形，然而最终得以复活的历史。如何在“私人化写作”与公民的社会职责之间寻求平衡，是特别值得关注的现象。第三篇中的苏俄指的是1917年十月革命至1991年苏联解体之间的俄国，在此期间苏联经历了两次全面战争和数次局部战争，并随之出现数量庞大的战争文学作品。作者意图在本编描绘苏俄战争文学的基本面貌，并对其在中国的译介传播进行简要回顾。在“代结束语”部分，作者借一部争议性俄罗斯小说《蓝色脂肪》来管窥苏联解体之后“后苏联”作家及“后现代”作家对于中俄文学关系的书写。总体来看，本书选取了中俄文学关系中在近些年遭到冷落但具有重要意义的三个重要镜像，依靠丰富翔实的传播影响材料，结合准确到位的文本解读，对三个镜像在20世纪的发展历程进行了全面梳理与回顾，是中俄文学关系研究中具有重要参考价值的一部著作。

更多的研究探讨的是具体作家对中国文学产生的影响。董晓的《关于契诃夫戏剧在中国的影响》[《南京大学学报》（哲学·人文科学·社会科学版）第1期］认为契诃夫的戏剧精神和风格对中国现代戏剧的演变产生了深远的影响。这种影响体现在对戏剧冲突的淡化处理、舞台抒情氛围的营造等戏剧表现手法方面，而这些戏剧表现手法背后实为契诃夫独特而深刻的喜剧精神。对这一喜剧精神的理解决定了对契诃夫戏剧风格接受的程度。中国现代剧作家在各自艺术风格的基础上借鉴吸收了契诃夫的戏剧表现手法，但对其独特而深刻的喜剧精神还没有充分领悟和借鉴，尤其缺乏契诃夫那深沉的冷峻所蕴涵的荒诞意识。这是中国现代历史、文化的特性造成的，这种特性使得中国现代戏剧家的创作在接受来自契诃夫的艺术影响的过程中有不小的缺失。丁世鑫的《陀思妥耶夫斯基在现代中国遭受冷落的原因探析》（《理论月刊》第1期）认为，相比同时代的俄国作家，陀思妥耶夫斯基在现代中国之所以受到冷落，其原因包括文化审美心态的迥异，国人宗教意识的薄弱以及作家艺术表现手法的陌生化效应等。此外，还有不少文章探讨具体作家对中国某一作家作品的影响，如薛国栋的《浅谈列夫·托尔斯泰对茅盾〈子夜〉的影响》（《榆林学院学报》第5期）、刘碧波的《试论契诃夫对鲁迅小说中“狂人”形象创造的影响》[《西南农业大学学报》（社会科学版）第5期]、张建锋的《艾芜接受高尔基影响的史实考述》（《小说评论》第S2期）、董莉的《鲁迅笔下的托尔斯泰式忏悔意识》（《内蒙古电大学刊》第1期）等。

中俄文学作品的平行比较研究也有一定的研究成果。高建华的《试比较徐志摩与伊凡·蒲宁诗歌创作风格》（《牡丹江大学学报》第6期）通过对这两位不同国籍著名诗人诗歌创作的分析，探讨了他们诗歌创作中体现出的共同的绅士文化倾向。王永恩的《此岸和彼岸：契诃夫与曹禺剧作主题之比较》（《俄罗斯文艺》第3期）通过对两位剧作家的对比研究，认为对现实的否定和对未来的期待是契诃夫与曹禺创作的共同主题，他们不仅批判黑暗的社会现实，同时也怀着巨大的热情憧憬着新世界的来临。朱静宇的《倪吾诚与罗亭——王蒙小说的中外比较阅读》（《文艺争鸣》第12期）认为屠格涅夫笔下的罗亭和王蒙塑造的倪吾诚有着惊人的相似之处：首先，两位作家都塑造出了属于自己时代的“多余人”的典型，他们都生活在新旧两个世界的边缘，成了思想的巨人和行动的矮子；其次，人物发展经历着十分相似的阶段：从一个进步青年到才华横溢的空谈家，从爱情婚姻的失败者到最后的岁月风云中的悲剧形象。

另外也有学者关注俄国汉学研究的情况。白云飞的《苏联中国学研究综述》（《呼伦贝尔学院学报》第4期）是对迄今为止苏联中国学的总结。文章纵览了苏联中国学的创立、流派及其代表人物，研究范围和研究成果、研究机构和刊物，对其学术水平、严谨端正的立场，客观公正的态度给予了高度评价。

2 中法比较文学研究

法国文学在中国的传播和影响研究是中法文学比较研究的重点。吴岳添、王芳的《法国文学研究六十年》（《法国研究》第4期）回顾了从中华人民共和国成立至今，中国法国文学研究经历的60年曲折发展历程。1949—1966年，是有所发展后逐步衰退的时期。中华人民共和国成立初期，曾有大量的经典小说被翻译或重译，但是重译介而忽视研究的状况并未改变，几乎没有出版过研究法国文学的专著，60年代初，外国文学研究工作已无法进行，到1964年，则停止了一切研究活动。1966—1978年，是法国文学研究全面沉寂的时期。1966年“文化大革命”开始后，一切文化活动都告夭折，翻译家傅雷等被迫害致死，法国文学的译介和研究从此中断了10年之久。1979年至今，是法国文学的研究空前繁荣的新时期。改革开放带来了法国文学研究的春天，各地纷纷成立了法国文学研究机构。北京大学、南京大学、武汉大学、广州外语外贸大学和上海外国语学院先后设立了五个法国语言文学博士点。这一时期的研究成果主要表现在文学史、思潮流派、作家作品和文学资料研究上。同时还出现了“萨特热”和包括存在主义在内的文艺理论研究热潮，中国学者评选新世纪年度法国最佳小说，不仅能使中国读者及时了解法国小说创作的最新动态和趋势，而且对于我国的文学创作也是极为有益的参考和借鉴。此外，国内外举行的各种学术会议，对于促进法国文学研究和中法的文化交流也起到了重要作用。钱林森的《法国现代主义诗潮的引进与台湾新诗运动的勃兴》[《南通大学学报》（社会科学版）第6期] 探讨了法国现代主义对台湾诗歌的影响过程。台岛诗人和法国现代主义诗潮最初接触，始于30年代兴起的“风车诗社”是台湾诗坛接受法国现代诗潮的第一波；50年代初期到60年代中期，是台湾现代诗勃兴、现代主义诗潮的发展时期，不仅承继着台岛和大陆30年代现代主义文学余绪，更直接导源于20世纪欧美特别是法国现代主义诗潮的引进和新的开发，为台湾诗坛接受法国现代诗潮的第二波。这一时期先后出现的“现代派”、“蓝星”和“创世纪”三大诗社，成为分途并进、引领本时期台湾现代诗潮走向的“三驾马车”，它们所驶过的路程，不仅清晰地标示着台湾现代诗的勃兴、发展历程，而且也清晰地划出了本时期中法文学交融碰撞的历史标向。徐欢颜的《莫里哀喜剧在中国的舞台实践》[《海南师范大学学报》(社会科学版) 第5期] 揭示了莫里哀喜剧在中国舞台上演出的独特风貌，认为在莫里哀的演出过程中，不仅出现了艺术性和政治性的矛盾，同样也存在着西洋味与民族化的冲突。

除宏观上的把握之外，也有对具体作家作品之影响和传播的探讨。李彬的《试论艾青早期诗歌中的法国元素》[《深圳大学学报》(人文社会科学版) 第3期] 主要分析了以波德莱尔为代表的象征主义对艾青诗歌的影响，认为艾青的早期诗歌无论是站在创作主题还是表现技巧上都与法国现代文化密切相关。马晓冬的《变幻的面目：从Angelo到〈狄四娘〉——雨果剧作在近现代中国的译介与改编》(《戏剧文学》第10期) 首先分析了雨果的剧作*Angelo*在中国获得广泛接受的原因，指出除了动人的情节与为爱牺牲的主题之外，作品人物模式与中国传统文学的契合是它被顺利接受的主要因素；论文第二部分考查了这部剧作在汉语世界中的演变轨迹，并讨论了不同接受者的文化立场以及时代氛围如何影响了他们对原作的“重写”。

在法国文学在中国的传播与影响研究领域，蒋芳的《巴尔扎克在中国》(中国社会科学出版社) 可谓是一部力作。该著是国内第一部全面、系统、深入地研究巴尔扎克在中国的传播与接受的专门著作。作者运用比较文学传播研究的理念与方法，将动态的历史梳理与静态的个案研究结合起来，将传播研究与接受分析结合起来，通过相关文献资料的收集、整理和分析，对近百年来巴尔扎克在中国的翻译、评论、研究及对中国文学的影响，做了全面的、系统的评述；从一个侧面充实地反映了中国翻译文学史与中法文学交流史的研究，可为中国翻译文学史、中法关系史及比较文学研究提供有益的参考。全书共分为二十章。前四章以时间为序勾勒出巴尔扎克在中国的接受史；第五至第十七章，对国内著名的巴尔扎克译者、评论者、研究者的贡献作出详尽的探讨；第十八和十九章，探讨了《欧也妮·葛朗台》《高老头》两部著作在中国的传播影响；最后一章对中国文学对巴尔扎克的态度、中国作家对巴尔扎克的接受以及巴尔扎克对中国文学的影响等问题进行了系统总结。作者具体着眼于四个层面，勾勒出了巴尔扎克在中国文化语境中的映像：一是我国译界对巴尔扎克作品的翻译，包括首译的开始、单译本的发行、结集本的出版、全集本的策划和完工、复译的广泛出现，包括有着突出成就的译者所翻译的对象、数量、风格以及对译本的选择和在译介史上所作的贡献等；二是我国学术界对巴尔扎克的研究，包括对单部作品的解读、对某类作品的几种分析、对《人间喜剧》的整体探讨、对把巴尔扎克的深入剖析，包括对作品思想意义的不同理解、艺术特色的不同发现、人物形象的不同思考以及对巴尔扎克形象的不同判断；三是我国教学界、影视界、出版界等在接受与传播巴尔扎克上所做的努力；四是我国文学界对巴尔扎克文学创作方法的吸收与运用；等等。全部研究由表及里、由浅入深，层层递进，勾画出了巴尔扎克在我国受众心中的全面映像。全书资料翔实，论述细致，逻辑紧密，既有具体作品的传播研究，也有整体传播的脉络梳理，既有单个译介者的详尽分析，同时也注意对各位译者间的对比与承继。全书大部分章节展示了较为充足的基础材料，但相比材料的宏富，分析略显不够。若能在此基础上，深刻思考巴尔扎克在中国流传中的历史命运，及其对中国历代作家的文学启示，定会在学术性上再上一个平台。另外，作为国内第一部系统阐述法国文学在中国这一论题的著作，作者的筚路蓝缕之功实在可贵，但作者本人不懂法文，想必会对研究的专业性、全面性造成一定影响。

中国文学在法国的传播和影响也有学者论及。王侃、蔡丽娟、朱志红的《〈兄弟〉在法语世界——法语书评翻译小辑》（《文艺争鸣》第2期）记录了余华的《兄弟》在法语世界受到的推崇，文章摘录了法国各大报纸杂志对这部小说的书评，提醒我们在中国之外有着其他的对当代汉语文学理解不一的阅读人群，另外，也提供给我们在进行文学批评时或有必要参考的“世界文学”维度。刘阳的《克罗德·罗阿与中国的文化对话》（《外国文学研究》第1期）分析了中国文化对法国作家克罗德的影响。克罗德是当代法国著名的诗人、小说家、评论家。他的文学生涯伴随着与中国的文化对话，他阅读中国古籍，到中国实地旅行，与来自中国的朋友密切交往，与中国结下了不解之缘。他写了几部著作专门论述中国和中国文化，表现出他对中国的热情关注。此外，罗阿还将其诗歌理论应用于中国古诗的改写之中。中国题材成为罗阿作品的一个重要部分，使之具有了几分中国文化的色彩。可以说，罗阿以其经历和文学创作证明了中外文化的交融和互补。

2009年度也出现了一些中法比较文学的平行研究。如田广的《论废名与普鲁斯特小说之“断片的美学”》[《西北师大学报》（社会科学版）第2期]、唐扣兰的《隐性的遥契：〈西厢记〉与〈伪君子〉的叙事话语》（《中国比较文学》第3期）、徐丽丽的《〈熙德〉和〈红楼梦〉之古典主义美学内涵的平行研究》（《语文学刊》第1期）。

除了影响研究和平行研究，还出现了从宏观比较文学视域对法国文学进行研究的尝试。王向远的《从宏观比较文学看法国文学的特性》（《法国研究》第1期）将法国文学放到世界文学的广阔平台上加以审视，从而概括出法国文学的三个总体特征：一，爱争吵，好论战是法国作家的天性；二，游走于政治夹缝是法国文学的独特风景；三，追新求奇是法国文学嬗变发展的特征。这三个宏观特征的概括不仅有助于理解和把握法国文学的民族特性，也可为法国文学与他国文学的比较研究提供宏观参考。

另外，法国汉学研究领域出现了一本重要论文集：钱林森先生主编的《法国汉学家论中国文学》（外语教学与研究出版社）。该著是三卷本《法国汉学家论中国文学》之三《现当代文学》卷，前两卷——《古典戏剧和小说》卷和《古典诗词》卷均于2007年出版。此丛书编译于20世纪80年代，该著是根据法国近二十年来研究中国现当代文学的最新进展进行修订和补充之后的最新版本。该著由数篇法国汉学家研究中国现当代文学的论文组成，对于学界了解法国汉学界的研究方法及思路具有重要价值。其中钱林森先生的引言《法国汉学家论中国现当代文学》对法国汉学界对中国现当代文学的研究进行了系统的梳理评述。钱先生认为法国对于中国现代文学的介绍和研究，是沿着罗曼·罗兰所开拓，以探寻以鲁迅为首的现代中国文坛“才智”的道路发展的。20 世纪 20 年代，经罗曼·罗兰推荐、由中国留法学生敬隐鱼首译而发表的鲁迅的《阿 Q 正传》，一开法国学界引进中国现代文学的先河。20 世纪二三十年代，把中国文学引进法国的主要是中国留法青年学子，40 年代则有滞留中国的欧洲（法国和比利时）传教士。50 年代和 60 年代法国对中国文学的译介和研究，是相对沉寂的时期。但法国文学家、艺术家、汉学家及其他知识界友好人士的相继访华，又将罗曼·罗兰寻找中国现代文学才智的传统推进了一步。进入新时期之后，法国汉学界对中国现当代文学的译介与研究繁荣发展。以鲁迅研究的新发展为先导，法国汉学界对茅盾、巴金、老舍、郭沫若、丁玲、艾青等作家的译介也全面高涨，而且在对中国现代文学史的总体研究领域也涌现出多部著作。

3 中德比较文学研究

2009 年度的中德比较文学研究数量与其他国家相比略显单薄，但是研究视角和范围却并不单一。既有德国文学在中国的传播和影响，也有德国文学对中国文学的借鉴和吸收，同时也不乏从民俗学、形象学、翻译文学和平行研究的角度切入的实例。

在论文方面，对中德文学进行总体研究的代表作有两篇。张意的《德国古典文学在中国的传播与接受》[《北京大学学报》（哲学社会科学版）第 4 期]。该文梳理了中国至今近百年历史的对歌德、席勒作品的翻译介绍和研究。1949 年以前的传播接受主要以译介为主，接受的内容主要是歌德、席勒作品中抗击暴政、宣传个性解放和个人奋斗之内容。20 世纪五六十年代，由于政治因素和极左思潮的影响，歌德、席勒和他们创建的古典文学遭遇不适当的批评和评价。改革开放以后，对歌德和席勒以及古典文学的传播和接受进入新阶段，他们的主要作品均被译成中文，研究和介绍的文章显示出深度和广度，研究视角称多元化。黄骅的《乌托邦式的人间天堂——17 世纪德国文学中的中国形象》（《宁波教育学院学报》第 5 期）分析了 17 世纪德国对中国形象的误读。17 世纪，以“礼仪之争”为发端，中国的历史、哲学和文化传入欧洲，成为当时哲学家热烈讨论的对象。一些并不全面熟悉中国文化也不精通汉语的德国作家从中国文化中汲取了灵感和启迪，把中国形象当成乌托邦式的人间天堂，借以对比德国当时困苦的现实生活。德国巴洛克文学中出现的乌托邦式人间天堂的中国形象，跟现实中的中国形象差之千里。这种中国形象的误读、改写和重建恰恰表明了文化传播和碰撞的过程中人们对异国文化的研究和吸取往往取决于自身的处境和条件。另外，出现了多篇对具体作家作品进行的传播影响或平行比较研究的论文。姚春树、汪文顶的《论郭沫若和康德》（《中国比较文学》第 2 期）分析了郭沫若对康德哲学和美学的吸收。康德的哲学和美学奠定了德国浪漫主义文学思潮的理论基础，也是西方现代哲学和现代美学的源头之一。郭沫若在 1926 年前，喜爱和传播康德的哲学和美学。这主要表现在三个方面：一，借短篇小说《Lönbenicht 的塔》创造了具有鲜明个性和思想深度的一代哲人康德形象；二，以康德美学思想作为他宣传的浪漫主义文艺观的理论支柱；三，以康德的主体论、道德沦和自由论高度评价以孔子和老子为代表的中国传统文化。郭沫若对康德哲学和美学的传播，对中国文学的现代化起了积极作用。杨经建的《维特的“烦恼”与 20 世纪中国文学的“忧郁”》[《海南师范大学学报》（社会科学版）第2期] 认为《少年维特之烦恼》对20世纪中国作家有着明显的影响，而维特式“烦恼”或“忧怨”在20世纪中国文学中更是感染了几代作家并成为一种忧郁型的创作症候。在艺术审美层面上，维特式忧怨与中国文学的感伤传统在“现代性焦虑”中融结，体现在20世纪中国文学的创作形态中便是感伤和哀怨。其次，20世纪中国忧怨类作品的基本表达方式是“舒郁”——心理倾诉和“解愠”——主观抒发。正是在东方化语境中，20世纪中国文学的忧怨类创作既有西方色调，也有本身的生成特征。朱语丞的《论布莱希特对中国戏剧的间离——对两部〈灰阑记〉的比较阅读》（《外国文学评论》第4期）通过对中国元杂剧《灰阑记》和布莱希特《高加索灰阑记》的比较阅读，考察了布莱希特的“间离”理论，指出他其实是通过创造性地误读中国传统戏剧，“间离”了中国戏剧纳入自己“间离效果”的理论框架，从而为自己的社会政治理想服务。谭渊的《图兰朵公主的中国之路——席勒与中国文学关系再探讨》（《外国文学评论》第4期）通过对比研究图兰朵故事在12世纪末波斯民间故事集、18世纪初法国东方学家的《一千零一日》、1762年意大利戏剧家哥奇的“童话剧”以及1801年席勒的“悲喜剧”中的不同版本，指出席勒在中国才子佳人小说《好逑传》的启发下，在他的剧本《中国公主图兰朵》中强调女性尊严和妇女权利，使图兰朵从童话中性格乖戾的女主人公最终成为世界文学之林中璀璨夺目的“中国公主”。

著作方面，刘润芳、罗宜家合著的《德国浪漫派与中国原生浪漫主义——德中浪漫诗歌的美学探索》（中国社会科学出版社）运用平行研究的方法，对德国浪漫主义与中国浪漫主义诗歌分别进行追根溯源，并进行总体比较研究。以中国学界长期以来对“浪漫主义”概念这一概念的混乱使用为契机，作者意图弄清原生于中国本土的“浪漫”与西方浪漫主义在理论和实践上各有什么特征，并辨析他们之间的异同和关系。全书分为八章。前四章探讨德国浪漫派的思想和文学。首先综合评介德国浪漫派的哲学、美学思想，介绍了德国早、中、晚期浪漫派各自的特点及其在美学上的共性，并指出其理论基础为康德、费希特和谢林的哲学思想。接着探讨浪漫主义与德国18世纪各种思想运动的关系，指出德国浪漫主义的延续性与创新性。在详细介绍德国浪漫派的哲学思想和诗学思想之后，作者又对三位德国浪漫派代表作家进行了专章的个案分析。后四章探讨的是中国原生浪漫主义。特别值得一提的是，作者提出了“中国原生浪漫主义”的概念，以资区别于西方的浪漫主义。作者认为中国词语中虽有“浪漫”一词，但传统文论中没有与“浪漫主义”内涵相对应的概念与范畴。通过分析公认的浪漫主义大家——庄子、屈原、李白、李贺的作品，归纳其浪漫特质，勾勒出中国原生浪漫主义的面貌。之后，作者深入分析了屈原、李白和李贺这三位中国浪漫诗人的美学思想、诗歌创作、艺术手法及浪漫特质，进而总结出中国浪漫诗歌的总体性学取向。在结语部分，作者比较了中德两国的浪漫主义，认为德国浪漫派有实有名，中国原生浪漫主义则有实无名，一直以来没有作为诗学的“浪漫”，缺少自己的浪漫主义理论。本书作者具有深厚的德国文学与中国古典文学功底，文本细读扎实细致。但结语部分对于中德两国浪漫文学的比较研究部分稍显薄弱。

黄怀军的《中国现代作家与尼采》（湖南师范大学出版社）运用影响研究的方法系

统梳理了中国现代作家接受尼采思想的历史源流与具体史实，并在此基础上运用哲学阐释学的相关理论探讨这一文化事件所呈现出的思想资源得以丰富的基本规律。全书的内容在事实和思辨两个层面展开。上篇在微观的事实层面详细梳理单个的中国现代作家接受尼采的具体史实。下篇在宏观的思辨层面考察中国现代作家接受尼采的目的、效果与策略，由此形成尼采与中国现代文化关系的历时与共时图景。第四章结合深入的文本分析，研究中国现代作家接受尼采的目的或动机，他们把尼采思想作为现代中国思想启蒙的助推器与中国文学现代转型的动力线。第五章讨论中国现代作家接受尼采所取得的效果，并针对具体的文本事实，剖析了这一接受的双重效果。就思想启蒙而言，尼采的“价值重估”主张、“超人”说、“强力意志”说等有助于中国现代作家形成批判精神与反思意识，另外又对其民族偏激主义、精英主义思想或态度产生了负面影响。就文学转型而言，尼采的哲学与美学思想对中国现代作家提出“人的文学”“生命文学”“盛世文学”等新文学观具有明显的启发作用，并给中国现代文学提供了“人”的觉醒、批判国民劣根性等思想主题和注入反叛者、创造者、孤独者等文学形象，但尼采鲜明的“批判”特质又在一定程度上“刺激“了中国新作家们批判中国封建礼教、抨击国民劣根性的热情，强化了中国现代文学新的“载道”功能。第六章集中探讨了中国现代作家接受尼采的策略。作者认为，中国作家在接受尼采思想时有意识地采取了功利化策略与本土化策略，及对尼采思想做认为切割并作定向选择。本书价值有二，一是作者在尽量占有材料的基础上，将20世纪前半叶视为一个连贯整体，对中国现代作家与尼采关系这一论题进行整体全面的观照与研究。二是以鲜明的问题意识——中国现代作家接受尼采思想过程中的主观能动性——贯穿全书始终，在上篇翔实的事实材料基础之上，用全书剩下的一半篇幅来陈述中国现代作家接受尼采的目的、策略与效果，彰显出一般的传播影响研究少有的理论深度与思辨力度。

4 中英比较文学研究

中英比较文学得到了中国学者充分的重视，取得了丰硕的研究成果。与其他国家相比，2009年度的中英比较文学研究多是采取平行研究的视角，进行中西文学的对等研究。

平行比较研究有如下论文。刘戈的《“灰姑娘”与“灰公子”——英国求婚小说和中国才子佳人小说比较研究》（《英美文学研究论丛》第2期）对比了英国求婚小说中的“灰姑娘”和中国才子佳人小说中的“灰公子”形象。虽然英国求婚小说和中国才佳小说在兴起背景、思想主题和伦理内涵等许多方面都具有相似之处，然而英国求婚小说中发达的“灰姑娘”情节模式在中国才佳小说中一直处于缺失状态。与之相对，中国发展起了“灰公子”的独特模式。导致这种差别的原因，首先是作者性别身份。理查逊之后的英国求婚小说作者多是中产阶级女性，而中国的才佳小说作者则基本上是男性；其次，英国18世纪和中国明清时期的社会现实也使两国爱情文学呈现出迥异的特点；最后，中英小说在深层结构上的不同还反映了两国在文化心理方面存在的巨大差异。程冷杰、秦秋的《〈德伯家的苔丝〉与〈黑骏马〉比较研究》（《中国比较文学》第1期）分析了两部作品的相同之处。托马斯·哈代的《德伯家的苔丝》与张承志的《黑骏马》是两篇哲理意味较浓的诗意小说，都探索了民族走向现代化进程中农业文明所遭受的打击，体现了作家深刻的理性思维。两部小说都创作了位于文明冲突中心的青年一代形象，通过他们的悲剧反映了传统和现代抉择的艰难。两部小说充满了民风民俗，都采用诗话小说的方式，加深了小说的美感效应。侯林梅的《关于李贽的“童心说”与华兹华斯命题的研究》（《长春师范学院学报》第5期）单独摘取了两个命题进行比较。中国明朝著名的思想家、评论家李贽的“童心说”和英国浪漫主义诗人华兹华斯的“儿童乃是成人的父亲”的命题产生于不同的年代和完全不同的文化背景中。把上述两个命题置于同一研究视野中，从文学上一贯争论的真与假、情与理、今与古和自然与雕琢四个方面来对其进行论证分析，可以再次证明文学的本性、共性和超历史性，以及发现其对今天的文学、艺术的启发和意义。蒋家国的《劳伦斯与郁达夫小说的性伦理思想》（《中国文学研究》第2期）认为劳伦斯和郁达夫小说的性伦理思想主要表现为：反对理性、道德对人性的干预，主张回归人的自然本性，追求灵肉和谐。他们从自己的性伦理标准出发，塑造了一系列具有或丑陋或理想的性关系的人物形象。这对于揭露批评资本主义工业文明对人性的扭曲、封建道德对生命本能的压抑，创建情欲相偕、灵肉统一的新型两性关系具有积极意义。由于劳伦斯在否定资产阶级道德的同时，也否定了任何道德的必要，因而他的性伦理是有缺陷的。郁达夫用充满人道精神的性伦理来反对传统的封建伦理，因而社会现实意义更大一些。梅晓云的《举意与旁观——论张承志与V. S. 奈保尔的伊斯兰写作》（《外国文学研究》第5期）比较研究中国作家张承志与印裔英国作家V. S. 奈保尔的伊斯兰写作，具体分析了张承志的小说《心灵史》和V. S. 奈保尔的《在信徒的国度：伊斯兰世界之旅》等作品。认为：张承志的伊斯兰写作表现出强烈的前现代的激情，是圈内人的“文明内部的发言”，其写作姿态是“主位的”（EMIC）。而V. S. 奈保尔的伊斯兰写作是圈外人的研究，其写作姿态是“客位的”（ETIC），他只是一个旁观者、思考者和批评者，并表现出西方世界的伊斯兰俗见。主位的文化感受和客位的文化感受，是这两位作家的伊斯兰写作最大的不同。其他平行比较的例子还有黄琴玲的《〈还乡〉与〈平凡的世界〉悲剧世界之比较》（《世界文学评论》第2期），王芳、何永艳的《陶渊明与华兹华斯自然诗自然审美意识比较》（《内蒙古大学学报》第4期），闫永丽的《浅谈东西方戏剧美学的差异——以〈明珠记〉和〈罗密欧与朱丽叶〉为例》（《戏剧文学》第7期），张玲的《〈紫钗记〉和〈威尼斯商人〉等作品中的父亲形象和父女关系：女性主义文论观照下的汤显祖和莎士比亚人文思想》（《苏州大学学报》第6期），郑翔的《王维与华兹华斯田园诗的异同——以〈鸟鸣涧〉与〈黄水仙花〉为例》[《陕西师范大学学报》（哲学社会科学版）第S1期]，周晓微的《老舍与狄更斯笔下底层人物描写比较》[《东南大学学报》（哲学社会科学版）第S1期] 等。

2009年度中英平行比较研究领域的著作有田鹰的《比较视野中的张贤亮和劳伦斯性爱主题研究》（中国社会出版社）。该书由作者的博士学位论文修改而成。作者首先论证了两位作家及作品的可比性，进而又把性爱研究定位在文学与审美范畴之内，确保了研究的可行性与学术性。然后遵循异质文化平等对话与沟通互补的原则，运用接受美学、精神分析、女性批评以及民间隐形结构等文学文化批评理论，从性爱视角对两位著名作家作品所体现的性爱意识、男性文化视角下的男性形象、婚恋理念、性爱的政治内涵以及性爱主题方面的异同与造成这些异同的根源等进行了系统而细密的分析论述，深刻地揭示了张贤亮性爱主题的民族与时代的人文特点，阐释了内在理想的爱的追求矛盾与外在“性+政治”的“宏伟叙事”模式，也很透彻地阐释了劳伦斯性爱主题“性即美”“性是美的源泉”的哲思内涵，从而证实了劳伦斯的性爱主题更具美学含义。最后，作者深入阐释了中西不同文化传统赋予劳伦斯和张贤亮各自的鲜明个性特征，肯定了他们对爱情、婚姻、社会以及对生命含义的严肃和真诚的探索。在研究方法上，作者以主题学为纲，以文本细读为门径，将平行比较的理念与策略贯穿全书。本书作为具体的个案研究有成功之处，但在阐发东西方文学中性爱主题普遍意义上的异同及其本质以求取更高层次上的启示方面仍有较大空间可供开发。

英国文学在中国的传播研究也取得了一定的成果。郭英剑、杨慧娟的《20 世纪 80 年代以来中国戏剧舞台上的莎士比亚》（《英美文学研究论丛》第 1 期）试图对改革开放以来莎士比亚戏剧在中国的新发展、新成果、新特点进行总结，同时阐述在中国戏曲土壤上移植莎士比亚戏剧这一艺术尝试的可行性和前景。综合看来，与以往相比，20 世纪 80 年代以来的莎士比亚戏剧有如下新特点：参与改编的剧种和剧目更加繁多；以各种剧种改变后的莎剧在语言形式、舞台服装造型以及表演技巧等方面更加多样化；戏剧理念有很大更新；中国内地、香港、台湾、澳门的合作明显增加；国际交流更加频繁。刘玉梅、李跃平的《多丽丝·莱辛在中国的接受》[《西南民族大学学报》（人文社会科学版）第 7 期］认为虽然莱辛的作品越来越受到评论界的关注，但国内的研究还处于落后状态。主要表现在：首先，研究视角过于单一，对于小说之外的诗歌、剧本、散文、文论的研究不足；其次，研究层次有待提高，很少有博士一级的研究成果；最后，译介有待加强。和莱辛的名气及创作数量相比，国内的译介可以说相当匮乏。探讨对国外作家在国内的这种“接受逆境”的论文还有易欣华的《司各特研究在中国》（《华中师范大学研究生学报》第 4 期）、张艳蕊的《二十年来我国戴维·洛奇研究综述》[《郑州大学学报》（哲学社会科学版）第 5 期]。易欣华的文章对 20 世纪初至今的国内司各特研究进行梳理，发现长久以来，我国对司各特的研究基本上局限于对他的历史小说的研究，他的叙事诗与叙事理论少有涉及。而对司各特小说的研究又局限于对司各特历史小说代表作的作品分析和宏观把握司各特历史小说在欧洲文学进程中的地位，其他的研究方面并未涉及。由此看来，司各特研究在中国仍有广阔的空间，需要我们去深入发掘。张艳蕊的文章通过对 20 年来国内研究情况的梳理，认为虽然学界对戴维洛奇的研究已经有了一定的规模，但同时也应看到其不足，一是译介力度仍显不足；二是对外国洛奇研究的介绍不够重视；三是研究中心失衡，国内研究多集中于其创作，对其小说理论的研究明显薄弱与滞后；四是研究方法有待丰富、加强。作者从总体上提出了解决方法，我们应该不断拓宽思路、开阔视野，深化对异质文化文学的追根溯源，逐渐走出外国文学研究瓶颈。侯靖靖的《17 年间（1949—1966）王尔德戏剧在中国译界的“缺席”研究》（《英美文学研究论丛》第 1 期）从十七年间的社会背景和翻译指导方针出发，深入剖析了王尔德剧作在此期间“缺席”的具体原因。从王尔德的例子，作者认为译语的社会文化背景对翻译活动的操纵，并不局限于译文本身，它深深地嵌入对翻译文本类型、原文作者及原文来源国等的选择之中，从而在一个更深的层面上体现了这种制约作用。在某种程度上，翻译成为一种政治文化行为，与社会意识形态等紧密结合在一起。

杨莉馨的《20世纪文坛上的英伦百合：弗吉尼亚·伍尔夫在中国》（人民出版社）利用传播研究、影响研究的研究方法，从汉译与接受的视角切入，勾勒出了近百年来伍尔夫在中国文坛走过的历程。全书分为上、下两编。上编包括五章，论述了中国现代文坛包括"新月派"作家，"京派"成员凌淑华、汪曾祺等对伍尔夫的介绍与接受。第一章首先介绍了伍尔夫在中国传播接受的历史文化背景——20世纪二三十年代中国新文学界译介西方现代主义文学尤其是意识流小说的热潮，然后系统梳理了20世纪20、30、40年代中国新文学界对伍尔夫的译介情况。第二章研究的是以徐志摩和林徽因为代表的新月派成员与伍尔夫的文学交往。第三章考察了"京派"作家萧乾、废名、李健吾等与伍尔夫乃至整个西方现代主义文学艺术的亲缘关系。第四、五章具体考察了两位"京派"作家凌淑华、萧乾对伍尔夫的接受情况。下编包括七章内容，论述了中国当代文坛袁可嘉、瞿世镜、徐坤等学者与作家对伍尔夫的研究与接受。第六章梳理了"十七年"时期对伍尔夫的译介与研究。由于政治意识形态的意象，此时期对伍尔夫等现代主义文学家的研究呈现一边倒的批判态度。第七章介绍了新时期伍尔夫传播接受研究的历史文化背景——1970年代末80年代初对现代主义文学家译介与研究的再度兴起，并将其与20世纪20年代对现代主义的接受高潮进行了比较研究。第八、九、十章分别研究了伍尔夫以"现代小说"主将与意识流大师、随笔与传记作家、女性主义文化先驱者这三种不同身份在新时期中国被传播接受的不同路径，以及所产生的不同影响。第十一章探讨了伍尔夫与中国女性文学写作的关系。第十二章对新时期以来中国学者所著的文学史与文论史著作中的伍尔夫介绍研究，进行系统评述。该书的上编对美国学者帕特丽卡·劳伦斯2003年在美国出版的著作《丽莉·布瑞斯柯的中国眼睛》（中译本于2007年由上海书店出版社出版）的内容有一定参考整合。另外，李伟民的莎学专著《中西语境里的莎士比亚》（上海外语教育出版社）的第六章"莎士比亚在当下中国"，对莎士比亚在中国大陆及台湾的译介传播史及教学史等进行了简要梳理。

除以上论文与著作外，段汉武的《百年流变：中国视野下的英国文学史书写》（海洋出版社）视角独特，以现有中国学者撰写的英国文学史为研究对象，以中国学者的文学史观为参照，对中国学者所编写的英国文学史进行细致归纳与总结，探讨英国文学史编写中的中国模式。尽管作者写作的初衷是通过回顾历史，以求对国内英国文学史教材教学有所裨益。但从比较文学的角度来看，在本书对中国学者叙述与研究英国文学史的历史梳理的过程中，所呈现出来的中英文学交流及其背后的文化交流模式，为我们呈现了一条研究中英文学关系的新途径。

5　中美比较文学研究

正如郭英剑在《当代美国华裔文学方兴未艾》（《社会科学报》第5期）中所说的那样，美国华裔文学研究成为本年度中美比较文学研究的重头戏，无论是美国华裔文学创作还是当代中国的美国华裔文学研究都呈现出欣欣向荣、蒸蒸日上之势。付明端的《从伤痛到弥合——当代华裔女作家笔下母亲形象分析》（《世界文学评论》第2期）试图从文化的角度，探寻母亲形象在当代华裔女性文学中的发展、深化及其文化寓意，从而挖掘华裔女作家笔下母亲主题所蕴涵的文化心理因素，以及这些文化心理因素对于华裔美国女性主体建构的影响。无论是汤亭亭笔下的“女勇士”们，还是谭恩美、任碧莲笔下的母亲们，她们都在经历了伤痛和迷失后，开始转向“地球人”“世界公民”的新选择。这些华裔女作家“多元文化主义”的畅想反映了她们为华裔女性寻求自我、发现自我、思考个人认同选择和种族认同之间的关系提供了新颖的视角。侯金萍的《成长小说：一种解读华裔美国文学的新视点》（《世界华文文学论坛》第4期）旨在探讨华裔美国成长小说的定义和特征。首先，文章对华裔美国成长小说的内涵与外延做了定义，其界定主要指处在“他者”，或者“边缘化”境遇中的华裔美国男性或者女性，在多元文化的美国的生活经历和体验中，建构文化自我和性别自我的成长过程。其价值内涵指向作为华裔美国人的主体性生成。其次，文章从六个方面阐述了华裔美国成长小说的特点：第一，从成长内涵上来讲，华裔青少年每个人几乎都面临一个身份的追寻和建构问题；第二，从成长的形态和范式来看，意味着一个人从他者和边缘的地位走向主流文化中心的尝试，是实现他者的主体化和边缘的中心化的过程；第三，大多成长型主人公在叙述之始，正处于精神上的成长期，在成长过程中经历了特殊的存在体验，如孤独、逃离、创伤；第四，从成长跨度来看，这些成长主体的年龄跨度比较大，其中跨代成长的主人公比比皆是；第五，成长小说是人文关怀的文学体现，它关注了个体精神世界的自我碰撞以及与社会理性之间的碰撞与冲突；第六，成长具有很强的文化隐喻性。徐颖果的《美国华裔戏剧的历史与现状》[《南开学报》（哲学社会科学版）第5期]从美国华裔戏剧的主题、戏剧形式和影响三个方面，对每个历史阶段进行梳理，以期研究美国华裔戏剧传统的构建，探讨美国华裔戏剧的发展趋向。美国华裔戏剧是美国华裔文学的重要组成部分，然而，美国华裔文学中为人熟知的大多是小说和自传。至于戏剧，除了赵健秀和黄哲伦，其他美国华裔剧作家以及作品知者不多。事实上早在20世纪初，美国华裔就开始创作英文戏剧并在舞台上演。在将近一个世纪的时间内，优秀的美国华裔剧作家不断涌现。他们不但极大地丰富了美国华裔文学，也为美国文学和美国戏剧做出了卓越的贡献。此外对美国华裔文学的研究还有李素真的《美国华裔女性文学作品中的中国文化呈现及文化身份建构》（《时代文学》第3期），陈红霞的《美国华裔文学中的中国价值观》（《华文文学》第2期），李艳红、李婷婷的《谈美国华裔女性文学与批评研究在中国》（《时代文学》第11期），刘艳的《海外华人女性视阈的文学书写——以於梨华和严歌苓为例》（《理论与创作》第1期），王正胜的《美国亚裔戏剧研究》（《戏剧文学》第2期），魏全凤的《论美国华裔女作家何舜廉小说〈玛德琳在沉睡〉》（《当代外国文学》第2期），刘晓峰、胡宗锋的《“浮萍漂泊本无根”——〈高兴〉与〈嘉莉妹妹〉中“无根漂泊者”意象的比较》[《陕西师范大学学报》（哲学社会科学版）第S1期]。

2009年度美国华裔文学研究领域的专著迭出也印证了该领域欣欣向荣的研究势头。对美国华裔文学进行整体性研究的有五部著作或论文集。其中，吴冰、王立礼主编的《华裔美国作家研究》（南开大学出版社）、赵文书的《和声与变奏：华美文学文化取向的历史嬗变》（南开大学出版社）以及单德兴的《故事与新生：华美文学与文化研究》

（南开大学出版社）是南开大学21世纪华人文学丛书中于2009年度出版的三部著作。吴冰、王立礼主编的《华裔美国作家研究》与前面提到的钱林森主编的《法国汉学家谈中国文学·现当代文学卷》类似，是一本论文集。全书由吴冰的近三万字的导论、十七篇美国华裔作家个案研究论文、两篇美国华裔文学总体研究论文及附录部分的华裔美国作家、学者、海外华人知名人士英中文姓名对照表组成。导论部分对“亚裔美国文学”“华裔美国文学”“华裔美国人”等概念进行了界定，依据丰富翔实的资料阐述了华裔美国文学的五个特点，并对中国大陆的华裔美国文学翻译与研究的必要性、现状及存在的问题进行了深入探讨。个案研究部分的论文，主要出自吴冰领导的“北京外国语大学华裔文学研究中心”的研究者之手，研究对象涵盖了华裔美国文学史上的主要重量级作家，对文本的解读细致精到。两篇总体研究论文之一是对华裔美国诗歌的研究，作者在概述了华裔美国诗歌创作的历史与现状之后，介绍了12位当代华裔美国诗人的生平及创作概况。另一篇论文则对20世纪90年代以来的华裔美国文学的新动向及其代表作家进行了论述。附录部分的华裔美国作家、学者、海外华人知名人士英中文姓名对照表由华裔美国历史学家麦礼谦整理，是迄今为止中国大陆相关资料中最为完整的一份，具有极其重要的学术参考价值。总而言之，该书资料翔实，可谓是华裔美国文学研究领域的必读书目。赵文书的《和声与变奏：华美文学文化取向的历史嬗变》以华裔美国文学文化取向的嬗变为研究对象，分上、下两编，分别对华美文学文化取向的演变历史和演变策略进行考察。上编的历史研究梳理了从19世纪中叶到21世纪初华美文学的历史，对20世纪40年代前的早期华美文学以及90年代后的华美新文学着力尤多。这一侧重是缘于目前国内该领域研究的匮乏，作者意图为同行提供一些材料和线索。下编的策略研究以20世纪七八十年代的华裔文学为主要研究对象，重点讨论这个历史时期的华美作家竭力否定中国文化，继而又向中国文化回归的矛盾现象，通过对这一矛盾现象的分析，认识华作家本着“美国文化为本位、中国文化为用”的原则对中国文化的工具性利用，并从文化、性别、族裔身份、认知心理、社会政治等方面，具体讨论华美作家对中国文化利用的各种策略。台湾学者单德兴的《故事与新生：华美文学与文化研究》是作者继2006年出版的《“开疆”与“辟土”：美国华裔文学与文化：作家访谈与研究论文集》之后，又一本有关美国华裔文学与文化的论文集。全书结构比照前著，分为“论述”和“访谈”。第一部分“论述”共有6篇论文，始于文学文本，扩及建筑文本，终于后设批评，以不同的文学和文化研究的切入点，以及后设批评的立场，显现此领域的丰饶多样，为华美文学与文化研究拓展新的研究领域。第二部分“访谈”针对此领域中具有代表性的作家、批评家、历史学家，透过一文一答，进入其创作、学术和内心世界，既透露出主访者的学术兴趣，更传达了受访者的关怀、观点与经验，提供了重要的第一手数据。作者近些年来在台湾地区研究不遗余力地推进华裔美国文学研究的发展，而且已在大陆出版了多部相关著作。作者的西方现代、后现代文学理论素养深厚，而且与华裔美国作家多有私交，所以他的论文在精确解读美国华裔作家文本的同时，能够从后殖民理论、创伤理论、英语文学传统等角度进行纵身观照。这对于大陆的华裔文学研究来说提供了很好的参照。

在上面三部丛书专著之外，对华裔美国文学进行总体研究的还有张琼的《从族裔声音到经典文学：美国华裔文学的文学性研究及主体反思》（复旦大学出版社）和蔡青、张洪伟合著的《无尽的探寻：对美国华裔女性文学传统的研究》（外文出版社）。张琼认为当前对华裔文学作品的研究多聚焦于其族裔特征，更多地把这些作品当作分析社会和历史的材料。《从族裔声音到经典文学：美国华裔文学的文学性研究及主体反思》则是立足于维护华裔文学作品超越族裔作品所拥有的文学上的平等权利，从更普遍化和综合性的角度来看待族裔作品。全书共分为五章。第一章分析美国华裔小说中母亲和女儿的隐喻性关系。通过讨论文化冲突、文化形象、边缘体验、集体无意识中的中国文化，以及女性话语的直觉性，考察特定文化语境中的母女关系所揭示的文学创作中的疏离、顺从、排斥等文化态度。第二章研究文学创作过程中作家在族裔范围内外的文化探索和追寻。第三章强调了在不同的边界地带，如在后东方主义和商业主义、新原始主义和现代主义、回忆和展望，还有祖国文化和归化国文化等之间的文化反思。第四章从经典和经典化问题的语境中探讨华裔美国文学，分析关于这一问题的重要性和意义，以及它们与当代美国华裔文学地位的关系。作者分析了华裔美国文学既普遍而又特殊的文学特征和美学特点，以及"矛盾情结"与"模糊性"在经典化问题上的表现。第五章的研究建立在前四章的基础之上，进一步明确了研究者的立场和身份，从中国学者的主体研究角度对美国华裔文学的发展进行反思，提出新的问题、启示和建议。另外，书中还回顾了近30年的美国华裔文学研究状况，特别是1987年以来的众多英文著述及国内相关研究成果。书中"家庭文化的文学表现"部分对于美国华裔文学中母女关系的分析颇有新意，而且细致的文本分析带有多重理论观照。《无尽的探寻：对美国华裔女性文学传统的研究》是中国学者所著的英文著作，该书是本年度美国华裔文学研究中唯一一本对华裔女作家进行系统观照的著作。全书分为四章。第一章是绪论，介绍了美国华裔女性作家创作中的身份追寻的主题。第二、三、四章是对身份追寻主题的三种表达方式的分析论述，即姐妹情与母女情、叙述技巧、重建文化与历史。该书虽然论题新颖，但全书仅6万字，且对文本的分析浅显，亦无深层次理论观照，学术价值不大。

美国华裔文学的重要组成部分之一"新移民文学"受到学者的充分重视。当今得到学界认定的"新移民文学"的概念，是指20世纪70年代末80年代初之后，自中国大陆、台湾、香港、澳门移居到其他国家，目前已经加入所在国国籍的华人新移民所创作的作品。2009年度该研究领域的专著有丰云的《新移民文学：融合与疏离》（中国社会科学出版社）和倪立秋的《新移民小说研究》（上海交通大学出版社）。丰著从融合与疏离的背反或双重视野，展开对新移民文学的研究，提出了"混杂化与二元化并存"的观点。作者对新移民文学创作中女性性别意识的重构和男性心理优势的失落的分析，对新移民作家在语言表述上的"非在地化"的判断，以及对其背后隐在的情感疏离化的解析，都别具新意。而且对新移民文学与海外华人新移民的族群关联以及新移民文学与海外华人文学、海外华文文学、留学生文学等的联系与区别进行了清楚明确的梳理和界分。在展开对新移民文学的研究时，作者尤其关注它与20世纪中期以来的全球飞散现象的联系，并通过这种关联，触摸到全球化时代的华人新移民在飞散状态下，其精神维度上的微妙变迁，揭示出新移民文学超出华人写作的文化意义和审美价值。全文文本分析富足细致，但深度挖掘不够。《新移民小说研究》的作者倪立秋本人即是从中国大陆移居新加坡后又移居澳大利亚的“新移民”学者，如序言作者陆扬所说，“这是一本新移民研究新移民小说的书”。该书对华人海外移民史和移民研究史做了简要回顾，对“移民文学”的提出、“移民文学”的内涵和外延均作了较为清晰的梳理，进而对“新移民文学”的缘起和创作情况做了概括介绍。在此基础上，本书对严歌苓、高行健、虹影三位中国大陆“新移民作家”移民后的主要小说作品作了较为深入的分析，对三人小说创作特色的把握较为准确。本书难得之处还在于，能将“新移民文学”与早期移民文学和中国大陆同期小说家的作品比较异同，凸显“新移民文学”的文学特质并探讨如何更全面地在文学史上为其定位。

2009 年度对华裔美国作家进行个案研究的有两部著作，黄芙蓉的《记忆、传承与重构：论汤亭亭小说中族裔身份构建》（哈尔滨工业大学出版社）（英文版）以及杨春的《汤亭亭小说艺术论》（外语教学与研究出版社）。黄著中的汤亭亭研究的创新之处在于将后现代文化理论与媒介、历史、意识形态相结合，分析汤亭亭文本中的华裔男性身份建构问题。作者尤其关注非文字记载的历史文本在建构和重构历史方面所起的作用，如照片、电影、传播载体等，即它们如何与主流话语合作共谋，又如何被作家用来重新解读华裔的历史和身份。杨著由作者 2006 年的博士学位论文修改而成。作者在对汤亭亭的三部代表作《女勇士》《中国佬》《孙行者》进行文本细读的基础上，分析研究其艺术特色。虽然运用了“历史编纂元小说”“互文性”“反讽”等西方理论概念，但全书仍以一般的文本细读为主，并无太多创见。全书分为七章。第一章概述了“历史编纂元小说”概念的提出及其背景。本章试图勾勒出汤亭亭置身其中的当代欧美文学创作的社会、历史、思想理论背景。第二章介绍了汤亭亭作为华裔美国作家的文化背景、成长经历及创作历程，指出汤亭亭源自中美两种文化影响的“即兴曲”与“仿作”的小说艺术形式，暗合了当代后现代主义小说的创作潮流。第三章分析了汤亭亭的第一部代表作，指出《女勇士》通过对美国少数族裔自传这一流行文类的戏仿，挑战和颠覆了其所承载的意识形态内涵。第四章首先分析了中国古典白话小说的结构模式，即“头回故事”的运用和连缀式结构，并指出《中国佬》通过戏仿中国古典话本小说结构，表达了对中国古典文学传统的敬意。第五章“《孙行者》——戏仿西方经典小说”分析了《孙行者》对《尤利西斯》结构框架的戏仿，指出这部作品反映了汤亭亭对华裔美国文学与西方经典文学之间关系的思考。第六章分别选取了汤亭亭三部代表作当中的典型互文文本进行分析，研究了汤亭亭对互文性手法的运用。第七章分析了汤亭亭三部作品中反讽手法的运用，指出反讽在突出和深化主题、塑造人物形象等方面都起到了重要作用。另外还有一部对华裔作家进行个案研究的文集：《解读少君》（吉林大学出版社）。该文集由 52 篇评论或研究华裔美国作家少君的文章组成，内容驳杂，水平不一，从学术论文到报纸评论，从讲座感受到网友发帖，都一一收录进来。学术价值不高，但可以为我们了解这位自身创作水平也起伏变化的作家提供一些参照。

与美国华裔文学研究成果迭出相比，2009 年度的中美文学传播影响研究领域不算多产，研究视角也并无太大创新，但与同年度其他国别与中国文学的传播影响研究相比，无论在数量还是质量上仍占据一定优势。相关专著有钟玲的《中国禅与美国文学》（首都师范大学出版社）、樊星的《中国当代文学与美国文学》（中国社会科学出版社）

和李艳的《20 世纪老子的英语译介及其在美国文学中的接受变异研究》（湖北人民出版社 2009 年版）。钟玲的研究道路可谓是对学术研究专注性的最佳诠释。从威斯康星大学比较文学系毕业之后，她的教职从美国到中国台湾再到中国香港，但她始终专注于中国文化、文学在美国的传播与影响这一研究领域，相继出版了《美国诗与中国梦：美国现代诗中的中国文化模式》（2003）、《美国诗人史耐德与亚洲文化：西方吸纳东方传统的范例》（2003）、《史耐德与中国文化》（2006）等多部填补相关研究领域空白的重量级专著，成为该研究领域的代表人物。《中国禅与美国文学》可谓是在作者之前数年研究基础上的深化与拓展——从中国文化对美国诗歌的影响因素中抽出禅宗文化进行深入研究，从受中国文化影响的美国诗人史耐德扩及四十余位相关美国作家和翻译家——这本书也预示了作者之后向中国禅文化研究的转向趋势。本书的研究对象包括两部分，作家以修禅的欧裔、英裔、犹太裔等非亚裔美国作家为主，文本则包括中国禅的文本（如公案、佛经、禅宗典籍等）、美国作家含有禅因素的作品以及英译禅文学。在研究方法上以文本细读为基，以传播影响研究为纲，并借鉴新历史主义、萨义德的“理论旅行”等西方理论。全书共分为五章。第一章首先梳理了中国禅到美国的传播路径，中国禅传统由源流发展至临济宗与曹洞宗二宗，后词二宗经日本传入美国。然后考察了美国接受中国禅的历史文化背景，包括 19 世纪末到 21 世纪初一百多年来美国的宗教、哲学、文化思潮以及 20 世纪五六十年代三种青少年的反文化运动对于禅宗在美国流行所起的作用。最后研究的是传播媒介，铃木大拙与胡适关于禅的论战扩大了禅宗影响，而美国本土的禅院、修禅中心也成为美国作家深化对禅文化理解的重要场所。第二章专注于美国文学与中国禅诗文本，探讨中国的禅宗诗歌、偈如何被美国作家接受吸收，尤其是 20 世纪后半叶到 21 世纪初美国文学作品中吸收的中国禅诗的内容及意境。作者首先追溯了中国唐宋时期的禅文学传统，然后重点分析了寒山与道元两个个案，研究二人对美国文学界产生的重大影响，成为中国禅影响美国文学重要媒介的原因，最后分别分析美国诗歌、小说、散文作品中所吸收的中国禅文学因素。第三章探讨中国古代由六朝到宋朝的禅诗、偈的英译文本，以及译文误读中所体现的译者本土文化思想的内涵。作者先介绍了本书所选用的中国禅诗的几个英译本及其译者的选诗标准和出版的社会文化背景，然后分别研究了僧人友谊诗、禅埋诗、禅趣诗这三种禅诗的英译，以及美国译者对其误读的背后所传达出的文化、社会、历史内涵，最后是个案研究，讨论了王维、苏轼禅诗的英译问题。第四章研究美国作家如何学习中国禅宗公案和偈，并把菩萨、佛陀、禅师的事迹运用到自己作品中的过程。在中国，公案与偈是宗教的表述，而到了美国读者那里，便成了深蕴美学能量的文学表述，同时带给他们思想的启迪与审美的享受。而佛教人物的故事，也成为许多作家的创作源泉。这些作家在作品中引用公案里的内容、佛教人物的故事，甚至以公案的思维方式写作，研发自己的公案。第五章超越文学层面来探讨禅宗对美国作家的影响。作者指出，文化传播绝非从一种文本移植到另一种文本那么简单，许多受禅宗文化影响的作家已经把禅宗融入了自己的生活与生命。本章先讨论了佛经与禅典的英文翻译，以及美国作家接受这些译本的特点，然后研究美国作家对中国禅画和山水画的接受，最后讨论作家在生活中体验的禅，以及把这种生活体验转化为作品的过程。该书是国内外第一部对中国禅与美国文学的关系进行系统、全面的梳理的著作。作者通过对上述作家、翻译家及其作品的研究，意图解决中国禅传播到美国文学界的路线是什么、美国文学界受到了中国禅中哪些因素的影响以及产生了怎样的影响、在这一传播影响过程中禅文学的英译文本起到了怎样的作用等问题。另外，值得一提的是，书后精心梳理的英中、中英名词对照表，重要人名，作品索引等承袭欧美学术传统，体现了严谨的学术修养规范，为国内比较文学著作做出了榜样。

樊著聚焦于对中国产生重大影响的美国作家、文学现象，以及较多受到外国文学影响的中国作家，以点带面，回顾了中国当代文学接受美国文学影响的历程。作者注重从作家作品的比较出发，深入探讨中国当代作家在接受美国文学影响的过程中表现出的选择性与兼收并蓄意识，从而揭示了中国作家在借鉴、消化、吸收外国文学影响中为己所用、不拘一格的主体意识，凸显了比较文学研究中的“中国立场”。本书的一大特点是把对中美文学作品的比较研究与人类学结合起来，分析中美文学彼此影响在文化层面的心理基础，其中关于中国文化中独有的丰富传统如何微妙地决定中美文学面貌的分析饶有新意。李著分为五章。第一章把《老子》一书在西方的译介史分为萌芽期、初步发展期、繁盛期三个时期进行细致梳理，并结合20世纪美国的社会、文化思潮，对《老子》在20世纪美国的接受语境进行分析。第二章聚焦于《老子》思想的四个方面：“道”“无”“自然”“阴柔”，通过对三个经典译本的比较研究，考察这四个思想分支在美国文学界对《老子》译介的过程中所发生的变异。第三、四、五章分别选取美国戏剧家奥尼尔、诗人史耐德、小说家凯鲁亚克为研究对象，通过他们的作品中对于《老子》的“无”“自然”“阴柔”等概念的应用，考察20世纪美国文学不同阶段、不同文学体裁对《老子》思想的接受实绩。特别值得一提的是，该书是国内较早对《老子》在西方的译介史进行系统梳理的著作。而且全书章节结构合理，运用了大量的外文文献。对于《老子》在美国文学的传播接受研究的个案研究对象选取巧妙，带着明确的问题意识进行研究考察。除专著外，也有不少论文谈及美国文学在中国的接受情况。乔国强的《中国美国犹太文学研究的现状》（《当代外国文学》2009年第1期）梳理并评价了中国改革开放以来国内学术界对美国犹太文学研究的现状、美国犹太文学的特点以及美国犹太文学研究中的一些值得重视的文体，认为美国犹太作家无论怎么写或是否愿意接受被冠以美国犹太作家这样的头衔，他们始终都无法改变自己的民族文化立场和秉性。朱振武、高莉敏的《中国爱伦·坡研究卅载回眸》（《中国比较文学》2009年第2期）认为我们已经翻译出版了爱伦·坡的主要作品，数量众多的文学史及相关著作和评论文章也陆续出版发表，这对我们当下展开爱伦·坡研究乃至19世纪美国文学研究都具有重要的现实意义。然而，无论是与国外爱伦·坡研究还是与国内对海明威、福克纳等文学巨匠的探索相比，国内30年来的爱伦·坡研究仍然存在着很大的差距。因此，在今后的研究中，我们既要重视对国外爱伦·坡研究成果的翻译和引进，又要加强自主研究和对爱伦·坡的文学创作的复杂性的洞悉，及对其作品多元化的解读。

对中美小说家的平行研究得到了学界一如既往的关注，除了上述所列华裔小说研究，几篇福克纳与中国作家的比较研究也值得关注。张曦的《福克纳的心理描写与余华叙事形式的比较》（《南京师范大学文学院学报》第2期）通过对余华作品的文本细读，认为余华对福克纳心理描写技巧的领悟夹杂了他对其他国外作家的理解，福克纳的影响是泛化于余华的文本之中的。相比福克纳虽然前卫但却关联着传统文学元素的文本，余华割裂传统的先锋叙事形式要略显单薄。李萌羽的专著《多维视野中的沈从文和福克纳小说》（齐鲁书社）可谓是本年度平行研究领域的一部代表性著作。作者运用本土化、后现代生态美学、宗教学、原型批评等多维理论视角，结合细致的个案分析，对沈从文与福克纳作品的趋同性与差异性进行追根溯源的分析、阐释。全书共分为五章。第一章从本土化视角比较沈从文和福克纳，作者对两位作家在作品中所反映的地域文化及民族文化特征的分析，突破单一、表面化的乡土特色、乡土人物和乡土主题研究，而是将研究推进至不同文学的地域文化母体，乃至民族文化母体层面。第二章运用后现代性理论考察两位作家对现代性的反思和批判。作者重点阐释了沈从文与福克纳小说中解构其时代主导文化的后现代性倾向，进而运用后现代解构中心、重视边缘的理论，比较分析了两位作家对所处社会的边缘人群——苗族人和黑人的关注。此外，还阐释了偶然性、不确定性等后现代因子在沈从文和福克纳文本中的具体呈现。第三章从生态美学的理论维度，以人与自然、人与人的关系为中心线索，分析沈从文与福克纳作品中蕴涵的重视自然价值，崇尚人与自然、人与人的和谐以及主张建立更契合人类、自然与社会协调发展的生态理念。第四章探讨了两位作家小说中的宗教因素，重点比较了两位作家对于“神”和“上帝”概念的不同诠释与其文学理想建构之间的关系，分析其作品中人神相悦和人神对立的表现形态及其“博爱主义”和“人本主义”共同的宗教诉求。第五章运用弗莱的神话原型批评理论蠡测沈从文和福克纳的艺术世界，认为沈从文的小说再现的是充满了浪漫的传奇色彩的神之诞生和恋爱的神话，而福克纳的作品表现的则是荒诞、混乱的神之解体和死亡的神话。结语部分做了归纳总结：作为20世纪中美文学史上的两位世界级文学大师，沈从文与福克纳从乡土出发走向了世界，他们的作品中句孕着各具特色的中美地域文化与民族文化内涵。这些人文主义理想为我们理解中美文化和人的精神世界的丰富性以及解决人类文化所共同面临的危机提供了弥足珍贵的文学资源。该书是由作者的博士学位论文修改而成，作者借到美国任访问学者的机会，到美国密苏里东南州立大学的福克纳研究中心搜集了丰富的福克纳研究资料，并增添了后两章的内容。本书最大的特色是对诸多文学理论阐释的深入浅出、精准到位，并且与文本解读紧密结合在一起，想必是得益于作者在文艺理论专业三年的博士学习经历。

在中美文学各体比较研究方面，诗歌比较研究也得到了学界的广泛关注。徐建纲的《庞德对中国新诗的影响》[《成都大学学报》（社会科学版）第4期] 论述了美国现代派诗歌的发起人庞德的意象派诗歌理论对中国新诗的发生与发展所产生的深远影响。庞德为中国新诗运动提供了坚实的理论基础，其诗歌创作又对20世纪30年代“现代”诗派与左翼诗人产生了程度不同的影响，而且一直延续到40年代的中国新诗派。同样对意象派展开论述的还有卢惠余的《美国意象派对闻一多诗歌创作的影响》[《深圳大学学报》（人文社会科学版）第6期]。闻一多在留学美国期间深受意象主义诗学理论的影响，创作出了许多优秀的意象诗；他注重以意象主义诗歌为摹本，努力创造出浓丽、繁密、含蓄、典型的诗歌意象，逐步构建了具有鲜明特色的意象艺术世界。王光和的《论惠特曼自由诗对胡适白话诗的影响》[《安徽大学学报》（哲学社会科学版）第1

期］认为胡适倡导白话诗与惠特曼开创自由诗有着相似的历史语境，二者都是在文学代变的关口，分别承担起了中美诗歌变革史上除旧布新的历史使命。胡适提倡白话诗的目的是要推翻文言文，建立白话的国语文学，而惠特曼则是为了冲破英国文学的樊篱，建立符合时代要求的独立的美国诗歌。在白话诗诗学理论的阐述上，胡适偏取了惠特曼自由诗的分段自由、造句自由和诗歌散文化等诗歌主张。但由于白话诗发展进程的内在制约等原因，在诗歌的意境和风格上，胡适对惠特曼自由诗的接受并不明显。也有论述中国文化对美国诗歌产生影响的。张东燕的《美国现代诗歌中的禅宗意味》（《世界文学评论》第2期）写道，20世纪初以来，西方国家开始翻译和引介中国古诗，并逐步推广禅宗思想，使禅宗美学对西诗创作的影响日益增强。在美国现代诗歌里，禅宗美学主要体现在意象主义时期和旧金山文艺复兴时期的诗歌创作中。相比之下，禅宗美学对前者的影响更多体现在诗歌的语言形式上，对后者的影响则更多是禅宗以空观为核心的精神本质。

2009年度中美文学形象学研究领域有两部著作，贺昌盛的《想象的互塑——中美叙事文学因缘》（南京大学出版社）和李琤的《美国早期戏剧与电影中的中国人形象》（上海交通大学出版社）。贺著选取几个代表时期的中国小说中的美国形象、中国对美国文学的译介史、美国小说中的中国形象、美国对中国文学的译介史为研究对象，利用形象学研究的方法，考察这两个形象背后的中美两个民族的“意识形态”与“乌托邦”的社会集体想象起伏变化趋势，以探析社会集体想象内涵的深层中美民族文化心理。作者认为，文学交往是形象“互塑”的过程，全书分为六部分。在第一部分，作者首先通过对晚清时代欧洲传教士对中国文学的译介传播史实进行梳理，然后通过对“中国佬”“花旗夷人”“异邦大国”等形象套话的分析，探求早期中美叙事文学中的美国形象与中国形象。第二部分研究了晚清时代以林译小说为代表的对美国小说的译介历史、类型及影响。第三部分研究了起自晚清留美风潮至五四新文化运动期间对于美国文学的译介与接受。第四部分研究了从19世纪中后期的爱默生、梭罗到20世纪30年代的赛珍珠，再到20世纪三四十年代的美国战时文学对中国文学的接受、译介及对中国形象的塑造。第五部分考察的是冷战时期中国大陆及港台地区对美国文学的译介研究。第六部分研究了三代美国华裔文学作家对“中国故事”的书写。第七部分研究了新时期之后美国文学在中国大陆的传播及影响。总体来看，该书“名不副实”。作者前言提出要用形象学研究的方法来研究中美小说对对方形象的“互塑”，但全书呈现出来的却是中美文化交流史、中国文学在美国的译介传播史、美国文学在中国的译介传播史、美国华裔文学发展史再加上少量篇幅的中美文学异国形象套话分析所拼贴而成的“七巧板”，而且真正的形象学研究部分在其中所占篇幅甚少。鉴于作者曾专治现代文学学术史的研究背景，其对晚清及民国时期中美文学交流的资料搜集功夫了得，可以为相关研究领域学者提供重要的资料参考。但全书并无核心问题意识，结构散乱，而且文本分析所依据的形象学理论陈旧，并未吸收借鉴国内外近些年形象学研究领域的最新研究成果。李著是经作者用英文写就的博士毕业论文修改而成，相比前一著作，该著倒是“麻雀虽小、五脏俱全”。本书尝试从美国早期戏剧与电影中对华人形象的再现入手，比较不同时期美国影响、剧作者塑造的华人角色的变化与异同，同时以中国作家创作的戏剧中的美国人形象为参照，分析中美文化在19世纪末20世纪初不同历史时期交流和互动的条件下，在不同力量的争斗与制衡中的表现及其带给中美双方的欣喜与伤痛，初步探讨跨文化交往中蕴含的文化共性。全书共分为四章。第一章主要通过分析大众情节喜剧《金——喀!》，指出在大批中国人登上美洲大陆之前，美国人对中国文化的观念以自我陶醉式的想象为主。第二章讨论自19世纪中叶“淘金热”时期大批中国劳工移民进入美国至19世纪末中国人聚居的“唐人街”形成特定移民文化为止，以冲突为显征的阶段，着重探究在特定历史环境下力量高度不平衡的不同文化双方初次直接接触时产生的现象，以及弱势文化在优势文化内部不同力量的冲突与制衡中可能的遭遇。第三章讨论的重点回到了一定距离感之下的文化再审视。“唐人街戏剧”《长子》从较为人性化的角度描摹华人社区的生活。《孔夫子》和《黄马褂》两剧中则探讨了西方学者对中国文化的借鉴。第四章通过对四部影片的分析谈论有关异质文化的不同态度对于文化交流和发展的意义。

在以上研究之外，还有学者注意到了美国的汉学研究情况。胡燕春的《新批评派与美国汉学界的中国现当代文学研究》（《南京师范大学文学院学报》第2期）认为新批评派的诸种理论观念与批评范式是美国汉学界所广泛采用的批评方法，夏志清以及后来的李欧梵、黄运特、刘绍铭等学者凭借中西文化与文学的双重彼岸为基点，综合借鉴了新批评派的诸种观念与方法，从而不仅为中国现当代小说研究开创了独特的研究路径，而且在欧美汉学界与中国学界都产生了强烈的冲击与深远的影响。

6 中国与西方其他国家的比较文学研究

拉美魔幻现实主义对中国小说创作的影响一直都是学者感兴趣的话题，曾利君的《论〈百年孤独〉的中国化阐释》[《西南大学学报》（社会科学版）第2期] 认为拉美文学代表作《百年孤独》在中国的接受经历了意识形态化、审美经典化和功利价值化的中国化阐释过程。所谓意识形态化，指的是从政治意识形态角度找寻中国接受《百年孤独》的合法化，具体体现为强调和挖掘《百年孤独》的政治进步性，肯定作者为我们所认同的政治立场与倾向。对马尔克斯及其《百年孤独》的政治意识形态化理解和阐释虽然带有政治性误读的成分，却是为了“适应国情”所作的中国化认定，它使一个异质的文学文本获得了中国价值系统的肯定，在客观上促成并推动了《百年孤独》在中国的跨文化接受与传播。仅凭强调《百年孤独》的政治价值和效用，显然还无法让这部作品真正在中国大行其道。因此还须从审美价值角度对它进行肯定和维护，找寻其被接受的合理性，说明它是不容置疑的文学审美“经典”。《百年孤独》与中国文学发展诉求的契合，是它在中国获得成功的又一重要因素，在中国人看来，《百年孤独》指明了中国文学的前进方向、可以取法的文学发展模式以及可资借鉴的文学表现手段，其对中国文学所特有的功用价值为它在中国的跨文化传播与接受找到了更充分的理由和无可辩驳的“价值依据”。杨立琼《论〈红楼梦〉与〈百年孤独〉的相似意境》（《宁夏师范学院学报》第1期）以平行研究的方法，从似真似幻的环境、喧闹中的孤独和坚强的女性形象三个方面论述了《红楼梦》和《百年孤独》的相似意境、对历史的反思和研究，现实主义和象征主义的交替运用使两部小说在艺术上产生了令人目眩的魅力，它们所呈现出的多处相似意境值得人们深思。

也有不少文章探讨拉美文学巨匠博尔赫斯与中国当代文学的关系。汪震、庄威《博尔赫斯与残雪的文学思想》（《世界文学评论》第1期）一文认为博尔赫斯无意识地接近了实用主义和解释学的哲学思想，利用了神秘主义一元论的哲学观点，二者交织体现在他的文学作品中。中国作家残雪用“精神”这个系列的概念来理解文学和解读博尔赫斯的作品。笔者通过分析残雪对博尔赫斯的一篇小说的解读，具体说明了博尔赫斯和残雪不同的文学观。岳凯华、肖毅的《残雪小说的迷宫意象——兼与博尔赫斯比较》（《理论与创作》第5期）认为残雪的迷宫意象毫无疑问受到了博尔赫斯的影响，但是却形成了自己独特的风格，与博尔赫斯有着本质的不同。博尔赫斯更多地在运用知识、逻辑清醒的构造，展现对真理的发掘，其迷宫意象有指向意义，即通过作者小说线索，读者可以找到作家的写作目的。博尔赫斯用知识和思考给世界留下了一个虚幻的迷宫世界，力图使读者通过迷宫参与小说的建构，悟出小说的最终指向；残雪则更多拘囿于个体经验，传达自我的心灵世界、注重自我的精神创伤和对人性的揣测。整个小说对残雪而言，都是一个叙述目的，用来表达她的绝望。残雪借用了迷宫的形式，就是要体现生活即是迷宫的认识，在小说中不可能获得指向或终极意义。

倪玲颖的《受容与变容：论博尔赫斯对余华创作的影响》[《徐州师范大学学报》（哲学社会科学版）第5期] 详细论述了博尔赫斯对余华的先锋小说创作的深刻影响，主要表现在虚拟叙事和时间本体两个方面。通过对博尔赫斯的学习，余华利用虚化的语言突破日常经验的限制，打破了牢固的日常世界，直指精神世界的本质真实，使小说呈现出无限的可能性，建立起二元的甚至是多元的小说空间。而博尔赫斯的时间本体观念解放了余华的小说叙事，使他在时间的多元并置中同时设置时间的超前或者回溯，在作品中彻底消解了现实性，将本来依附于现实的故事变成了能游离于甚至断裂于所指的无根之物，造成了多重文本的并存和相互消解，从而彻底取消了故事所负载的含义，营造出一个光怪陆离的乌托邦世界。但是，余华对博尔赫斯的学习并非简单的移植和模仿，他在借鉴之时融入中国元素，最终将外来的叙述观念和写作技巧化为己用。王柏华《博尔赫斯书写的中国故事》（《文艺争鸣》第4期）通过对《小径分叉的花园》的作品分析，认为这部书写中国的作品，不仅是一个三重的中国故事，更是一个三重的书写中国的故事：中国古代人书写时间、迷宫故事，汉学家破译、重写中国人的时间、迷宫故事，而中国现代人转述被汉学家重写的中国故事。通过三重书写故事以及最后的故事结局，博尔赫斯似乎提出了这样的问题：谁有权利书写中国，如何来书写中国？

挪威剧作家易卜生在中国的影响与接受今年仍然有大量论文论述。王宁的《“被译介”和“被建构”的易卜生：易卜生在中国的变形》（《外国文学研究》第6期）受到本雅明的翻译思想和戴姆拉什强调翻译之于世界文学建构的作用之看法的启示，作者尤其强调中国语境下易卜生剧作的翻译，同时也探讨了21世纪中国舞台上出现的不同版本的易剧。在作者看来，正是这些翻译和重译才使得易卜生及其剧作拥有了“持续的”生命或“来世生命”，同时也使他本人得以成为中国语境下最有名的西方作家之一，可以说，没有翻译的中介，他很可能也像他的一些北欧同行一样在中国文化和文学语境下处于“边缘的”位置。正是通过这种跨语际、跨文化甚至跨语符的翻译和重译，才在中国出现了易剧的不同形式。段炜的《论易卜生的〈人民公敌〉对鲁迅的影响》[《湖北大学学报》(哲学社会科学版) 第1期] 认为易卜生的话剧《人民公敌》是鲁迅最为看重，也是对他的思想和创作影响最深的作品。《人民公敌》中先觉者与庸众对立的思想启迪了鲁迅，他的文学作品多次出现了与《人民公敌》同样的主题思想，并形成了“先觉者与庸众对立”的主题结构模式。《狂人日记》《药》《长明灯》《孤独者》都表达了先觉者与庸众的对立这一主题。鲁迅欣赏和赞同先觉者打破“铁屋子”的行动，但是对于先觉者的命运，鲁迅却有着清醒的认识：先觉者与庸众之间不可调和的对立，既有可能先觉者被庸众所压迫、扼杀而越战越勇，如《药》中的夏瑜、《长明灯》中的“疯子”，也有可能以先觉者为庸众所“诱杀”而终结，如《狂人日记》中的“狂人”、《孤独者》中的魏连殳。这后一种可能无疑揭示了先觉者与庸众对立斗争的复杂性，体现了鲁迅对易卜生及其《人民公敌》的超越。陈玲玲的《〈伤逝〉和〈群鬼〉的文化批判》[《湖南大学学报》(社会科学版) 第6期] 和杜霞的《从娜拉到子君：精神分析视野中的女性命运》(《鲁迅研究月刊》第5期) 同样也分析了易卜生对鲁迅的创作影响。

中希文学的比较研究主要集中在史诗和悲剧方面。王建仓的《〈俄狄浦斯王〉与〈红楼梦〉结构诗学及生命哲学比较》[《陕西师范大学学报》(哲学社会科学版) 第1期] 认为《俄狄浦斯王》和《红楼梦》两大悲剧跨越时空却拥有近乎雷同的整体魔幻隐喻叙事结构，三层象征隐喻诗意结构负载三种功能和三重意蕴，以此传达了近似的生命悖谬意识和宿命观。在表现悲剧精神这个巅峰意义上，两部悲剧实践着相似的悲剧审美诗学，彰显了中西文化的融合和终极认同。彭秋实的《荷马史诗与〈诗经〉中战争诗的美学风格比较》[《湖北师范学院学报》(哲学社会科学版) 第1期] 对“荷马史诗”与《诗经》中的战争场面加以对比，认为它们明显地呈现出不同的美学风格——对阳刚美无节制地渲染与对温柔敦厚的含蓄美的崇尚。这种差异是由希腊人和中国人不同的民族性格造成的，而民族性格的差异又与各个民族生存的地理环境密切相关。另外，古希腊个体本位文化和周代的家庭血缘文化的差异造成了《荷马史诗》中的英雄与《诗经》中的英雄形象的巨大差异，从而也使文本呈现出两种截然相反的美学品格。陶铖的《试论荷马史诗与〈格萨尔〉的魔幻美》[《内蒙古师范大学学报》(哲学社会科学版) 第6期] 认为神魔群像与神性英雄、幻化与巫术、梦境的多元展示三个方面构成了两部史诗中的魔幻色彩，形成了具有神秘性、荒诞性和传奇性的魔幻美，其生成的心理基础是自然宗教观念和万物有灵观念。

中国与奥地利文学的比较研究基本上是围绕着作家卡夫卡展开的。比较传统的关注点是卡夫卡对当代中国先锋作家的影响。赵光平的《试论卡夫卡和余华笔下父子冲突的文化内涵》(《电影文学》第4期) 认为父子冲突是卡夫卡和余华共同关注的主题。其外在形式表现为：卡夫卡是单向的，余华是双向的；其文化的内涵表现为：卡夫卡是线性的，余华是圆形的。他们笔下的父子关系都表现出非理性特征，卡夫卡非理性成因主要是家庭的压制，余华非理性成因主要是社会环境的影响。郑书伟、谭炳琪的《生存之维：失望与绝望——卡夫卡与残雪的一种比较》(《山东文学》第8期) 分析了卡夫卡对残雪的影响。残雪对卡夫卡的继承是随着其创作阶段的进展而逐渐演变的，残雪对卡夫卡的接受是一个渐进的过程，在这个过程中，残雪实现了对卡夫卡文学的突围，形成了别具特色的残雪式，在共同的关怀下，产生了生存维度的差异：一个是失望，一个是绝望。虽然，生存维度的理念不同，但最终的情怀是相同的，即对人性和灵魂的观照与挖掘。也有从比较文学形象学的角度加以分析的。张德明的《卡夫卡的中国想象——解读〈中国长城建造时〉》［《宁波大学学报》（人文科学版）第2期］通过对卡夫卡的《中国长城建造时》的细读分析，试图解答卡夫卡为何及如何想象中国以及异域想象在其作品中发挥的叙事功能问题。指出卡夫卡的中国想象不是关于中国的想象，而是关于现代官僚体制如何自我复制、自我衍生的一则寓言，是关于自身文化身份焦虑的一种表征，也是关于此在与存在的关系的一种想象性反思。古老的中华帝国及其建造的万里长城只不过给他提供了展开这种想象的支点。借助这种想象和表述，他成功地解决了自我与他者、主体与客体、真实与虚构、逼真与仿真、叙事与反讽之间的矛盾和悖论。吴剑的《论卡夫卡对作为“他者”的中国形象的拟想》（《理论月刊》第3期）认为卡夫卡的小说《中国长城建造时》、《审判》和《城堡》关注的是相同的主题，即“如何面对绝对他者”，此时不可避免地会遇到“空间上的阻隔延宕”与“时间上的流转交易”，使得目标漫漶无踪。卡夫卡笔下的中国人和K对此有截然不同的应对方式：中国人会中止判断，通过“生命感通”作天人合一的幻梦；K则会不停地追溯下去，永不满足。卡夫卡眼中的中国人形象就是服从权威、乐天知命、随遇而安的，而卡夫卡并不欣赏中国人的应对方式。

另外还有学者关注中国与澳大利亚、加拿大、荷兰、西班牙、意大利的文学交流。欧阳昱的《澳大利亚文学节中的中国》［《深圳大学学报》（人文社会科学版）第2期］分析了中国作品进入澳大利亚的渠道。认为中国文学和中国文化进入澳大利亚，文学节是一个重要渠道。澳大利亚的“阿得莱德作家周”、“墨尔本作家节”和“悉尼作家节”等众多的文学节，自20世纪80年代起，通过邀请中国大陆的作家翻译家和来自海外与澳洲本土的华人华裔作家，并在文学节上推介他们的文学作品，把中国文学和中国文化、历史介绍给了澳大利亚的读者，发挥了两国文化交流的桥梁作用。徐斌的《国内玛格丽特·阿特伍德长篇小说研究综述》（《南京师范大学文学院学报》第2期）对国内学界20多年来的玛格丽特·阿特伍德长篇小说的研究状况进行了梳理和综述，指出了研究中存在的问题和值得深入的领域，认为国内阿特伍德研究需要从目前以长篇小说研究为主的研究方式转向诗歌、文论、短篇和长篇小说的综合研究，同时在研究中要着重结合作家的创作思想、女性意识和政治观念，避免重复研究与过度阐释。刘敏、曾丽雯的《中国文学在荷兰语境中的接受》［《深圳大学学报》（人文社会科学版）第3期］全面梳理了中国文学在荷兰的译介史，借以呈现中国文学在荷兰语境中的接受，并探讨了从翻译方式到翻译内容的嬗变。中国文学在荷兰语境中的接受史基本上可以分为四个阶段：从1767年到19世纪末的转译阶段、19世纪末出现的直译阶段、20世纪初到70年代之间转译和直译共同发展的阶段、20世纪后二十年至今直译快速发展的阶段。其间，翻译内容相应地发生了巨变，初期阶段中国古典文学占据翻译主流，而如今已发展到现当代文学和古典文学译介并重的阶段。随着荷兰语中国文学读者群的扩大和人们对中国的兴趣的提高，中国文学的荷兰语翻译市场也会随之扩大发展。

2009 年度在东欧汉学研究领域的成果不多，只有斯洛伐克著名比较家与汉学家马立安·高利克先生的《捷克和斯洛伐克汉学研究》(学苑出版社)。该书分为六章，第一章是个案研究，作者对 19 世纪捷克颓废主义代表作家尤利乌斯·泽耶尔以王昭君、薛涛、比干等中国题材的创作进行解读。第二章是传播研究。作者系统梳理了以唐诗为代表的中国古代文学以及冰心、老舍等中国现代文学作家在捷克、斯洛伐克的译介传播史。第三章作者以回忆录的形式记录了自己与矛盾、叶子铭、顾城、谢烨等中国作家的交往，对于研究捷克和斯洛伐克汉学的学者来说可谓具有珍贵的史料价值。第四章对 20 世纪 50 年代形成的布拉格汉学派的历史发展、学术观点及主要成员的学术成就进行了系统梳理介绍，尤其是对该学派奠基者——雅罗斯拉夫·普实克的介绍最为详细。第五章与第二章的内容遥相呼应，研究的是捷克和斯洛伐克文学在中国的传播接受史。第六章研究了中国哲学在波希米亚和斯洛伐克的译介与传播。高利克先生作为当代杰出的汉学家，翻译、研究了多位中国现代文学家的作品，出版、发表了多部（篇）研究中国文学的著作与论文，对中欧文化交流做出了重要贡献。这本小书算是对年逾古稀却仍笔耕不辍的高利克先生汉学研究的一个小结，除了专业领域的学术价值之外，对于中国的比较文学学者的学术之路也可以提供一定参考。

2009 年度的“对外比较领域”相比往年成果数量有所增加，而且出现了敢于挑战经典欧美作家的比较研究领域的著作，李树欣的《异国形象：海明威小说中的现代文化寓言》(中国社会科学出版社)、邓艳艳的《从批评到诗歌：艾略特与但丁的关系研究》(中国社会科学出版社)、张峰的《“他者”的声音：吉恩·瑞斯西印度小说中的抵抗话语》(外语教学与研究出版社)(英文版)，三部著作都是由作者的博士学位论文修改而成。李著是形象学研究专著，作者通过对海明威作品中的西班牙、意大利、非洲等异域形象的研究，试图厘清海明威整体创作核心主题的形成发展过程，并梳理这些异国形象与美国文化之间的渊源关系，以及所反映出的海明威的文化归属心态。该书分为五个部分。绪论部分介绍了本书研究的方法论——形象学研究，并对海明威异国形象创作的缘起进行了梳理。第一章通过对三部西班牙题材作品的分析，建构出海明威笔下的西班牙形象。第二章通过对两部意大利题材作品的研究，分析海明威笔下的意大利形象。第三章通过对两部非洲题材的作品的研究，分析海明威笔记下的非洲形象。第四章对前三章的内容进行整合升华，以对《老人与海》的个案研究收束全篇，并从文化层面探究海明威创作中的异国形象对于美国当代文化的批判与建构意义。该书无论是整体结构还是各章各节的结构，都经过作者独具匠心的安排。作者以鲜明的问题意识“海明威异国形象创作中的文化内涵”统摄全书，节服从于章，章服从于全书，环环相扣，可谓是博士学位论文写作的范例。稍有遗憾的是，作者的形象学方法论对国际最新成果的吸收借鉴不够。相比于李著敢于挑战前期研究成果汗牛充栋的经典作家海明威，邓著敢于对艾略特和但丁这两位经典作家进行影响关系研究更是勇气可嘉。作者以艾略特的文学批评为主要研究对象，以艾略特的诗歌文本作为其理论付诸实践的产物加以解析，探究了但丁在艾略特整个诗学体系中的地位和作用。全书分为四章。第一章侧重于探讨在艾略特自身锤炼诗歌语言的过程中，但丁所具有的导师意义。第二章主要依据国内学界较少使用的艾略特《克拉克演讲》的资料，梳理艾略特的“玄学诗歌理论”以及但丁对其的线性影响。第三章研究的是在艾略特寻求信仰并在创作上转向宗教诗歌、宗教批评的过程中，但丁所起的重要作用。第四章探讨的是艾略特的文化批评和但丁思想的渊源关系。作者通过对艾略特文学批评的扎实分析，建立了艾略特与但丁文学思想上的渊源关系，在一定程度上填补了国内该研究领域的空白。文字简省精到，颇为耐读。张著以新历史主义与后殖民主义理论解读英国现当代小说家吉恩·瑞斯的西印度小说。作者认为通过“逆写”英国19世纪的殖民话语场，瑞斯的作品试图改写被欧洲中心主义意识形态不断刻写的殖民历史，从而给一度被边缘化和被迫失语的西印度“他者”们以说话的机会。他们的声音表现出多样性特征，而作为一个整体，这些声音又构成了一种强有力的后殖民抵抗话语。全书分为四章。第一章“殖民话语与后殖民抵抗话语”确立了全书的理论框架。第二章通过分析19世纪英国殖民话语场中历史、科学、文学三种话语形式的代表性文本，考察西印度“他者”形象的建构过程。第三、四章通过对具体文本的细读考察西印度“贱民”们以各种方式发出自己的声音的过程，及其在后殖民语境中所体现出的深刻文化内涵。

（九）外来文化思潮与中国文学关系的研究

不可否认，中国现当代文学与外来文化思潮有着千丝万缕的关系。外来文化思潮的浸淫让中国文学有了新的维度和文化理论支撑，从而拓宽了作家的创作空间并加深了作品的意蕴根基。在各种外来文化思潮中，基督教文化的影响无疑是最具影响力的一支。贾蕾的《论中国现代文学中的基督教因子》（《理论学刊》第11期）通过对冰心、许地山和陈梦家等现代作家的作品分析，认为中国现代作家是基督教带来的世俗文化最早的受益者之一，在特定的环境中，他们暂时把基督教当作心灵的寄托，用基督教话语诠释自己对社会人生的理解。但是，从接受的模式看，作家们对基督教的认可最终融会于国家民族的复兴，回归到传统家国同构的体系之中。范水平、倪小淆的《东正教文化影响下巴金作品中的女性崇拜意识》（《宗教学研究》第1期）分析了基督教三大分支之一的东正教对巴金小说的影响。巴金深受俄罗斯文学与文化的影响，而对巴金的小说创作影响最大的则是极富俄罗斯特色的东正教文化中独有的女性崇拜的文化传统。巴金在其作品中塑造了一个个近乎完美的女性人物形象系列，最有代表性的有两类：一是温驯奉献型，一是思想开放、聪慧引路型。这其中所彰显的女性崇拜意识与他所受俄罗斯东正教文化的影响密不可分。巴金的“女神情结”自始至终贯穿于他的创作之中，我们用理性无法理解巴金，尤其是无法读懂巴金作品中的女性人物形象的旨喻，阅读巴金，我们要有信仰，至少我们要熟知俄罗斯东正教独特的女性崇拜的文化精神。李兆国的《由“迷羊”母题看中国现代小说的基督教渊源》（《山东文学》第4期）认为基督教向中土大地的浸透无疑给中国的文学带来了异质的成分和新鲜的活力。其中“迷羊”的意象表现得更为突出。“羊”在基督教文化中是一个具有相当复杂意蕴的意象，羊在基督教仪式中承担着不同的功能。它既是上帝的使者，同时也是祭祀的物品。所谓“迷羊”母题，是指其构成材料中包含着“迷路—救赎”情节模式，其中体现着浓厚的基督教文化色彩。迷羊母题是中国现代小说史上颇为发达的一种类型，郭沫若、郁达夫、卢隐、萧乾、张资平、叶灵凤等人都使用过这一母题。中国“迷羊”母题小说主要有两种典型模式：柔弱—受难—救赎模式和堕落—忏悔—救赎模式。基督教文化对中国文学创作的影响是由诸多因素促成的，特别是“迷羊”母题小说之所以受他们的青睐，有时间和社会的因素，有文学内部的因素，有作家个人理想诉求的因素，更有着基督教文化所具备的文学因素。齐宏伟的《〈野草〉与基督教》[《南京理工大学学报》（社会科学版）第4期] 从四个方面探讨了鲁迅本人对基督教观念的接受，一是鲁迅对耶稣形象重塑角度来看鲁迅的描述与《圣经》记载的似与不似；二是鲁迅对地狱的想象和对语言遭扭曲现象的考察背后的基督教因素；三是分析“过客”哲学与天国哲学乃至基督教“过客”精神的关联；四是论述《野草》反抗绝望后重回信、望、爱这些神圣价值之思路及其与基督教观念的联系。通过这样的探讨，加深了对《野草》哲学思想的理解。此外，董静的《基督教文化对五四时期文学的影响》（《现代商贸工业》第1期）、张传福的《〈台北人〉人物悲剧与基督信仰》（《现代语文》第34期）、司真真的《浅谈艾青诗歌的基督教文化》[《名作欣赏》（文学研究版）第10期]、石兴泽的《中国现代文学视野中的基督教文化——以老舍为中心》[《聊城大学学报》（社会科学版）第6期] 等文章也对基督教与中国文学的关系进行了探讨。

在以上论文之外，2009年度出现了一部宏观考察中国当代文学与基督教关系的专著，从新强的《基督教文化与中国当代文学》（山东文艺出版社）。基督教与中国现代文学的关系已经得到学界的充分重视，并出现了大量研究成果。但基督教与中国当代文学的关系一直是比较文学研究中的薄弱环节，本论题的选择具有的学术前沿性、探索性及学术价值值得关注。作者有感于中国当代文学的价值选择困境，意图通过对基督教文化与中国当代文学的关系做一个系统全面的历史描述，来探究基督教文化对于当下中国文学的存在状态与价值建构所具有的学理意义乃至实践的有效性问题。全书分为四章。第一章考察了基督教文化与中国当代文学的世界性背景和民族性背景，即基督教的发展脉络及基督教在中国的历程，以及中国知识分子眼中的基督教文化。第二章通过对五位大陆作家的创作与基督教关系的分析，考察了中国大陆文学（以新时期文学为主）对基督教的言说。第三章通过对五位台湾作家的创作与基督教关系的分析，探究了台湾文学与基督教的关系。第四章从博爱现实主义、中西融合、后现代建设性、宽容原则四个方面探讨了基督教对于中国当代文学的价值建构的意义与有效性。本书论证过程中注重史实描述，而且在基督教与文学这一跨文化研究中，并未忽视文学审美维度的参照。

除基督教文化意外的各种社会、文化、文学思潮与中国文学的关系，作者大致按照思潮产生的时间先后顺序，对相关著作、论文进行评述。在19世纪末思潮与中国文学的关系领域，有数篇重要论文。王曼的《试论象征主义对艾青诗歌创作的影响》（《西安外国语大学学报》第1期）认为艾青作品中象征手法的出色运用、重乐律感的创作特点体现出他与法国象征主义流派的渊源，然而艾青并没有一味模仿，他将象征主义创作理念与本民族现实很好结合，体现出比象征主义诗歌更加丰富的艺术表现力，从而使他成为20世纪中国最优秀的诗人之一。还有文章关注浪漫主义、唯美主义和象征主义与中国文学的关系。邓宏艺、赵艳敏的《欧洲浪漫主义文学对中国现代文学的影响》[《山西师大学报》(社会科学版)第5期]认为浪漫主义对自我的标举与崇尚唤醒了中国现代作家的自我意识和反抗精神，使表现自我、强调自我成为其创作的基本主题。它的主情说使作家突破封建理性的禁锢而将表现感情视为艺术的本质，并导致某些反对形式技巧、追求无功利性的极端倾向。它的“返归自然”的主张则使作家们将大自然作为自我人格与理想的寄托，使中国现代文学中自然的成分得以加强。在对无政府主义思潮和中国文学的关系的研究领域，值得关注的有张全之的两篇文章：《“巴金与无政府主义”研究的回顾与反思》(《中国文学研究》第1期)和《无政府主义与启蒙主义之关系及对中国文学之影响》(《现代中国文化与文学》第2期)以及胡景敏的《巴金：最后一个无政府主义者——论1949年后巴金与无政府主义的关系》(《文艺争鸣》第2期)。后者纵览了巴金一生对无政府主义的信仰和身体力行，认为巴金对无政府主义的信仰一直都不是有或无的问题，而是有隐或显的差别，是思想侧重点在不同时段的转换。

在20世纪上半叶思潮与中国文学的关系领域，出现了一部佳作，即对现代主义文学思潮与中国当代文学的关系进行综合研究的叶立文的专著——《“误读”的方法——新时期初西方现代主义文学的传播与接受》(中国社会科学出版社)。该书以新时期初西方现代主义文学在中国大陆的传播与接受为研究对象，首次运用知识考古学的方法，在分析大量文本史料的基础上，通过考察当时中国知识分子对于西方现代主义文学的介绍和阐释等传播活动，试图还原与厘清西方现代主义文学在新时期初的一段传播与接受历史。在此基础上，作者拟就中国知识分子在传播西方现代主义文学时所运用的基本方法、策略与手段等问题展开讨论，以期厘清西方现代主义文学在中国大陆的知识合法化进程。“误读”作为全书的关键词，意在强调该书的研究重心不是现代主义文学是什么，而是中国知识分子是如何阐释西方现代主义文学的。在这个意义上，本书对中国知识分子传播与接受西方现代主义文学的研究，就不仅仅是对一段异域文化在传播过程中所进行的知识考古，同时也是对新时期以来中国文学的现代主义化倾向所展开的理论寻根。全书由引论和上、下两编组成。引论部分考察了西方现代主义文学在20世纪70年代末80年代初传入中国大陆的社会背景、思想背景，并梳理了其在新时期中国大陆传播与接受的历史进程。上编部分包括五章，研究20世纪70年代末80年代初西方现代主义文学传入中国之后，知识分子的传播策略。作者认为以马克思主义的唯物辩证法这一认识论为基础，中国知识分子主要借助四种“误读”的传播策略夸大西方现代主义文学的影响，即“政治误读：西方现代主义文学的‘政治正确’”、“思想误读：西方现代主义文学的马克思主义话”、“美学误读：西方现代主义文学的现代主义话”和“历史误读：西方现代主义与中国五四新文学”。下编部分也包括五章，考察的是西方现代主义文学的接受历史。在上编传播策略的作用下，原本被视为腐朽的西方现代主义文学逐步被广泛接受，但反对论证之声仍然存在。作者就在对中国知识分子接受西方现代主义文学的曲折历程的考察之中，探究西方现代主义文学对中国当代文学回归文学本体、表达现代性诉求中所发挥的积极作用。同时，作者也在这一梳理过程中，为厘清中国当代文学尤其是先锋小说的知识谱系作出了有益尝试。由于作者专门从事当代先锋小说和西方现代主义文学传播史的研究背景，所以对西方现代主义文学的阐释以及中国新时期伊始的各种文学思想动向源流把握非常到位。作者以“误读”这一问题意识贯穿全书，系统深入地考察了新时期出西方现代主义文学的传播与接受这个问题，并提出不少创见，相信会对相关研究领域学者多有启发。

另外，存在主义对中国文学的影响也得到了学界的关注。杨经建的三篇文章《论沈从文创作的存在主义本色》（《民族文学研究》第3期）、《从超越性到世俗性——20世纪中国存在主义文学“本土化”表征之一》（《天津社会科学》第6期）、《五四文学与存在主义》［《厦门大学学报》（哲学社会科学版）第3期］从微观到宏观分析了存在主义在中国所产生的影响力。作者认为对“生命的本体”的诗性诉求在沈氏20世纪三四十年代的创作中至关重要，而由反社会、反群体性的生命哲学转化为以和谐为准则的生命诗学是其创作话语意义的存在主义价值所在。于此适应，沈氏创作在艺术表现形态上大致体现在三个方面：从生命漂泊、精神追寻起始到海德格尔“诗意的栖居”为旨归的“归家诗”式叙事范型；以中国传统文化的“象征”话语与存在主义现象学融汇所生成的象征化构思方式；将存在主义的悲剧意识予以本土化后重构而成的东方化悲剧风格。《从超越性到世俗性》一文指出，在20世纪的中国文学中，由文化理念、创作精神上的超越性立场嬗变为世俗化姿态，是存在主义文学本土化的一种基本趋势。这既源于中国文化原本就缺乏宗教式的超越性基因，也是传统实用理性精神的现代性延续所致。《边城》和《围城》最先显示出存在主义创作的世俗化迹象，80年代以降，存在主义文学的世俗化蔚为大观，并演变成两种致思途径：民间化叙事以及与“个人化写作”携手的日常化写作。还有一大批论文探讨存在主义在具体作家作品中的体现，比较有代表性的有袁寒英的《“他者”世界生存的尴尬——方方〈出门寻死〉的存在主义解读》（《名作欣赏》第4期）、余晓栋的《存在主义思想对古龙武侠小说创作的影响》（《理论与创作》第2期）、唐丽的《存在的荒谬与反抗——〈命若琴弦〉中的存在主义色彩分析》［《山西师大学报》（社会科学版）第S2期］、万海洋的《荒诞境遇下的存在状态——刘震云小说的存在主义解读》（《名作欣赏》第4期）、罗寰宇的《“向死而生”的存在——论冯至〈十四行集〉中海德格尔的存在思想》（《名作欣赏》第6期）等。

在20世纪下半叶产生的文化思潮与中国文学的比较研究领域，有研究后现代主义思潮与中国当代文学关系的江腊生的《后现代主义踪迹与文学本土化研究》（齐鲁书社）一书。该书首先通过探讨中国传统文化中蕴含的“后现代内核”，形成一个适应中国20世纪90年代的后现代主义本土化特征；其次以人的观念演变为线索，探求中国当代文学中潜在的后现代主义创作精神、后现代主义文化图景和后现代主义视角下的文学批评，并在此基础上思考中国文学如何走出后现代主义这一命题。全书分为六章。第一章重在理清中国本土文化中的后现代主义文化基因，思考背后的多维价值取向。第二章从人的观念、历史观、创作姿态、反讽情绪几个层面来探讨当代文学场中的后现代表征。第三章从后现代主义的解构精神出发，对历史上的文学经典进行重新解读。第四章从后现代主义的文学视角，对当代文学的叙事模式、话语表征、欲望经验等维度进行后现代考察，论述其中的叙事特征和美学追求。第五章从宽泛的后现代主义视野出发，结合市场消费话语的推进，选取一些代表性的影视文本，探讨其中的审美文化形态。第六章探讨当代中国文坛的得与失，探讨文学的主体性和个人性写作问题，并对当下的农民工书写和通俗文学现状作出思考，提出中国文学如何走出后现代主义的命题。作者提出了“中国式后现代”，通过细致的文本细读，梳理出了后现代主义文化在中国的影响踪迹。

在以上专著和论文之外，2009年度外来文化思潮与中国文学关系研究领域，还出现了一套资料丛书——陈思和主编的《世纪的回响第三辑·外来思潮卷》（江西高校出版社）。这套丛书是《世纪的回响》丛书的第三辑，前两辑分别是《创作卷》和《批评卷》，由出版社于1997年和1999年先后出版。本卷编者选取十位对中国文学产生过重要影响的外国思想家和文学家，形成了十个选题：《尼采在中国》《易卜生在中国》《弗洛伊德在中国》《托尔斯泰在中国》《泰戈尔在中国》《达尔文在中国》《杜威在中国》《罗素在中国》《克鲁泡特金在中国》《白璧德在中国》（每一卷书名及具体信息见年鉴第Ⅲ部分“著作简介”栏目）。每一卷不仅收录了这些思想家或作家在中国被翻译、介绍的原始材料，还包括他们被研究、被阐释，其思想观点在中国被应用的材料。这套丛书规模壮观，在中外文学关系研究领域是前无来者的专题性资料汇编。据编者陈思和提示，这套丛书可与贾植芳先生主编的《中外文学关系史资料汇编（1898—1937）》（广西师范大学出版社）（以下简称《汇编》）配套使用。《汇编》从整体出发，着眼于介绍大的思潮流派；这套丛书从具体人物着手，一人一本，深入而系统。两者搭配，正好是中外文学关系研究的基础性资料库，可以说是为该领域新的学术研究成果的出现奠定了材料基础。

在综述最后，笔者希望对2009年度中西比较研究领域的几种不利于学术发展的现象进行简要归类分析，以期诸位方家的关注研讨与批评指正。

一，“炒冷饭”。这是一个常说常在的老问题。许多学者把多年以前出版的著作中的一部分或是发表过的论文，进行“改装”“组合”，加上一些迎合最新学术潮流的首尾段落，顶上一个新标题就“新鲜出炉”。这种学术欺骗现象不仅有损作者本人的学术声誉，是对作者本人的不负责任；而且由于相当一部分炒冷饭论文出自年长学者，所以会对年轻学者造成不良影响，进而影响比较文学学科的健康发展。

二，主要依靠译文搞研究。从20世纪前期的埃里希·奥尔巴赫到20世纪中后期的勒内·艾田伯再到当今的大卫·达姆罗什，世界知名的比较文学学者们都对比较文学研究领域的外语学习问题有过论述。由于当今世界上仅仅代表性的民族语言、文学就不下五十余种，要求个体比较文学学者在全部掌握这些民族语言和文学之后再进行研究是不可能的，因此翻译文学是比较文学中必需的“拐棍”，这一点不容置疑。但掌握所有的语言不行，并不代表只掌握一门就可以。作为比较文学研究学者，精通研究对象国的一门或两门语言应该是最基本的要求。国内有不少著作对英语国家之外的文学进行研究时，学者本人仅依赖中文译本或英文译本进行研究，未免有失学术严谨性。在当今外语学习条件如此便捷的网络信息时代，此类偷懒的研究现象应该是年轻一代比较文学学者应该努力避免的。

三，方法论单一。与国外及港台地区的比较文学著作相比，大陆学者的比较文学著作不喜多用理论。学者们往往把传播研究、影响研究或平行比较等一两个方法论贯穿全书始终，结合全面细致的文本细读，进行小切口、深挖掘的深入分析。这也可以说是中国大陆比较文学学者扎实学风的特点之一。但从2009年度一些文艺理论出身的学者所作的比较文学专著来看，东西方文学理论修养深厚的他们往往从多个理论视角出发，对同一研究对象进行观照，既能对研究对象进行多侧面深入研究，而且最终也得出不少创见。在当今国际文学界研究范式由内部研究的文本细读向外部研究的文化研究转型的时期，我国比较文学界是一味固守文本细读还是敞开大门对文化理论进行“拿来主义”式的接受，这一问题值得思考。

四，关起门来搞“比较”。比较文学学科与中国古代文学、现当代文学等学科不同，是中国学者与其他国家的学者可以同台竞艺的一个平等舞台。我们不应只是关起门来高呼“中国学派”，而是应该多与国外同行交流，在对当今国内外先进研究成果进行消化吸收的基础上进行学术创新，真正以学术实绩赢得国际学界的认可。以形象学研究为例，无一例外，所有的形象学研究论文与著作基本的理论范式来源都是孟华教授主编的于2001年出版的《比较文学形象学》一书。该书对于中国的形象学研究固然有其开山辟路的奠基性意义，但里面收录的论文等多是对20世纪70年代的研究成果，而近些年以荷兰学者乔普·里尔森（Joep Leerson）等为代表的一批学者开创的形象学研究的新方向与新范式，并未得到我国学者的关注。

狄更斯在《双城记》里说：“这是最美好的时代，这是最糟糕的时代。”对于比较文学学科发展来说，一度隐匿的“比较文学危机论”又一度甚嚣尘上，挑战学科存在的合法性；而多元文化时代的到来，毕竟又给这个立足于多元文化基础之上的学科带来了新的机遇。总体来看，2009年度中西比较文学领域的研究成果比往年多，主力研究领域继续保持，且出现了华裔文学研究等新兴增长点。虽然还存在一些问题，但是作为当今世界范围内开设比较文学项目和课程最多的两个国家之一（另一个是美国），在21世纪第一个十年即将过去时，我们中国比较文学学者有信心在量的基础上继续努力，进一步取得质的飞跃。

五　2009年度翻译文学研究综述

史瑞雪　李妍青

（一）翻译文学理论研究

2009年翻译文学理论研究著作的一大热点主题，便是对翻译主体——译者的强烈关注。郭沫若曾经指出："翻译是一种创造性的工作，好的翻译等于创作，甚至还可能超过创作"。文学翻译具有"再创作"的特征，是模仿与创作、再现与表现的辩证统一。翻译家一旦进入作品的艺术世界，并按照自己的体验、感受与理解来再现原作的艺术世界的时候，他就进入了"译作"的状态，进入了创作的状态。因此，译者可以说是文学翻译过程中一个十分重要的环节，却往往是最容易被忽视的环节。虽则翻译家是在尊重原作、理解原作的基础上完成翻译工作的，但这种在限制与束缚之中完成的自由创造，正是文学翻译的本质。如果忽视译者主体性的存在，便会模糊翻译文学的本质。令人可喜的是，在2009年，涌现了许多着力于挖掘文学翻译主体思辨作用的著作。王丹阳在其专著《文学翻译中的创作论》中，在求证中外相关译论的基础上，从文学研究、文学创作、创作美学、哲学思辨、现象研究、个案分析等角度入手，详细探究了文学翻译中的创作行为。他指出，译者在承担文学翻译的过程中，传达的是作者对生活的体验和感悟，他们先要阅读原作、感受原作，再要理解原作、反映原作。文学翻译与创作的关系异常紧密，离开了译者的创作行为，文学翻译将成为简单的语言转换，很难还译文读者以原文的整体面貌。本书着重讨论译者的双重身份、语言的杂合与解放、译者的文化积累和翻译策略等文学翻译中的突出现象。如果说，王丹阳的著作是从宏观的角度阐述文学翻译中译者的创作性作用的，那么李志凌的《汉诗英译主体的多元诗艺关怀》则从微观的方面入手，透过对寒山诗学西渐原因的分析，指出中国古典汉诗译介的效果在很大程度上取决于译者对中国诗词文化和中国诗人精神的理解，以及在此基础上所具有的译诗准备，主要包括译者的素养，诗学的审美观，译艺与诗艺的发挥、结合、运用等方面的情况。这种准备，也就是本书举论的核心与根基——译者主体的"诗艺关怀"。全书由三个部分组成，上编主要讨论译诗之"器"，从汉诗英译的现状分析与艺术本质索源出发，辨明译者主体诗艺关怀的多重内涵及其审美意义；中编针对译诗之“技”进行探析，检验诗艺与译艺相结合的效果，提出具有一定实践指导意义的译诗；下编重在将译者的诗艺关怀这个核心融入具体的时间活动中加以检验，评价译作成功的价值标准，并尝试总结出一套有积极意义的译诗活动发展。可以说，这些著作凸显了翻译家“创作者”的身份，强调了他们在翻译环节中的重要作用，为具体领域的翻译实践也提供了可供参考的宝贵经验。

另外，许多著名翻译家的突出成就也受到了学界的重视，他们自成体系的翻译手法与翻译风格也成为研究的对象，例如黎昌抱的《王佐良翻译风格研究》。王佐良先生是我国外语界泰斗级人物，既是翻译理论家又是翻译实践家。他译著甚丰，不仅有诗歌和散文，还有小说和戏剧；既有汉译英，也有英译汉，不仅如此，王先生还在翻译理论研究方面发表了许多真知灼见，已自成体系。然而学界对他的翻译成就，尤其是对其翻译风格的研究，通常是尝试性的试探，或是感性的零星分析，有失全面性、系统性和科学性。《王佐良翻译风格研究》立足于王佐良翻译风格的三大理论基础：翻译的基本属性、文本类型理论和风格标记理论，对王佐良先生的译本进行了详细的定量分析、定性评述和他人译本的对比研究。从翻译风格探讨、王佐良翻译研究评述、王佐良翻译思想体系探究、王佐良翻译实践述介、王佐良诗歌翻译风格研究、王佐良散文翻译风格研究、王佐良戏剧翻译风格研究七大方面对王佐良先生的翻译理论及思想进行了系统梳理与评述，并指出风格的可译性基于翻译所特有的五大基本属性，运用风格标记理论中的定量和定性分析使风格翻译批评获得了实在性。黎昌抱认为，原作风格是可译的，而译者风格的存在也是不争的事实，风格翻译的要旨是，译者应善于淡化个人的参与意识，在与原作的对话与协商过程中，最大限度地实现与原作者的视野融合，而这也正是王佐良先生翻译风格的重要特点。

与此同时，许多文学家的翻译活动也进入了翻译文学理论研究视野。这些文学家令人瞩目的文学成就往往掩盖了其翻译家的身份，因此在2009年，许多研究者将注意力转向了文学家的翻译成就这一稍显冷僻却拥有广阔研究空间的领域，并取得了令人可喜的研究成果。鲁迅作为革命家、思想家、文学家、文学史家、古籍整理专家、翻译家等，在诸多方面给我们留下了丰富的思想文化遗产。但遗憾的是，鲁迅作为翻译家的成就一直没有得到充分的研究。无论从哪个方面来说，鲁迅的翻译，或者作为翻译家的鲁迅都是非常值得认真和深入地研究的。从数量上来看，鲁迅的翻译丝毫不少于他的创作，甚至有过之而无不及。其翻译作品数量巨大、内容丰富，涉及15个国家110多位作者，近300万字，大体可以分为文学作品和理论著作。从时间上来看，鲁迅从事翻译活动要远远早于创作活动。可以说，从某种意义上来说，要了解鲁迅，首先就得了解他的翻译。他的文学活动以翻译始，以翻译终——翻译是他一生工作的重要组成部分。与2008年相同的是，对鲁迅的文学翻译研究，依然在2009年有若干成果出现。较为突出的有顾钧的《鲁迅翻译研究》和吴钧的《鲁迅翻译文学研究》。顾钧一书采取点面结合的方式，将鲁迅一生的翻译活动分为三个时期，每个时期选取有代表性的文本进行解读，兼及其他文本，凸显了各个时期的特点和鲁迅思想的变化。尤其值得注意的是，与前人的研究成果相比，此书对翻译的技术层面进行研究，随着时期的不同、对象的不同给出相应的描述和解释。此外，本书还将鲁迅参与和主持的几套翻译丛书与杂志包括在讨论范围之内，因为这些丛书与杂志中的许多译作都是鲁迅想翻译而没有翻译的作品，与鲁迅的思想、创作有着间接却密切的联系。吴钧一书最突出的贡献在于作者借助翻译学、传播学、文化学等学科理论深入细致地将鲁迅翻译文学的历史进程作了全面系统的分析和论述，并且在选取了鲁迅在不同时期有代表性的翻译作品进行了汉、英、德、日几种鲁迅所使用翻译语言文本的比较分析的基础上，论证了鲁迅的翻译思想和艺术上的独创性。其中，本书第七章专章阐述了鲁迅的民族忧患意识，进而指出其忧患意识的中国传统文化原点，并从对鲁迅的生命哲学“中间物”论入手，探究归纳它与鲁迅翻译人生的相互关系，还对鲁迅“中间物”论的传统文化原点及西方影响来源进行了概括总结。

此外，蒋林的《梁启超“豪杰译”研究》、高伟的《翻译家徐志摩研究》更是带给我们全新的研究维度。前者的选题属于翻译文学史研究中的翻译家研究范畴。梁启超是中国近代第一批翻译家的代表人物之一，在中国近现代风云激荡的社会转型期，他的翻译实践和翻译理论从一个侧面反映了近代先进的中国人学习西方、追求民主与自由的心路历程，因此研究他的译学思想无疑具有一定的典型意义。本书以“豪杰译”作为切入点，不仅因为至今尚无人进行专门研究，更是对梁启超翻译研究的进一步深化和拓展，是对以直译、意译为研究重点的翻译方法研究的一个重要补充。在研究过程中，笔者运用翻译学、文体学、文化学、接受美学等相关理论，采取宏观与微观，评述与分析，梳理与归纳相结合的方法，既对梁启超“豪杰译”的由来及其形成的原因进行了细致入微的考察，又从翻译目的论的视角出发分析了梁启超为何“豪杰译”的背后动因；同时将梁启超“豪杰译”的文体特征及其生成方式也一并纳入探讨的范围，并着力揭示“豪杰译”与时代精神的密切契合，以及它所具有的现代性内涵和在中国文学近代转型中所起的作用，从而彰显它一直被忽略的文化意义。《翻译家徐志摩研究》的作者高伟则研读了徐志摩留下来的全部译作，细读了徐志摩所写有关翻译苦乐得失的全部文字，在充分占有第一手资料的前提下，细致考察徐志摩翻译什么（作品的选择）、如何翻译（翻译的方式）以及为何翻译（翻译的动机）等问题。在把徐志摩翻译的轮廓和细节都真实地带到人们眼前的同时，作者探讨了徐志摩在翻译中的文化理想、价值追求和政治关怀，初步描画了徐志摩精神变迁的轨迹。本书的着眼点主要放在译文以及接受文化方面，试图对新文化语境中文学翻译的现代转型过程进行考察梳理，探索该时段文学翻译有哪些突出的变换及特征，译者选择了哪些作品及为什么选择这些作品去介绍给当时的国民，译者使用的基本翻译方法是什么，这样的翻译选材及方法对译入语的文学及文化造成了怎样的冲击，译作对作者创作的影响是什么，有什么样的经验及教训可资借鉴等。本书作者只是凭借徐志摩翻译活动这个“点”，希望能让大家在更广阔的文化背景下，对20世纪初期的中国翻译文学有更全面的认识和评价，并对我国现在正方兴未艾的翻译文学研究、翻译家研究有所贡献。而江艺的《对话与融合——余光中诗歌翻译艺术研究》则把研究视野从大陆扩展向台湾地区，着眼于剖析余光中英诗形式汉译的技巧，总结其译诗策略，彰显其诗歌翻译艺术。研究内容主要包括余光中诗歌翻译艺术的成因、内涵和实践。作者提出，“对话与融合”是余光中诗歌翻译艺术的核心精神，而这一核心精神的形成与其文学翻译思想和个人诗学追求有关，他将余光中的文学翻译思想概括为以下七条：其一，翻译如婚姻，是一种两相妥协的艺术；其二，学翻译是一门艺术，是一种“有限的创作”；其三，研究翻译就等于研究比较语言学；其四，翻译乃大道；其五，译者是学者、作家；其六，英译汉要避免恶性西化和西而不化，倡导善性西化和西而化之；其七，翻译是一件不得已的代用品，决不等于原作本身。作者概括出了余光中诗歌翻译的六大艺术特征，即（一）在模拟原诗形式的基础上，讲求译诗本身的形式秩序；（二）译诗的总体策略为中西融合，西而化之；（三）译诗策略呈现出动态演变的特点；（四）译诗是突出重点的活动，因此，译诗文本与原诗文本之间是一种既同且异、交叉互补的关系；（五）译诗与写诗之间彼此输血，关系尤为密切；（六）译诗充分体现了译者的主观能动性。可以说，本书对余光中诗歌翻译艺术所进行的较为系统的总结，对其成因、内涵以及实践所进行的深入细致的研究，弥补了余光中翻译研究乃至于余学研究中的薄弱环节，也为中国外诗汉译史的书写提供了一份来自台湾的素材。著作所揭示的余光中译诗的主要技巧和总体策略，为其他译诗者提供了有益的借鉴，在一定程度上推动了“译诗阐释学”的发展，促进了外诗汉译的理论研究。而纵观2009年翻译文学研究领域，对文学家“翻译者”身份的强调，无疑拓宽了各文学学科领域的研究视域，有助于加强比较文学与中国古代文学、现当代文学等其他文学学科的联系与沟通，从而在交融与碰撞中促进更多研究作品的诞生。

值得一提的是，在2009年，对翻译主体——译者的研究，已经出现由个体研究向集体研究变化的端倪，代表著作便是吴笛的《浙籍作家翻译艺术研究》。在19世纪60年代，法国文艺批评家泰纳综合哲学上的实证主义、生物学上的进化论和文学上的环境论，提出了他的“决定论”。“决定论”指出，对文学产生影响的有三个要素，“种族”，主要是指人的“天性”“遗传性”；“环境”，主要是指气候和地理位置；“时代”，是指一个国家的思想文化传统。以地域环境为切入点研究群体性翻译行为，便是抓住了“决定论”中的“环境”要素。浙江的文学翻译事业，在中国的翻译文学史上，不仅具有开创特性，而且成就异常辉煌。开始于19世纪后期并在清末民初得到迅猛发展的文学翻译事业，在我国思想解放、文化建设以及现代化进程中发挥了极其重要的作用。在过去的百年左右的时间里，有一批出生于浙江，也主要在江南地区从事文学创作和翻译的著名作家，翻译了许多重要的外国文学作品，为中华文化交流以及我国文化事业的发展作出了巨大的贡献。鲁迅、朱生豪、夏衍、茅盾、徐志摩、丰子恺、草婴、白飞等作家的翻译成就，不仅在我国外国文学翻译领域以及中外文化交流领域占有极其重要的地位，而且极大地影响了我国20世纪文学和文化的进程以及思想的发展，是江南地域文化宝贵的艺术财富中的一个重要组成部分。浙江翻译家之所以在百余年的时间里，在翻译文学领域取得了辉煌的艺术成就，与浙江地域文化有着密切的关联。地处江南的浙江，尤其是杭州，有着深厚的文化底蕴，有着使人积极进取、蓬勃向上的文化氛围、有着优美的自然风光。这一切都对翻译家产生了潜移默化的影响，形成了浙江翻译文学的独特个性。本书研究和总结了浙江翻译文学的艺术成就，总结浙江文学翻译家的翻译艺术贡献，对于探索浙籍作家走向世界文学的艺术足迹，研究翻译文化和展现浙籍人士的文化贡献，以及探讨全球化语境下的地域文化与世界文化的相互关系和相互作用，都无疑有着相当重要的理论意义和现实意义。可以说，吴笛从生活环境的大方向将多位浙籍作家统构为一体，在发掘其各自独特性的同时，更注意把握潜在的共通性与一致性。这种区域性翻译文学研究的思路和模式，符合比较文学与翻译文学跨地域、跨区域的特性，值得提倡和借鉴。

除了上述对译者的多角度研究之外，2009 年，翻译文学研究学界继续就翻译学与翻译文学中的一些基本问题，如翻译方法、审美标准等问题展开论述。一些传统的论题，如“归化与异化”“化境”论等依然是学界的偏爱。朱安博的《归化与异化——中国文学翻译研究的百年流变》便试图对百年来围绕“归化与异化”的论争进行梳理，他指出：“在归化与异化的翻译策略上，我们要针对本土文化的特点，借鉴其他学科理论的研究成果，使翻译研究从封闭的、狭隘的小圈子走向与现代学科结合的道路，多角度、多层次、全方位动态地研究归化异化之间的关系，从而寻求一个符合时代需求的翻译策略，以达到跨文化、跨语言的交际目的。”而于德英的《“隔”与“不隔”的循环——钱钟书“化境”论的再阐释》试图通过阐释学古今融合、他我对话的路向，以“隔”与“不隔”为线索，阐发“化境”论的当代意义。此处阐释学主要是指伽达默尔在海德格尔存在本体论基础上所形成的哲学阐释学。理解钱钟书的“化境”论必须既要考察其理论渊源，又要带着理解者所接受的当代学理所形成的视域与之对话。而哲学阐释学古今融合、他我对话的路向与钱钟书本人的“打通”思想可谓异曲同工。而“隔”与“不隔”是王国维在《人间词话》中提出的一对美学范畴，用于评定诗词之优劣。在钱钟书看来，好的文学作品，即“翻译化的艺术”，我们读者须像我们身经目击者一样；好的翻译，即“艺术化的翻译”，我们读了如读原文。这样，“隔”与“不隔”便从美学范畴转向了翻译范畴。二者都试图在旧有的研究领域开拓出新的研究视野。

当然，也有学者另辟蹊径，试图在传统议题之外开拓出新的天地。陈吉荣的《基于自译语料的翻译理论研究——以张爱玲自译为个案》便提出了“自译”这个新颖的概念。“自译”在翻译史上是一种特殊而显著的翻译活动。西方的“自译”活动可以追溯到中世纪，以拉丁语诗歌的自译为主要代表。这些自译作品在中世纪和现代欧洲早期历史上具有重要的史学研究价值，因为自译成为沟通拉丁语和各民族语言的主要手段。后来随着国家和民族的合并统一，在国家主义的单一语言制度之下，自译活动才逐渐衰落，相应的自译研究也出现了阶段性的沉寂，到后殖民研究时期又重新兴盛起来。我国的自译活动以现当代文学阶段最为显著。随着第二语言的储备逐渐成熟，中国著名作家自己动手翻译自己原创作品的活动日益突出。在中国的自译作家中，张爱玲自译作品的数量多，自译历时时间长，自译频率多样，不同时期的自译形式也有细微的层次上的差异，成为具有翻译相对自主性的典型个案。考虑到自译活动具有特殊时段性、突出的个案性和隐蔽性与相对性的特点，本书尝试采取实证研究与理论描述相结合的研究方式：既注重自译的语料研究也注重自译理论的构建，既注重个案本身的历时研究也注重本个案与其他自译个案的比较研究。范围主要涉及：自译语料的分时段研究，包括张爱玲散文自译、短篇小说自译和中篇小说自译，既突出自译本身文体的差异也强调文本在翻译时间上的自然分界；自译语料内部对比研究，包括张爱玲自译三个阶段之间的内互文性对比研究，张爱玲自译和翻译别人作品的比较研究；自译语料的外部比较研究，包括中外典型自译者与张爱玲自译的比较研究。在对自译语料进行描述、分析和对比研究的基础上，本书以张爱玲自译为实证性个案，综合现有零散的自译研究成果，深化自译基本理论的概念性研究，重新审定自译的定义、形式、性质、评价标准等问题，基本上涵盖了九大类自译理论分类系统，初步建立了自译类型学的研究范畴。此外，本书还梳理了中西方翻译理论研究关于自译研究的论述，对此进行了总结、归纳和评论，指出中西方自译研究可以互相借鉴的可能性，为自译语料研究提供了开阔的理论背景。

金兵的《文学翻译中原作陌生化手法的再现研究》则把研究目光锁定在了“陌生化手法”上，读来让人耳目一新。俄国形式主义文论认为，文学研究的对象是文学性，即那种使特定作品成为文学作品的东西，而文学性就是通过陌生化手法体现出来的。在俄国形式主义文论家眼里，文学不在于让我们熟悉对象的内容，而在于通过陌生化使我们感知艺术形式本身，从而重新唤起我们感知艺术的原初性。陌生化手法这个概念具有悠久的历史和丰富的内涵，本书将其引入文学翻译研究，对文学翻译中如何再现原作的陌生化手法这个课题进行探讨。尤其是本书第五章探讨了再现陌生化手法的基本策略和原则。原作的陌生化手法不能照搬到译作中，但译者可以运用类比式翻译，以求达到和原作类似的文学效果。有些情况下，由于英汉语言之间的差异，类比式翻译难以取得较好的效果，译者必须采用适当的补偿手段。在翻译过程中，译者要把握适度的原则，既要迎合读者，更要通过译作提高读者。原作的陌生化手法有些确实“不可译”，但译者要本着发展的观点来看待这些现象，切不可轻言放弃。当然，本书对于陌生化手法的具体表现以及如何运用各种补偿手段等问题的讨论还不够细致，所有这些问题，都需要在以后的研究和翻译实践中逐步解决，但是问题的提出，本身便足以凸显作者研究眼光的前瞻性与敏锐性。

同时值得注意的是，近年来，翻译文学的研究中出现了“文化转向”的趋势。翻译文学研究不再关注“如何译得对”“如何译得好”等传统问题，而开始重视文本之外的各种因素。黄田、郭建红的《文学翻译：多维视角阐释》力求通过梳理与分析西方主要翻译理论，对文学翻译研究进行多维视角的探讨，论证文学翻译应该既是文学性与文化性的统一，又是艺术性与科学性的统一。姜秋霞的《文学翻译与社会文化的相互作用关系研究》旨在运用较为综合的方法探讨文学翻译与社会文化的互动关系。在研究方法上，运用实证描述的方法、从历史的角度、通过对比的方式对文学翻译与社会文化的关系进行科学的分析研究，具体采用调查分析、个案分析、对比分析以及理论阐述等方法对不同历史时期文学翻译的形态及其文化结构进行综合研究。在研究内容上，一方面赋予以往横向领域以纵向的历史比较；另一方面在以往不同民族文化的对比研究的基础上研究民族文化内部的价值冲突。在研究层面上，综合宏观、中观、微观等多个方面的研究。在对文学翻译及其文化体系整体结构进行分析的基础上，客观描述译者的个体特性，探索各种文化语境下的个体差异。蒙兴灿的《五四前后英诗汉译的社会文化研究》将五四前后的英诗汉译现象置于当时中国社会文化转型和文学嬗变的历史视野中加以考察，着力运用当代文化翻译理论、当代西方文艺批评和文化批评理论，从社会文化因缘、社会文化心理、社会文化功能以及译学社会文化行为分析和译学社会文化行为反思等五个方面，结合英诗汉译经典文本分析，对五四前后中国这段特定历史时期近三十年间英诗汉译的主要译家和译作进行了历时和共时、宏观和微观相结合的描述性研究，在社会文化和历史语境中研究英诗汉译作品，借以揭示五四前后英语诗歌翻译的成因、特点及其产生的影响和承载的社会文化或社会历史意义，诠释译本中社会文化的文本表现。本书除了在大局上提出了一些非常有意义的见解之外，在一些具体问题上，也注意到了一些前人多不曾注意的细节。其中人们容易看到的是，作者一反几乎已成定论的钱钟书关于《人生颂》是第一首汉译英诗的主张，而根据对“翻译”的理解，把“最早”的名誉归给了半个世纪后的严复，这自然可以讨论。但尤其值得注意的是他还提出了中国新体诗的形成受到了基督教赞美诗翻译的影响，汉诗诗体的“散文化”、大众化趋势还应往前追溯。这一见解具有开拓性，尤其是如果我们想到英语发展过程中，16世纪教堂赞美诗及其后《圣经》的翻译对现代英语的形成的影响，就可见这也许是一个很值得进一步研究的好题目。另外值得一提的是，书后的附录“五四前后（1898—1927）英诗汉译作品总汇”，作者是花了功夫的，并将成为研究这个时期英诗汉译的宝贵参考资料。

与2008年相同，在本年度的翻译文学研究中，翻译文学对西方文学理论的借鉴与运用的研究套路依然为学界所热衷。裘姬新的《从独白走向对话：哲学诠释学视角下的文学翻译研究》凭借哲学诠释学提供的独特视角，试图揭示翻译过程中主体间的对话关系，及其产生、发展到形成的过程。翻译作为诠释性对话，是从理解到表达的双重对话过程，是两种世界观的交流与融合，是人类迈入“交谈共同体”的必由之路。“对话”是贯穿本书各章节的基本主题。陈志杰的《文言语体与文学翻译——文言在外汉翻译中的适用性研究》将理论的阐述与翻译技巧的探讨相结合。作者在文中有意识地建构了一个框架，从文言语体与文学翻译的关系，论述到文言在外汉翻译中使用的可能和必要，再去分析翻译实践中的文言语体，论述得相当全面，而且举出了大量实例。其中既有理论的阐述，又有具体的翻译文本分析，对文言语体在翻译史中的几次高潮也作了介绍，提出了不少富有启发性的论点。诚然，学科理论之间的互通有无本无可厚非，但若是一味以他者理论来套自家学术，则将有失偏颇，这是跨学科研究中需要时刻注意的问题。

（二）翻译文学史研究

2009年度的中国翻译文学史研究，可以划分为“外译中”和“中译外”两个方面。

在“外译中”方面，2009年的翻译文学史梳理似乎进入了一个丰收年，有多部文学史梳理及著作索引类著作问世。孙致礼主编的《中国的英美文学翻译1949—2008》、杨义主编的《二十世纪中国翻译文学史》、任淑坤的《五四时期外国文学翻译研究》皆是阶段性的大部头著作。《中国的英美文学翻译1949—2008》基于作者在1993年和2003年先后申请到两个国家社会科学基金研究课题：一个是《1949—1966：我国英美文学翻译概论》，另一个是《中国新时期的英美文学翻译》。两个课题都属于翻译断代史研究，前者研究的是中华人民共和国成立后的17年（1949—1966），后者研究的是改革开放后的30余年（1976—2008）。中华人民共和国成立后的17年，虽然我国的外国文学翻译也掀起了一个小高潮，但重点还是放在译介苏联和各社会主义国家的文学作品上。相比之下，改革开放后的译作、论著数量明显增多，本书对新时期的英美文学翻译的文字阐述部分，可以分为以下几个内容：第一是新时期我国的英美文学翻译出版工作如何从“冰冻”到复兴再到繁荣，描述了当时的时代背景和社会文化背景，分析了这次翻译高潮发生的原因。第二，新时期的30余年中，英美所有的古典文学名著、现当代名著，除个别作品外，几乎全都译成了汉语，许多重要作品还涌现出多达二三十种译本，可谓世界翻译史上的一大壮举。在这一过程中，出版社功不可没，翻译家更是居功至伟。本书下编第三章着重介绍了一百多家出版社在出版英美文学译作上的成就，第十一章则从数千名英美文学翻译家中筛选出成绩突出的50位代表人物，总结其从事文学翻译工作的指导思想，介绍其主要译著及成就，探讨其翻译理论或主张。第三，由于出现了“名著复译热”、“泥沙俱下”、伪劣译品充斥市场等情况，人们对这次翻译高潮的认识褒贬不一：有人认为成绩是主要的，但也存在一定问题，有人则认为翻译工作“今不如昔”，译文质量滑坡，见不到新的名著名译。本书在第十二章对新时期的英美文学翻译水平作了客观的反省，认为新时期我国的英美文学翻译取得了举世瞩目的成绩，但也出现了大量粗制滥造的低劣之作，距离时代要求还有不少差距。第四，综观我国一百多年的外国文学翻译史，我们可以发现一个现象：中国的外国文学翻译家一般都不大关注翻译理论，这在一定程度上影响了中国翻译水平的提高。为此，本书专门安排了六章谈翻译理论——一章谈翻译的异化和归化问题，另五章是对翻译核心观念所作的个案分析，希望能给我国的译者带来启迪。

2009年4月，百花文艺出版社推出由杨义先生主编、多位优秀学者参撰的多卷本《二十世纪翻译文学史》。这套翻译文学史，便是试图将翻译文学纳入现代中国文学的发展图景内，来描述20世纪“中国翻译文学”的一次重要的学术实践。此书斥十年之功，精雕细刻而成。全书凡六卷，分别为“近代卷”“五四时期卷”“三四十年代·英法美卷”“三四十年代·俄苏卷”“十七年及‘文革’卷”“新时期卷”，从翻译文学的角度，勾勒出中国现代思想文化发展流变的路线图。可以说，20世纪中国翻译文学，是20世纪中国文学的一个独特的组成部分。20世纪中国文学的开放性和现代性，以翻译为其重要标志，又以翻译为其由外而内的启发性动力。翻译借助异域文化的外因，又使其内渗而转为自身文化的内因。同时，翻译文学又提供了一种新的观世眼光和审美方式，催化着中国文学从传统的情态中脱胎而出，走向世界化和现代化，并充实、丰富了中国现代精神文化谱系。百余年来的翻译文学乃重要的文化资源，借此可研究20世纪中国现代文学的发生学和发展形态，研究翻译文学与创作文学共同建构的多层性和互动性的文化时空。

而王世家、止庵编的《鲁迅著译编年全集》（20卷）除收入迄今发现的鲁迅全部文字作品（含翻译作品）外，对于鲁迅生前编入其文集而出自他人之手或由他人代笔的文字，也集中收在附录中。对于鲁迅日记和某些原无标点的文章，也由二位编者按照鲁迅生前的标点习惯重新标点。本书的最大特色在于按照日月年的编排体例，把鲁迅的日记、书信、著作、译作等尽可能收入其中，非常便于鲁迅研究者据此梳理出鲁迅的创作轨迹和思想脉络，恰如一部更为详尽的鲁迅年谱。

此外，张海惠、曾英姿、周珞编纂的《中国古典诗歌英文及其他西文语种译作及索引》，则为后来研究者提供了一个难能可贵的参考资源。本书构思新颖、材料丰富、检索方便，是中国古典诗歌爱好者和研究者应该备有的工具书。通过查阅主要诗歌作品在不同时期的翻译，读者可以清楚地了解到，中国内地、台湾、香港学者和欧美汉学家对古典诗歌作出了种种不同的解读。比较这些不同的解读，读者将能更深切地体会汉诗语言的独特性及其丰富的文化底蕴，了解汉诗西译“西渐”的历史过程。对于外语教学、翻译实践与研究、中西文化交流以及欧美汉学史研究，此书无疑亦具有重要的价值。我们应该认识到，翻译文学研究的瓶颈之一，便是语言不通与译本资料的匮乏。翻译文学界需要更多这样的作品造福后来学者。

此外，在“外译中”的研究领域，也出现了对翻译模式进行反思与讨论的著作，其中较为突出的是张蓊荟的《认知视阈下英文小说汉译中隐喻翻译的模式及评估》。隐喻翻译在翻译文学中的重要性体现在三个方面：一，隐喻能够体现作者的审美追求及其所达到的艺术效果；二，隐喻能够蕴合作者的意图；三，隐喻与文学作品的情感诉求密切相关。鉴于隐喻翻译在文学中的重要地位，国内外许多学者研究过隐喻的翻译。但是，他们的研究不外乎是翻译喻意和翻译形象的问题，而且大都局限于隐喻翻译技巧的研究。虽然这些翻译方法对翻译隐喻实践都有很强的指导作用，但是由于其分类比较笼统，实际操作起来也难以把握。本书采取语料库法、问卷法和归纳法，从认知语言学的角度，主要运用概念整合理论和原型理论对隐喻翻译的意义建构和情感激活进行了深入研究。研究目的就是要证实在小说中隐喻的翻译过程中存在一个意义建构过程和情感激活过程，并具体描述意义建构的条件、倾向和情感激活的因素；此外还要建立起隐喻翻译的评估标准。本书主要内容包括：隐喻的地位与翻译的认知隐喻观、隐喻翻译的意义建构、隐喻翻译中意义建构的语料库实证研究、隐喻翻译的模式及评估标准等。

而在“中译外”方面，中国古代典籍的英译研究仍然保持蓬勃的发展势头。多种文体的汉语典籍研究为翻译研究开辟了一个具有重要理论价值和实践意义的新领域。就小说而言，《红楼梦》的外译研究，是多年来中国文学外译研究中的一个重点。2009年度的研究成果使《红楼梦》的外译研究更为深入细致，代表作便是肖家燕的《红楼梦概念隐喻的英译研究》。本书从隐喻观出发，认为隐喻是《红楼梦》作品独特的创作思维表现，如果在《红楼梦》的英译研究中对隐喻的认识不足，就可能导致翻译过程中对作者的创作意图的误解。基于这一构想，本书从作品中归纳出诗歌隐喻、“红色”隐喻、人名隐喻、“冷笑”隐喻、“水”等触发的爱情隐喻、“上—下”空间隐喻，并对Hawkes译本为主的英译文实例进行定性与定量分析，有针对性地对Hawkes译本与杨戴译本两个英文全译本进行对比分析和描述，从而总结出了《红楼梦》隐喻英译的若干基本策略。在诗词方面，则有黄立的《英语世界唐宋词研究》，本书收集了大量的资料，对在叶嘉莹影响下的年青一代海外学者以西学为参照体系所进行的词学研究进行了全面的介绍和深入的分析，并与国内的词学研究进行了对比，指出在这一领域中海外学者所取得的巨大成果。本书的研究成果可以为国内学者的词学研究提供翔实的第一手资料，为词学研究中的中西对话架设一座桥梁。江岚的《唐诗西传史论——以唐诗在英美的传播为中心》以唐诗英文流播的历史渊源和法则过程作为论述的主题，不论是从内容上还是从时间上，研究的对象都应该属于传统英美“汉学”的范畴。研究以英、美公开出版发行的唐诗英译版本为主要依据，同时借鉴国内学者对这些文本现有的研究成果，客观呈现唐诗西渐进程中重要文本的特色，评析西方学者译介、研究唐诗的学术传统，检视西方英语世界文化框架对唐诗及其文化元素的过滤、改造和利用，有助于我们在世界文化语境中重新认识唐诗的现代价值，推动东西方文化互识、互补、互用的双向阐发。

一直以来，戏剧研究都是翻译文学方面的弱项，在2009年，曹广涛的《英语世界的中国传统戏剧研究与翻译》实属难能可贵。在该书之前，曾有孙歌、陈燕谷、李逸津合著的《国外中国古典戏曲研究》一书。该书较为侧重日本、俄罗斯的戏曲研究，对英语世界的戏曲研究的介绍和评价方面显得不太厚重和全面，因此此书的出现可谓有所突破。英语世界的学者在研究戏曲时，有其自身的优势和局限。一方面他们在占有丰富的资料和先进的图书服务设施的基础上，能以西方人的眼光和内行人的功力进行学术研究，研究领域广泛，绝少禁区限制，且有先进的学术理念作为依托。但另一方面，由于语言、文化与术语概念体系的不同，由于相应的中文原始文献爬梳能力上的客观限制，英语世界的戏曲研究者在某些方面很难赶上他们的中国同行。中国学者研究问题，一般而言，感性知识较为丰富，并倾向于从微观上看问题，考证、析疑、辨伪一类的论著俯拾皆是，而作宏观研究、理论分析的雄文力作则较为罕见。因此，作者基于中外学者戏剧研究各自的长短，以开放的心态对待英语世界的戏曲研究，并对英语世界的戏曲研究总结出了几点值得注意的倾向：一，英语世界中的学者，在对中国戏剧的作家、作品进行研究时，常偏重主题思想、人物形象、隐喻、象征的文化阐释。二，形式研究时西方学术传统的长处。三，英语世界的戏曲研究，是以美国为中心，英国、澳大利亚、加拿大、新西兰为辅翼的格局。四、英语世界的戏曲研究体现了不断拓展和深化的趋势。五，研究方法的形成与学术思潮密切相关。六，英语世界的戏曲研究者十分重视学术交流，带有很强的国际性。七，海外华人在戏曲研究上的贡献很值得一提。这些研究成果对于建设正确的学术话语主体具有重要意义，在跨文化戏剧现象与规律的比较和联系中，西方学者亦有可能揭示出戏曲本质的独特属性，从而对中国学者有所启发。综上可见，2009年“中译外”方面的翻译文学著作，呈现出研究深入化、门类齐全化的可喜趋势。

Ⅱ 重要论文摘要

一　比较文学学科理论研究论文摘要

《改革开放三十年蒙古比较文学研究的回顾与展望》

蒙古文学的比较文学研究即是蒙古文学研究在改革开放30年来迅速发展中取得的重要成绩的一部分。改革开放30年来在蒙古比较文学研究领域，用中文和蒙古文出版了近三十种比较文学研究专著，发表了三百多篇学术论文。扎拉嘎、云峰、那顺巴依尔、乌力吉、亓·巴特尔、陈岗龙、那木吉拉等一批专门从事蒙古文学比较研究的学者除了出版专著以外，还发表了大量的专题研究论文，并且指导培养了从事蒙古比较文学研究的硕士和博士，蒙古比较文学研究队伍已经初步形成。

新时期蒙古比较文学研究取得的成绩主要体现在六个方面。第一，在蒙古比较文学的滥觞和比较文学理论的学理认识方面，蒙古比较文学走过了一个从初步的片面认识到言归正传的理论深化的道路。第二，在蒙古文学与突厥语族民族文学比较研究方面，研究成果主要集中在民间文学特别是神话传说和英雄史诗的比较研究。第三，在蒙古文学与印度文学及我国藏族文学的比较研究方面，列举了除蒙藏《格萨尔》的比较研究之外我国学者发表的大量专题研究论文。第四，蒙汉文学比较研究的研究范畴集中在元代蒙汉文学交流和清代蒙汉文学交流两个领域，主要侧重于古代文学的比较和文献考证，民间文学的比较研究相对少。在近现代蒙汉文学的比较研究方面，鲁迅成为蒙古族近现代作家比较研究的重要参照。第五，蒙古文学与古代东西方文学的比较研究主要是平行比较，但研究成果相对比较薄弱。第六，比较形象学研究开拓了蒙古比较文学研究的新思路。由于蒙古人西征是东西方文学比较研究最有历史厚度的切入点之一，考察蒙古文学中的东西方文化影响和东西方文学中的蒙古题材，成为蒙古比较文学研究的重要课题。

在新时期30年中，蒙古比较文学研究虽然取得了一定的成绩，但是从高标准要求的角度讲，依然存在一些问题，需要继续提高。因此，提出了以下四点建议：第一，加强蒙古比较文学的学科建设，完善蒙古比较文学的理论体系；第二，培养多语种研究人才，促进蒙古文学的跨语言研究；第三，用比较文学的观念和理论促进蒙古文学史的研究；第四，加强蒙古比较文学研究，深入认识蒙古文学对中国多民族文学发展做出的贡献。（薛英杰　摘）

陈岗龙，原载《内蒙古师范大学学报》（哲学社会科学版）第1期

《30 年中外文学关系研究综述》

比较文学学科在中国复兴及建制已历 30 年，在其间所取得的可喜成就中，中外文学关系研究无论在数量和质量上都是最为突出的。作为以文献实证为基本方法的文学研究，30 年来，几代学人或剔抉钩沉，发掘和整理中外文学交流史实，或立足于文学发生而考察异国文学资源在本土的创造性转化，并在中外文学关系研究的立场、观念和方法上都积累了相当丰硕的成果。

30 年来中外文学比较研究的主要成就体现在以下几个方面。第一，相继出现了一大批资料翔实、论证严密、具有学术影响的著述。第二，30 年来的中外文学关系研究，分布语种广泛，涉及的国家众多。除传统的英、美、法、德、俄、日、印、西等国的民族文学之外，中国与拉美国家、大洋洲、非洲、东南亚诸国和中东地区的阿拉伯国家之间文学关系的研究，30 年来也有了令人瞩目的进展。第三，中国文学在国外的传播、影响和接受研究积累了许多可喜的成果。第四，立足中国文化的本土立场，从中国文学主体创造的角度梳理外来文化和文学在中国传播、影响和接受的研究，在个案和专题研究两方面，均有不俗的表现。第五，出现了一批中外文学关系的综合性史著。既包括立足中国文化主体，研究外来思潮对中国文学发展的影响和接受的综合性研究著作，也包括考察某种外来文化文学思潮对中国文学的整体影响或者从文体、文论等层面展开的综合性或专题史著作。第六，自 20 世纪 80 年代后期以来，随着研究的深入，中外文学关系中的以形象学和译介学为代表的若干特殊研究领域异军突起，乃至成为若干相对独立的准学科。第七，从事中外文学关系研究的许多学者在切实发掘和梳理交流史实的同时，对国际文学关系研究的观念、立场与方法进行了积极的探索，为中外文学关系研究不断出现新的学术生长点提供了保证。最后，列举了中外文学关系研究史上的重大事件以及在该领域做出卓越贡献的青年学者的名单。

在全球化的今天，中国比较文学逆势而兴，正逢其蓄势待发的历史时机，而中外文学关系正是反思和叙述中国本土现代文化和文学经验，拓展中外文学、文化和而不同、平等对话的多元繁荣局面的最富活力的领域之一。我们必须全面清理和继承学术思想和资源上的两大本土传统，即历史悠久的中国古代文学和文化传统，以及开埠以来的现代文学和文化传统，借助其他相关学科的共同成果，逐步建立起跨越东西方文化的比较研究的视野和范式，最终超越已有的西方格局，实现 21 世纪中国比较文学新跨越和新发展。（薛英杰　摘）

宋炳辉，原载《重庆大学学报》（社会科学版）第 1 期

《世界比较文学的重心已经移到了中国》

巴斯奈特的《二十一世纪比较文学反思》所探讨的理论问题缺乏新意，行文逻辑

也显杂乱。在对世界比较文学的发展与前景所做的理论思考中，中国学者已有的论述显然比这篇文章高明许多。但不懂中文的西方学者却对其视而不见，这与中国学界高度关注西方学界的态度形成了鲜明对比。

从历史上来看，中国一直是世界少有的人文学术大国，即使在积贫积弱的晚清时代，中国的人文学术在许多方面都没有落后于世界。近百年来，更是吸收西方精华将人文学术发扬光大，有些学科已经走在世界前列。从当代比较文学的研究成果来看，关于中外文化交流史、东西方文化关系史的研究，中国学者拥有得天独厚的优势，近 30 年来出版了 300 多种专门著作；在译介学与翻译文学研究领域，中国人无论在研究实践还是理论构建上，都已经走在了世界前列；关于比较文学学科理论，中国人矫正了西方人的理论偏颇，走向了更高层次的整合与提升，在理论探索的深度和理论普及的广度上，明显已经超越了此前的法国学派、美国学派；关于比较文学学术史的研究，中国学者已经写出了多种成规模的断代史与通史著作，而外国的同类书却很少见；关于比较文学学科教学，中国已经在数百所大学的文学系科普遍开设了比较文学课程，而外国的大学很少能够做到这一点。

人文科学的衡量标准与自然科学显然不同，更具有民族性和国性，用西方的标准来衡量，中国学术可能不行，以中国的标准来衡量，西方学术未必能行。因此，既不可如一些西方学者对中国那样闭目塞听，更不可像中国近代洋奴那样唯西人马首是瞻。巴斯奈特女士对“21 世纪比较文学的反思”只是对英美世界有效，而不适合于中国。其“反思”来源于西方主流学者对中国及东方学术文化的无视和偏见以及其比较文学研究资源日益减少的状况。

中国改革开放 30 年来，国人翻译了大量的西书与西文，但其学术质量与价值却值得怀疑。中国人撰写的严肃的比较文学学术著作，与西方相比绝无逊色。中国比较文学在学术质量与数量上均已领先于世界，可以说，当今世界比较文学重心已经移到了中国。中国比较文学超越了法国学派与美国学派的“学派”局限，将东方与西方文化相融合、文化视域与文本诗学相整合，形成了“跨文化诗学”这一新的学术形态与新的学术时代。（薛英杰　摘）

王向远，原载《中国比较文学》第 1 期

《20 世纪中日比较文学研究的回顾与展望》

中国的中日比较文学，是中国学者以中国文学史的发展为出发点，以中日两国文学以及两国文学关系为对象的比较文学研究。20 世纪中国的中日比较文学研究取得了不小的成就，以 1978 年为界，大致可以分为漫长的摸索期和快速发展期两个阶段。

所谓漫长的摸索期，系指 19 世纪末叶至 1978 年这一特殊时期。由于国人根深蒂固的“大中华意识”，在漫长的摸索期里，中日比较文学研究没有和中国比较文学研究的其他部门同步发展，形成相互呼应之势，甚至在几个重要的历史转折时期，也未能涌现出独辟蹊径的学者。漫长摸索期的中日比较文学研究有两个非常鲜明的对比：一是中国和日本的相互关系有了根本转变，而中日比较文学研究的基本态势未有改变；二是留学日本并通过日语译介西学，而不是研究日本乃至与中国的关系。

快速发展期是指1978年起至20世纪末的新的历史时期。伴随着改革开放的春风，中国的社会科学研究全面复苏，中日比较文学研究也出现了前所未有的“井喷”势头。以1988年3月20日中日比较文学研究会成立为界，可以把二十多年的快速发展期分为发展准备期和蓬勃发展期。发展准备期（1978—1988年）的主要特点体现在以下三个方面：第一，中日文化交流史的译介与研究对中日比较文学的研究有推动之功；第二，对鲁迅与日本关系的研究得到了进一步深入；第三，一批有识之士努力开拓新的研究领域。在蓬勃发展期（1988—1999年）时，首先以中日比较文学研究会为核心的研究工作取得了极大的进展，在它的带领和呼吁下，中日比较文学研究硕果累累，在专著、论文、译著等方面全面开花。从该阶段研究者的知识结构来看，此期的中日比较文学的研究视角呈现多元化的趋势。既有来自外国文学——日本文学的学者，亦有来自中国文学——古典文学和现代文学的学者。同时，中日比较文学专业的设置、教材的编写，也为学科建设奠定了基础。

但不可忽视的是，快速发展期的比较文学成果存在“质”“量”背离的现象。展望21世纪，中日比较文学研究还需要加强比较文学基础理论的修养、加强中日两国文学交流关系的研究、运用多种行之有效的比较文学研究方法，寻求中国、日本、东亚乃至人类的共同课题，以保证该学科在蓬勃发展的轨迹上继续发展。（薛英杰　摘）

王琢，原载《暨南学报》（哲学社会科学版）第4期

《跨文化形象学的“东方化”问题》

跨文化的中国形象研究，不仅关注西方的中国形象问题，也关注其他国家的中国形象问题。在现代性观念体系中，西方/非西方的二元对立的世界观念结构似乎左右着现代不同国家民族自我认同的想象秩序。日本、印度等在历史与地理、制度与文化上与我们有诸多关联的国家的中国形象，其知识框架与价值立场都是西方的，是这些国家、地区在现代性自我认同结构中“自我东方化”与“彼此东方化”叙事的一部分。世界现代化进程中所有非西方国家在确认自我想象他者的时候，都不自觉并自愿地将自身置于现代西方的他者地位上，接受西方现代的世界观念秩序。在逐渐全球化的西方现代性话语霸权中，不论日本或印度，都不可能在西方中心主义话语外表述中国，也不可能在西方中心主义话语之外认同自身。

西方人规划的世界秩序在政治、经济、文化上同时向非西方世界推进，加入现代化进程的亚洲国家，在被迫接受西方殖民主义、帝国主义政治、经济秩序后，也在文化上相继主动接受了西方现代的世界观念秩序，这是一个“自我东方化”的过程。这个“自我东方化”的过程包括三方面的问题：第一，“自我东方化”，即认同东、西方二元

对立与西方中心主义的世界观念秩序，认同为此世界观念秩序奠基的进步/停滞、自由/专制、文明/野蛮的二元对立的价值体系与西方现代进步、自由、文明的优越性，认同现代西方文化霸权下自身低劣的他者地位。第二，在西方中心主义世界观念秩序中开始自我批判与文化改造的历程，努力地“去东方化”，在这一过程中出现了两种极端倾向：彻底否定自身传统彻底西方化以及在西方的世界观念秩序中发挥所谓“东方传统”。并且这两种倾向中都同时包含着认同因素与反抗因素。第三，“去东方化”不仅构筑了一种“东方”国家与西方的关系，还同时构成了“东方”国家之间的关系，其过程中还包含着“东方”内部的“彼此东方化”的问题，“东方”国家中究竟谁更“东方”，谁比较“西方”，也是“东方”国家现代性自我认同的根据。

研究东方的中国形象，真正的问题是东方或亚洲现代性的自我建构及其与西方现代性的关系。东方或亚洲国家在“自我东方化”叙事中构筑中国形象，确认自身的现代文明身份，不管是依附西方现代性还是另辟东方现代性或东亚现代性，都无法超越西方现代性的基础与前提、方向与方法。（薛英杰　摘）

周宁，原载《福建论坛》（人文社会科学版）第4期

《外延的互逆——“译介学”概念植入的尴尬与反思》

目前，从比较文学和文化角度进行翻译研究被国内学界普遍称为译介学，置于比较文学之下。而译介学作为一种翻译研究学问在外延和内涵上与比较文学关系相混淆，时至今日仍无法找到相应的英文术语。“译介学”的提法为什么没有得到西方学界的肯定呢？

在西方，采取与译介学相类似视角的翻译研究被普遍称为译本研究派。相对于翻译研究的语言学派，译本研究派注重以译本为中心宏观历时地描述翻译的功能，具有鲜明的文化意识，是多个相交相迭的分支流派的合称。这些西方翻译研究流派与译介学在比较文学的关系互动上其实是背道而驰的，在概念的内涵、外延与逻辑上有着互逆的对立关系。译本研究派都运用比较文学的方法进行比较文化研究，也就是说翻译研究并不从属于比较文学研究，而是相反。两者的分歧在于，西方翻译学派注重的是翻译本体和语言本体，比较文学从属于它，而“译介学”注重的是比较本体，它从属于比较文学研究。

译介学的内涵正与当前西方译本研究派重合。译介学学科建构中包括创造性叛逆、翻译文学史等全部涵盖在译本研究派之内。可以说，所谓译介学不过是译本研究派的整体挪用。译介学的内涵还意味着，文化转向以来30多年的西方翻译研究及其所努力做出的学科建构仍然只是比较文学的一部分。但是，随着接受美学、解构理论和文化研究的兴起，翻译研究的地位得到了空前的提高，翻译研究与比较文学的关系也因此发生了根本转变，翻译研究属于比较文学研究分支学科的说法受到质疑。译本研究派中的多元系统派、文化派、女性主义派和后殖民主义派与译介学研究几乎完全重合，而将这些派

别置于比较文学之下显然有悖于西方学界的初衷。也就是说，将译介学置于比较文学之下实际上就是将译本研究派即文化转向翻译研究30多年的成果置于比较文学之下，这等于否定了西方学者所有的努力。从整个西方来看，在比较文学濒临危机，广大学者大张旗鼓提升翻译研究地位，迅速扩充翻译研究内涵，积极建构翻译研究学科的时候，自然不会再将翻译研究归于比较文学之下，因此西方所谓译介学的称谓也就无从谈起了。

因此，西方不提“译介学”的概念不是创新不够，而是中西方的终极研究方向截然相反。这就是为什么译本研究派波及美、英、意、比利时、荷兰、奥地利、加拿大、巴西、以色列、印度等国，而译介学只是限于中国而很难国际化的原因。（薛英杰　摘）

王富，原载《社会科学战线》第12期

二　比较诗学论文摘要

《“美学”：从西方经日本到中国》

Aesthetics，现被译为美学。美学作为一门学科，是由西方学者最早确定下来的。中国对“美学”概念的引入，经历了从西方经日本再到中国的过程。

日本最早将美学学科引入了东方。明治维新时期，美学被引进日本。在引进美学学科时，西周、中江兆民和菊池大麓在翻译、介绍西方美学方面都做了出色的启蒙工作。1872 年，西周创作了日本第一部独立的美学专著《美妙论》，这是他第一次将美学作为一种学问置于整个学问体系中。中江兆民于 1883—1884 年翻译出版了维龙的《美学》，即通称的《维氏美学》，这是东方第一部美学著作。中江兆民首次提出了“美学”这一术语，并用它翻译英文的“Aesthetics”。1879 年，菊池大麓翻译的《修辞与文采学》，运用了心理学和美学来探讨语言美的分类和效果以及诗的本质和分类等。从此，“美学”一词得到了正式认可，关于“美学”的讨论此起彼伏，日本的“美学”开始兴起。日本明治时期的美学对东方美学的学科建设做出了巨大贡献，对中国乃至整个东方美学都具有重要的参考意义，起到了重要的桥梁和辅助作用。

在近代中国学习西方的过程中，日语起着重要的媒介作用。美学传到中国的过程也不例外地经历了从西方经日本再到中国的程序。中国最早的美学先行者如王国维、吕澂、鲁迅、范寿康、陈望道等都曾东渡日本，借助日语来传播西方和日本的美学思想。王国维撰写了《〈红楼梦〉评论》《古雅之在美学上的位置》等美学文章，使西方的“美学”“美育”等概念以及叔本华、康德、席勒、尼采等人的美学思想、文艺观点开始为中国人所了解和接受。到了“五四新文化运动”前后，鲁迅等人的美学思想则以彻底反叛传统的决绝态度，对传统美学进行了全面的冲击。这一时期，欧美日本的各种现代美学学说也被翻译介绍了进来。鲁迅的美学思想就深受尼采和日本人厨川白村的影响。此外，吕澂、范寿康、陈望道等则着力开设美学学科的理论建构，且卓有成效。吕澂、范寿康等通过学术著作，向国人进一步介绍了西方和日本美学，同时初步建立起了中国的美学学科理论框架。陈望道则是中国马克思主义美学研究的先驱，通过他的翻译和著述，马克思主义美学开始进入中国大地。

总之，在中国近代美学史上，美学从西方经日本到中国，王国维、吕澂、鲁迅、范

寿康、陈望道等对近代美学概念、美学思想的引入、传播、普及以及美育的实施，都做出了巨大的贡献。（刘璐　摘）

陈望衡、周茂凤，原载《艺术百家》第5期

《美学关键词“崇高”的生成和流变》

中国由古老的封建社会被迫卷入近代化的洪流中，势必会产生意识形态上的种种变革，延伸到学术领域自然也会呈现出断裂式的学术发展特征。其中，“崇高”范畴并不是来自传统思想文化的孕育，而是从西方引进的，它之所以能够在中国土地上扎根生长，源于它所携带的异域文化气息满足了中国时代转型的价值需求。而“崇高”范畴在中国的生成流变以及对它的理解都经历了一个复杂曲折的过程。

在中国近代，对具体美学范畴名称的使用经历了一个相对松散的变动状态。从概念用语的角度考察，“崇高”一词作为美学范畴的名称还没有出现，学界代之以“壮美”或者“宏壮”的译名。在王国维1901年所译的《教育学》一书中出现的“宏大”一词，可以看作是崇高范畴的萌芽。1903年出版的《心界文明灯》一书对宏壮之情的分析已基本贴近美学范畴“崇高”的内涵。1903年出版的《心理学教科书》也提到了“宏壮之情”。在1902年王国维翻译出版的《哲学概论》中，“优美”和“壮美”已经具有了美学范畴的意义。王国维基于叔本华、康德等西方哲学家的理论而对“壮美”的理解，基本上可以代表当时学界对此范畴认识的最高水平。

相对于范畴的引进，理论的引进过程则要更加曲折。作为西方“崇高”范畴的中译名而出现的“壮美”，却常被替换成中国古典美学中“阳刚之美”的同义词，并被用来与西方的“崇高”概念作对比研究，造成了相当大的术语混乱。造成这种混乱的原因有二：一是“壮美”概念的最初引进者王国维在对美学作纯粹理论上的阐述时几乎就是西方理论的翻版，但在结合本土创作实践进行阐述时则流露出个人化、民族化的倾向，造成了后人对“壮美”的误读。二是从“壮美”一词的语言符号上看，其是以“美”为中心，且与中国传统美学中的“壮丽”一词相近，融进了中国古典美学的色彩，容易给人造成一种错觉。

直到20世纪20年代，“崇高”范畴才在名称和内涵上都具有了现代意义，“崇高”美学范畴才最终确立。如吕澂、陈望道、范寿康都在其各自的美学概论著作中，使用了“崇高”这一概念，分析了其美学意义。崇高取代古典和谐这一美学形态，标志着审美理想上的根本性变革以及新的审美时代的到来，它不仅吹响了现代美学的号角，而且成为制约中国现代美学历史进程的主导性力量。（刘璐　摘）

鄂霞、王确，原载《文艺争鸣》第11期

《道通为一——日本古典文论中的“道”、“艺道”与中国之“道”》

“道”在日本古典文论与古典美学中，是一个十分重要的概念，它与中国哲学和文论中的“道”有着密切的关系。日本的作为抽象名词的“道”是从中国传入的，但这个“道”在日本却失去了作为本原与终极本体的最高抽象意义。日本古代文论对中国之“道”的理解，受制于日本儒学对“道”的“人道”及“圣人之道”的规定，同时又回避了儒学之“道”中的“性”“理”的抽象内涵，而专指学问或学艺。“道”由此而与日本古典文论产生了密切关系并成为日本古典文论的元范畴，以“道”为中心产生了“和歌道”“连歌道”“俳谐道”“能乐道”等一系列相关文论概念并最终形成了统括性的范畴——“艺道”。(刘璐　摘)

王向远，原载《吉林大学社会科学学报》第6期

《文学理论的西学东渐——本间久雄〈文学概论〉的西学渊源考》

中国现代文艺理论以及其支撑学科——文艺学作为一种独立的知识体系和构建现代中国学术和意识形态话语的重要组成部分，其产生主要是受日本、欧美和苏联的影响。但是，现代日本文艺理论也是西方影响的产物——得益于明治维新全面的西化运动。在中国和西方之间，日本主要发挥着中转站的功能——不管是欧美现代文艺思潮还是苏联的马列主义文艺思想，中国知识界对西方知识的感知和捕捉，在早期主要得益于日本这个知识口岸或知识中介。

田汉的《文学概论》被公认为是本间久雄《文学概论》的简要摹写，但不太被人们所注意的是，后者也非自己独创，而是对温切斯特的《文学批评原理》和哈德森的《文学研究入门》两部西方著作进行借鉴、挪用以及融会的产物。

本间久雄的《文学概论》共分四编——《文学的本质》、《为社会底现象的文学》、《文学各论》和《文学批评》——可将其看作“本质论”、“作品论”和“批评论”三大板块结构。通过章节目次的对比可以清楚地看出，温切斯特的《文学批评原理》为本间提供了全部“本质论”和部分“作品论”和“批评论”的参照框架，而哈德森的《文学研究入门》则为本间提供了部分“本质论”、全部“作品论”和“批评论”的框架。

总之，本间久雄《文学概论》的框架和材源都主要来自温切斯特和哈德森。对《文学概论》西学渊源的粗略梳理表明：第一，“《摩罗诗力说》”现象不独为中国特色，日本知识界实在是始作俑者，只是多年以来中日学术界对此关注不够；第二，由

“从温切斯特/哈德森到本间久雄再到田汉”所代表的理论旅行（theory travel）路线，构成了20世纪初文艺理论西学东渐的路径之一，因此也是我们考察中国现代文艺理论以及文艺学之发生所必须关注的问题。（刘璐　摘）

张旭春，原载《中国比较文学》第4期

三　东方比较文学

《李梦阳诗文东传朝鲜半岛及对古代朝鲜文学的影响考论》

明代前七子的领袖人物李梦阳，不仅在中国文学史上具有重要地位，而且随着其诗文东传朝鲜，对朝鲜文坛也产生了深远影响。朝鲜文人以阅读其诗文、次其韵、刊印其文集等方式接受了他的作品，同时也对他的诗文及理论展开了各种形式的批评。多数人对他的文学理论、创作风格、总体成就持赞誉态度，肯定其在明代文坛的领袖地位，也有少数人对他的理论和创作进行了责难。李梦阳诗文东传朝鲜的重要意义，就在于促进了朝鲜李朝中期的文学革新。

李梦阳诗文东传朝鲜的具体时间已经无法考证，但据现存资料可推测，应该不晚于16世纪中期。朝鲜官方最初了解李梦阳是在1521年，而在此之前，一些文人很可能已经知道李梦阳甚至还看过他的某些作品。在明代，中国与朝鲜的政治交往达到高峰，经常互派使臣。使臣们在完成政治任务的同时，曾将大量中国典籍带到朝鲜，这其中也包括一些明代著名文人的作品。而李梦阳本人作为明代弘治、正德年间前七子的领袖，促使李梦阳的作品很快传到朝鲜。

李梦阳的诗文一到朝鲜就受到极大关注，并迅速、广泛传播开来，对朝鲜文坛产生了深远影响，其影响主要由朝鲜文人接受李梦阳诗文的情况以及众多评家的评论反映出来。首先，文人们以阅读、次韵、刊印等各种方式接受了李梦阳的作品。古代诗人经常以次韵的方式作诗，而所次之诗多为自己所钟爱者。朝鲜的许多诗人就将李梦阳的诗歌作为模范来效仿、次韵。另外，由中国刊刻或朝鲜文人手抄的李梦阳文集供不应求时，便出现了活字刊印这种更快捷的传播方式。1580年，尹根寿最先用活字刊印了李梦阳的诗集并在《跋》中交代了刊印的原因。其次，朝鲜文人对李梦阳的创作风格、总体成就、具体诗文以及在文学史上的地位给予了广泛的评论。李睟光、李宜显两位评论家对李梦阳的复古理论及个性文风的辩证与评说，既是对中国李梦阳研究的补充和丰富，又具有重要的参考价值。

李梦阳诗文的东传，其最重要的意义就在于促进了朝鲜文学风气的改革。可以说在朝鲜李朝中期文风改革的过程中，李梦阳“文必秦汉，诗必盛唐”的理论及创作实践发挥了先导和促进的作用。从高丽中期至李朝前期，朝鲜文学创作主要学宋，到了李朝中期，一些文人对此开始表现出不满，因此一部分文人开始学唐，而“文必秦汉，诗必盛唐”的主张更如催化剂一般加速了这种过渡和转变。朝鲜朝中期以后，文坛上出现了著名的以学唐诗为主的“三唐诗人”——崔庆昌、白光勋、李达，他们的诗歌同盛唐之诗一样纯熟，可称为千古绝唱。这既受到了李梦阳、何景明等前七子的影响，又和其遥相呼应、互为表里，共同成就了中国和朝鲜文风改革的盛况。另外，在朝鲜的散文创作领域，也出现了以学秦汉古文为主的一批大家，这也和李梦阳的倡导有一定关系。（郭雪妮　摘）

曹春茹，原载《甘肃社会科学》第4期

《从高旭的涉日诗歌看晚清中国人的日本观》

南社诗人高旭，在20世纪初的留日潮中曾东渡日本留学，他在旅日期间创作了大量与日本相关的诗歌，这些诗歌记述了他在异国生活的见闻、感受，表达了他对中国现实问题的思考，也展现了其在晚清知识分子中相当典型的日本观。

高旭东渡之时，正是甲午战争和庚子事变之后中国留学日本热高涨的时候。对日本成功的羡慕和把日本作为中国榜样的心理，是当时留日学子中大多数人的心态。高旭的许多涉日诗歌，也正是基于这一心态的创作。在这些诗歌中，高旭将日本描述为“风物清明、景色如画、都市繁华、山区幽静，民性勤劳朴诚、人人安居乐业”的桃源胜境。

值得注意的是，在高旭的涉日诗歌中，有许多诗都是双声部变调曲：开始以明朗、赞赏的笔调描写日本见闻，笔锋突然一转，跳到中国，诗风也一下子转为苍凉、沉郁，甚至悲愤，与前面截然不同。但因为诗人完全出自真情，忧国心切，笔锋尽管变得突兀，却无不妥，读来仍是那样自然，毫无不适。这几乎成为他涉日诗歌的统一风格。

诗人身在异域，通过异域这面镜子反观自己的国家，镜像中的中华老帝国身上的弊病就像在显微镜下看标本一样，一清二楚。这种反观看似悲观，其实是充满希望与企盼的。在诗人内心深处，中国衰败的现实是日本曾经的过去，日本“崛起”的现实就是变革后的中国的未来。从这个角度看，诗人美化日本并以之对照中国的颓败，实际上都是企盼中国变革并通过变革走向富强。高旭美化日本但并没有忘记也并不回避中日关系的现实，他在诗歌里常常提起甲午的惨败、马关的耻辱和辽东（日俄战争）的难堪。

通过分析高旭的“涉日”诗歌，不难发现，由黄遵宪开启的自甲午战争后普遍被中国人接受的日本认识——日本是我中国走向近代化的老师，正在发生着变化。当然，中国人日本观的变化，主要是由日本自身的所作所为所决定的，正是日本对中国的野心，使中国对这个曾是自己学生又是自己老师的东邻产生了戒备与敌对心理。高旭的诗正是记录了中国人在这样的历史中的真实感情，他表现出了甲午后形成的中国人日本观的微妙变化，这也是在以后的中日关系中，中国人日本观变化的开端。（郭雪妮　摘）

陈春香，原载《重庆大学学报》（社会科学版）第3期

《日本民间故事中“猫”的形象》

在日本猫与人有关联的民间故事中，通过分析可找到三种类型，而产生这三种类型民间故事的原因与家猫的作用、作为食肉野猫的本性和家猫身上残留的野性及“猫又”传说有很大关系。在日本民间故事中，猫还有一个特性，就是常常与女性相关联。

根据日本近代民间文学大家关敬吾、坪田让治等收集整理的《日本昔话大成》《日本昔话》《日本昔话集》等文献，关于猫故事的文本形态可归纳为三种：家猫报恩型、野猫杀人型和老猫恩将仇报型。关于猫的三种类型故事，分别受到中国以及猫的原产地古埃及的影响，体现出文化传播过程中的一般规律。尤其是第三种类型的故事，它集中反映了猫的两面性及人们对猫的矛盾心理。

在古代被驯养的猫不单单作为宠物，而是因为其在捕鼠保粮、报告时刻、预报暴风雨等方面的优势，在人类的生产生活中发挥着不可替代的作用，所以受到人类的宠爱与优待。人类企盼它能做出某种情感回报也是自然而然的事情，所以才会产生家猫报恩型的故事。

家猫虽然与人类同居室内，有时也会对人类的日常生活秩序给予冲击。首先，与狗不同，猫对人有距离感，并不是像狗一样看着无条件地忠于主人，可以说是一种自尊心很强的动物。其次，讨厌被拘束、我行我素，它会突然失踪又突然回来。这种对人特有的距离感、傲慢的态度、不羁的行动无疑只是内心残留野性的外在表现而已。家猫未被完全驯化的残留野性，以及人类的恐惧心理，产生了家猫谋杀主人的恩将仇报型故事。当然，这实际上也是人类思维的某种文学化。

猫的曲线体型，顺滑柔软的毛，类似于撒娇的喵喵的叫声都给人以十分温顺的女性印象。据笔者考证，日本人在潜意识中把猫与女性联系在一起，除了受家猫的原产地古埃及月神贝斯特是猫头女神影响外，还有两个很重要的原因。其一是文化传统与习俗的力量所致，其二是不同文学相互浸润的结果。

通过以上分析可以看出，在日本的文化意识中，猫既有温顺的外观也残留着未被驯化的野性，而“猫又”传说又集中反映了这种残留野性。猫的二重性给人内心造成矛盾。老猫恩将仇报型故事其实是在告诫人类：猫虽然被人类所宠爱，但猫毕竟残留着未被驯化的野性，而且往往在关键时刻就会表现出它的残忍本性，在对一种动物的客观认识中，不乏影射人类自身的寓意。（郭雪妮　摘）

李志芳、柳慕云，原载《外国问题研究》第3期

《作为斗士的村上春树——村上文学中被东亚忽视的东亚视角》

村上春树一般被视为以描述现代都市人感觉见长的“软性”作家。探讨“东亚与村上春树”这一课题的学界。也大多致力于研讨村上文学中的精神疗愈元素、心灵共振元素、后现代元素、工业文明批判元素和文体元素等，而往往忽视了其中最具启示性的东亚元素和东亚视角，即村上对近现代东亚史中的暴力与邪恶的追问、鞭挞及他在这一过程中表现出来的作为斗士的勇气、良知、担当意识和内省精神。

东亚与村上这项研究从一开始就试图脱离文学命题本身而带有广义上的文化、社会以至意识形态色彩。甚至可以说，部分研究者试图让村上文学承担其未必胜任的历史使命。在这个意义上，村上文学本身即成了充满无数可能性的隐喻，成了在多重语境下被解读和阐释的典型文本。然而，村上文学中最具启示性的东亚元素或东亚视角又似乎没有得到充分关注和深入研究，村上对暴力之“故乡”的追索乃是其作品中种种东亚元素中最具震撼性的主题，特别是，由内省生发的对于那段黑暗历史的反省之心、对暴力和“恶”的反复拷问，可以说是村上文学的灵魂之所在。

《寻羊冒险记》是对右翼极端主义及大陆冒险主义的超现实主义的一击。村上春树曾明确表示：“羊在某种程度上成了日本政府不顾一切推进现代化进程的一种象征。”这说明村上已走出个人心灵腹地，而开始摸索着进入日本近现代史极其黑暗的部位，致力于发掘“恶”的形态和根源，表现出同日本官方历史观及其历史文本相抗衡的战斗姿态。这一姿态越来越鲜明地贯穿到后来的超长篇《奇鸟行状录》中。

《奇鸟行状录》继续了那个直到今天仍然在日本激起强烈反响的：日本官方对于日本对亚洲其他民族犯下的罪行的认识问题。村上借人物之口一针见血地指出：“构成日本现代本质的愚劣性，就在于我们在同其他亚洲民族的交流中什么也没学到。”也就是说，日本没有从那段历史中吸取教训和认真反省，在思想体系甚至国家体系上战后与战前几乎是一脉相承的。正因如此，村上才致力于寻找和发掘被官方掩盖了的另一种日本历史，即充满邪恶和暴力的历史。而要寻找邪恶和暴力的源头，势必追溯日本对中国大陆的侵略中犯下的种种暴行。可以说，村上的笔锋在这里已触及日本历史最黑暗、最隐秘的部位和当今日本症结的源头所在。

村上追问和鞭挞的对象不局限于以战争形式表现出来的“国家暴力性”，而且包括隐藏于每个人自身内部的残忍或暴力性，他由此萌生由外及内的深刻的反省之念。而这不妨认为乃是出自一种大爱——这位日本文学家可能认为，只有怀有这种反省之念，日本才能实现同亚洲的真正和解，亚洲整体才能和谐，也才有日本的光明未来。而这恰恰是村上文学中最具价值、最能够在东亚取得共鸣的元素，同时也是村上文学为无数中国读者接受和喜爱的隐性而又刚性的原因。（郭雪妮　摘）

林少华，原载《外国文学评论》第1期

《陆机〈文赋〉在韩国的流传与影响》

陆机《文赋》是中国中古时期文学批评史上一篇非常重要的文献，陆机在赋中认真讨论了文学创作过程中出现的各种纷繁复杂的现象，对于后世文学理论产生了深远的影响。这种影响不仅仅局限于中国境内，同时也波及了周边的汉语文化圈，尤其是朝鲜半岛。《文赋》对韩国历代文学创作的影响，早在唐代末年，新罗文人崔致远的作品《无染和尚碑铭》《智证和尚碑铭》等文中，就已经能看出化用的痕迹了。崔致远于公元868年入唐，随后进士及第入唐为官，直至884年才重新返回新罗。停留中国的十余年，他有可能接触到了陆机的《文赋》，并能借鉴其辞句。另外，因为崔致远在韩国文学史上的地位首屈一指，他对于《文赋》的关注乃至于对其中辞句的借鉴，自然多少影响到了之后的韩国文人。在崔致远之后，韩国历代文人在创作中化用《文赋》辞句的现象屡见不鲜，有些是直接借用陆机的成句或成辞，有些则是借用其“诗缘情”一词作为文学批评的重要术语，

《文赋》对韩国历代文学评论的影响更为显著。韩国学者许世旭在《韩中诗话渊源考》一书中曾提到高丽时期李奎报的论诗主张和《文赋》之间的关联。李奎报是韩国汉文学史上的四大诗人之一，影响极为深远，其论诗宗旨与陆机的暗合，在一定程度上促进了《文赋》的相关论说得到后世韩国文士的认可与推崇。韩国文人在评论时有时会直接借用《文赋》里的文辞，在有些场合下，作者会直接说明自己引用陆机的意见。

除了在文学创作和评论领域对韩国文人产生了一定的影响之外，《文赋》在其他场合也产生着一定的影响。例如在韩国哲学史上产生重要影响的哲学家丁若镛，在学术上倡导实学，对《文赋》之类的诗文评论也有所关注。总之，上自新罗时期，下迄李朝晚期，陆机的《文赋》在文学创作、文学评论以至于其他诸多领域之中，对韩国文化产生了深远的影响。（郭雪妮 摘）

杨焄，原载《文艺理论研究》第6期

《章太炎的语言文化观与印度》

印度历史、文化、社会及其进步人士的民族独立观和复兴思想，对章太炎社会革命学说和学术理念方面产生了明显的影响。章太炎依据自己在小学方面的特长，以印度文字为参照，对中国文字的发音、起源等问题进行考证、清理和净化，形成了独立、完整的汉语言文字学系统，为民族复兴提供了强有力的文化实证支持。

第一，章太炎赴日后主编的《民报》密切关注印度的民族独立运动，《民报》在对亚洲民族运动进行报道时，对印度的民族独立运动反应最为强烈，刊载的相关文章也最多。章太炎与多位旅日的印度人士建立了深厚的友谊，他在《民报》刊载的印度报刊

译文及传单中加按语表示完全支持印度的独立要求，这在当时世界上也是独一无二的。

第二，章太炎积极参加印度人士举办的社团活动，显示出对印度民族独立运动的支持。他撰写鸿著，对印度所以成为英殖民统治之地阐述自己的见地，目的在于"且以印度情状比之中国"，希冀国人引以为戒，以免重蹈印度沦为英国殖民地的覆辙。章太炎还进行中印两国国民性比较研究，指出各自的优点与缺点。印度社会的过去和现在犹如一面镜子，章太炎以之为参照反观中国的社会现实，警戒国人：亡国灭种、沦为异族统治将会给中华文明带来毁灭性的灾难。

第三，章太炎认为历史文献、典章制度、语言文字是国粹，可以激发民族自豪感和爱国热诚，此种想法也是受到印度独立运动的启发。印度近代民族独立运动领导者倡导研究国学，重视本民族的宗教哲学和历史传统的整理和研究，章太炎对此极为认同。这进一步促使章氏意识到"国学"之兴否，不仅关涉民族文化的存亡，而且关涉种族和国家的存亡。借助于整理和理清章太炎的国粹观与印度的关系，可以认清章太炎国粹观的思想内核和精神实质，并借此透析中国近代国粹派的兴起与落潮的过程及与之伴随而生的复杂的文化思想。

第四，章太炎认为语言文字是构成民族历史与文化最基本的要素之一，进而把语言文字学看作与历史科学（含经学）一样重要，并努力寻找两者之间的中介和贯通彼此的桥梁。他从印度人那里了解到的以历史为主的国粹即包括语言，政治、经济、文化无一能离开语言文字而存在，章太炎依据自己在小学方面的特长，以印度文字为参照，对中国文字的发音、起源等进行考证，对文字的古今损益、一字重音、古双声、语言的缘起、转注假借等，一一进行考证说明和梳理，使之得以明晰。（郭雪妮　摘）

李群，原载《南亚研究》第2期

《论亚洲文学区域的形成及其特征》

亚洲有三大文学圈：东亚地区的汉文学圈、南亚东南亚地区的印度文学圈、西亚中东地区的伊斯兰文学圈。这三大文学圈既具有相对独立性，也具有相互关联性与相互重叠性。三个文学圈以宗教传播为驱动力，各自不断地从中心向外延伸扩散，最终在各自的边缘处互相叠合，最终"三块连成一片"。由此，亚洲文学区域得以形成。

首先，汉语文是东亚各国传统文学的血脉。在一两千年的历史时期内，汉语不仅是朝鲜、日本、越南文学创作的共同用语，并且出现了"东亚汉文学"这样一种东亚共同的文学形态。汉语及汉文学对东亚各国文学的影响，不仅体现在语言与文体的层面，也体现在作品题材的层面。对汉文作品的阅读，使东亚各国文学运用中国题材进行创作提供了可能，使以中国为背景、以中国人为主人公的中国题材文学，构成了一种源远流长的创作传统。其次，印度语文是南亚东南亚文学的母体。在古代斯里兰卡文学作品中，除有用其民族语言僧伽罗语写成的以外，还有用印度的巴利语和梵语写成的作品。与印度三面接壤的内陆国家尼泊尔，自古就属于古代印度文化版图的一部分，公元4—

5 世纪起步的尼泊尔古代文学长期使用梵语写作。东南亚国家在文字上与印度的关联，使他们的书面文学从一开始就受到印度文学，特别是两大史诗的影响。再次，由于佛教在东南亚地区的传播，尤其当南传佛教在东南亚半岛广大地区确立了它的主导地位以后，佛教文化对东南亚半岛地区的影响更加强大。比如柬埔寨、缅甸等国书面文学的源头都是刻碑记事的“碑铭文学”，在形式和内容上无不直接受到印度佛教文化的影响。最后，伊斯兰教与建立在伊斯兰教基础上的阿拉伯帝国，既是西亚中东文学的基础，也是该地区各国文学一体化的纽带。伊斯兰教在融合各种文化的过程中起了很大的作用，各民族中皈依了伊斯兰教的人，认为只有念诵和研究《古兰经》才能加深其信仰，完成其宗教。阿拉伯帝国依靠武力征服、文化怀柔和伊斯兰教的巨大吸引力，陆续将西亚地区各民族文学纳入了统一的伊斯兰文化体系。公元 8—12 世纪，阿拉伯帝国进取、享乐的时代风气促进了文学创作的繁荣，阿拉伯人、波斯人和土耳其人作家大量涌现，写出了汗牛充栋的诗篇。

文章通过大体勾勒上述亚洲三大文学圈的形成与构造，指出在整个亚洲文学中，这三大文学圈既具有相对独立性，也具有相互关联性与相互重叠性。如果说欧洲文学区域具有“两点（希腊、希伯来）连成一线”的“同源、单线演进”的特征，呈现“y”状结构，那么可以说，亚洲文学区域则呈现出“三点扩散、渐次重叠、连成一片”的特点，在结构上犹如三个边缘相接的圆环。（郭雪妮　摘）

王向远，原载《重庆大学学报》（社会科学版）第 1 期

四　中西比较文学论文摘要

《论中国文学接受俄罗斯文学的多元取向》

伴随着20世纪历史的变动，中国文学对俄罗斯文学的接受显示出不同的摄取侧重和价值取向。这一绵延一个世纪的文学接受史，不断刷新着国人心目中俄罗斯文学的原有图像，而且折射出接受者一方的历史传统、环境氛围、文化心理和现实需求及其转换，并显示出中外文学关系史的某些重要规律。

中国文学对俄罗斯文学的接受过程可以分为五个阶段。第一，五四时期对19世纪俄罗斯现实主义文学的吸纳。作为中国文学的“导师和朋友”，俄罗斯文学中的民主主义、人道主义精神和“为人生”的主导意向对中国新文学的主导精神与基本品格产生了直接影响。中国新文学中现实主义的盛行，问题文学、社会小说的发展，以及对农民形象、小人物形象、知识分子形象和女性形象的关注等新特点，都直接受到了俄罗斯文学的影响。第二，20世纪30—50年代前期对苏联革命文学、日丹诺夫主义的移植。五四退潮、大革命失败以后，俄国十月革命后的“革命作家”的作品备受重视，苏联文学作品的翻译出版扶摇直上，牢牢占据了我国译坛的霸主地位。苏联文学对于中国文学的影响，主要集中在文艺指导思想、文艺政策和批评方面，而不是在创作领域。由于过分强调文学的政治化倾向，这一时期为后来中国文学的极左化埋下了伏笔。第三，50年代中期对“解冻”文学的译介及其后对“修正主义文学”的批判。伴随着苏联“解冻”文学思潮的激荡，中国文学迎来了自己短暂的“百花时代”，开始批判“无冲突论”和教条主义，提倡“干预生活”。然而未过多久，由于苏共20大以后中苏关系的变化，对“修正主义”的警惕与批判使我国文艺界生气勃勃的景象荡然无存，并导致文艺指导思想的进一步左倾化，中俄文学进入停滞阶段。第四，历史新时期的补译及对“回归文学”的引进。20世纪70年代末，中俄文学进入新的阶段，自50年代中期至70年代末期共计20余年间出现的译介空白，很快得到了填补。随着苏联“回归文学”及80年代苏联当代作品的译介，国人对俄罗斯文学的自由精神与个性呼唤有了新的认识。但无论如何，中俄文学的蜜月时代已成为过去。第五，苏联解体以来的补充接受和对当代文学的接纳。苏联解体后，我国文学界对于20世纪俄罗斯文学理论的补充译介成果主要有三：俄国形式主义、巴赫金的诗学理论以及白银时代的理论批评。进入21世纪后，我国翻译出版界也对俄罗斯文学作品保持了关注，然而它们已难以在我国读者中激起以往的回响了。

由于中国文学的自身选择及俄罗斯文学的多元取向，中国文学对俄罗斯文学的接受在不同阶段呈现出不同的特点。中国文学在20世纪几乎宿命般地把俄罗斯文学作为自己着重摄取的对象，并在不同阶段有着差别明显的接受取向，恰恰揭示了不同文学之间的传播、影响和接受的普遍规律。（苏筱　摘）

汪介之，原载《南京师大学报》（社会科学版）第2期

《法国文学研究六十年》

中华人民共和国成立至今，中国的法国文学研究已走过了60年的风雨历程。伴随着中华人民共和国成立后中国学界指导思想的变化，中国的法国文学研究经历了初步发展、逐步衰退、全面沉寂的曲折发展阶段，终于迎来了空前繁荣的新时期。回顾中国的法国文学研究的发展历程，主要可以分为三个阶段。

第一，从1949年到1966年，是法国文学研究有所发展后逐步衰退阶段的时期。中华人民共和国成立初期，曾有大量的经典小说被翻译或重译，但是重译介而忽视研究的状况并未改变，几乎没有出版过研究法国文学的专著。1957年的“反右”运动之后，仅有的一点研究工作也因受到批判而中断，司汤达的《红与黑》和罗曼·罗兰《约翰·克里斯多夫》都遭到了批评。60年代初，外国文学研究工作已无法进行，到1964年则停止了一切研究活动。

第二，从1966年到1978年，是法国文学研究全面沉寂的时期。1966年“文化大革命”开始后，一切文化活动都告夭折，翻译家傅雷等被迫害致死，法国文学的译介和研究从此中断了10年之久。罗大冈先生出版的专著《论罗曼·罗兰》，虽然受到了极左思潮的影响，但此书资料丰富翔实，对于后人仍是非常有益的参考。

第三，1979年至今，是法国文学的研究空前繁荣的新时期。改革开放带来了法国文学研究的春天，各地纷纷成立了法国文学研究机构。北京大学、南京大学、武汉大学、广州外语外贸大学和上海外国语学院先后设立了五个法国语言文学博士点。这一时期的研究成果主要表现在以下几个方面：其一，文学史、思潮流派、作家作品和文学资料研究。主要有法国文学史专著的问世，荒诞派、超现实主义等思潮流派的研究，对雨果、福楼拜、加缪、普鲁斯特等法国作家作品的研究，以及《萨特研究》《新小说派研究》等文学资料研究的出版。其二，“萨特热”和包括存在主义在内的文艺理论研究热潮。其三，中国学者评选新世纪年度法国最佳小说。对外国小说进行评选和授奖，是我国历史上前所未有的创举。此举不仅能使中国读者及时了解法国小说创作的最新动态和趋势，对于我国的文学创作是有益的参考和借鉴，同时也为法国学者了解中国提供了新的途径，有利于扩大和加强中法之间的文化交流。此外，国内外举行的各种学术会议，对于促进法国文学研究和中法的文化交流也起到了重要的积极作用。（苏筱　摘）

吴岳添、王芳，原载《法国研究》第4期

《德国古典文学在中国的传播与接受》

德国古典文学在中国的传播和接受，主要指的是我国对歌德、席勒作品的翻译介绍和研究。这个传播与接受的过程至今已有近百年的历史，并且受到了中国各个特定历史时期的影响。以1949年这个时间点为界，主要可以分为1949年以前的传播接受以及1949年以后的传播接受两个部分。

1949年以前，德国古典文学在中国的传播接受主要以译介为主，接受的内容主要是歌德、席勒作品中抗击暴政、宣传个性解放和个人奋斗的精神。20世纪初到30年代初，在中国进步知识分子积极向西方学习的大背景下，歌德和席勒的作品被介绍到中国。歌德作品最早被介绍到中国的是他的诗歌。歌德第一首被译成中文的诗歌《鬼王》于1914年1月发表，随后他的许多抒情诗和叙事诗也被译成中文。之后，《浮士德》也由郭沫若、周学普、刘盛亚和梁宗岱等陆续译成中文，浮士德自强不息努力奋进的精神获得当时广大知识分子的肯定，并带给他们极大的精神鼓舞。席勒最早被介绍到中国的作品是他的剧本《威廉·退尔》，这部取材于14世纪瑞士人民抗击异族侵略为争取民族独立自由而进行斗争的剧本，在当时被中国的爱国知识分子看作是一部“人类自由史，民族光复史，国民革命史”。总体上讲，1949年以前歌德、席勒在中国的传播主要是以译介为主，研究较少，学者们的评论文章虽不乏自己的见解，但缺乏系统性，对原始资料不够熟悉，主观感想多于科研成果，现在看来很难说是严谨的学术研究。这些学者的主要功绩在于，是他们的努力才把歌德和席勒的精粹介绍给国人，而这些优秀作品当时在精神层面对国人起到了重要的启蒙和激励作用。

1949年以后，歌德和席勒的作品在中国的传播接受进入一个新的阶段，翻译、介绍和研究的任务主要由日耳曼学者承担。以前没有翻译过的歌德、席勒的作品包括他们的文艺论文、书信及美学文章等都被译成了中文，并且翻译质量得到了保障。但是到了五六十年代，由于政治因素和极左思潮的影响，歌德、席勒和他们古典文学作品都遭遇到了不恰当的批评。改革开放以来，中国知识分子获得了很大程度的思想自由，对于歌德和席勒以及古典文学研究的深度和广度以及翻译的力度都不断提升。80年以后的研究显然摆脱了许多的条条框框，也澄清了1949年以前对歌德、席勒的误读以及20世纪五六十年代对歌德和席勒不适当的批评，从更为多元化的研究视角对德国文学作品进行分析和阐释，从而提升了中国学者对歌德和席勒作品的认识和理解。（苏筱　摘）

张意，原载《北京大学学报》（哲学社会科学版）第4期

《二十年来我国戴维·洛奇研究综述》

作为英国当代著名双栖学者，戴维·洛奇在小说创作和学术批评两大领域都成果颇

丰。从1960年发表小说处女作《电影迷》，到2008年以本人耳聋和父亲经历为主线索的传记式小说《耳聋之刑》为止，洛奇一共出版了14部小说、15部小说批评专著和编著，此外还有几部剧作和短篇小说。在中国，随着三部曲中最著名的《小世界》以及小说批评普及本《小说的艺术》中译本的出版，国内学界开始关注到洛奇的创作和批评。虽然洛奇研究时日尚短，却已经取得了引人瞩目的成绩。

首先，从作品译介的角度来说，洛奇作家与评论家地位约于20世纪七八十年代奠定，我国对他的介绍大致相隔十年。国内对戴维·洛奇作品的译介已经具有一定规模，某些作品具有两个以上的译本（如三部曲中的《小世界》有三个中译本，《换位》和《好工作》也有两个中译本），对其作品的介绍和评述也颇有高屋建瓴之章节，这为国内的洛奇研究提供了较为丰富的资料来源和理论基础。

其次，从总体研究的角度来说，迄今为止无论是洛奇的小说创作还是其小说批评，国内都尚无研究专著。目前对洛奇辟专章研究的著作共有六部：瞿世镜主编的《当代英国小说》，马凌所著的《后现代主义中的学院派小说家》，张和龙著的《战后英国小说》，殷企平、高奋、童燕萍合著的《英国小说批评史》，侯维瑞、李维屏著的《英国小说史》，以及高继海主编的《英国小说名家名著评析》。除此之外，还有几部研究英美文学的专著也对洛奇给予了一定的关注。

再次，从专题研究的角度来说，第一篇研究洛奇的专题论文是刊登在《外国文学评论》1989年第3期上的慈继伟的《戴维·洛奇为什么不仿效现代派》，此后国内的洛奇研究一直稳步进行。如果说整个90年代的国内洛奇研究尚呈不温不火的胶着状，那么21世纪的研究则有了突飞猛进的发展。对于洛奇的创作实践，我国近二十年的研究主要集中在对其创作手法、结构特征、语言特色以及小说主题、人物等方面。互文性、偶然性、二元结构、游戏性、寓言性、典故反讽、复调和狂欢化、意义的不确定性等后现代特征是这些文章的阐释重点，就研究深度和涉及范围之广来说，尤以《小世界》为最，而其他作品的研究则相对薄弱。

总体而言，虽然学界对戴维洛奇的研究已经有了一定的规模，但同时也应看到其不足：一是译介力度仍显不足；二是对外国洛奇研究的介绍不够重视；三是研究中心失衡，国内研究多集中于其创作，对其小说理论的研究明显薄弱与滞后；四是研究方法有待丰富、加强。以上不足及原因分析，事实上凸显了我国外国文学研究的整体缺憾。因此我们应不断在拓宽思路、开阔视野的前提下深化对异质文化文学的追根溯源，而不仅仅是停留在表面的文学技巧方面，从个别到整体逐渐走出外国文学研究瓶颈。（苏筱　摘）

张艳蕊，原载《郑州大学学报》（哲学社会科学版）第5期

《成长小说：一种解读华裔美国文学的新视点》

自华裔美国文学肇始以来，世界文坛这片沃土愈见丰腴，其研究逐渐呈现显学趋势。经历了一个世纪的发展流变，华裔美国成长小说和她的母体——华裔美国文学在

20世纪90年代走向了繁荣和成熟：它一方面继承了传统成长小说积累的艺术经验；另一方面又不断谋求着主题意蕴的深入和扩展，以及叙事表达的创新，最终形成了独具时代特色、族裔特色的思想深度和艺术格调，与以往的成长小说在相互辉映中焕发出绚丽的光彩。这类作品展现了百年华裔族群的生活状貌和成长道路。

首先，从定义的角度来说，华裔美国成长小说的界定主要指向生理上或者精神上未成熟的华裔美国人，包括土生华裔和新移民，表现了处在“他者”，或者“边缘化”境遇中的男性或者女性，在多元文化的美国的生活经历和体验中，以跨文化的视角书写和诠释自我意识的全方位萌发和展示，艰难曲折地建构文化自我和性别自我的成长历程，即“我是谁”之问题的多角度解答和自我同一性的确认。其价值内涵指向作为华裔美国人的主体性生成。

其次，从研究现状的角度来说，华裔美国成长小说的研究还很不充分。在国内外的研究日渐关注美国黑人以及美国犹太人等少数族裔的成长小说研究的同时，国外鲜有华裔美国成长小说的影子，国内关于华裔美国文学小说的成长主题的研究也少之又少。无论在成长小说研究领域中，还是在华裔美国文学研究领域中，深入的华裔美国成长小说系统的整体研究一直是一个欠缺。

再次，从特征概述的角度来说，华裔美国成长小说的特点可以归纳为六个方面：第一，从成长内涵上来讲，华裔青少年每个人几乎都面临一个身份的追寻和建构问题；第二，从成长的形态和范式来看，意味着一个人从他者和边缘的地位走向主流文化中心的尝试，是实现他者的主体化和边缘的中心化的过程；第三，大多成长型主人公在叙述之始，正处于精神上的成长期，在成长过程中经历了特殊的存在体验，如孤独、逃离、创伤；第四，从成长跨度来看，这些成长主体的年龄跨度比较大，其中跨代成长的主人公比比皆是；第五，成长小说是人文关怀的文学体现，它关注了个体精神世界的自我碰撞以及与社会理性之间的碰撞与冲突；第六，成长具有很强的文化隐喻性。

最后，从研究价值和创新意义的角度来说，主要有五个方面：第一，从成长角度来审视和赏析作品，从而得出更有美学意义和文化意义的结论，可丰富和促进华裔美国文学发展；第二，对于美国文学来说，华裔美国成长小说能够更加深刻的显现出美国成长小说具有的矛盾性、复杂性和多义性；第三，华裔文学是一种世界性的文学现象，具有跨国别、跨地区和跨文化的特点；第四，华裔美国成长小说的发展为成长小说本身这个小说类型注入新的活力，反映出边缘人物成长的艰辛历程；第五，离散文学这个文体学概念的存在，使华裔美国文学新形态的世界文学又有了一方归属之地。（苏筱　摘）

侯金萍，原载《世界华文文学论坛》第4期

《论中国现代文学中的基督教因子》

在漫长的中西文化交融过程中，基督教与中华文明经历了无数次的碰撞。从大唐为景教设立大秦寺，到元代天主教堂在中原落成，如果没有教皇对清帝那些祭孔祭祖礼仪的指责与反对，西儒模样的利玛窦等学者们煞费苦心的传教事业也不会付之东流。因此，当传教士于近代再次进入中国时，他们深知武力无法改变中国人根深蒂固的传统思想，于是文化同化术被发扬光大，以教会名义开办的各种文化机构在中国层出不穷，这直接影响了一批在五四时期或在五四时期后成长起来的中国现代作家。在民族危机的困扰和痛苦中，基督教逐渐成为中国现代作家精神中的某种寄托。

回顾中国现代文学史，许多作家作品都表现出了强烈的基督教的情绪。以冰心和庐隐为例，她们的作品中都出现过对宗教世界的探索和思考。然而，对她们而言，基督教更像是一时情感慰藉的对象，而非真实的信仰。以林语堂、许地山为例，身为在福建受洗的作家，他们的作品都流露出一定的宗教色彩。然而，一旦遇到祭祖等传统文化问题，作家本人就将基督教的教义等抛在脑后了。在伴随着新文化运动而来的文学革命中，基督教的经典《圣经》对中国现代文学的表达方式产生了重要影响，现代作家接受《圣经》的最基本的轮廓是：十字架、荆棘花冠、复活、天国、救赎、先知、撒旦、羔羊、上帝等，这些在西方文化中被赋予某种象征意义的词汇出现在了中国现代文学作品里。但实际上，没有多少中国作家从内心深处相信人能死而复生，相信在现实之外存在着天堂和地狱，因此他们对于基督教有着个人的理解和体悟。举例来说，鲁迅很早就透彻地分析了基督教在西方文化历程中的重要作用，许地山和陈梦家在作品中也表现出安慰历经痛苦和磨难的心灵，使其依靠源自宗教的期待和信赖得到解脱的情绪。

总而言之，为上层社会的文化先行者，现代作家在基督教带来的西方世俗文化中受益，在传统文化被颠覆、找不到个体心灵的归宿时把基督教当成心灵暂时的寄托，表面上模仿《圣经》的话语方式，用基督教的语言图解个体对社会人生的体验，实际上已经在以民族的心灵诠释基督。就像基督教本色化运动并没有摆脱基督教的合儒趋势，反而使其变得愈加鲜明一样，现代作家对基督教的种种态度也没有摆脱传统的惯性。作家们对基督教所谓博爱、牺牲、忍耐、坚定的赞美，都是附着在现世人生上，而时代的要求使这种落实归结为国家民族的复兴，最终又回转到传统文化的体系之中。（苏筱　摘）

贾蕾，原载《理论学刊》第 11 期

《拉美魔幻现实主义与中国当代文学》

马尔克斯对 20 世纪后期中国文学的强烈刺激与深刻影响，已成为文学史上一个不争的事实。马尔克斯在现代中国传播与接受之原因主要有二：一方面有降落着的“影响的种子”，即 20 世纪后期以来以马尔克斯为代表的拉美魔幻现实主义在世界范围内的“爆炸性”影响；另一方面则是有“条件具备的土地”，即作为接受主体的中国文学与马尔克斯的文学有着极为相似的历史文化语境和现实文化境遇，如丰富的自然景观与悠久的文化传统，古老的神话与神秘的文学传统等。

我国对于马尔克斯的传播与接受的研究，在时间上大致可以分为三个阶段：第一，1982 年以前，中国对马尔克斯的接受主要局限在外国文学研究界对他的译介上，创作界应声者寥寥无几；第二，在马尔克斯荣获诺贝尔奖的刺激下，80 年代的中国创作界开始积极关注马尔克斯，并出现了一股势头强劲的模仿、借鉴其魔幻现实主义的文学热潮，如“寻根文学”等；第三，90 年代中期以后，随着拉美魔幻现实主义文学高潮的消退，马尔克斯在中国的传播与接受也逐渐由热烈归于平静。此时，中国学者和作家开始冷静地回顾与反思马尔克斯在中国传播与接受的过往，反省自身简单盲从和机械模仿的失误，试图走出影响的重围，重构自己的研究视角和本土化文本，这无疑是接受走向深化、接受主体成熟的表现。由此，对马尔克斯的接受步入了一个更为深刻、更为丰富的层面。

从研究方面的角度来说，接受的深化主要体现为多元、开放接受视角和视域的引入与运用。此时中国学界不再将视域集聚于马尔克斯及作品的概念、源流、主题和人物的一般性分析，而是引入存在主义、叙事学、后殖民主义等多样化视角探讨其丰厚意蕴与艺术价值。比较视域的开启主要显现出两个向度：一是将马尔克斯及作品置于世界文学范围内进行比较考察；二是将马尔克斯及作品与中国文学现象、作家个案联系起来阐发。这些都极大地拓展和深化了马尔克斯的阐释空间。

从创作的角度来说，接受的深化则表现为一些作家对马尔克斯魔幻现实主义文学的主动疏离与有意“撤退”。90 年代中期，莫言、余华、阎连科等作家为摆脱影响的焦虑，对马尔克斯的魔幻现实主义显露出越来越强烈的疏离与抗拒意向。以莫言为例，莫言早期的小说《透明的红萝卜》《红高粱家族》等有着浓重的借鉴马尔克斯的魔幻现实主义的痕迹，但到世纪之交写作《檀香刑》时，他以极具魔幻意味的几万字文稿“推倒重来”之壮举，宣告了对魔幻现实主义的“有意识地大踏步撤退”。在外来艺术思维的启示下，中国作家触发了沉浸在心中的艺术种子，唤醒了自身所具有的乡土根性的艺术灵感。

从 80 年代的刻意模仿到 90 年代的追求形神兼备，伴随着对魔幻手法创作真谛与文学创作本质的领悟渐渐深入，中国作家开始悟出：魔幻写作手法本身或许并不重要，重要的是对“如何写”的观念的改变与突破。一个更重要的启示是魔幻效果背后的文学创作因子：摆脱陈规，不拘传统的想象与虚构，自由地探索现实真实。（苏筱　摘）

富胜利、杨建丽，原载《文艺争鸣》第 6 期

五　翻译文学论文摘要

《翻译文体的选择与创新——明治言文一致文体对梁启超的影响》

晚清，梁启超的翻译文体受日本明治时期的“言文一致体”影响很大，其中，森田思轩（1861—1897）翻译文体的影响不容忽视。1902年，梁启超将森田思轩译自英文的《十五少年》（儒勒·凡尔纳的《两年的假期》）转译为《十五小豪杰》。《十五少年》被称作“明治时期最具代表的名译”；《十五小豪杰》被誉为晚清“白话”翻译的代表，两个译本均在各自的译入语文化中产生了深刻影响。

之所以译介凡尔纳，除了受日本明治时期西方科学小说翻译热的影响，长于汉学的森田思轩的“周密文体”为当时初通日文的梁启超提供了特别的便利。

明治20年代是日本近代西方文学翻译的全盛期，受“文体改良”运动的影响，“言文一致体”扩大到翻译界，明治初期盛行的意译为主的“汉文直译体”为“周密文体”取代，而完成并确立“周密文体”的正是森田思轩。

“周密文体”又称“汉文调欧文直译体”，是思轩仿效西洋文体创新的翻译文体，将汉文训读体、汉文与欧文直译体融为一体，“虽略显生硬，但格调高雅、译语瑰丽、词句畅达”，颇得明治知识界推崇，被誉为“思轩调”。思轩主张保留译入语的“意趣精神”，排斥落俗的汉文，追求富于“西洋情调的语词”，使读者感受“欧文”的“意趣精神”。他的《十五少年》就是对这种翻译思想的实践，他将原作的30章压缩为15回，在翻译策略上采用了“译意不译词”，对原作的主要场面作了“浓缩”性的意译处理。这种译法是明治期西方文学翻译的典型方法，是基于对旧文学、文章洗礼的一般读者的定位。

这种“汉文调”的“周密文体”直接影响到梁启超及晚清的翻译界。受思轩“意译为主”的翻译策略影响，也出于对长篇小说连载的完整性的考虑，梁启超又将《十五小豪杰》增译至18回，并明确表示：“日本森田氏自序亦云：易以日本格调，然丝毫不失原意。今吾此译，有纯以中国说部体段代之，然自信不负森田。”

诚然，梁启超在翻译中既有借鉴亦不乏创新。思轩的《十五少年》虽为“意译”，但在翻译时却采用了“一种新的文体”，译文改变了明治初期“无意识的内容偏重，转向有意识的内容与形式并重”。译本不再设回目、对句，语体也摆脱了明治之初翻译界沿用的章回体。而《十五小豪杰》虽未摆脱传统章回体的束缚，但文体上却积极尝试将思轩的叙事、会话的汉文体改为白话体，这对古文功底深厚的梁启超，是一次艰苦的改革实践。尽管称“翻译之时，甚为困难”，不得不“文言参半”，但译文的前几回显示了其努力“纯用俗话”的痕迹。句式也不同于传统的白话文，给人以清新的时代感。同时，梁译更得益于思轩译本二字、四字熟语的使用。思轩译“巧妙地运用汉字，增强了文字的表现力和紧张感”，梁启超则发挥独特的辞章功力，利用思轩的汉文体对译文做了更凝练的处理。另外，梁译更是积极接受反映西洋思想的新名词。明治日本人利用汉字创造的新名词，为提倡用新名词创造“新文体”的梁启超提供了便利。梁译删减了思轩译多处的风景描写及少年性格的细节，但新名词却几乎无一遗漏地译出，还将英语直接入文。这是梁启超有意“不避外来语”的大胆尝试。他甚至有意将日本语法、句子引入译文。

尽管思轩和梁启超译本均有不忠实原作、“汉文调”过重、“俗”“文”交叉、文体粗杂等问题。但他们所做的使文学语言通俗化的努力，都是对旧有小说形式的突破，他们对翻译文体的苦心尝试，对明治与晚清乃至之后真正意义的新文体的确立起到了积极的推动作用。（范苓　摘）

范苓，原载《辽宁师范大学学报》第3期

《清末民初日语文学的汉译与中国文学的现代转型》

清末民初是中国文学现代转型的关键时期，转型过程中，汉译日语文学发挥了不可替代的作用。这里的日语文学，一是指日本作家用日语创作的文学作品，属于日本文学范畴；二是指日本翻译家用日语翻译的外国作家作品，属于日本翻译文学范畴。汉译日语文学主要集中在政治性题材（包括政治小说和外交小说等）、社会性题材（包括科学小说和侦探小说等）与故事性题材（包括科幻小说、冒险小说、侦探小说、言情小说等）上。

政治性和社会题材作品的汉译是出于当时中国政治和社会意识形态的需要。政治小说在欧洲与日本广泛流行，使梁启超认识到了文学的政治功能，决定以小说为利器救国救民。“小说救国”逐渐成为知识分子的共识。在他的提倡下，日语文学中的政治性题材作品顺应时代潮流被翻译过来。外交小说均译自德富芦花的《外交奇谭》，主要刊登在《外交报》上。《外交报》《新小说》《新民丛报》《浙江潮》在当时影响很大，有鲜明的政治倾向。政治性题材作品的汉译一方面彻底改变了中国传统文学观念，使小说从“稗官野史”提升到文学之最上乘；另一方面也有力推动了文学对当时政治的强烈干预，使文学创作与批评呈现出政治化与泛政治化的倾向。

具有现代意识的新型知识分子在提倡政治小说之时，也大力提倡科学救国，并积极翻译科学小说。科学小说在清末民初反响较大，但汉译科学小说所据日译本来源比较分散。汉译日语侦探小说除《美人手》《地中秘》《夺嫡奇冤》《车中毒针》《橘英男》

外，主要作品均译自黑岩泪香的日译本。从社会意识形态角度来看，侦探小说的译介是出于法制想象的需要，侦探小说以紧扣心弦的故事情节取胜，然而在特定历史条件下，中国知识分子首先关注的并不是它的愉悦性，而是其中蕴含的法制观念。这种重法、讲事实和证据的思想激发了中国知识分子的法制意识。科学性题材作品以前所未有的新概念冲击着中国文坛，大力促进了五四新文学运动“科学”口号的提出。

此时日语文学的汉译更是中国文学自身发展的需要。当时，新的诗学形态召唤故事性题材的作品，如科幻小说、冒险小说、侦探小说、言情小说等。尚奇与重情是这时故事性题材作品的两个重要特点。尚奇的艺术趣味在冒险小说中表现得尤其突出。此时汉译日语冒险小说主要译自樱井彦一郎的日译本《世界冒险奇谭》系列。与传统的中国尚奇趣味相比，此时的尚奇之风尚科幻而不尚魔幻，尚域外新奇而不尚历史奇人。言情思潮和重情趣味在汉译言情小说中也表现得很突出，这些言情小说成为晚清民初言情文学思潮的重要组成部分。清末民初科幻小说的科学性与变幻性、冒险小说的进取性与新奇性、侦探小说的逻辑性与曲折性、言情小说的情感性与生动性，使内容的更新与艺术的更新得到了有机结合，为中国蓬勃发展的现代市民文学的兴起铺平了道路。

中国文学的现代转型首先是文学观念的转型，而新文学观念流行，新小说得势，汉译日语文学功不可没。从当时小说类型的革新来看，传统类型如神魔、英雄传奇、公案、侠义等小说逐渐淡出，代之而起的是政治、侦探、科幻、冒险、新言情等小说，新文学观与新小说类型彻底动摇了中国传统文学体系（尤其是旧小说体系）的根基。另外，中国文学的现代转型还得力于清末民初的文学实践，其中日语文学的翻译实践是重要组成部分，数量多，发行量大，其普及给予中国传统旧小说以沉重打击，为自己赢得了广泛的读者。而且，从文学接受角度来看，日语汉译文学至少深刻影响了三代人：晚清一代人、五四一代人、三四十年代人。这从接受的角度表明，汉译日语文学对中国文学的现代转型产生了巨大的促进作用。（史瑞雪　摘）

付建舟，原载《外国文学评论》第4期

《文学翻译与翻译文学——林译村上文本在中国大陆》

在中国大陆，讨论村上春树的作品就不能不提及林少华的翻译。然而有趣的是，关于林少华的翻译，中日两国研究界有着迥然不同的评价。王向远在《二十世纪中国的日本翻译文学史》中对林少华给予了很高评价，王志松也在《消费社会转型中的“村上现象”》一文中指出：林译村上垄断局面的形成，在于林译本质量高于其他几个版本。与此相反，日本研究界，包括在日本的中国学者则对林少华的翻译提出较为严厉的批评。这些批评除技术层面的问题，大致可归结为两点。一是文体问题，即林少华的翻译起到了超乎原文的美化效果。二是林少华翻译中的“归化”倾向暗示了中国文化对日本文化的“优越”意识。应该说日本研究界对林译村上文本的两点批评存在着一种表里关系，而这正反映出文学翻译过程中译者采取何种翻译观的问题。

以“归化”“异化”这组概念来观察近百年来中国的翻译史就会发现，从翻译策略来讲，“除五四后的十多年以外，基本上都是以归化译法为主调”（孙致礼《中国的文学翻译：从归化趋向异化》），而近年来，国内翻译界逐渐有强调“异化翻译”的倾向。其中，鲁迅和韦努蒂的异化翻译观不仅为大家所津津乐道，且成为批评林译村上文本的一个主要理论依据。然而，任何理论一旦脱离其具体语境都有可能产生误读。如何看待鲁迅和韦努蒂的异化翻译观也应将其放置在具体的历史文脉中。忽视其产生的历史文脉，很可能使这一理论丧失其原有的批判性并成为僵死的教条。因此，不管是“归化翻译”还是“异化翻译”，在文学翻译中都应以文学性作为第一要义。而以此标准观察林译村上文本就会发现，林译村上尽管有过度修饰之嫌，但的确改变了人们，特别是青年一代对日本文学的固有印象。这也说明，并非只有“异化翻译”才是理解和接受异质文化的唯一途径。

如果说在文学翻译的过程中，译者起着决定性作用，那么在探讨有关翻译文学的问题时，译者的作用同样不容忽视。翻译不是简单的文字转换，译者对原作的理解对于翻译文学的阅读、接受会产生直接或间接的影响。村上春树本人在进行创作的同时翻译了大量美国现当代文学作品。他在翻译《麦田里的守望者》后接受采访时，谈到了自己对原著的理解以及翻译时的相应处理。村上春树的访谈为翻译与阅读方向之间存在怎样一种关系提供了注解。那么以林译村上春树作品《奇鸟行状录》（日文原文为『ねじまき鳥クロニクル』，直译应为“发条鸟年代记”）为例就会发现，林少华的翻译为译本的解读提示出不同于原文的某种方向性。

翻译过程中所提示出的方向性或许只是一种间接影响。译者所撰写的序言、后记等无疑会对翻译文学的解读方向起到更为直接的作用。自 2001 年上海译文出版社出版村上春树文集以来，林少华所撰写的《村上春树的小说世界和艺术魅力》就作为总序出现在几乎每部译本之中。在这篇文章里，林少华不仅介绍了村上春树的重要作品，更对其创作主题、表现手法等诸多问题发表了自己的见解。而如果考察 2000 年后出现的有关村上文学的研究，就会发现这些文章或多或少都会受到这篇“总序”的影响。作为翻译家，林少华对村上文学有着自己的理解本无可厚非，然而当这种理解成为一种标准或定式时则会对文本分析、作家研究等产生负面影响。作为日本文学的研究者，无疑应对这一现象的产生进行深刻反思。

总之，不论在文学翻译的领域还是在翻译文学的范畴，译者都起着十分重要的作用。只有首先成为一名优秀的文学研究者，才可能深入解读原作，在文学翻译和翻译文学上取得丰硕成果。（杨炳菁　摘）

杨炳菁，原载《日语学习与研究》第 5 期

《1949 年以前韩国文学汉译和意识形态因素》

20 世纪上半叶，中国对韩国文学作品的译介受三种意识形态的影响很深：弱小民

族意识形态、抗日民族主义、无产阶级文学思潮。这三种意识形态，从作家/作品的选择和翻译策略上直接影响了韩国现代文学在中国的翻译和介绍，并对中国知识界产生了一定影响。

通过查询各类书目、图书馆馆藏目录，可以大致弄清1949年以前韩国文学在中国的译介情况。除去周作人1925年从文化角度出发翻译的《传统之朝鲜》，最早的汉译韩国短篇小说和单行本均始于1930年。时值中国社会经历了启蒙和社会改造阶段，各种社会思潮和动荡不安的社会现实直接影响了译者译介韩国文学作品时的选择。三四十年代对韩国文学作品的译介，虽然也有民间故事集、儿童故事集问世，但翻译家的主要特点在于：他们大都来自左翼阵营，或者在思想观念上跟左翼阵营有着密切联系，都痛恨日帝的侵略行径。丁来东、柳树人、翠生等旅居中国的韩人，也都站在抗日救亡、民族主义和促进韩中文化交流的角度开展翻译活动。

在对1949年以前韩国文学译介情况进行考察的基础上，可以发现，1949年以前中国知识分子对韩国作家及作品的译介，从目的论角度看，大致分为以下三类：一，对被殖民被压迫的弱小民族的认同意识，以及渴望通过文学作品了解殖民地经验的愿望。弱小民族韩国的亡国体验，对同样处于亡国危机中的中国人来说，是用来敲醒酣睡中的中国民众的警钟。二，受抗日民族主义影响，通过译介韩国文学中反映殖民地悲惨现实、唤起抗日斗争意识的作品，期待在文学界构筑反法西斯抗日国际统一战线的愿望。胡风等人积极译介韩国文学，特别是反映殖民地悲惨现实的作品，不仅受早期弱小国意识形态的影响，还受当时的抗日救国、民族主义等战争意识形态的影响。三，重点译介左翼“卡普”作家作品，促进国际无产阶级文学交流的愿望。这一时期被译介的韩国作家有金永八、朴八阳、林和、权焕、赵碧岩、宋影、李北鸣等人，都是韩国文坛非常活跃的左翼作家。对比在上海出版的《山灵——朝鲜台湾短篇集》和伪满洲国新京（长春）出版的《朝鲜短篇小说选》，可知后者在选择上明显倾向于自由作家。这一方面是因为1936年尚未沦陷为孤岛的上海和伪满洲国成立近十年的1941年的新京，在政治、文化氛围上有着巨大的差异；另一方面，也显示出当时复杂的中国社会文化环境和多方对立的意识形态结构；同时还暴露出编辑/译者的个人意识形态的差异。

译介韩国文学的意识形态因素，首先体现在第三国语转译现象上，从韩语—第三语种—中国语的转译现象，可以看出处于边缘地位的韩国的弱小国文化地位；从中国翻译家不惜绕道译介韩国作品的现象，可以看出中国知识界译介韩国文学的强烈欲求。其次，从翻译过程来看，意识形态领域的冲突直接影响了这一时期的翻译策略。比如，在对比分析李北鸣《初阵》的两个中译本时，发现日文版转译本和韩文版直译本之间有重要差异，而在译本差异背后，还隐藏着“那普”和“卡普”间的意识形态差异对中译本影响。

总之，这一时期中国知识界通过对弱小民族文学的翻译，首先确认了自己是“弱小民族”的文化地位，并且在同样受到强势文化侵略和压迫的其他弱小民族身上，发现了抵抗的激情和现代化的经验。韩国的“卡普”文学，也为中国的左翼文艺阵营提供了形成国际无产阶级文学联合和国际抗日文艺战线的期待。更为重要的是，即使通过

第三语种转译，对韩国文学的译介同样强烈体现出中国知识界的这种文化态度。（史瑞雪　摘）

金鹤哲，原载《中国比较文学》第4期

《晚清语境中的鲁滨孙汉译——〈大陆报〉本〈鲁滨孙飘流记〉的革命化改写》

《大陆报》编者系留日回国学生，均为革命初期大造革命排满舆论的策划者和宣传者。《大陆报》本《鲁滨孙飘流记》为中西小说体式并杂，既保留西式第一人称叙事，又套用了中国传统小说章回体。

本来，鲁滨孙形象无论怎么说都是个绝对个人主义者的典型，显然与当时革命派所诉求的“革命之健儿、建国之豪杰、流血之巨子”格格不入。因而《鲁滨孙漂流记》被做了最大限度的改写和挪用，甚至借鉴流行一时的政治小说文体，当情节和人物不足以传达“胸中所怀政治之议论”时，不惜撇开原作，加入大段的议论，随意增删发挥。

《大陆报》译本为鲁滨孙加添了对于国家的义务观念，让他在尽孝和报国的道德两难中，大发作为一个公民所应尽之责，批判中国“父母在，不远游”的迂腐观念，大肆宣扬英国女王宰相“以国为夫”“以国为妻”的极端爱国精神。更有甚者，国民精神之倡导仍嫌不足，进而将“军国民资格”树立为理想，体现了革命党人要“于著书新闻杂志上（无论其为军事专门与否）盛为鼓吹军事思想”之宣传口号。《大陆报》本的鲁滨孙堪称革命党人的缩影，译文添加的有关生死的诸多议论，显然是和革命党人一同在询唤“牺牲个人，以利天下”的精神人格。

译者与原作“完全的个人主义”精神反其道而行之的另一表现是，赋予鲁滨孙“爱群”的抱负。因此，鲁滨孙独居荒岛时期因属英雄无用武之地而遭大肆删减，译文极度渲染的是鲁滨孙拯救礼拜五和“救同种海畔战野蛮”等英雄有用武之地的作为。

《大陆报》译本所添增的另一革命意识是和“爱种”与“仇满”联系在一起的。译者通过加添“归旧洞沿途谈保种”的情节，大肆宣扬种族意识，并借白人之口批判清朝统治者“专好同种杀同种”“同种代异种杀同种”，批评汉族更有一班人因贪功名利禄而为满清统治者尽忠。

与革命代言人鲁滨孙形象相适应的是，译文增添了对鲁滨孙充满豪情、大丈夫气概的英雄风貌的描写，而这与原作鲁滨孙始终冷静地审时度势的姿态大相径庭。

总之，《大陆报》本《鲁滨孙漂流记》彻底扭转了鲁滨孙的形象，使之从绝对个人主义的典型改向为“爱群”“排满”“尽瘁国事之义务”的国民典范；把爱好冒险的天性改写为根于天然本能的爱种之心；将冷漠、算计、小心谨慎的性格转变为乐死不辞、充满大丈夫气概的英雄豪杰，从而让鲁滨孙承担起宣扬革命精神，建构革命合法性，动员大众参与革命的有效工具。译者以鲁滨孙之口所宣扬的国民“义务”观念、“牺牲”精神、“爱群”、“排满”意识都与此时革命党人的宣传纲领和要点一一

合辙。由此看来，说《大陆报》本的《鲁宾孙漂流记演义》是一种特殊形式的革命文本也不为过。（李今　摘）

李今，原载《中国现代文学研究丛刊》第2期

《现代西班牙汉译文学的译介策略》

西班牙汉译文学在中国现代译介文学中并非处于主流位置，但一直没有中断，而且业已达到译介上的自觉，并与中国现代文学发展历程有相似处和一致性。无论把它归入欧洲国家文学的支流还是弱小民族国家文学的行列，都无法尽述其在现代文学中的独特性。故对西班牙汉译文学译介者的译介策略进行钩沉，必能打破以往的盲点，了解西班牙汉译文学在现代文学译介中的意义。

现代西班牙汉译文学的译介者群体在不同时段有不同的变化，译者的变化也引发了译介重点的变化。《小说月报》兴起前，西班牙文学的译介零散而不成系统，尚未有共时性的评介；第一个大力译介西班牙现代文学的群体是茅盾等《小说月报》周边的作家，译介有了系统性和一定规模，但仍缺乏多样性；在现代文学第二个十年的译介中，以《现代》杂志为基础，逐步形成了以戴望舒为中心的译介群体，他们关注文本的审美性和艺术性，自觉重视文本形式因素等问题；第三个十年的译介恰逢战争语境，《译文》杂志周边的左翼文学群体通过作家作品的译介来表现和中国具有类似经历的国家人民的反抗和革命。

现代西班牙文学的译介者大多也是中国现代文学的参与者，译者和创作者的双重身份使译作成为他们建构中国现代文学的另一重方式。译者群体发生的变化，导致他们持有不同的文化译介策略。通过对译介背后的准则及译介策略进行分析，可以发现：

第一个十年的译介总体奉行现实主义宗旨，呈现出重视作品思想内容的倾向，这种倾向的有力支撑首先在于，译介原文的流派取向大多属现实主义，译介的作家多为反映现实的作家。这一方面与翻译的共时性有关，五四前后出现的文学事实制约了译介的对象；而关键在于进入第一个十年的末期，当译介对象中已经出现明显的异质因素时，译介者的译介策略不是忠实于新的超越性因素，而是仍然将其归入原有的门类，这就造成了译介中现实主义独尊的局面。对于这一时期的作品，读者接受的客体既包括译文本身，亦包括译者的阐释，而后者往往对接受发挥着更重要的作用。五四时期对于西方的竞取直追使得译作成为尚未有大家出现的文学时代的救命良方。中国作家通过学习西方以实现自身的超越和中国文学的现代性。因此，掌控着翻译权的作家就成为话语权的掌控者。译介者的翻译策略显然决定了译文在现代文坛中的重要地位，这点对于有着自觉的理论倡导和构架的译介者而言尤为有效。

在第二个十年中，译介群体的转移带来的冲击表现在宏观和微观两方面。从宏观上看，译介对象不仅局限在现实主义流派，被称为“二七一代”的超现实主义流派这时进入了译介者的视野；从微观上看，对于第一个十年中仅仅作为创作群体被介绍的一些

富有独特创作技巧的“九八一代”作家，译介者和研究者在这一时期则着眼于发现其作品中的特质因素，并努力与中国作家的创作发生关系。这时的译介更多是从文本出发，从审美角度介入，进入了自觉阶段。30年代的中国文坛普遍存在的对先锋和现代的追求情绪主宰了译介者的文学选择，这在西班牙汉译文学上表现得尤为突出。对“九八一代”中富于文学性的作家的介绍，尤其是对有强烈超现实主义色彩的现代主义流派“二七一代”的作家的译介，反映了翻译中对文学本体的重视，而部分作家的借鉴也显示了中国作家在文本形式上的实验。这种尝试由于范围和规模较小，一直不为研究者重视，但对此的挖掘对于丰富20世纪文学资源、认识中国现代主义文学的特点和复杂性有重要意义。

在战争语境下，译者群体不可能完全超出时代洪流孤立存在，这时的译介已经在纯文学的角度外加入了革命因素，战争文化心理影响下的译介者群体对西班牙作家以作家身份参与革命表现出了浓厚兴趣，对西班牙内战时的文学译介显示了这一时期译介的民族化。（史瑞雪　摘）

申欣欣，原载《中国比较文学》第3期

《威廉·琼斯对〈诗经〉的译介》

英国著名东方学家威廉·琼斯爵士（Sir William Jones，1746—1794）亦是享誉世界的语言天才和比较语言学家，据称学习过28种语言，精通8种，其中包括梵语、阿拉伯语、波斯语等东方语言。

琼斯对中国语言文学也非常感兴趣，年轻时就下功夫学习过汉语，钻研过中国典籍。他虽谈不上精通汉语，却是英国当时少有的懂汉语的人。1785年，在加尔各答，琼斯在由他所创立的孟加拉亚洲学会的会议上宣读了一篇题为《论中国的第二部典籍》（On the Second Classical Book of the Chinese）的文章。他在文章中介绍了中国的“五经”，用大部分篇幅讨论了所谓“中国的第二部典籍”——《诗经》。谈到了《诗经》年代的久远和风格的简洁，介绍了《论语》中“思无邪”、“兴观群怨”以及“人而不为周南、召南，其犹正墙面而立也与”这三段关于《诗》的议论。更为重要的是，他在文章中分别采用直译和诗体意译两种方式翻译了《诗经》中《淇奥》《桃夭》《节南山》三首诗的各一小节。直译文的词语，上方标了序号，与原文的汉字一一对应，清楚地表明了译文是逐字翻译的。直译文在内容方面基本忠实于原文。就目前所知的材料来看，琼斯是英国第一位对照汉语原文进行《诗经》翻译的学者，具有开创意义。

诗体意译实为琼斯在原诗启发下的再创作，因而被范存忠先生称为“拟作”。琼斯的诗体意译四句一小节，每小节一三句押韵，二四句押韵。诗体意译遣词造句不受原文的限制，比原文篇幅增加很多。比如，《淇奥》原诗的九句变成了诗体意译的六节二十四句，《桃夭》《节南山》均由原诗的四句变成了诗体意译的两节八句。诗体意译采用英国民歌体，没有保留原诗中诸如“淇”“南山”“师尹”等特定的中国文化意象，看上去更像英国诗歌。琼斯在文章中提出，把诗歌原文翻译成直译和诗体意译两个版本是“对待亚洲诗歌唯一正确的办法”。这反映了琼斯独特的翻译观念。他一方面想通过直译文向欧洲读者忠实地传达中国古典诗歌的思想内涵；另一方面又担心直译文会因缺乏艺术性特别是形式上的美感而不易为欧洲读者所接受，因而试图采用诗体意译以弥补此缺憾。

客观地看，这种翻译方式也显示了早期《诗经》英译的不成熟。尽管有一些不足，琼斯的《诗经》译介可以说达到了当时英国学者掌握汉语言文学的最高水平。威廉·琼斯上承英国前汉学时代关注中国文化却不懂汉语的萨缪尔·约翰逊、威廉·钱伯斯等人，下启19世纪汉学成熟期的马礼逊、理雅各等人，在英国汉学史和中英文学交流史上立下了开创之功，因此被周珏良先生称为英国“第一位汉学家”。范存忠先生的《威廉·琼斯爵士与中国文化》一文开国内琼斯研究之先河。此文介绍了琼斯翻译《诗经》的大体情况，但并未完全展开论述。近些年出现的几十篇（部）研究《诗经》英译的论著，多关注理雅各等人较为晚近的翻译，惜乎均未对琼斯的翻译作具体论述。本文对琼斯译介《诗经》的情况做了一个较为全面的梳理，希望引起学界对威廉·琼斯及其《诗经》译介的重视。（于俊青　摘）

于俊青，原载《东方丛刊》第4期

Ⅲ　重要论著简介及要目

一　比较文学学科理论与学科史研究

《比较文学导论》

齐马的著作在追溯比较文学学科史的基础上，探讨了作为对话理论的比较文学、类型学比较、发生学比较、比较性接受研究、文学翻译、分期和文体史等问题。本书是一部立场鲜明的实学著作，具有强烈的反思和批判色彩。齐马对比较文学学科丧失自己的理论锐气深感忧虑，抨击了以往的研究者缺乏对自身的理论结构的反思，从德国批判理论出发，主张在和其他学科的对话中发展和反省自身，以对话的文学观激活比较文学学科自身的理论和意识形态使命。同时，由于奥地利学者对于多语言世界状况的敏感以及对于符号本身自治性的自觉意识，齐马大量引入语言学、符号学概念以丰富比较文学的概念，希望通过社会科学为比较文学奠定基础，使比较文学重新获得人文和社会科学的理论先锋性。正如齐氏在前言中指出的，他在第一、二、七章中“要设计一个社会符号学或文本社会学的比较文学框架，这一比较文学以（阿多诺和霍克海默的）批判理论为导向，而以自我批判方式反思其在现代性问题域内所处的位置”。译者将此书介绍到中国，其主要目的之一也是希望中国的比较文学将齐马的符号化彻底展开，与德语区的比较文学展开对话。齐马立足于本民族、本地区的文化资源来更新比较文学学科理论的做法，对我国学者的比较文学理论建设具有借鉴意义。

要目：

2. 英语区比较文学和社会学中的科学主义和实证主义

3. “法国学派”和“美国学派”：新的发展

4. 对比较文学的两份马克思主义的贡献：日尔蒙斯基和杜瑞辛

5. 方法讨论中的德国比较文学

第二章　作为对话理论的比较文学

1. 语言情境：社会方言和话语

2. 民族文化和理论形成

3. 作为意识形态批评和对话的比较文学

4. 拥护一种对话式文学概念

第三章　类型学比较

1. 类型学比较的方法论意义

2. 王尔德和霍夫曼斯塔尔：戏剧和上流社会交谈

3. 哈谢克和卡夫卡：暧昧、批判和危机

第四章　发生学比较

1. 发生学比较：社会/语言学情境和互文性

2. 巴罗哈作为尼采读者

3. 尼采和加缪

4. 从尼采到 D. H. 劳伦斯：自然的暧昧性

第五章　比较性接受研究

1. 接受美学批判

2. 比较文学的接受社会学

3. 德国和美国的黑塞接受

第六章　文学翻译

1. 翻译理论：一个批评性概览

2. 从符号学角度看翻译：内容—表达、单义—多义、本义—引申义

3. 从社会学谈翻译：文化和意识形态

第七章　分期和文体史

1. 分期作为社会符号学问题

2. 三个例子：古典主义、浪漫主义、现实主义

3. 现代/后现代

4. 存在主义小说的文体史：从暧昧到无所谓

第八章　从地区角度看比较文学——威尼斯、伊斯特里亚、克恩滕（由约翰·斯徒鲁茨撰稿）

1. 中欧和阿尔卑斯—亚德里亚：多民族文化关系的现实性和连续性

2. 民族文学概念的困境和多文化地区

3. 在阿尔卑斯和亚德里亚之间：从克恩滕到的里雅斯特

4. 地区和双语性：汉特克、帕索里尼、托米扎

参考文献

译者后记

（薛英杰　摘）

［奥地利］彼得·V. 齐马著，范劲、高晓倩译，安徽教育出版社2009年版，28万字

《比较文学导论》

狄泽林克的《比较文学导论》初版于1977年，本书根据它的第三版（1991年版）译出。该书注重从历史的发展中阐述问题，以综合的眼光分析问题，同时引证材料丰富翔实、纵横交错，是读者全面认识比较文学的学科理论问题的良好路径。在德语区国别文学与比较文学矛盾重重的背景下，本书的绪论部分着重评述了比较文学研究与国别文学研究之间的关系，借此阐释了比较文学的目的、功能、方法和选材等一系列问题，将“多国研究材料”和“超国界立场”作为研究比较文学的条件。

上编部分从历史的角度论述了比较文学的形成、演变和发展，介绍了对比较文学做出杰出贡献的重要人物、事件和主要理论著作，并在此基础上进行分析和评论，妥善客观地评述了法国学派和美国学派的贡献及分歧，以此阐明自己的比较文学观。作者认为比较文学面临的紧迫任务之一就是诠释和统一学科名称，并将比较文学的研究范围划分为多国文学关系研究、特定时期内不同文学的异同研究、文学理论研究和方法学研究。

下编部分探讨了比较文学研究的核心领域及其发展前景。在研究方法方面，狄氏主张建设性地利用影响研究与平行研究的方法，不能厚此薄彼。相对于韦勒克对文学内部研究的重视，狄氏同样关注文学的外部研究，并以此为由确立了欧洲比较文学形象学的合法性。下编还论述了文学翻译的比较文学研究以及总体文学的问题，针对前者，狄氏将其分为探讨哪些作品被翻译的“大范围”研究和分析怎样被翻译的“小范围”研究，对于后者，狄氏断言总体文学是比较文学的最高形式，比较是获得总体文学知识的必由之路。后附《比较文学理论文章、书籍编年索引》具有很高的文献价值。

要目：

（薛英杰　摘）

［德］胡戈·狄泽林克著，方维规译，北京师范大学出版社2009年版，28.3万字

《比较文学系谱学》

本书是对比较文学学术史，特别是学科理论史的总体的、宏观性的、建构性的研究，旨在通过学术史的纵向梳理与学派学说的横向比较，为比较文学概括、归纳、整理出一个理论系谱。

在本书描述的系谱中，比较文学学科理论的发展演进经历了三个阶段：第一个阶段是古代偶发性的“文学比较”，为历史积淀期；第二个阶段是近代欧洲的“比较文学批评”，为学科先声期；第三个阶段由“比较文学批评”转换为“比较文学研究”，由此走向“学科化阶段”。学科化阶段的比较文学渐次形成了三种学术形态：第一种形态是法国学派的“国际文学交流史研究”即“文学史研究”，第二种形态是美国学派和苏联学派以理论建构为主要宗旨的“文艺学”形态，第三种形态是中国的“跨文化诗学”。“跨文化诗学”这一形态超越了学派的畛域，摆脱了此前比较文学各学派中的历史性与审美性、文化视野与文本诗学的背离，将比较文学由一种西方的学术形态与话语方式转换为一种东西方共有的学术形态与话语方式，使比较文学进入了一个新的历史时期。

由此，本书建立起了一个比较文学学术理论系谱，并在这一系谱中对中国比较文学做了定性与定位，对系谱中的有关流派、代表人物、理论主张、著述成果等，做了独到的分析评论。

要目：

（薛英杰　摘）

王向远著，北京师范大学出版社2009年版，21.6万字

《新编比较文学教程》

本书是《新编比较文学教程》的第三版。为了适应新时期比较文学学科的教学要求，该版相对于1997年版和2000年版在体例上有了较大变动。将全书简化为上、中、下三编。上编“比较文学基本原理”简明扼要地梳理了比较文学的学科发展史，廓清了比较文学的定义以及研究领域，详细讨论了影响研究、平行研究、跨文化研究等比较文学研究方法，勾勒了比较文学基本原理的大致轮廓；中编“比较文学研究类型”选择流传学、渊源学、译介学、主题学、形象学、文类学、跨学科研究等七个门类进行介绍，着眼于厘清各个研究类型的学科渊源及理论范畴，在论述过程中注意援引较多案例，以期读者对这一研究领域有较为清晰可感的认识；下编“中外文学与文论比较研究”涉及中外文学、文论的具体比较问题，从比较诗学，诗歌、小说、戏剧等文体的比较以及中外文学交流史等角度进行了大量的案例分析，为上编及中编较为抽象的理论论述奠定了具体的落脚点，以避免理论流于空洞化。

相对于原教材的章节分工，改版后的教材更加具有条理性，力求理论表达的简明扼要，内容不显得那么驳杂，注重理论阐发与个案分析相结合。其中中编有关比较文学研究类型的论述与比较文学的学术发展趋势相契，显示了进入21世纪后中国比较文学的长足进步。后附比较文学研究参考书目具有文献学方面的价值。

要目：

（薛英杰　摘）

张铁夫、季水河主编，湖南教育出版社2009年版，32.5万字

《比较文学基础教程》

本书是中国比较文学教学研究会为提高中文专业本科比较文学教学质量而新编的教材。其主要特点有三：第一，针对本科教学的实际，改变了以往比较文学教材以原理阐述为主、过度追求理论深度的编写思路，而是简化理论，加强文学交流史实和文学比较研究的具体论述，用一种新的教学体系引导学生整合并提升已有的文学知识，自觉提高其比较意识；第二，在保持教材应有的稳定性的基础上，与时俱进，注意比较文学在“全球化”时代的特殊意义，吸收学科发展的最新成果，从而展现出不同于以往比较文学教材的崭新面貌；第三是在编写体例上，为便于学生掌握重点和深入思考，每节之前有学习提示，每节之后有思考题，每章后面还附有参考资料索引，既为教师备课提供方便，又便于学生作进一步钻研和阅读。

全书共六章，第一、二章简要说明比较文学的定义及特征、比较文学的基本类型与研究方法。第三章论述了比较文学与文学交流的密切关系，简洁介绍了东西方文学交流史上一些重要的典型事例，以具体的个案纵向说明了文学交流的发展态势。第四章从诗歌、小说、戏剧等文体的角度对中西文学进行了横向比较。第五章把东方各国的文学分别与中国文学进行了国与国之间的宏观比较，以深入认识人类文学的共同规律，把握东方文学及中国文学的特点及本质。第六章展示了比较文学的发展历程，总结其历史分期、阶段特点、代表人物及成就，特别剖析了中国比较文学在现阶段的重要作用。

要目：

（薛英杰　摘）

陈惇主编，中央广播电视大学出版社2009年版，29.5万字

《跨文化视野中的比较文学》

本书在直接把握比较文学历史发展脉络的基础上，以文化全球化为视野，融合符号学、阐释学、解构理论等新近思想资源，重新解读和改造影响研究、平行研究、译介学研究等理论方法。同时，以跨文化的中西参证为基本方法，通过个案分析来展示跨文化比较文学的研究状况。在此过程中，始终关注比较文学的命运与文化危机的关联。

本书的第一、二章在简要回顾比较文学发端的基础上，对比较文学所经历的重重危机展开了较为深入的探讨，扼要梳理了比较文学所经历的三个阶段——欧洲阶段、美洲阶段、亚洲阶段。第三、四章对比较文学的传统研究方法——影响研究和平行研究的内涵、范畴进行了探析。第五、六章较为详细地研究了比较文学与译介的关系，简要回顾了中西的译介历史，围绕语言学派、文化学派、解构主义翻译、后殖民主义翻译和女性主义翻译展开了论述。第七章简要追溯形象学的发展简史，探讨了形象学研究的理论范畴、研究范围。第八、九章在跨文化的语境中，详细探讨了文类学的研究历史、研究范围及研究方法，并在此基础上对中西叙事文类的渊源及其形态展开了较为详细的比较。

要目：

（薛英杰　摘）

杜进主编，安徽人民出版社2009年版，22.4万字

《多维视野中的比较文学研究》

本书收集了作者最近五年来在比较文学研究方面所发表的主要论文，是一本关于中国比较文学学科建设的专著。本书以对作家与作品的个案分析为基础，并在此基础上进行理论探讨，以此说明“下潜模式”的建立对于中国比较文学学科发展所具有的重要意义。以文本的细读为起点，既有对作家作品的深入剖析，也有对相关文学现象的梳理，并在此基础上探讨相关学理问题，以启发人们思考中国比较文学学科所存在的问题及其应有的广阔前景。

全书分为3编，共20章，以探索中国比较文学的建设新路，即构建新体系和运用新观念、新理论、新方法为中心问题展开论述。上编8章研讨比较文学的学科问题，深入论证中国比较文学学科建设中“下潜模式”、文学间性与比较文学、高校比较文学教学内容的“文学史化”、本科比较文学教学中的“实践性”等问题；中编6章考察比较文学的定位问题，重点介绍了作为比较文学研究分支的文学伦理学批评的指向、有效性及特点；下编6章阐述了比较文学“下潜模式”的个案与典型，运用文学批评新的理论、方法解析精选出来的古今中外诗人诗作。

要目：

（薛英杰　摘）

邹建军著，长江文艺出版社2009年版，26.8万字

二　比较诗学论著简介

《中外诗歌共享的诗歌理论研究》

钱志富教授认为诗歌在人类社会生活中扮演了极其重要的角色，人类要摆脱野蛮，摆脱庸俗，离不开诗歌，他在《中外诗歌共享的诗歌理论研究》中收录了自己从20世纪80年代中期以来的诗歌评论文章，探讨了关于诗歌共享的理论，探讨了诗歌写作的关键要素，比如情感、灵感、想象、比喻、风格、主题、语言等，并且提出分析了诗歌的功能以及其美学使命。最后钱志富教授从比较文学的角度关照西方诗歌尤其是抒情诗歌，比较了中国诗人和西方近代的一些诗歌流派。关于中西诗歌的比照，钱教授所选之视域是比较有创新性的，因为自20世纪新文化运动以来，时人都谓中国现代诗歌是从西方传入的。殊不知，同样是在20世纪，传统的欧美诗歌急速衰败，中国的古典格律诗迅速传入欧美，从意象派、超现实主义直到50年代的“垮掉的一代”，热度持续达30年之久。中国诗歌中的意象观念，佛教、禅宗和儒家思想在庞德、金斯堡等人的创作中显而易见。中国诗歌中的意象就是意与象结合，用一种象征或是图示来直接呈现意义，意义与象征之间是辩证联系。西方思维是理性中心，事物的形象被过滤后成为符号，符号就是意义，表现在文字中就是拼音文字，这种文字只有符号所代表的意义而不具有形象。中西文学艺术、思想观念等差异之本，乃在于辩证思维与理性中心思维的不同。钱志富基于这样的视角关照中西诗学，在联系与异质中探索中西诗歌共享的理论。

要目：

烈火中永生

——简评意大利诗人布鲁诺的《老橡树》

千古名诗 To be or Not to be.

用意境论解读英语诗歌之一例

——托马斯·纳什的《甜春》解读

中国文化视角下的莎士比亚

莱奥帕尔迪的爱国诗篇

干吗如此刻毒

——简评意大利诗人安杰奥列里的《如果我是……》

不安的灵魂

——简论艾米莉·布朗特的诗

简评吉卜林的《终曲》一诗

梅格思的童诗《要是我是一个独腿海盗》中的海洋文化意识

附录 关于《瀑布》

后记

（叶怡雯 摘）

钱志富著，作家出版社2009年版，52.5万字

《逐点点燃的世界：中西比较诗学发展史论》

本书以专著的形式对中西比较诗学的发展历史进行了梳理和总结。全书共八章，绪论是对中西比较诗学发生、发展的概括性论述。作者以宏观的视野对中西比较诗学发生的必然性以及发展历史作了梳理，认为中西比较诗学发生的必然性在于近代以来中西方文化比较意识的增强和中国传统诗学自身发展的必然结果；百年中西比较诗学主要由三大块构成，即中国大陆学者的中西比较诗学、海外华人及港台学者的中西比较诗学、西方学者的中西比较诗学。在正文的八章中，作者列举了王国维、朱光潜、宗白华、钱钟书、王元化、刘若愚、叶维廉和刘小枫等八位中西比较诗学领域的大家，以专章的形式分析了他们的文化身份、知识谱系、话语方式以及在吸取、承传中西学术思想中的得与失。作者准确地把握住了每一位代表人物的独特贡献和理论闪光点，如其将王国维定位为“中西诗学的多层次对话”，将宗白华定位为“中西艺术意境的直觉把握与逻辑分析”，认为刘若愚是“努力构建世界性文学理论”等。作者希望聚点成线，粗略勾画出百年中西比较诗学发展的大致轮廓。概述基本做到了史与论的有机结合，资料翔实准确、思路严谨缜密、点评到位、文风朴实。

要目：

绪论

中西比较诗学发生的必然性

（刘璐　摘）

向天渊著，文心出版社2009年版，22.7万字

《跨语际语境下的中国诗学研究》

近年来海外汉学日益受到学界关注，许多大学相继成立了专门的研究机构，相关论著不断涌现。这对于长期闭关埋首中国本土的学术研究无疑是一件大好事。人们愿意并有机会正视一下海外汉学的研究成果了，这对于改造、扩展我们的研究视野，激发发现新问题的兴趣，培养解决问题的能力是有很大助益的。另外也随之出现了另一种现象：有些学人倒是放下了"正宗"的架子，却又变得唯别人的马首是瞻了——从发现问题、提出问题到话语形态都是跟着海外学者走，韩军的《跨语际语境下的中国诗学研究》，在上述两种对待海外汉学的错误态度基础上采取了一种平等对话的态度对待海外汉学的研究成果，既尊重又批判。

在《跨语际语境下的中国诗学研究》中，韩军选取了近年来在国内中国诗学研究领域影响最大的五位海外学人——刘若愚、叶威廉、叶嘉莹、宇文所安、弗朗索瓦·于连——作为研究对象，对他们的主要研究成果、学术见解、研究方法与特色进行了准确的介绍，同时以一种对话的态度对他们的许多观点提出了商榷。这就使得这部论著具有一种探索的风格——既不是对现成的观点进行一般性评述，也不是按照研究对象的逻辑去思考，而是从自己的固有立场出发去审视对象：发现其价值，指出其偏颇，暴露其悖谬。因此这部论著就具有了某种非研究对象本身所能提供的很强的启发性，这可以说是评介性论著的高境界了。该书有三点值得称道：其一，善于抓住研究对象的核心问题；其二，在评介研究对象的某种观点时具有比较的视野；其三，语言的洗练与晓畅。

要目：

（叶怡雯　摘）

韩军著，华中师范大学出版社2009年版，22万字

《中西诗学源头辨》

不同的诗学体系和诗学观念往往与它们所依赖的文化传统、哲学、美学以及文学艺术实践密切相关，它们一经形成，则会形成自身的理论构架和理论指向，产生强大的传统力量，并在这个传统的影响下继续发展。中西诗学由于来自不同的文化体系，拥有各自民族的艺术规律和审美规范，因而都具有独特的理论价值。由于人类的文学艺术实践

具有相通的特点，因此不同诗学体系之间具有令研究者颇为惊叹的共同的并可相互沟通的特质。本书在开篇对诗学与比较诗学进行了综合性的概述；第一章中比较了中西方在诗学与哲学的关系上的差异；第二章以模仿说为西方诗学源头的核心，通过对西方诗学流变的研究反观西方诗学源头的本质；第三章抓住以“诗言志”为中国诗学源头的主流，并以其为纲目统括其他观点；第四章在对中西双方研究的基础上得出的第三块即交汇部分的研究，重点在从本体论、方法论以及会通目的等三方面对中西诗学源头进行比较研究。

要目：

（叶怡雯　摘）

汪涛著，人民出版社2009年版，19.2万字

《对话诗学》

诗学对话的理论原型是哲学对话，而无论哲学对话还是诗学对话的“对话”，都是对人们语言活动中的“对话”的借用，也就是说它们都是一种比喻性的概念，其实质则是一种平等的关系结构、交流模式。本书从中西兼融、历史梳理、体系建构几个方面阐释对话学的发展的脉络，并力图建立一种新的对话学体系。

对话理论本是西方现代文论转型期出现的一种理论，学界对此已有所研究，但一般局限于巴赫金和其后西方学者的有关论述。作者则在自己研究的基础上把“对话”看成一种结构关系和交流模式，因此具有极大的普适性和涵盖力，从而发现在西方诗学中存在着一个从古到今的对话谱系，而且可以推广运用到中国诗学内在对话性的观照。按照这样的思路，他在“历史”篇中用对话理论的视角对中西诗学作了系统的发掘和重新梳理，阐释双方殊途同归的哲学基础和异彩纷呈的思想理论。在此基础上，又在“建构”篇中进一步建构具有当代意义的对话诗学理论。从人的对话性和文学的对话性的根源出发，系统而具体地展开对话诗学的本质、范畴、结构，文学对话的场域维度、谱系维度以及文化维度。他的论文自觉以中西相关哲学为基础，系统地整合了中西诗学的资源，进行了中西会通的对话诗学的建构，赋予对话理论以新的生长点。理论视野开阔，牵涉面广，材料丰富，具有难度大、原创性强、勇于探索的特点。

要目：

（叶怡雯 摘）

杨矗著，人民出版社2009年版，46万字

《日本学者中国古典诗学研究主要文献目录（1900—2007）》

该书按时间顺序收录了20世纪以来日本学者的中国古典诗学研究成果，全面地向中国学术界展示了日本的中国古典文学研究，对国内古典文学研究具有重要的参考意义和价值。

该目录主要依照石川梅次郎监修，吉田诚夫、高野由纪夫、樱田芳树所编《中国文学研究文献要览（1945—1977）》，以及川合康三监修，谷口洋、稀代麻野子、永田知之、内山精也、上田望所编《中国文学研究文献要览——古典文学（1978—2007）》二书，并结合所能收集到的有关文献目录资料汇集编译而成。该目录所收文献条目时限为20世纪以来至2007年，极少数19世纪90年代的研究论著及2008年日本学者在我国刊发的论文目录亦予以收录。目录仅以日本学者的研究成果为收录对象，少数在日工作和学习过的华人（包括已加入日本国籍者、永住者、访问学者、留学生等）在日本所刊发与出版的研究成果不在收录范围。每一编年史中大体分“诗歌史”与“诗论史”两大类。个别篇什同时涉及诗史与诗论的，则同时选入“诗歌史”与“诗论史”部分中。日本学者在中国港澳台地区所刊发与出版的研究成果，不在本目录收录范围。“诗论史”部分中，少数对我国古代男诗学理论批评文献进行译注的篇什酌情予以收录。

要目：

第一编　20世纪以来日本学者中国古典诗学研究主要论文目录（日本刊载）

第二编　20世纪80年代以来日本学者中国古典诗学研究主要论文目录（中国大陆刊载）

第三编　20世纪以来日本学者中国古典诗学研究主要论著目录（日本出版）

第四编　20世纪以来日本学者中国古典诗学研贫主要论著目录（中国大陆出版）

附录　20世纪以来日本学者编制中国古典诗歌主要索引文献目录

一　索引著作

二　索引文章

（叶怡雯　摘）

胡建次、邱美琼编译，百花洲文艺出版社2009年版，51万字

《中西语言诗学基本问题比较研究》

《中西语言诗学基本问题比较研究》系“国家社科基金青年项目”。本课题选取“语言诗学”作为中西诗学比较研究的领域，确立语言哲学的两大基本问题作为透视框架，以“名”与“逻各斯”为基点，以跨文化宏观比较的视野，运用共时性与历时性相结合的方法，结合对中国语言文字、思维方式和宇宙时空意识的分析，并以动态的历史发展的眼光对中西诗学的基本问题进行系统梳理和比较分析，力图揭示出中西传统诗学在诗学观念、诗学理想、诗学形态方面的深刻歧异，以及中西诗学精神生成的不同的语言文化逻辑。

其创新之处大致有三：其一，它突破了长期几成定式的从“道与逻各斯”对立构建中西诗学比较研究的框架，而是从“名与逻各斯”出发对中西诗学的比较研究进行整体架构，如果说西方哲学文化是围绕着“逻各斯中心”与“反逻各斯中心”展开的，那么中国哲学文化则是围绕着“名”与“无名”（“道”）展开的，如果说西方的哲学语言观是从“逻各斯”入手认识语言的，可以概括为“逻各斯语言观”，那么中国古代对语言本质的看法则主要是蕴含在“名”这一概念之中的，可以概括为“名言观”。其二，作者对于中国古代哲学有没有本体论提出自己的独立见解，打破某些学者断言中国古代没有本体论的看法，认为根据中国古代文献对“本体”一词的运用以及道家对“名道”关系的认识，中国古代没有西方那种纯粹的逻辑本体论，但有现象化和逻辑化相统一的、以混沌中和为本质特征的“无名本体论”。其三，作者还对重时间轻空间的观点予以反驳，认为诸种文化现象都表明，中国古代存在着一种浓郁的“空间方位情结”。

该书从语言哲学角度对中西诗学进行比较分析，可以使我们更加清晰地看到中西诗学生成的不同的语言文化逻辑和内在精神差异，可以让我们更为清醒地预测中西诗学发展的走向或某种具有普遍性的趋势，从而为当代中国诗学文化建设提供参照依据。

要目:

（叶怡雯　摘）

赵奎英著，中国社会科学出版社2009年版，53万字

《维柯的〈新科学〉及其对中西美学的影响》

意大利思想家维柯的代表作《新科学》内容涉及神话、宗教、西方古代史、罗马法学、哲学、语言学等众多知识领域，在西方启蒙运动中有着极高的地位。朱光潜着重阐发的是维柯三个方面的思想：（1）“认识真理凭创造”；（2）“人类世界是由人类自己创造出来的”；（3）有关形象思维的思想。朱光潜认为：“维柯的最大功绩在于建立了历史发展观点以及认识来自创造的实践观点。”维柯的这两个基本观点互相联系，成为贯穿《新科学》的两条红线。

要目：

维柯的《新科学》及其对中西美学的影响

（叶怡雯　摘）

朱光潜著，贵州人民出版社 2009 年版，6 万字

《术语解码：比较美学与艺术批评》

《术语解码：比较美学与艺术批评》以“关键词与术语解码”方式对美学与艺术诸领域中的 30 个术语进行了深入的研究与阐释。全书分为当代美学、东方美学、比较美学、艺术批评四大块来筛选关键词。其中涉及了中国传统文学理论、西方文本主义的批评传统等中西文论的不同层面。“当代美学”部分的术语包括“朦胧”“仿像”“符号自指”“文学性”“艺术生产”“反本质主义”。“东方美学”部分的术语包括“东方美学”“内游”“神韵”“格调”“性灵”“肌理”“失语症”“创造性遵从主义”。“比较美学”部分的术语包括“第三次危机”“双向阐发”“异同比较”“对话理论”“话语融汇”“话语变异”“仿真叙事”。“艺术批评”部分的术语包括“灾难文学”“巴金批评史”“新纪实小说”“生存感觉批评”“漫画美学”“后古典绘画”“哲性空间油画”“超风景绘画”。

其中，第二章“东方美学”和第三章“比较美学”都涉及了比较诗学的重要内容和研究领域。在第二章中，作者对东方美学中“内游”“神韵”“格调”“性灵”“肌理”等东方诗学和美学术语作了细致的梳理，并对“失语症”问题及东西方文论差异、美学话语异质性等问题作了重点阐述。在“比较美学”一章中，该著对比较文学和美学的“第三次危机”“双向阐发”“异同比较”“对话理论”“话语融汇”“话语变异”等比较诗学重要学理问题进行了分析和探讨。

要目：

第五节 性灵
一 “诗由情生”的抒情表现论
二 “诗成于天”的天才与灵感的创作论
第六节 肌理
一 “言之有物”的义理内容
二 “言有序”的诗歌文理方法
第七节 失语症
一 “失语症”的提出及其理论前提与两重内涵
二 “失语症”的展开及其相关争论
三 “失语症”理论背景及其所切中的深层次理论问题
第八节 创造性遵从主义
一 马克思主义文论经典文献的熟悉度：创造性遵从主义之一
二 知识结构的体系性与系统化：创造性遵从主义之二
三 文艺学知识生产的民族化：创造性遵从主义之三
四 文艺学知识生产的世界感：创造性遵从主义之四
第三章 比较美学
第一节 第三次危机
一 对比较文学进行的“系统性”限制
二 对比较文学的“文学性”限制
三 “跨文化”限制和“西方中心主义”、“新殖民主义”倾向
第二节 双向阐发
一 双向阐发的概念
二 双向阐发的五种研究范式
三 双向阐发的研究原则
第三节 异同比较
一 异同比较的特征
二 异同比较的方法
第四节 对话理论
一 对话理论的两条基本原则
二 不同话语与共同话题
三 不同话语与共同语境
四 话语互译中的对话
五 范畴交错与杂语共生
第五节 话语融汇
一 话语融汇的内涵
二 话语融汇的五种途径与具体方法
第六节 话语变异
一 语境变迁与功能变异

（叶怡雯　摘）

《中西戏剧审美陌生化思维研究》

支宇著，光明日报出版社2009年版，37万字

本书主要围绕布莱希特的陌生化理论，深入考察了西方戏剧理论发展的整个历史过程，邹元江将布莱希特的“陌生化”或“陌生化效果”提升为具有本体论意义的“艺

术概念”。并依此观照中国艺术历史，对传统戏曲中无论是传统舞台的型制、大小、营造法式和功能、服装道具、幕布背景、“检场人”设置、“自报家门”和剧情提示，还是演员的唱、念、做、舞、打、身段、台步、脸谱，以及“导演”的可有可无、“故事”的可断可续、“情节”的可松可紧、“排练”的可细可粗等进行了细微独到的分析阐述。作者认为中国戏曲艺术当是世界上绝无仅有的、具有成熟丰富的审美表现力的戏剧，每一位演员都是以扎实的童子功练就的独绝的技艺来表现自己。与西方戏剧艺术不同，中国戏曲艺术重在以“表现”作为“表演”的核心，重在与角色相区分的“表演行当”，最具审美意味的就是“行当”的程式丰富性。“表演行当”就是演员与角色之间具有了“行当”这个中介的间离性。正因为具有了这种“间离性”，才存在一个冷静的“评论者”和“叙述者”，才存在中国戏曲艺术“叙述者”、“表演者”和“评论者”集于演员一身的三重表现性，而西方戏剧艺术却只存在演员进入角色直抒胸臆、逼真模仿的一重表现性：演员与角色相统一。

作者还对20世纪二三十年代以来以梅兰芳为代表的中国戏曲理论进行了全面的反思，认为梅兰芳戏曲理论并不是中国传统戏曲美学的原汁原味的体现，而是经过了西方戏剧理论的裁割和改造后形成的一个杂交品种。梅兰芳并不是“京剧精神”的最高体现者，也不是中国古典戏曲审美形态的终结者。梅兰芳受到了西方戏剧追求真实合理性以及斯坦尼斯拉夫斯基体系中的体验派风格的影响，把好几出中国戏曲的老身段改得更“合理”的行为是扭曲了这些戏的本质。作者认为中国戏曲不追求“合理和真实”，中国戏曲核心是以间离的手法追求高度风格化的“美”，中国戏曲的特色就是“不合理”的，它不是“规定情境”而是“假定情境”。

要目：

（叶怡雯 摘）

邹元江著，人民出版社2009年版，43万字

《自我与他者：文学的对话理论与中西文论对话研究》

本书是作者近十年来对对话理论及中西文论对话研究的主要成果，全面、深入、系统地阐释了对话基本原则及在中西文论对话中所出现的基本理论原则问题。全书共分为三个部分，第一部分从巴赫金的对话理论研究谈起，探讨了对话的基本含义及其基本理论，涉及了话语权力理解下的形象以及读者的主体性与开放文本的主体性等内容。邹广胜将对话的基本含义概括为多元、平等与交流，这在国内外学术界还是首次。第二部分是对中西文论对话的基本理论问题，及其理论界一直讨论而又不够深入的地方，提出自己的看法。在探讨中西文论对话的可能性的基础上反思了中国古代文论的现代转换的研究现状，选取了《路得记》和《文心雕龙》，从他们的研究成果看中西文论的对话，继而比较中西哲学的代表人物孔子和苏格拉底，正视文化诗学研究中的民族主义情节的困境，对于文化诗学研究的出路提出了自己的看法。第三部分主要是针对中国文论对话中

出现的典型个案进行解读，通过跨学科、跨文化的分析对不同文化交流中出现的重要问题提出自己的独特见解。全书由理论到专论，体现了作者平易而扎实的学术风格，对于文化诗学中对话理论的研究很有价值。

要目：

（叶怡雯　摘）

邹广胜著，中国社会科学出版社2009年版，37.2万字

《近代中日文艺学话语的转型及其关系之研究》

本书从传统与现代这一大的文化语境中探讨了日本作为输入西方文艺理论、美学的“中间人”对中国现代文艺学、美学学科的影响。

本书共分绪论、上篇、中篇、下篇四个部分。从促成影响发生的主要因素、影响的主要特征、学科的奠基、基本理论体系的建构四个方面进行了分析；对日本作为输入西方文艺理论的“中间人”对王国维、梁启超文艺思想和美学话语的影响进行了专门考察；并分别对日本近代几位有影响的艺术理论家进行了追述，梳理了中日近代“美学”“美术”“文艺学”“文艺美学”等一些重要概念形成的过程；最后则考察了日本的中介因素对中国艺术史写作模式的影响。

近代以来，日本作为输入西方艺术理论的“中间人”对中国文艺学科由古典形态向现代形态的转换而产生了重大影响，这部著作弥补了国内学术界在这一方面研究的不足。近现代中日文化包括文艺学科在内的一切变革，都是在西方文化的介入之下发生的，中西问题是20世纪中国文艺学建构的一个重要问题，它直接关系到21世纪中国文艺学的发展。《近代中日文艺学话语的转型及其关系之研究》通过对近现代中日引入西方文艺理论、刺激中日文艺理论家由古典形态转化为现代形态面临的问题分析，以及对中日一些重要文艺理论家、美学家如何致力于东西文艺理论、东西美学内在品质的化合，即现代精神与传统神髓结合的艰辛历程的追述，为21世纪中国文艺理论家、美学家如何重建当代形态的文艺学、美学体系走中西结合的道路，提供了可资借鉴的经验。

要目：

（叶怡雯　摘）

彭修银、皮俊珺等著，人民出版社 2009 年版，30 万字

《华裔汉学家叶嘉莹与中西诗学》

叶嘉莹是当代海外著名华裔汉学家，专长研治中国古典诗词，但能跳出传统框子，引入西方批评，“较其同异”，“论其短长”。本书即是以叶嘉莹及其诗学思想、诗学批评为研究对象的专著。

全书共八章，第一章“诗词人生”和第二章“诗词道路轨迹”简要介绍了叶嘉莹的学术生涯，将其诗词道路分为“从创作到评赏”“转向评论和研究”“引进西方理论”三个阶段。第三章以叶嘉莹的《王国维及其文学批评》一书为参考，详细介绍了叶嘉莹对王国维的研究，内容包括“中国第一位引用西方理论批评中国固有文学者”“中国文学批评需要外来刺激拓展的必然性”“王国维与叔本华”“评析《红楼梦评论》”“评析《人间词话》”等。本书的第四、五、六、七章则主要讨论了叶嘉莹先生引入西方文论与中国传统文论相比较、运用西方文论解读和评说中国古诗词等的批评实践。一是比较了中西文论，如“兴发感动与逻辑分析”“‘能人’、‘能出’说与西方游戏说”“西方文论之‘形象’与中国‘赋、比、兴”等；二是运用西方文论评说中国古诗的相关问题，包括“运用西方理论评说中国古诗的出发点”“中国古诗评说是否需要西方理论”“如何以比较现代的观点看中国古诗”“用西方理论评说中国古诗须注意的问题”等；三是分析其中西文学比较的实例，如“李商隐与卡夫卡”“中西诗歌吟诵之比较”等。第八章总结了叶嘉莹中西诗学研究的特点以及其对传统诗学研究的贡献。

要目：

（刘璐　摘）

徐志啸著，学苑出版社2009年版，28万字

《佛教与六朝诗学》

佛教对中国诗学乃至文化具有深广的影响。本书对佛教对六朝诗学的影响关系做了系统分析和集中阐述。在具体论述中，作者并没有对六朝诗人、诗歌作品和诗论著作一一做详细分析，而是选取了主体、意象和范畴三个方面作为切入点，总体把握佛教影响六朝诗学的原因、方式、过程和表现。

书的导论部分对该课题的研究现状、书的论旨、研究意义以及书的主要内容和创新意义作了简要论述。第一章对六朝佛教的发展以及六朝的诗学作了介绍。第二章以主体为切入点，阐述了佛教对六朝诗学主体的影响过程，主要探讨了佛教对士族文人思维方式、诗人人生观和审美观、诗论家诗学观念和诗论方法的影响，揭示了佛教对诗学主体思想产生的一系列连锁反应，描述出佛教思想渗向六朝诗学的轨迹。第三章则以意象为切入点，包括“镜”“花”“水”“月”等典型意象，借鉴了文学史研究注重文献史料的传统，以佛教和六朝诗学的丰富资料为基础，运用了文艺学的理论研究方法，揭示了佛教对六朝诗歌文本的影响和渗透。第四章和第五章以范畴为切入点，分别研究了“色”“空”“神”等佛教重要范畴对六朝诗学的影响，以点带面，论证了佛教范畴对六朝诗学的影响和渗透，探讨了佛教思想对“韵”“律”“味”等六朝诗学范畴的影响和催生作用。

总之，本书运用比较研究和影响研究的方法，从多个方面分析论证了佛教对六朝诗学的影响原因、影响方式和影响途径，描述出佛教影响六朝诗学的过程和表现，揭示出其影响结果。

要目：

（刘璐 摘）

刘艳芬著，中国社会科学出版社2009年版，23万字

《新人文主义的中国影迹》

新人文主义及与之密切相关的人文主义在中国理论场域始终面临着概念的泛用、错置与误释等歧误，这些歧误与西方文化背景在此套概念应用方面所呈现的复杂情形有相当的逻辑联系。新人文主义在中国的影响不可谓不巨大，是一个内涵十分复杂的思想价值体系，从源流上说它来自不断的重释与发挥，白璧德新人文主义经过他同时代人如穆尔、谢尔曼的发挥与补充，到了中国又经过学衡派和梁实秋联系儒家文化传统加以重释与阐扬，这样的重释与发挥会导致新人文主义外延的漫漶与模糊。学衡派在20年代尽管有时循惯例将其指称为新人文主义，但他们宁愿将白璧德的学说以“白璧德之人文主义”这种更加临时的指称称之，真正将新人文主义作为概念固定下来的是后来梁实秋的推介与宣扬。

学衡派文人等引介的新人文主义与之更是立于迥然不同的倾向，体现着相距甚远的思维与信仰的维度，它们之间几乎很难产生夹缠不清的理论纠结。如果说白璧德的新人文主义还是以继承和批判传统人文主义为基础的，中国的新人文主义作为舶来的概念则缺少类似的基础。新人文主义的哲学基础是理性；在理性旗帜下克制人性的放诞和情感的泛滥而保持内心的自省与自律，这是新人文主义的心理学思路；新人文主义的伦理学理念则是通过这种内心自省和自律达到道德完善。这种从哲学基础到心理学思路再到伦理学理念的思想构架，形成了新人文主义的内宇宙系统观。

要目：

（朱寿桐　摘）

朱寿桐著，中国社会科学出版社2009年版，64.5万字

《巴赫金思想与中国当代文论》

本书考察了巴赫金思想在中国当代文论中的接受历程。在中国当代文论中，通过对巴赫金思想中的关键词“复调”“狂欢”“对话”等的阐释与解读，大致呈现出从侧重文本的复调叙事理论应用和对各种文化现象的狂欢视角认知，到有关对话哲学冥思的渐

进式路径。

全书共分四章：第一章主要对巴赫金在中国的被接受状况作系统概述。同时，以历史时间为经，以内容侧重为纬，在经纬交汇处明晰特定的中国国情，并指出以巴赫金为参照物来透视中国新时期文论的可行性与必然性。第二章侧重考察中国对巴赫金复调小说美学文学叙事层面的接受。第三章侧重考察中国对巴赫金复调小说美学文化层面的接受。第四章侧重考察中国对巴赫金复调小说美学哲学思辨层面的接受。

中国新时期文论经历了几次新旧范式的转换，为了挣脱政治话语的束缚，于是在“复调”世界中寻求对话的自主性；由于弱化意识形态功能，于是在“狂欢”广场体验文化的对话；由于市场经济的渗入，于是在“对话”冥思中探寻理性的解读。可见，中国新时期文论的运行轨迹大致是：文本叙事—文化狂欢—哲学思考，而这一文论走向与巴赫金在中国的接受路径不谋而合。巴赫金思想的中国化历程不仅丰富了中国当代文论的话语阐释资源，而且折射着中国新时期文论的当代走向——以开放性的姿态日益昭显着走向多元、走向开放、走向综合对话的文脉趋向。而来自复调的平等意识、来于狂欢的文化解读力、来自对话的方法论意义，更是引领着人文学科未来发展的潮头。

要目：

（刘璐　摘）

宋金香著，知识产权出版社 2009 年版，22.5 万字

《走向全球化：论西方现代文论在当代中国文学理论界的传播与影响》

本书以改革开放以来中国文学学术界引进、译介和运用西方现代文学理论的历史实践为研究对象，系统完整地考察了20世纪晚期中国学术界译介西方现代文论的过程，深入剖析了现代性西学东渐在中国思想文化界引发的历史变革。全书辑录、梳理了改革开放以来译介西方现代文论的成果，按照历史发展的过程描述了现代性西学东渐的展开程序，并用大量资料阐述了现代性西学东渐的结果，如意义经验的个人化、总体性思维的消解、元叙事的置换，等等。作者认为，20世纪晚期的现代性西学东渐语境中，中国思想文化的最大变革表现为总体性历史元叙事的解体，而存在的问题则表现为现代性焦虑和文化身份的迷失。附录中，本书又叙述了对相关学术问题的思考，这些问题涉及"文学性"概念的本质、汉语文学的文学性特质、文学理论的学科身份、文学理论的知识学属性等。

要目：

第四节　置换元叙事

第五章　现代性西学东渐的二难处境

第一节　现代性焦虑与自我认同

第二节　本体论接口与策略性接口的错位

第三节　源文件的压缩与应用程序的扩张

附录一　徘徊于历史主义与虚无主义之间的“文学性概念”

附录二　汉语的文字特征与文学性

附录三　文学批评的学科身份问题

附录四　文学理论的学科知识自律问题

附录五　文学理论的知识学属性

（刘璐　摘）

冯黎明著，中国社会科学出版社 2009 年版，25.5 万字

三　东方比较文学论著简介

《朝鲜半岛汉学史》

“汉学”一词本义是对中国语言、历史、文化等的研究，而在国内学术界，“汉学”习惯上专指外国人对中国历史文化和语言文学等方面的研究。本书为“北京语言大学列国汉学史书系”之一，主要介绍了朝鲜半岛的汉学史。全书共分五编，内容包括半岛汉学的发轫、高丽王朝的汉学、朝鲜王朝的汉学、当代韩国的中国文学研究和韩国现存汉文作品。

本书第一编首先讨论了箕子朝鲜时期汉学的发轫，其中箕子的“八条之教”可视为朝鲜半岛汉学兴起的起点，其标志性的特点包括五个方面：其一是为后世的崇“礼”打下了基础，其二是为儒家文化在朝鲜半岛的长期兴盛埋下伏笔，其三是为朝鲜半岛与中国的文化交流奠定基础，其四是建立了以汉字为唯一载体的书写规范，其五是确立了朝鲜汉学是与现实世界密不可分的学问地位。

第二编研究了高丽王朝的汉学。高丽王朝是在新罗的基础上兼并了朝鲜半岛其他政权后建立起来的统一国家。高丽王朝的汉学研究，首先是在汉字、汉学普及的基础上进行的。高丽王朝在建立统一政权的同时，开设学校，在文臣中行“月课法”，命京中和地方文臣每月上诗赋若干篇，大力推行汉字书写。至公元 11 世纪，涌现出了一批优秀的汉诗诗人。至 12 世纪初，出现了用汉文记载的史书《三国史记》，13 世纪，私家史书《三国遗事》问世，这些都显示了高丽王朝汉文散文的重要成就。

朝鲜王朝与中国明清时期大致相同。在五百多年的时间里，半岛文人不仅创造出了灿烂的汉文学作品，而且在性理学研究方面获得了丰硕的成果。这一时期，文人们通过诗文进入统治者上层，又用这些汉字来治理国家和地区，同时又以汉字为工具构建自己的诗学意识形态。尤其是那些出使中国的高丽、朝鲜使节留下的大量记录中国的“燕行录”，这些用汉字记录下来的日记，是朝鲜汉学研究的重要文库。

当代韩国的中国文学研究主要是从散文和小说两个方面展开的。其中关于中国散文的研究，以汉魏六朝为界限可以分为两个大的时期。韩国学者的中国小说研究是日本占领时期汉文学研究的继续和发展，由于此时期的研究史在特殊的政治和文化冲突背景下展开，所以发轫和发展期都十分漫长，其中关于唐传奇、京本、话本等的研究构成了热点。

本书第五编是对韩国现存汉文作品书目的介绍与整理，具有重要的史料价值。本书内容丰富，具有很强的可读性。

要目：

（郭雪妮 摘）

刘顺利著，学苑出版社 2009 年版，29 万字

《江户时期的日本诗话》

《江户时期的日本诗话》是以日本诗话为专题的研究著作。该论著分为上、下两篇。上篇通过梳理日本诗话的成立、产生的文学背景、内容及其特征、代表性的诗话观等问题，从日本诗话的外部展开研究。借回顾日本汉文学的历史、中日诗歌论影响关系的历史及诗话创作者的文学素养，重点探讨了日本诗话既区别于中国诗话又不同于朝鲜诗话的特点，就在于其启蒙性，即作为汉诗入门教材的性质，以及其集团性，即捍卫各自实拍的诗歌主张及作为诗社刊物发表诗社成员作品的性质。另外，这两种特征的侧重点都在于实用，因此实用性是日本诗话最显著的特征。

下篇是关于日本诗话的内部研究，主要从“诗歌本质论”“诗韵诗律论”“诗歌创作论”“诗歌批评论”“诗歌鉴赏论”五个层面展开。“本质论”部分指出，日本诗话经历了一个由朱子学派而反朱子学派、由古文辞学派而反古文辞学派并最终融合折中的过程。这个过程实际上也可以概括为文学本身具有的抒情性、娱乐性和艺术性逐渐摆脱

儒家功利主义文学观的束缚而日趋日本化的过程。“诗韵诗律论”部分认为，日本诗话的作者并非总是毫无主见地跟在中国人后面人云亦云，而常常是站在日本人的立场发表意见并有其独特的看法。“诗歌创作论”部分提出日本诗话更倾向于谈论诗歌创作的具体环节。“诗歌批评论”主要探讨日本诗话的诗歌批评标准、理论及实践，主要考察了中国明清时代“三诗说”与日本诗话的关系，以及在吸收中国经验的基础上所表现出来的自主意识。“诗歌鉴赏论”主要介绍日本诗话对中国古典诗歌评论中颇具比较文学价值的观点，并探讨了这些观点形成的原因。

著者认为，诗话中包含着作者的文学批评意识，为研究文学批评史提供了丰富的资料，通过诗话所讨论的话题可以了解一个时代的文学思潮变迁和文学理论的消长。以日本诗话而论，诗话的作者大多为儒学者。江户初期，随着德川幕府将朱子学确立为官学，作为占统治阶级的意识形态的朱子学的文学观，不仅影响到各家儒学学派的文学观，同时也渗透到诸如和歌、俳句、物语等文学领域。体现于诗话中的文学观也绝不是孤立的，在各个历史阶段都是当时文学风尚的反映，与和歌、净琉璃、俳句的文学观关系紧密。因此，日本诗话反映的是日本人对于文学（主要是汉诗文）的性质、特点和作用的观察与认识，属于日本文学理论的范畴，应该将其置于日本文学理论这个大框架中来考察。

要目：

（郭雪妮　摘）

祁晓明著，中国社会科学出版社2009年版，36万字

《昭和史的证言：战时体制下的日本文学（1931—1945）》

《昭和史的证言：战时体制下的日本文学（1931—1945）》一书，以昭和文学中长达十五年的战争文学为基本研究对象，力图突破中国现有的日本文学研究格局，通过关注战争这一极限状态下作家们的言行和活动，探讨他们在战争期间的表现，最终揭示了他们所应承担的战争责任，并力图阐明文学与战争、国家体制及意识形态之间的关系。

该著作基本以时间为序，以历史事件为切割点，将战时体制下的日本文学划分为三个时期考察，这构成了整部著作最核心的部分。第一个时期是从1931年“九一八事

变”至1937年“七七事变”，对外的侵略战争和对内的法西斯化，使整个日本变成了一部战争机器，此时的日本文坛尽管热闹非凡，但已开始出现转向。第二个时期以1937年日本发动全面侵华战争为起点，以1941年日本发动太平洋战争为终点，着重关注战时体制下的书报检查制度、对作家们文学创作活动的钳制，以及由此导致其创作心态的剧变。日本御用文学团体的丑陋表演，作家们对战争的狂热鼓吹，是这一时期的主要特征。1941年日本发动太平洋战争至1945年二战结束为第三时期，“日本文学报国会”的成立以及3次大东亚文学者大会的召开，充分证明了战时体制下文学家对日本军国主义的支持、配合及协力行为。论著在最后一章，通过“战时体制”来全面阐释昭和文学现象，反思了文学家在战争中及战后的责任。

该著作的独特之处在于，揭示了日本文学家在战时体制下全面或部分地协助日本军国主义发动的侵略战争的事实，促使人们对于目前日本国内潜在的军国主义势力和极少数猖獗的右翼势力保持警惕。战后60年来，包括中国人民在内的亚洲各国人民对于日本军国主义发动的侵略战争给各国人民造成的深重灾难，对于日本军国主义势力和法西斯势力策划战争和推动战争的状况，已经进行了很多揭露和批判。但遗憾的是，对于包括文学家在内的日本国内支持战争的民众势力，却没有进行充分的揭露和批判，《昭和史的证言：战时体制下的日本文学（1931—1945）》一书正是为改变这种研究状况而做的努力之一。但这并不意味着著者一味地纠缠于文学家的战争责任和战后责任，其终极目的在于全面、准确地认识作为国家、团体、个人的日本方面的战争责任，深刻地反思历史，并以史为鉴。

要目：

（郭雪妮 摘）

胡连成著，吉林大学出版社 2009 年版，22 万字

《日本诗经学史》

依据文献记载，早在日本继任天皇时，中国经典即借由百济五经博士段阳尔至奈良教授经书，而传入东瀛。此后《诗经》的学术史便在日本萌芽，从遣隋使、遣唐使的派遣，到江户时期的幕府朱印船贸易，日本不断地吸收、内化中土《诗经》著作，《诗经》的接受层面也越来越广：从《万叶集》中贵族对《诗经》的模仿与借鉴，到江户时代儒者创造与扩充诗义的内容，直到近代学者、诗人对《诗经》的诠释与再造，《诗经》在日本绽放出不同的面貌。因为彼此生活环境、语境的不同，对同一典籍产生迥异的阐释角度，进而丰富了《诗经》的诠释及学术史。早在 20 世纪 70 年代，日本即有日本诗经学会研究诗经学史与中国文化，并定期举办研讨会、出版《诗经研究》辑刊，有体系的整理、介绍中国台湾、中国及日本的《诗经》研究成果。相较于日本重视国际间对同一经典阐释的汇整，国内对于域外经典的流传与影响，似乎欠缺有体系的

理解，本书即是基于这样的学术背景问世。

全书共分为十章，除了前言与结语及所附后记之外，主要分别探讨“毛诗写本促成的文化传递”“清原诗经学”“明清诗经学与江户时代《诗经》研究”“诗经论、诗论、歌论与俳论”“《诗经》与日本文学”“《诗经》的异文化变奏”“近现代《诗经》研究的诸问题”“《诗经》文化学阐释的得与失”等议题。著者在古文献的考索搜罗上，对日本特殊的传抄训读方法做了总体性的介绍，同时也留意了中日间藏书与审美概念的差异，深入阐释了日本诗经文献的总体价值。在文献探究的基础上，著者着重介绍了日本讲读诗经的家学，主要讨论清原诗经学的《毛诗抄》以及静嘉堂本训点与校勘体例。“明清诗经学”部分，由各个学派诗经研究、江户随笔中的记载以及日本儒学者的书籍中，解读了诗经在日本不同的样貌与诠释方式，即从吸收《诗大序》中“动天地，感鬼神”的理论，到强调情意的、更能贴近日本文化风俗的“诗主人情”。在文学艺术方面，著者考察古今，涉猎了诗、和歌、俳谐、朗咏、谣曲、歌舞伎等，从中观察日人对《诗经》的引用借鉴与再创造，并由日本突出的意象与情感的转变之中，看出经典在异文化空间中的吸收与再造。

在近现代《诗经》研究上，著者分述明治时代以后，汉学余绪中的《诗经》研究、日本国学的论辩，到强调日本主体性的皇国诗观，以及战后民主思潮与新兴方法论对《诗经》研究的影响。并从文化学阐释上，探究日本于二次战后接受西方理论影响，以异文化、跨文化的角度，比较研究《诗经》，重新理解《诗经》的时代性质与文化内涵，其中也渗入日本传统宗教以及神道教观点。在阐释方式上，虽使用史学与民俗学方法重新定位《诗经》，然而即使在新方法的诠释体系之下，仍拥有日本独特的学术传统与治学方法，而终成为日本《诗经》研究的一环。

最后，作者凸显日本诗经学与国际间的互动关系，从学术的交流中，了解研究的动态，中日所重视的研究方法不同，可以看出研究的特色以及盲点，随着地下出土文物的发现，也增进日本《诗经》的研究，以此为基础，作者简介日本中国学界对于《诗经》学史研究的概况、《诗经》比较研究的成果，并介绍日本诗经学与日本国学之间的紧密关系。而在国际意识上，除吸收西方学者的方法诠释《诗经》，也侧重与欧洲民谣及翻译的比较研究。从中也可看出日本学者严密的考据训练，以及运用民俗学方法诠释研究《诗经》的特色。

《日本诗经学史》一书，介绍了中国传统典籍《诗经》在日本萌芽乃至绽放的不同情形，从清原博士家的抄物研究、江户时代各学派纷呈的理论，以及诗学理论对日本文艺的影响，到近现代日本的《诗经》研究上的优点及弊病、对《诗经》所作的翻译研究、与国际互动情形等议题都有所触及，并为日后继续重新省视在不同视野下《诗经》的研究意义提供了可能。

要目：

第三章　明清诗经学与江户时代的《诗经》研究
　一　诸学派的《诗经》研究
　　（一）江户时代的文化教育与明清诗经学的东传
　　（二）朱子学派的《诗经》研究
　　（三）古学派的《诗经》研究
　　（四）阳明学派的《诗经》研究
　　（五）折衷学派的《诗经》研究
　　（六）名物研究
　　（七）《韩诗外传》研究
　二　江户随笔中的《诗经》研究
　　（一）雨森芳洲《橘窗茶话》与室鸠巢《骏台杂话》
　　（二）中村兰林《读诗要领》与松井萝洲《它山石》
　　（三）古贺侗庵《刘子》、小岛成斋《酣中清话》与龟井昭阳《读辨道》
第四章　诗经论、诗论、歌论与俳论
　一　日本和歌理论对《诗大序》的引照
　　（一）从汉诗论到和歌论
　　（二）“动天地、感鬼神”的诗力说
　　（三）从“言志”到“吟悲”
　　（四）汉诗和歌同源论
　二　朱熹劝善惩恶《诗经》说在日本的际遇
　　（一）德川经学的位置和“文道观”
　　（二）伊藤仁斋《语孟字义》与《答童子问》
　　（三）伊藤东涯《读诗要领》
　　（四）太宰春台《朱氏诗传膏肓》的诗主人情说
　　（五）堀景山《不尽言》中的“思无邪说”
　　（六）本居宣长《石上私淑言》的《诗经》说
　三　中国诗学关键词的日式“变容”
　　（一）六义
　　（二）风雅
　　（三）比兴
　　（四）中国诗学关键词日式“变容”（接受）的特点
第五章　《诗经》与日本文学
　一　《万叶集》对《诗经》的借鉴
　　（一）常被并举同观的两部诗歌经典
　　（二）有形的借用和无形的影响
　二　日本汉文学对《诗经》文本的引用与戏仿
　　（一）“诗学之祖”“六经之和”
　　（二）言志之本论诗之则

（三）天籁之鸣性情之镜
（四）言文之资行远之舟
（五）善对之典雅号之泉
（六）架空之书采风之经
（七）诗谜之渊金言之薮
第六章　《诗经》的异文化变奏
一　《诗经》之于江户文艺
（一）《越后石臼歌》与《毛诗》研究方法
（二）《关扉》里的《二子乘舟》
（三）谣曲中的《周南》
二　风雅与俳谐的结合——小林一茶的《诗经》俳译
（一）《诗经》讲释与俳谐进修
（二）倾吐乡情、亲情和友情的意象
（三）滑稽增味与激情褪色
三　《国调周诗》、《诗经国风》及其他
（一）和歌集《国调周诗》
（二）俳句集《诗经国风》
（三）《诗经》朗咏
第七章　近现代《诗经》研究的诸问题
一　是经学，还是文学——旧汉学余绪中的《诗经》研究
（一）竹添光鸿与《毛诗会笺》
（二）《毛诗会笺》中的考据和诗说
（三）旧《诗经》学的尾声
二　是“支那国民性”的镜子，还是日本国学的附庸？——诸桥辙次《诗经研究》
（一）所谓“支那国民性”与《诗经研究》
（二）经史文“三纲”视点下的《诗经研究》
（二）《诗经研究》的中日诗歌比较论
三　是《诗经》的戏说，还是日本主义的课本？——盐谷温《诗经讲话》和小林一郎《诗经》
（一）《诗经讲话》中的皇国诗观
（二）战争阴云笼罩下的《诗经》研究
（三）目加田诚《诗经研究》
四　是政治诗学，还是文化诗学——日本中国学中的诗经学
（一）战后民主思潮与《诗经》研究
（二）山田统的新考据和其他学者
（三）有关方法论问题的讨论
五　京都学派的《诗经》研究
（一）青木正儿的《诗经》文献和名物研究

（郭雪妮 摘）

王晓平著，学苑出版社2009年版，50万字

《日本中国学史稿》

本书前言部分首先廓清了“日本汉学”和“日本中国学”这两个概念之间的关系。“日本汉学”不仅表现为日本人试图从学术上研究中国文化，更为重要的还在于研究者本身的思想意识形态和文化立场也已具有中国文化的烙印。“日本汉学”的形成和发展，经历了漫长的道路，它在日本古代社会的最后三百年间臻于成熟。德川幕府政权将“汉学”中的朱子学派推尊为官方哲学，实为“汉学”最高的也是最后的荣光。本书第一编即是对日本传统汉学的研讨。严先生指出，大多数日本汉学家在衡量、评价、研究中国文化时，都主观地带有认同中国文化的倾向。传统“汉学”，无论是林罗山等的“朱子学派”，还是中江藤树的“阳明学派”，或者是伊藤仁斋等的“古学派”，中国文化（主要是儒家文化，先是古典儒学，后是宋学）都为日本阐发者充作“自我意识形态抑或社会意识形态即作为哲学观念、道德标准、价值尺度”。“日本汉学”作为一种特殊的学术，它同日本的主流意识形态和权力相联结，成为统治思想。这些学者或尊朱子，或奉阳明，或者主张“古典复归”，但在一点上他们都是一致的：接受一种先进的封建意识形态，以此作为正统性力量来维护日本封建社会的正统性，这样，在某种意义

上我们可以说，在日本人那里，“汉文化”是一种“异域”文化．但却不是一种“异己”文化。日本接受者将其阐发、改造之后，变成自己文化和思想的一部分，并成为他们继承下来的历史遗产，推动了日本文明的进化。

“日本中国学”则是近代型的新学术，它是在日本“明治维新”以后近代化的潮流中形成的一种“国别文化研究”，它最显著的特征在于摆脱了传统的“经学主义”文化观念，而以“近代主义”和“理性主义”作为其学术的导向。本书第二编讨论了日本中国学发生的“文化语境”与成型形态。“日本中国学”的形成与发展，经历了十分复杂而又坎坷的过程。日本近代文化运动中，传统“儒学”受到了严重的挑战，打击以“汉学”为主的传统文化便成为日本开展维新运动、推行西洋文化的首要工作。可以说，新的“日本中国学”并非诞生于“日本汉学”的躯体之中，而恰恰是西洋文化输入的结果。大多数日本中国学家都是在西方接受了文化洗礼的西洋留学生，这与日本汉学家形成了鲜明的对比。欧美近代的思想文化摧毁了东方古老的儒学体系，同时也为日本带来了“中国学”。西方近代主义的中国观（欧洲中心主义中国观）传入日本的结果，是产生了激进的“脱亚论”等观点，从此“汉学”衰亡而“中国哲学兴起”，依附于经学的旧文学衰败而“中国文学研究”兴起。由此，“日本中国学”正式形成。严先生在考察、论说日本中国学发展历史时，常能以一种超越民族和当代的清醒理念、以文献考辨的实证方法，进行客观的研究、启蒙性的论说，体现出人文学者对于历史文化宽广的思考和敏锐的批判意识。

要目：

（郭雪妮 摘）

严绍璗著，学苑出版社2009年版，60万字

四　中西比较文学论著简介

《英语世界的中国传统戏剧研究与翻译》

该著对中国戏曲的各种艺术形态对海外的传播、研究进行宏观梳理与研究。全书共分为九章，第一章概述了中国戏曲在英语世界的传播史与研究概况，并分析了中国国家实力及西方人的文化距离对其的影响。第二章至第九章分别对英语世界学者对中国戏曲的起源与形成、宋金杂剧与诸宫调、南戏、元杂剧、明清戏剧、中国仪式戏剧、傀儡戏和影戏以及地方戏和少数民族戏剧进行了研究。

要目：

曹广涛著，广东高等教育出版社2009年版，45万字

《俄苏文学在中国的传播与接受》

《俄苏文学在中国的传播与接受》从传播与接受的角度考察了俄苏文学对中国现当代文学的重大影响。第一章是对20世纪中国文学接受俄苏文学影响的宏观梳理，强调俄苏文学为中国现当代文学确立了“为人生”、人道主义和美的典范。第二章探讨20世纪中国文学对俄苏文学批评的接受，指出中国现当代文学在接受俄苏文学批评影响时存在“移植”、“纠偏”和“阐发”的现象。第三章研究俄苏形式主义文论在中国的传播与接受，肯定它对于20世纪后期中国文论转型产生了重要影响。第四章研究俄苏文学文论传播接受过程中的中国期刊，强调中国期刊对于俄苏文学文论在中国的传播和接受所起的重大作用。第五章和第六章分别考察陀思妥耶夫思基和契诃夫在中国的传播与接受的情况。本书创新了学术理念，把俄苏文学文论对20世纪中国文学的影响落实到它在中国的传播与接受的过程。在研究模式上，采用点—线—面—体的纵深推进结构，研究的方法侧重以“比较视域”为内在透视点，突出期刊的中介作用和本土因素的重要性；同时用统计学的计量手段，把期刊的中介作用数据化，揭示了中俄（苏）文学的内在汇通和整合。“关于俄苏文学和中国文学的关系研究，或侧重某一作家或作品对中国文学的影响，或侧重某一思潮对中国文学的影响。以整体性眼光和突破性模式对二者之间的关系进行研究的著作屈指可数。正是在这个角度上，该著作的出现，具有重要的填补空白的意义。”（朱维之：《重绘中俄文学交流史的地图——评陈国恩〈俄苏文学在中国的传播与接受〉》，《外国文学研究》2010年第2期）。

要目：

陈国恩、庄桂成、雍青等著，中国社会科学出版社2009年版，45.3万字

《基督教文化与中国当代文学》

基督教与中国现代文学的关系已经得到学界的充分重视，并出现了大量研究成果。但基督教与中国当代文学的关系一直是比较文学研究中的薄弱环节，本论题的选择具有的学术前沿性、探索性及学术价值值得关注。作者有感于中国当代文学的价值选择困境，意图通过对基督教文化与中国当代文学的关系做一系统全面的历史描述，来探究基督教文化对于当下中国文学的存在状态与价值建构所具有的学理意义乃至实践的有效性问题。全书分为四章。第一章考察了基督教文化与中国当代文学的世界性背景和民族性背景，即基督教的发展脉络及基督教在中国的历程，以及中国知识分子眼中的基督教文化。第二章通过对五位大陆作家的创作与基督教关系的分析，考察中国大陆文学（以新时期文学为主）对基督教的言说。第三章通过对五位中国台湾作家的创作与基督教关系的分析，探究台湾文学与基督教的关系。第四章从博爱现实主义、中西融合、后现代建设性向度、宽容原则四个方面探讨了基督教对于中国当代文学的价值建构的意义与有效性。本书论证过程中注重史实描述，而且在基督教与文学这一跨文化研究中，并未

忽视文学审美维度的参照。

要目：

从新强著，山东文艺出版社 2009 年版，22.1 万字

《从批评到诗歌——艾略特与但丁的关系研究》

作者以艾略特的文学批评为主要研究对象，以艾略特的诗歌文本作为其理论付诸实践的产物加以解析，探究了但丁在艾略特整个诗学体系中的地位和作用。全书分为四章。第一章侧重于探讨在艾略特自身锤炼诗歌语言的过程中，但丁所具有的导师意义。第二章主要依据国内学界较少适用的艾略特《克拉克演讲》的资料，梳理艾略特的

"玄学诗歌理论"以及但丁对其的线性影响。第三章研究的是在艾略特寻求信仰并在创作上转向宗教诗歌、宗教批评的过程中，但丁所起的重要作用。第四章探讨的是艾略特的文化批评和但丁思想的渊源关系。作者通过对艾略特文学批评的扎实分析，建立了艾略特与但丁文学思想上的渊源关系，在一定程度上填补了国内该研究领域的空白。文字简省精到，颇为耐读。

要目：

邓艳艳著，中国社会科学出版社 2009 年版，23.5 万字

《百年流变：中国视野下的英国文学史书写》

该书视角独特，以现有中国学者撰写的英国文学史为研究对象，以中国学者的文学史观为参照，对中国学者所编写的英国文学史进行细致归纳与总结，探讨英国文学史编写中的中国模式。尽管作者写作的初衷是通过回顾历史，以求对国内英国文学史教材教学有所裨益。但从比较文学的角度来看，在本书对中国学者叙述与研究英国文学史的历

史梳理的过程中，所呈现出来的中英文学交流及其背后的文化交流模式，为我们呈现了一条研究中英文学关系的新途径。

要目：

段汉武著，海洋出版社2009年版，12万字

《中国当代文学与美国文学》

该书以开阔的气势回顾了中国当代文学接受美国文学影响的历程，尤其注重从作家作品的比较出发，深入探讨中国当代作家在接受美国文学影响中显示出来的选择性与兼收并蓄意识，从而揭示了中国作家在借鉴、消化、吸收外国文学影响中为己所用、不拘一格的主体意识，凸现了比较文学研究中的“中国立场”。该书常常能从文学作品的比

较切入，深入探讨中、美两国文学异同深处的民族性奥妙，从而使比较文学的研究与人类学的思考联系在了一起，亦是该书有别于一般比较文学研究著作的特色之一。书中关于“中、美民性之间，存在着许多相通、相似之处。而这些相通、相似之处，也许正是中、美文学彼此影响的心理基础”的一系列阐述，关于中国文化中独有的丰富传统如何微妙地决定了中、美文学面貌的不同的有关议论，均饶有新意。该书富有睿见，资料翔实，行文活泼，体现了作者在学术研究中追求哲理感、文学感的风格。其中多篇已先期发表于《长江学术》《外国文学研究》《天津社会科学》《上海文化》《福建论坛》《南京师范大学文学院学报》《山东社会科学》等期刊上，有几篇还被中国人民大学“复印报刊资料”《外国文学研究》全文转载。

要目：

樊星著，中国社会科学出版社2009年版，20万字

《冷战·民族·文学：新中国“十七年”中外文学关系研究》

该书是国内第一部系统研究中华人民共和国成立后“十七年”（1949—1966）中外文学关系的著作它以“冷战”为背景，以史实为基础，综合运用接受美学、比较文学和政治文化学等相关理论进行研究。不仅具体考察、论述了新中国十七年文学与苏联文学的关系，突破了长期以来“同期对应”的观点，认为十七年中苏文学关系事实上经历了一个由认同、模仿到反思再到疏离的嬗变过程，而且考察了亚非天空下的文学集会，揭示出跨洲政治性文学交往的意义；不仅开拓性地钩沉了十七年文坛与欧美文学在对立冲突中的非直接交往关系，而且重点剖析了文坛主流话语背后时隐时现的关于现代派文学的话语活动；不仅考察了十七年文学在东方阵营的传播接受现象，而且探讨了西

方资本主义国家对十七年文学的绍介和言说，揭示出他们在政治意识形态、东方主义思维、个体趣味等多重因素影响下解读新中国文学的文化心理和话语立场；不仅分析了十七年中外文学关系发展、演变的特征，而且提出并论证了政治意识形态、民族意识和文学审美三重话语的矛盾运动关系决定新中国“十七年”中外文学关系走向、形态与特征的观点，并从不同层面对十七年期间中外文学关系的经验教训进行了反思。该著将文学关系研究与话语研究相结合，视野开阔，材料丰富，史论结合，富有开拓性，对于深化认识新中国十七年文化思潮和文学特征具有重要的启示意义。

要目：

方长安著，中国社会科学出版社2009年版，23.2万字

《新移民文学：融合与疏离》

该书从融合与疏离的背反或双重视野，展开对华人新移民文学的研究。首先梳理了学界关于新移民和新移民文学的概念界定的争议，提出了自己的观点和看法，并对华人新移民群体的整体写作状况做出了全景扫描。第二章从七个方面细致分析了新移民文学中的多样主题表达：家园阐释、“文革”叙事、文化认同、民族形象的重塑、性别意识的重构、男性形象的描摹以及性伦理的变迁。其中的新移民的“文革”叙事视角、女性性别意识的重构、新移民文本中对男性形象的特殊描摹，以及通过同性恋、畸恋题材作品所反映出的新移民性伦理的变迁等内容，都是之前的同类研究中没有深入分析过的。在第三章中通过边缘与中心的对峙和互动、双向的文化翻译和民族性与异质性的整合三个方面对新移民文学的双向融合性进行了比同类学术著作更为细致的阐释，并明确提出了双向文化翻译的观点。第四章格外关注了新移民文学的双向疏离性，从语言的混杂化、表述的二元化和情感的疏离化等三个方面解析了新移民文学的这种双向疏离。本书首次提出了“混杂化与二元化并存”的观点，并通过文本细读，对新移民作家的语言表述上做出了“非在地化”的判断，从一个崭新的视角切入了对新移民文学的解析，是对新移民文学研究的一个有力拓展。而在展开对新移民文学的研究时，作者尤其关注它与20世纪中期以来的全球飞散现象的联系，并通过这种关联，触摸到全球化时代的华人新移民在飞散状态下，其精神维度上的微妙变迁，揭橥出新移民文学超出华人写作的文化意义和审美价值。

要目：

丰云著，中国社会科学出版社 2009 年版，24 万字

《想象的“互塑”——中美叙事文学因缘》

该著选取几个代表时期的中国小说中的美国形象、中国对美国文学的译介史、美国小说中的中国形象、美国对中国文学的译介史为研究对象，利用形象学研究的方法，考察这两个形象背后的中美两个民族的“意识形态”与“乌托邦”的社会集体想象起伏变化趋势，以探析社会集体想象内涵的深层中美民族文化心理。作者认为，文学交往是形象“互塑”的过程，全书分为六部分。在第一部分，作者首先通过对晚清时代欧洲传教士对中国文学的译介传播史实进行梳理，然后通过对“中国佬”“花旗夷人”“异邦大国”等形象套话的分析，探求早期中美叙事文学中的美国形象与中国形象。第二部分研究了晚清时代以林译小说为代表的对美国小说的译介历史、类型及影响。第三部

分研究了起自晚清留美风潮至五四新文化运动期间对于美国文学的译介与接受。第四部分研究了从19世纪中后期的爱默生、梭罗到20世纪30年代的赛珍珠再到20世纪三四十年代的美国战时文学对中国文学的接受、译介及对中国形象的塑造。第五部分考察的是冷战时期中国大陆及港台地区对美国文学的译介研究。第六部分研究了三代美国华裔文学作家对“中国故事”的书写。第七部分研究了新时期之后美国文学在中国大陆的传播及影响。

要目：

贺昌盛著，南京大学出版社2009年版，30.3万字

《英语世界唐宋词研究》

该书作者从唐宋词英译本研究切入，对唐宋词在英语世界的传播、接受、研究状况

进行了有重点的梳理，通过对原文和英语译文的比较以及海内外不同唐宋词译本的对比，了解不同译者，尤其是身处中西文化背景下的译者在唐宋词的翻译过程中所变现出来的创造性和叛逆性，在翻译过程中所造成的文化意象的失落和歪曲，以及翻译中不同文化之间的误解与误释，以探讨唐宋词研究中所实现的中西文化的互补、互识与互证。另外，作者希望通过将英语世界的词学研究创新和成语与国内词学研究（主要是20世纪90年代之后）中西学中用或是中西结合的研究成果进行对比，探索英语世界的词学研究成果对国内词学研究所产生的影响。全书分为五章。第一章研究了海外主要唐宋词译本及特色。第二章研究了国内学者的主要唐宋词英译本。第三章研究了中西学者在中国词翻译宗旨和方法上的差异。第四章研究了英语世界唐宋词研究的主要方向及其创新性。第五章研究了英语世界唐宋词研究对于国内相关研究领域的借鉴意义。从本书内容来看，实为两个平行比较研究，一是国内与英语世界的唐宋词英语翻译的比较研究，二是国内与英语世界的唐宋词研究范式的比较研究。作者对这两个研究领域的平行比较都颇有创见，但有两点值得商榷，一是书名为《英语世界唐宋词研究》似乎有些文不符题，二是在国内与英语世界唐宋词研究范式的比较研究中，似乎有为得出结论而刻意抬高后者的倾向。

要目：

黄立著，四川大学出版社2009年版，23.3万字

《中国现代作家与尼采》

该书运用影响研究的方法系统梳理了中国现代作家接受尼采思想的历史源流与具体史实，并在此基础上运用哲学阐释学的相关理论探讨这一文化事件所呈现出的思想资源得以丰富的基本规律。全书的内容在事实和思辨两个层面展开。上编在微观的事实层面详细梳理单个的中国现代作家接受尼采的具体史实。下编在宏观的思辨层面考察中国现代作家接受尼采的目的、效果与策略，由此形成尼采与中国现代文化关系的历时与共时图景。第四章结合深入的文本分析，研究中国现代作家接受尼采的目的或动机，他们把尼采思想作为现代中国思想启蒙的助推器与中国文学现代转型的动力线。第五章讨论中国现代作家接受尼采所取得的效果，并针对具体的文本事实，剖析了这一接受的双重效果。就思想启蒙而言，尼采的“价值重估”主张、“超人”说、“强力意志”说等有助于中国现代作家形成批判精神与反思意识，另外又对其民族偏激主义、精英主义思想或态度产生了负面影响。就文学转型而言，尼采的哲学与美学思想对中国现代作家提出的“人的文学”“生命文学”“盛世文学”等新文学观具有明显的启发作用，并给中国现代文学提供了“人”的觉醒、批判国民劣根性等思想主题和注入反叛者、创造者、孤独者等文学形象，但尼采鲜明的“批判”特质又在一定程度上“刺激”了中国新作家们批判中国封建礼教、抨击国民劣根性的热情，强化了中国现代文学新的“载道”功能。第六章集中探讨了中国现代作家接受尼采的策略。作者认为，中国作家在接受尼采思想时有意识地采取了功利化策略与本土化策略，即对尼采思想做认为切割并作定向选择。本书价值有二，一是作者在尽量占有材料的基础上，将20世纪前半叶视为一个连贯整体，对中国现代作家与尼采关系这一论题进行整体全面的观照与研究。二是以鲜明的问题意识——中国现代作家接受尼采思想过程中的主观能动性——贯穿全书始终，在上篇翔实的事实材料基础之上，用全书剩下的一半篇幅来陈述中国现代作家接受尼采的目的、策略与效果，彰显出一般的传播影响研究少有的理论深度与思辨力度。

要目：

黄怀军著，湖南师范大学出版社 2009 年版，25.7 万字

《巴尔扎克在中国》

该著是国内第一部全面、系统、深入地研究巴尔扎克在中国的传播与接受的专门著作。作者运用比较文学传播研究的理念与方法，将动态的历史梳理与静态的个案研究结合起来，将传播研究与接受分析结合起来，通过相关文献资料的收集、整理和分析，对近百年来巴尔扎克在中国的翻译、评论、研究及对中国文学的影响，做了全面的系统的评述；从一个侧面充实地反映了中国翻译文学史与中法文学交流史的研究，可为中国翻译文学史、中法关系史及比较文学研究提供有益的参考。全书共分为二十章。前四章以时间为序勾勒出巴尔扎克在中国的接受史；第五章至第十七章，对国内著名的巴尔扎克译者、评论者、研究者的贡献作出详尽的探讨；第十八和十九章，探讨了《欧也妮·葛朗台》《高老头》两部著作在中国的传播影响；最后一章对中国文学对巴尔扎克的态度、中国作家对巴尔扎克的接受以及巴尔扎克对中国文学的影响等问题进行了系统总结。作者具体着眼于四个层面，勾勒出了巴尔扎克在中国文化语境中的映像：一是我国

译界对巴尔扎克作品的翻译，包括首译的开始、单译本的发行、结集本的出版、全集本的策划和完工、复译的广泛出现，包括有着突出成就的译者所翻译的对象、数量、风格以及对译本的选择和在译介史上所作的贡献等；二是我国学术界对巴尔扎克的研究，包括对单部作品的解读、对某类作品的几种分析、对《人间喜剧》的整体探讨、对巴尔扎克的深入剖析，包括对作品思想意义的不同理解、艺术特色的不同发现、人物形象的不同思考以及对巴尔扎克形象的不同判断；三是我国教学界、影视界、出版界等在接受与传播巴尔扎克上所作的努力；四是我国文学界对巴尔扎克文学创作方法的吸收与运用，等等。全部研究由表及里、由浅入深，层层递进，勾画出了巴尔扎克在我国受众心中的全面映像。全书资料翔实，论述细致，逻辑紧密，既有具体作品的传播研究，也有整体传播的脉络梳理，既有单个译介者的详尽分析，同时也注意各位译者间的对比与承继。

要目：

蒋芳著，中国社会科学出版社2009年版，39.9万字

《后现代主义踪迹与文学本土化研究》

后现代主义在中国，与市场消费话语呈共生状态，对中国文学与文化的影响是全方位的。复杂的本土文化积淀、复杂的后现代文化和复杂的当代文化心态，共同交织成当代复杂的文学图景。用“文学踪迹”的命题切近中国后现代主义文学影响，并非直接套用西方话语来阐释中国的文学现实，而是以寻踪的方式进入当代文学图景，探讨当代文学内在的精神气质。

全书主要分六章，共二十四小节，主要研究探讨了“后现代主义在中国着陆的文化内因以及本土文化如何接受和应对”这一命题。第一章重在厘清中国本土文化中的后现代主义文化基因，思考其背后的多维价值取向。立足本土文化，重点论述中国传统文化与西方后现代主义的对位关系，努力结合90年代文化语境，形成后现代主义的本

土化特征。第二章，全书的核心部分，以点带面，从人的观念、历史观、创作姿态、情绪几个层面来探讨当代文学场中的后现代表征。首先，引入后现代主义文学视角，对当代文学的叙述模式，话语表征、欲望经验等维度进行后现代考察，论述其中的叙事特征和美学追求，真正探讨后现代主义对当代文学、当代作家的文化撞击。其次，从后现代主义的解构精神出发，对当代文学经典重新解读现象作出探讨，力图换一种视角来思考当代文学的发生、发展。最后，结合市场消费话语的推进，选取一些代表性的影视文本，探讨其中的后现代审美文化形态。最后一章立足当代中国文坛的得与失，探讨文学的主体性和个人性写作问题，并对当下的农民工书写和通俗文学现状作出思考，提出中国文学如何走出后现代主义的命题，最终实现后现代主义在中国的创造性转换。全书用"文学踪迹"的命题切近中国后现代主义文学影响，并以寻踪的方式进入当代文学图景，考察其内在的精神气质。在尽量贴近当代语境时，始终抓住后现代话语和市场消费话语的共生关系这一基本事实，避免依靠单一的后现代话语来做牵强的比附。通过探讨中国传统文化中蕴涵的"后现代内核"，形成一个适应中国90年代的后现代主义本土化特征；同时以人的观念演变为线索，探求中国当代文学中潜在的后现代主义创作精神、后现代主义文化图景和后现代主义视角下的文学批评，并在此基础上思考中国文学如何走出后现代主义这一命题。"文学踪迹"的命题研究，正是集中心力，力求准确和客观地衡量当下复杂的本土文化积淀、复杂的后现代文化和复杂的当代文化心态，尽量避免由于圆凿方枘而出现的"隔靴搔痒"现象。

要目：

江腊生著，齐鲁书社2009年版，25.2万字

《多维视野中的沈从文和福克纳小说》

该书是国内第一部将沈从文与福克纳小说置于中西跨文化语境中进行全面、系统比较研究的著作。它将活跃于20世纪上半叶中外文坛上的中国作家沈从文与美国作家福克纳的小说，放置于中西文学坐标平等的位置上分别考量，运用本土化、后现代性、生态美学、宗教学、原型批评等对20世纪世界文学及文化产生重大影响的多维理论视角，对沈从文和福克纳两位作家作品的趋同性和差异性进行了深入系统的分析阐释。本书主要观点如下。一，本土化视角透视。该视角主要从地域文化和民族文化两个层面展开。就地域文化而言，沈从文与福克纳分别表现了中国南方的楚巫文化和美国南方的贵族文化；就民族文化而言，沈从文秉承了中国传统文化"天人合一"的思想，福克纳则深受西方强调个人主义价值的文化传统的影响。二，后现代视角透视。该视角主要考量两位作家对现代性的反思和批判。认为两位作家对现代工商文明持一种批判与解构的姿态。同时还运用后现代解构中心，重视边缘之理论观点分析了沈从文与福克纳作品对处于社会边缘地位的特殊人群——苗人和黑人命运的关注。此外，还阐释了偶然性、不确定性等后现代因子在沈从文和福克纳小说中的具体呈现。三，生态美学视角透视。从该理论视角看，沈从文与福克纳作品中蕴含着重视自然价值，崇尚人与自然，人与人的和谐以及主张建立契合人类、自然与社会协调发展的生态美学理念。论著还从广义生态美学的三个方面——自然生态、社会生态和精神生态进行了深入比较分析。四，宗教文化视角透视。该视角主要探讨两位作家小说中的宗教文化因素，重点考察沈从文和福克纳小说中"神"和"上帝"的指涉意义与其作品主旨之间的关系。五，神话原型批评视角透视。本视角运用弗莱的神话原型批评理论蠡测沈从文和福克纳的文学世界，认为沈从文的湘西小说呈现的是一个充满了明媚的青春气息和浪漫的传奇色彩的神之诞生和恋爱的神话；而福克纳的约克纳帕塔法作品表现的则是一个充满着"喧哗与骚动"的荒诞、混乱的神之解体和死亡的神话。

要目：

李萌羽著，齐鲁书社 2009 年版，21 万字

《异国形象：海明威小说中的现代文化寓言》

该书以对 20 世纪西方文化变革的考察为外在语境，通过海明威作品中不同异国形象的梳理分析了不同性质的“他者”文化（西班牙文化、意大利文化和非洲文化等）对作家创作思想形成的深层次影响以及它们在作品中的具体表现和相应的功能意义，既为发掘海明威这位美国文学经典作家创作新的内涵构建了一个外位的阐释空间，也深入阐释了由海明威异国形象创作与美国当代文化的互动关系及其对美国当代文化的批判与建构意义。

该书运用了比较文学形象学的研究方法，分别对海明威作品中的西班牙形象、意大利形象和非洲形象进行了分析，指出前两种形象在作家的创作中被聚合为现代世界的“完整”镜像并由此转化为体现人类现代生存困境的群类形象，从而具有了暴露现代文明弊端的标本作用。相比前两种异国形象，非洲形象更进一步地表达出作家试图重返前现代简朴自然的生存样态的精神渴望并努力通过文化身份的变更来克服片面的西方中心主义思想，尽管这种理想所表现出的非现实性的乌托邦性质使得它并不具有多少现实的可行性，但也因此具有了衡量社会异化程度的恒久批判性。在对海明威作品中的异国形象进行分析以后，该书进一步剖析了对海明威异国形象创作的文学内涵及其与美国文化之间的关系，提出正是借助于异国文化的参照作用和反映功能，作家既达成了对美国传统自由信念的变通和完善，同时也实现了对美国现存文化状态的质疑和批判。

要目：

李树欣著，中国社会科学出版社2009年版，27.3万字

《20世纪〈老子〉的英语译介及其在美国文学中的接受变异研究》

该著分为五章。第一章把《老子》一书在西方的译介史分为萌芽期、初步发展期、繁盛期三个时期并进行细致梳理，结合20世纪美国的社会、文化思潮，对《老子》在20世纪美国的接受语境进行分析。第二章聚焦于《老子》思想的四个方面：“道”“无”“自然”“阴柔”，通过对三个经典译本的比较研究，考察这四个思想分支在美国文学界对《老子》译介的过程中所发生的变异。第三、四、五章分别选取美国戏剧家奥尼尔、诗人史耐德、小说家凯鲁亚克为研究对象，通过他们的作品中对于《老子》的“无”“自然”“阴柔”等概念的应用，考察20世纪美国文学不同阶段、不同文学体裁对《老子》思想的接受实绩。特别值得一提的是，该书是国内较早对《老子》在西方的译介史进行系统梳理的著作。而且全书章节结构合理，运用了大量的外文文献。对于《老子》在美国文学的传播接受研究的个案研究对象选取巧妙，带着明确的问题意识进行研究考察。

要目：

李艳著，湖北人民出版社 2009 年版，16.8 万字

《德国浪漫派与中国原生浪漫主义——德中浪漫诗歌的美学探索》

刘润芳、罗宜家合著的《德国浪漫派与中国原生浪漫主义——德中浪漫诗歌的美学探索》（中国社会科学出版社 2009 年版）运用平行研究的方法，对德国浪漫主义与中国浪漫主义诗歌分别进行追根溯源，并进行总体比较研究。以中国学界长期以来对“浪漫主义”概念的混乱使用为契机，作者意图弄清原生于中国本土的“浪漫”与西方浪漫主义在理论和实践上各有什么特征，并辨析它们之间的异同和关系。全书分为八章。前四章探讨德国浪漫派的思想和文学。首先综合评介德国浪漫派的哲学、美学思想，介绍了德国早、中、晚期浪漫派各自的特点及其在美学上的共性，并指出其理论基础为康德、费希特和谢林的哲学思想。接着探讨浪漫主义与德国 18 世纪各种思想运动的关系，指出德国浪漫主义的延续性与创新性。在详细介绍德国浪漫派的哲学思想和诗学思想之后，作者又对三位德国浪漫派代表作家进行了专章的个案分析。后四章探讨的是中国原生浪漫主义。特别值得一提的是，作者提出了“中国原生浪漫主义”的概念，以资区别于西方的浪漫主义。作者认为中国词汇中虽有“浪漫”一词，但传统文论中没有与“浪漫主义”内涵相对应的概念与范畴。通过分析公认的浪漫主义大家庄子、屈原、李白、李贺的作品，归纳其浪漫特质，勾勒出中国原生浪漫主义的面貌。之后，作者深入分析了屈原、李白和李贺这三位中国浪漫诗人的美学思想、诗歌创作、艺术手法及浪漫特质，进而总结出中国浪漫诗歌的总体性学取向。在结语部分，作者比较了中德两国的浪漫主义，认为德国浪漫派有实有名，中国原生浪漫主义则有实无名，一直以来没有作为诗学的“浪漫”，缺少自己的浪漫主义理论。本书作者具有深厚的德国文学

与中国古典文学功底，文本细读扎实细致。但结语部分对于中德两国浪漫文学的比较研究部分稍显薄弱。

要目：

引言
第一章　德国浪漫派
　第一节　德国浪漫派简述
　　一　早期浪漫派（1790—1801）
　　二　中期浪漫派（1801—1815）
　　三　晚期浪漫派（1820—1850）
　第二节　浪漫主义与18世纪思想运动的关系：吸纳与反拨
　　一　与启蒙运动
　　二　与虔敬主义和感伤主义
　　三　与狂飙突进运动
　　四　与古典主义
　第三节　浪漫派的哲学思想
　第四节　浪漫派的诗学
　　一　本体的诗
　　二　“文字的诗”
第二章　诺瓦利斯
　第一节　生平
　第二节　诗歌创作
　　一　前期（1785—1797. 3）
　　二　后期（1797. 3—1800）
　第三节　浪漫特质
　　一　表现精神、思想
　　二　呈示心灵世界
第三章　布伦塔诺
　第一节　生平事业
　　一　生平
　　二　评价
　第二节　诗歌创作
　　一　概况
　　二　成就：民歌风的诗
　　三　代表作
　第三节　浪漫特质
　　一　传奇、神秘色彩
　　二　主观的诗
　　三　宗教情结

刘润芳、罗宜家著，中国社会科学出版社2009年版，38万字

《捷克和斯洛伐克汉学研究》

该书分为六章。第一章是个案研究，作者对19世纪捷克颓废主义代表作家尤利乌斯·泽耶尔以王昭君、薛涛、比干等中国题材的创作进行解读。第二章是传播研究。作者系统梳理了以唐诗为代表的中国古代文学以及冰心、老舍等中国现代文学作家在捷克、斯洛伐克的译介传播史。在第三章，作者以回忆录的形式记录了自己与茅盾、叶子铭、顾城、谢烨等中国作家的交往，对于研究捷克和斯洛伐克汉学的学者来说可谓具有珍贵的史料价值。第四章对20世纪50年代形成的布拉格汉学派的历史发展、学术观点及主要成员的学术成就进行了系统梳理介绍，尤其是对该学派奠基者——雅罗斯拉夫·普实克的介绍最为详细。第五章与第二章的内容遥相呼应，研究的是捷克和斯洛法克文学在中国的传播接受史。第六章研究了中国哲学在波希米亚和斯洛伐克的译介与传播。高利克先生作为当代杰出的汉学家，翻译、研究了多位中国现代文学家的作品，出版、发表了多部（篇）研究中国文学的著作与论文，对于中欧文化交流做出了重要贡献。这本小书算是对年逾古稀却仍笔耕不辍的高利克先生汉学研究的一个小结，除了专业领域的学术价值之外，对于中国的比较文学学者的学术之路也可以提供一定参考。

要目：

三 冰心创作在波希米亚和斯洛伐克
四 老舍在波希米亚和斯洛伐克的接受
第三章 高利克与中国的文学友人
一 茅盾与我
二 叶子铭和我
三 顾城、谢烨与我
第四章 雅罗斯拉夫·普实克和布拉格汉学派
一 雅罗斯拉夫·普实克：学生眼中的神话与现实
二 布拉格汉学派
第五章 捷克和斯洛伐克文学在中国（1919—1959）
第六章 中国哲学在波希米亚和斯洛伐克
一 孔子和儒学在波希米亚和斯洛伐克的接受
二 《道德经》的一部捷克译本——对相互间文学和哲学间理解的一种贡献

[斯洛伐克] 马立安·高利克著，阎纯德、吴志良主编，学苑出版社2009年版，35万字

《英美文学中的中国文化》

本书立足具体文本分析、根据时间顺序对英国文学和美国文学中对中国文化的态度进行梳理。但作者从各个时期的英文文学中选取文本类型与数量的标准有些模糊，而且在对个案文本分析的过程中出现了大量对文学史定论的复述，并无多少作者本人的创见。此外，全书所有引文均没有注释出处。

要目：

导论
第一章 想象中异域之邦的美丽传奇
一 东方游记中的中国文化——物质化的契丹传奇
二 曼德维尔游记：遐想中神游
三 《忽必烈汗》里的奇幻中国
四 弥尔顿的诗歌与中华文化
第二章 文学传奇到文化现实
一 开明的大中华文化
二 英美文学对中国文化忧郁的解剖
三 利玛窦和中国文化
第三章 19—20世纪英国文学中的中国文化
一 英国政治的文化想象与利用
二 歌尔斯密《世界公民》对于中华文明的想象

马庆红著，中国戏剧出版社2009年版，21.2万字

《新移民小说研究》

该著作者倪立秋本人即是从中国大陆移居新加坡后又移居澳大利亚的“新移民”学者，如序言作者陆扬所说，“这是一本新移民研究新移民小说的书”。该书对华人海

外移民史和移民研究史做了简要回顾，对“移民文学”的提出、“移民文学”的内涵和外延均作了较为清晰的梳理，进而对“新移民文学”的缘起和创作情况做了概括介绍。在此基础上，本书对严歌苓、高行健、虹影区三位中国大陆“新移民作家”移民后的主要小说作品作了较为深入的分析，对三人小说创作特色的把握较为准确。本书难得之处还在于，能将“新移民文学”与早期移民文学和中国大陆同期小说家的作品比较异同，凸显“新移民文学”的文学特质和探讨如何更全面地在文学史上为其定位。

要目：

倪立秋著，上海交通大学出版社2009年版，30万字

《故事与新生：华美文学与文化研究》

本书从中文世界的角度出发，对象除了若干具有代表性的美国华裔作家、艺术家、学者之外，也针对相关文学研究现象进行了反思，分为“论述”与“访谈”两部。第一部的六篇论文始于文学文本，扩及建筑文本，终于后设批评。前两篇以具体个案探讨汤亭亭作品中的两个重点：一，如何在创作中挪用中、西文学传统的资源，借由转化与创新，展现独特的跨文化与跨语言现象；二，如何结合一己的生命、创作与信仰，面对、转化并升华个人与集体的创伤，致力于和解与和平，借由“说故事”而“创新生”。第三篇分析建筑师林璎如何以特定的身份及理念，借由越战将士纪念碑，积极介入历史伤痛，以意寻求平抚、升华。第四篇从“创造传统”的论点出发，以美国华裔文学在美国与中国台湾的发展为例，呈现此传统的创造、流传、演化与创新，并期待从新的发言位置创造新的传统。第五篇从华文文学的观点出发，寻求为美国华文文学定位，并以“从边缘到交集”来形容其地位之转变。第六篇回顾台湾自20世纪80年代初以来的华美文学研究，提出具体的观察、深入的反省，并提供建议。第二部有四篇访谈。第一篇与汤亭亭的访谈深入其心路历程、生命关怀与创作表现，以及隐藏在背后若干罕为人知的事情。第二篇与哈金的访谈展现了这位移民美国、选择以英文创作并迭获美国文坛大奖的华人作家的多重面向，尤其是创作历程、文学观以及以非母语创作的艰辛。第三篇与黄秀玲的访谈呈现出受访者的学思历程、生命关怀与学术成就，以及亚美文学在美国学院建制化的过程与反思。第四篇与陈国维的访谈提供了这位社会运动者、历史学家与博物馆策展人的难得见解。

要目：

访谈

1. 献身书写与和平的女勇士：汤亭亭访谈录
2. 辞海中的好兵：哈金访谈录
3. 华美·文学·越界：黄秀玲访谈录
4. 再现美洲华人史：陈国维访谈录

单德兴著，南开大学出版社2009年版，18.6万字

《现代中国异域小说研究》

中国现代文学史上曾涌现大量以异域（国）为叙事背景的小说作品，其中不乏产生了巨大影响的经典之作。但令人遗憾的是，学术批评界对这一重要文学现象还缺乏足够的关注。作为第一部对此类小说进行系统性、整体性研究的学术著作，《现代中国异域小说研究》的出版，无疑具有一定填补学术空白的意义。该书借鉴了比较文学形象学和文化心理学的相关理论，将研究视线集中到蕴涵在作品中的“异国、故国与‘自我’（来自故国的主人公或叙述者）”这一角度，以及它们之间彼此交错的复杂关系上。作者将现代中国异域小说中的“异域背景”看作一种具有典型意义的“文化聚焦镜”，通过这面“聚焦镜”折射出的，是主、客体“我”“你”之间纷纭错综的文化心理内涵。所谓“镜中之你”自然是小说表现出的异国形象；“‘镜中之我’则是在文学作品中异国形象的主观性、‘虚幻’性质的基础上，进一步探讨了具体作品中对某一异国环境的呈现具有怎样的扭曲与变形”，从而进一步揭示了中国现代知识分子置身于异国文化环境、直接面对异域文化冲击时的复杂、矛盾而隐秘的文化心态。该书的另一特色，是在文本细读的基础上“小心求证”，通过真切细致的艺术感受建构起自己的学术观点。其中对苏曼殊《断鸿零雁记》、郁达夫《沉沦》以及民初通俗小说《留东外史》等个案作品的解读，眼光独到且颇具新意。而这也给我们一个启示：带有文化冲突性质的“异域背景”，称得上是准确解读中国现代文学作家作品、理解中国现代文学本质特征的一个崭新角度。

要目：

序　现实空间·想象空间·梦幻空间

第一章　现代中国异域小说之界定及发生发展概况

　第一节　中华（国）中心观与异域小说的古代渊源

　第二节　现代中国异域小说的发生发展概况

第二章　日本形象与现代中国异域小说

　第一节　概论：现代中国异域小说中的日本形象

　第二节　犹疑于中日两个“血统”之间——苏曼殊《断鸿零雁记》论

　第三节　面对“异类”：道德优越感中的堕落——平江不肖生《留东外史》论

　第四节　“文化震惊”与“文化恋母”——郁达夫的《沉沦》等异域小说

　第五节　陶醉在“东洋的情趣”中——陶晶孙的异域小说

沈庆利著，北京大学出版社2009年版，23.5千字

《比较儿童文学初探》

儿童文学在中国源远流长，但儿童文学的比较研究在中国尤其是30年代中期以来非常薄弱，甚至可以称之为一片处女地。这本著作要进行的是中国儿童文学与西方儿童文学的比较，所采用的方法主要以平行研究为主、影响比较为辅。著者在书中想要表达的是中西儿童文学虽然有不少相似传承之处，但更多的是需要发现世界儿童文学的不同类型以及它们各自完整的发展源流。这本书尝试以历史的经线和理论视角的纬线来构建一个史论结合的比较框架，从而较为清晰地揭示中西儿童文学美学性格的差异性演变的历史过程。此书共计七章，分别为第一章溯源、第二章牧歌时代、第三章教育时代、第四章比较论、第五章生存时代、第六章人的时代以及第七章比较论，横向考察中西儿童文学的跨文化流变及流变过程中的文化筛选与选择，纵向辨析儿童文学在时代语境中的主题衍变，为学界摸清中西儿童文学的不同发展脉络、理解现代中西儿童文学迥异的美学个性提供了不同的思路。

目录

汤锐著，明天出版社 2009 年版，10 万字（第 2 版）

《启蒙·革命·战争：中俄文学交往的三个镜像》

该著选取了中俄文学交往史上的三个独特镜像——19 世纪俄国启蒙者别林斯基、车尔尼雪夫斯基、杜勃罗留波夫的文学批评，20 世纪，苏联的“社会主义现实主义”，以及最能体现“社会主义现实主义”斗争精神和斗争思维的战争文学。通过对这些镜像的擦拭和清理，检验和反省中国学界接受外国文学尤其是俄罗斯文学的历程。全书分为三篇，每一篇由两章组成，分别论述这三股文艺思想在俄、中两国文学的影响。作者并没有完全把两部分独立开来论述，而是注意到了三股文艺思想在俄国的影响的曲折历程，与中国文学界接受的起伏变化紧密相关。上篇，以时间为序分别考察了作为美学家和文艺批评家的别车杜在19世纪中期、苏维埃时期、苏联解体之后的俄罗斯和20世纪前半叶、中华人民共和国成立后、“文革”结束后、20世纪90年代的中国文艺史上的命运。中篇的目标在于探讨“社会主义现实主义”的发展与演变：首先是考察了中俄两国的理论家们关于社会主义现实主义的阐述与作家的应对策略，其次考察了中俄两国属于社会主义现实主义的作家们的创作中人文精神的体现。下篇中的苏俄指的是1917年十月革命至1991年苏联解体期间的俄国，在此期间，苏联经历了两次全面战争和数次局部战争，并随之出现了数量庞大的战争文学作品。作者意图在本编描绘苏俄战争文学的基本面貌，并对其在中国的译介传播进行简要回顾。在“代结束语”部分，作者借一部争议性俄罗斯小说《蓝色脂肪》来管窥苏联解体之后“后苏联”作家及“后现代”作家对于中俄文学关系的书写。总体来看，本书选取了中俄文学关系中在近些年遭到冷落但具有重要意义的三个重要镜像，依靠丰富翔实的传播影响材料，结合准确到位的文本解读，对三个镜像在20世纪的发展历程进行了全面梳理与回顾，是中俄文学关系研究中具有重要参考价值的一部著作。

目录：

（四）“狂欢”过后的沉思

（五）社会主义现实主义规范下的文学创作

下篇　苏俄战争文学及其在中国

一　苏俄战争文学面面观

（一）战争文学的潮起潮落

（二）灰色战争与“玫瑰”战争

（三）战壕真实与司令部真实

（四）“到敌人后方去”

（五）“极限境遇”中的人和人性

二　苏俄战争文学在中国

（一）民国时代掠影

（二）从“蜜月”到“反目”（1949—1976）

（三）走向新的繁荣（1977 年以后）

代结束语　“后现代”视野中的战争、解冻和中俄文化关系

附录　相关研究资料

田全金著，齐鲁书社 2009 年版，24.8 万字

《比较视野中的张贤亮和劳伦斯性爱主题研究》

2009 年度中英平行比较研究领域的著作有田鹰的《比较视野中的张贤亮和劳伦斯性爱主题研究》（中国社会出版社 2009 年版）。该书由作者的博士学位论文修改而成。作者首先论证了两位作家及作品的可比性，进而又把性爱研究定位在文学与审美范畴之内，确保了研究的可行性与学术性。然后遵循异质文化平等对话与沟通互补的原则，运用接受美学、精神分析、女性批评以及民间隐形结构等文学文化批评理论，从性爱视角对两位著名作家作品所体现的性爱意识、男性文化视角下的男性形象、婚恋理念、性爱的政治内涵以及性爱主题方面的异同与造成这些异同的根源等进行了系统而细密的分析论述，深刻地揭示了张贤亮性爱主题的民族与时代的人文特点、阐释内在理想的爱的追求矛盾与外在“性＋政治”的“宏伟叙事”模式，很透彻地阐释了劳伦斯性爱主题“性即美”“性是美的源泉”的哲思内涵，从而证实了劳伦斯的性爱主题更具美学含义。最后，作者深入阐释了中西不同文化传统赋予劳伦斯和张贤亮各自的鲜明个性特征，肯定了他们对爱情、婚姻、社会以及对生命含义的严肃和真诚的探索。在研究方法上，作者以主题学为纲，以文本细读为门径，将平行比较的理念与策略贯穿全书。本书作为具体的个案研究有成功之处，但在阐发东西方文学中性爱主题普遍意义上的异同及其本质以求取更高层次上的启示方面仍有较大空间可供开发。

要目：

绪论　比较视野中的张贤亮和劳伦斯研究

第一节　研究对象和研究范围
第二节　张贤亮和劳伦斯研究综述
第三节　研究的论旨和理论方法
第四节　研究的主要内容
第一章　劳伦斯和张贤亮性爱意识的比较
第一节　性爱描写的渊源
第二节　性爱意识和性爱权利的认识比较
第三节　小说中的性描写的旨趣
小结
第二章　性别视角下的透视：女性形象解读
第一节　张贤亮作品中的“洛神”兼“漂母”系列
第二节　劳伦斯作品中的“夏娃”系列
第三节　男性视角下的女性
小结
第三章　性别视角下的透视：男性形象解读
第一节　张贤亮作品中的男性形象
第二节　劳伦斯作品中的男性形象
第三节　张贤亮和劳伦斯小说中的男性比较
小结
第四章　性爱与婚姻
第一节　张贤亮作品中的“才子佳人”模式
第二节　劳伦斯小说中的婚姻模式
第三节　张贤亮和劳伦斯婚恋观的比较
小结
第五章　性爱与政治
第一节　性爱与性权利
第二节　性与政治
小结
结论　张贤亮和劳伦斯性爱主题比较研究的启示
第一节　张贤亮和劳伦斯性爱主题创作的价值和局限
第二节　张贤亮和劳伦斯性爱主题创作的异同与其根源
第三节　本书比较研究的意义
附录一　张贤亮、劳伦斯研究主要网址
附录二　张贤亮研究相关论文、报刊部分索引

田鹰著，中国社会出版社2009年版，20万字

《鲁迅域外百年传播史:1909—2008》

该著以20世纪四五十年代之交“冷战”局面的形成为界，把百年域外鲁迅传播分成“冷战前时期”（20世纪20年代初—40年代末）、“冷战时期”（20世纪50年代初—90年代初）和“冷战后时期”（20世纪90年代初以来）三个时代，分三编从纵向呈现鲁迅在国外被译介和研究的历史。同时，又根据国际地缘政治格局，在横向维度上分出“欧美西方国家的鲁迅传播”、“日本和东亚、东南亚国家的鲁迅传播”和“苏联及其他东欧国家的鲁迅传播”以及“亚、非、拉国家的鲁迅传播”四个区域来考察。这样，在纵的时间和横的空间坐标上，建构起了鲁迅域外百年传播的阐释系统。本书是学术界首次整合一个世纪以来鲁迅域外传播史的学术尝试，展现了百年来国外鲁迅接受史的运行轨迹，展现了不同时代、不同意识形态和文化语境下的国外鲁迅译介和研究的重要学派及其学术范式。本著作十分重视对第一手外文资料的收集和运用，力求使立论建立在充分的资料基础上，全书引用和评述的外文著作约200部、外文文章1000余篇，著作所附录的“参考文献”（合7万字），是作者收集和整理的众多国外鲁迅研究成果的精编，为学术界积累了较为丰富的文献资料。本著作具有比较突出的学术价值：首先，通过回顾一个世纪以来国外鲁迅译介、研究的学术历程，总结其中的经验教训，为国内研究者能够吸收国外同行研究的长处（新思维、新方法等），从而驱动鲁迅研究工作向纵深开掘。其次，全面总结了百年来鲁迅在域外传播的历史，有助于拓展国外中国学研究的整体格局（过去使以研究古代语言文字、典章制度、文学艺术为主），增大研究20世纪现代中国文化的力度。

要目：

王家平著，北京大学出版社2009年版，45.9万字

《晚清小说中的西方器物形象》

作为承载着异族文化信息的西方器物，它们在晚清小说中大量出现，意味着西方器物不仅进入了晚清的日常生活，而且作为一类新的文学形象，进入了晚清时期国人的想象世界，进入了人们的心灵。晚清小说中的西方器物形象重组了晚清时代的社会文化经验，铭刻着西方的权势，表征着西方文明。列强炮舰后面关联着陌生的“世界”，手握棍棒的“洋人”张扬着西方的势力，给初识“世界”的国人带来巨大的恐惧和屈辱。它们带来的奇异体验，诱使许多国人陷入道德迷失。科学与机器带来的便利，催生国人对未来的神秘憧憬。晚清小说尤其凸显了西方器物形象带来的心理创伤。它们既是“他者之物”，又是“他者之镜”，还是“他者之眼”。作为“他者之物”，西方器物的特权让国人的自我身份遭受挤压，民族传统面临危机；作为“他者之镜”，它的映照使得中国器物变得“土气”，让中国人显得丑陋；作为“他者之眼”，它的“凝视”饱含

着蔑视，国人因近代经验的严重贫乏而显得幼稚。晚清小说中对西方器物形象的叙述，还隐含着一条意图将西方器物本土化，并以之重建国家民族自我身份的文化心理线索。在西方器物的本土化进程中，晚清小说通过祛魅、抵抗、收编、挪用以及发明等一整套重建程序和机制，想象了新的中国器物，编织了未来中国的想象，试图立足物质文化层面，在小说中重建国家民族的文化身份。通过对晚清小说中西方器物形象的考察，可以看到器物对作为整体生活方式的文化有着重要的塑造作用。新的器物需要新的身份与其相适应，新的身份需要新的器物来表征。其间种种复杂机制与策略，显示了器物形象与社会文化心理之间深刻而复杂的互动关系。

要目：

王洁群著，湘潭大学出版社 2009 年版，32.9 万字

《安徒生童话与中国现代儿童文学》

该著选题巧妙，是一部在比较文学、中国现代文学、中国儿童文学研究领域均具有突出的学术创新性与学术补白价值的著作。作者以中国现代儿童文学初创期（1917—1927年）所受的外来影响为研究对象，选取安徒生童话作为切入点和突破口，重点探讨现代儿童文学初创时期安徒生童话对中国现代儿童文学建设所产生的深广而具体的影响。本书运用丰富翔实的材料，在分析研究中注重发掘与运用有关研究领域的最新资料，以史实材料为据，通过纵向梳理与横向比较，按专题方式，从儿童观、儿童文学理论与创作实践三个方面，系统深入地客观呈现了安徒生童话对中国现代儿童文学的重要影响，清晰地揭示出中国现代儿童文学初创期的发展历程与历史轨迹，从一个独特的研究视角，深入地研究了中国现代文学发展进程中来自外来文化的影响问题。全书分为两大部分，即专题研究部分和拓展研究部分。专题研究部分由三章内容组成，分别研究了安徒生童话对中国现代儿童观、儿童文学理论的建构和儿童文学创作实践的影响。拓展研究部分由两章组成，分别对中国现代儿童文学初创期和中国当代儿童文学所受到的外来影响进行了系统梳理。对于研究密度过大、很难找到学术创新点的中国现代文学研究和在中国刚刚起步、亟须开疆辟土的中国儿童文学研究而言，本书站在两门学科的交叉点上，为两门学科的继续发展开辟了一条颇有价值的研究路径，也为中国比较文学的发展发掘了新的学科生长点。

要目：

王蕾著，华东师范大学出版社2009年版，20万字

《比较文学视阈中的中国古典文学》

本书从比较文学的视野，运用西方现代文艺理论，以新的视角研究中国古典文学，对中国古典文学进行重新阐释，尤其侧重于对中国古典小说名著的重新解读与阐发，是中国古典文学研究的新成果，对于全球化视野中的中国古典文学研究具有一定的借鉴意义。

全书主要分为四编：第一编为“原型与母题”，其中“‘黑旋风人物’系列的原型意义”“猪八戒形象的原型与内涵”“‘妖女’潘金莲形象的演变”运用原型批评理论对中国小说中的人物形象原型进行研究；“中国古代文学中的‘弃妇’母题”、“中国古代小说的‘色诱’母题”对中国古代文学中的部分母题进行研究。第二编为“性别批评”，运用性别诗学理论尤其是女性主义文学批评理论研究中国古典小说。如“明清长篇小说两性角色的变迁”“《三国演义》的性别政治”“《水浒传》的厌女症”“《西游记》的性别意识与性别母题”等，从性别角度探讨了明清小说名著所蕴含的性别倾向。第三编为“叙事研究”，运用西方叙事学理论及心理学、神话学理论研究中国古典小说与戏曲，如“中国古代第一人称小说的叙事策略”“《牡丹亭》的心理叙事特色”“《红楼梦》的神话哲学与叙述程式”等。第四编为“比照与借镜”，主要综合运用西方理论研究中国古典小说，其中有关于“三言二拍”与《十日谈》文学精神的比较研究，有对《金瓶梅》怪圈现象的研究，也有对日本学者、美国学者研究中国古典小说的著作

进行评价性的研究。

要目：

魏崇新著，外语教学与研究出版社2009年版，约9万字

《汤亭亭小说艺术论》

该书由作者2006年的博士学位论文修改而成。作者在对汤亭亭的三部代表作《女勇士》《中国佬》《孙行者》进行文本细读的基础上，分析研究其艺术特色。虽然运用了“历史编纂元小说”“互文性”“反讽”等西方理论概念，但全书仍以一般的文本细读为主，并无太多创见。全书分为七章。第一章概述了“历史编纂元小说”概念的提出及其背景。本章试图勾勒出汤亭亭置身其中的当代欧美文学创作的社会、历史、思想理论背景。第二章介绍了汤亭亭作为华裔美国作家的文化背景、成长经历及创作历程，指出汤亭亭源自中美两种文化影响的“即兴曲”与“仿作”的小说艺术形式，暗合了

当代后现代主义小说的创作潮流。第三章分析了汤亭亭的第一部代表作，指出《女勇士》通过对美国少数族裔自传这一流行文类的戏仿，挑战和颠覆了其所承载的意识形态内涵。第四章首先分析了中国古典白话小说的结构模式，即“头回故事”的运用和连缀式结构，并指出《中国佬》通过戏仿中国古典话本小说结构表达了对中国古典文学传统的敬意。第五章“《孙行者》——戏仿西方经典小说”分析了《孙行者》对《尤利西斯》结构框架的戏仿，指出这部作品反映了汤亭亭对华裔美国文学与西方经典文学之间关系的思考。第六章分别选取了汤亭亭三部代表作当中的典型互文文本进行分析，研究了汤亭亭对互文性手法的运用。第七章分析了汤亭亭三部作品中反讽手法的运用，指出反讽在突出和深化主题、塑造人物形象等方面都起到了重要作用。

要目：

杨春著，外语教学与研究出版社2009年版，约18万字

《20世纪文坛上的英伦百合：弗吉尼亚·伍尔夫在中国》

该著利用传播研究、影响研究的研究方法，从汉译与接受的视角切入，勾勒出了近百年来伍尔夫在中国文坛走过的历程。全书分为上、下两编。上编包括五章，论述了中国现代文坛包括“新月派”作家、“京派”成员凌淑华、汪曾祺等对伍尔夫的介绍与接受。第一章首先介绍了伍尔夫在中国传播接受的历史文化背景——20世纪二三十年代中国新文学界译介西方现代主义文学尤其是意识流小说的热潮，然后系统梳理了20世纪20、30、40年代中国新文学界对伍尔夫的译介情况。第二章研究的是以徐志摩和林徽因为代表的新月派成员与伍尔夫的文学交往。第三章考察了“京派”作家萧乾、废名、李健吾等与伍尔夫乃至整个西方现代主义文学艺术的亲缘关系。第四、五章具体考察了两位“京派”作家凌淑华、汪曾祺对伍尔夫的接受情况。下编包括七章内容，论述了中国当代文坛袁可嘉、瞿世镜、徐坤等学者与作家对伍尔夫的研究与接受。第六章梳理了“十七年”时期对伍尔夫的译介与研究。由于政治意识形态的意象，此时期对伍尔夫等现代主义文学家的研究呈现一边倒的批判态度。第七章介绍了新时期伍尔夫传播接受研究的历史文化背景——20世纪70年代末80年代初对现代主义文学家译介与研究的再度兴起，并将其与20世纪20年代对现代主义的接受高潮进行了比较研究。第八、九、十章分别研究了伍尔夫以“现代小说”主将与意识流大师、随笔与传记作家、女性主义文化先驱这三种不同身份在新时期中国被传播接受的不同路径，以及所产生的不同影响。第十一章探讨了伍尔夫与中国女性文学写作的关系。第十二章对新时期以来中国学者所著的文学史与文论史著作中的伍尔夫介绍研究，进行系统评述。该书的上编对美国学者帕特丽卡·劳伦斯2003年在美国出版的著作《丽莉·布瑞斯柯的中国眼睛》（中译本于2007年由上海书店出版社出版）的内容有一定参考整合。

要目：

第二节 凌淑华与伍尔夫的锦书往还
第三节 自传体小说《古韵》的写作
第四节 《古韵》在霍加斯出版社的出版
第五节 “布鲁姆斯伯里团体”与叶君健
第五章 伍尔夫的影响与汪曾祺的意识流小说实验
第一节 汪曾祺早年的伍尔夫阅读及所受的影响
第二节 汪曾祺早年的意识流小说实验
第三节 汪曾祺复出后向民间与传统的回归
下编 伍尔夫在中国当代文坛的译介与接受
第六章 新中国成立后到新时期之前的汉译与研究
第一节 现代主义批判与有关伍尔夫的研究
第二节 伍尔夫著作翻译与创作影响
第七章 现代主义译介与研究热的再度兴起
第一节 袁可嘉、陈焜的意识流与伍尔夫研究
第二节 在论争中推进的现代主义文学译介
第三节 当代作家的现代主义艺术探索
第四节 两度接受现代主义文学的差异性
第八章 作为“现代小说”主将与意识流大师的伍尔夫
第一节 20 世纪 80 年代中期之前的理论与小说译介
第二节 20 世纪 80 年代中后期的研究实绩
第三节 20 世纪 90 年代到 20 世纪末的研究特点
第四节 新世纪以来的研究趋向
第五节 瞿世镜的译介与研究贡献
第九章 作为随笔与传记作家等的伍尔夫
第一节 散文、随笔的翻译与研究
第二节 传记与短篇小说的翻译与研究
第三节 多元研究领域的新拓展
第十章 作为女性主义文化先驱的伍尔夫
第一节 20 世纪 80 年代初到 90 年代中期的接受与研究
第二节 北京世界妇女大会以来的新探索
第十一章 伍尔夫与中国女性文学写作
第一节 打破女性历史与现实的缄默
第二节 探索女性写作的困境
第三节 追求双性和谐与互补
第十二章 文学与文论史著中的伍尔夫述评
第一节 20 世纪 80 年代的基本成果
第二节 20 世纪 90 年代以来的主要收获
主要参考文献

杨莉馨著，人民出版社 2009 年版，32.9 万字

《“误读”的方法：新时期初西方现代主义文学的传播与接受》

作为一种“知识”，西方现代主义文艺思潮在中国大陆的传播可谓由来已久。自“五四”时期便已开始的这股传播浪潮，虽然曾因社会形势的剧变一度归于沉寂，但随着 20 世纪 70 年代末大陆思想界的解冻，西方现代主义的传播又在当时展开了新一轮的运作。这场传播运动的过程与结果，不仅揭橥了新时期初各类权力话语的力量纷争，亦令现代主义思潮重塑了中国当代文学的基本面貌。然而，因受制于某种思想偏见，西方现代主义文学在中国大陆的知识合法化进程却屡遭磨难。许多译介和传播现代主义的中国知识分子，都不得不借助政治误读、历史误读、思想误读和美学误读等传播策略，以语言游戏的方式为西方现代主义文学赋予了知识合法性。在这场“体制为游戏规定了一些界线”（利奥塔尔语）的传播运动中，原本被视为腐朽没落的西方现代主义逐步被广泛接受，进而在中国当代文学的现代性诉求中发挥了积极功用。本书首次以知识考古学的研究方法，在分析大量传播文本的史料基础上，系统还原了新时期初西方现代主义文学的传播与接受史，并为厘清中国当代文学，特别是先锋小说的知识谱系做出了有益尝试。

要目：

第九章　“三个崛起”与“三只小风筝”：西方现代主义文学接受的理论个案
第十章　从“意识流”小说到“拟现代派”小说：西方后现代主义文学接受的创作个案
结语

叶立文著，中国社会科学出版社2009年版，24.8万字

《东海西海之间：晚清使西日记中的文化观察认证与选择》

要目：

绪论
第一章　遣使西方与使臣日记汇报制度
　第一节　遣使西方的由来
　第二节　使臣日记汇报制度
第二章　斌椿的《乘槎笔记》和纪游诗
　第一节　《乘槎笔记》之前的西方亲历记述
　第二节　斌椿的观察与体验
　第三节　西方记述的话语方式
　小结
第三章　志刚的《初使泰西记》
　第一节　西方科技与中国思想
　第二节　西人与西教
　小结
第四章　郭嵩焘出使英法国日记
　第一节　对西方文明的学习与认同
　第二节　西方形象及其意义
　第三节　作者个性与文化抉择
　小结
第五章　刘锡鸿的《英轺日记》
　第一节　成书及其疑点
　第二节　保守主义及其重估
　小结
第六章　张德彝早期随使日记
　第一节　日记体泰西风土记
　第二节　文化多元主义立场
　第三节　张德彝笔下的西方戏剧

尹德翔著，北京大学出版社2009年版，30.4万字

《从族裔声音到经典文学：美国华裔文学的文学性研究及主体反思》

该著立足于维护华裔文学作品超越族裔作品所拥有的文学上的平等权利，从更普遍化和综合性的角度来看待族裔作品。全书共分为五章。第一章分析美国华裔小说中母亲和女儿的隐喻性关系。通过讨论文化冲突、文化形象、边缘体验、集体无意识中的中国文化，以及女性话语的直觉性，考察特定文化语境中的母女关系所揭示的文学创作中的疏离、顺从、排斥等文化态度。第二章研究文学创作过程中作家在族裔范围内外的文化探索和追寻。第三章强调了在不同的边界地带，如在后东方主义和商业主义、新原始主义和现代主义、回忆和展望，还有祖国文化和归化国文化等之间的文化反思。第四章从经典和经典化问题的语境中探讨美国华裔文学，分析关于这一问题的重要性和意义，以及它们与当代美国华裔文学地位的关系。作者分析了美国华裔文学既普遍而又特殊的文学特征和美学特点，以及“矛盾情结”与“模糊性”在经典化问题上的表现。第五章的研究建立在前四章的基础之上，进一步明确了研究者的立场和身份，从中国学者的主体研究角度对美国华裔文学的发展进行反思，提出新的问题、启示和建议。另外，书中还回顾了近30年的美国华裔文学研究状况，特别是1987年以来的众多英文著述及国内

相关研究成果。书中“家庭文化的文学表现”部分对于美国华裔文学中母女关系的分析颇有新意，而且细致的文本分析带有多重理论观照。

要目：

导言 文本与理论思考
第一章 家庭文化的文学表现
1. 对话：母亲与女儿
2. 异族婚姻与家庭在文学表现中的矛盾情结和模糊性
3. 女性文化载体的运用和解读：谭恩美的《喜福会》
第二章 族裔内外的追寻
1. 矛盾的美国梦——任璧莲及其《地道的美国人》
2. 双重性和族裔之影
3. 族裔内外的新追寻：《应许之地的梦娜》以及相关作品
4. 现实和理想的距离：任璧莲《爱妾》呈现的新创作动向
5. 叙述和阅读策略的呈现：谭恩美《拯救溺水鱼》的突破尝试
第三章 边界文化的反思
1. 后东方主义与商业主义：“温柔”地拥抱与巧妙地融合
2. 新原始主义与现代主义：新原始主义元素与谭恩美作品
3. 回忆与展望：关于美国华裔文学的神话与幽灵创作元素
4. 祖国与归化国边界之文化：从黄玉雪到任璧莲
第四章 普遍而特性化的文学与美学魅力——重新思考经典与经典化
第五章 主体视角下的美国华裔文学
1. 关于华裔作家及作品身份定位的思考
2. 文化形象、文化负面性及其他
3. 华文文学与华裔英语文学中的女性书写比较——《扶桑》与《一百种秘密感受》
4. 从皈依到寻找传统：美国华裔文学发展轨迹的思考
5. 美国华裔文学发展引出对中华“文化战略”的几点反思
结语
附录一 有关作家及作品简介
附录二 美国华裔文学大事年表

张琼著，复旦大学出版社 2009 年版，29.8 万字

《中国与两河流域神话比较研究》

本专著是21世纪初期中国比较神话学领域的一本力作，荟萃了作者博士和博士后7年艰苦研究的成果，在学术理论和方法方面均有重要创新和突破，该书的研究结论具有很高的学术价值。该书分为上、中、下三大篇，上篇为“中国神话研究与文学要素

分析”，中篇为“两河流域宗教和神话的历史考察”，下篇为“中国与两河流域神话比较”。该书的理论创新之处在于作者深刻指出长期以来影响和支配中国神话研究的理论是西方19世纪以来盛行的进化论神话理论，进化论理论自身存在严重缺陷，用它指导中国神话研究弊多利少，必须放弃。方法创新之处是作者采用文化要素分析法对中国上古著名神话逐一进行研究，这种方法从神话的叙事文本入手，先把神话分解为若干核心要素，再考察这些文化要素在历史进程中如何相互综合为被考察时的状态，生动再现神灵的原型和神话形成的时代与过程，从而把任何先入之见排除在外。借助这种方法作者研究认为中国古代神话很不发达，中国神话经历的是一种“历史的神话化”而非学界所乐于接受的“神话的历史化”过程；现实主义主流文化精神是中国神话无由发达的文化原因。相反，古代两河流域高昂的宗教热情是神话兴旺发达的精神动力。早期国家形成途径的差异决定了两大民族主流宗教势力的不同选择，是两大民族神话显著差异的根本原因。通过中国与两河流域神话的文化比较，可以看出不同的文化类型塑造不同的神话面貌，这正是人类文化多样性的反映，这种现象启示我们用西方进化论神话理论研究中国神话是行不通的，文化要素分析法不失为明智的选择。

要目：

2. 道教传播与少数民族盘古神话
3. 考古发现与创世神话问题
4. 哲学与神话的关系问题
二 英雄神话
1. 历史人物后羿的神话化过程
2. 史前文化英雄禹的神话化过程
三 自然神话
1. 日神月神崇拜与神话
2. 风神崇拜与神话
3. 河神崇拜与神话
4. 海神崇拜与神话
5. 星辰崇拜与神话
四 冥界神话
五 地理神话
1. “共工”、“女娲”、“大鳌”、“精卫” 神话与战国宇宙学说
2. “女娲补天” 神话
3. “大鳌” 与 “精卫填海” 神话
六 寓言神话——道家寓言与 “夸父逐日” 神话
七 语源神话
1. “夔—足” 神话
2. “刑天” 神话
3. 舜弟象神话
八 感生神话——玄鸟生商和姜嫄履巨人迹生后稷神话
九 活态神话
1. 中原地区的 “女娲补天” 神话
2. 湖北神农架神话史诗《黑暗传》
第五章 21 世纪中国神话学新体系的构想
一 神话学的使命
二 神话的定义问题
1. 古典进化论与经典作家的神话定义
2. 关于神话界说问题的大讨论
三 神话定义的重新界说
1. 没有神话的原始部落社会
2. 文明社会的神话
3. 神话定义的重新界定
4. 神话与传说、寓言、科学幻想之间的区别和联系
四 用中国文化解释中国神话
五 加强人类学知识的 “补课”，重新认识原始人的思维特征

1. 人类学与当代中国神话研究

2. 西方人类家对原始人思维的新认识

3. 原始宗教和原始思维

中篇　两河流域宗教和神话的历史考察

第六章　古代两河流域宗教发展的历史考察

一　神庙

1. 神庙的发展历史

2. 神庙的文化地位

3. 神庙的修建仪式

4. 神庙表

二　祭司

三　神灵

1. 神灵数量

2. 神灵名字

3. 主要神灵

4. 神谱

5. 神名表

6. 神灵的人格化进程

7. 神像

8. 服侍神灵

四　宗教节日

第七章　古代两河流域神话发展状况的历史考察

一　神话文献

1. 泥板文书

2. 圆筒印章

3. 艺术品

二　作者

三　神话发展状况

1. 发展阶段

2. 主要神话

（1）创世神话

（2）自然神话

（3）冥界神话

（4）爱情神话

第八章　古代两河流域神话的文化功能

一　神话是对某种宗教观念的宣扬

1. 宇宙世界和人类文明都是神灵创造和安排的

2. 人类是神创造出来专门为神服务的

3. 神的利益高于一切，如果人类的活动影响了神的利益会遭毁灭之灾
4. 人类没有永生，死亡是人类与生俱来的定律
二 神话是对某种社会礼仪的确定
1. 对亡人穿丧服礼仪的确定
2. 对某种经济交换礼仪的确定
三 神话的道德教化功能
四 神话的娱乐功能
下篇 中国与两河流域神话比较
第九章 中国与两河流域古代神话的文化比较
一 神话发展状况比较
1. 神话的文献载体比较
2. 神话的文学性比较
3. 神灵人格化比较
4. 神话类型比较
二 影响中国与两河流域神话发展的文化因素比较
1. 自然崇拜与两河流域神话
2. 祖先崇拜与中国神话
3. 国家产生方式与神话

张文安著，中国社会科学出版社 2009 年版，29.5 万字

《和声与变奏：华美文学文化取向的历史嬗变》

本书以美国华人移民及其后裔的文化认同的变化为主要线索，整合美国华文文学、美国华人英语文学与华裔英语文学等不同领域的研究内容，综合研究华美文学从 19 世纪中叶到 21 世纪初的发展过程及其文化取向的演变规律。全书分为上、下两编，分别研究体现在华美文学中的华美文化演化及华美文化认同转变的策略和动因。上编探讨一百五十多年来的华美文学历史，勾勒华美文化演变的历史轨迹在文学中的投影，以 1943 年美国取消排华法案为历史转折点，把华美文学的发展划分为华人移民文学和华裔文学两大阶段，归纳华美文化对中国文化的认同、疏离、断裂、回归、多元化五种认同模式，辨析同一认同模式中因为社会历史环境、阶级、性别等差异而导致的文化认同的细微变化。下编以 20 世纪后半叶出现的华裔文学为主要研究对象，重点讨论这个历史时期的华裔作家竭力否定中国文化、继而又向中国文化回归的矛盾现象，通过对这一矛盾现象的分析，认识华裔作家本着“美国文化为体、中国文化为用”的原则对中国文化的工具性利用，并从文化、性别、族裔身份、认知心理、社会政治等方面，探讨华裔作家对中国文化认同态度的变化以及相应的认同策略和动因。

本书史论结合，在文学史研究的基础上，以华裔文学为重点对象，研究华美文学中

的文化认同策略、当代华美文化的美国本质及中国文化在华美文化中的表演性，对于更好地认识华裔的文化认同及华美文学具有理论意义，对于全球化过程中的中国文化输出也具有借鉴价值。

要目：

前言
序论
上编　文化演变的历史轨迹
第一章　金山客的游子情怀
　恋土情结与文化怀乡
　从怀乡到忧国
　文化的传承与发展
第二章　华人知识分子的文化沟通
　中国文化的使者
　知识分子的爱国情怀
　知识分子的唐人街想象
第三章　中国传统的传承与华美文化的萌发
　华人移民：文化的延续与变异
　土生华裔：华美意识的萌发
　欧亚裔：民族身份的选择
第四章　文化断裂与回归及历史寻根
　文化传统的断裂
　在华美历史中寻根
　文化回归和华美族裔特性的强化与弱化
第五章　多元共生的华美文化景观
　中国故事的变形
　华美故事的多元化
　跨越华美边界
下编　文化演变的策略研究
第六章　华美文学、华美文化与中国文化传统
　华美文学中的论战
　谁是“伪”华美作家？
　中国文化的传统与华美文化的创新
第七章　文化民族主义与男性沙文主义和本土主义的错置
　民族主义与男性中心论
　民族主义与本土主义的置换
　走出性别冲突的迷宫？
第八章　华美文学与女性主义东方主义
　女性主义与种族主义和东方主义的纠葛

华美文学与女性主义东方主义
超越女性主义东方主义?
第九章 作者的族裔身份与作品中的文化取向
中国传统文化的挽歌:黎锦扬的小说《花鼓歌》
美国的文化猎奇:海默斯坦的音乐剧《花鼓歌》
华美的文化表演:黄哲伦的歌剧《花鼓歌》
第十章 华美文学中为什么有东方主义?
消费市场的需求与中国奇观的呈现
个人的自我写作与群体的阅读理解
中美读者认知心理的时空差异
结论

赵文书著,南开大学出版社2009年版,26万字

《中国禅与美国文学》

本书的目的是解答以下问题:中国禅如何传入美国文化界?20世纪中期至21世纪初的美国文学作品吸收了什么中国禅的养分?在这文化移植中,中国禅文学的英译起了作用,其中呈现了什么文化误读现象?误读导致哪些移植的变种?研究方法上,要辨明文化源头与输入媒介的问题,中国禅传入美国大部分透过英文媒介,只有少数作家能阅读中文原典。因此,他们作品中表现的禅思想有很多误读。传入美国的禅宗是一种中国禅与日本禅的混合体。在传播媒介、硬件与仪式上,以日本传统为主。英译的禅宗文本属中国禅的传统。本书方法学采用"新历史相对论"("new historicism"),也用艾德华·赛义德的"旅行理论"及对文学传统的梳理。本书分五章。第一章"中国禅西渐的文化背景与历史"由源头方面探讨禅如何由中国传日本,再传美国。第二章"美国文学作品吸收的中国禅诗"专汴美国文学与中国禅诗的文本。第三章"中国禅诗之英译"探讨中国古代禅诗译文中的误读,反映了译者本土文化思想的内涵。第四章"公案、佛教人物故事与美国文学"研究美国作家如何把公案、佛、菩萨、禅师的事迹纳入自己作品。第五章"禅文化与美国文学"由广的层面看禅宗对美国文学与作家之影响。中国禅对美国文学作品的冲击有五:第一,使美国文学有了新的题材;第二,美国文学作品出现不同于西方二元对立的思维方式;第三,加深了作品内涵中自我反省的层次;第四,美国文学作品中呈现对大自然更深的认同;第五在作品中呈现异于欧洲中心思想的醒悟。

要目:

导言
第一章 中国禅西渐的文化背景与历史
第一节 中国禅传统及其东传日本、再传美国

第二节　禅着陆美国的时代、文化背景
第三节　传播的媒介及胡适、铃木大拙之论战
第四节　美国作家禅修的因缘
第二章　美国文学作品吸收的中国禅诗
第一节　中国禅文学传统
第二节　寒山与道元禅师
第三节　中国禅诗与美国诗歌
第四节　中国禅诗与美国小说、散文
第三章　中国禅诗之英译
第一节　禅诗英译本之选诗准备及读者群
第二节　有关僧人的友谊诗之英译
第三节　禅理诗之英译及其文化误读
第四节　禅趣诗之英译及其文化误读
第五节　王维、苏轼之禅诗的英译
第四章　公案、佛教人物故事与美国文学
第一节　公案之学习
第二节　融入美国文学作品的公案
第三节　佛、菩萨、禅师的故事之引用
第五章　禅文化与美国文学
第一节　佛经之翻译、引用与诠释
第二节　禅画、山水画之学习与引用
第三节　生活禅与创作
结语

钟玲著，首都师范大学出版社2009年版，48万字

五　翻译文学论著简介

《中国的英美文学翻译：1949—2008》

本书基于作者在1993年和2003年先后申请到两个国家社会科学基金研究课题编写而成，其一是《1949—1966：我国英美文学翻译概论》，其二是《中国新时期的英美文学翻译》。全书共分为上、下两编，分别论述和总结了中华人民共和国成立后到“文化大革命”之前（1949—1966）的17年，以及新时期（1976—2008）30余年来我国英美文学翻译出版的概况。

上编回顾总结了中华人民共和国成立后17年间我国的英美文学翻译情况。由于这段时期学界翻译的重点依然集中在译介苏联和其他社会主义国家的文学作品上，因此翻译家们对英美国家的文学作品不够重视，导致英美文学作品在数量和质量上均表现平平。下编回顾总结了改革开放后新时期的英美文学翻译情况，这段时期英美文学翻译由低谷走向高潮，迎来了黄金时代。本书对新时期英美文学翻译的阐述部分，大体可以分为以下几个方面：第一，分析了英美文学的翻译与出版从“冰冻”到逐步繁荣的原因；第二，充分肯定了出版社及翻译家们所作出的努力，并分别选取优秀的出版社及翻译家为代表进行重点介绍；第三，对本次翻译高潮中存在的粗制滥造等问题作出了理性的反思；第四，针对我国翻译家普遍忽视翻译理论的不良习惯，作者专门安排了六章对翻译理论进行重点讨论，希望能给我国的译者们带来启迪。

要目：

上编　中国的英美文学翻译：1949—1966

第一章　17年间英美文学翻译出版概况

　一　概述

　二　17年间英国文学的翻译出版

　三　17年间美国文学的翻译出版

第二章　17年间英美文学翻译家

　一　综述

　二　莎剧翻译家

　三　诗歌翻译家

孙致礼著，译林出版社 2009 年版，72.1 万字

《五四时期外国文学翻译研究》

五四时期是中国思想文化转折时期，也是中国新文学发展的重要阶段。在此期间，

一大批新式知识分子登上历史舞台，成为推进社会变革的重要力量。他们或在国内接触了新式教育，或留洋海外，受到西学熏染。在这当中，不乏文学家、翻译家。他们一边进行文学创作，一边从事文学翻译活动，译介与创作相辅相成。他们积极倡导文学变革，推进白话文运动；与此同时，他们担负起介绍西方文学的任务，通过他们的译笔，将欧、美、日本等国的文学作品有选择地翻译进来，由此翻译介绍外国文学出现了一个前所未有的繁荣局面。出现这一盛况并非偶然，这与五四时期的国内外背景、社会状况密切相关。

本书以五四时期的外国文学翻译为研究对象，将全面梳理与专题研究相结合，考察了当时社会思潮、政治状况与文学翻译趋向转变的关系，以及文学翻译对我国现代文学的影响。首先，本书再现了五四时期外国文学翻译的整体状况；其次，重点介绍了五四时期三场关于翻译的论争——“双簧信与文学翻译趋向的转变”“关于可译性与不可译性”“文学研究会与创造社对话语权的争夺”，并分析了造成论争的根本原因；再次，缕析五四时期外国文学翻译对中国翻译理论的影响；最后，以鲁迅的翻译实践及翻译理论为中心，考察外国文学翻译与当代译论。

要目：

任淑坤著，人民出版社2009年版，23万字

《汉诗英译主体的多元诗艺关怀》

本书以寒山诗为引子，深入探讨了汉语诗歌的英语翻译问题。作者在书中明确指出，汉语诗歌译介的最终效果在很大程度上取决于译者对中国诗词文化和中国诗人精神境界的理解，以及在此基础上所具有的译诗准备——主要包括译者的素养，诗学的审美观，译艺与诗艺的发挥、结合、运用等方面的情况。这种准备，也就是本书举论的核心与根基——译者主体的“诗艺关怀”。

全书由三个部分组成，上编主要讨论译诗之“道”，分析寒山诗学西渐的根本原因，考察中国古典诗歌英译基本状况，探索中诗英译视域下的汉诗艺术源头，并讨论汉诗英译主体诗艺关怀的析出与理源；中编主要针对译诗之“器”进行探析，讨论汉诗英译中译者的译艺运用与诗艺实现，并以“诗眼”翻译为例展开具体地讨论；下编主要讨论译诗之“衡”，将译者的“诗艺关怀”的核心概念融入具体的实践活动中加以检验，提出评价译作成功与否的价值标准，并对中国古典诗歌英译事业的问题和前景进行了讨论。此外，作者在书中创造性地提出了许多翻译理论，譬如“汉诗的五象审美艺术特征”、译者主体诗艺关怀的“七个向度”等，值得读者进行更为深入的思考。

要目：

李志凌著，云南民族出版社2009年版，26万字

《鲁迅翻译研究》

长期以来，鲁迅被学界公认为是著名的思想家、文学家和文化旗手。然而，鲁迅的翻译活动长期被忽视，人们常常忘记他还是一位杰出的翻译家——他的文学活动以翻译起，以翻译终，翻译的数量和重要性丝毫不亚于甚至超过他本人的创作。因此，鲁迅的翻译研究十分重要，不研究鲁迅的翻译就讲不清鲁迅创作中的很多问题，全面研究鲁迅更离不开对他一生翻译活动的考察。

本书从鲁迅与翻译合作者的关系、鲁迅参与和主持的几套翻译丛书与杂志、鲁迅翻译与创作之间的关系等几个方面入手，力图通过对鲁迅翻译的文学作品研究，从一个独特的角度全面和深入地探讨鲁迅研究中的诸多问题。鲁迅是思想家型的翻译家，他对翻译作品的选择往往带有自己某方面的深入思考，而其中译本的序跋附记等更是研究鲁迅思想的珍贵文献。作者将鲁迅的翻译活动分为前、中、后三个时期，在每个时期中选取

具有代表性的文本进行解读，并兼顾其他文本，凸显鲁迅的翻译在各个时期的特点和鲁迅思想的变化。尤其值得注意的是，本书将鲁迅参与和主持的几套翻译丛书与杂志包括在讨论范围之内，这些丛书与杂志中的许多译作都是鲁迅想翻译而没有翻译的作品，因此与鲁迅的思想、创作有着间接却密切的联系，对于鲁迅的翻译实践研究很有裨益。

要目：

顾钧著，福建教育出版社 2009 年版，30.5 万字

《浙籍作家翻译艺术研究》

浙江的文学翻译事业，在中国的翻译文学史上不仅具有开创特性，而且成就异常辉煌。开始于19世纪后期并在清末民初得到迅猛发展的文学翻译事业，在我国思想解放、文化建设以及现代化进程中都发挥了极其重要的作用。在过去的百年左右的时间里，有一批出生于浙江，也主要在江南地区从事文学创作和翻译的著名作家，翻译了许多重要的外国文学作品，为中华文化交流以及我国文化事业的发展作出了巨大的贡献。鲁迅、朱生豪、夏衍、茅盾、徐志摩、丰子恺、草婴、白飞等作家的翻译成就，不仅在我国外国文学翻译领域以及中外文化交流领域占有极其重要的地位，而且极大地影响了我国20世纪文学和文化的进程以及思想的发展，是江南地域文化的宝贵的艺术财富中的一个重要的组成部分。

本书所关注的主要是出生在浙江、主要在浙江以及周边江南地区从事翻译活动的文学翻译家及其翻译艺术成就。作者力图将翻译理论思想的阐述与具体翻译实践的探讨结合起来，并将宏观的研究综述与微观的翻译文本分析结合起来，力图遵循相关翻译理论以及比较文学理论中的跨文化研究的方法，对浙江文学翻译的成果作了客观的梳理和研究，对浙籍作家的杰出的翻译艺术以及相应的译学思想进行了深入的探讨。从生活环境的大方向出发，作者将多位浙籍作家统构为一体，在发掘其各自独特性的同时，更注意把握潜在的共通性与一致性，这种区域性翻译文学研究的思路和模式，值得提倡和借鉴。

要目：

吴笛著，浙江大学出版社 2009 年版，25 万字

《英语世界的中国传统戏剧研究与翻译》

西方学界对中国传统戏曲的关注已有相当悠久的历史，特别是近年来随着中国的崛起和文化影响力的扩大，西方学界研究中国问题的兴趣大增，相关的论著数量大幅增加。在戏曲研究的领域中，西方有一些水平一流的学者，完全有资格与中国的一流学者进行学术对话。在本书之前，已有孙歌、陈燕谷、李逸津合著《国外中国古典戏曲研究》一书，但此书比较侧重日本、俄罗斯的戏曲研究，对英语世界的戏曲研究的介绍和评价方面显得不太厚重全面并较为侧重文本研究，因此本书的出现可谓有所突破。

本书集中、深入、系统地介绍了英语世界的戏曲研究成果，并特别关注到了西方学者对中国仪式戏剧、傀儡戏、影戏、京剧、粤剧、秧歌戏、藏戏、戏曲音乐、戏曲翻译的研究。作者基于中外学者戏剧研究各自的优势和局限，以开放的心态对待英语世界的戏曲研究，并总结出了几点值得注意的倾向：一，英语世界中的学者，在对中国戏剧的作家、作品研究时，常偏重主题思想、人物形象、隐喻、象征的文化阐释。二，形式研究是西方学术传统的长处。三，英语世界的戏曲研究，呈现出以美国为中心，英国、澳大利亚、加拿大、新西兰为辅翼的格局。四，英语世界的戏曲研究体现了不断拓展和深化的趋势。五，研究方法的形成与学术思潮密切相关。六，英语世界的戏曲研究者十分重视学术交流，带有很强的国际性。七，海外华人在戏曲研究上的贡献很值得一提。这些研究成果对于建设正确的学术话语主体具有重要意义，在跨文化戏剧现象与规律的比较研究中，西方学者亦有可能揭示出戏曲本质的独特属性，从而对中国学者有所启发。

要目：

曹广涛著，广东高等教育出版社2009年版，45万字

《英语世界唐宋词研究》

本书对海外学者的唐宋词研究状况进行了梳理和总结，并根据研究内容将海外学者的研究分为词人词作研究、文类研究和词史研究三种类型。作者运用了大量的篇幅研究词的英译，通过对海内外翻译家唐宋词英译作品的对比研究，了解不同译者（尤其是身处中西文化背景下的译者）在唐宋词的翻译过程中所表现出来的创造性和叛逆性，在翻译过程中所造成的文化意象的失落和歪曲，以及翻译中不同文化之间的误解与误释，从而总结出海内外学者在词的翻译中所遵循的不同翻译原则和关注重心以及他们各自的得失。当中国的传统文化对西方文化发生影响时，在不同文化背景和文化传统影响下的西方学者对作为交流信息的唐宋词采取了创造性接受的态度，对其进行了选择、移植和渗透，将他们耳熟能详的西方文学理论与唐宋词结合起来，使唐

宋词受到海外学者自身文化渗透和文化过滤的影响，使唐宋词的研究在中西文化体系和文学传统之间建立起了一种有效的对话关系，实现了中西文化在词学研究中的互补、互识和互证。

在向英语世界译介中国文学作品的方面，我们做得还很不够，我们能够找到的中国文学作品的英译本少之又少，与我们对西方文学作品的大规模译介产生了强烈的反差。本书的研究成果可以为国内学者的词学研究提供翔实的第一手资料，为词学研究中的中西对话架设一座桥梁。

要目：

黄立著，四川大学出版社 2009 年版，23.3 万字

《中国古典诗歌英文及其他西文语种译作及索引》

本书由美国匹兹堡大学东亚图书馆张海惠、四川大学图书馆曾英姿、美国杜克大学东亚图书馆周珞共同编纂，是一部检索中外诗歌翻译家和学者所译唐五代以前中国古典诗词的重要工具书。全书是收录了1990年以来近百种出版在中国大陆、中国台湾、中国香港、北美及欧洲有关唐五代以前古典诗歌的研究著作和翻译作品集，以及少量未被之前的工具书所收录的、出版于1990年以前的翻译作品，并为大约2500例英、法、德、俄、意大利、西班牙等文种的中国唐五代以前诗歌译作提供了出处（以英文译作为主）。全书以时间为序，分为“先秦汉魏晋南北朝”和“隋唐五代”两个部分，并在各部分中以诗人的生卒年进行排序，为之后的研究者提供了一个难能可贵的参考资源。

通过查阅主要诗歌作品在不同时期的翻译，读者可以清楚地了解到，中国内地、中国台湾、中国香港学者和欧美汉学家对古典诗歌作出了种种不同的解读。比较这些不同的解读，读者将能更深切地体会汉诗语言的独特性及其丰富的文化底蕴，了解汉诗西译“西渐”的历史过程。因此，对于外语教学、翻译实践与研究、中西文化交流以及欧美汉学史研究，此书无疑亦具有重要的价值。这部兼有索引和中国古诗译作集双重功能的新颖工具书，将对国内外学者检索中国古典诗歌译作、以及欣赏和比较不同版本的译作产生重要影响，并有助于学者进一步开展中国古典诗歌的翻译研究与教学实践。

要目：

张海惠、曾英姿、周珞编纂，国家图书馆出版社2009年版，30万字

Ⅳ 大事记

2009年度中国比较文学大事记

1月：

1月10日至12日，由浙江师范大学人文学院主办的“中日文化交流与中国现代文学”国际学术研讨会在该校图文信息中心七楼同声传译会议室举行。日本东京大学、韩国忠北国立大学、摩尔多瓦大学、中国南开大学、中国台湾静宜大学、中国现当代文学与文化研究所、中国社会科学院文学研究所等高校（研究机构）的40余名国内外专家学者参加了本次研讨会。中国现代文学前会长、汕头大学终身教授王富仁先生作为学术界代表发言。他从华文文化现象和欧美、日本文化对中国现代文学截然不同的影响两个视角，从方法论层面阐述了对“中日文化交流与中国现代文学”这个议题的学术见解。本次研讨会围绕中国现代文学与留日学生、日本与中西方文化交流、日本经验与中国现代文学等话题，以发言、点评、提问的形式组织了四场学术讨论会，并商讨了下一次相关国际学术会议主题及其他筹备事项。

3月：

3月8日至11日，国家教育部创新计划项目“海外华文文学与诗学”全国博士生论坛在暨南大学成功举行。此论坛由教育部学位管理与研究生教育司、国务院学位委员会办公室主办，暨南大学承办，中国世界华文文学学会、广东省人文社会科学重点研究基地——暨南大学海外华文文学与华语传媒研究中心协办。来自台港澳和海外以及内地近50所高校海外华文文学研究方向的博士生、博士后等共100余位代表参加了此次学术论坛。该学术论坛以“创新与对话”为主旨，论坛的主题为“海外华文文学与诗学”，与会博士生代表围绕“海外华文文学与诗学”“海外华文文学书写中的‘中国形象’与‘中国经验’”“海外华文文学典型个案解读”“作为海外华文文学‘引桥’的台港澳文学”等四个专题展开了热烈讨论，并由海内外华文与传媒的著名学者进行现场评讲。论坛评选委员会还组织以著名学者饶芃子教授为首的专家小组，对参选论文进行了反复评审，最终评出“最佳学术创意奖”“最佳表达奖”“最佳演示奖”各三名以及鼓励奖五名。

3月10日，由澳大利亚驻沪总领事馆和华东师范大学澳大利亚研究中心联合主办的“第六届澳大利亚当代作家论坛”在华东师范大学闵行校区举行。来自华东师范大学英语系、地理系、物理系和资环学院的本科生、研究生和教师共100余人出席了本次活动。澳大利亚最著名的历史学家和学者、澳大利亚塔斯马尼亚大学历史系亨利·雷诺兹（Henry Reynolds）教授回溯澳大利亚土著历史的基础上，向听众阐述了多年来其研究澳大利亚历史的一个重要角度——充分结合土著历史和文化，直面黑白文明冲突。澳大利亚著名电视节目主持人和记者大卫·马尔（David Marr）先生对诺贝尔文学奖得主帕特里克·怀特的人生历程和文学创作进行了精彩的介绍，深入探讨了怀特的文化认同问题。

3月19日，华东师范大学外语学院澳大利亚研究中心举办“当代澳大利亚文学动态讨论会”。澳大利亚著名作家尼古拉斯·周思（Nicholas Jose）教授和作家、出版家艾弗·因蒂克教授（Ivor Indyk）应邀与会，外语学院数十名师生参加了本次讨论会。周思教授结合自己20多年来的创作历程，介绍了当代澳大利亚文学的发展趋势，因蒂克教授介绍了创办文学刊物《热度》的成功经历，并探讨了近年来澳大利亚文学的动向。澳大利亚研究中心的师生和两位澳大利亚作家进行了积极的互动，就澳大利亚文学的特点、作品的主题，以及文学创作的规律等进行了探讨。

3月25日至26日，由中国台湾东华大学中文系主办的第四届文学传播与接受国际学术研讨会在中国台湾东华大学工学院国际会议厅召开，中日韩业内学者纷纷出席此次会议，十数位专家发表了研究成果，既涉及了中国传统文学的境内外传播的话题，也触及了东西方的相互影响等议题。

4月：

4月7日，乌克兰诗人塔拉斯·谢甫琴科诞辰195周年纪念会暨诗歌朗诵会在北京大学英杰交流中心的阳光大厅举行。此次活动由北京大学俄罗斯语言文学系、北京大学国际合作部及乌克兰驻华使馆主办，北京大学外国语学院及外国语学院世界文学研究所协办。受邀前来参加活动的嘉宾有乌克兰驻华大使馆大使卡梅舍夫，乌克兰驻华大使馆科技参赞伊萨耶夫，驻苏联、保加利亚、罗马尼亚、乌克兰大使馆前经济商务参赞孙敏、中国社会科学院外国文学研究所研究员高莽，北京师范大学苏联文学研究所所长谭得伶，中乌友好协会理事李明滨教授，已故著名外国文学研究家、翻译家戈宝权的夫人梁培兰女士等。北京外国语大学、北京第二外国语学院、北京师范大学、对外经贸大学、中国人民大学、首都师范大学等单位的众多师生也前来参加。会上介绍了谢甫琴科的诗歌成就在中国的影响，评述了中国对其的研究成果，北京大学俄语系的师生、乌克兰使馆工作人员还特别准备了诗歌朗诵和文艺演出。

4月7日，由陕西省人民政府主办，陕西省翻译协会、西安翻译协会、陕西省作家协会承办的“首届东西部文化翻译产业论坛”在西安举行。这是陕西省人民政府首次将文化翻译产业论坛纳入一年一度的中国东西部合作与投资贸易洽谈会，是一次东西部以中译外为主题的高端论坛。来自北京、天津、上海、广东、江苏、河北、山西、湖北、湖南、四川、广西、云南、江西、重庆、甘肃、宁夏、青海、内蒙古、新疆等20多个省区市及美国的近百名中外专家、作家、学者共同探讨我国中译外事业的发展之路。本次论坛上，陕西推出了SLOT计划，即“陕西文学海外翻译计划”，由省作协和省译协联合打造“中译英”精品，将陕西20位著名作家的短篇小说代表作首先译成英文。9月同时在国内外出版发行，作为国庆60周年的献礼。这是陕西省第一次有组织、有计划地将中国优秀文学作品集中翻译，并在海外出版。

4月11日至12日，“第二届法国现当代文学与翻译国际研讨会”在西安外国语大学隆重举行。共有来自法国里昂高师、法国普罗旺斯大学，中国南京大学、外交学院、苏州大学、北京第二外国语学院等国内外近二十名学者和专家受邀参加了本次研讨会。本次研讨会共进行了四场会议，共有参会的16名代表在会议上发言，各位发言的代表对法国现当代文学与翻译理论进行了深入的探讨。来自法国里昂高师的J. M. Glaize和Eric Dayre教授、法国普罗旺斯大学Joëlle Glaize教授均做了精彩的主题发言。中国法语教学研究会副会长刘成富教授的《20世纪法国“反文学”的得与失》，苏州大学外国语学院法语系刘娟老师的《神圣的疯狂——读波兰，〈言语炼金术〉》，西安外国语大学法语教师张鸿的《女性自由的悖论》、宋敏生的《艺术家的使命——论纪德的自我书写》等发言博得一致赞同。

4月17日，“诗人的春天在中国——中法诗人座谈会”在首都师范大学国际文化大厦隆重举行。会议由首都师范大学中国诗歌研究中心主办，出席会议的有法国诗人安娜·波尔蒂加尔，中国诗人潇潇、楚天舒，中国人民大学王以培副教授，首都师范大学比较文学与世界文学系李冰梅教授，以及中国诗歌研究中心吴思敬教授和孙晓娅副教授，另有首都师范大学文学院多名博士生、硕士生和本科生参加了会议。

4月18日至20日，“2009文学之路——德国古典文学与中国”国际学术研讨会在上海外国语大学召开。此次会议系《文学之路》（中德语言文学文化研究年刊）第十届年会，由上海外国语大学德语系承办。来自德国、瑞士和我国日耳曼学界的专家学者与上外德语专业的硕士、博士研究生计70余人与会。研讨主题包括：德国古典时期文学的概念、特征与发生机制；歌德的美学方案、教育思想、自然科学研究成就，其传记因素与文学创作间的关系；歌德在其他作家文本中的接受和在中国的译介；席勒的人格因素、美学理想、和谐认识及其与孔子和老庄学说框架内之和谐理解的异同；荷尔德林的接受问题；启蒙时期诗人普菲弗尔对中国寓言作品的接受及其意义等。其他讨论对象涉及：洪堡特语言哲学在中国的接受和认知视角下专业交流中的术语学问题等。研讨会期间，共安排有4场大会主旨报告，分别是：“席勒的个性”（报告人：《文学之路》第一主编北京大学张玉书教授），“前古典时期作家莱辛及其在接受中的形象”（报告人：慕尼黑大学Prof. Dr. Friedrich Vollhardt），“普菲弗尔所接受的中国寓言与其伦理学所受的相关影响”（报告人：上外德语系卫茂平教授），“歌德与交游中的‘行动法则’”（报告人：费希特大学Prof. Dr. Markus Fauser）。

4月25日至27日，50余位中外学者前在北京出席了“歌德——席勒国际学术研讨会——暨纪念德国伟大诗人歌德诞生260周年、伟大戏剧家席勒诞生250周年学术研讨会”。此次研讨会的主题为“文化史视域里的歌德、席勒及德国古典时代”，研讨的主要问题有“民族精神与历史语境”“麦斯特与浮士德”“比较视域与世界理念”“科学精神与思维模式”“歌德、席勒在中国的接受”“艺术世界与美学精神”，及文学、音乐、绘画、戏剧和科学。魏玛国际歌德学会会长约翰·戈尔茨（Jochen Golz）博士、中国歌德学会会长叶廷芳和北京大学教授范大灿作了主题演讲，题目分别是：《歌德诗歌中民族文化与世界文化的关系》、《他们共同铸造着一个大写的现代人》和《文化民族还是民族文化：18世纪末的德国文学登上顶峰的原因解释》，华中师范大学的张玉能教授在随后的报告中探讨了席勒美学对于当代世界和中国的理论意义和当代价值。在主题演讲之后，会议按6个不同的议题展开讨论。“民族精神与历史语境”议题下的讨论中有沃尔夫冈·里德尔（Wolfgang Riedel）教授的《“体系”抑或“混乱”？——作为历史思考者的席勒》、刘皓明教授的《荷尔德林与歌德和席勒》等报告；在“麦斯特与浮士德”议题下，冯亚琳、韩瑞祥、吴建广、谷裕等专家学者分别就《威廉·麦斯特的学习时代》和《浮士德》的具体文本做了各自角度的阐释与解读；在“比较视域与世界理念”议题下，印度歌德学会会长Anil Bhatti博士、黄凤祝教授、印芝虹教授、罗炜、叶隽等专家学者分别从歌德与文学冒险、经典作家的身后荣誉、席勒和儒家、席勒的古典图镜观及其中国资源等角度做了发言；在“科学精神与思维模式”议题下，方在庆、莫光华、贺骥等学者分别探讨了歌德的《颜色论》等自然科学研究和歌德的天才观；在“歌德、席勒在中国的接受”议题下发言的有顾正祥、方厚升、袁志英、董健等专家学者；“艺术世界与美学精神”议题下的讨论主题多样，分别涉及歌德、席勒对表演艺术的论述、《浮士德》及《图兰朵》在中国的戏剧改编、歌德的绘画艺术、贝多芬的歌德歌曲等。这些角度多样的广泛讨论无疑将会为专家学者们今后的研究和思考提供很多富有价值的参考和启发。

4月29日至5月1日，台湾艺术大学召开“2009挪威剧作家易卜生（Henrik Ibsen）国际学术研讨会”，法国法宫旭大学、英国Aberystwyth University、美国学者以及岛内知名专家列席，分享对于作品理论、著述与实务经验的研究成果，并探讨现今剧场之易卜生作品创作之相关问题及其发展趋势。

5月：

5月7日至8日，中国外国文学学会印度文学研究分会第十三届年会暨“印度文学与文化”学术研讨会在历史文化名城洛阳隆重召开。此次会议由洛阳解放军外国语学院承办，来自国内诸多著名院校和研究机构的40余位学者、专家济济一堂，围绕印度文学经典翻译、中印文学比较、印度宗教与文化研究等中心议题展开了广泛而深入的讨论。会上有20余位专家学者就国内印度学研究领域的热点话题作了主题发言。在文学研究和翻译方面，黄宝生先生就近期的教学和翻译工作做了简要汇报；深圳大学郁龙余教授对徐梵澄先生的印度文学哲学汉译进行了评述，对我们构建本学科史颇有启发；中国国际广播电台的白开元译审畅谈了自己根据孟加拉语翻译泰戈尔《园丁集》的深刻体会；解放军外国语学院的王宗教授对尼泊尔文学的兴起和发展作了简要阐述，认为尼泊尔文学发源于印度文学，印度文学是尼泊尔文学成长的沃土；解放军国际关系学院的戈富平教授对印地语贱民文学作了界说和介绍；解放军外国语学院的邓兵教授则对印地语小说《虚假的事实》和《黑暗》作了全面细致的比较分析。印度英语文学也成为本次会议的重点议题之一。颜智强教授认为，印度英语文学的自觉始于20世纪30年代而非独立后，以30年代为界，印度英语文学作家的本土性和专业化程度都有所增强；石海军教授作了题为《后殖民印英文学之间》的发言，就东西方之间复杂的文化互动关系作了独到而深入的剖析。在印度宗教与文化方面，北京大学姜景奎教授探讨了印度教的分期问题，认为印度教分期与社会历史发展和种姓制度变迁紧密相关；刘曙雄教授从人口和语言两个层面分析了南亚伊斯兰文化的现代性；中国社会科学院李南研究员就无首女神的传说和故事起源进行了深入探究；王燕教授则从黄河小浪底“云话”的创始故事中透视出印度文化元素的影响。天津师范大学孟昭毅教授通过对印度《爱经》的研究，认为该书体现了深刻的人文精神，是一部人情味十足，兼具平等自由和自然喜乐思想的作品。此外，本次会议的一大亮点便是对印度文学文化研究方法沦的热切关注。社科院亚太所的刘建研究员提出：在研究印度文学与文化时，应充分重视印度思想家著述对我们的启示，从而使我们的研究得以深入。在这方面，也有学者另辟蹊径，以独特的视角探讨了印度文化文学的相关问题，如青岛大学的侯传文教授认为，将印度古代文化和文学经典放置在生态文明的视域中进行解读，可以发掘出其中被遮蔽的价值和意义；西北大学的梅晓云教授则强调文本细读对研究印度文学研究的重要意义；四川大学尹锡南教授就 20 世纪以来印度的梵语诗学译介研究和比较诗学的发展作了简要概述，为我们了解该领域的国际研究现状提供了丰富的资料。

5 月 7 日至 10 日，由全国英国文学学会主办、河南大学承办的“全国英国文学学会第七届年会暨学术研讨会”在开封的河南大学举行。来自全国各地 102 所高校、科研院所、出版单位的两百多位代表出席了本次会议。针对大会主题“中国视野下的英国文学”的发言有河南大学外语学院高继海教授的《福柯〈古典时代疯狂史〉的写作与接受》、中国人民大学外国语学院和文学院陈世丹教授的《论福尔斯小说〈法国中尉的女人〉中排比构成的特殊文体结构》、南京大学外国文学研究所杨金才教授的《当代英国小说的核心主题与创作走向》、复旦大学外文学院张冲教授的《莎士比亚：语境化及其教学意义》。会上按照五大研究类别（英国小说；英国戏剧、诗歌、散文；英国文学史、文化史；英国文论、批评、文艺美学；英国文学、文化与跨学科研究）的分组原则，所有按时提交论文的与会代表分为三十个研讨组，在各组主持人的主持下进行小组学术研讨。会议还讨论并通过了新增选的副会长、常务理事及常务理事单位名单，宣布 2010 年将在武汉大学召开专题研讨会，2011 年将在西南大学召开第八届年会。

5 月 12 日，德国博世基金会和柏林文学促进会共同举办的“‘面对面’——德语文学在中国”中国巡回活动进入南京站。德国著名作家 Marcel Bayer、批评家 Jörg Magenau、著名翻译教学家和汉学家 Ulrich Kautz 走进南京大学德语系，从上午 10 点到下午 5 点，共作了三场报告，介绍德国当代文学和作家研究以及中国文学的德译情况，与德语系师生进行了面对面的交流。

5 月 18 日至 19 日，在挪威王国驻中华人民共和国大使馆的支持下，华中师范大学文学院、挪威奥斯陆大学易卜生研究中心、襄樊学院和《外国文学研究》杂志在武汉华中师范大学联合主办了“绿色易卜生”国际学术研讨会。来自挪威、韩国和中国的 100 余名专家学者，以生态批评为视角探讨易卜生作品的意义与价值，体味“绿色”的易卜生。会上，来自挪威奥斯陆大学易卜生研究中心的前主任、易卜生研究权威布莱恩希尔兹沃（Knut Brynhildsvoll）教授首先作了题为“为什么说易卜生是生态主义者”的主题发言，我国著名易卜生研究专家、华中师范大学王忠祥先生的发言题目为“绿色之思·道德之艺——易卜生戏剧《野鸭》的现代阐释”，来自挪威卑尔根大学的裘内兰德（Eivind Tjønneland）教授发言“易卜生和达尔文”，韩国成均馆大学的李圣敏副教授发言“构建多元一体的审美：自然、女性、《培尔·金特》和生态批评”，广东外语外贸大学刘岩教授以“建还是不建——建筑大师的道德困”为题做了发言，奥斯陆大学雷克德尔（Anne Marie Rekdal）教授发言“多色彩的易卜生”，韩国建国大学金锺甲教授做了题为“脱离现实的解构自然：《野鸭》中的理想”的发言，南京晓庄学院杨迎平教授以比较文学流传学视角探讨了易卜生在中国的早期传播，又以影响学视角探讨了易卜生对中国现代戏剧发展的影响，中国人民大学博士生导师陈世丹教授也分析了《人民公敌》的生态伦理价值，湖北黄冈师范学院的谢岚岚副教授运用生态批评分析了《约翰·盖博吕尔·博克曼》，江苏大学吴庆宏副教授的发言从生态女性主义入手，湖南大学的王娟同学和华中师范大学的安安同学则选择了生态女性主义视角，分别解读了易卜生戏剧《玩偶之家》和《海尔格伦的海盗》，湖南科技学院的王远年副教授解读了《海尔格伦的海盗》，武汉大学哲学学院的汪余礼博士发言的题目是“易卜生晚期戏剧中的生态智慧”，从哲学和宗教视角审视了易卜生的生态观，江苏大学外国语学院的万雪梅老师针对汪余礼博士发言中提到的“工具主义世界观”发问并进行了交流，四川外语学院姜小卫博士以“绿色易卜生：‘人民公敌’的社会良知与责任”为题目发言，来自马来西亚的林宛莹以易卜生戏剧《海上夫人》为个案研究，阐释了易卜生的和谐自然观，江汉大学彭松乔教授做了“人本生态观——易卜生生态思想的核心理念”的发言，上海大学的俞建村副教授的发言对“生态”一词的界定进行了审视，南京晓庄学院的张春蕾教授在“对人的自然本性的诉求和捍卫——《人民公敌》的生态批评”的发言中，倡导人对其自然本性的复归，江苏大学万雪梅老师发言就易卜生《玩偶之家》中的娜拉的出走与美国女作家凯特·肖邦的小说《觉醒》中的女主人公埃德娜投身大海的结局进行了比较研究，并从生态角度对两位女主人公的人生选择进行了反思。

5月22日至23日，在上海外国语大学举办了题为“中国英美文学教学与研究30年”的英美文学国际研讨会。本次会议由上海外国语大学英语学院主办、文学研究院和英美文学研究中心承办，与会成员包括中国、英国、美国、伊朗、新加坡等国的两百多位学者。有十名国内外著名学者做了主题发言，小组发言内容涵盖英美文学领域里的文学理论、生态批评、女权批评、比较文学、美国小说、英国小说、族裔文学、文学教学、诗歌研究、戏剧研究等方面。议题包括中国英美文学教学与研究30年回顾、中国现代化与英美文学、中国英美文学史研究与编撰、英美文学名家名作研究、文学理论与批评的热点问题、中国文化与英美文学、英美文学教学研究。

5月29日下午，乌克兰驻华大使馆在一楼大厅举办纪念果戈理诞辰200周年圆桌会议，来自各高校、中国社会科学院、报社、出版社、欧美同学会等单位的30余人参加了此次会议。北京大学外国语学院俄语系李明滨教授、刘洪波副教授，北京师范大学教授蓝英年、夏忠宪、李正荣，西安外国语大学教授温玉霞，人民文学出版社温哲仙博士，商务印书馆冯华英博士等出席大会并发言。

5月29日至31日，由中国社会科学院文学研究所理论室、河北大学文学院共同主办的“多元文化中的中国美学”学术研讨会，在河北省保定市河北大学举行，来自中国社会科学院文学研究所、哲学研究所、外国文学研究所、北京师范大学、河北大学、中国艺术研究院、中国人民大学、北京第二外国语大学等单位的近40名学者参加了此次会议。会议开幕式由河北大学文学院院长田建民主持，河北大学校领导哈明虎、中国社会科学院文学研究所副所长党圣元、文学研究所理论室主任高建平分别致辞。与会学者围绕着“多元文化中的中国美学”这一主题展开了热烈研讨，议题主要集中在中国美学发展历程的回顾与展望、中国美学发展中的本土化与全球化问题、美学的边界与美的本质问题、马克思主义美学问题以及中国美学研究的其他问题等方面。

6 月：

6 月 4 日，我国著名翻译家、中国译协名誉理事、中国外文局资深外语专家、原《中国建设》（现为《今日中国》）副总编辑沈苏儒因病在北京去世，享年 90 岁。沈苏儒曾任中国翻译工作者协会第一届理事会理事、中国翻译协会第五届理事会名誉理事、全国翻译专业资格（水平）考试专家委员会顾问，于 2002 年被中国译协授予资深翻译家荣誉称号。

6 月 10 日，华东师范大学外国文学与比较文学研究所召开了“文学经典的重释与普及”研讨会，出席会议的有国内业界学者与上海辞书出版社的领导和编辑，以及该所 60 多名师生。郑克鲁、谢天振、孙景尧、杨乃乔、朱振武等知名学者做了精彩发言，普遍意识到文学经典在当代面临的困境，强调了经典对于当代人的意义。

6 月 13 日至 14 日，首届中国“现代主义与东方文化”研讨会在杭州西湖边的三台山庄成功举办。本次会议由浙江大学外语学院英语文学研究所、美国新奥尔良大学文学院、《外国文学》编辑部、浙江省外文学会、浙江省翻译协会联袂主办。继 1996 年在耶鲁大学召开的“现代主义与东方文化”国际学术研讨会和 2004 年在剑桥大学举办的相同议题的国际研讨会之后，本次会议作为国内首届以及 2010 年现代主义和东方文化国际研讨会的预演，吸引了来自中美 28 个高等院校和研究机构的约 76 位专家、学者，其中 28 位宣读了论文。其中，美国新奥尔良大学文学院教授、浙江大学现代主义研究中心主任钱兆明教授以“现代主义与中国文化：美国现代派诗人与他们的杭州合作者”为题，以人量第一手研究材料，阐述了美国现代派诗人从他们的中国朋友与合作者那里受到的深入影响；中国人民大学的孙宏教授从学术界对庞德翻译中国古典诗歌褒贬不一的评价出发，认为庞德虽然对英国诗歌虽有许多误读，但更多的是对原作的重构，力图传达中国诗歌的神韵，并由此倡导一种“新的学术方法”；浙江大学的张德明教授通过分析卡夫卡的短篇小说《中国长城建造时》，引导听众从他者的角度出发，对自己身处的社会体制、文化境遇和存在状况进行反思和追问；中山大学的区鉷教授以细致的文本解读，介绍了英国诗人蒲龄思的诗歌特点和中国诗意；浙江大学的高奋教授从中西诗学观照的角度，解读了伍尔夫的“现实观”，指出其与中国传统诗学精神的内在会通；浙江大学的范捷平教授、张剑教授和美国普渡大学的林立丹教授接着发表了主题演讲。浙江大学的范捷平教授以德语现代文学中德布林和瓦尔泽的中国题材文学文本为例，探讨了文学面具的现代性问题；北京外国语大学的张剑教授分析了《荒原》和《四个四重奏》中的佛教印度教思想，指出了艾略特宗教立场的转变；美国普渡大学的林立丹教授和与会学者们分享了她在塞缪尔·贝克特和中国音乐的关系方面的研究成果。讨论会上，学者们分别围绕庞德、现代主义诗歌、现代主义小说、现代主义文论与东方文化的关系展开论述与讨论，内容涉及多个现代主义文学流派的 20 位作家和诗人，涵盖哲学、宗教、音乐、美术、文学、文化等领域。

6月14日至20日，第十二届国际易卜生年会于上海复旦大学召开，此次年会的中心议题为“跨文化的易卜生”（Ibsen Across Cultures），旨在讨论易卜生作品（文本与表演）在不同文化中的研究和传播，交流从不同文化视角研究和改编易卜生作品的成果。共有来自挪威、美国、加拿大、英国、法国、瑞典、俄罗斯、日本等国家的约70位学者和戏剧界人士参加本次大会。此次年会共收到论文90篇，其中有18篇来自国内，包括《易卜生与中国文化的构建》《易卜生的戏剧和思想：在印度文本下的多重表现》等。此次会议是第一次在亚洲地区举行的国际易卜生年会。

6月15日至24日，以色列举办“赫尔曼·麦尔维尔与地中海”国际学术研讨会。南京大学外国语学院英语系的杨金才教授参加了大会并并作了题为“中国学术视野下的赫尔曼·麦尔维尔”（Critical Reception of Herman Melville in China）的大会发言。

6月16日至18日，外国语言文化和宁波国际化发展战略研究中心在宁波举行“海洋文学和人类核心价值观研究”课题工作会议。外文所党委书记、副所长陆建德研究员和外文所所长、研究中心主任陈众议研究员先后为宁波大学外院师生们做了题为“略论康拉德的海洋小说”和“从西葡古典文学看西方霸权的文化先行策略”的精彩的学术讲座。

6月19日至21日，“2009亚裔美国文学研讨会”在北京中协宾馆隆重召开。此次研讨会由中央民族大学外国语学院、北京外国语大学英语学院华裔美国文学研究中心、北京语言大学外国语学院共同主办，会议的主题为“新世纪的亚裔美国文学”。此次会议云集了来自美国、中国台湾、中国香港和中国大陆的50余位专家学者，包括来自台湾的李有成教授、单德兴教授、冯品佳教授等人，大陆老一代亚裔美国文学研究的拓荒者吴冰教授、张子清教授等人，以及来自美国名校的张敬珏教授、凌津奇教授、俞宁教授等参加了此次盛会。美国加州大学洛杉矶分校的张敬珏教授、北京外国语大学的吴冰教授、中央民族大学的郭英剑教授、北京语言大学的陆薇教授在大会上做了主旨发言。陆薇教授的题为“亚裔美国文学的格特叙事研究”的发言引起了国内外与会者的浓厚兴趣和《文艺报》等媒体的关注与报道。会上，来自两岸三地的学者们就亚裔美国文学的多个议题进行了深入的讨论，小组讨论分专门的作家研究、作品研究、理论研究、比较研究、教学研究等，在文类上涵盖了小说、戏剧、诗歌、传记、理论著作等，议题具有很强的前沿性，代表了亚裔美国文学国际研究的最高水平。

6月19日至22日，中国外国文学学会第十届年会于杭州召开。此次会议由浙江大学外国语言文化与国际交流学院承办，会议的中心议题为“外国文学研究60年”。来自中国社会科学院、北京大学、清华大学、北京外国语大学、浙江大学、南京大学、东北师范大学、北京语言大学、四川外语学院、人民文学出版社等五十多家高等院校、研究机构和出版社的一百二十余名专家学者出席了会议，提交学术论文八十多篇。大会发言中，殷企平教授结合19世纪英国转型时期的文化背景，解读了英国作家莫里斯的小说《来自乌有乡的消息》；华中师范大学聂珍钊教授以伦理禁忌为出发点，根据细腻的文本分析，剖析了哈姆雷特的弑母意识与两难选择；社科院外文所陆建德研究员的发言纵横捭阖，从《读书》杂志1982年的一篇文章《从特罗洛普想到的》谈起，回顾了建国六十年来外国文学的译介和研究，提出了如何在研究中体现我们特殊的问题意识和社会关怀；浙江工商大学蒋承勇教授从当下的背景出发，反思了外国文学史教材编写中的人文传统；东北师范大学刘建军教授生动地论述了文化发展中的三大冲突：人文理性和工具理性的冲突、角色与身份的冲突、个体价值与普世价值的冲突；北京语言大学宁一中教授做了题为《比彻家族与美国文化记忆》的发言，指出人才辈出的比彻家族在宗教、政治、文艺、妇女运动和教育等领域对美国文化发展的重要影响。此外，北京大学申丹教授、清华大学王宁教授、浙江大学范捷平教授、社科院外文所吴岳添研究员、南京师范大学汪介之教授分别做了《叙事学研究的回顾与前瞻》《世界文学的形成及翻译的干预作用》《文化学转向中的中国学者主体意识》《法国文学六十年》《俄罗斯文学史构建的若干问题》的发言。年会的12场分组会议上，与会的专家学者围绕英国文学、美国文学、欧洲文学、翻译研究、60年外国文学研究、理论研究、亚非文学、比较文学、俄罗斯文学、文学史等议题作了发言，展开了热烈的讨论。中国外国文学学会还投票增补了四位理事，分别为浙江大学殷企平教授、宁波大学段汉武教授、上海大学朱振武教授、南昌大学刘婷教授。

7月：

7月7日至10日，由国际翻译与跨文化研究学会（IATIS）主办、澳大利亚Monash大学承办的第三届国际翻译研讨会在墨尔本召开，会议的主题是“Mediation and Conflict: Language and Culture in a Global Context”（调停与冲突：全球环境下的语言与文化）。来自70多个国家和地区200多所高校和研究机构的248名代表到会，就当今世界的译介理论与实践问题展开讨论，几家国际知名的语言和翻译专业出版社赞助并派代表参加了会议。会议探讨的问题牵涉面很广，按照类别，有文学翻译、影视翻译、自译、口译、法律翻译、新闻口笔译等；按照内容，有儿童语言翻译、翻译中的审查、全球市场中的“小”语种、影视文本中的冲突调停、翻译的技术冲突、宗教调停、笔译与口译过程的认知研究、翻译教育的语境、翻译与化解冲突、早期译本与现代理解、全球环境下的口译培训、跨文化旅游和国际营销，以及太平洋地区文学翻译研究。这次会议对中国的特别关注是前所未有的。会议特别设立了“翻译与中国现代性的形成”专题组，由清华大学罗选民博士主持。这是大会唯一的国别翻译研究专题组，组内发言者包括来自中国的学者和来自其他国家的中国研究学者，其中大陆有4位学者（罗选民、李养龙、王建新和赵文静）到会并发言。中国香港学者做第一场主题发言，题目是“对激进主义的再思考：晚清时期（1840—1911）翻译的权力与动力”。

7月10日至12日，由华中师范大学出版社、华中师范大学文学院与《外国文学研究》杂志联合主办的“外国文学教学改革与教材建设”学术研讨会在武汉隆重举行。来自全国六十多所高校的百余名专家学者出席了会议。华中师范大学文学院王忠祥教授以“外国文学教材建设的回顾和前瞻——建构中国特色的外国文学史的新范式”为题发表演讲，认为21世纪以来我国的外国文学史研究和编写成果丰硕，但也存在诸多问题：一是众多外国文学史教材有同水平的重复；二是联系中国文学不够，无法做到中西贯通；三是偏重西方文学忽视东方文学现象严重；四是外国文学的教学形式与方法有待进一步改善；五是外国文学教研人才流失严重。汪介之教授作了题为“国内外文学史教材编撰中的若干问题”的发言，重点对朱维之教授主编的《外国文学史》（南开大学出版社 1985 年版）和郑克鲁教授主编的《外国文学史》（高等教育出版社 1999 年版）进行了具体的分析，指出这两部教材存在四大问题：第一，史的意识比较淡薄，缺乏对艺术形式及其演变的描述；第二，宏大叙事倾向，把文学史写成“主义”更替史；第三，庸俗社会学的倾向尚未完全清除；第四，个别细节问题，如对古罗马神话的忽略等。汪教授进而阐述自己关于文学史编写的观点。北京师范大学刘洪涛教授的发言题目是“中国的世界文学史写作与世界文学观”，认为中国学者从 1927 年撰述世界文学通史类著作至今，在以下四个方面积累了经验：一，在世界文学史著述中，本国文学应该缺席还是包含其中？如果包含其中，如何给予它适当的地位？中国学者对这一困扰学界的问题提供了有价值的答案。二，中国学者强调东西方文学的二元对立，以及东方文学对世界文学的贡献。三，在世界文学史动力理论的探讨上，中国学者提供了阶级论、人性论、世界主义三种有价值的模式。四，中国学者撰述的世界文学史，其构成因素基本上只取那些在国别文学中享有世界声誉的优秀作品，而国际间对此却有更丰富、深入的探索。聂珍钊教授作了以“外国文学课程与《外国文学史》教材建设的思考”为题的重点发言，他首先对“课程”和“教材”进行了界定，在此基础上阐述了教材与课程、教材与教师、教材与学生之间的关系，继而针对外国文学教材的现状与不足，提出了新编《外国文学史》的方案，指出外国文学教材的主要价值在于全面提供外国文学课程的丰富信息，帮助学习者建立系统完整的外国文学知识结构，从宏观上了解整体外国文学发展的历史过程，总结整体外国文学的发展规律及其特点，从微观上认识一个国家、一个时代、一个作家的文学创作，并给予恰当的评价，并据此批评我国大多数外国文学史编成了教师授课用的讲义，形成了“三突出”模式：概述 + 作家 + 代表作品，其结果是将复杂的文学现象简单化，将多样性文学单一化。揭示了我国外国文学史编写中存在的知识结构不完整、东西方文学相互割裂、文史不分、忽视资源建设四大问题，进而提出自己的解决方案。华中师大出版社编辑部主任曾巍作了“关于策划出版外国文学史教材的构想”的发言，认为新的教材构想借鉴了西方国家的经验，突出了知识的系统性，体现了以生为本的理念，能充分满足学生的需要。与会代表结合自己的教改实践，指出了目前外国文学教材存在的问题，并对新世纪外国文学教材编写提出了诸多有益的建议。

7 月 11 日，中国学术界的两位泰斗——任继愈先生、季羡林先生先后在北京因病去世。任继愈先生生前为国家图书馆名誉馆长，是著名哲学家、宗教学家、历史学家、新中国宗教学研究奠基者，对中国哲学、宗教学、历史学、图书馆学等多学科的创立和建设做出了重大贡献；季羡林先生生前为北京大学资深教授，是国际著名东方学家、印度学家、梵语语言学家、文学翻译家、教育家，在语言学、文化学、历史学、佛教学、印度学和比较文学等方面建树卓著。

7 月 17 日至 19 日，南京大学外国语学院与美国加州大学洛杉矶分校（UCLA）亚美研究系共同主办、译林出版社协办的“2009 美国华裔文学国际研讨会”在南京大学召开，美国族裔文学研究学者 Evelyn Hu-DeHart、张敬珏、凌津奇，美国华裔诗人梁志英、林永得，中国台湾美国文学研究专家单德兴、李有成，韩国东国大学 Rho Heon-gyun，国内华裔研究学者王宁、张子清、程爱民、赵文书、李建波、李贵苍等参加了研讨会等海内外100多位学者、作家与会，会议主题为“文化·语境·读者”，下设7个议题：1.“全球、本土与离散”，2.“记忆与历史”，3.“身体与欲望”，4.“叙事还是纪实”，5.“文化挪用与翻译”，6.“族裔互涉关系”，7.“美国华裔文学中的读者及其他问题”。张敬珏、凌津奇、王宁、Hu-DeHart、赵文书先后作了大会主题发言。代表们围绕研讨会的中心议题就本土与离散、记忆与历史、身体与欲望、自传与小说、叙事与纪实、中国在美国华裔文学中的形象、文学与媒体的交叉、文化挪用与翻译、族裔互涉关系、美国华裔文学教学中的读者与听众等问题，展开了自由而热烈的学术交流与讨论。

7月20日至24日，由南京大学《当代外国文学》编辑部主办、哈尔滨工业大学（威海）外国语学院承办的“2009年当代外国文学学术研讨会”在山东威海举行。来自全国88个科研、教学及出版单位的150余位代表出席了会议。本次研讨会以20世纪获得诺贝尔文学奖的作家作品为主要研究对象，探讨其特有的文学观念、艺术品格及创作规律等，同时也包括当代外国文学研究的其他议题。在诺贝尔文学奖这个大题目的统辖下，涉及东西方各国的作家作品研究，除了英、美、法、德、俄等荣获诺贝尔文学奖作家外，还广泛地涉猎了南非、土耳其、日本等获奖作家，对其他议题的研究主要围绕英语小说、戏剧和诗歌作品展开。发表的论文包括：南京大学外国语学院刘海平教授的《诺贝尔文学奖与美国文学》，苏州大学外国语学院王腊宝教授的《帕特里克·怀特与当代澳大利亚文学批评》，福建师范大学外国语学院王丽丽教授的《后“房间里的安琪儿”时代：从房间意象看莱辛作品的跨文化意义》，扬州大学外国语学院张海榕之的《刘易斯小说的地理景观叙事与文化情感结构》，上海大学英美文学研究中心朱振武教授的《威廉·福克纳国内研究卅载回眸》，南京大学外国语学院张新木教授的《勒克莱齐奥小说〈蒙多〉的语义构建》，东北师范大学文学院刘建军教授的《当代文化发展趋势与西方文学走向》等。发表的演讲包括：上海外国语大学文学研究院周敏的《流散身份认同　读奈保尔的〈世间之路〉》，南京大学外国语学院黄荭的《西蒙娜·德·波伏瓦在中国的译介历程》、朱雪峰的《论贝克特后期静态剧的时空结构》，等等。大会还从当代外国文学研究的历史、现实、主题、形式、文化体制、意识形态、批评遗产等方面进行了广泛交流，涌现出诸多令人耳目一新的观念和研究成果。

7月23日，上海市比较文学研究会主办“中韩著名作家刘震云、崔秀哲作品研讨会”在上海外国语大学高级翻译学院举行。两位作家亲临现场，面对面进行了对话问答，并就中韩文学的共性和差异表达了各自的认识。朴明爱、杨剑龙、郝雨等来自中韩高校和科研机构的十余名专家、学者、读者代表，以及《中华读书周报》《文汇报》等媒体记者，也在会上围绕两位作家作品展开了热烈研讨，形成了读者、评论家与作家三方之间生动高效的互动交流。

8月：

8月4日至7日，北京大学世界传记研究中心、黑龙江大学西语学院和中外传记文学研究会在黑龙江大学召开了黑龙江大学第十四届中外传记文学研究会年会“自传文学研究”会议。来自国内外高校、研究机构、出版社的60余名学者、创作者与会。这次会议的中心议题有：自传文学的定义、自传文学的形式、自传诗学、自传的叙事艺术、自传与虚构性文类的关系、自传家、自传名著、自传理论的研究。对跨文化传记写作的观照是这次研讨会的亮点。德国梅因兹古腾堡大学（Gutenberg University of Mainz）哲学与语文学院院长、跨文化研究中心主任霍农（Alfred Hornung）教授做了题为《跨文化传记写作》的主题发言。对类文本、亚自传叙事、自传性材料的互文关系、自传主体的虚构性、流变性的考察是研讨会的一大焦点。中外传记文学研究会副会长、对外经贸大学英语学院副院长许德金教授以雅各布斯（Harriet Jacobs）的《一个黑人女奴的生活往事》及汤亭亭的《女勇士》为例，聚焦其中的类文本叙事现象及其特征，并从叙事学的视角考察其独特的类文本叙事特点及其不可靠叙事之间的关系，为我国当代的自传叙事研究提供了新的视角。另外，南京国际关系学院二系的唐岫敏教授、北京大学德语系的胡蔚博士等与会专家、学者也都围绕着会议议题进行了深入细微的探讨和交流。

8月7日至9日，马来亚大学中文系、马大中文系毕业生协会与武汉大学文学院合办的“中国文学的传播与接受国际学术研讨会”，在吉隆坡顺利召开。与会89位学者来自中国、马来西亚、韩国、日本等国家和地区的46所大学。本次会议由武汉大学中国文学传播接受研究中心主任王兆鹏教授与马来亚大学中文系潘碧华博士共同组织筹划。集中探讨了以下问题：一，相关理论的建设及学术史的考察；二，对文学传播过程具体要素的考察；三，对经典作家、作品传播与接受的考察。陈文忠、王兆鹏、杜敏等学者作了发言。此次会议论文涉及的问题相当广泛，从时间跨度来说，上起先秦，下至当前，真正是“跨越时空”；从内容上说，不仅涉及传播诸层面的考察，也涉及理论建设问题；从方法上说，不仅有传统的方法，也出现了问卷调查、定量统计等跨学科的研究方法。

8月12日至14日，由清华大学外语系和亚洲研究中心联合主办的“翻译全球文化：走向跨学科的理论建构国际研讨会”在北京举行。来自各大洲十多个国家以及中国港澳台地区的近100位代表出席了本次研讨会。此次会议由国际文学理论学会秘书长、清华大学比较文学与文化研究中心主任王宁教授主持。包括国际文学理论学会主席、美国艺术与科学院院士、加州大学厄湾分校杰出教授J. Hillis Miller和美国艺术与科学院院士、华盛顿大学人文科学研究中心主任Gerald Early在内的一大批国际文化理论、翻译理论和比较文学研究领域的权威专家学者，同时还有《批评探索》等多家国际权威学术期刊的主编就精英文化及其产品、文化记忆、文化研究教学等问题进行了对话和讨论。本次会议的主题为“翻译全球文化”，对以往狭义的拘泥于语言间转换的“翻译”进行了重新定义，这种“文化翻译”实际上就是多元文化间的一种相互沟通和影响。在当今这个全球化的时代，英语的强势地位依然存在，但汉语的普及和中国文化的世界性特征已经日益显示出来，文化翻译也应该将其重点转向把中国文化的优秀产品翻译到全世界，而此次中美两校的“强强联合”正充分展示了全球化语境下的中西方学术交流和对话的力量。

8月15日，国际东方诗话学会第六次学术大会在延边大学开幕，主题为“历史文化视阈下的东方诗话”。来自韩国、日本、新加坡及中国香港、中国台湾的80多位学者参加了会议，和中国内地学者一起，围绕各国诗话作家作品、诗话的理论与内容、诗话比较研究进行了探讨与交流，并向大会提交了60余篇论文。延边大学研究生院院长蔡美花作了题为《朝鲜古代诗论的审美思维方式》的主题发言。

8 月 27 日至 28 日，由世界各国学者参与的郭沫若国际学会第一届国际会议在美国华盛顿 Jones Hopkins University 举行。与会学者来自中国、日本、韩国、美国、中国澳门、中国台湾。历时两天的会议上有 18 名学者发表了学术报告。会议讨论题目以“郭沫若与世界文学与文化”为大主题，子题分为：郭沫若的文学作品研究，郭沫若与国际关系问题研究，郭沫若生涯活动研究，郭沫若与中国历史研究，郭沫若与考古学研究，郭沫若与书法文字研究，国际性郭沫若研究动向。会上由中国学者蔡震先生、日本学者岩佐昌章教授、韩国学者朴宰雨教授、美国学者周海林博士分别介绍了各国的郭沫若研究状况。此次学会内容丰富，除文学研究外还有不少崭新的研究成果披露，其中，比较文学方面，日本郭沫若研究会会长岩佐昌暲先生发表了《日本郭沫若研究·介绍的九十年》；韩国外国语大学中文学院朴宰雨教授的发言题目是“韩国研究郭沫若的历史与动向考察——从《司春的女神歌》的翻译到《郭沫若的韩人题材作品研究》”；美国学者周海林发表了以“On the Reception of Upton Sinclair from Japan to China：A Route Through Chuangzao She “Creation Society”为题目的报告，特别触及 20 世纪 30 年代郭沫若通过日本接受和介绍美国文学的问题，提出了日本、中国、美国之间文学交流的课题；韩国学者金良守教授发表了《凝视“关东大地震”的三个视线郭沫若·李箕永·中岛敦》，围绕日本关东大地震期间日本作家中岛敦、中国作家郭沫若、韩国作家李箕永的作品进行了详细的分析和阐述；澳门大学的朱寿桐教授生动解说了他在郭沫若文学创作研究中发现的空域背景问题；郭沫若面对西方文化与中国文化所展现出来的复杂性成为参会者的关注焦点，来自美国俄亥俄州 Wesleyan 大学的陈小明教授以郭沫若为研究个案，针对郭沫若本人在五四时期对于传统儒道文化的取舍，对西方文化的吸纳程度等事实，讨论了五四运动与中国文化取向，进而探讨中国现代知识分子的身份问题；北京师范大学李怡教授发表了《欲望的生成与焦虑的克服——郭沫若的日本记忆及其文学史价值》；美国 Villanova 大学的周海林女士就“从日本到中国，通过创造社，对于辛克莱的接受路径”发表演讲。此次学术会议与迄今的学会不同之处还在于会议特设立了“青年学者优秀奖”和“优秀论文奖”。会议最后经评奖委员会的审评选出两名“青年学者优秀奖”得奖人，5 名“优秀论文奖”得奖者，由会长藤田梨那向得奖者颁赠了奖状和奖金。

8 月 29 日至 30 日，由“国立”台湾文学馆主办、“国立”台北教育大学台湾文化研究所承办的“第六届台湾文学研究生学术论文研讨会”在“国立”台北教育大学召开，国内外台湾文学相关研究所的博硕士班在学研究生前来参会。研讨会的主题是“台湾文学与历史、社会的对话”，研究台湾文学与历史话题、地理空间的关系。一方面，台湾大学甘炤文的《都市风景点线面：试论林耀德散文的“都市”意象——以〈一座城市的身世〉、〈迷宫零件〉、〈钢铁蝴蝶〉为中心》、彰师大陈鸿逸《历史语境下的生命剧场：一种凝视人生的视角——以黄克全的〈流自冬季血管的诗〉为探讨范畴》、成功大学曹世耘《空间、记忆、历史魅影——论〈巫言〉与〈看得见的鬼〉》等从文学史、文类史、思潮史的书写、文学经典的文化领导权争夺等方面探讨台湾文学的历史语境；另一方面，清华大学吴昱慧的《日治时期「南方」/“南方”的文学——以龙瑛宗为例》、国北教大潘为欣的《通译经验的转化——小野西洲土语小说〈罗福星之恋〉创作》、中正大学梁钧荃的《翻译、主体，在场与位移——论魏清德小说〈倾国恨〉》以及台湾师大王俐茹的《日本·台湾汉文人的交游网络及其拾遗?——以馆森鸿为个案》等则从台湾文学与世界文学的关系角度讨论台湾文学核心与边陲的依赖、家国与地方认同的纠葛、全球化与在地化的矛盾等空间议题。其后的“新世代论坛”研究生座谈会的主题是“台湾文学如何跨领域:方法、理论与研究趋势”,台湾师大陈慕真、“国立”政治大学蓝士博等人发表了相关论文。

9月:

9月3日至4日,由“中央”研究院中国文哲研究所、“行政院”国家科学委员会主办的“‘没有主义’?文本与语境脉络、思想与意识形态的交会”国际学术研讨会在台北召开。立志弥补中国大陆、中国台湾、日本、俄罗斯现当代文学比较与文化交流研究的不足,与会学者从文本(texts)与不同语境派络(contexts)的分析入手,进而探索思想(ideas)与意识形态(ideologies)交会下所产生的种种问题意识。

9月5日至8日,由香港中文大学联合书院、明报月刊、世界华文文学旅游联会和澳门中华文学艺术协会主办,香港作家联会合办,亚联公司和领汇管理有限公司赞助的第二届世界华文旅游文学国际学术研讨会在香港中文大学隆重召开。来自世界各地的三十多位专家学者参加了此次盛会,共同围绕主题“看山不是山,看水不是水”发表了各自的见解。大会由潘耀明与张双庆主持,复旦大学陈思和教授总结。

9月5日至13日,南京大学法语系黄荭副教授参加了国际杜拉斯学会和日本东北大学联合举办的“玛格丽特·杜拉斯的东方”国际研讨会,主持了一场主题为“Métaphysique(s)”的会议并作了“Marguerite Duras à l'épreuve de la Chine”的会议发言。

9月10日至11日,由台湾大学台湾文学所、哈佛燕京学社主办的“交界与游移:近现代东亚的文化传译与知识生产”国际学术研讨会在台北召开。来自欧洲、美国、日本、韩国、东南亚、中国台湾等地区的学者宣读了共二十篇会议论文,召开了“交界、游移、跨领域——哈燕社学人座谈会”与“重返《福尔摩沙》座谈会——苏维熊、吴坤煌及其时代”两次圆桌会议。

9月18日至21日,中国社会科学院外文所理论室、北京第二外国语学院俄罗斯语言文学系、北京第二外国语学院跨文化研究所联合在北京第二外国语学院联合举办了题为“外国文学理论六十年”学术研讨会,来自北京大学、复旦大学、南京大学、武汉大学、暨南大学、同济大学、北京外国语大学、四川外语学院、北京师范大学、华东师范大学、华中师范大学、东北师范大学、首都师范大学、中央民族大学、上海财经大学、北京第二外国语学院、中国社会科学院哲学所、世界历史所、文学研究所、外国文学研究所,及北京大学出版社、河南大学出版社、黑龙江人民出版社等国内著名机构的近80位专家、学者参加了会议。大会围绕中华人民共和国成立后外国文学理论的翻译、研究、教学、应用以及对中国的文化渗透、影响与转变、历史流变和时代趋势,做出了深入的回顾、总结与展望,代表们围绕“外国文论研究六十年的成绩与空间的拓展”“外国文论译介六十年的成果与当下的任务”“外国文论中国化探索实践中的经验与教训”“外国文论教学与教材建设六十年的经验与问题”“跨文化的文学理论研究的问题与前景”等议题展开讨论,法国巴黎国际哲学院研究员、同济大学欧洲文化研究院高宣扬教授，英美文论专家、北京外国语大学张中载教授，比较文论专家、北京师范大学外国语学院刘象愚教授，文学理论家、中国社会科学院外文所吴元迈研究员，德国文学专家、中国社会科学院外文所章国锋研究员，文论专家、北京师范大学王一川教授，中国社科院文学所高建平研究员，北京第二外国语学院王柯平教授，兰州大学张进教授，北京语言大学宁一中教授等学者纷纷作了报告。此外，大会还召开了“外国文论译介：问题与空间”圆桌座谈会，以及“外国文论与比较诗学”学术筹备小组会议，相关人员讨论了《文学理论的文化共性与个性——外国文论六十年反思》编写组稿事宜，与会的英、德、法、俄语文学理论专家为外国文论的译介、研究和教学建言献策。

9月21日至24日，南京大学许钧教授应邀参加韩国文学翻译院组织的“国际翻译家论坛”，作了题为“文学翻译再审思”的大会报告。

9月24日至26日，南京大学外国语学院许钧教授应邀参加韩国高丽大学的“翻译批评国际研讨会”，作了题为“多元文化语境下翻译的使命与批评”的大会报告。

9月24日至26日，由厦门大学、日本东北大学和北京鲁迅博物馆联合主办的“中日视野下的鲁迅”国际学术会议在厦门大学人文学院学术报告厅隆重召开。此次研讨会由厦门大学、日本东北大学和北京鲁迅博物馆联合主办。会议围绕“鲁迅与日本”“鲁迅与中国现当代文学”“性别视角下的鲁迅”等议题，分为“中日视野下的鲁迅”“鲁迅与日本”“鲁迅与外国文学”“鲁迅与中国新文化运动”“鲁迅与中国现代文学”“鲁迅与中国现当代文学”“性别视野下的鲁迅”等七场主题发言开展学术研讨、交流活动。来自日本、中国大陆、中国香港、中国台湾等海内外各大学术院校、机构的80余位学者、专家、教授出席了会议。同期日本东北大学还在厦门大学举办“鲁迅在仙台”图片展。图片展分为鲁迅留学日本时的仙台、鲁迅与仙台医学专门学校、鲁迅在仙台医学专门学校以及公寓的交友关系、幻灯事件、鲁迅“医学笔记”与藤野严九郎、卢原的藤野先生、鲁迅在仙台的史迹等七个专区，共展出各种珍贵图片150多张。其中，鲁迅在仙台医专教室所观看的幻灯片（现存15张），及藤野为鲁迅亲自批改的“医学笔记”影印件，是这次展览的核心内容。它们是了解鲁迅“弃医从文”的真正心理动因，鲁迅与藤野先生交往和深厚师生情谊，以及鲁迅与中日近代文化关系重要、珍贵的文献资料。

9月26日，由北京语言大学汉学研究所、斯洛文尼亚文化与教育协会、卢布尔雅那大学亚非系联合举办的“早期欧洲来华传教士与汉学研究”国际学术研讨会，在北京语言大学会议中心隆重召开。来自斯洛文尼亚、葡萄牙、美国、日本、波兰、中国澳门及中国内地各大学与机构的约70人参加了会议。本次研讨会的议题包括两个方面；一是欧洲各国赴华传教士研究，涉及欧洲各国传教士与中国文化及欧洲文化的关系、传教士与汉学之间的关系；二是有一场关于斯洛文尼亚传教士刘松龄的专题讨论。以卢布尔雅那大学亚非语系主任 Mitja Saje 教授为首的海外学者近年来与中国学术界及档案史料部门积极合作，对来华传教士刘松龄的生平活动及意义做了具有重大推进性的研究，此次会议上他们展示了自己的研究成果。其他几场讨论会广泛涉及早期欧洲诸国传教士的在华经历、传教士办学与汉语教育、传教士对各种双语词典的编纂、传教士对汉字与语法的研究、传教士的译文及双重译文理论、传教士在中国宫廷的生活与工作、传教士与明清政治的关系、传教士创作的中国小说，传教士的满语学习与满汉文本、传教士墓地与碑文等。

9月26日至27日，由中外文化比较研究中心和德语系共同举办的“德语文学中的文化记忆与民族价值观的形成”国际学术研讨会在四川外语学院召开。参加会议的有来自中、德、韩三国著名的学者，其中包括复旦大学、北京外国语大学、浙江大学、北京大学、上海外国语大学的知名专家教授，来自德国的参会者有乌珀塔尔大学的文化记忆研究专家 Astrid Erll 教授、柏林自由大学的 Feger 博士和 Schoor 博士以及开姆尼茨工大的 Osterheimer 博士，来自韩国的女子大学的李埈瑞教授，除此而外，还有多名博士和硕士研究生参加了研讨会并做了发言。

9月27日，“中华人民共和国成立六十年以来江苏省外国语言文学与翻译研究优秀成果奖”评选结果揭晓，刘海平、王守仁主编的《新编美国文学史》，许钧的《翻译论》，张柏然主编的《新时代英汉大词典》，陈嘉的《英国文学史》，陈敬咏的《当代苏联战争文学评论》，范存忠的《中国文化在启蒙时期的英国》，魏向清的《双语词典译义研究》获得特别贡献奖；王守仁的《心灵的舞台——19世纪英国诗剧研究》，朱希渝的《不合时宜的思想》，朱刚的《二十世纪西方文论》，刘海宁等翻译的《拉贝日记》，江宁康翻译的《西方正典——伟大作家和不朽作品》获得荣誉奖；王文宇、文秋芳的 *L1 use in the L2 Composing Process: An Exploratory Study of 16 Chinese EFL Writers Journal of Second Language Writing*，朱雪峰、刘海平的 *Euaene O'Neill as Traditional Chinese Theatre: Adapting Desire under the Elms*，刘华文的《汉诗英译的主体审美论》，何宁的《叶芝的现代性》，常玲玲的《德语句法现象对比研究》获得一等奖；刘云虹的《论翻译批评空间的构建》，陈民的《试析布莱希特笔下人物的多层次塑造》，张琦的《重返自我——论福柯的〈性经验史〉》，张俊翔的《当代报纸新闻体裁的言语结构》，高方的《文学生命的继承与拓展——〈不能承受的生命之轻〉汉译简评》获得二等奖；方红的《华裔经验与阈界艺术汤亭亭小说研究》，张辛仪的 *Formen und Funktionen der Intertextualitat in Erzahlwerken von Gunter Grass*，赵杨的《拉斯普京作品中的乡土情结与民族意识》，黄荭翻译的《解读杜拉斯》获得三等奖。

10月：

10月5日下午，在华中师范大学文学院《外国文学研究》编辑部会议室召开了“文学作品中的地理空间问题”专题研讨会。此次会议由《外国文学研究》与《诗歌月刊》副主编、华中师范大学文学院邹建军教授主持。出席此次研讨会的有：中南财经政法大学台港文学所所长古远清教授、华中科技大学文学院院长何锡章教授、长江文艺出版社编审赵国泰先生、湖北省作协原副主席与《诗歌月刊》执行主编谢克强先生、武汉出版社总编室主任邹德清先生、诗人与作家许雨浓先生、华中师范大学文学院张永健教授、华中师范大学文学院副院长张岩泉教授、华中师范大学文学院江少川教授、中南民族大学文学院杨秀芝副教授、中南民族大学文学院常芳博士、湖北经济学院王娜讲师、华中师范大学文学院王树福博士等。研讨会关注文学地理学的发展现状与趋势，围绕从地理空间角度研究文学的可能性，从地理空间角度研究文学的重要性，文学地理学与从前的作家作品之地理分布研究的区别，文学地理学与生态批评、环境批评、空间批评的区别，文学地理学作为一种批评方法而发挥作用的可行性，人文地理学与自然地理学研究能够为文学批评方法带来的影响，文学地理学研究能够为中国的比较文学学科的发展带来的影响，文学地理学的发展前景等问题展开讨论。

10月5日至9日，台湾中研院中国文学和哲学研究所在台北举办了“大江健三郎作品研讨会”。中国社会科学院外国文学研究所所长陈众议等一行六人应邀赴台出席此次研讨会。出席这次研讨会的还有来自中国艺术研究院、中研院文哲所和欧美研究所、政治大学、台湾大学、台东大学等科研机构和高校的学者，海峡两岸的知名作家、翻译家莫言、朱天文、刘慕沙、李欧梵等。会议特邀嘉宾中国社会科学院外文所“荣誉研究员”，诺贝尔文学奖获得者大江健三郎先生应邀与会并在开幕式上发表感言。外文所所长陈众议研究员、副所长陆建德研究员、外文所的日本文学研究专家，大江健三郎作品的中译本主要译者许金龙编审先后主持了会议讨论。陈众议、陆建德、许金龙以及《世界文学》主编余中先编审、外文所中北欧文学研究室副主任李永平研究员和外文所所长助理吴晓都研究员在会上分别作了做学术主题发言。

10月7日上午9时11分，马来西亚文坛耆老姚拓于吉隆坡班台医院病逝，享年88岁。

10月10日至11日，由北京第二外国语学院比较文学与跨文化研究所研究生会发起并主办的“跨文化视野下的浪漫主义全国研究生学术研讨会”在北京举行，吸引了来自北京大学、北京师范大学等13所高校的近六十名硕士、博士研究生，他们均携带论文前来参会，讨论内容覆盖了“欧美浪漫主义研究”“中国浪漫主义研究”“浪漫主义美学研究”“中西浪漫主义比较”“德国浪漫主义”等五个专题。

10月15日上午，意大利文学学会在京召开意大利悬疑推理小说座谈会。来自意大利的三位作家——姜卡罗·德卡塔尔多，皮埃罗·科拉普里科，布鲁诺·莫尔齐奥——与30多位中国翻译界、评论界和出版界人士进行了热烈的互动式对话。座谈会在幽默轻松的气氛中展开了广泛深入的探讨。出席座谈会的中方人士谈到中国的公案小说传统，意方作家认为这是推理小说的源头。双方由此展开对中意悬疑小说的异同进行比较。双方就文学与影视的关系进行了探讨，还对意大利悬疑作品进入中国市场的前景进行了种种预想和设计。

10月15日至16日，由洪建全教育文化基金会协办、台湾大学人文社会高等研究院和南京大学人文社会科学高级研究院联合举办的“近六十年海峡两岸人文社会科学研究的回顾与展望”学术研讨会在台湾大学举行，同时庆祝许倬云先生八十寿庆。其中与比较文学有关的是南京大学黄荭的发言《二十世纪法国文学在中国的译介历程：回顾与展望》。

10月16日，在中国与挪威建交55周年之际，以挪威当代著名作家拉格纳尔·霍夫兰德的代表作品《半夜飙车》《小熊小狗跑出来》，由湖南少年儿童出版社纳入“全球儿童文学典藏书系”推出为契机，由北京师范大学中国儿童文学研究中心、挪威驻华大使馆、中南传媒集团有限责任公司联合主办的“中挪儿童文学与青少年成长研讨会”在北师大文学院励耘学术报告厅隆重举行，论坛邀请了拉格纳尔夫妇与中国作家交流、研讨。文学院副院长刘洪涛教授、挪威驻华使馆文化参赞欧德琳女士、湖南少年儿童出版社总编辑谢清风致辞祝贺。中南传媒集团有限责任公司副总裁彭兆平、北京师范大学中国儿童文学研究中心主任王泉根主持会议。参加研讨会的有束沛德、金波、柳鸣九、石琴娥、樊发稼、刘勇、刘洪涛、王泉根、彭兆平、汤锐、谢清风、吴岩、陈晖、李东华、安武林、王林、舒伟等作家、评论家和出版人五十余人，以及首都新闻界《光明日报》《文艺报》《中国青年报》《中国新闻出版报》《北京日报》等二十多家报刊及新浪网、搜狐网、易网等媒体记者。研讨会上交流了中国和挪威儿童文学发展的现状，并就儿童文学的人文内涵与美学责任、现实性与幻想性、欧美与中国儿童文学比较等论题展开了研讨。

10月16日，由浙江大学德国学研究所冯黛绿教授发起的，由浙江大学和“国际孚希特万格研究组织”共同举办的“2009孚希特万格讨论会”在浙江大学外国语学院顺利召开。著名的文学翻译家，也是德国犹太小说家孚希特万格先生的孙侄，Drian Feuchtwanger先生，专程从英国赶来对他的祖舅和Feuchtwanger家庭做了精彩讲述。同时，德国学研究所目前的客座教授Ian Wallace教授也在报告中对孚希特万格的生平和作品作了介绍。其报告的核心部分围绕小说《奥普曼一家》而展开。

10月16日至18日，由全国马列文论研究会和江西师范大学文学院共同举办的“马克思主义与当代文艺批评学术研讨会”暨马克思文论研究会第26届年会在江西省南昌市江西师范大学文学院举行。这次年会的主题是“马克思主义与当代文艺批评”，分议题有：马克思主义文艺批评的当代发展、马克思主义与当代文艺批评原则与方法、评价标准与价值取向问题研究、马克思主义与当代文艺批评的其他具体问题研究和中国文艺理论与批评60年。来自中国社会科学院、江西师范大学、北京大学、中国人民大学、中国艺术研究院、华中师范大学、上海社会科学院、四川大学、内蒙古师范大学、湘潭大学、广西民族学院、黑龙江省社会科学院、湖南省社会科学院等高校和社会科学研究机构的专家学者出席了年会。马列文论研究会会长，中国社会科学院外国文学研究所荣誉学部委员吴元迈研究员在开幕式上致辞并作大会主题发言。外文所所长助理，研究会副秘书长吴晓都研究员也做了《列宁与文艺批评》的大会发言。同时在研究会理事会全体会议上，再次推选著名文论专家中国社会科学院名誉学部委员吴元迈先生为新一届研究会会长，推选外文所所长助理吴晓都研究员为研究会副秘书长。

10月17日，应北京外国语大学邀请，台湾地区政治大学外语学院院长于乃明教授率团来京访问。10月20日上午在社科院外国文学研究所进行了富有成效的学术交流。在座谈会上，陆建德书记和于乃明院长分别介绍了外文所和政治大学外语学院的概况以及双方与会学者的专业领域和学术成就，并就今后的学术交流拟定了《中国社会科学院外国文学研究所与政治大学外国语文学院学术交流与合作协议》。

10月17日至18日，由北京师范大学外文学院主办的“俄罗斯文学在中国的传播暨《俄罗斯文艺》创刊三十周学术研讨会”在北师大英东学术会堂隆重举行。莅临大会的嘉宾有中国俄罗斯研究会会长石南征研究员、俄罗斯驻华大使馆安娜女士、东北师范大学人文学院院长穆树源教授、齐齐哈尔大学李延龄教授、北京师范大学外文学院副院长王丽亚教授、北京师范大学国际与交流处肖凯副处长。出席研讨会的有来自全国各地的专家学者、人民网和其他媒体代表及曾在俄罗斯文艺编辑部（原苏联文学编辑部）

工作过的老师共90余人。会上总结了《俄罗斯文艺》三十年来在中俄交流上的重要作用，并举行了《我的俄罗斯记忆》征文大赛颁奖仪式。《俄罗斯文艺》前任主编吴泽霖教授主持了研讨会，章廷桦、顾蕴璞、张捷、蓝英年、李明滨和程正民等几位老一辈俄苏文学专家就《俄罗斯文艺》的创刊史和学术价值等问题在研讨会上作了主题发言，从不同视角对俄罗斯文学与文论在中国的传播与研究展开热烈讨论，集中探讨了“俄罗斯思想的文学传播”“俄罗斯文学在中国的传播”“俄罗斯文论在中国传播”“俄罗斯经典作家与中国”“我与《俄罗斯文艺》杂志的故事”等当前俄罗斯文学研究中的几个热点问题。

10月17日至19日，由华中师范大学《外国文学研究》杂志与浙江师范大学外国语学院联合举办，浙江师范大学外国语学院承办的“家园意识、种族政治与现当代英语文学的流变”全国学术研讨会在浙江师范大学举行。此次研讨会围绕移民与北美族裔文学、英国黑人写作、非洲与加勒比英语文学、英美文学中的田园主义、出版制度、阅读伦理与小说发展等议题，以发言、提问、讨论的形式组织了三场学术讨论会。会议上东北师范大学文学院刘建军教授发表了《作家库切的跨文化性以及〈耻〉的“耻”的内蕴》，中国社会科学院副院长陆建德研究员发表了《小说与根系与一地的感情》，杭州师范大学殷企平教授发表了《莫里斯逃离现实了吗?》，南京师范大学傅俊教授发表了《在后殖民地批评语境下看加拿大文学的复杂性》，浙江师范大学李贵苍教授发表了《文学与自然的对话：自然文学与环境文学的异同》。

10月21日至24日，“中国中外文艺理论学会叙事学分会第二届国际会议暨第四届全国叙事学研讨会”在四川外语学院“山隐秋鸣”酒店召开。来自美国的苏珊·S. 兰瑟教授、大卫·里克特教授，加拿大的梅尔巴·卡迪－基恩教授，挪威的雅各布·罗斯教授，德国的沃尔夫·施密德教授等国际知名叙事学家到会并分别进行了大会发言，中国中外文艺理论学会叙事学分会会长，长江学者申丹教授参会并致开幕、闭幕词，叙事学分会副会长、江西师范大学校长傅修延主持了此次会议。

10月24日，由天津师范大学文学院、日本大手前大学共同举办的“东亚诗学与文化互读国际学术研讨会”在天津师范大学隆重召开。来自中国、日本、韩国80多所高校的近百名专家学者齐聚津门，包括国际比较文学学会前会长川本皓嗣教授以及日本帝冢山学院大学国际理解研究所所长中川谦教授，韩国汉阳大学尹相仁教授以及来自日本熊本大学、京都造型艺术大学、筑波大学、福山大学、日本政法大学、日本佛教大学和韩国暻园大学的几十位外国专家，以及北京大学严绍璗教授、北京语言大学阎纯德教授以及八十五岁的“中国诗经学会”会长夏传才教授等国内学者参加了大会。会上围绕中国、日本、韩国、俄罗斯等国诗学及比较诗学，东亚文化（文学）经典的翻译、阐释和接受，东亚文化相互理解等问题进行了热烈的研讨。其中，国际比较文学学会前会长、日本大手前大学校长川本皓嗣教授作了《“国语”、“国文学”与民族主义》的基调演讲；日本帝冢山学院大学国际理解研究所所长中川谦教授作了题为《和解之路——欧洲以及与东亚的比较》的基调讲演；北京大学严绍璗教授认为，研究他国文学必须注意三个层次，任何整体的文化复制都是不可能的，把一个族群的文化整体复制到自己的族群中来，乃是本族群文化的危机，就东亚的实际情况来看，“东亚儒学文化圈”是一个伪概念，“以汉字为基础的文明共同体”才是其存在形态；北京语言大学阎纯德教授认为西方汉学远远晚于我们的东亚邻国；85 岁的“中国诗经学会”会长夏传才教授向代表们作了题为《古典诗歌创作问题》的基调演讲；韩国尹相仁教授也发表了题为《旅之歌：夏木漱石俳句论》的基调讲演。会议围绕“互读”“共赏”“知同”“明异”的主题，就中国、日本、韩国、俄罗斯等各国诗学理论、比较诗学和东亚文化（文学）经典的翻译、阐释和接受以及东亚文化相互理解的诸问题展开了热烈的研讨，分别由首都师范大学赵敏俐教授、日本佛教大学黑田彰教授、韩国璟园大学校朴真秀、南开大学阎国栋教授从中国、日本、韩国、俄罗斯等方面作了总结。会上，“天津师范大学国际中国文学研究中心”宣告成立。

10 月 24 日至 25 日，“全球化视域下翻译教学与研究学术研讨会”在浙江师范大学召开，来自全国 102 所高等院校、6 家出版社及其他翻译业界代表共 226 人与会。本次会议也是中国比较文学学会翻译研究会的第八届年会，由中国比较文学学会翻译研究会、中国翻译协会翻译理论与教学委员会和浙江师范大学共同主办。谢天振教授从 2009 年国际翻译日的主题中解读出全球化视域下的“合作翻译”趋势，认为翻译职业化时代已经来临，必须从职业化的角度设计翻译课程，探索职业化翻译教学的理论。大会组织了 15 场专题研讨会，与会学者们分别就“译学理论研究”“专业翻译教学研究”“口译教学与研究”“典籍翻译研究”“译介学研究”“实用文献翻译研究”“文学翻译研究”等七个专题进行了交流与研讨。

10 月 26 日至 28 日，由上海市人民政府发展研究中心、巴黎马尔盖国家建筑大学、教育部人文社会科学重点研究基地上海师范大学都市文化研究中心和上海市高校都市文化 E 研究院共同举办的“21 世纪都市发展和文化：上海—巴黎都市文化国际学术研讨会”顺利召开，讨论会的主题是“21 世纪都市发展和文化：上海—巴黎都市文化”，来自巴黎、南京、上海等地的专家学者围绕这一主题展开了交流和研讨。与比较文学相关的论文有陈晓兰的《巴黎：一座迷宫——19 世纪法国小说中的巴黎》，宋莉华的《上海、法租界与晚清小说对异域的想像性建构——以〈孽海花〉为中心》。

10 月 28 日下午，南京大学法语系举行了“纪念何如先生诞辰一百周年（1909—1989）座谈会”。

10 月 31 日，中国意大利文学学会在北京第二外国语学院召开第十八届学术研讨会。会议主题是“走近经典（二）：彼特拉克诗歌”。中国意大利语界学者和学生代表，以及在京的意大利文教专家近百人参加会议。北京第二外国语学院法意语系主任王明利教授和意大利驻华使馆文化专员柯芳妮博士作为嘉宾出席。上午集中讨论彼特拉克诗歌。文化部原驻意参赞李国庆的发言主题是“彼特拉克和《歌集》中的劳拉形象”。对外经贸大学意大利专家奥希利亚·贝隆莫教授的发言题目是“弗兰切什科·彼特拉克——最现代的人文主义者和‘我们最伟大和最优秀的现代人’”，着重强调彼特拉克的现代性以及对其他近现代作家的影响。北京外国语大学硕士研究生胡立晨的发言题目是“《牡丹亭》与《歌集》中的情理纠缠”，通过分析这两部名著，将东西方古典爱情进行比较。会议还就“文学与传媒”、“中意文化交流”和“经典作家莫拉维亚”等议题展开了热烈讨论与对话。除此以外，外交部李玉成参赞、北京语言大学赵秀英教授、北外沈萼梅教授、电影资料馆艾敏译审、社科院吴正仪研究员、北京外国语大学青年教师魏恬、大连外语学院青年教师谷倩兮、北京语言大学青年教师王苏娜等学者先后发言。

10月31日至11月1日，由中国比较文学教学研究会主办，盐城师范学院文学院承办，盐城师范学院外国语学院协办的“中国比较文学教学研究会第四届年会暨学术研讨会”在盐城师范学院成功召开。大会主题为“反思·对话·展望——新世纪的比较文学课堂教学研究”，共有来自80多个省市高校及研究机构的90多位专家、学者莅临大会。在由中国比较文学教学研究会副会长刘献彪教授主持的大会主题发言中，陈惇教授就“规范化与多渠道——比较文学本科教学的反思与前瞻”，孙景尧教授就“本科阶段比较文学概论教学中的一些尝试”，天津师范大学的孟昭毅教授就“比较文学教学的四个维度”以及北京语言大学的高旭东教授就“比较文学教学与其他文学课程的差异”分别作了精彩的发言。此届大会首次分组开设教学观摩课，分设四个小组，包括五十分钟的教学观摩课模块和两小时的分组讨论模块，四组观摩课分别由天津师大文学院的黎跃进教授、北京语言大学人文学院的陈戎女教授、南京师大文学院的陈瑞红老师和扬州大学文学院的肖淑芬教授为主讲，参与观摩课的包括来自各个高校的代表和盐城师范学院的师生，课后展开了热烈的研讨，分组讨论模块涉及了比较文学专业在本科、硕士和博士各阶段教学方面的问题。

10月31日至11月1日“全国美国文学研究会第八届专题研讨会”，“美国文学研究与教学在中国”学术研讨会暨“全国美国文学研究会”成立三十周年座谈会在南京举行，大会由全国美国文学研究会主办，南京大学外国语学院和山东大学外国语学院承办，来自全国23个省区市的110多名专家和学者参加了此次会议。大会议题包括一，“全国美国文学研究会”历史回顾与前瞻。二，三十年来中国的美国文学研究：1. 美国小说研究、美国诗歌研究、美国戏剧研究、美国文论研究；2. 美国族裔文学研究、美国女性文学研究；3. 美国具体作家、评论家、流派研究；4. 美国文学经典在中国的形成与流变；5. 美国文学的汉译与传播研究。三，三十年来中国的美国文学教学：1. 课程设置与改革；2. 教材编写与使用；3. 教学方法研究与评价。北京外国语大学英语学院华裔美国文学研究中心主任吴冰教授、中国社会科学院外文所盛宁研究员、北京外国语大学金莉教授、北京大学程朝翔教授、复旦大学张冲教授和南京大学王守仁教授、上海外国语大学虞建华教授和南京大学杨金才教授等专家学者做了大会主题发言，其余专家学者也就改革开放以来中国的美国文学研究与教学所取得的成绩进行了多方面的梳理与客观评价，并就新时期中国的美国文学研究与教学相关问题进了深入探讨。

10月31日至11月1日，浙江省比较文学与外国文学学会、浙江省作家协会外国文学委员会、台州学院等单位联合举办了“世界文学经典传播与研究”学术研讨会。本次研讨会被浙江省社会科学界联合会列为“当代浙学论坛”活动项目。来自浙江大学、台州学院、浙江工商大学、浙江工业大学、中国美术学院、浙江财经学院、浙江理工大学、浙江传媒学院、浙江科技学院、绍兴文理学院、温州大学、宁波大学、杭州师范大学、浙江警官职业学院、浙江艺术职业学院、绍兴越秀外语学院、浙江万里学院、温州医学院、丽水学院、杭州日报、浙江文艺出版社、浙江工商大学出版社等20多家单位的70余人参加了会议。会议共收到论文30多篇，内容涉及“世界文学经典传播与研究”“外国文学研究60年”“文学翻译研究”“外国文学教学与课程建设”等议题。在专题发言的一天多时间里，浙江工商大学蒋承勇教授和雷体沛教授、浙江工业大学毛信德教授、浙江大学人文学院张德明教授和傅守祥教授、浙江大学外语学院何辉斌教授和高奋教授、浙江财经学院姜岳斌教授、浙江理工大学张建宏教授、台州学院高万隆教授、绍兴文理学院杨坚定教授和孙鸿任教授等就比较文学与外国文学重大理论和现实问题先后做了主题发言。围绕会议的各项议题，与会专家、学者展开了热烈讨论，就翻译文学、经典阐释、研究方法等议题各自发表了自己的看法。

11月：

11月9日至10日，由南京大学法语系与法国巴黎第八大学世界文学与比较文学系、法国国家艺术史研究院共同主办的“翻译的地缘：法国、俄罗斯、中国、日本”国际研讨会在巴黎法国国家艺术史研究院举行。来自法国巴黎第八大学、巴黎东方语言文化学院、俄罗斯圣彼得堡大学、俄罗斯国立人文大学、俄罗斯科学院、南京大学等高校的学者、作家和翻译家30余人与会。南京大学许钧教授在研讨会开幕式上代表南京大学致辞，他和法语系高方老师和张晓明老师在研讨会上分别作了题为“中国的外国文学摆渡者”、“论二十世纪中法文学交流的不平衡”和“阐释‘忠实’”的大会报告。

11月11日至13日，中国翻译协会第六次会员代表大会暨新中国翻译事业60年论坛在北京召开，大会选举产生了第六届中国翻译协会常务理事会和新一届中国翻译协会领导机构。外交部原部长、全国人大外事委员会主任委员李肇星当选中国翻译协会会长，南京大学许钧教授当选中国翻译协会常务副会长。南京大学许钧教授还在论坛上作了题为“探索、建设与发展——新中国翻译研究六十年”的主题报告。

11月11日至14日，第十四届全国美国戏剧研讨会中国武汉中南财经政法大学举行。此次研讨会由全国美国文学研究会委托，中南财经政法大学外国语学院具体承办。会议主题为“中国美国戏剧教学与研究30年”，探讨以下几个方面：1. 中国美国戏剧教学与研究30年回顾；2. 我国美国戏剧史研究与编撰；3. 美国戏剧名家名作研究；4. 戏剧理论与批评的热点问题；5. 中国文化与美国戏剧；6. 中美戏剧比较及翻译研究。谭国根香港公开大学首席教授谭国根做了“Englishzation in Asia”的讲座，四川大学外国语教授李兵做了《易普生后期剧作中的男性形象》的讲座；郭继德山东大学外国语学院教授、博导郭继德讲座题目是《中西荒诞剧比较研究——中国有荒诞剧吗?》，南京大学外国语学院教授、博士生导师刘海平讲座题目是《戏剧与中美文化交流》。发言的还有华中师范大学文学院外国文学教授、博士生导师聂珍钊，华中师范大学外国语学院教授、博士、博士生导师陈立华，北京大学比较文学与比较文化研究所教授，博士生导师孟华，四川大学外国语教授、博士李兵，长江大学外国语学院英语系教授，硕士生导师，国际学院院长习传进等。

11月13日至15日，北京大学外国语学院俄罗斯语言文学系、北京大学外国语学院俄罗斯文化研究所联合举办、上海鲁迅纪念馆、北京大学欧美文学研究中心、北京大学当代俄罗斯研究中心和北京大学出版社等协办的“俄国文学的传播与中国现代文学的建构——纪念果戈理诞辰200周年、鲁迅《域外小说集》出版100周年”国际学术研讨会。国内外专家学者50余人出席了本次国际学术研讨会。参会代表拥有多元化的学术背景，既有来自国内俄语文学界、中国现代文学界、比较文学界的专家学者，也有来自国外俄语文学界、翻译界以及汉学界的专家学者。其中国内的专家学者分别来自北京大学、南京大学、北京师范大学、北京外国语大学、上海外国语大学、山东师范大学等10余所高校和中国社会科学院外国文学研究所、台湾中研院等大陆和台湾科研机构。外国专家学者则分别来自俄罗斯科学院高尔基世界文学研究所、乌克兰科学院谢甫琴科文学研究所、日本早稻田大学、斯洛伐克布拉迪斯拉发考门斯基大学、德国鲁尔大学和新加坡南洋理工大学。大会发言涉及果戈理文学创作特色及其影响、国内外对果戈理及其创作的研究状况、外国文学（主要是俄苏文学）对中国现代文学形成和发展的影响、鲁迅研究以及中外文学特色对比和翻译理论问题等多个主题。

11月13日至16日，"回归文本：外国文学阅读、翻译与研究"研讨会在青岛大学国际学术交流中心隆重举行，此次研讨会由中国社会科学院外国文学研究所《世界文学》和《外国文学动态》编辑部、青岛大学联合主办，青岛大学师范学院承办，上海大学、中国海洋大学协办。来自全国39家科研机构、高校、出版社和报刊编辑部的100余位外国文学专家、学者、翻译家、作家参加了此次研讨会。与会代表就外国文学阅读、翻译、研究以及文学创作等议题进行了热烈的讨论和深入的探讨。"回归文本"是此次研讨会的中心议题。陆建德研究员从破解"回归文本"这一议题入手，指出过分文本化不应提倡，但完全脱离文本，喜欢过度宏大的话语、空洞的美学，一味堆砌西方文学批评理论的概念、术语，致使文本从人们视野中消失的做法更不足取，他认为细节决定一切，对细节的关注也值得中国作家借鉴。我们要立足于文本的细节，善于感受文本暗含的褒贬，在立足于文本的基础上，添加理论关怀。吴晓都研究员结合研讨会的主题，首先阐发了"回归文本"的当代意义，回归文本是一个及时的文化召唤，时下某些对经典的误读恰恰是对文本的无知，特别是对文本产生的语境的无知。"回归文本"的主要意义就在于：每一次对文本的重读都是一个新的读者的诞生。当代著名作家赵玫探讨了翻译文学文本与中国作家创作之间的密切关系，认为中国新时期文学的繁荣和发展是直接得益于外国文学的。但也不可否认，在吸收其精华的过程中，我们自己的创造力与创新性则相对滞后，这应该成为我国文学创作需要重视与解决的问题。外国文学翻译、翻译的标准、翻译中存在的问题是研讨会的另一重要议题。朱振武教授历数了当下文学翻译界存在的六种"假流"现象，结合自己翻译丹·布朗小说的实践，总结提出了译事十法和译事十诫；发出了对前辈持敬重之情，对后辈有奖掖之举，对同辈无相轻之意，共同努力，激浊扬清，营造译界和谐的倡议。王理行编审重申一位合格的译者应从文本出发，完美再现原作，尽量保留原作的内容及形式，减少纰漏，保证译作的高水准、高质量。林少华教授提出了自己的翻译理念：对中国、中国读者负责，即要首先审视自己的翻译能给中国读者、中国文化以至中国社会带来什么；继而在翻译的过程中想方设法做到审美忠实。除此以外，针对具体的文本翻译大会成果亦很显著。如杨仁敬教授开拓了国内海明威研究的新领域，阐述了海明威新闻作品的七大特色。刘亚丁教授认为俄罗斯汉学家在《诗经》翻译中虽偶有漏译和误译的现象，却体现了一种阐释角度：他们的翻译摒弃两千多年来儒家传统对《诗经》的过度阐释，使风和雅回归了民歌本色。彭青龙教授结合彼得·凯里小说的主题，指出澳大利亚文化身份建构的复杂性，使得澳大利亚的文化身份处于一种“非此非彼”的窘境。

11月20日至22日，由中国外国文学学会英语文学分会主办，苏州大学外国语学院承办的“中国外国文学学会英语文学分会首届专题研讨会”在苏州大学隆重举行。本次研讨会的主题为“二十世纪世界英语文学”，参加本次研讨会的校内外代表80多人，来自全国49所高校院所，共提交59篇论文，涉及的内容有20世纪文学潮流，当代文学在世界的传播，文学批评理论等，课题论及英国文学、美国文学、澳大利亚文学、新西兰文学、南非文学、加勒比海地区文学等。中国社会科学院外国文学研究所党组书记、副所长陆建德教授围绕“20世纪英语文学与帝国”进行了主旨发言，解放军外国语学院王岚教授发言内容为“他者的形象——《失乐园》中东方主义创作探究”，中山大学外国语学院的区鉷教授和浙江大学外国语学院的谭惠娟教授分别以“蒲龄恩的中国诗意”和“实不为也，非不能也——理查德·奈特及其文学创作中的现代主义特征”为题作了发言，北京大学外国语学院院长程朝翔教授以“《哈姆雷特》：从英国文学到英语文学”为题发言，南京大学外国语学院的杨金才教授以“当代美国小说的核心主题与研究设想”为题发言，兰州大学外国语学院毛刚教授以“消释在能指舞蹈中的“我思”主体——论托马斯·品钦《叫拍第49号拍品》中主体性与意指结构”为题发言，安徽大学外国语学院的陈兵教授的发言题目是“吉普林《勇敢的船长们》中的教育理念”，苏州大学外国语学院的王腊宝教授的发言题目是“英美‘新批评’和澳大利亚文学”，英国Exeter大学的郭婷博士的发言题目是“英国Exeter大学新发起的*Global Circulation Project*及其*Literature Compass*杂志”。50多位与会代表分别围绕20世纪国别英语文学潮流、20世纪英美文学与世界英语文学、当代世界英语文学的研究范式、当代世界英语文学与批评理论以及20世纪世界英语文学与当代世界华文文学等议题在六个分会场进行了发言和讨论。

11月20日至22日，“翻译中国和重建现代性”（Translating China and Reconstructing Alternative Modernities）国际研讨会在北京举行，由清华大学外语系和比较文学与文化研究中心、英国剑桥大学艺术与人文社会科学研究中心、美国耶鲁大学东亚研究中心联合主办。据悉，本次国际研讨会是清华大学人文社会科学研究国际化战略的重要举措之一。清华大学外语系和比较文学与文化研究中心和剑桥大学艺术与人文社会科学研究中心于2007年在北京达成协议，在其后的两年内共同分别在剑桥和北京举行系列国际研讨会，探讨的中心主题为“翻译中国，翻译现代性，翻译文化”。这项计划得到了英国艺术与人文科学研究委员会的资助，并迅速地得到耶鲁大学东亚研究中心的积极响应，从而形成了一个中、英、美三强联合的格局。这次会议是中英美三方以“翻译中国，翻译现代性，翻译文化”为主题共同主持召开的第三次国际研讨会。会议期间，代表们还就下列论文进行了广泛的讨论：1. 文化翻译与文化变革；2. 跨文化语境下的现代性与全球化现象；3. 文化翻译与中国现代性的形成；4. 他种现代性或多元现代性的建构与重构；5. 国际传媒中的中国形象再现；6. 文学翻译与经典重构；7. 全球化语境下中国国家形象的翻译和阐释；8. 后冷战时期的国际关系；9. 全球化进程中的中国。美国的中国研究刊物《当代中国》（*Journal of Contemporary China*）（SSCI源刊）委托王宁以会议论文为主题编辑专辑，从政治、经济、社会、文化和文学等全方位向英语世界展示中国的现代化和全球化进程。该专辑还将由著名的路特利支出版社（Routledge）出版单行本。另一家著名的中国研究刊物《中国哲学季刊》（*Journal of Chinese Philosophy*）（A&HCI源刊）也将在会议论文中选发哲学理论方面的优秀论文。

11月20日至23日，由中国俄语教学研究会、沈阳师范大学外国语学院联合承办的中国“俄语年”活动之一“为学习俄语的大学生和研究生举办契诃夫作品研讨会”在沈阳师范大学举行。会议旨在以研讨契诃夫及其作品为契机，唤起俄语专业学生研读经典名著的热情，以文学大师的思想滋润、充实社会的人文环境，提升大学生的文明素养。此次研讨会本着“为学生之间架起学术交流之桥”这一精神，以分组讨论的形式，让来自全国多所高校的同学们对契诃夫进行了全新而有益的交流。讨论会上大家踊跃发言，不断提出新颖的研究角度，充分展现了当前俄语系学生们的精神风貌，表现出对学术研究极大的热忱。

11月23日，由中国北京语言大学与韩国启明大学联合举办的“启明大学孔子学院第二届中韩学术研讨会”在北京语言大学拉开帷幕，主题是“跨国时代的东亚文化”。中韩两国学者在研讨会上就中韩学术、文化、历史等议题进行了深入探讨，中韩双方代表就东亚文化的最新发展现状、存在的主要问题以及未来的发展趋势进行了深入的交流和研讨。研讨会上，北京语言大学崔希亮校长做了《从语言到文化——中韩文化交流的历史与现实》的主题报告，他从中韩的历史和现实的角度，探讨了如何推动东亚文化的发展与进步。他认为推动中韩两国关系发展的强大动力来自两国在历史文化上的认同感和亲近感。在长期的历史进程中，中韩两国形成了共同的文化价值观，即所谓的“汉字文化圈”或者说“东亚文化圈”，以儒家思想为主的传统文化体系是中韩两个国家共同的精神财富和价值体系。启明大学申一熙校长做了《东西方观念的比较》的主题发言，探究了西方观念与东方观念之比较。他认为只有属于存在者领域的东西才有可能被对象性地认知，而以认知可能为前提的对象存在，就是比较西方观念和东方观念的起点。北京语言大学方铭教授、黄卓越教授，启明大学金宣旼教授、李东熙教授等专家学者围绕“跨国时代的东亚文化”这一议题，就中韩历史文化的结合点、中韩哲学思想之表征等问题进行了广泛的交流与探讨。两国与会学者纷纷表示，此次研讨会为中韩学者提供了沟通和交流的平台，他们希望通过长期的学术交流和创建孔子学院，能够增进中韩两国的相互了解和友谊，给予两国教育的诸多方面带来机遇和发展。

11月24日至29日，首届中法文学论坛在巴黎举行。中国社会科学院外国文学所法国文学专家全国法国文学研究会会长吴岳添研究员，作为由铁凝主席率领的中国作协代表团成员，参加了先后在法国文人协会和法兰西学院举办的中法文学论坛，并在法兰西学院发表了题为《文学翻译，从不忠实到忠实》的演讲，会见了法兰西文学院院士皮埃尔·让－雷米等著名学者，拜访了驻法使馆文化中心、孔子学院和法国图书中心，参观了大宫殿的雷诺阿画展和埃菲尔铁塔附近的盖·布朗利博物馆（非西方艺术博物馆）。访问取得了令人满意的成果，双方一致同意论坛2010年在北京继续举行。

11月25日，“《近代文学批评史》出版暨学术翻译”研讨会在上海世纪出版大楼举行。与会嘉宾有复旦大学程雨民教授、吴中杰教授、陆谷孙教授、翟象俊教授，上海社会科学院瞿世镜教授，上海外国语大学梅德明教授、吴其尧教授，华东师范大学罗岗教授、袁筱一副教授，上海作协副主席、作家赵丽宏，作家孙甘露等。历经五十年，杨岂深、杨自武父子翻译的美国当代著名学者、比较文学泰斗雷·韦勒克的代表作《近代文学批评史》中文译本修订本全八卷终于在2009年国庆节面世，对此，与会学者探讨了人文学术翻译、沟通中西文化的问题。

12月：

12月9日，应中国社会科学院国际合作局和外文所邀请，法国当代著名作家、2008年度诺贝尔文学奖得主勒克莱齐奥先生来中国社会科学院访问，并以“旅行、阅读与写作”为题演讲。

12月12日至13日，由台湾比较文学学会主办，天主教辅仁大学比较文学研究所承办的第三届东亚比较文学研讨会，在台湾大学文学院召开。会议主题为“东亚文学形象学——东亚诸国在彼此文学中的形象”（Literary Imagologie in East Asia：East Asian Images of Each Other），讨论内容集中在以下四大议题：中国文学如何呈现东亚近邻；日本文学如何呈现东亚近邻；韩国文学如何呈现东亚近邻；台湾文学如何呈现东亚近邻。中国海峡两岸、日本、韩国等地的多位学者参与大会发表了论文，并举行了名为“东亚洲比较文学研究展望”的圆桌论坛。

12月15日至16日，首届“阿尔多瓦—南京讲坛”在南京大学举行。首届论坛由南京大学人文社会科学高级研究院、南京大学外国语学院法语系和南京大学海外教育学院共同主办，中法学者围绕着议题“文学批评：思想危机，思想的危机?”进行了深入的交流和思考。南京大学朱刚教授在论坛上作了《危机意识过去与未来：对今日中国文学批评理论现状的思考》的发言，刘成富教授、张新木教授、刘云虹副教授参会，并分别作了《从文化身份看法国当代文学》、《文学应该思考什么?》和《翻译批评的精神——从独白到对话》的发言。南京大学法语系博士生徐梦瑶和戴秋霞积极参与了博士论坛，针对博士论文论题向参会的中法学者进行了汇报。

12月18日，由黑龙江省人民政府外事办公室、省翻译协会联合举办的“庆祝新中国成立六十周年黑龙江省翻译作品成果展”在黑龙江大学隆重召开，展览参展作品共300余部，包含200多位翻译工作者的译著。作品内容包括政治、经济、文学、历史、科技、传记等；语种有英语、俄语、日语、德语、希腊语、朝鲜语。

12月18日至20日在苏州大学隆重举行了“2009年全国翻译高层研讨会”。此次会议由苏州大学外国语学院与《上海翻译》编辑部联合主办，参加此次会议的正式代表有169人，他们分别来自全国各地、包括香港和澳门地区的几十所高等院校的专家、学者和博、硕士生。本次研讨会的中心议题是：21世纪的中国翻译研究与教学。中国许多著名学者汪榕培、方梦之、王宏印、穆雷、罗新璋、廖七一、胡庚申、傅惠生教授在大会上做了精彩的主题发言。会议围绕本次研讨会的中心议题分为“翻译理论”“文学翻译”“典籍英译”“翻译与文化”“应用翻译”“翻译教学”等七个分会场进行了热烈讨论。

12月19日至20日，由《外国文学研究》杂志联合华中师范大学外国语学院和美国富布莱特基金会共同举办的“美国非裔文学学术研讨会”在华中师大隆重举行，来自美国和中国的100余位学者参加了会议。会议围绕“美国非裔小说”“美国非裔诗歌与戏剧”“美国非裔女性写作”“美国非裔文学译介与研究在中国”等议题进行了研讨。中国社会科学院外文所书记兼《外国文学评论》主编陆建德研究员、美国迪拉德大学杰出教授杰瑞·沃德、佐治亚大学教授瓦莱丽·巴布、宾夕法尼亚大学教授赫尔曼·比弗斯、四川大学教授程锡麟、华中师范大学学院教授罗良功等10位中美学者作了大会主题报告。会议期间还举办了诗歌朗诵会。

12月30日，由华东师范大学中文系、北京大学俄语系、上海辞书出版社、上海翻译家协会、上海作家协会外国文学专业委员会和华东师大外国文学与比较文学研究所共同主办的“纪念余振先生百年诞辰暨俄罗斯文学研讨会”在华东师范大学召开。与会的有华东师大副校长范军教授、华东师大中文系谭帆教授和北京大学俄语系领导王辛夷教授，以及京沪部分高校和出版社、作协和译协等机构的相关专家，余振先生的亲属和学生等40余人。会上，京津等地的一些学者，如曾与余振先生共事的北大的同人、受教于他的学生龚人放教授、岳凤麟教授、李明滨教授、张有福教授和刘伦振先生等学者以不同方式缅怀“北大俄语系开系元老、文学翻译教法的创立者之一、翻译家和教育家”。会议发言极为踊跃，与会者高度评价余振先生的学术成就和治学精神，也探讨了俄罗斯文学的翻译和研究中的某些问题，并寄希望于年轻的一代继承先生的优良传统，为中国的外国文学事业做出更大的贡献。

V 文献索引

一　2009年度期刊论文索引

说明：本索引中的期刊，指的是拥有“国际标准连续出版物号”和“国内统一连续出版物号”的学术类刊物，按作者名、题名、刊期顺序编排。

（一）比较文学学科理论

安锋：《“后理论时代”的文学与文化研究》，《外国文学》2009年第6期。

蔡乾、叶惠英：《理想的比较文学——阅读艾田伯的〈比较不是理由〉》，《鸡西大学学报》2009年第5期。

曹顺庆：《四川比较文学三十年》，《天府新论》2009年第5期。

曹顺庆、王蕾：《比较文学中国学派三十年》，《外国文学研究》2009年第1期。

曹顺庆、王蕾：《失败的预言　过时的药方》，《中国比较文学》2009年第1期。

曹顺庆、王庆：《比较文学发展动力研究》，《西南民族大学学报》（人文社会科学版）2009年第9期。

曹顺庆、王庆：《从比较文学学科发展史看文化软实力》，《江汉论坛》2009年第1期。

陈岗龙：《改革开放三十年蒙古比较文学研究的回顾与展望》，《内蒙古师范大学学报》（哲学社会科学版）2009年第1期。

陈建、段祥贵：《外国文学“前沿探索”教学模式的探讨》，《长春理工大学学报》（高教版）2009年第3期。

陈跃红：《回到自身的学术处境和问题意识》，《中国比较文学》2009年第1期。

陈众议：《外国文学与中国文学三十年》，《当代作家评论》2009年第1期。

丁国旗：《“世界文学”的民族指向》，《中国社会科学报》2009年第7期。

邓建华：《辞格中的同与异——一场比较文学学者与汉学家之间的论争》，《四川大学学报》（哲学社会科学版）2009年第5期。

邓岚、潘秋子：《“文学作品中的地理空间问题”研讨会综述》，《世界文学评论》2009年第2期。

邓乔彬、王晓东：《中国文学批评的横向研究与朱自清的贡献》，《江海学刊》2009

年第 2 期。

杜吉刚、钟晓燕:《新时期以来外国文学史教材编写中所存在的几个问题》,《楚雄师范学院学报》2009 年第 11 期。

方汉文:《比较文明与比较文化学》,《苏州教育学院学报》2009 年第 3 期。

付飞亮:《地方院校比较文学教学研究及对策——以山西运城学院为例》,《运城学院学报》2009 年第 3 期。

高旭东:《季羡林:学科复兴的主将跨文化研究的典范》,《中国比较文学》2009 年第 4 期。

顾华详:《论原型批评与主题学研究之关系》,《喀什师范学院学报》2009 年第 1 期。

谷野平、央泉:《多元文化互动中的文学对话——中国比较文学学会第九届年会暨国际学术讨论会综述》,《中国比较文学》2009 年第 1 期。

郝岚:《比较文学教学与科研资源的共享与整合——一个被忽视的话题》,《中国比较文学》2009 年第 4 期。

胡俊飞:《论高校比较文学与世界文学课程互渗式教学模式改革》,《沙洋师范高等专科学校学报》2009 年第 5 期。

胡铁生、吕娜:《全球化语境下比较文学学科定位的再思考》,《求是学刊》2009 年第 3 期。

胡铁生、王延彬:《新兴学科的历史发展与时代反思——中国比较文学学科建设的百年回顾与现状评估》,《河南师范大学学报》(哲学社会科学版)2009 年第 2 期。

胡欣:《转型时期比较文学面临的问题的探讨》,《时代文学》(双月上半月)2009 年第 5 期。

胡志红:《中国生态批评十五年:危机与转机——比较文学视野》,《当代文坛》2009 年第 4 期。

黄维樑:《中美学者在“比较文学家之径”上——刘介民编译〈见证中国比较文学三十年〉序》,《中国比较文学》2009 年第 4 期。

黄忠顺:《〈中图法〉“世界文学”批判——以中文书库为视点》,《图书馆论坛》2009 年第 6 期。

季红真:《全球文明交汇时代的文学——关于世界文学的随想》,《当代作家评论》2009 年第 6 期。

蒋聪聪:《中国比较文学的失语症——以〈读《拉奥孔》〉为例》,《重庆文理学院学报》(社会科学版)2009 年第 4 期。

靳明全:《比较文学与世界文学研究综述》,《重庆社会科学年鉴》,2009 年。

李菲:《新时期文学人类学研究的范式转换与理论推进》,《文艺理论研究》2009 年第 3 期。

李凤亮:《从比较文学到电影研究——鲁晓鹏教授访谈录》,《中国比较文学》2009 年第 1 期。

李庆本:《跨文化研究的三维模式》,《文史哲》2009 年第 3 期。

李天道、魏春艳:《“有无相生”与跨文化文学比较》,《当代文坛》2009 年第 6 期。

李文玉、张骏翚：《试论全球化时代或曰后殖民时代弱势文化的话语权问题——兼论比较文学领域的中国学派对此问题的回应》，《广州大学学报》（社会科学版）2009 年第 3 期。

李曦怡：《比较文学的接受学与传统的影响研究的差异探析》，《黑龙江史志》2009 年第 6 期。

李晓斐：《走向何处的比较文学——论比较文学的学科动态》，《湘潮（下半月）（理论）》2009 年第 5 期。

李晓辉：《高等学校比较文学本科教学探究》，《内蒙古民族大学学报》2009 年第 3 期。

李星颐：《比较文学与翻译之间的关系刍议》，《贵州省翻译工作者协会 2009 年会暨学术研讨会论文汇编》【会议】，2009 年 7 月 1 日。

李艳：《文学误读与文学变异》，《宁夏社会科学》2009 年第 5 期。

李莹莹：《比较文学中国学派与新世界主义》，《黔西南民族师范高等专科学校学报》2009 年第 4 期。

刘富丽：《芝加哥大学约书亚·司哥德尔教授演讲综述》，《外国文学研究》2009 年第 6 期。

刘洪涛：《美国〈当代世界文学〉杂志与中国文学》，《外国文学研究》2009 年第 5 期。

刘洪涛、张珂：《评〈全球化时代的世界文学与中国〉》，《中国比较文学》2009 年第 4 期。

刘洪涛、张珂：《全球化时代的世界文学与中国——“当代世界文学与中国”国际学术研讨会综述》，《楚雄师范学院学报》2009 年第 11 期。

刘金芳：《对“阐发研究”作为比较文学学科研究方法的质疑》，《安徽文学（下半月）》2009 年第 8 期。

刘康：《比较文学的学科导向和问题导向》，《中国比较文学》2009 年第 1 期。

刘圣鹏：《比较就是理由——方汉文“比较思维”的比较文学理论述评》，《南通大学学报》（社会科学版）2009 年第 2 期。

刘圣鹏：《跨文明差异性观念与比较文学变异学建构》，《吉首大学学报》（社会科学版）2009 年第 2 期。

刘圣鹏：《作为文学批评的比较文学：利器还是糙货?》，《文艺评论》2009 年第 2 期。

刘卫英、金亚东、马艳芳：《多元文化互动中的文学对话——中国比较文学学会第九届年会暨国际学术讨论会综述》，《学术交流》2009 年第 1 期。

刘象愚：《巴斯奈特比较文学“反思”之反思》，《中国比较文学》2009 年第 4 期。

刘颖：《中国语境下流传学研究的发展及模式》，《乐山师范学院学报》2009 年第 3 期。

陆辛：《比较文学视阈下的文学与自然科学交叉研究方法探析》，《东疆学刊》2009 年第 1 期。

罗春霞：《论文学影响的类型》，《时代文学（下半月）》2009年第4期。

马淞、陈彦希、程丽蓉：《比较文学变异学研究探析》，《西南科技大学学报》（哲学社会科学版）2009年第4期。

孟昭毅：《垦拓与建构的大趋势——中国当代比较文学三十年》，《文学评论》2009年第5期。

明明：《新时期比较文学教材研究的开山之作——论〈新时期比较文学的垦拓与建构〉的价值和意义》，《时代文学（下半月）》2009年第8期。

牟学苑：《"世界文学"的学科及课程定位》，《大众文艺（理论）》2009年第22期。

聂珍钊：《关于比较文学：约书亚·司哥德尔教授访谈（英文）》，《外国文学研究》2009年第1期。

聂珍钊：《学术期刊与世界文学的研究与交流》，《外国文学研究》2009年第5期。

祁晓冰：《多元文化语境下的外国文学教学研究》，《郑州航空工业管理学院学报》（社会科学版）2009年第6期。

邱明丰：《从变异学审视平行研究的理论缺陷》，《求索》2009年第3期。

裘倩倩：《跨越的不仅是语言——试论文学与政治》，《安徽文学（下半月）》2009年第5期。

饶芃子：《我与比较文学》，《湘潭大学学报》（哲学社会科学版）2009年第1期。

宋炳辉：《30年中外文学关系研究综述》，《重庆大学学报》（社会科学版）2009年第1期。

宋德发：《湖南比较文学三十年》，《湘潭大学学报》（哲学社会科学版）2009年第5期。

宋德发：《经典的生成与经典的阐释——湖南省比较文学与世界文学学会2009年年会暨学术研讨会综述》，《中国比较文学》2009年第4期。

苏文伶：《比较文学里的"比较"与"文学"——回应斯皮瓦克的〈学科之死〉》，《中国比较文学》2009年第2期。

苏义：《曹顺庆比较文学变异学产生原因初探》，《学理论》2009年第10期。

孙景尧、段静：《巴斯奈特同谁"较劲"、又同什么"较劲"?》，《中国比较文学》2009年第1期。

孙景尧：《比较文学在当代中国的复兴与发展（1978—2008）——在中国比较文学学会第九届年会暨国际学术研讨会上的学术总结报告》，《中国比较文学》2009年第1期。

孙婷：《比较文学"跨学科研究"之我见》，《湖北广播电视大学学报》2009年第6期。

谭芳：《地理空间视野下的文学地理学》，《世界文学评论》2009年第2期。

谭佳：《论著评介〈全球语境与本土认同——比较文学与族群研究〉》，《中国文学年鉴》，中国文学年鉴社2009年版。

谭立：《中国比较文学研究的文化优势思考》，《内蒙古农业大学学报》（社会科学版）2009年第1期。

谭五昌：《〈王向远著作集〉的学术特色》，《中国图书评论》2009年第3期。

童俊：《比较文学与翻译在对话中共同发展》，《漯河职业技术学院学报》2009年第1期。

万建中：《20世纪比较故事学发展轨辙》，《民族文学研究》2009年第2期。

王春景：《外国文学教学与比较文学》，《河北师范大学学报》（教育科学版）2009年第11期。

王福和、於婵：《影响研究的延伸和拓展》，《浙江工业大学学报》（社会科学版）2009年第3期。

王富：《外延的互逆——“译介学”概念植入的尴尬与反思》，《社会科学战线》2009年第12期。

王俊莎：《留学与季羡林的比较文学研究》，《科教文汇（上旬刊）》2009年第9期。

王立：《“他者”的眼光——写在〈中国古代文学主题学思想研究〉前面》，《辽东学院学报》（社会科学版）2009年第5期。

王宁：《比较文学的危机和世界文学的兴盛》，《中国比较文学》2009年第1期。

王宁：《比较文学与翻译研究的文化转向》，《中国翻译》2009年第5期。

王鹏：《比较文学研究在全球化时代的意义》，《渭南师范学院学报》2009年第3期。

王鹏飞：《论国际文学关系的两大支柱》，《求索》2009年第11期。

王倩、尹虎彬：《从语义比较到文明探源——论比较神话学的近代转向》，《江西社会科学》2009年第6期。

王向远：《“宏观比较文学”与本科生比较文学课程内容的全面更新》，《中国大学教学》2009年第12期。

王向远：《“跨文化诗学”是中国比较文学的形态特征》，《北京师范大学学报》（社会科学版）2009年第3期。

王向远：《世界比较文学的重心已经移到了中国》，《中国比较文学》2009年第1期。

王雁飞：《跨越中的留守——比较文学的学科处境探究》，《石家庄铁道学院学报》（社会科学版）2009年第3期。

王瑜嘉：《中国之“形象”与西方形象学之“形象”比较》，《四川文化产业职业学院学报》2009年第2期。

王志耕：《评〈艾特玛托夫在中国〉——兼及比较文学的任务》，《中国比较文学》2009年第1期。

王忠祥：《比较文学研究的新境界》，《语文教学与研究》2009年第28期。

王忠祥、谭咪咪：《建构中国特色外国文学史的新范式——兼及多维视野中的中外东西文学》，《世界文学评论》2009年第2期。

王琢：《20世纪中日比较文学研究的回顾与展望》，《暨南学报》（哲学社会科学版）2009年第4期。

魏丽明、程莹：《“当代世界文学与中国”国际学术研讨会综述》，《国外文学》2009年第1期。

韦清琦：《生态批评家的职责：与斯科特·斯洛维克关于〈走出去思考〉的访谈（英文）》，《外国文学研究》2009年第4期。

吴春兰、陈雅谦：《比较文学研究方法的多视角运用——以指导本科学生科研活动为例》，《泉州师范学院学报》2009 年第 1 期。

吴楠、刘立群：《“当代世界文学与中国”国际学术研讨会》，《中国文学年鉴》，中国文学年鉴社 2009 年版。

吴培显：《在比较视野中破解新文学领域的难题——论贾植芳先生的新文学研究》，《中国比较文学》2009 年第 3 期。

吴锡民：《“比较文学”课程本科教学刍议》，《广西师范学院学报》（哲学社会科学版）2009 年第 4 期。

吴锡民：《读渡边洋〈比较文学研究导论〉所想到的几个问题》，《广西师范学院学报》（哲学社会科学版）2009 年第 1 期。

吴锡民：《来自罗马尼亚“较新”的学术声音——读亚·迪马的〈比较文学引论〉》，《广西教育学院学报》2009 年第 6 期。

吴锡民：《突破单一文学体系的比较——从伊夫·谢弗勒的〈比较文学〉说开去》，《南京晓庄学院学报》2009 年第 4 期。

吴锡民：《中外文学关系研究关键词——影响与接受》，《百色学院学报》2009 年第 4 期。

伍依兰：《形象学在中国的传播、发展与前景》，《社会科学论坛》（学术研究卷）2009 年第 6 期。

肖淑芬：《从八篇“序言”管窥季羡林与中国比较文学》，《中国比较文学》2009 年第 3 期。

谢金蓉：《从比较文学史看巴斯奈特的“前文本”》，《中国比较文学》2009 年第 2 期。

谢永新、耿海霞：《一本适宜于比较文学初学者的教材——对渡边洋先生〈比较文学研究导论〉的解读》，《广西师范学院学报》（哲学社会科学版）2009 年第 4 期。

许相全：《比较文学跨学科研究的另类思考》，《内蒙古农业大学学报》（社会科学版）2009 年第 3 期。

许相全：《“危机论”与“伪危机论”——对当前中国比较文学研究现状的反思》，《商丘师范学院学报》2009 年第 2 期。

徐亚东：《杜维明儒学现代化研究及其对跨文明研究的启示》，《南都学坛》2009 年第 2 期。

阎连科：《当代文学中的中外关系——在北京外国语大学文学社的讲演》，《渤海大学学报》（哲学社会科学版）2009 年第 2 期。

颜敏：《当代比较文学形象学中“想象”设定的问题及其解决》，《惠州学院学报》（社会科学版）2009 年第 2 期。

严绍璗：《“文学”与“比较文学”同在共存》，《中国比较文学》2009 年第 1 期。

杨彬彬：《“回归文本”——略论美国文学研究转向中的“理论”与“文本”》，《江苏社会科学》2009 年第 6 期。

央泉、谷野平：《在多元互动的比较中审视中国文化——中国比较文学学会第九届年会暨国际学术讨论会侧记》,《中国文化研究》2009 年第 1 期。

杨荣:《比较文学视阈下的四川民族文学教学与研究》,《四川文理学院学报》2009 年第 6 期。

杨荣、徐其超:《四川少数民族文学研究与比较文学联姻三十年》,《西南民族大学学报》(人文社会科学版)2009 年第 9 期。

杨一铎:《总结发展历程拓展学术方向——四川省比较文学学会成立二十周年暨第八届年会综述》,《西南民族大学学报》(人文社会科学版)2009 年第 11 期。

杨忠闺、叶佳佳:《〈管锥编·太平广记〉中的比较文学方法》,《安徽文学(下半月)》2009 年第 6 期。

姚斐菲:《告别"比较文学危机论"》,《中国社会科学院报》2009 年 1 月 13 日。

叶舒宪:《季羡林的比较文学研究》,《光明日报》2009 年 8 月 25 日。

叶舒宪:《中华文明探源的比较神话学视角》,《江西社会科学》2009 年第 6 期。

尹德翔:《比较文学形象学本土化二题》,《求索》2009 年第 3 期。

尹凤莉:《叶维廉"模子寻根法"的比较文学观管窥》,《牡丹江大学学报》2009 年第 1 期。

尹星:《阅读世界文学的挑战与对策——大卫·达姆罗什的〈怎样阅读世界文学〉》,《外国文学》2009 年第 3 期。

于晓梅、王晓春:《对文学史重构的一个侧面考察——王立先生的文学主题学研究评述》,《黑龙江社会科学》2009 年第 4 期。

乐黛云:《当代中国比较文学发展中的几个问题》,《北京大学学报》(哲学社会科学版)2009 年第 4 期。

乐黛云、李晓卫:《关于当前比较文学研究与教学的若干问题——乐黛云先生学术访谈录》,《甘肃社会科学》2009 年第 1 期。

乐黛云:《文化转向的风标》,《中国比较文学》2009 年第 2 期。

乐黛云:《文化转型时期比较文学面临的问题》,《文艺研究》2009 年第 6 期。

乐黛云:《新学科的支持者与承载者》,《文艺研究》2009 年第 5 期。

乐黛云:《"学科之死"与学科之生》,《中国比较文学》2009 年第 1 期。

岳峰:《比较文学视野与世界文学史重构》,《学术交流》2009 年第 5 期。

岳峰:《21 世纪的文学对话与多元文化汇通——江苏省比较文学学会 2008 年年会暨学术研讨会综述》,《当代外国文学》2009 年第 2 期。

乐铄:《比较文学的类型与子类型》,《语文知识》2009 年第 3 期。

张白桦:《大爱无形——翻译理论家谢天振学术个性中的人文情怀》,《内蒙古工业大学学报》(社会科学版)2009 年第 1 期。

张汉良:《"恒常危机"又一章——评巴斯奈特和斯皮瓦克的殖民论述》,《中国比较文学》2009 年第 2 期。

张辉:《走向新的整合》,《中国比较文学》2009 年第 1 期。

张莉、郭君臣:《贾植芳的比较文学观》,《延安大学学报》(社会科学版)2009 年第 3 期。

张能泉：《近三十年我国比较文学教材编写情况评议》，《湖南科技学院学报》2009年第3期。

张文彬：《试谈比较文学中国学派》，《安徽文学（下半月）》2009年第8期。

张晓红：《多媒体课件在比较文学双语教学中的辅助运用》，《经济研究导刊》2009年第17期。

章亚琼：《比较文学与翻译研究》，《长春理工大学学报》（高教版）2009年第11期。

张益伟：《比较文学与比较思维》，《安阳师范学院学报》2009年第6期。

张英进：《比较文学是一个跨学科的学科》，《中国比较文学》2009年第1期。

张雨：《比较文学学科中的影响变异学研究》，《四川大学学报》（哲学社会科学版）2009年第3期。

赵长征：《高等师范院校比较文学课程建设的瓶颈及对策》，《廊坊师范学院学报》（社会科学版）2009年第1期。

周亚芬：《作为比较文学之文学地理学研究的提出——邹建军教授访谈录》，《世界文学评论》2009年第2期。

赵志义：《世界文学的普遍主义与多元化》，《社会科学战线》2009年第2期。

郑继永：《浅议开展比较文学的意义》，《考试周刊》2009年第27期。

江苏省哲学社会科学规划办公室：《中国比较文学对生态批评的阐发研究》，《江苏社会科学》2009年第6期。

周宁：《跨文化形象学的“东方化”问题》，《福建论坛》（人文社会科学版）2009年第4期。

褚国飞：《乐黛云：从世界的文学视野看中国比较文学》，《国际社会科学杂志》（中文版）2009年第2期。

庄文泉、焦春燕：《我校本科生开设比较文学课的必要性和可行性》，《福建师大福清分校学报》2009年第3期。

宗争：《比较文学之我见——从韦勒克〈文学理论〉出发的“比较文学”探微》，《康定民族师范高等专科学校学报》2009年第4期。

邹建军、刘遥：《文学地理学研究的主要领域》，《世界文学评论》2009年第1期。

邹建军：《中国比较文学学科建设“下潜模式”的建立》，《江汉论坛》2009年第1期。

邹赞：《他者镜像——斯皮瓦克的〈学科之死〉与中国文论的主体性》，《新疆大学学报》（哲学·人文社会科学版）2009年第2期。

（二）比较诗学

白丽云：《试析全球化形势下中西文论现代转换之可能》，《安徽文学（下半月）》2009年第1期。

白阳：《“兴观群怨”说与“卡塔西斯”论之比较》，《河南理工大学学报》（社会科学版）2009年第4期。

毕小蕊：《理想的读者——中国古代文论中的“知音”与西方接受美学中的接受者之比较》，《大众文艺（理论）》2009年第19期。

毕小蕊：《从亚里士多德的悲剧观看中西悲剧结尾设计的差异》，《语文学刊》（外语教育与教学）2009年第6期。

蔡健：《王家新与俄罗斯流亡诗人诗学关系研究》，《十堰职业技术学院学报》2009年第5期。

蔡俊：《〈文心雕龙〉与〈诗学〉异质性之比较》，《西南民族大学学报》（人文社会科学版）2009年第3期。

蔡俊：《〈文心雕龙〉与印度〈舞论〉之比较》，《江西社会科学》2009年第3期。

蔡美花、郭美善：《朝鲜古代“天机论”的形成与发展》，《延边大学学报》（社会科学版）2009年第6期。

蔡宗齐、周颖：《中西文化比较中的内文化、跨文化与超（个体）文化视角》，《文艺理论研究》2009年第4期。

曹成竹：《从习性到审美习俗：一个布尔迪厄概念的中国化》，《马克思主义美学研究》2009年第2期。

曹春茹：《朝鲜汉文学家柳梦寅对柳宗元古文理论的接受与变通——以“文以明道”“旁推交通”为例》，《邵阳学院学报》（社会科学版）2009年第2期。

曹春茹：《朝鲜文人对明清诗歌批评的价值》，《楚雄师范学院学报》2009年第5期。

曹春茹：《朝鲜汉文学家柳梦寅对韩愈古文理论的接受与变通——以“文以明道”和“不平则鸣”为例》，《社会科学论坛》（学术研究卷）2009年第8期。

曹顺庆、杨一铎：《立足异质融会古今——重建当代中国文论话语综述》，《社会科学研究》2009年第3期。

曹顺庆、邱明丰：《失语症与现代性变异》，《社会科学战线》2009年第4期。

曹顺庆：《异质性与变异性——中国文学理论的重要问题》，《东方丛刊》2009年第3期。

曹顺庆、邱明丰：《重建中国文论话语的三条路径》，《思想战线》2009年第6期。

曹旻：《弗洛伊德精神分析理论对张爱玲的影响》，《湖南第一师范学报》2009年第3期。

陈长英：《中西艺术对人体美的不同取向》，《数位时尚（新视觉艺术）》2009年第1期。

陈诚：《马克思主义美学研究如何中国化——兼评“新实践美学论”》，《学习与探索》2009年第3期。

陈橙：《宇文所安对中国文学经典选编之贡献》，《求索》2009年第11期。

陈东成、应明：《论现代阐释学与传统道家哲学之契合——兼谈经典汉诗英译》，《华北水利水电学院学报》（社会科学版）2009年第6期。

陈方竞、朱旭晨：《法国文学取向的中国新文学批评——中国现代文学批评中的

"诗"与"散文"观（一）》，《燕山大学学报》（哲学社会科学版）2009年第3期。

陈建华、耿海英：《俄国形式主义文论在中国30年》，《学习与探索》2009年第5期。

陈净、邹庆武：《意象与具象：中英古典诗歌的审美比较——以唐诗和浪漫主义诗歌为例》，《名作欣赏》2009年第4期。

陈瑞宣：《一种类比：鲁迅与诺斯替主义》，《鲁迅研究月刊》2009年第3期。

陈斯金：《多元语境下的文学真实性》，《南京师范大学文学院学报》2009年第3期。

陈桐生：《出土竹书心性论与弗洛伊德心理结构学说之比较》，《北方论丛》2009年第3期。

陈望衡、周茂凤：《"美学"：从西方经日本到中国》，《艺术百家》2009年第5期。

陈望衡：《日僧空海对中国美学的独特贡献》，《襄樊学院学报》2009年第3期。

陈为为、江少川：《新移民诗歌的空间诗学》，《华文文学》2009年第3期。

陈希：《论中国现代派诗对意象主义的接受》，《文学评论》2009年第5期。

陈小亮：《贾岛五律与佛教戒律的类比之误：以宇文所安的晚唐诗研究为例》，《浙江学刊》2009年第2期。

陈永辉：《宗白华散步美学的当代启示》，《湖北经济学院学报》（人文社会科学版）2009年第8期。

陈元芳：《从朗加纳斯的〈论崇高〉看关汉卿的〈窦娥冤〉》，《安徽文学（下半月）》2009年第3期。

陈越：《重审与辨正——瑞恰慈文艺理论在现代中国的译介与反应》，《中国现代文学研究丛刊》2009年第2期。

陈治国：《2007：诠释学与中国》，《山东大学学报》（哲学社会科学版）2009年第1期。

程勇：《中西文论会通研究需审慎》，《广州大学学报》（社会科学版）2009年第2期。

程勇：《中西文论会通审思》，《理论与创作》2009年第3期。

程正民：《识见·立场·旨归——俄苏文学理论批评研究和教学30年》，《俄罗斯文艺》2009年第2期。

崔海妍：《国内空间叙事研究及其反思》，《江西社会科学》2009年第1期。

崔海妍：《弗吉尼亚·伍尔夫"双性同体"理论在中国的接受和影响》，《妇女研究论丛》2009年第5期。

戴冠青、陈晓茹：《中国化与互通性——西方原型批评对中国当代文学批评的影响》，《泉州师范学院学报》2009年第1期。

戴冠青：《西方叙事学理论对中国文学批评的影响》，《江西社会科学》2009年第10期。

戴前伦：《和而不同：比较诗学错位后的另类范式》，《西南民族大学学报》（人文社会科学版）2009年第9期。

代迅：《从牧歌到挽歌：人对自然的审美关系的变迁与生态美学问题》，《社会科学战线》2009年第4期。

代迅：《从艺术的功利化到审美的伦理化——中西美学分道扬镳的起点》，《厦门大学学报》（哲学社会科学版）2009年第5期。

代迅：《跨文化转向中的中国美学抉择》，《文艺报》2009年11月28日。

党圣元：《建构文学理论的中国话语》，《人民日报》2009年11月20日。

党圣元：《新世纪文论转型及其问题域》，《北方论丛》2009年第3期。

萩原正树：《日本的中国词学研究及新进展》，《长沙理工大学学报》（社会科学版）2009年第3期。

丁伯林：《审视跨文化视野中的“作者之死”》，《青海社会科学》2009年第6期。

丁春雪、李枝盛、刘瑶：《胡适新诗运动中的意象论》，《大众文艺（理论）》2009年第21期。

邓建华：《辞格中的同与异——一场比较文学学者与汉学家之间的论争》，《四川大学学报》（哲学社会科学版）2009年第5期。

邓心强：《海外叶燮研究综述》，《重庆邮电大学学报》（社会科学版）2009年第6期。

丁玫、李继民：《“道”与Logos：中西语言哲学的缘起》，《时代文学（下半月）》2009年第1期。

董铁柱：《论八股文文体的内在多样性——从爱拉斯谟的人文主义理论出发》，《文史哲》2009年第2期。

董炎：《从边缘出发——奚密的现代汉诗研究述评》，《渤海大学学报》（哲学社会科学版）2009年第4期。

段吉方：《“后”语境中的中国当代文学理论研究》，《贵州社会科学》2009年第10期。

段丽惠：《〈济北诗话〉的“立异”与儒家价值理念》，《船山学刊》2009年第3期。

杜吉刚：《反思要素的缺失——中国现代性文论建构中的艾布拉姆斯问题》，《社会科学家》2009年第1期。

杜梁：《“转换论”之终结》，《作家杂志》2009年第12期。

杜伊敏：《王国维的悲剧理论》，《美与时代（下半月）》2009年第3期。

杜正华：《论宗白华美学中两脉整合思想的独特性与价值》，《大众文艺（理论）》2009年第1期。

杜正华：《沟通与融合——论宗白华美学中的两脉整合》，《湖州师范学院学报》2009年第3期。

鄂霞：《“浪漫”概念在中国近代的缘起与演变》，《长春师范学院学报》（人文社会科学版）2009年第11期。

鄂霞、王确：《美学关键词“崇高”的生成和流变》，《文艺争鸣》2009年第11期。

鄂霞、王确：《晚清至五四时期“美学”汉语名称的译名流变》，《东北师大学报》（哲学社会科学版）2009年第5期。

鄂宇宏：《现代主义文学在欧洲及俄罗斯的不同之处》，《语文学刊》2009年第11期。

范革新：《论原型概念之间的差异对原型批评本土化的影响》，《沈阳师范大学学报》（社会科学版）2009年第5期。

范丽娟：《走向现代的五四浪漫主义诗学》，《北方论丛》2009年第4期。

方芳：《生态批评视野下的哈代与庄子比较》，《江淮论坛》2009年第3期。

方汉文：《世界比较诗学史的话语建构——兼及对〈世界比较诗学史〉的评论》，《文艺研究》2009年第8期。

方卫平：《西方学术资源与当代中国儿童文学理论建设：兼谈“当代西方儿童文学和儿童文学理论译丛”》，《文艺报》2009年3月21日。

方仪力：《试论西方文论术语翻译研究的重大意义》，《西南民族大学学报》（人文社会科学版）2009年第S2期。

方志红：《“常山之蛇”与“巴尔扎克之蛇”——中西叙事开头、中部、结尾理论比较》，《咸阳师范学院学报》2009年第5期。

冯宪光：《六十年马克思主义文学理论的译介和研究》，《社会科学战线》2009年第10期。

付建舟：《中国现代纯文学观的发生》，《文学评论》2009年第4期。

付玉群、李成坚：《生态女性主义文学批评及国内研究述评》，《西南科技大学学报》（哲学社会科学版）2009年第3期。

傅建安：《庞德诗学与中国现当代诗歌》，《湖南城市学院学报》2009年第3期。

副岛一郎：《日本江户時代中國文章論的接受及其展開》，《中华文史论丛》2009年第4期。

富胜利、孙力：《古希腊语言观与形而上学——兼与中国先秦语言观对比》，《社会科学战线》2009年第11期。

甘生统：《佛教与〈文心雕龙〉关系问题研究述略》，《湖州师范学院学报》2009年第5期。

高翠元：《叶维廉语法诗学探微》，《华东交通大学学报》2009年第2期。

高奋：《中西诗学观照下的伍尔夫“现实观”》，《外国文学》2009年第5期。

高磊：《略论中国近代小说理论的建立》，《合肥师范学院学报》2009年第4期。

高琼：《“媚美与眩惑”——对于叔本华与王国维美学范畴的分析》，《乐山师范学院学报》2009年第10期。

高文波：《关于胡风的外国文学批评》，《殷都学刊》2009年第2期。

高迎刚：《马克思主义文论中国化进程的回顾与反思》，《西北师大学报》（社会科学版）2009年第2期。

葛桂录：《I. A. 瑞恰慈与中西文化交流》，《福建师范大学学报》（哲学社会科学版）2009年第2期。

龚武：《新批评与中国现代文学》，《求索》2009年第4期。

古屿鑫、宋妍霖：《康德的“崇高”与孟子的“大”的美学范畴比较——超越与回归》，《大众文艺（理论）》2009年第2期。

郭丽萍：《现代主义在中国的民族性表达——论“九叶”派诗学》，《广州大学学

黄维樑：《请刘勰来评论顾彬——〈文心雕龙〉“古为今用”一例》，《文学前沿》2009 年第 1 期。

黄维樑：《以〈文心雕龙〉为基础建构中国文学理论体系》，《文艺研究》2009 年第 1 期。

黄晓晨：《中西悲剧美学比较视域下的王国维〈《红楼梦》评论〉》，《湖南科技学院学报》2009 年第 7 期。

胡吉星：《仁的境界与善的理念——孔子与柏拉图文艺教化观之比较》，《北京青年政治学院学报》2009 年第 4 期。

胡吉星：《论中国古代文论之现代转换的三种途径》，《滁州职业技术学院学报》2009 年第 4 期。

胡建次：《20 世纪以来日本学者南北朝诗歌研究述要（一）》，《许昌学院学报》2009 年第 6 期。

胡建升、杨茜：《融汇中西的文体探索——论王国维的文体思想》，《社会科学论坛》（学术研究卷）2009 年第 10 期。

胡燕春：《从新批评派反观后理论时代中国文学理论的诸种问题》，《曲靖师范学院学报》2009 年第 1 期。

胡燕春：《新批评派与美国汉学界的中国文学研究》，《福建师范大学学报》（哲学社会科学版）2009 年第 2 期。

胡燕春：《新批评派与美国汉学界的中国现当代文学研究》，《南京师范大学文学院学报》2009 年第 2 期。

胡燕春：《瑞恰兹视域中的孟子》，《阜阳师范学院学报》（社会科学版）2009 年第 3 期。

胡燕春：《新批评派在中国的接受与启示》，《新疆大学学报》（哲学人文社会科学版）2009 年第 2 期。

胡志红：《中国生态批评十五年：危机与转机——比较文学视野》，《当代文坛》2009 年第 4 期。

胡志红：《生态批评与〈道德经〉生态思想研究》，《西南民族大学学报》（人文社会科学版）2009 年第 9 期。

胡志红、刘圣鹏：《生态批评对田园主义文学传统的解构与重构——从作为意识形态工具的自然走向生态自然》，《社会科学战线》2009 年第 9 期。

胡志明、秦世琼、周世安：《戴着镣铐的舞蹈——建国前周扬与马克思主义文艺理论的中国化》，《中南大学学报》（社会科学版）2009 年第 3 期。

江少川：《论新移民小说的时间诗学建构》，《华文文学》2009 年第 1 期。

江弱水：《互文性理论鉴照下的中国诗学用典问题》，《外国文学评论》2009 年第 1 期。

江弱水：《现代性视野中的骈文与律诗的语言形式》，《文学评论》2009 年第 1 期。

姜哲：《意象组合与抒情结构——中西诗学视域下的〈喧哗与骚动〉研究》，《东方丛刊》2009 年第 1 期。

蒋传红：《论金圣叹的戏剧叙事理论的民族特色》，《社会科学论坛》（学术研究卷）2009 年第 4 期。

蒋韬：《超越时空的美丑碰撞——波德莱尔与老子的美学观之比较》，《新乡学院学报》（社会科学版）2009 年第 3 期。

蒋艳萍：《文学批评的诗意表达——谈宇文所安的论文言说方式》，《山西师大学报》（社会科学版）2009 年第 2 期。

蒋志刚：《日本启蒙主义文学对梁启超文学启蒙思想的影响》，《长沙铁道学院学报》（社会科学版）2009 年第 3 期。

金钱伟：《试谈有中国特色的文艺学方法论》，《名作欣赏》2009 年第 20 期。

焦亚东：《“非线形阅读”与钱锺书文学批评的双重语境》，《宁夏社会科学》2009 年第 6 期。

金玮：《从古今中西的冲突浅谈钱钟书的学术思想》，《天府新论》2009 年第 S1 期。

金哲：《朴齐家的“味”学观与中国诗学的关系》，《东疆学刊》2009 年第 2 期。

景春雨：《在跨文化对话的开放性视野中找寻原点——评王云〈西方前现代泛诗传统：以中国古代诗歌相关传统为参照系的比较研究〉》，《中国比较文学》2009 年第 2 期。

寇鹏程：《马克思人学范式的当代境遇与中国美学建设》，《文学评论》2009 年第 5 期。

蓝国华：《谈“后殖民主义”理论与少数民族文学批评》，《中州大学学报》2009 年第 5 期。

蓝云春：《“接受理论”视角下的现代主义文学流派与中国——以人大复印报刊〈外国文学研究〉转载文献为基础》，《河南广播电视大学学报》2009 年第 4 期。

李彬：《“一群自觉的现代主义者”——九叶诗人与西方现代主义论》，《中国文学研究》2009 年第 3 期。

李长中：《后现代理论视野下少数民族文学批评的理论与方法》，《内蒙古社会科学》（汉文版）2009 年第 4 期。

李丹：《中西山水田园诗及诗论比较》，《西南民族大学学报》（人文社会科学版）2009 年第 2 期。

李广琼：《自主选择与理论渊源——学衡派对新人文主义的接受方式和接受形态》，《中国文学研究》2009 年第 3 期。

李红霞、金仕霞：《唯美主义的现代中国气派》，《名作欣赏》2009 年第 23 期。

李华：《从叔本华美学思想中走出来的王国维》，《安徽文学（下半月）》2009 年第 3 期。

李加强：《多元视野下中西诗学意象翻译观》，《东北师大学报》（哲学社会科学版）2009 年第 5 期。

李家骧：《中西文论之论圆》，《湘潭大学学报》（哲学社会科学版）2009 年第 2 期。

李家骧：《中西文论的运用比例观念》，《邵阳学院学报》（社会科学版）2009 年第 5 期。

李江梅：《中西方文论话语的文化规则比较》，《云南电大学报》2009 年第 2 期。

李凯：《中西诠释思想之比较——以孟子及阿斯特等人为例》，《西南大学学报》（社会科学版）2009 年第 4 期。

李萌、马莹、陈燕：《继承与发展——论〈人间词话〉中的境界说》，《黑龙江史志》2009 年第 17 期。

李明辉：《王国维与康德哲学》，《中山大学学报》（社会科学版）2009 年第 6 期。

李胜清：《经典诗学的恢弘书写——读季水河新著〈回顾与前瞻：论新中国马克思主义文艺理论研究及其未来走向〉的理论体验》，《吉首大学学报》（社会科学版）2009 年第 6 期。

李炜：《浅论中国“五四”现实主义思潮的外国渊源》，《中国校外教育》2009 年第 7 期。

李玮炜：《解体时代文学的自然演化思想——以英国浪漫主义时期和中国 20 世纪初期为例》，《东莞理工学院学报》2009 年第 6 期。

李西建：《多元知识构型与批评范式的创造——20 世纪西方文学批评理论的知识学取向及其启示》，《文学评论》2009 年第 3 期。

李晓华：《西方哲学与中国文学熔铸而成的“天才之作”——王国维〈人间词〉的审美意象剖析》，《中国比较文学》2009 年第 1 期。

李晓丽：《严复与泰特勒的翻译理论之比较》，《语文学刊》（外语教育与教学）2009 年第 3 期。

李艳：《中西言意关系的比较研究》，《上饶师范学院学报》2009 年第 1 期。

李艳：《中西言意矛盾超越路径的比较研究》，《乐山师范学院学报》2009 年第 6 期。

李艳丰：《王国维〈人间词话〉的生命之思——以悲观主义理论为视点》，《船山学刊》2009 年第 1 期。

李怡：《西方还是本土：中国诗学研究的世纪性命题——从谭桂林〈本土语境与西方资源〉谈起》，《湖南师范大学社会科学学报》2009 年第 4 期。

李怡：《新人文主义视野中的吴宓与梁实秋》，《汕头大学学报》（人文社会科学版）2009 年第 2 期。

李怡：《中国现代诗学建设的三大难题》，《西南大学学报》（社会科学版）2009 年第 4 期。

李怡：《西方学术与中国现代文学研究——引言：西方学术与中国问题》，《社会科学研究》2009 年第 2 期。

李媛媛：《他山之石：60 年外国文艺理论的译介及影响》，《理论学刊》2009 年第 12 期。

李章斌：《近年来关于穆旦研究与“非中国性”问题的争论》，《中国文学研究》2009 年第 1 期。

李震：《〈摩罗诗力说〉与中国诗学的现代转型》，《中国社会科学》2009 年第 3 期。

李振声：《中西文论范畴概念融合的探讨》，《传奇·传记文学选刊（理论研究）》2009 年第 1 期。

梁呐：《艾略特与中国诗学》，《理论界》2009 年第 2 期。

梁呐：《道家思想对庞德的影响》，《柳州师专学报》2009年第1期。

梁呐：《中国美学中的“崇高”》，《大连海事大学学报》（社会科学版）2009年第2期。

梁燕丽：《彼得·布鲁克的跨文化戏剧探索》，《国外文学》2009年第1期。

梁燕丽：《尤金尼奥·巴尔巴的跨文化戏剧理想》，《外国文学》2009年第5期。

梁艳萍：《日本的马克思主义美学研究》，《湖北大学学报》（哲学社会科学版）2009年第2期。

廖思湄：《全球化语境下的郭沫若“翻译诗学”价值体现》，《电影评介》2009年第20期。

廖志斌：《浅议释道儒对〈文心雕龙〉创作思想的影响》，《南昌高专学报》2009年第6期。

林光华：《比较视域下的意象论及诗歌特征论》，《东方丛刊》2009年第1期。

林精华：《俄国现代主义在中国的艰难旅行》，《外国文学研究》2009年第4期。

林精华：《苏俄后现代主义的全球性价值》，《学习与探索》2009年第1期。

林树明：《中国大陆对西方女性主义文学批评的回应》，《南开学报》（哲学社会科学版）2009年第2期。

刘成纪：《多元一体的美学》，《郑州大学学报》（哲学社会科学版）2009年第6期。

刘达科：《佛禅话语与金代诗学》，《社会科学战线》2009年第12期。

刘达科：《辽金诗文话语与佛禅》，《晋中学院学报》2009年第6期。

刘耘华：《比较诗学的本土生成》，《东方丛刊》2009年第1期。

刘建平、邹元江：《海德格尔与徐复观艺术观之比较》，《天津社会科学》2009年第5期。

刘江：《就朱光潜的〈诗论〉谈谈中西诗学的几点不同》，《安徽文学（下半月）》2009年第9期。

刘静：《“诗为活物”之因的接受诗学辨异》，《云南农业大学学报》（社会科学版）2009年第3期。

刘静：《生命的文学：郭沫若与厨川白村》，《重庆师范大学学报》（哲学社会科学版）2009年第5期。

刘莉：《中国古典诗歌及诗论对英美意象派诗歌之影响》，《衡水学院学报》2009年第2期。

刘茂华：《中国文论“中国化”的遮蔽性——对中国文论现代转型的一种批判》，《理论与创作》2009年第3期。

刘倩：《生态女性主义文学批评的接受误区》，《企业家天地下半月刊》（理论版）2009年第6期。

刘俐俐：《比较视野中的唐传奇叙事学分析——以韦瓘〈周秦行记〉文本分析为中心》，《南开学报》（哲学社会科学版）2009年第1期。

刘绍瑾：《比较视野与中国原味》，《长江学术》2009年第4期。

刘圣鹏、胡志红：《生态批评对田园主义文学传统的解构与重构——从作为意识形态工具的自然走向生态自然》,《社会科学战线》2009 年第 9 期。

刘淑红:《从中西审美文化交融的角度看王尔德》,《宜春学院学报》2009 年第 3 期。

刘淑红:《从中西文化比较的角度论王尔德的写意世界》,《绍兴文理学院学报》(哲学社会科学版)2009 年第 4 期。

刘小妮:《论女性写作理论与中国语境》,《沈阳农业大学学报》(社会科学版)2009 年第 5 期。

刘晓曦:《夏目漱石的文艺观与中国传统文化》,《长春理工大学学报》(社会科学版)2009 年第 2 期。

刘欣:《朱光潜“不即不离”说之批评》,《合肥师范学院学报》2009 年第 5 期。

刘亚律:《西方文论中国化的若干策略问题》,《江西社会科学》2009 年第 4 期。

刘艳芬:《试析佛教“神”范畴对六朝诗学的影响》,《青海社会科学》2009 年第 5 期。

刘艳芬:《试析六朝诗学韵范畴的佛教影响因子》,《内蒙古社会科学》(汉文版)2009 年第 2 期。

刘艳芬:《试论佛教对六朝诗学“味”范畴的影响作用》,《社会科学辑刊》2009 年第 6 期。

刘彦顺:《从王国维的美学思想看中西美学会通的可能与途径》,《广州大学学报》(社会科学版)2009 年第 2 期。

刘颖:《关于〈文心雕龙〉的英译与研究》,《外语教学与研究》2009 年第 2 期。

刘悦笛:《“生活美学”建构的中西源泉》,《学术月刊》2009 年第 5 期。

刘悦笛、刘陶:《现代性视野内梁启超的“社会美学”——兼与齐美尔的“社会美学”比较》,《解放军艺术学院学报》2009 年第 3 期。

刘再复:《〈红楼梦〉与西方哲学》,《书屋》2009 年第 2 期。

刘智跃:《精神分析学说与新时期中国小说的美学现代性——精神分析学说与新时期中国小说美学新质研究之一》,《湘潭师范学院学报》(社会科学版)2009 年第 2 期。

刘智跃:《精神分析与新时期创作心理研究》,《湖南科技学院学报》2009 年第 2 期。

刘智跃:《精神分析与新时期小说中的个人无意识主体观》,《湘潭大学学报》(哲学社会科学版)2009 年第 2 期。

刘智跃:《心理叙事美论——精神分析学说与新时期中国小说美学新质研究》,《湖南社会科学》2009 年第 2 期。

刘智跃:《论精神分析主体观及对新时期小说的影响》,《常熟理工学院学报》2009 年第 5 期。

刘占祥:《逻各斯和道对西方诗学和中国文论的不同影响》,《西南民族大学学报》(人文社会科学版)2009 年第 5 期。

陆扬:《〈宋元戏曲考〉与〈诗学〉》,《戏曲艺术》2009 年第 2 期。

卢春红:《古雅说:王国维与康德之间的“文化互读”》,《哲学动态》2009 年第 6 期。

卢惠余:《闻一多:领袖诗坛的理想与追求——兼论意象派对闻一多诗学活动的影

响》，《名作欣赏》2009年第29期。

卢永和：《“诗言志”与“诗是某种制作”——析中西诗学理论原点之异》，《学术论坛》2009年第1期。

卢政：《中西文化的美学对话之可能性论证》，《社会科学家》2009年第11期。

罗钢：《本与末——王国维“境界说”与中国古代诗学传统关系的再思考》，《文史哲》2009年第1期。

罗平英：《中西传统文化中言意观之比较分析》，《科教文汇（上旬刊）》2009年第1期。

罗先友：《论闻一多诗学中的世界文化视野》，《江西社会科学》2009年第4期。

马大康：《接受美学在中国》，《东方丛刊》2009年第4期。

马建辉：《马克思主义美学中国化问题的反思》，《学习与探索》2009年第3期。

马金科：《论高丽、李朝诗人对黄庭坚诗学的接受与变通》，《东疆学刊》2009年第2期。

马睿：《跨文化语境中文学知识的重构——兼论文艺美学的学科意义》，《廊坊师范学院学报》（社会科学版）2009年第4期。

马小朝：《“卡塔西斯”的心灵自由与天理昭彰的情感释放——论中西悲剧精神的审美风格》，《解放军艺术学院学报》2009年第1期。

马小朝：《撼人心魄的怜悯恐惧与催人泪下的悲伤哀怨——中西悲剧精神的审美风格之一》，《山东师范大学学报》（人文社会科学版）2009年第1期。

马小朝：《论中西悲剧精神的内心冲突》，《烟台大学学报》（哲学社会科学版）2009年第1期。

马小朝：《中西悲剧精神的社会现实批判特征比较》，《东方论坛》2009年第2期。

马勇：《中西悲剧意识差异及文化根源》，《戏剧文学》2009年第10期。

莫运平：《西方诗学对文学精神的建构与解构》，《理论与创作》2009年第5期。

纳莎：《试论幽玄美从“妖艳”到“枯淡”的转变》，《思想战线》2009年第S2期。

南帆：《文学理论：本土与开放》，《福建论坛》（人文社会科学版）2009年第3期。

聂春华：《审美境界论的民族性与国际化》，《社会科学战线》2009年第8期。

欧阳丹丹：《庄子丑学与西方现代派丑学之异同》，《安徽师范大学学报》（人文社会科学版）2009年第1期。

欧阳文风：《如何建构中国原创诗学？——从杨义〈感悟通论〉谈起》，《中国文学研究》2009年第2期。

欧阳文风：《感悟：建构中国原创诗学的着力点》，《学术论坛》2009年第5期。

欧阳文风：《梁启超、宗白华美学的相似性及其启示》，《湖南师范大学社会科学学报》2009年第5期。

欧阳友权：《中西文论60年行进态势及成因》，《贵州社会科学》2009年第10期。

彭海军：《马克思主义视阈下的郭沫若实践美学观》，《四川省干部函授学院学报》2009年第3期。

彭松：《文化困境中的诗性省思——叶维廉的中国现代文学研究》，《合肥师范学院学报》2009年第2期。

彭松：《对抗与交融中的中西文学关系——论高利克的中国现代文学研究》，《兰州学刊》2009年第3期。

彭玉平：《朱光潜与解读王国维词学的西学立场——〈人间词话〉百年学术史研究之五》，《苏州大学学报》（哲学社会科学版）2009年第1期。

普慧：《〈文心雕龙〉审美范畴的佛教语源》，《文学评论》2009年第3期。

乔秀岩、宋红：《关于〈文选〉的注释、版刻与流传——以日本足利学校藏宋刊明州本六臣注〈文选〉为中心》，《东南大学学报》（哲学社会科学版）2009年第2期。

邱岚：《格林布拉特与中国当代文化诗学》，《西南民族大学学报》（人文社会科学版）2009年第4期。

邱明丰：《学科建制：中国文论中国化的实践之路》，《社会科学家》2009年第4期。

权雅宁：《本土文化自觉与传统文论价值再发现》，《思想战线》2009年第3期。

权雅宁：《试论中国文论的多元一体知识形态》，《社会科学战线》2009年第4期。

任美衡、刘仕龙：《探索现代中西诗学关系的新路标——评谭桂林〈本土语境与西方资源——现代中西诗学关系研究〉》，《湖南文理学院学报》（社会科学版）2009年第5期。

任小娟：《欧洲俗语论与中国白话文学和文论》，《重庆大学学报》（社会科学版）2009年第3期。

邵明颖：《布洛的“心理距离”说与王国维的“出乎其外”》，《重庆科技学院学报》（社会科学版）2009年第4期。

沈万顺：《英语全球化与中国文学批评话语的重建》，《社科纵横》2009年第8期。

施雪琼、程元、岳浩然：《〈人间词话〉中的王国维的文学批评思想》，《时代文学（下半月）》2009年第5期。

施雪琼、程元、岳浩然：《孔子“兴观群怨”说与亚里士多德“卡塔西斯”说比较》，《中国校外教育》2009年第6期。

师雅惠：《佛境文心——试论佛学对钱谦益文学思想的影响》，《中国社会科学院研究生院学报》2009年第2期。

石明洁：《浅谈克罗齐的表现主义美学对中西方美学的几点影响》，《临沧师范高等专科学校学报》2009年第1期。

史薇：《伽达默尔的阐释观念与汉诗英译》，《商业时代》2009年第26期。

苏敏：《言志：从中西文学视域论中国诗学体系的诠释原则》，《东方丛刊》2009年第2期。

孙良好：《中国现代主义诗潮的“活化石”——九叶诗派研究综述》，《文学评论》2009年第2期。

孙尚勇：《经学章句与佛经科判及汉魏六朝文学理论》，《西北大学学报》（哲学社会科学版）2009年第4期。

孙尚勇：《中古汉译佛经偈颂诗学价值述略》，《宗教学研究》2009年第4期。

孙士聪：《马舍雷与〈在延安文艺座谈会上的讲话〉——对话中的中西马克思主义

文论》，《贵州社会科学》2009年第4期。

沈亚丹：《跨文化艺术比较中相应概念内涵的动态考察——以“形式”为例》，《东南大学学报》（哲学社会科学版）2009年第5期。

汤海威：《老庄与叔本华文艺思想之比较》，《湖南医科大学学报》（社会科学版）2009年第3期。

唐光能：《从传统探寻中走向重建——中国古代文论的现代视角》，《湖北经济学院学报》（人文社会科学版）2009年第1期。

陶礼天：《〈文心雕龙〉与佛学关系再探》，《陕西师范大学学报》（哲学社会科学版）2009年第1期。

田广：《王国维与朱光潜悲剧观之比较》，《社科纵横》2009年第10期。

田俊武：《当代欧洲学者视野中的中国当代文学》，《当代文坛》2009年第3期。

田星：《雅各布森的“诗性功能”理论与中国古典诗歌》，《俄罗斯文艺》2009年第3期。

佟超：《论儒、道、释对古代文论的影响》，《湖北经济学院学报》（人文社会科学版）2009年第3期。

涂慧：《陶渊明与华兹华斯美学风格差异缘由新探——兼论中西宇宙意识的制约与文化规则的生成》，《湖南人文科技学院学报》2009年第5期。

王柏华、周荣胜：《比较诗学的第三领域——兼论比较诗学与文学理论的关系》，《中国比较文学》2009年第2期。

王柏华：《中国诗学中的身体隐喻》，《东方丛刊》2009年第1期。

王超：《道之文：中国文学本体论及文论话语规则》，《东方丛刊》2009年第3期。

王成：《多元视阈下中国古代文论的意义传承》，《内蒙古社会科学》（汉文版）2009年第2期。

王成：《从“失语症”到“巴列塔”——多重视阈下中国古代文论的人文意蕴及其传承》，《贵州师范大学学报》（社会科学版）2009年第3期。

王端：《师法古人，有咨于当下——贺拉斯与孔子文艺思想比较》，《语文学刊》2009年第10期。

王芳：《西方文化在中国的大众审美接受探析》，《湖南科技学院学报》2009年第6期。

王芳：《艾略特诗学在中国的文化接受探析》，《湖南人文科技学院学报》2009年第3期。

王芳：《传播美学视角下的清末民初西方文化阐释转型》，《求索》2009年第8期。

王芳：《论袁可嘉中国式现代主义诗学理论的建构》，《南昌大学学报》（人文社会科学版）2009年第5期。

王飞：《西方文论中国化的系统总结》，《文艺报》2009年5月19日。

王菲、龙珣：《浅谈中西诗学比较》，《科教文汇（中旬刊）》2009年第1期。

王光和：《论胡适对西方现实主义文学思想的接受》，《江淮论坛》2009年第1期。

王桂琴：《女性主义文学批评的几个关键词在中国的嬗变》，《襄樊学院学报》2009

年第7期。

王国彪：《朝鲜学者洪万宗诗论与中国诗论的关联》，《重庆文理学院学报》（社会科学版）2009年第4期。

王家新：《“对中国的执迷”与“世界文学”的视野——试析顾彬对20世纪中国文学的阐释和批评》，《中国人民大学学报》2009年第5期。

王嘉良：《西潮影响与现代中国浪漫文学流变》，《福建论坛》（人文社会科学版）2009年第3期。

王金龙：《英美“新批评”理论的中国化》，《许昌学院学报》2009年第6期。

王敏：《宇文所安的中国文学史观及文学史研究法》，《深圳大学学报》（人文社会科学版）2009年第6期。

王宁、曹顺庆、池昌海、施旭：《重建当代中国学术话语》，《社会科学报》2009年6月4日。

王琦：《浅议瞿秋白现实主义文艺思想的思想渊源》，《扬州教育学院学报》2009年第4期。

王彤：《从庞德意象派诗歌看中西诗学的审美交汇》，《保定学院学报》2009年第5期。

王卫国：《济慈对闻一多的影响》，《晋阳学刊》2009年第3期。

王卫红、卢政：《比较与综合：构建马克思主义文艺理论新形态的必由之路》，《中国石油大学学报》（社会科学版）2009年第6期。

王兴文：《多重视野中的镜像——国内德里达文学批评思想研究》，《宁夏师范学院学报》2009年第5期。

王喜冬：《浅论批评家李长之对康德思想的接受》，《安徽文学（下半月）》2009年第7期。

王先霈：《中西移情理论之异同》，《沈阳工程学院学报》（社会科学版）2009年第1期。

王向远：《道通为一——日本古典文论中的“道”、“艺道”与中国之“道”》，《吉林大学社会科学学报》2009年第6期。

王新、李杉婵：《从〈圣经〉的中英文译本谈对隐喻理解的普遍性》，《内蒙古工业大学学报》（社会科学版）2009年第1期。

王兴文：《德里达文学理论批评在中国的变异》，《阴山学刊》2009年第3期。

王燕：《爱美如痴的日本文化之型美——从中西传统审美观看日本传统审美倾向》，《西南民族大学学报》（人文社会科学版）2009年第10期。

王燕子：《探寻跨文化比较诗学的“世界语”——评顾明栋式“摹仿论”》，《临沂师范学院学报》2009年第4期。

王艳峰、吴炫：《我国性别诗学的兴起原因与存在的问题》，《湘潭大学学报》（哲学社会科学版）2009年第6期。

王烨、王佑江：《台湾创世纪诗社的超现实主义诗观》，《华文文学》2009年第2期。

王烨：《台湾“创世纪”诗社的诗歌张力论》，《黄冈师范学院学报》2009年第5期。

王一川:《外国文论在中国六十年(1949—2009)》,《当代文坛》2009年第5期。

王瑛、丁红星:《厄尔·迈纳〈比较诗学〉的学理启示》,《当代文坛》2009年第6期。

王元骧:《再论美学研究:走两大系统融合之路》,《文艺研究》2009年第5期。

王元骧:《文艺理论的创新与思维方式的变革》,《文学评论》2009年第5期。

王岳川:《从去中国化到再中国化》,《文艺争鸣》2009年第1期。

王占峰:《后殖民主义理论之中国文化传递》,《绥化学院学报》2009年第1期。

王钟陵:《典型论在中国二十世纪三四十年代的内涵、争论与运用》,《学术交流》2009年第1期。

汪正龙:《英美文学理论教材的现状与走向管窥——兼谈对我国文学理论教材改革的启示》,《江汉论坛》2009年第6期。

魏春春:《从〈诗经稗疏〉看王夫之的〈诗〉学阐释学方法——兼与雷庆翼先生商榷》,《兰州学刊》2009年第12期。

魏家海:《庞德创译中国古诗中的中国传统情结》,《天津外国语学院学报》2009年第5期。

魏琼:《新批评对阐释诗歌的启示——关于〈江雪〉的另一种解读》,《怀化学院学报》2009年第7期。

魏淑仙:《此情就关风与月——从诗学的角度解读胡适留美期间的中诗英译活动》,《牡丹江大学学报》2009年第6期。

魏颖:《女性主义美学的本土化建构及文化特质》,《求索》2009年第9期。

文学武:《论梁宗岱的文学批评个性》,《文艺理论研究》2009年第6期。

文彦波:《克罗齐直觉理论与严羽"妙悟"说之比较》,《湖南城市学院学报》2009年第1期。

翁菊芳:《运用西方诗学,消解中国传统——对施蛰存志怪小说〈夜叉〉的探讨》,《名作欣赏》2009年第21期。

伍方斐:《国内后现代主义文学思潮研究的学术史反思》,《学术研究》2009年第6期。

吴爱红:《和谐美:先秦两汉与古希腊罗马美学的会合点》,《语文学刊》2009年第1期。

吴道兰:《20世纪初叔本华思想传播途径研究》,《美与时代(下半月)》2009年第5期。

吴光正、何坤翁:《坚守民族本位走向宗教诗学》,《武汉大学学报》(人文科学版)2009年第3期。

吴剑:《论冯至〈十四行集〉对里尔克诗学的证悟与偏移》,《湖北社会科学》2009年第2期。

吴培显:《在比较视野中破解新文学领域的难题——论贾植芳先生的新文学研究》,《中国比较文学》2009年第3期。

吴兴明、卢迎伏:《为"天道"之光所照亮的一隅——庄子的意义论与20世纪西方文学意义论的视角相关性》，《文艺理论研究》2009 年第 4 期。

吴炫：《论文学的“中国式现代理解”——穿越本质和反本质主义》，《文艺争鸣》2009 年第 3 期。

吴炫：《中国创新观念对现代文艺创新的制约》，《文艺理论研究》2009 年第 5 期。

吴夜：《论中国化现实主义的特征》，《黄山学院学报》2009 年第 1 期。

吴正峰：《现代中西诗学关系研究的突破与扬弃——评谭桂林的〈本土语境与西方资源〉》，《长江师范学院学报》2009 年第 6 期。

夏可君：《荷尔德林的文论与现代汉诗写作的法度》，《中国人民大学学报》2009 年第 5 期。

夏中义、曹谦：《中西“汇通”、“半汇通”及“未汇通”——朱光潜〈诗论〉的方法论细读》，《学术月刊》2009 年第 10 期。

向天渊：《中西精神冲突的正解与误解——刘小枫比较诗学的思想与方法》，《东方丛刊》2009 年第 3 期。

熊飞宇、唐廷碧：《艺术想象在中西文论中的分途异趋》，《四川理工学院学报》（社会科学版）2009 年第 6 期。

熊飞宇、张凯：《中印“味论”之契合》，《重庆城市管理职业学院学报》2009 年第 2 期。

熊辉：《译介学与中国现代诗学体系的拓展》，《西南大学学报》（社会科学版）2009 年第 6 期。

徐润拓：《略说中西文论会通》，《广州大学学报》（社会科学版）2009 年第 2 期。

徐扬尚、郭明军：《宋代诗话与阿拔斯王朝后期诗论技巧论比较》，《铜仁学院学报》2009 年第 2 期。

徐扬尚：《从“扑朔迷离”看古文立象尽意的言说方式——兼论现代古文解读方式的“西化”》，《东方论坛》2009 年第 4 期。

徐志啸：《〈中国文论：英译与评论〉的比较诗学价值》，《东方丛刊》2009 年第 1 期。

徐志啸：《美国学者中国古代诗学研究方法综述》，《古典文学知识》2009 年第 1 期。

徐志啸：《文学史及宫廷诗、京城诗——宇文所安唐诗研究论析》，《中国文化研究》2009 年第 1 期。

徐志啸：《用西方理论解析和比较中国古代文论》，《晋阳学刊》2009 年第 1 期。

徐志啸：《异域女学者的独特视角》，《苏州大学学报》（哲学社会科学版）2009 年第 2 期。

许丽青：《诗、画、乐：瑞恰慈与钱钟书评论之比较》，《福建论坛》（社会科学教育版）2009 年第 12 期。

许俊莹：《进化论与梁启超、王国维的文学思想》，《北京化工大学学报》（社会科学版）2009 年第 2 期。

许苏民：《论王国维的中西哲学比较研究——普世哲学定义观照下的中西慧境》，《哲学研究》2009 年第 9 期。

许霆:《中国诗人移植十四行体的文化意义》,《文艺理论研究》2009年第5期。

许霆:《中国诗人移植十四行体格律论》,《中国比较文学》2009年第4期。

薛家宝:《唯美主义与中国现代小说》,《江苏社会科学》2009年第6期。

雪莲:《崇高的概念东方与西方(英文)》,《语文学刊》(外语教育教学)2009年第3期。

闫月珍:《艺道合一:中国美学品格的现代建构——叶维廉阐释道家自然论的历史语境》,《浙江学刊》2009年第6期。

杨涥伟:《观澜而索源反本而弥新——曹顺庆文学理论研究述评》,《东方丛刊》2009年第3期。

杨矗:《中国本土对话诗学的构建》,《太原师范学院学报》(社会科学版)2009年第1期。

杨春时:《同情与理解:中西美学主体间性的互补》,《吉林大学社会科学学报》2009年第1期。

杨冬:《百年中国批评史中的"勃兰兑斯问题"——关于勃兰兑斯在中国的译介与接受》,《文艺争鸣》2009年第1期。

杨贵环、古风:《古代文论参与当代文论话语重建的基本途径》,《贵州社会科学》2009年第3期。

杨海鸥:《从德勒兹的生成论看〈红楼梦〉宝黛绝唱的生成性》,《四川外语学院学报》2009年第S2期。

杨慧:《瞿秋白对现实主义的正名和对自然主义的批评——从〈"现实"〉的中俄文文本对勘说起》,《中国现代文学研究丛刊》2009年第2期。

杨经建:《性爱文学:在中西比较中阐释》,《学术界》2009年第3期。

杨经建:《启蒙主义语境中的存在主义选择——论20世纪中国存在主义文学的历史文化语境》,《广东社会科学》2009年第4期。

杨经建:《从存在的焦虑到生存的忧患——20世纪中国存在主义文学"本土化"论之二》,《浙江学刊》2009年第5期。

杨经建:《从超越性到世俗性——20世纪中国存在主义文学"本土化"表征之一》,《天津社会科学》2009年第6期。

杨经建:《存在的"危机"与"边缘"的存在——再论20世纪中国存在主义文学"边缘性"》,《人文杂志》2009年第2期。

杨经建:《五四文学与存在主义》,《厦门大学学报》(哲学社会科学版)2009年第3期。

杨焄:《陆机〈文赋〉在韩国的流传与影响》,《文艺理论研究》2009年第6期。

杨玲、王立:《中西叙事学探微》,《时代文学(下半月)》2009年第11期。

杨玲:《粉丝小说和同人文:当西方与东方相遇》,《济宁学院学报》2009年第1期。

杨莉馨:《异域性与本土化:女性主义诗学在中国的流变与影响》,《南京师范大学文学院学报》2009年第4期。

杨莉馨:《论"新月派"作家与伍尔夫的精神契合与文学关联》,《南京师大学报》

（社会科学版）2009年第2期。

杨乃乔：《主持人语：多元文化研究的“大通”视域及对学术山寨文化的抵抗》，《东方丛刊》2009年第1期。

杨乃乔、李丽琴：《唐代经学阐释学与两种文学观念的悖立——兼论〈五经正义〉的阐释学方法与原则》，《学术月刊》2009年第4期。

杨乃乔：《中西学术文化交汇中的诠释学——论中国经学诠释学的建构》，《徐州师范大学学报》（哲学社会科学版）2009年第6期。

杨松芳：《20世纪西方文论的嬗变及其对中国文论建设的借鉴意义》，《南华大学学报》（社会科学版）2009年第5期。

杨松芳：《后殖民主义与中国当代文论建设》，《辽宁经济职业技术学院》（辽宁经济管理干部学院学报）2009年第6期。

杨晓新：《创立中国学派重塑学术形象——马克思主义文论百年反思之一》，《黑龙江社会科学》2009年第1期。

杨学民：《汉字思维与海外华文诗学的建构》，《世界华文文学论坛》2009年第4期。

杨扬：《〈道与逻各斯——东西方阐释学〉研究书评》，《安徽文学（下半月）》2009年第9期。

阳黔花：《中、美大学本科美学教材的比较及思考——以两国的10本教材为例》，《贵州师范大学学报》（社会科学版）2009年第3期。

姚春树、汪文顶：《论郭沫若和康德》，《中国比较文学》2009年第2期。

姚岚：《游走在现代性的边缘——论五四文学对唯美主义的接受》，《内蒙古民族大学学报》（社会科学版）2009年第3期。

叶静、余悦：《西方民俗学视野和中国古典文学研究》，《社会科学研究》2009年第1期。

叶朗：《从中国美学的眼光看当代西方美学的若干热点问题》，《文艺研究》2009年第11期。

叶玉露：《“道”与“理念”——老子与柏拉图的美学思想比较》，《美与时代（下半月）》2009年第9期。

殷国明：《中国文论的普世价值初论》，《文艺理论研究》2009年第3期。

殷国明、李江：《批评：对文化圈层间隔的穿越》，《社会科学》2009年第7期。

殷国明：《中国文论的普世价值再论》，《文艺理论研究》2009年第6期。

尹凤莉：《叶维廉“模子寻根法”的比较文学观管窥》，《牡丹江大学学报》2009年第1期。

尹锡南：《梵语诗学曲语论和西方诗学比较》，《文艺理论研究》2009年第1期。

尹锡南：《梵语味论诗学和西方诗学比较》，《人文杂志》2009年第3期。

尹锡南：《同中有异：东西“诗人学”理论探幽》，《东方论坛》2009年第3期。

尹锡南：《印度梵语诗学研译及比较诗学发展》，《深圳大学学报》（人文社会科学版）2009年第5期。

滕腾：《中西美学和艺术发展的基本规律及特征》，《山东商业职业技术学院学报》

2009年第4期。

于淑静：《社会历史批评在中国的“延异”》，《河北师范大学学报》（哲学社会科学版）2009年第5期。

余丹：《“叙事”与“narrative”在中西传统文化语境中的差异》，《华中师范大学研究生学报》2009年第2期。

余颖：《融合中西超越中西——论王国维“境界说”对叔本华美学的借鉴》，《阴山学刊》2009年第1期。

俞晓霞：《欲望超脱与生命自由——王国维与席勒美育思想比较》，《文艺争鸣》2009年第1期。

袁仕萍：《打通：寻找中西共同的诗心文心——对钱钟书中西比较诗学观的梳理和研究方法的剖析》，《世界文学评论》2009年第2期。

詹艾斌：《多元思想与文化语境下的相对——90年代后中国文学批评状况的一种描述》，《内蒙古社会科学》（汉文版）2009年第1期。

张春华：《女性主义观照下花间词的美学特质》，《求索》2009年第4期。

张传敏：《打通古今、融贯中西：中国现代诗学史上的一种倾向》，《西南大学学报》（社会科学版）2009年第4期。

张亘：《“花束的空无”——东方视角下的马拉美诗学》，《外国文学评论》2009年第4期。

张广奎、闫一炜：《中西诗歌情感之美学比较》，《社会科学家》2009年第6期。

张杰：《俄苏诗学理论在中国的接受》，《俄罗斯文艺》2009年第3期。

张锦：《夏志清对中国现当代文学研究的影响》，《长沙大学学报》2009年第3期。

张锦：《夏志清对新时期以来内地中国现当代文学研究的影响》，《安徽电气工程职业技术学院学报》2009年第2期。

张锦：《“文”在建构着“道”——反向阅读〈文心雕龙·原道篇〉》，《集美大学学报》（哲学社会科学版）2009年第2期。

张晶莹：《中西诗学意象差异的文化辨析——意象与自然环境》，《科技信息》2009年第33期。

张炯：《马克思主义与中国文学研究》，《海南师范大学学报》（社会科学版）2009年第1期。

张奎志：《中西方审美体验观念比较》，《北京印刷学院学报》2009年第1期。

张萍：《从“道与逻各斯”到“名与逻各斯”》，《文艺报》2009年12月1日。

张仁香：《文类、惯例、比较——厄尔·迈纳〈比较诗学〉的诗学体系建构》，《湘潭大学学报》（哲学社会科学版）2009年第3期。

张思齐：《比较视域中的〈明文海〉研究与明代时文格局》，《江西社会科学》2009年第11期。

张世君：《中西叙事概念“间架”与“插曲”辨析》，《文艺理论研究》2009年第3期。

张万民：《辩者有不见：当叶维廉遭遇宇文所安》，《文艺理论研究》2009年第4期。

张文彩：《论卡西尔的“净化”观与庄子美学的汇通》，《大众文艺（理论）》2009年第17期。

张文娟：《发现与输出中国少数民族文论》，《曲靖师范学院学报》2009年第1期。

张武军：《“马克思主义中国化”与文艺界“民族形式”运动——兼及对中国当下文艺问题的启示》，《求索》2009年第1期。

张小平：《论中国化的先锋戏剧》，《大众文艺（理论）》2009年第10期。

张莘：《融汇中西升华传统——王国维境界说与叔本华哲学的关系》，《长春工业大学学报》（社会科学版）2009年第6期。

张旭春：《文学理论的西学东渐——本间久雄〈文学概论〉的西学渊源考》，《中国比较文学》2009年第4期。

张旭曙：《关于用现象学诠解中国传统诗性智慧的反思》，《文学评论》2009年第4期。

张燕：《中国诗论传统中的诗艺价值争议——宇文所安〈中国文论：英译与评论〉的启示》，《广播电视大学学报》（哲学社会科学版）2009年第3期。

张杨：《试谈中西方文学理论中的“性格”范畴》，《大众文艺（理论）》2009年第12期。

张意薇、陈春生：《鲁迅与瞿秋白的早期现实主义文学观比较探析——以对果戈里的接受为例》，《海南师范大学学报》（社会科学版）2009年第2期。

张玉能：《中国化马克思主义美学的考察》，《文艺报》2009年2月24日。

张玉能、张弓：《解释学文论与当代中国文论建设》，《陕西师范大学学报》（哲学社会科学版）2009年第1期。

张玉能：《新时期美学发展格局：一枝独秀与多元共存——兼评“丢弃论”和“不是论”》，《汕头大学学报》（人文社会科学版）2009年第1期。

章辉：《理论旅行：后殖民主义文化批评在中国的历程与问题》，《武汉理工大学学报》（社会科学版）2009年第1期。

章辉：《中国马克思主义美学的历史选择与现实命运》，《甘肃社会科学》2009年第3期。

赵宏国、乔瑞雪：《中西方美学思想之比较》，《黑龙江教育学院学报》2009年第11期。

赵金萍：《中西修辞手段刍议》，《时代文学（下半月）》2009年第9期。

赵凌河：《叶公超的文学思想与“新批评”理论》，《海南师范大学学报》（社会科学版）2009年第3期。

赵凌河：《新文学现代主义文论的一种经典——叶公超的“新批评”理论》，《辽宁大学学报》（哲学社会科学版）2009年第5期。

赵渭绒：《世远莫见其面、觇文辄见其心——从汤显祖与莎士比亚戏剧创作看14—16世纪中欧戏剧理论》，《西南民族大学学报》（人文社会科学版）2009年第1期。

赵稀方：《后殖民理论在台湾的演绎》，《文艺研究》2009年第2期。

赵小琪：《台湾创世纪诗社对超现实主义技法的修正性接受》，《华文文学》2009

年第 3 期。

赵学栩：《用读者反应理论看林黛玉和苔丝的异同》，《思茅师范高等专科学校学报》2009 年第 2 期。

赵小琪：《接受美学视野下台湾现代诗社对西方纯诗话语的自我诠释》，《湖南文理学院学报》（社会科学版）2009 年第 1 期。

赵小琪：《20 世纪中国现代主义诗学知性话语的理论维度》，《广东社会科学》2009 年第 1 期。

赵炎秋：《共和国叙事理论发展六十年》，《理论与创作》2009 年第 4 期。

赵炎秋：《绝对、相对与多元：对建国后文论发展的反思》，《湖南师范大学社会科学学报》2009 年第 4 期。

赵毅衡、姜飞：《英美“新批评”在中国“新时期”——历史、研究和影响回顾》，《学习与探索》2009 年第 5 期。

赵毅衡：《我们需要补一个“语言转折”吗？——形式文论在中国六十年》，《西南民族大学学报》（人文社会科学版）2009 年第 9 期。

赵毅衡：《新批评与当代批判理论》，《英美文学研究论丛》2009 年第 2 期。

曾军：《问题意识的对话——中国巴赫金接受 30 年的回顾与反思》，《学习与探索》2009 年第 5 期。

曾琴：《和谐与冲突——中西方写作美学法则的比较》，《海南广播电视大学学报》2009 年第 4 期。

曾琴：《比喻与叙事——中西方传统写作美学法则的对比》，《海南广播电视大学学报》2009 年第 3 期。

曾穗菁：《论全球化语境下文学创作的民族性追求》，《理论月刊》2009 年第 5 期。

郑静、王密：《克里斯蒂娜·罗塞蒂与李清照的女性主义解读》，《安顺学院学报》2009 年第 3 期。

郑宁波：《诠释之“罔”与实践美学——马克思主义文艺理论中国化的阐释困境及其超越》，《甘肃社会科学》2009 年第 3 期。

郑义：《老庄哲学中“道”的审美意义——兼与柏拉图的“理念”比较》，《安徽文学（下半月）》2009 年第 2 期。

郑玉明：《再论王国维的“古雅说”与中西诗学传统——兼同罗钢先生商榷》，《浙江工业大学学报》（社会科学版）2009 年第 3 期。

支宇：《雷纳·韦勒克对中国新时期文论的影响及其话语变异》，《学习与探索》2009 年第 5 期。

支宇：《“仿真叙事”：从“符号政治经济学批判”到“去现实主义化”——一个西方后现代主义文论关键词在中国的话语个案》，《社会科学研究》2009 年第 6 期。

周江：《“风俗美”阐释——以柏拉图和荀子为例的两种美学传统比较》，《美与时代（下半月）》2009 年第 12 期。

周来祥：《中国化的马克思主义的体验美学——我看王朝闻美学思想》，《文艺理论与批评》2009 年第 4 期。

周棉：《留学生与现实主义文艺理论在中国的传播》，《江苏大学学报》（社会科学版）2009年第5期。

周启超：《文学理论跨文化的一个标本——略论现代斯拉夫文论的价值》，《北京第二外国语学院学报》2009年第4期。

周秋良：《从实践到方法论：中西诗学思维方式的会通——以王国维、杨义的研究为例》，《理论与创作》2009年第3期。

周荣胜：《到了书写比较诗学史的时候吗？——评方汉文主编的〈世界比较诗学史〉》，《文艺研究》2009年第1期。

周薇：《潜滋暗长：茅盾文论中自然主义与社会主义现实主义的裂隙》，《兰州学刊》2009年第10期。

周薇：《茅盾文论的理论资源及其引申》，《重庆社会科学》2009年第7期。

周小英：《浅析〈毛诗序〉中两段选文的英译》，《镇江高专学报》2009年第3期。

周兴杰：《西方文论的中国式解读——评赵一凡〈西方文论讲稿续编〉》，《中国图书评论》2009年第5期。

周兴杰：《审美现代性的中国式生成——郭沫若戏剧与西方浪漫主义思潮》，《中南大学学报》（社会科学版）2009年第6期。

周新民：《叙事学与近三十年中国小说理论批评形式观念的嬗变》，《北大学学报》（哲学社会科学版）2009年第6期。

周新民：《新时期中国式形式批评的创建》，《学术月刊》2009年第5期。

周郁蓓：《亚裔美国文学批评与后现代、后现代理论》，《南开学报》（哲学社会科学版）2009年第5期。

邹建军、刘遥：《文学地理学研究的主要领域》，《世界文学评论》2009年第1期。

邹小艳：《中西女性主义文学批评差异文化探源》，《边疆经济与文化》2009年第7期。

邹赞：《他者镜像——斯皮瓦克的〈学科之死〉与中国文论的主体性》，《新疆大学学报》（哲学·人文社会科学版）2009年第2期。

朱安博：《西方文论术语的翻译策略》，《社会科学战线》2009年第10期。

朱军：《宇文所安〈文心雕龙〉译文赏析》，《经济研究导刊》2009年第18期。

朱岚：《中西方文学艺术美之比较》，《黑龙江教育学院学报》2009年第1期。

朱巧云：《混沌之思——论叶嘉莹的诗学理想》，《江苏社会科学》2009年第1期。

朱寿桐：《新人文主义资源的片面性开发与文学的理论建构》，《湖南社会科学》2009年第2期。

朱印海：《彰显倾向性的现实描绘与典型形象的创造原则——中西马克思主义现实主义文艺观念的比较分析》，《黑龙江社会科学》2009年第2期。

朱源、李远征：《李渔与德莱顿的戏剧语言论比较》，《外语与外语教学》2009年第1期。

庄伟杰：《华文文学书写的维度及诗学探寻》，《世界华文文学论坛》2009年第4期。

（三）东方比较文学

安载鹤、孟庆枢：《日本近年〈聊斋志异〉研究述评》，《古籍整理研究学刊》2009年第1期。

鲍耀明：《武者小路实笃·新村·叶绍钧与我》，《鲁迅研究月刊》2009年第12期。

蔡超：《〈斜阳〉与太宰治的基督情结》，《外国问题研究》2009年第3期。

蔡春华：《中外文学关系研究的一种独特阐释——评宋炳辉的〈弱势民族文学在中国〉》，《中国现代文学研究丛刊》2009年第3期。

曹春茹：《朝鲜文坛对柳宗元的接受与批评述略》，《柳州师专学报》2009年第2期。

曹春茹：《朝鲜柳梦寅〈送黄圣源洛出宰尚州序〉与韩愈〈送董邵南序〉之比较》，《中州大学学报》2009年第3期。

曹春茹：《朝鲜文人论王世贞》，《贵州大学学报》（社会科学版）2009年第3期。

曹春茹：《李梦阳诗文东传朝鲜半岛及对古代朝鲜文学的影响考论》，《甘肃社会科学》2009年第4期。

曹春茹：《朝鲜文人论袁宏道》，《南京理工大学学报》（社会科学版）2009年第4期。

曹广涛：《哈顿贝克·罗伯特对藏族佛教戏剧的研究述评》，《学理论》2009年第6期。

崔基元：《现当代日本文学作品中悲剧性主题探索》，《飞天》2009年第23期。

崔雄权：《试论韩国朝鲜文学的概念及其文化审美特征》，《东疆学刊》2009年第3期。

崔雄权：《论韩国古代山水田园文学中的"武陵桃源情结"》，《吉林大学社会科学学报》2009年第6期。

崔文峰：《中日创世神话的异同性比较》，《安徽文学（下半月）》2009年第1期。

常骄阳：《近代日本作家的"满洲"游记述评》，《日本研究》2009年第1期。

常玲梅：《"旅美派"及其形成原因多视角分析》，《肇庆学院学报》2009年第1期。

陈彩虹、林艳：《俳句中的禅心体现》，《湖北广播电视大学学报》2009年第7期。

陈岗龙：《东方民间文学与东方文学》，《辽东学院学报》（社会科学版）2009年第1期。

陈文静：《〈雪国〉中的悲剧美学——解读川端康成的美学思想》，《名作欣赏》2009年第21期。

陈秀敏：《志贺直哉〈暗夜行路〉与俄底浦斯情结》，《辽宁大学学报》（哲学社会科学版）2009年第2期。

陈益源：《中国明清小说在越南的流传与影响》，《上海师范大学学报》（哲学社会科学版）2009年第1期。

陈友康：《中日文学交流中的诗词唱酬问题》，《学术探索》2009年第5期。

褚文扬：《浅谈基础日语教学中的文学渗透》，《大众文艺》（理论）2009年第21期。

丁珊珊:《论“满映”的女明星形象及其文化内涵》,《江苏社会科学》2009年第4期。

段佳辰:《试析东方文学中的“泥土造人”神话》,《现代语文》2009年第8期。

范苓:《晚清“科学小说翻译热”与日本的影响——以梁启超和鲁迅的中译本为例》,《大连海事大学学报》(社会科学版)2009年第2期。

符杰祥:《鲁迅留日时期“现代”思想的发生与形成》,《中国比较文学》2009年第3期。

符鹏:《作为方法的日本鲁迅研究——以伊藤虎丸的〈鲁迅与终末论〉为中心》,《文化与诗学》2009年第2期。

高文汉:《步入近代的中日文学交流——以19世纪七、八十年代为中心》,《外国问题研究》2009年第1期。

葛春萍:《谈V. S. 奈保尔的西印度文学书写》,《江西科技师范学院学报》2009年第1期。

宫琳:《美术对志贺直哉文学创作的影响初探》,《嘉兴学院学报》2009年第2期。

[日]宫坂覺:《国際的作家芥川龍之介研究の可能性——PENGUICLASSICS「Rashomonand Seventeen Other Stories」をめぐって一》,《日语学习与研究》2009年第5期。

勾艳军:《日本近世小说怪异性溯源——以与中国文学的关联为中心》,《解放军外国语学院学报》2009年第5期。

顾鸣塘:《〈源氏物语〉中的唐锦与〈红楼梦〉中的云锦》,《红楼梦学刊》2009年第3期。

顾鸣塘:《另一种功用:再论〈源氏物语〉与〈红楼梦〉中的“锦”》,《红楼梦学刊》2009年第4期。

顾鸣塘:《文化的交融与分流——浅论〈红楼梦〉与〈源氏物语〉的全面比较研究》,《红楼梦学刊》2009年第1期。

郭永恩:《长谷川如是闲的〈老子〉研究》,《外国问题研究》2009年第3期。

韩聃:《一个有争议的实证性文学关系案例分析——芭蕉与中国文学》,《学术交流》2009年第1期。

何家蓉:《〈罗生门〉鲁迅译文探析》,《解放军外国语学院学报》2009年第3期。

何卫红:《中国文化语境下的大伴旅人〈赞酒歌〉研究》,《日语学习与研究》2009年第2期。

侯传文:《中印文化哲学:泰戈尔与道家》,《东方丛刊》2009年第2期。

侯传文:《泰戈尔戏剧思想初探》,《东方论坛》2009年第6期。

胡备、李欣:《三岛由纪夫在中国的接受与研究》,《河北工程大学学报》(社会科学版)2009年第4期。

黄玲青:《论张爱玲小说和〈源氏物语〉的审美特质》,《湘南学院学报》2009年第1期。

黄少光:《奈良·平安朝汉诗编撰事业于日本文学史上的意义——以诗序为中心》,《日语学习与研究》2009年第2期。

黄真、曹绿：《近代日本侵略性文化的历史渊源及解析》，《日本问题研究》2009年第3期。

贾峰：《古代东方文学的瑰宝——古代埃及故事概述》，《安徽电子信息职业技术学院学报》2009年第6期。

靳丛林：《战前日本鲁迅研究概观》，《外国问题研究》2009年第1期。

金鹤哲：《1949年以前韩国文学汉译和意识形态因素》，《中国比较文学》2009年第4期。

金鹤哲：《中韩建交以后中国文坛对韩国纯文学的译介研究》，《当代韩国》2009年第1期。

金文京：《军记物语和中国文学》，《日语学习与研究》2009年第2期。

金欣：《伊斯兰教对其后阿拉伯文学的影响》，《大众文艺》（理论）2009年第11期。

金哲：《朴齐家的"味"学观与中国诗学的关系》，《东疆学刊》2009年第2期。

黎跃进：《东方启蒙文学与民族主义文学的关系》，《广东社会科学》2009年第4期。

黎跃进：《东方现代民族主义文学的典型形态论》，《重庆大学学报》（社会科学版）2009年第1期。

黎跃进：《中日文学特质宏观比较》，《日本研究》2009年第1期。

黎跃进：《简论日本战后民族主义文学》，《日本问题研究》2009年第4期。

黎跃进：《中国学者的视角：〈普列姆昌德评传〉论析》，《衡阳师范学院学报》2009年第4期。

黎跃进、刘静：《梅娘对夏目漱石的借鉴与超越》，《中国文学研究》2009年第4期。

李萃茂：《海外中华游子文学创作的文化取向——以东南亚中华游子文学为例》，《赣南师范学院学报》2009年第2期。

李光泽：《〈源氏物语〉在中国的研究综述》，《内蒙古民族大学学报》（社会科学版）2009年第3期。

李国华：《多元视角中的东方美学——彭修银教授东方美学研究管窥》，《东方丛刊》2009年第4期。

李杰、李春杰：《太宰治的鲁迅观》，《文艺争鸣》2009年第3期。

李瑾：《阿拉伯"玛卡梅"与中国"苏州评弹"比较研究》，《青海民族学院学报》2009年第2期。

李珺平：《李贽"亦穆亦商"思想与〈古兰经〉》，《东方丛刊》2009年第4期。

李明晖、靳丛林：《阅读文学的理由——读藤井省三〈村上春树心底的中国〉》，《外国问题研究》2009年第2期。

李铭敬：《日本说话文学中中国古典作品接受研究所存问题刍议——以〈日本灵异记〉和〈今昔物语集〉为例》，《日语学习与研究》2009年第2期。

李群：《早期中国文学史写作中的日本影响因素》，《苏州科技学院学报》（社会科学版）2009年第2期。

李群：《近代复古主义思潮与中日文学史写作》，《东方丛刊》2009年第3期。

李群：《章太炎的语言文化观与印度》，《南亚研究》2009年第2期。

李秀卿：《身份的迷失：记者还是作家？——论芥川龙之介的中国之行》，《名作欣赏》2009 年第 23 期。

李雁南：《试论大正日本文学中的东方主义》，《华南师范大学学报》（社会科学版）2009 年第 3 期。

李扬、王新艳：《中日两国都市民俗文化研究刍论》，《东方论坛》2009 年第 4 期。

李寅生：《从汉诗看中国节日习俗对日本的影响》，《长江学术》2009 年第 4 期。

李宇玲：《平安朝文章生试与唐进士科考——试论平安朝前期的省试诗》，《日语学习与研究》2009 年第 2 期。

李悦：《郁达夫小说创作中的“物哀”因子浅析》，《时代文学（下半月）》2009 年第 8 期。

李振声：《横光利一长篇小说〈上海〉译言》，《书屋》2009 年第 4 期。

李志芳、柳慕云：《日本民间故事中“猫”的形象》，《外国问题研究》2009 年第 3 期。

李焯然：《通俗文学与道德教化——〈伍伦全备记〉与〈彰善感义录〉的比较》，《南京大学学报》（哲学·人文科学·社会科学版）2009 年第 4 期。

林昶：《叶渭渠日本文化研究研讨会召开》，《日本学刊》2009 年第 5 期。

林昶：《2008 年中国的日本社会文化研究概况》，《日本学刊》2009 年第 6 期。

林克勤：《环境影响创作主题催化文风——柳永与太宰治之比较研究》，《外国语文》2009 年第 6 期。

梁志明：《试论中国与东亚国家文化交流的特点与趋势》，《东南亚研究》2009 年第 2 期。

刘彬：《透视〈沃斯米娅跃出大海〉中的海洋情结》，《宁波大学学报》（人文科学版）2009 年第 5 期。

刘春英：《牛岛春子与“满洲”》，《外国问题研究》2009 年第 1 期。

刘德有：《中日文化比较研究的几点思考》，《浙江工商大学学报》2009 年第 6 期。

刘建：《高山仰止景行行止——怀念恩师季羡林先生》，《南亚研究》2009 年第 3 期。

刘九令：《日本古典文学中“光”的美学意蕴》，《日本研究》2009 年第 1 期。

刘立军：《笔征：作为一种侵略——日本侵华战争中的“笔部队”》，《当代社科视野》2009 年第 3 期。

刘潋：《“东方文学研究和教学：动态与趋势”学术研讨会在北京大学召开》，《国外文学》2009 年第 1 期。

刘伟：《鲁迅的“原点”：伊藤虎丸对竹内好和丸山升的质疑》，《沈阳师范大学学报》（社会科学版）2009 年第 4 期。

刘伟：《比较视野中的中日文化与文学》，《社会科学家》2009 年第 11 期。

刘雪飞：《试论芥川龙之介〈上海游记〉》，《作家》2009 年第 14 期。

刘亚钰：《浅析西方流行音乐对当代日本文学的影响——以吉本芭娜娜的小说〈N. P〉为例》，《青年文学家》2009 年第 15 期。

刘延超：《新加坡英语文学中的身份认同困惑初探——以小说〈跟着错误女神回

家〉和〈辩护者的魔鬼〉为例》,《东南亚纵横》2009 年第 9 期。

陆晓光:《〈资本论〉日译者与古典诗人陆游的邂逅——河上肇〈放翁鉴赏〉介评》,《社会科学》2009 年第 1 期。

罗丽杰:《论柿本人麻吕的〈儀礼歌〉与司马相如的〈子虚·上林赋〉》,《日语学习与研究》2009 年第 3 期。

蝼冢:《章回之外的中国笔记体小说——我的文学传承或东方文学观》,《花城》2009 年第 3 期。

马骏:《东亚文学语境中的神话故事比较研究——「盟神探湯」与“扶南王范寻判案”》,《日语学习与研究》2009 年第 2 期。

马骏:《〈日本书纪〉祥瑞灾异记载内容的比较文学研究》,《日语学习与研究》2009 年第 6 期。

马晓毅:《韩国文学现状:两极分化的冲击》,《光明日报》2009 年 9 月 15 日。

孟庆枢:《日本自然主义文学、私小说再探讨——近代东西文化交融中的一个值得深思的问题》,《南京师范大学文学院学报》2009 年第 1 期。

孟昭毅:《玛卡梅:从艺术到文学》,《文艺研究》2009 年第 6 期。

帕丽旦·阿木提:《论维吾尔语中的波斯语借词及其音变》,《新疆大学学报》(哲学·人文社会科学版)2009 年第 1 期。

潘洁敏:《东亚区域的文化共性探析——以日本茶道和谐美的考察为中心》,《东南亚研究》2009 年第 2 期。

彭继媛:《惠特曼〈草叶集〉在中日接受差异比较》,《怀化学院学报》2009 年第 7 期。

朴锋奎:《杜牧诗文在朝鲜半岛的流传及其影响——以李奎报为例》,《延边大学学报》(社会科学版)2009 年第 1 期。

邱鸣:《论〈史记〉对日本军记文学之影响——以“太平記”研究为中心》,《日语学习与研究》2009 年第 4 期。

邱雅芬、梁冬青:《上海与近现代转折期的日本文学——以芥川龙之介与横光利一的文学结合点为中心》,《广州大学学报》(社会科学版)2009 年第 5 期。

尚一鸥、孟庆枢:《文学史意义的地震灾难讲述——以村上春树的〈神的孩子都跳舞〉为中心》,《东北师大学报》(哲学社会科学版)2009 年第 3 期。

尚永亮、黄超:《日本汉诗对王维诗之空寂、幽玄美的受容——兼谈“汉诗日本化”的形成过程》,《江西社会科学》2009 年第 8 期。

史阳:《菲律宾阿拉安—芒扬人洪水神话的象征内涵》,《东方丛刊》2009 年第 2 期。

孙虎堂:《日本唐话学者冈岛冠山及其汉文小说〈太平记演义〉述论》,《外国文学》2009 年第 1 期。

孙虎堂:《东洋“纪梦”篇:评介日本汉文小说〈警醒铁鞭〉》,《蒲松龄研究》2009 年第 3 期。

孙科:《无尽虚空与死之花火——从松尾芭蕉的中国式误读浅谈现代性中的虚无绝望问题》,《安徽文学(下半月)》2009 年第 1 期。

孙宁：《民国时期的夏目漱石文学中文译本稽考》，《东北师大学报》（哲学社会科学版）2009 年第 6 期。

孙佩霞：《关于中日古典女性文学研究的省思——从紫式部文学谈起》，《日语学习与研究》2009 年第 3 期。

孙新：《改革开放以来中国的日本研究》，《日本学刊》2009 年第 3 期。

孙逊、宋丽娟：《〈风凰杂志〉与中国古典小说的翻译》，《江西社会科学》2009 年第 5 期。

沈文凡、陈晓雷：《日本俳句与中国唐诗艺术表现之异同》，《日本研究》2009 年第 4 期。

师敏：《佛教和日本艺术关系的研究》，《西安电子科技大学学报》（社会科学版）2009 年第 4 期。

谭木西：《“东方文学前沿问题研究”暑期学校综述》，《世界文学评论》2009 年第 2 期。

谭五昌：《〈王向远著作集〉的学术特色》，《中国图书评论》2009 年第 3 期。

谭中：《东方文明的气质与中印研究的灵魂——探讨“中印学”的目的与任务》，《东南亚南亚研究》2009 年第 1 期。

唐卉：《日本的神话历史与文化恋母》，《百色学院学报》2009 年第 4 期。

唐琰、廖丽华：《“中日视野下的鲁迅”国际学术研讨会综述》，《鲁迅研究月刊》2009 年第 12 期。

藤井淑禎：《文学が庶民に愛されていた時代——高度成長期の読者》，《日语学习与研究》2009 年第 1 期。

田庆立：《日本“亚洲身份”构建的困境及其抉择》，《日本学刊》2009 年第 1 期。

汪俊文：《日本江户读本小说对中国白话小说的“翻案”——以〈雨月物语·蛇之淫〉与〈警世通言·白娘子永镇雷峰塔〉为例》，《上海师范大学学报》（哲学社会科学版）2009 年第 1 期。

王邦维：《我们怎么研究东方文学——缅怀季羡林先生时的感想》，《国外文学》2009 年第 4 期。

王国彪：《崔致远三元、黄箓斋词研究》，《湘南学院学报》2009 年第 4 期。

王鸿博：《印度英语小说源流谈》，《世界文化》2009 年第 5 期。

王贺英：《试论中日隐逸文学的异同——以陶渊明与西行法师为中心》，《沈阳师范大学学报》（社会科学版）2009 年第 1 期。

王华：《紫草在日本古代文学中的意象——以上代和中古为中心》，《中国海洋大学学报》（社会科学版）2009 年第 1 期。

王家平：《“竹内鲁迅”的范式、特质、影响及其对它的超越》，《首都师范大学学报》（社会科学版）2009 年第 1 期。

王劲松：《殖民地时空下的女性文学景观——1931—1945 年伪满文坛女作家群落考述》，《中华女子学院学报》2009 年第 1 期。

王景霞：《古代大禹神话传说的情节类型》，《大舞台》（双月号）2009 年第 1 期。

王军：《近代中日文化交流述论》，《黑龙江教育学院学报》2009 年第 4 期。

王立：《明清小说“一以化多”母题的佛经文献来源》，《南亚研究》2009 年第 2 期。

王梅：《男性欲望与叙事——试比较田山花袋〈棉被〉与郁达夫〈沉沦〉》，《日语学习与研究》2009 年第 3 期。

王玲玲：《岛木健作的“满洲”之行——以〈满洲纪行为〉中心》，《日语学习与研究》2009 年第 6 期。

王汝良：《泰戈尔笔下的中国形象》，《东方论坛》2009 年第 4 期。

王升远、周庆玲：《中国日语教育史视阈中的张我军论》，《台湾研究集刊》2009 年第 3 期。

王炜：《日本幕末民间洋学的存在特征及意义初探》，《日语学习与研究》2009 年第 6 期。

王向远：《试论波斯文学的民族特性》，《苏州科技学院学报》（社会科学版）2009 年第 2 期。

王向远：《论亚洲文学区域的形成及其特征》，《重庆大学学报》（社会科学版）2009 年第 1 期。

王向远：《中国作家与印度文化的因缘关系值得研究——兼谈〈佛心梵影——中国作家与印度文化〉一书的写作》，《南亚研究》2009 年第 1 期。

王向远：《试论波斯文学的民族特性》，《苏州科技学院学报》（社会科学版）2009 年第 2 期。

王向远：《沙特阿拉伯民族文化与文学的基本象征》，《西南民族大学学报》（人文社会科学版）2009 年第 10 期。

王向远：《古今中华任挥洒——日本当代著名作家伴野朗的中国题材历史小说创作》，《南京师范大学文学院学报》2009 年第 2 期。

王晓平：《日本“国字”从根儿说》，《寻根》2009 年第 6 期。

王晓平：《亚洲汉学史中的〈千字文〉》（英文），*Frontiers of Literary Studies in China*，2009（9）。

王玉琴：《从“向死而思”到“向死而在”——文学与死亡的亲缘性关系论略》，《社会科学辑刊》2009 年第 2 期。

王琢：《20 世纪中日比较文学研究的回顾与展望》，《暨南学报》（哲学社会科学版）2009 年第 4 期。

魏丽明：《“挟洋自重”和“借光自照”——1999 年英文版〈泰戈尔在中国的讲演〉的启示》，《南亚研究》2009 年第 4 期。

魏丽明：《后殖民文化理论的“新生”——评石海军〈后殖民：印英文学之间〉》，《外国文学研究》2009 年第 3 期。

温晓静：《黄庆澄〈东游日记〉及其日本观》，《温州职业技术学院学报》2009 年第 4 期。

文慧：《申纬诗歌与老庄的自然思想》，《世界文学评论》2009 年第 1 期。

翁家慧：《大江健三郎北京大学演讲会综述》，《国外文学》2009 年第 1 期。

翁敏华：《滩簧小戏与东亚滑稽笑剧传统》，《中国比较文学》2009 年第 4 期。

吴岚：《世界背景下的“疯癫”——论大江健三郎小说中的“疯狂”》，《复旦外国语言文学论丛》2009 年第 1 期。

吴思佳：《理解村上春树的另一种方法——音乐》，《日本问题研究》2009 年第 3 期。

吴思佳：《论村上春树的中国观》，《襄樊职业技术学院学报》2009 年第 3 期。

吴思佳：《〈挪威的森林〉之精神分析》，《昭通师范高等专科学校学报》2009 年第 4 期。

吴思佳：《论村上春树的日本关心》，《宁波教育学院学报》2009 年第 2 期。

吴舜立：《死亡的惧悲与奂美——论川端康成的死亡意识》，《陕西师范大学学报》（哲学社会科学版）2009 年第 1 期。

吴雨平：《文字载体与审美内涵的和谐统一——〈挪威的森林〉的叙事策略》，《当代外国文学》2009 年第 4 期。

吴周文：《“老潮州”的笑影与思考——感觉蓉子的〈上海七年〉》，《世界华文文学论坛》2009 年第 1 期。

魏长宝、方立天：《他是中印文化交流的使者》，《中国社会科学报》2009 年 7 月 16 日第009 版。

肖霞：《论清末民初文学文本中“日化”语言的淘汰与扬弃》，《江苏科技大学学报》（社会科学版）2009 年第 1 期。

肖霞：《〈小说画报〉语言的“日化”现象》，《苏州教育学院学报》2009 年第 3 期。

小峯和明：《東アジアにおける日本文学——研究の動向と展望》，《日语学习与研究》2009 年第 2 期。

邢雪：《五四新文学与日本文学的对话——从〈沉沦〉与〈田园的忧郁〉看郁达夫与佐藤春夫》，《青年文学家》2009 年第 7 期。

谢仁敏：《晚清南洋革命派的小说观念及小说品格——以新加坡〈中兴日报〉为样本》，《东南亚研究》2009 年第 6 期。

谢永新、耿海霞：《一本适宜于比较文学初学者的教材——对渡边洋先生〈比较文学研究导论〉的解读》，《广西师范学院学报》（哲学社会科学版）2009 年第 4 期。

熊辉：《跨越国界的情感共鸣》，《文艺报》2009 年 3 月 21 日第 003 版。

徐冰：《中国日本研究史上的一本“奇书”——周氏〈日本概观〉评介》，《日本学刊》2009 年第 3 期。

徐扬尚、郭明军：《宋代诗话与阿拔斯王朝后期诗论技巧论比较》，《铜仁学院学报》2009 年第 2 期。

薛克翘：《印度中世纪耆那教诗人雪月》，《辽东学院学报》（社会科学版）2009 年第 3 期。

薛克翘：《谈锡克教祖师们的哲理诗》，《东南亚南亚研究》2009 年第 2 期。

薛克翘：《新华营往事——怀念季羡林先生》，《南亚研究》2009 年第 3 期。

阎连科：《文学与亚洲“新生存困境”——在韩国“亚洲文学”研讨会上的发言》，《渤海大学学报》（哲学社会科学版）2009 年第 2 期。

杨波：《从国内对日本文学的译介谈影响翻译的因素》，《文教资料》2009年第19期。

杨炳菁：《文学翻译与翻译文学——林译村上文本在中国大陆》，《日语学习与研究》2009年第5期。

杨栋梁、王美平：《日本“早期亚洲主义”思潮辨析——兼与盛邦和、戚其章先生商榷》，《日本学刊》2009年第3期。

杨红：《日本巨著〈源氏物语〉中有关唐文化的体现》，《大众文艺》（理论）2009年第3期。

杨曼：《江户读本小说与〈三言〉》，《世界文化》2009年第8期。

杨匡汉、许福吉：《由意象到图像：母题的生长与演进——海外华文文学母题研究之一》，《暨南学报》（哲学社会科学版）2009年第4期。

杨伟：《在〈夕子的近道〉上邂逅大江健三郎》，《读书》2009年第11期。

杨宗蓉：《一种色彩两种诠释——〈名优之死〉与〈春琴抄〉唯美色彩比较》，《名作欣赏》2009年第8期。

叶琳：《叶渭渠日本文化研究研讨会综述》，《日本学刊》2009年第5期。

叶舒宪：《季羡林的比较文学研究》，《光明日报》2009年8月25日第11版。

叶渭渠：《大江健三郎作品的传统性与现代性》，《文学教育（下）》2009年第10期。

伊岭：《阿多尼斯作品〈我的孤独是一座花园〉首发式在京举行》，《外国文学动态》2009年第2期。

伊泽美绪：《〈竹取物语·龙首明珠〉中求婚难题的汉文典籍利用》，《南京师范大学文学院学报》2009年第4期。

尹锡南、梁昭：《从流亡到移居：印度移民作家的后殖民书写——以芭拉蒂·穆克吉为例》，《南亚研究季刊》2009年第1期。

游俊豪：《主体性的离散化：中国新移民作者在新加坡》，《长江学术》2009年第1期。

于风艳：《漂泊与寻找——沈从文与川端康成小说叙事抒情模式》，《江苏广播电视大学学报》2009年第4期。

于俊青：《威廉·琼斯对〈诗经〉的译介》，《东方丛刊》2009年第4期。

于永梅：《论平安时代汉诗文中的“血泪”与“红泪”》，《日语学习与研究》2009年第3期。

臧笑飞：《〈一千零一夜〉中的沐浴熏香风俗解析》，《安徽文学（下半月）》2009年第5期。

张爱民：《〈庄子〉对日本古代文学的影响》，《齐鲁学刊》2009年第5期。

张爱民：《鲁斯塔姆形象及其在中国的影响》，《枣庄学院学报》2009年第3期。

张瑾：《明治时期西方人的日本观探析——以小泉八云和张伯伦为例》，《外国问题研究》2009年第4期。

张晶：《日本人思维方式对日语及日本文学的影响》，《华章》2009年第22期。

张丽娜：《试论纪伯伦超越宗教的宗教观》，《语文学刊》（外语教育与教学）2009

年第6期。

张霖：《“汉学大师”郑子瑜的现代文学情结》，《书屋》2009年第12期。

张龙妹：《〈剪灯新话〉在东亚各国的不同接受——以“冥婚”为例》，《日语学习与研究》2009年第2期。

张鹏飞：《论日本文学“俳谐诗”文化范式的禅学情韵》，《日本问题研究》2009年第1期。

张士杰：《试论山路爱山的孔子研究——以『孔子論・材料論』为例》，《日语学习与研究》2009年第3期。

张少鹏：《早期创造社与胡适的翻译论争》，《安徽史学》2009年第6期。

张石：《唐代诗僧寒山与日本近现代文学》，《日本研究》2009年第1期。

张小燕：《评新华作家蓉子的“中国在地书写”》，《世界华文文学论坛》2009年第1期。

张思齐：《三一学说的印度来源和〈财宝〉的文本评点》，《大连大学学报》2009年第1期。

张一玮：《柯布西耶〈东方游记〉的跨文化叙述》，《东方论坛》2009年第6期。

郑春光：《评〈多元文化语境中的东方现代文学〉》，《东方论坛》2009年第2期。

宗笑飞：《回眸东方——1949年后阿拉伯世界对中国文学的关注》，《回族研究》2009年第3期。

邹志远：《朝鲜李晬光“性情论”探析》，《东疆学刊》2009年第3期。

邹惠玲、丁文莉：《同化・回归・杂糅——美国印第安英语小说发展周期述评》，《外国文学研究》2009年第3期。

邹茜：《松尾芭蕉俳句中的三种花意象》，《世界文学评论》2008年第2期。

周柳波：《形象学视野下的香港文学和新加坡华文文学——“中国形象”对读之一》，《柳州师专学报》2009年第4期。

周柳波：《形象学视野下的香港文学和新加坡华文文学——“中国形象”对读之三》，《柳州师专学报》2009年第6期。

周素琴、汤可锋、段海虹：《万叶歌人大伴家持与边地“里日本”——试论8世纪日本贵族文学的边境实现》，《昆明理工大学学报》（社会科学版）2009年第8期。

周耀明：《汉文伊斯兰译著的造化流行学说》，《北方民族大学学报》（哲学社会科学版）2009年第1期。

周钦：《论西班牙文学中的阿拉伯渊源》，《暨南学报》（哲学社会科学版）2009年第2期。

周以量：《东亚语境中的中日近世文学》，《日语学习与研究》2009年第2期。

周阅：《从吉本芭娜娜的创作看日本大众文学——以〈厨房〉为中心》，《日语学习与研究》2009年第1期。

朱崇科：《面具叙事与主体游移：高行健、英培安小说叙事人称比较论》，《西南民族大学学报》（人文社会科学版）2009年第3期。

朱利民：《“中日文化交流与中国现代文学”国际学术会议综述》，《文学评论》

2009年第2期。

朱英姿：《中国古代文学对日本文学的影响——〈红楼梦〉和〈源氏物语〉之比较》，《现代语文》（文学研究版）2009年第9期。

朱永良：《阿多尼斯诗作的象征世界与现实土壤》，《外国文学》2009年第5期。

竹内好、靳丛林、宋扬：《鲁迅杂记Ⅰ（之五）（1946—1956）》，《鲁迅研究月刊》2009年第7期。

庄伟杰：《马华文学的问题意识和价值判断探蠡——兼谈马华文学研究与教学的可能性》，《华文文学》2009年第2期。

（四）中西比较文学

安博、石蒙蒙：《从戏剧范式看中西艺术审美精神的差异——以青春版〈牡丹亭〉和音乐剧〈猫〉为例》，《戏剧文学》2009年第11期。

蔡乾：《野性的回归和张扬——杰克·伦敦及其〈野性的呼唤〉在中国的研究综述（1997—2007）》，《商丘师范学院学报》2009年第1期。

蔡乾、叶惠英：《理想的比较文学——阅读艾田伯的〈比较不是理由〉》，《鸡西大学学报》2009年第5期。

查爱萍、陶莉：《从爱情悲剧中解读中西文化的差异》，《时代文学（下半月）》2009年第10期。

陈兵：《启蒙主义与十八世纪英国文学》，《湛江师范学院学报》2009年第1期。

陈春生、张意薇：《高尔基：被现实化的新样板——瞿秋白译介俄苏文学的策略选择》，《湖北师范学院学报》（哲学社会科学版）2009年第3期。

陈方竞、朱旭晨：《法国文学取向的中国新文学批评——中国现代文学批评中的“诗”与“散文”观（一）》，《燕山大学学报》（哲学社会科学版）2009年第3期。

陈怀宇：《赫尔德与周作人——民俗学与民族性》，《清华大学学报》（哲学社会科学版）2009年第5期。

陈建华、耿海英：《俄国形式主义文论在中国30年》，《学习与探索》2009年第5期。

程丽云：《关于人与自然的思考——华兹华斯与王维自然观的比较研究》，《现代交际》2009年第10期。

黛博拉·迈德森、徐颖果、丁惠：《双重否定的修辞格——加拿大华裔离散文学》，《南开学报》（哲学社会科学版）2009年第5期。

邓宏艺、白青：《欧洲文艺复兴文学对五四新文化运动的影响》，《聊城大学学报》（社会科学版）2009年第3期。

邓宏艺、赵艳敏：《欧洲浪漫主义文学对中国现代文学的影响》，《山西师大学报》（社会科学版）2009年第5期。

邓谦林：《论王小波与西方文化》，《文史博览（理论）》2009年第9期。

丁锐：《中西戏剧弃妇形象折射集体无意识》，《才智》2009年第6期。

丁世鑫：《陀思妥耶夫斯基在现代中国遭受冷落的原因探析》，《理论月刊》2009年第1期。

董炳月：《鲁迅留日时代的俄国投影思想与文学观念的形成轨迹》，《鲁迅研究月刊》2009年第4期。

方汉文：《比较文明与比较文化学》，《苏州教育学院学报》2009年第3期。

付满、谢琳琳：《曹七巧与查泰莱夫人形象比较研究》，《新余高专学报》2009年第2期。

付一春：《论老舍对狄更斯的接受和变异——以〈牛天赐传〉和〈大卫·考坡菲〉为例》，《湖南医科大学学报》（社会科学版）2009年第3期。

傅修海：《左翼先声，还是五四典型——从瞿秋白的西学接受说开去》，《山西师大学报》（社会科学版）2009年第6期。

顾菁：《浅析跨文化交际中的中西文化差异》，《湖北广播电视大学学报》2009年第11期。

顾钧：《果戈理·鲁迅·俄国文学在中国》，《中华读书报》2009年12月16日。

郭卫民：《同样的景观为何〈洛丽塔〉这边独好——〈洛丽塔〉与〈上海宝贝〉之叙事比较》，《河南师范大学学报》（哲学社会科学版）2009年第5期。

郭文君：《中西文学作品命名比较研究》，《皖西学院学报》2009年第6期。

韩英焕：《从华兹华斯〈水仙〉分析中英山水诗的异同》，《沈阳工程学院学报》（社会科学版）2009年第2期。

何建良：《田汉与外国戏剧》，《燕山大学学报》（哲学社会科学版）2009年第4期。

何鹏：《谈谈中西神话不同的思想根源》，《大众文艺》（理论）2009年第19期。

侯金萍：《成长小说：一种解读华裔美国文学的新视点》，《世界华文文学论坛》2009年第4期。

侯靖靖：《17年间（1949—1966）王尔德戏剧在中国译界的“缺席”研究》，《英美文学研究论丛》2009年第1期。

胡安江、周晓琳：《空谷幽兰——美国译者赤松的寒山诗全译本研究》，《西南政法大学学报》2009年第3期。

胡翠琴：《歌德与曹雪芹作品比较研究——〈少年维特之烦恼〉与〈红楼梦〉比较》，《现代商贸工业》2009年第19期。

胡水清：《〈在中国屏风上〉的三种中国形象》，《温州大学学报》（社会科学版）2009年第2期。

胡燕春：《新批评派与美国汉学界的中国现当代文学研究》，《南京师范大学文学院学报》2009年第2期。

黄骅：《乌托邦式的人间天堂——17世纪德国文学中的中国形象》，《宁波教育学院学报》2009年第5期。

黄乐平：《从中国古典美学角度品味安东尼奥·马查多诗歌的意境》，《北京第二外国语学院学报》2009年第10期。

黄丽娟、陶家俊：《女性的欲望之旅——论〈无名的裘德〉中女性角色苏认同的多重性》,《外国语文》2009年第6期。

黄玲:《同一种桎梏,不同的挣扎——从苔丝、曼桢两个形象浅窥中西小说文化精神的差异》,《安徽文学(下半月)》2009年第2期。

黄炜:《戏剧距离的矛盾性——中西戏剧表演中"心理距离"的不同表现》,《芜湖职业技术学院学报》2009年第1期。

黄雪敏:《中西文学中的人鱼形象考论》,《中国社会科学院研究生院学报》2009年第2期。

黄瑜:《国内伊曼纽尔·列维纳斯伦理思想研究综述》,《重庆邮电大学学报》(社会科学版)2009年第3期。

姬春晖:《中西悲剧结构比较》,《信阳农业高等专科学校学报》2009年第1期。

蒋芳:《新中国成立前的巴尔扎克研究》,《湘南学院学报》2009年第3期。

蒋芳:《杨昌龙对巴尔扎克的传播》,《邵阳学院学报》(社会科学版)2009年第2期。

蒋倩:《从〈鹧鸪天〉和〈梦亡妻〉的对比看中西悼亡诗的差异》,《湘潭师范学院学报》(社会科学版)2009年第3期。

杰拉尔·马瑟、钱林森、黄蓓:《沿着谢阁兰的路径通向中国》,《中国比较文学》2009年第2期。

解志熙:《妥协的或不妥协的男女之爱——〈色·戒〉与〈海的沉默〉之校读》,《贵州社会科学》2009年第5期。

金晓童:《比较文学视野下的〈呼啸山庄〉在中国研究浅析》,《吉林省教育学院学报》2009年第8期。

景虹梅:《中西喜剧的传统异同与现代转向》,《齐鲁艺苑》2009年第6期。

孔聪:《关汉卿、莫里哀喜剧艺术相似性探微》,《江西科技师范学院学报》2009年第1期。

孔建平:《书写欲望缘何会画蛇添足——〈卖油郎独占花魁〉与〈鲁滨逊漂流记〉对读札记》,《名作欣赏》2009年第7期。

乐黛云:《中国文化与世界文化的重构》,《教育文化论坛》2009年第1期。

冷文辉、许世欣:《俄国文学的传播与中国现代文学的建构——纪念果戈理诞辰200周年、鲁迅〈域外小说集〉出版100周年国际学术研讨会举行》,《外国文学动态》2009年第6期。

李春林:《鲁迅与汉姆生——谨以此文纪念作为"现代派文学之父"的汉姆生诞辰150周年》,《山东师范大学学报》(人文社会科学版)2009年第6期。

李刚、周锁英:《中国经验与莫言小说的狂欢情结》,《山东教育学院学报》2009年第6期。

李海莲:《从〈哈姆雷特〉与〈窦娥冤〉看中西悲剧》,《青海师专学报》2009年第3期。

李可:《浅析老舍对欧洲作家艺术风格的接受》,《内蒙古民族大学学报》2009年第1期。

李萌羽、温奉桥：《沈从文与福克纳小说中“神”与“上帝”的指涉意义》，《中国比较文学》2009年第3期。

李伟民：《真善美在中国舞台上的诗意性彰显——莎士比亚戏剧演出60年》，《四川戏剧》2009年第5期。

李炜：《浅论中国“五四”现实主义思潮的外国渊源》，《中国校外教育》2009年第7期。

李文军：《殖民主义与反殖民主义之争——论康拉德〈黑暗的心〉中的东方主义色彩》，《宁夏师范学院学报》2009年第1期。

李晓春：《美国华裔作家的中国文化书写——试从文化角度分析汤亭亭的〈孙行者〉》，《和田师范专科学校学报》2009年第5期。

李雪梅：《托马斯·哈代的〈远离尘嚣〉和陶渊明的〈归田园居〉中的“归隐”主题之比较》，《济南职业学院学报》2009年第3期。

李佑明：《试析张爱玲与劳伦斯作品人物形象之异同》，《时代文学（下半月）》2009年第2期。

李战权：《浅议中西文学女性对待婚姻爱情的差异》，《新西部（下半月）》2009年第10期。

李征兵：《“把国剧往世界去发展”——齐如山的中西戏剧融汇论》，《承德民族师专学报》2009年第1期。

廖敏：《中西戏剧宗教因素解析》，《电子科技大学学报》（社会科学版）2009年第6期。

林佳、肖向东：《边缘生存的言说——聂华苓与严歌苓移民小说中的文化认同》，《大众文艺》（理论）2009年第10期。

林精华：《俄国现代主义在中国的艰难旅行》，《外国文学研究》2009年第4期。

林雅华：《精神之爱与尘世之怯——〈迷惘〉中的汉学家形象分析》，《山西大同大学学报》（社会科学版）2009年第5期。

林雅琴：《〈天路历程〉与〈西游记〉中的精神救赎》，《中国商界（上半月）》2009年第5期。

刘翠湘：《李白与惠特曼比较》，《船山学刊》2009年第3期。

刘洪涛：《美国〈当代世界文学〉杂志与中国文学》，《外国文学研究》2009年第5期。

刘胡敏：《浅析希腊罗马神话对英国文学的影响》，《山西青年管理干部学院学报》2009年第3期。

刘骥、杨雅瓅、郭锐：《〈格列佛游记〉与〈镜花缘〉中的乌托邦文学现象解读》，《东北农业大学学报》（社会科学版）2009年第5期。

刘佳：《布莱希特与中国戏曲》，《上海戏剧》2009年第4期。

刘杰辉、赵红军：《翻译的文化维度——以〈巴黎茶花女遗事〉为个案》，《辽宁工业大学学报》（社会科学版）2009年第1期。

刘杰辉、赵红军：《中国当代翻译标准讨论综述》，《辽宁行政学院学报》2009年第5期。

刘洁：《我国新文学独特艺术样式探讨——简析西方戏剧人物三大悲剧在〈雷雨〉中的体现》，《现代商贸工业》2009年第8期。

刘婧：《“母性神话”从何处倒塌——中西古典文学中的“恶母”形象比较》，《长江师范学院学报》2009年第2期。

刘淑红：《从中西文化比较的角度论王尔德的写意世界》，《绍兴文理学院学报》（哲学社会科学版）2009年第4期。

刘馨：《袁昌英对中西文化的选择与接受》，《安顺学院学报》2009年第4期。

刘永红：《中俄文学的文化内涵分析》，《中国俄语教学》2009年第2期。

刘玉梅、李跃平：《多丽丝·莱辛在中国的接受》，《西南民族大学学报》（人文社会科学版）2009年第7期。

柳若梅：《论俄罗斯文学在中国的比较文学视角》，《中国俄语教学》2009年第2期。

陆薇：《以哥特叙事烛照华裔美国文学》，《文艺报》2009年7月25日。

陆正兰：《卡门：西方的“东方女人”与东方的“西方女人”》，《外国文学研究》2009年第4期。

罗列：《20世纪初叶中国虚无党小说及“虚无美人”译介风潮研究》，《天津外国语学院学报》2009年第1期。

罗先友：《论闻一多诗学中的世界文化视野》，《江西社会科学》2009年第4期。

罗珍、康美樱、庞宇峰：《浅析中西侠义小说的异同——以〈鹿鼎记〉与〈堂吉诃德〉为例》，《内江师范学院学报》2009年第S2期。

吕煜、张喆：《狄更斯与中国儿童文学作品中的儿童形象比较》，《郑州航空工业管理学院学报》（社会科学版）2009年第2期。

马小朝：《“卡塔西斯”的心灵自由与天理昭彰的情感释放——论中西悲剧精神的审美风格》，《解放军艺术学院学报》2009年第1期。

马小朝：《撼人心魄的怜悯恐惧与催人泪下的悲伤哀怨——中西悲剧精神的审美风格之一》，《山东师范大学学报》（人文社会科学版）2009年第1期。

马小朝：《论中西悲剧精神的内心冲突》，《烟台大学学报》（哲学社会科学版）2009年第1期。

玛利安·高利克、王燕：《中西文学对峙中的颓废主义》，《中国现代文学研究丛刊》2009年第1期。

毛明：《生态诗人加里·斯奈德研究述评》，《湘潭大学学报》（哲学社会科学版）2009年第6期。

孟昭毅：《垦拓与建构的大趋势——中国当代比较文学三十年》，《文学评论》2009年第5期。

缪爱英：《从杜十娘与茶花女的比较看中西文化差异》，《安徽农业大学学报》（社会科学版）2009年第3期。

倪思然：《龙瑛宗小说中的“多余人”形象探析——兼与19世纪俄国文学中的“多余人”比较》，《世界华文文学论坛》2009年第4期。

彭建华：《巴金与法国文学》，《黎明职业大学学报》2009年第1期。

彭松：《对抗与交融中的中西文学关系——论高利克的中国现代文学研究》，《兰州学刊》2009年第3期。

钱林森：《法国现代主义诗潮的引进与台湾新诗运动的勃兴》，《南通大学学报》（社会科学版）2009年第6期。

钱中文：《反思与重构——谈谈近20年来我国中青年学者的俄罗斯文学研究》，《俄罗斯文艺》2009年第2期。

乔国强：《中国美国犹太文学研究的现状》，《当代外国文学》2009年第1期。

冉维娜：《试论美国人早期的中国观（18世纪初—1840年）》，《科教文汇（中旬刊）》2009年第2期。

佘爱春：《台湾现代主义诗歌的西化和民族化——以纪弦、余光中、洛夫为中心》，《华文文学》2009年第6期。

沈珂、许钧：《西蒙娜·德·波伏瓦的多重形象及其在中国的接受》，《南京社会科学》2009年第10期。

司方维：《穿行于中西文化之间——评张翎长篇小说〈邮购新娘〉》，《常州工学院学报》（社会科学版）2009年第2期。

宋静、钟再强：《试析赛珍珠小说〈大地〉中的中国人形象》，《黑河学刊》2009年第5期。

宋文文：《戏剧的泾渭——试论中国戏曲和西方戏剧的审美差异》，《美与时代（下半月）》2009年第9期。

孙先旭：《俯仰之间——谈中西戏剧观众欣赏戏剧的审美差异》，《戏剧文学》2009年第1期。

谭渊：《从〈中国公主图兰朵〉到“百位美人诗”——“中国才女”与歌德女性文学观念之转变》，《解放军外国语学院学报》2009年第6期。

谭渊：《歌德笔下的“中国女诗人”》，《中国翻译》2009年第5期。

谭渊：《图兰朵公主的中国之路——席勒与中国文学关系再探讨》，《外国文学评论》2009年第4期。

陶家俊、张中载：《论英中跨文化转化场中的哈代与徐志摩》，《外国文学研究》2009年第5期。

陶丽：《文学在中俄文化交流中的作用》，《远东经贸导报》2009年10月20日。

田俊武：《当代欧洲学者视野中的中国当代文学》，《当代文坛》2009年第3期。

田仙枝：《西方骑士文学与中国武侠文学之相似性比较》，《时代文学（双月上半月）》2009年第6期。

童彩华：《〈简·爱〉的女性意识再探析——兼及批评的中西文化语境》，《湘潭师范学院学报》（社会科学版）2009年第1期。

汪介之：《论中国文学接受俄罗斯文学的多元取向》，《南京师大学报》（社会科学版）2009年第2期。

王春云：《中西小说中人的求索之途》，《南通大学学报》（社会科学版）2009年第

5 期。

王芳：《D. H. 劳伦斯的作品在中国的译介与接受》，《湖南第一师范学报》2009 年第 1 期。

王芳：《艾略特诗学在中国的文化接受探析》，《湖南人文科技学院学报》2009 年第 3 期。

王光和：《论惠特曼自由诗对胡适白话诗的影响》，《安徽大学学报》（哲学社会科学版）2009 年第 1 期。

王家新：《“对中国的执迷”与“世界文学”的视野——试析顾彬对 20 世纪中国文学的阐释和批评》，《中国人民大学学报》2009 年第 5 期。

王浚波：《谈〈西游记〉与〈格列佛游记〉抨击社会弊端的相似性》，《沧桑》2009 年第 6 期。

王立：《西方骑士与中国古代的侠——中西方文学共同母题中表现的正义精神》，《上海师范大学学报》（哲学社会科学版）2009 年第 4 期。

王立明、白秋菱：《茅盾与外国文学简论》，《辽宁师专学报》（社会科学版）2009 年第 6 期。

王敏：《宇文所安的中国文学史观及文学史研究法》，《深圳大学学报》（人文社会科学版）2009 年第 6 期。

王盛梅：《“红”“白”在汉英文化中的反义联想》，《牡丹江教育学院学报》2009 年第 1 期。

王向远：《“跨文化诗学”是中国比较文学的形态特征》，《北京师范大学学报》（社会科学版）2009 年第 3 期。

王向远：《从宏观比较文学看法国文学的特性》，《法国研究》2009 年第 1 期。

土向远：《从宏观比较文学看中国传统义学的义化特性》，《河北学刊》2009 年第 4 期。

王向远：《试论俄国文学的宏观特性》，《俄罗斯文艺》2009 年第 1 期。

王影君：《中西文学妓女形象的文化分析比较》，《辽宁大学学报》（哲学社会科学版）2009 年第 6 期。

王永霞：《陶渊明与梭罗的自然观及其意义》，《陇东学院学报》2009 年第 3 期。

王永霞：《在自然的沉思中相遇——陶渊明与梭罗的自然观比较研究》，《天水行政学院学报》2009 年第 2 期。

王玉华：《奥尼尔曹禺戏剧中基督教象征意蕴》，《邢台学院学报》2009 年第 4 期。

王志耕、段守新：《不同结构的“为人生”——两篇〈狂人日记〉的文化解读》，《南京大学学报》（哲学·人文科学·社会科学）2009 年第 1 期。

魏华莹：《战争背景下的批判与反思——〈羊脂球〉和〈我在霞村的时候〉比较》，《商丘师范学院学报》2009 年第 10 期。

翁菊芳：《心仪的榜样，艺术追求的标尺——爱伦·坡与施蛰存》，《湖北师范学院学报》（哲学社会科学版）2009 年第 3 期。

翁菊芳：《运用西方诗学，消解中国传统——对施蛰存志怪小说〈夜叉〉的探讨》，

《名作欣赏》2009 年第 21 期。

吴冰：《斯蒂芬·米切尔〈道德经〉英译本读者接受研究》，硕士学位论文，湖南师范大学，2009 年。

吴先泽、陈慧：《萧伯纳戏剧及对中国的影响》，《科教文汇（上旬刊）》2009 年第 7 期。

吴晓樵：《茨威格〈罗曼·罗兰〉的早期中译本》，《新文学史料》2009 年第 2 期。

吴晓樵：《李长之与德语文学》，《中国图书评论》2009 年第 4 期。

吴秀明、董雪：《诺贝尔文学奖与文学语言翻译——兼谈中国文学“走向世界”的文化应对策略》，《文艺理论研究》2009 年第 5 期。

吴雨平：《“传播研究”及日本汉诗人的文体意识》，《社会科学战线》2009 年第 12 期。

吴雨平：《唐诗选本的日本化阐释及其对中晚期日本汉诗创作的影响》，《江苏社会科学》2009 年第 5 期。

吴岳添、王芳：《法国文学研究六十年》，《法国研究》2009 年第 4 期。

吴越民、余洁：《镜中之舞——媒介女性形象的跨文化解读》，《浙江传媒学院学报》2009 年第 6 期。

吴泽霖：《〈俄罗斯文艺〉的命运和俄罗斯文学研究的命运——〈俄罗斯文艺〉创刊三十年感言》，《俄罗斯文艺》2009 年第 3 期。

伍依兰：《“文革”历史印记下的美国形象——王蒙“新大陆人”系列的形象学研究》，《长江学术》2009 年第 3 期。

伍依兰：《形象学在中国的传播、发展与前景》，《社会科学论坛》（学术研究卷）2009 年第 6 期。

向红：《哈代与沈从文乡姑美学品格图式》，《求索》2009 年第 8 期。

向忆秋：《十九世纪留美华人文学的美国形象——以容闳、李恩富为例》，《天府新论》2009 年第 5 期。

向忆秋：《想象美国：旅美华人文学的美国形象》，博士学位论文，山东大学，2009 年。

项丽丽、刘增美：《美国华裔文学批评的透视与思考》，《东岳论丛》2009 年第 11 期。

肖四新：《论基督教与悲剧的关系》，《中州大学学报》2009 年第 4 期。

肖四新：《文学经典论争与外国文学经典的重构》，《中国政法大学学报》2009 年第 3 期。

谢佳：《轻弹伤心调——论沈从文与屠格涅夫作品中的悲伤情调》，《肇庆学院学报》2009 年第 3 期。

谢荣征：《近年来布洛陀文化研究综述》，《文山师范高等专科学校学报》2009 年第 2 期。

谢荣征：《布洛陀传说研究》，硕士学位论文，广西民族大学，2009 年。

谢永新：《论胡志明华文诗歌的中国文化内涵——东南亚华文文学研究之一》，《华文文学》2009年第4期。

谢志超、殷耀：《超验主义对儒家思想个体价值观的接受》，《求索》2009年第5期。

徐菊：《〈简·爱〉在中国的接受和嬗变》，《名作欣赏》2009年第2期。

徐琰：《论中西文化的“天人关系”》，《科教文汇（下旬刊）》2009年第1期。

徐颖果：《多元视角下的当代美国华裔文学》，《南京大学学报》（哲学·人文科学·社会科学版）2009年第6期。

徐颖果：《美国华裔戏剧的历史与现状》，《南开学报》（哲学社会科学版）2009年第5期。

徐志啸：《〈中国文论：英译与评论〉的比较诗学价值》，《东方丛刊》2009年第1期。

徐志啸：《美国学者中国古代诗学研究方法综述》，《古典文学知识》2009年第1期。

徐志啸：《文学史及宫廷诗、京城诗——宇文所安唐诗研究论析》，《中国文化研究》2009年第1期。

徐志啸：《异域女学者的独特视角》，《苏州大学学报》（哲学社会科学版）2009年第2期。

徐志啸：《用西方理论解析和比较中国古代文论》，《晋阳学刊》2009年第1期。

许相全：《在历史的拐角处追寻民族传统——斯拉夫派与西方派、“五四”激进派与复古派论争之比较》，《海南师范大学学报》（社会科学版）2009年第6期。

许燕：《赛珍珠英译〈水浒传〉的陌生化取向——试析赛译本成功的原因》，《华东理工大学学报》（社会科学版）2009年第2期。

宣琳：《中国情调的异域公主——对〈图兰朵〉不同艺术样式的比较研究》，《宁波工程学院学报》2009年第4期。

薛家宝：《唯美主义与中国现代小说》，《江苏社会科学》2009年第6期。

薛松宝：《游移、逃避与超脱——俄中日小说中“多余人”形象比较》，《前沿》2009年第6期。

严蓓雯：《厄普代克与英国文学》，《外国文学评论》2009年第2期。

严家炎：《交流，方能进步——顾彬〈二十世纪中国文学史〉给我的启示》，《中国现代文学研究丛刊》2009年第2期。

颜炼军：《论T. S. 艾略特在中国新诗中激起的旧诗想象》，《江汉大学学报》（人文科学版）2009年第2期。

杨晨：《鲁迅视角下的俄国思想与文化》，《传承》2009年第22期。

杨定明：《东西文化冲突与岭南文化》，《时代文学（下半月）》2009年第9期。

杨帆、杨斌、陈于全：《谈庞德对中国古诗〈长干行〉的翻译》，《科技信息》2009年第29期。

杨季行：《中西文化中猫头鹰文化意象探究》，《成功（教育）》2009年第10期。

杨剑龙：《论基督教文化与冰心、许地山小说的叙事模式》，《中国比较文学》2009年第3期。

杨洁：《相同的身份不同的接受——中国读者对〈喜福会〉的接受分析》，《世界文学评论》2009 年第 1 期。

杨洁、韩飞：《论法、中象征主义诗歌的暗示性功能》，《陕西教育学院学报》2009 年第 4 期。

杨经建：《性爱文学：在中西比较中阐释》，《学术界》2009 年第 3 期。

杨莉馨：《论“新月派”作家与伍尔夫的精神契合与文学关联》，《南京师大学报》（社会科学版）2009 年第 2 期。

杨玲、王立：《中西叙事学探微》，《时代文学（下半月）》2009 年第 11 期。

杨武能、贺骥：《比较文学视野里的德语文学——四川大学文学与新闻学院博士生导师杨武能教授访谈》，《社会科学家》2009 年第 6 期。

杨晓峰：《从文学的视角看美国的个人主义和中国的集体主义价值观》，《河南社会科学》2009 年第 5 期。

杨迎平：《翻译与影响：施蛰存与施尼茨勒》，《江苏社会科学》2009 年第 3 期。

杨迎平：《绿色易卜生与胡适的〈易卜生主义〉——〈人民公敌〉在中国一百年》，《南京晓庄学院学报》2009 年第 5 期。

杨迎平：《施蛰存的诗歌翻译及其对当代诗歌的影响》，《齐鲁学刊》2009 年第 2 期。

杨迎平：《施蛰存对外国独幕剧的翻译与出版及其现代意义》，《艺术百家》2009 年第 3 期。

杨正和、杨瑶：《试析中西文学“重述神话”的思维差异》，《江西社会科学》2009 年第 12 期。

姚璐璐：《母亲心灵的“空房子”与“俄狄浦斯情结”之再现——〈儿子与情人〉与〈金锁记〉中母子关系解析》，《重庆工商大学学报》（社会科学版）2009 年第 4 期。

姚璐璐：《试析〈儿子与情人〉与〈金锁记〉中母亲原罪意识之表现》，《外国语文》2009 年第 5 期。

叶芳：《〈猎人笔记〉在中国的研究现状与展望》，《文学教育（下）》2009 年第 11 期。

叶隽：《回到中西平等对话的原点？——兼论文化关系研究的“学术范式”问题》，《中国图书评论》2009 年第 2 期。

叶隽：《中德文学关系的符号学解读及其理论自洽问题》，《中国比较文学》2009 年第 3 期。

叶舒宪：《中华文明探源的比较神话学视角》，《江西社会科学》2009 年第 6 期。

叶舒宪：《季羡林的比较文学研究》，《光明日报》2009 年 8 月 25 日。

叶廷芳：《德语文学走入中国读者视野》，《文艺报》2009 年 10 月 17 日。

易欣华：《司各特研究在中国》，《华中师范大学研究生学报》2009 年第 4 期。

尹锡南：《英国作家的中国叙事与印度书写》，《青岛大学师范学院学报》2009 年第 1 期。

尤平：《哈代和张爱玲小说中的现代意识探析》，《天中学刊》2009 年第 4 期。

于红岩、张荣华：《〈罗密欧与朱丽叶〉和〈西厢记〉抒情文体的文化根源》，《江苏社会科学》2009 年第 S1 期。

于晓梅:《〈诗经〉和〈圣经〉对中西文学影响的比较研究》,《边疆经济与文化》2009年第10期。

于濯:《中西悲剧比较分析——从性格与价值角度考量》,《当代戏剧》2009年第2期。

原梅:《现实主义精神的飞扬与流动——浅谈茅盾与狄更斯的创作、以〈大卫·科波菲尔〉〈子夜〉为例》,《甘肃社会科学》2009年第2期。

曾艳兵:《西方的文学经典并非中国的西方文学经典》,《社会科学报》2009年8月6日。

曾艳兵:《中国的西方文学经典的生成与演变》,《湘潭大学学报》(哲学社会科学版)2009年第4期。

翟弘:《论文学翻译中的回避策略》,硕士学位论文,湖南师范大学,2009年。

湛江:《李白〈将进酒〉与弥尔顿〈失明述怀〉的比较》,《黑龙江科技信息》2009年第24期。

张安琪:《20世纪30年代中国现代童话的译介与创作》,《安徽文学(下半月)》2009年第2期。

张安琪:《新时期中国童话的译介与创作》,《湖北经济学院学报》(人文社会科学版)2009年第4期。

张传敏:《打通古今、融贯中西:中国现代诗学史上的一种倾向》,《西南大学学报》(社会科学版)2009年第4期。

张春蕾:《文化际会中女性世界的裂变——对赛珍珠作品中女性形象的一种解读》,《江苏大学学报》(社会科学版)2009年第4期。

张德明:《当代欧美文学研究中经典的阐释与再阐释》,《中国社会科学报》2009年7月28日,《国际社会科学》2009年第2期。

张德明:《当代欧美文学研究中的现代性与文学叙事》,《中国社会科学报》2009年7月7日。

张德明:《卡夫卡的中国想象——解读〈中国长城建造时〉》,《宁波大学学报》(人文科学版)2009年第2期。

张冬梅:《译者与译入语文化之间的双向互动》,《湖南医科大学学报》(社会科学版)2009年第3期。

张凤香、高速平:《徐志摩与曼斯菲尔德》,《时代文学(双月上半月)》2009年第1期。

张红旺:《〈窦娥冤〉与〈俄狄浦斯王〉比较之我见》,《山西师范大学学报》(自然科学版)2009年第S1期。

张华:《中国文学还是法国文学——从当代华人法语小说出版策略研究谈起》,《复旦外国语言文学论丛》2009年第1期。

张娟:《忠实与创造:论翻译中的矛盾与统一》,《科技信息》2009年第18期。

张军:《西方美学史:接着朱光潜讲——新时期西方美学研究的一个考察》,《甘肃社会科学》2009年第3期。

张莉：《从〈美狄亚〉与〈赵氏孤儿〉的复仇心理刻画看中西文化传统》，《广东工业大学学报》（社会科学版）2009年第2期。

张莉：《像卡夫卡一样孤独——卡夫卡与中国先锋小说》，《广东外语外贸大学学报》2009年第2期。

张莉、郭君臣：《贾植芳的比较文学观》，《延安大学学报》（社会科学版）2009年第3期。

张隆溪：《约翰·韦布的中国想象与复辟时代英国政治》，《书城》2009年第3期。

张隆溪、潘小英：《文化断裂与文化韧性》，《中国图书评论》2009年第1期。

张隆溪：《“孔子”在北欧》，《东方早报》2009年12月6日。

张隆溪：《在斯德哥尔摩》，《东方早报》2009年11月29日。

张生：《对“现代”的追求——试论〈现代〉杂志译介外国文学的特点》，《中国比较文学》2009年第4期。

张西平：《清代来华传教士马若瑟研究》，《清史研究》2009年第2期。

张西平：《在世界范围内考察中国文化的价值》，《中国图书评论》2009年第4期。

张西平：《海外汉学（中国学）研究方法论》，《中国社会科学报》2009年10月13日。

张西平：《在世界范围内展开中国文化研究》，《中国文化报》2009年8月5日。

张曦：《福克纳的心理描写与余华叙事形式的比较》，《南京师范大学文学院学报》2009年第2期。

张喜华、杨哲梅：《中西木兰形象对比》，《中国文化研究》2009年第3期。

张欣：《审美等效与文学翻译归化异化之争》，《湖北大学学报》（哲学社会科学版）2009年第1期。

张艳蕊：《二十年来我国戴维·洛奇研究综述》，《郑州大学学报》（哲学社会科学版）2009年第5期。

张意：《德国古典文学在中国的传播与接受》，《北京大学学报》（哲学社会科学版）2009年第4期。

张意薇、陈春生：《鲁迅与瞿秋白的早期现实主义文学观比较探析——以对果戈里的接受为例》，《海南师范大学学报》（社会科学版）2009年第2期。

张玉洁：《巴赫金视野下〈喧哗与骚动〉与〈秦腔〉复调特征研究》，硕士学位论文，西北大学，2009年。

张钰雅、钟素花、张敏、王瑶：《当代加拿大华裔英语作家作品分析》，《内江师范学院学报》2009年第S2期。

张元卿、赵莉：《韩国对中国现代文学的译介（1945—1949）》，《东疆学刊》2009年第1期。

张志敏：《曹操的〈龟虽寿〉与丁尼生的〈尤利西斯〉之比较》，《延安大学学报》（社会科学版）2009年第5期。

张中锋：《近30年来国内美学界审丑理论研究的新突破》，《江西社会科学》2009年第7期。

赵冰波：《略论中原文化与古希腊文化的思维方式及影响》，《湖北省社会主义学院学报》2009 年第 5 期。

赵怀俊：《林语堂论中西戏剧》，《中华戏曲》2009 年第 1 期。

赵莉、何大顺：《巴斯奈特的文化翻译观》，《文学教育（下）》2009 年第 6 期。

赵玲洁、赵彦荣：《人生百态看戏剧——中西戏剧对比研究》，《时代文学（双月上半月）》2009 年第 1 期。

赵庆庆：《我是茉莉花，也是杂烩冰——华裔作家林婷婷畅谈菲华文学和北美华人文学》，《世界华文文学论坛》2009 年第 2 期。

赵树勤、龙其林：《〈根〉与中国当代家族小说》，《湖南大学学报》（社会科学版）2009 年第 6 期。

赵婉孜：《托尔斯泰和左拉的小说与〈子夜〉的动态流变审美建构》，《中国比较文学》2009 年第 2 期。

赵小琪：《20 世纪台港澳文学接受西方文学的特点》，《广州大学学报》（社会科学版）2009 年第 1 期。

赵小琪：《20 世纪中国现代主义诗学知性话语的理论维度》，《广东社会科学》2009 年第 1 期。

赵小琪：《当代台港澳小说在祖国大陆的传播与接受三维发展论》，《华文文学》2009 年第 1 期。

赵小琪：《接受美学视野下台湾现代诗社对西方纯诗话语的自我诠释》，《湖南文理学院学报》（社会科学版）2009 年第 1 期。

赵小琪：《接受美学视野下台湾现代诗社符号诗的意义生成方式》，《华文文学》2009 年第 2 期。

赵洋：《荒诞派戏剧之中国探源》，《戏剧文学》2009 年第 7 期。

赵毅衡、姜飞：《英美“新批评”在中国“新时期”——历史、研究和影响回顾》，《学习与探索》2009 年第 5 期。

郑成志：《被译介的“自由诗”——对“自由诗”引入新诗坛的一种思考》，《龙岩学院学报》2009 年第 3 期。

钟鸣：《常见文化翻译方式在杨版〈红楼梦〉的对话翻译中的应用》，《西南民族大学学报》（人文社会科学版）2009 年第 S2 期。

钟志清：《中国的犹太文学译介与研究》，《重庆大学学报》（社会科学版）2009 年第 1 期。

周海霞：《论 20 世纪 30 年代中国现代诗派对“荒原冲击波”的接受》，硕士学位论文，苏州大学，2009 年。

周华斌：《中西戏剧文化的历史性碰撞——关于“三大戏剧表演体系”》，《艺术百家》2009 年第 6 期。

周宁：《跨文化形象学的“东方化”问题》，《福建论坛》（人文社会科学版）2009 年第 4 期。

周宁：《浅析约翰·巴思短篇小说〈迷失在开心馆中〉的元小说叙事策略》，《淮南师范学院学报》2009年第6期。

周启华：《巴金与屠格涅夫》，《理论月刊》2009年第1期。

周启华：《巴金与托尔斯泰》，《阜阳师范学院学报》（社会科学版）2009年第3期。

周薇：《茅盾文论的理论资源及其引申》，《重庆社会科学》2009年第7期。

周锡山：《论赛珍珠在中国现代文学史上的地位和意义》，《社会科学论坛（学术评论卷）》2009年第3期。

周兴杰：《审美现代性的中国式生成——郭沫若戏剧与西方浪漫主义思潮》，《中南大学学报》（社会科学版）2009年第6期。

周兴杰：《新文化运动与西方戏剧的接受》，《燕山大学学报》（哲学社会科学版）2009年第3期。

朱静宇：《倪吾诚与罗亭——王蒙小说的中外比较阅读》，《文艺争鸣》2009年第12期。

朱明胜：《多元系统翻译理论视角下的赛珍珠英译〈水浒传〉》，《宿州学院学报》2009年第6期。

朱少华：《当代中国大学生心目中的俄罗斯文学》，《俄罗斯文艺》2009年第1期。

朱幸纯：《救赎如何可能——试比较〈红字〉与〈白鹿原〉》，《语文学刊》（外语教育与教学）2009年第9期。

宗蔚：《近五年来国内美国文学研究综述》，《宿州学院学报》2009年第5期。

邹广胜：《从〈路得记〉看西方文化传统的非亲缘原则——兼与儒家文化相比较》，《外国文学研究》2009年第1期。

邹涛：《商文学：对海外华人文学的新审视》，《四川外语学院学报》2009年第S2期。

（五）翻译文学

安澜、蔚华：《从英汉翻译中的归化和异化看译者的语用移情》，《黔南民族师范学院学报》2009年第2期。

白红：《古典诗词中数字的模糊性及其英译》，《边疆经济与文化》2009年第8期。

白蓝：《跨文化视野下文学作品的英译策略》，《湖南社会科学》2009年第5期。

白小星：《由解构主义解读〈红楼梦〉的两个英译本》，《湖北第二师范学院学报》2009年第6期。

柏敬泽、蔡熙：《论文学翻译中的灵感思维》，《广西师范大学学报》（哲学社会科学版）2009年第2期。

包红芳：《文学作品翻译中的英汉语用差异研究》，《时代文学（下半月）》2009年第12期。

保菁菁：《试论功能翻译观下〈论语〉的三大译本》，《牡丹江大学学报》2009年第6期。

保菁菁：《试论文化学派及“文化转向”的“是”与“非”——兼议苏珊·巴斯

奈特的翻译思想》，《河西学院学报》2009 年第 1 期。

边莉娟：《文化视角下的林语堂的翻译策略——评析林语堂英译本〈浮生六记〉》，《濮阳职业技术学院学报》2009 年第 6 期。

边立红、张弄影：《从操纵论的角度看梁启超译〈哀希腊〉》，《重庆交通大学学报》（社会科学版）2009 年第 4 期。

边昭彬：《“进”与“退”中的共同命运——弗朗西丝卡和安娜的爱情选择及命运思考》，《理论界》2009 年第 9 期。

卜宪锋：《浅谈汉诗英译》，《科技创新导报》2009 年第 10 期。

采诗：《林纾译作〈海外轩渠录〉》，《博览群书》2009 年第 2 期。

蔡华：《此时无声胜有声——超越诗歌翻译损失的“留白”性翻译》，《中国外语》2009 年第 3 期。

蔡季愚：《文化差异与翻译的可译性限度》，《吉林省教育学院学报》2009 年第 1 期。

蔡明明：《从传播角度看中国现代翻译文学的繁荣》，《韩山师范学院学报》2009 年第 1 期。

蔡秋彦：《〈新潮〉的翻译文学》，《汕头大学学报》（人文社会科学版）2009 年第 6 期。

蔡晓惠：《小议〈指环王〉中一首诗歌的翻译》，《才智》2009 年第 32 期。

蔡晓娟：《论唐诗英译的“音美”》，《安徽文学（下半月）》2009 年第 2 期。

蔡月：《〈京华烟云〉中文化负载词的翻译》，《科技信息》2009 年第 27 期。

蔡植瑜、邹慧民：《英诗翻译的功能语篇分析——以拜伦一首诗的四种汉译本为例》，《四川教育学院学报》2009 年第 7 期。

曹桂花：《古诗词中的模糊语及其英译》，《高等函授学报》（哲学社会科学版）2009 年第 4 期。

曹桂花、操时尧、魏雪梅、吴智浩：《古诗词中数字的英译》，《湖北经济学院学报》（人文社会科学版）2009 年第 6 期。

曹红艳：《译意译情译美——论文言文英译之三步曲》，《宁波广播电视大学学报》2009 年第 4 期。

曹建辉：《〈红楼梦〉诗词中的模糊语言及其翻译探讨》，《长沙铁道学院学报》（社会科学版）2009 年第 1 期。

曹建辉：《从〈葬花吟〉英译看诗词中模糊语言的翻译策略》，《湘潭师范学院学报》（社会科学版）2009 年第 4 期。

曹建辉：《汉诗英译中文化意象的传递——以〈红楼梦〉诗词为例》，《湖南冶金职业技术学院学报》2009 年第 2 期。

曹克煜：《诗歌译者地位的阐释学浅析——介评诗经〈关雎〉五个英译版本》，《阜阳师范学院学报》（社会科学版）2009 年第 6 期。

曹明伦：《爱伦·坡作品在中国的译介——纪念爱伦·坡 200 周年诞辰》，《中国翻译》2009 年第 1 期。

曹明伦：《翻译中失去的到底是什么？——Poetry is what gets lost in translation 出处

之考辨及其语境分析》,《解放军外国语学院学报》2009 年第 5 期。

曹万忠:《文学翻译中的读者形象及关照》,《信阳农业高等专科学校学报》2009 年第 4 期。

曹晓安:《论王红公译李清照词中的意象与意境的处理》,《时代文学(双月上半月)》2009 年第 4 期。

曹怡:《从顺应论角度析约翰·海德〈道德经〉译本的价值》,《重庆交通大学学报》(社会科学版)2009 年第 5 期。

柴倩、郑亚南:《从关联理论看圣经中文化负载词的翻译》,《安徽文学(下半月)》2009 年第 1 期。

常呈霞:《从目的论看〈红楼梦〉两种英译》,《长春理工大学学报》(高教版)2009 年第 8 期。

常晖、石春燕:《翻译中内容、形式对等问题初探——以文学作品翻译为例》,《河南科技大学学报》(社会科学版)2009 年第 2 期。

常青:《古典诗词的可译性限度与创造性叛逆》,《辽宁医学院学报》(社会科学版)2009 年第 3 期。

常青:《文学翻译中的文化重构:全球化与本土化》,《理论界》2009 年第 1 期。

陈爱玲:《浅议文学作品翻译中风格的再现》,《潍坊学院学报》2009 年第 3 期。

陈彬彬:《从关联翻译理论看〈老人与海〉中的外来语变异及其翻译重构》,《外国语言文学》2009 年第 1 期。

陈斌敏:《“叠”出的美——浅析许渊冲对宋词中叠字的翻译》,《福建医科大学学报》(社会科学版)2009 年第 3 期。

陈伯鼎:《林少华的翻译观及其翻译风格初探》,《语言与文化研究》2009 年第 1 期。

陈婵英:《论有标记主位结构在文学翻译中的诗学价值及其再现》,《湖北财经高等专科学校学报》2009 年第 2 期。

陈橙:《目的、规范与策略——以〈落叶哀蝉曲〉三种英译文的描述研究为例》,《宜宾学院学报》2009 年第 2 期。

陈炽:《从归化异化角度对比分析〈老人与海〉的三个中译本》,《科教文汇(下旬刊)》2009 年第 4 期。

陈大亮:《中国传统译论融合统一的两种境界》,《外语研究》2009 年第 2 期。

陈丹:《文学翻译中文化差异的处理策略》,《经济研究导刊》2009 年第 34 期。

陈东成、应明:《论现代阐释学与传统道家哲学之契合——兼谈经典汉诗英译》,《华北水利水电学院学报》(社会科学版)2009 年第 6 期。

陈逢丹:《接受美学观下的译者主体性——兼析莎士比亚第 116 首十四行诗的三个汉译本》,《安徽广播电视大学学报》2009 年第 1 期。

陈国兴:《林纾文化身份的建构及对其翻译的影响》,《外国语文》2009 年第 5 期。

陈海彬:《李清照〈声声慢〉两英译本比较分析》,《赤峰学院学报》(汉文哲学社会科学版)2009 年第 10 期。

陈海伦、王占斌：《培根散文 of Studies 及其译文的赏析》，《邯郸职业技术学院学报》2009 年第 4 期。

陈慧：《解读奈达之翻译观》，《语文学刊》（外语教育与教学）2009 年第 1 期。

陈蕙荃：《文学翻译中的自译研究——以林语堂〈啼笑皆非〉为个案》，《黑龙江科技信息》2009 年第 28 期。

陈吉荣：《西方翻译理论的新作——〈双语文本：文学自译史及其理论〉》，《中国翻译》2009 年第 1 期。

陈洁：《玄奘佛经翻译观》，《和田师范专科学校学报》2009 年第 3 期。

陈洁鸽：《从王佐良译〈西风颂〉看其译者主体性的体现》，《湘潭师范学院学报》（社会科学版）2009 年第 1 期。

陈晶晶：《毛泽东诗词水意象的英译》，《怀化学院学报》2009 年第 9 期。

陈静：《古诗英译中的情景组合初探》，《外国语言文学》2009 年第 4 期。

陈娟：《论多元系统对英诗汉译的解释力——以〈哀希腊〉为例》，《科技信息》2009 年第 30 期。

陈娟：《以〈山居秋暝〉的英译文为例论诗歌翻译中的意义再现》，《湖南人文科技学院学报》2009 年第 4 期。

陈娟、乐秀华：《射体—界标理论及其在文学翻译中的应用》，《东华理工大学学报》（社会科学版）2009 年第 4 期。

陈科芳、钱虹：《〈阿 Q 正传〉中文化负载词的翻译研究》，《台州学院学报》2009 年第 4 期。

陈可培、尹波：《翻译研究与比较文学之关系管窥》，《湛江师范学院学报》2009 年第 2 期。

陈莉：《近年〈儒林外史〉英译研究回眸》，《时代文学（下半月）》2009 年第 4 期。

陈历明：《翻译与英语文学经典的形成——评〈牛津英语文学翻译史〉（卷三）》，《外语教学与研究》2009 年第 5 期。

陈立群：《侦探小说翻译文本的“新奇”趣味及其本土消费意义》，《理论与创作》2009 年第 4 期。

陈丽：《严格写实——从原作到译品》，《湖南工业职业技术学院学报》2009 年第 1 期。

陈丽琴、邓燕、余波：《诗歌的模糊性和可译性——〈鸟鸣涧〉模糊性的符号学分析及其理据再现》，《才智》2009 年第 35 期。

陈廖娜：《唐诗宋词英译之美拾零》，《中南林业科技大学学报》（社会科学版）2009 年第 4 期。

陈琳：《〈红楼梦〉隐含视觉主体叙事学解析与翻译》，《外国语言文学》2009 年第 2 期。

陈琳、张春柏：《翻译间性与徐志摩陌生化诗歌翻译》，《中国比较文学》2009 年第 4 期。

陈明爱：《玄奘翻译成就探微》，《传承》2009 年第 14 期。

陈欧：《诗译诗剧还是散文译诗剧——读〈莎士比亚全集〉两种译本有感》，《语文学刊》（外语教育与教学）2009 年第 7 期。

陈鹏：《探析林纾翻译实践活动中的价值哲学及其评价理论》，《湖南工业职业技术学院学报》2009 年第 6 期。

陈鹏、席力飞：《欧洲中世纪末的直译和意译之争——析直译意译》，《语文学刊》（外语教育与教学）2009 年第 1 期。

陈奇敏：《唐诗英译以意为先》，《湖北第二师范学院学报》2009 年第 4 期。

陈千峰：《试析李清照〈声声慢〉中“雁”一词的翻译》，《咸宁学院学报》2009 年第 S1 期。

陈倩：《“Nothing Gold Can Stay”两译文赏析——弗罗斯特诗歌译作论》，《才智》2009 年第 33 期。

陈清贵、唐静、黄玉蓉、于洪波、赵英：《以美学视角的“对等”比较李白诗歌中数词的英译》，《西南科技大学学报》（哲学社会科学版）2009 年第 5 期。

陈仁：《杨骚与〈铁流〉第一个译本》，《闽南日报》2009 年 1 月 13 日。

陈瑞莉：《文学翻译的相对性》，《新乡学院学报》（社会科学版）2009 年第 6 期。

陈瑞玲：《〈红楼梦〉典故文化内容翻译策略探析》，《湖北经济学院学报》（人文社会科学版）2009 年第 8 期。

陈瑞玲：《意识形态与诗学操控下〈红楼梦〉中典故的翻译》，《牡丹江教育学院学报》2009 年第 5 期。

陈少彬：《顺应论观照下〈浮生六记〉林语堂译本赏析》，《合肥工业大学学报》（社会科学版）2009 年第 6 期。

陈胜红、祝远德：《对〈黑暗的心脏〉两个中译本信达雅的评析》，《武汉工程大学学报》2009 年第 11 期。

陈淑仪、赵宁：《从多元系统理论看林纾翻译的价值及成因》，《山东理工大学学报》（社会科学版）2009 年第 4 期。

陈水平、周维：《中诗英译中语篇连贯的重构——以庞德之译〈长干行〉为例》，《铜陵职业技术学院学报》2009 年第 1 期。

陈思和：《翻译学与比较文学：两个相切相重的学科》，《中国比较文学》2009 年第 2 期。

陈维嘉：《从奈达的功能对等理论看杨宪益、戴乃迭翻译的鲁迅小说〈阿 Q 正传〉》，《语文学刊》（外语教育与教学）2009 年第 3 期。

陈伟：《林语堂〈浮生六记〉的翻译风格》，《安徽文学（下半月）》2009 年第 8 期。

陈文慧：《从审美体验相似性解读意境再现——以毛泽东诗词英译为例》，《语文学刊》（外语教育与教学）2009 年第 8 期。

陈文慧：《从朱光潜“美感经验的特征”看诗歌翻译》，《昆明冶金高等专科学校学报》2009 年第 4 期。

陈文慧：《方原〈鲁宾逊漂流记〉译本评析——文学翻译中美的传递》，《昆明学院学报》2009 年第 5 期。

陈曦:《从接受美学视角看中国诗词中模糊意象的翻译——以〈天净沙·秋思〉为例》,《长江大学学报》(社会科学版)2009年第5期。

陈曦:《从文化角度浅析诗歌翻译原则与方法》,《中国集体经济》2009年第31期。

陈喜荣:《一葩独秀——论女性主义文学翻译的加拿大特色》,《四川外语学院学报》2009年第S1期。

陈霞:《许渊冲小说翻译策略的实证研究——以〈昆廷·杜沃德〉译本为例》,《九江学院学报》2009年第1期。

陈先贵:《历时性与共时性文学名著复译现象成因分析》,《时代文学(下半月)》2009年第12期。

陈祥明:《从语言角度看〈撰集百缘经〉的译者及翻译年代》,《语言研究》2009年第1期。

陈向京、张佩佩:《中国女译者性别意识研究——一项基于〈喜福会〉中译本的个案研究》,《西北大学学报》(哲学社会科学版)2009年第5期。

陈新梅:《从功能翻译论角度分析〈荷塘月色〉英译文》,《企业家天地下半月刊》(理论版)2009年第9期。

陈旋:《从文化翻译视角看〈红楼梦〉英汉语对比研究》,《江西师范大学学报》(哲学社会科学版)2009年第2期。

陈雪梅:《谈对翻译的再认识——从鲁迅先生说起》,《和田师范专科学校学报》2009年第1期。

陈亚斐:《从多元系统理论看文学翻译的文化语境顺应》,《湖南科技学院学报》2009年第2期。

陈言:《论20世纪中国文学翻译中的"直译"、"意译"之争》,《首都师范大学学报》(社会科学版)2009年第2期。

陈艳艳:《关联理论视角下的翻译》,《阜阳师范学院学报》(社会科学版)2009年第4期。

陈莹:《西方文学翻译中的意译与直译向异化与归化转变的研究》,《太原大学教育学院学报》2009年第S1期。

陈莹:《析异化与归化翻译法在英谚汉译中的运用》,《语文学刊》(外语教育与教学)2009年第1期。

陈莹、林娜:《西方文学翻译中的异化与归化研究》,《新乡学院学报》(社会科学版)2009年第4期。

陈颖:《关联性、标记性和文学作品翻译——从关联理论分析文学作品标记性翻译》,《湘潭师范学院学报》(社会科学版)2009年第2期。

陈友康、鲁云:《论楚图南的人生魅力与著译风采》,《曲靖师范学院学报》2009年第2期。

陈缘梅:《译者主体性和翻译策略——比较〈爱玛〉的两个中译本》,《长沙大学学报》2009年第3期。

陈缘梅:《再论文学翻译中的译者主体性》,《茂名学院学报》2009年第5期。

陈越：《重审与辨正——瑞恰慈文艺理论在现代中国的译介与反应》，《中国现代文学研究丛刊》2009年第2期。

陈志杰：《文学翻译的“比较”性特征》，《宜春学院学报》2009年第1期。

陈众议：《外国文学翻译与研究60年》，《中国翻译》2009年第6期。

成杰、张荔：《浅谈〈西游记〉英译本中的人名翻译》，《昌吉学院学报》2009年第2期。

成娟辉：《用“三美”本体论评析〈代别离·秋窗风雨夕〉两种英译文》，《顺德职业技术学院学报》2009年第2期。

成昭伟、刘杰辉：《“赞助人”视角下“林译小说”研究——商务印书馆个案分析》，《重庆大学学报》（社会科学版）2009年第5期。

程瑾涛：《“陌生化”手法在文学翻译中的再现——以标记性主位句为例》，《重庆工商大学学报》（社会科学版）2009年第2期。

程瑾涛：《诗歌翻译的特殊性——基于诗歌句法的不确定性》，《教育理论与实践》2009年第33期。

程进军：《论散文翻译的审美效果》，《内蒙古农业大学学报》（社会科学版）2009年第1期。

程瑜瑜：《从接受美学角度谈许渊冲的唐诗英译》，《吉林广播电视大学学报》2009年第4期。

楚立峰：《解构主义翻译观与传统翻译观》，《牡丹江大学学报》2009年第3期。

褚爱平、白莉：《浅析诗歌翻译“三美”》，《成功（教育）》2009年第4期。

丛滋杭：《得意忘形求同存异——读许渊冲译〈汉英对照唐诗三百首〉兼谈韵体译诗优势》，《浙江树人大学学报》（人文社会科学版）2009年第4期。

崔峰：《为〈译文〉溯源——从茅盾的〈译文·发刊词〉说起》，《中国比较文学》2009年第4期。

崔敏：《浅论诗歌的可译性问题——读〈翻译的语言学问题〉》，《才智》2009年第15期。

崔溶澈：《韩文全译本〈红楼梦〉解题及翻译后记》，《红楼梦学刊》2009年第5期。

崔素花：《论沙博里〈水浒传〉英译本中言内意义的翻译》，《太原理工大学学报》（社会科学版）2009年第2期。

崔薇：《论“思维风格”对小说人物语言翻译的影响——以〈河湾〉汉译本为例》，《时代文学（下半月）》2009年第9期。

戴清娥、杨成虎：《从文化角度比较〈红楼梦〉饮食名称的翻译》，《宁波大学学报》（人文科学版）2009年第3期。

戴艳云：《从接受理论看霍译〈红楼梦〉的翻译策略》，《宿州学院学报》2009年第2期。

邓笛：《美学与戏剧翻译》，《苏州大学学报》（哲学社会科学版）2009年第6期。

邓笛：《意义多层性视角下的戏剧翻译》，《沈阳大学学报》2009年第1期。

邓笛：《中国现代剧作界的三位翻译家》，《戏剧文学》2009年第6期。

邓国军：《双语教材〈中国文论：英译与评论〉英译指瑕》，《重庆三峡学院学报》2009 年第 6 期。

邓红顺：《意识形态对翻译研究的影响及启示》，《咸宁学院学报》2009 年第 1 期。

邓宏烈：《道安佛经翻译与注疏略述》，《西藏民族学院学报》（哲学社会科学版）2009 年第 4 期。

邓巨、刘宗权：《论典籍翻译中的意象转换——以〈道德经〉英译为例》，《河北大学学报》（哲学社会科学版）2009 年第 4 期。

邓梅、徐黄丽：《〈围城〉中词汇变异的翻译策略及功能对等分析》，《科教文汇（中旬刊）》2009 年第 4 期。

邓琪、方凤娟：《中国古代诗歌中隐喻的翻译》，《武汉理工大学学报》（社会科学版）2009 年第 3 期。

邓睿、王忠霞：《从译者主体性看辜鸿铭英译诗歌中归化策略的选择》，《科技信息》2009 年第 24 期。

邓薇、孟庆升：《从汉英对比角度看古典小说〈瑞云〉的翻译——以 Danis C. Twitchett 和 Victor H. Mair 的英译本为例》，《西南民族大学学报》（人文社会科学版）2009 年第 S2 期。

邓伟：《“林译小说”新论》，《山西师大学报》（社会科学版）2009 年第 2 期。

邓伟：《文学翻译在中国近代社会的发生》，《吉首大学学报》（社会科学版）2009 年第 3 期。

邓卫望：《论穆旦的诗歌翻译观》，《重庆文理学院学报》（社会科学版）2009 年第 6 期。

邓燕、邹晓萍：《“隐含读者”观照下张爱玲自译〈五四遗事〉的翻译策略》，《赣南医学院学报》2009 年第 5 期。

邓迎：《论本雅明的“可译性”及解构主义翻译观》，《怀化学院学报》2009 年第 10 期。

邓忠、蒋晖：《从概念意义和文化意义看〈前出师表〉英译的几个问题》，《西南民族大学学报》（人文社会科学版）2009 年第 S1 期。

迪丽达·吐斯甫汗：《浅论哈萨克诗歌的汉译技巧》，《语言与翻译》2009 年第 3 期。

邸爱英：《对汉字的痴迷对孔子的信仰——庞德的〈论语〉翻译》，《电子科技大学学报》（社会科学版）2009 年第 6 期。

邸爱英：《马殊曼与世界第一个〈论语〉英译本》，《读书》2009 年第 5 期。

丁涵、李佳新：《从功能语言学角度对〈春晓〉及英译文的主位分析》，《东北农业大学学报》（社会科学版）2009 年第 5 期。

丁娟：《从“三美论”评析〈如梦令〉的许渊冲英译本》，《语文学刊》（外语教育与教学）2009 年第 11 期。

丁倩：《论文学作品翻译中带民族色彩习语的可译性》，《滁州学院学报》2009 年第 3 期。

丁世华：《关联性：翻译理解的核心——以〈围城〉英译本为例》，《长春理工大学学报》（社会科学版）2009 年第 3 期。

丁为艳、刘玉波：《论古诗词曲英译中梦意象的处理》，《时代文学（下半月）》2009年第12期。

丁小英：《苏慧廉英译〈论语〉中宗教思想的体现——兼议理雅阁〈论语〉英译》，《宜宾学院学报》2009年第10期。

丁晓燕：《论文学翻译中忠实与创造性》，《才智》2009年第16期。

丁志聪：《〈木兰诗〉及其译文之得失》，《泉州师范学院学报》2009年第3期。

董广才、刘洋：《列维翻译理论的词汇、句法、美学审视——以英汉诗歌互译文本分析为例》，《辽宁工业大学学报》（社会科学版）2009年第3期。

董金玉、李健：《解构主义视角解读庞德英译汉诗》，《大庆师范学院学报》2009年第4期。

董瑞霞：《伽达默尔的哲学诠释学理论——从修辞角度审视〈老子〉英译译本的风格特点》，《知识经济》2009年第2期。

董婷：《从〈静夜思〉英译看格特关联翻译理论对翻译的解释力》，《科技信息》2009年第4期。

董洋萍：《有关“信顺说”翻译标准的两大论争探源》，《河南工业大学学报》（社会科学版）2009年第1期。

董莹：《浅析莎士比亚译本——朱生豪译本和梁实秋译本》，《理论建设》2009年第3期。

董玉芳：《诗歌翻译：对等还是功能——以许译唐诗为例》，《科技信息》2009年第21期。

董媛媛：《从语义翻译和交际翻译的角度看林语堂译之〈浮生六记〉》，《语文学刊》（外语教育与教学）2009年第10期。

杜惠玲：《谈李清照词英译中文化因素的传达》，《读与写（教育教学刊）》2009年第10期。

杜慧敏：《论晚清小说期刊译介的启蒙立场与消闲趣味》，《科教文汇（中旬刊）》2009年第8期。

杜家怡：《翻译·创作·再创作》，《河南机电高等专科学校学报》2009年第4期。

杜金燕：《弃“恶”扬“善”——从〈林纾的翻译〉看创造性叛逆在翻译中的应用》，《安徽文学（下半月）》2009年第12期。

杜鹃、贾德江：《功能对等在王熙凤人物翻译中的应用》，《科教文汇（下旬刊）》2009年第2期。

杜敏：《诗歌翻译的“信、达、雅”——从〈黄鹤楼送孟浩然之广陵〉说起》，《淄博师专学报》2009年第1期。

杜玉生、何三宁、范勇：《从哲学解释学透视文学翻译中文化误读与误译》，《宜春学院学报》2009年第1期。

杜志峰：《形似与神似之争——翻译文学的“双重叛逆”》，《安徽文学（下半月）》2009年第12期。

段彦艳、李晓亮：《“化境说”的传统译论基础及其美学渊源》，《石家庄学院学报》2009 年第 2 期。

段彦艳、许卓妍：《〈秋声赋〉中拟声词的翻译补偿探析》，《语文学刊》（外语教育与教学）2009 年第 4 期。

段彦艳、赵彦杰：《翟理斯〈秋声赋〉译本中的音乐美解读》，《名作欣赏》2009 年第 8 期。

段彦艳、赵永彬：《〈聊斋志异〉的文体翻译方法探析》，《名作欣赏》2009 年第 15 期。

段彦艳、赵永彬：《从林语堂的文化观探析〈浮生六记〉的翻译策略》，《才智》2009 年第 22 期。

段艳丹、罗亚辉：《〈呼啸山庄〉两中文译本两段译文对比评析》，《美与时代（下半月）》2009 年第 9 期。

段志华：《从〈红楼梦〉两译本目录的翻译看归化与异化》，《安徽文学（下半月）》2009 年第 11 期。

樊初芳：《〈逍遥游〉片段英译本比较评析》，《中国科技信息》2009 年第 22 期。

樊笑霞：《论文学翻译的艺术性》，《中国商界（上半月）》2009 年第 6 期。

范苓：《翻译文体的选择与创新——明治言文一致文体对梁启超的影响》，《辽宁师范大学学报》（社会科学版）2009 年第 3 期。

范苓：《明治"科学小说热"与晚清翻译——〈海底旅行〉中日译本分析》，《大连海事大学学报》（社会科学版）2009 年第 3 期。

范苓：《晚清"科学小说翻译热"与日本的影响——以梁启超和鲁迅的中译本为例》，《大连海事大学学报》（社会科学版）2009 年第 2 期。

范荣：《从期待视野浅析晚清侦探翻译小说热》，《中国民航飞行学院学报》2009 年第 4 期。

范荣：《林纾小说翻译策略中的读者视野关照》，《重庆交通大学学报》（社会科学版）2009 年第 4 期。

范文波：《功能翻译理论之文化规约》，《忻州师范学院学报》2009 年第 1 期。

范烨：《从作品本身和读者接受两方面探讨翻译问题》，《曲靖师范学院学报》2009 年第 4 期。

范振辉：《古代文学作品英译的语言特色》，《襄樊学院学报》2009 年第 7 期。

方汉泉、洪斌：《梁宗岱译〈莎士比亚十四行诗〉：基于其诗论和译论的再创之作》，《广东外语外贸大学学报》2009 年第 5 期。

方梦之：《〈翻译学理论的系统建构〉序——为纪念杨自俭教授而作》，《上海翻译》2009 年第 4 期。

方萍：《论翻译对中国早期白话诗运动的影响》，《皖西学院学报》2009 年第 1 期。

方仪力：《试论西方文论术语翻译研究的重大意义》，《西南民族大学学报》（人文社会科学版）2009 年第 S2 期。

方韵：《浅析萧乾自译文学作品之翻译策略》，《科教文汇（中旬刊）》2009 年第 9 期。

费天响:《翻译与民族文学——试论李白诗歌在西方的译介》,《语文学刊》(外语教育与教学)2009 年第 5 期。

冯大庆:《兰波诗作〈感觉〉新译》,《法语学习》2009 年第 6 期。

冯德河:《论〈红楼梦〉叙事风格在翻译中的显性与隐性再现及再现缺失》,《山东省青年管理干部学院学报》2009 年第 2 期。

冯斗、许玫:《从阐释学视界融合理论看〈离骚〉的复译》,《电子科技大学学报》(社会科学版)2009 年第 1 期。

冯舸:《莎士比亚十四行诗汉译本比较与鉴赏》,《山东教育学院学报》2009 年第 5 期。

冯海霞:《对〈包法利夫人〉的译本翻译批评研究》,《广东农工商职业技术学院学报》2009 年第 3 期。

冯骥才:《文学翻译的两个传统》,《文艺报》2009 年 12 月 10 日。

冯文杰:《瞿秋白早期翻译活动述评》,《江苏工业学院学报》(社会科学版)2009 年第 2 期。

冯宪光:《六十年马克思主义文学理论的译介和研究》,《社会科学战线》2009 年第 10 期。

冯岩松:《从严复和鲁迅的翻译看翻译标准的社会性》,《淮北职业技术学院学报》2009 年第 6 期。

冯蒸:《汉藏语比较语言学重要论著述评与初步研究——附论:提高汉藏语比较研究水平亟需编纂〈从现代汉语查找古汉语同义词的词典〉〈按韵母编排的藏汉词典〉两部基础性词典》,《汉字文化》2009 年第 1 期。

冯智强:《语言哲学视阈下林语堂翻译思想的多维解读》,《天津外国语学院学报》2009 年第 4 期。

符蓉:《从顺应视角看汉诗英译中译者主体性的体现》,《邵阳学院学报》(社会科学版)2009 年第 2 期。

付建舟:《清末民初日语文学的汉译与中国文学的现代转型》,《外国文学评论》2009 年第 4 期。

付玉群:《儿童文学翻译中的译者主体性——从〈格林童话〉的汉译谈起》,《西南科技大学学报》(哲学社会科学版)2009 年第 1 期。

付正玲:《翻译中的模糊语言——〈道德经〉第一章的英译分析》,《西南农业大学学报》(社会科学版)2009 年第 1 期。

付智茜:《浅析〈哈姆雷特〉的重译》,《湖南工业职业技术学院学报》2009 年第 4 期。

付智茜:《文化意象·翻译·策略——以〈红楼梦〉英译本为例》,《长沙民政职业技术学院学报》2009 年第 1 期。

傅陈茜、王占斌:《散文翻译信达雅——"This Was My Mother"两种中译文的对比研究》,《语文学刊》(外语教育与教学)2009 年第 3 期。

傅庆莲:《论译者的主体性——以 Crowley 的〈道德经〉英译本为例》,《琼州学院学报》2009年第3期。

傅修海：《革命与私谊：翻译论战中的瞿秋白与鲁迅》，《甘肃社会科学》2009年第6期。

甘慧慧：《诗歌翻译的文体意义透视——杜甫诗歌〈佳人〉的两种英译文分析》，《重庆交通大学学报》（社会科学版）2009年第1期。

高蓓：《论唐诗翻译的“意美、音美、形美”——〈望庐山瀑布〉两种译文的三美分析》，《科技信息》2009年第30期。

高吉先、袁锋：《翻译的语用动态适应观——以〈麦可白〉第一幕为个案》，《曲靖师范学院学报》2009年第2期。

高静：《从中诗英译看诗歌的可译性》，《中州大学学报》2009年第3期。

高旼喜：《〈红楼梦〉韩文翻译本后四十回中的几个问题》，《红楼梦学刊》2009年第1期。

高旼喜：《关于〈红楼梦〉韩译本中称谓语的若干问题》，《红楼梦学刊》2009年第5期。

高楠：《浅析唐诗〈静夜思〉的两则英译》，《安徽文学（下半月）》2009年第10期。

高少萍：《文学话语主观情态意义的翻译策略》，《外语教学理论与实践》2009年第3期。

高巍、武晓娜、张松：《〈西游记〉文化内容的翻译》，《攀枝花学院学报》2009年第2期。

高晓岚、王筠：《翻译中的妥协现象探因》，《西安文理学院学报》（社会科学版）2009年第1期。

高艳红：《“意象”、“意境”与汉诗英译之配图》，《西南交通大学学报》（社会科学版）2009年第2期。

高玉：《论翻译文学的“二重性”》，《天津社会科学》2009年第5期。

高玉兰、王彬：《朱光潜翻译思想探析》，《内蒙古农业大学学报》（社会科学版）2009年第5期。

葛文峰、季淑凤：《典籍译者主体性的哲学阐释学观照——以“易安词”英译为例》，《沈阳建筑大学学报》（社会科学版）2009年第1期。

葛文峰、季淑凤：《中国典籍英译的风格再现——“易安词”英译个案分析》，《宜宾学院学报》2009年第1期。

葛小颖：《从相似律角度探讨林语堂的汉译英作品》，《科技信息》2009年第23期。

耿纪永：《〈现代〉、翻译与文学现代性》，《同济大学学报》（社会科学版）2009年第2期。

耿强：《对国内翻译研究本体回归的思考》，《天津外国语学院学报》2009年第6期。

龚帆元、张传彪：《从词汇联想义看翻译的“信”与“对等”》，《长春大学学报》2009年第1期。

龚琪峰：《“隐身”的异化——严复译作研究新探》，《河北理工大学学报》（社会科学版）2009年第4期。

龚晓斌:《中国文化视野中翻译的归化和异化取向》,《国外理论动态》2009年第2期。

巩华锋:《诗歌翻译中意境传递变通技巧的实证探讨》,《山西青年管理干部学院学报》2009年第3期。

巩晓:《〈红楼梦〉中的成语及其维译方法研究》,《喀什师范学院学报》2009年第5期。

缑斌:《论民歌翻译的学科定位、历史现状及其策略》,《交响—西安音乐学院学报》2009年第4期。

辜正坤:《英汉诗歌翻译批评与学术道德规范——评〈我读罗赛蒂"Sudden Light"一诗的四种汉译〉》,《世界文学评论》2009年第1期。

谷峰:《哲学诠释学维度下郭沫若的英诗美学翻译之溯源——以〈英诗译稿〉的个案研究为例》,《郭沫若学刊》2009年第3期。

谷双、刘慧君:《译者的登场——从中国翻译理论和实践发展看译者主体性》,《河北理工大学学报》(社会科学版)2009年第1期。

顾红燕:《主位结构视角下彭斯名诗〈一朵红红的玫瑰〉的汉译比较研究》,《牡丹江大学学报》2009年第11期。

顾玉凤、丁富生:《苏曼殊对译介外国文学文本的选择》,《安徽文学(下半月)》2009年第3期。

顾正阳、刘叙一:《古诗词曲英译中的宫怨文化》,《内蒙古农业大学学报》(社会科学版)2009年第6期。

顾正阳、刘叙一:《古诗词曲中鸟类意象翻译方法》,《佛山科学技术学院学报》(社会科学版)2009年第6期。

顾正阳、刘叙一:《阅千古得失,明古今之鉴——古诗词曲英译中的亡国咏怀诗文化浅析》,《西华大学学报》(哲学社会科学版)2009年第5期。

顾正阳、刘叙一:《阅千古得失,明古今之鉴——古诗词曲英译中的亡国咏怀诗文化浅析》,《重庆工商大学学报》(社会科学版)2009年第6期。

官濛:《从系统功能语法看葛浩文的翻译——基于情景语境的中英语篇对比》,《科教文汇(上旬刊)》2009年第10期。

管振彬:《从接受美学理论到诗歌翻译中的接受者》,《长沙大学学报》2009年第3期。

郭聪、丁娓娓:《从〈茶馆〉的两个译本看感叹词的翻译》,《内蒙古农业大学学报》(社会科学版)2009年第3期。

郭飞:《从〈月下独酌〉看诗歌翻译中宗教信仰意识的亏损》,《新西部(下半月)》2009年第2期。

郭峰池:《儒家文化与尼采思想对鲁迅翻译选材与方法的影响》,《和田师范专科学校学报》2009年第5期。

郭虹宇:《重读玄奘译论"五种不翻"——论宗教类、文化类外来词语的翻译策略》,《天津外国语学院学报》2009年第4期。

郭慧香：《文学作品中的陌生化元素及其翻译》，《新乡学院学报》（社会科学版）2009 年第 6 期。

郭建红：《后殖民主义视角下的“杂合”翻译策略——以〈红楼梦〉英译本的诗歌翻译为例》，《长沙大学学报》2009 年第 3 期。

郭建红、黄田、李小妹：《从模因论的视角看文学翻译策略的选择》，《广西社会科学》2009 年第 6 期。

郭建中：《异化与归化：道德态度与话语策略——韦努蒂〈译者的隐形〉第二版评述》，《中国翻译》2009 年第 2 期。

郭丽、张慧琴：《从英汉语言的对比谈译者主体性》，《科技信息》2009 年第 1 期。

郭敏：《浅谈文学翻译中译者的主体性》，《湖北财经高等专科学校学报》2009 年第 1 期。

郭鸣鹤、梁春凝：《浅议文学翻译中的译者风格——〈金银岛〉节选三个译本的赏析》，《长春理工大学学报》（社会科学版）2009 年第 5 期。

郭鹏：《翻译的适应性与陈述的真——论戴维森的“可释性策略”》，《世界哲学》2009 年第 1 期。

郭勤：《尤金·奈达和彼得·纽马克的翻译理论研究》，《现代商贸工业》2009 年第 4 期。

郭珊珊：《英诗汉译中的美感移植——试析莎士比亚十四行诗及其汉译》，《广东技术师范学院学报》2009 年第 7 期。

郭庭军：《忠实性与创造性的辩证统一——从接受美学看译者的身份》，《湖南第一师范学报》2009 年第 1 期。

郭婷：《忠实与自由之争——读本雅明〈译者的任务〉》，《科技信息》2009 年第 4 期。

郭小川：《杨绛与翻译》，《黑龙江社会科学》2009 年第 5 期。

郭晓辉：《浅谈〈浮生六记〉中的文化翻译》，《陕西师范大学学报》（哲学社会科学版）2009 年第 S1 期。

郭晓勇：《语朴情醇是正行——深切缅怀中国翻译界的一面旗帜季羡林先生》，《中国翻译》2009 年第 5 期。

郭心民：《英诗汉译美学研究》，《内蒙古农业大学学报》（社会科学版）2009 年第 4 期。

郭亚军：《从〈猫〉的日汉互译看加译技巧》，《黑龙江科技信息》2009 年第 29 期。

郭亚星：《从功能对等角度看〈爱丽丝漫游奇境〉中的儿歌翻译》，《湖北经济学院学报》（人文社会科学版）2009 年第 6 期。

郭银玲：《文学翻译中归化与异化的辩证统一——〈爱玛〉两个中译本的对比研究》，《福建论坛》（社科教育版）2009 年第 4 期。

郭盈：《关于翻译标准的探讨》，《长春师范学院学报》（人文社会科学版）2009 年第 11 期。

郭玉梅：《〈红楼梦〉法译本传统文化内涵的翻译策略》，《天津外国语学院学报》

2009 年第 3 期。

郭元波、唐爽：《翻译的二元论》，《大连海事大学学报》（社会科学版）2009 年第 2 期。

海娜：《从〈简爱〉译序引发的思考》，《大众文艺》（理论）2009 年第 13 期。

海盛：《英美文学翻译中的文化差异视角考量》，《山西财经大学学报》2009 年第 S2 期。

韩娟：《文学翻译中的异化与归化》，《安徽商贸职业技术学院学报》（社会科学版）2009 年第 2 期。

韩玲：《“不可译”到“可译”的变通——关联理论在解决“不可译”问题中的应用》，《云南财经大学学报》（社会科学版）2009 年第 1 期。

韩荣、郝蕊：《再论中国古典诗歌之不可译》，《湖北第二师范学院学报》2009 年第 3 期。

韩晓英、肖明义：《文化差异中的汉英可译性限度》，《通化师范学院学报》2009 年第 1 期。

韩媛：《浅论文化适应性原则下的英语诗歌翻译》，《长沙铁道学院学报》（社会科学版）2009 年第 1 期。

韩子满：《解构主义翻译理论的论争与接受——以“确当的”翻译为例》，《外国语文》2009 年第 1 期。

郝稷：《艾思柯的中国情缘及杜甫翻译》，《书屋》2009 年第 12 期。

郝稷：《翟理斯〈古今诗选〉中的英译杜诗》，《杜甫研究学刊》2009 年第 3 期。

郝丽娜：《从等效翻译原则看杨译本〈卖花女〉中伊莉莎语言的再现》，《语文学刊》（外语教育与教学）2009 年第 11 期。

郝琳：《翻译“他者中的他者”：一种策略上的本质主义——透视斯皮瓦克的后殖民翻译诗学》，《中国比较文学》2009 年第 1 期。

郝暖：《谈英文小说翻译技巧》，《山东教育学院学报》2009 年第 2 期。

何春燕：《从“操纵论”看林纾的翻译》，《长春理工大学学报》（高教版）2009 年第 2 期。

何春燕：《译者的语言——由德莱顿关于译法的三分想到的》，《宜宾学院学报》2009 年第 9 期。

何春燕：《意识形态、赞助者、诗学和译者互动》，《湘南学院学报》2009 年第 6 期。

何飞：《〈傲慢与偏见〉中译本第三人称代词翻译研究》，《安徽工业大学学报》（社会科学版）2009 年第 1 期。

何飞：《显形的译者——董秋斯文学翻译思想研究》，《安徽文学（下半月）》2009 年第 8 期。

何家蓉：《〈罗生门〉鲁迅译文探析》，《解放军外国语学院学报》2009 年第 3 期。

何津：《从双关效果看朱生豪〈汉姆莱脱〉的双关翻译》，《重庆工学院学报》（社会科学版）2009 年第 9 期。

何津：《论朱生豪莎剧译本中的双关翻译》，《文学教育（上）》2009 年第 9 期。

何凌：《浅析文学翻译中的译者身份》，《武汉船舶职业技术学院学报》2009年第4期。

何敏：《英语世界〈聊斋志异〉译介述评》，《外语教学与研究》2009年第2期。

何佩兰：《如何看待文学读者和译者的关系》，《湘潭师范学院学报》（社会科学版）2009年第2期。

何鹏：《诗的不可译性和翻译的必要性》，《科技资讯》2009年第31期。

何文静：《他山之石，可以攻玉——意象主义对古诗翻译的理论启示》，《三峡大学学报》（人文社会科学版）2009年第6期。

何文俊：《从子集到学科伙伴——翻译研究与比较文学》，《网络财富》2009年第10期。

何妍：《苏轼〈念奴娇·赤壁怀古〉英译赏析》，《吕梁教育学院学报》2009年第1期。

何妍：《译学研究的语言学探索：对奈达、威尔斯、卡特福德和费道罗夫译学构想的解读与思考》，《贵阳学院学报》（社会科学版）2009年第1期。

何岩：《译著〈荷马诸问题〉出版》，《民族文学研究》2009年第2期。

何咏梅：《唐诗〈凉州词〉及其英译文的功能语篇分析》，《宜宾学院学报》2009年第10期。

何玉萍、赵征军：《〈简·爱〉两种译本中男女形象的比较研究——在女性主义视域下》，《山西广播电视大学学报》2009年第2期。

和雪君：《从跨文化角度看汉语散文的翻译》，《河南工业大学学报》（社会科学版）2009年第4期。

贺爱军：《鲁迅"硬译"的文化解读》，《上海翻译》2009年第4期。

贺爱军：《鲁迅翻译思想的文化解读》，《名作欣赏》2009年第2期。

贺靓：《汉诗英译中音形意的再现——李白〈月下独酌〉英译文对比赏析》，《安徽文学（下半月）》2009年第11期。

宏杰、井伟：《字面义和隐含义的翻译——以〈红楼梦〉英文译本为例（英文）》，《语文学刊》（外语教育与教学）2009年第4期。

洪涛：《〈红楼梦〉英译与"源本取向"、"规约式研究"的盲点——以〈红译艺坛〉为论析中心》，《红楼梦学刊》2009年第4期。

洪涛：《女体和国族：论〈红楼梦〉翻译评论中的研者视角与诠释暴力（下）——以lotusfeet为剖析中心》，《红楼梦学刊》2009年第1期。

洪溪珧：《多元系统论的合理性与局限性——以〈飘〉的两个中译本为例》，《湖南医科大学学报》（社会科学版）2009年第3期。

洪溪珧：《多元系统论——翻译研究的新视野》，《湖南科技学院学报》2009年第2期。

侯斌：《从连贯性看文学翻译——评〈连贯与翻译〉》，《语文学刊》（外语教育与教学）2009年第12期。

侯靖靖：《17年间（1949—1966）奥尼尔戏剧在中国译界的"缺席"研究》，《东华大学学报》（社会科学版）2009 年第 3 期。

侯靖靖：《17 年间（1949—1966）王尔德戏剧在中国译界的“缺席”研究》，《英美文学研究论丛》2009 年第 1 期。

侯婷：《胡适英译诗〈关不住了〉的节奏尝试》，《江汉大学学报》（人文科学版）2009 年第 6 期。

侯雁林、罗植、冯文坤：《各有千秋的莎剧译本——以功能目的论看〈亨利五世〉两个中译本的不同效果》，《乐山师范学院学报》2009 年第 8 期。

侯莹莹：《从上下文语境角度对比分析〈红楼梦〉汉英语篇照应》，《哈尔滨学院学报》2009 年第 7 期。

呼媛媛、白红：《原型理论关照下的诗歌翻译》，《延安职业技术学院学报》2009 年第 2 期。

胡安江：《历史意识与诗性原则——美国诗人加里·斯奈德的翻译诗学研究》，《外国语文》2009 年第 2 期。

胡安江：《美国学者伯顿·华生的寒山诗英译本研究》，《解放军外国语学院学报》2009 年第 6 期。

胡安江、许钧：《译者的隐身——论傅译作品的语体选择》，《中国翻译》2009 年第 2 期。

胡安江、周晓琳：《空谷幽兰——美国译者赤松的寒山诗全译本研究》，《西南政法大学学报》2009 年第 3 期。

胡安娜：《周作人的翻译思想及其翻译实践》，《辽宁教育行政学院学报》2009 年第 10 期。

胡彬：《“易安体”翻译探微——宋词〈声声慢〉五种英译本的比较研究》，《高等函授学报》（哲学社会科学版）2009 年第 2 期。

胡灿辉：《〈圣经〉典故的翻译与教学》，《湘潭师范学院学报》（社会科学版）2009 年第 5 期。

胡春华、刘绍忠、廖凤荣：《预设理论及其对翻译实践的启示》，《重庆交通大学学报》（社会科学版）2009 年第 1 期。

胡翠娥、赵为娅：《从〈新青年〉到〈创造〉看中国现代翻译批评的发生起源》，《外国语》（上海外国语大学学报）2009 年第 5 期。

胡德侠、包通法：《翻译文学的经典化》，《中国市场》2009 年第 48 期。

胡东明：《中国古典诗歌英译中的意象对等》，《四川教育学院学报》2009 年第 7 期。

胡东平、刘惬文：《目的论映照下的严复翻译策略解析》，《湖南农业大学学报》（社会科学版）2009 年第 3 期。

胡冬宁、陈先贵：《浅谈清末民初小说翻译的盛行及其特点》，《时代文学（下半月）》2009 年第 12 期。

胡芬：《禅诗的翻译研究》，《江西师范大学学报》（哲学社会科学版）2009 年第 1 期。

胡庚申：《傅雷翻译思想的生态翻译学诠释》，《外国语》（上海外国语大学学报）

2009年第2期。

胡光磊、万华林:《小说翻译中的改写与人物变形——〈牛虻〉译本个案分析》,《安徽广播电视大学学报》2009年第4期。

胡环:《文学翻译再创作过程初探》,《科技信息》2009年第30期。

胡慧盈:《文学翻译中的译者主体性及其制约因素》,《巢湖学院学报》2009年第5期。

胡君:《儿童期待视野的变化与当今儿童文学翻译——以〈哈利·波特〉翻译为例》,《邵阳学院学报》(社会科学版)2009年第6期。

胡君、贾文波:《从译者主体性看〈红楼梦〉中死亡委婉语的翻译》,《四川文理学院学报》2009年第3期。

胡开宝:《基于语料库的莎剧〈哈姆雷特〉汉译文本中"把"字句应用及其动因研究》,《外语学刊》2009年第1期。

胡立:《论诗歌中形式的翻译与意境的把握——对英文诗歌的两种译文的评论》,《读与写(教育教学刊)》2009年第3期。

胡良骥:《庞德翻译中主体审美的彰显》,《长沙铁道学院学报》(社会科学版)2009年第2期。

胡畔:《浅析〈紫色〉汉译本——论女性主义翻译理论下译者主体性的彰显》,《边疆经济与文化》2009年第11期。

胡启好:《评析〈红楼梦〉杨译本关于"笑道"的翻译》,《延边党校学报》2009年第2期。

胡琴:《清末民初诗歌翻译规范的多样性》,《重庆交通大学学报》(社会科学版)2009年第2期。

胡蓉:《略谈文学作品中民族文化色彩翻译新视角》,《牡丹江师范学院学报》(哲学社会科学版)2009年第3期。

胡庭树、郁仲莉:《唐诗的形美及其英译》,《内蒙古农业大学学报》(社会科学版)2009年第6期。

胡卫平、季可夫:《翻译乃翻"异"——论异质因素的重构》,《天津外国语学院学报》2009年第1期。

胡显耀、曾佳:《对翻译小说语法标记显化的语料库研究》,《外语研究》2009年第5期。

胡晓姣:《〈大卫·柯波菲尔〉四译本比较分析——以分标题及专有名词为对象》,《湖南医科大学学报》(社会科学版)2009年第3期。

胡晓姣:《〈大卫·柯波菲尔〉四译本比较分析——以人物语言及抒情段落为对象》,《鸡西大学学报》2009年第2期。

胡雅玲:《意象传递与诗歌翻译——兼评"Sudden Light"的五种翻译》,《世界文学评论》2009年第2期。

胡渝镛、蒯洁:《从唐诗〈江雪〉的不同译文比较谈古诗英译之艺术》,《乐山师范学院学报》2009年第8期。

胡志伟:《和谐才是美——试用“和谐说”赏析小说〈厨房〉两个译本》,《三峡大学学报》(人文社会科学版)2009年第S1期。

胡作友、喻凤:《从边缘到中心——五四运动前后中国翻译文学的地位》,《合肥工业大学学报》(社会科学版)2009年第5期。

户克玲:《解构与建构:许渊冲诗歌翻译理论与实践评析》,《中国商界(上半月)》2009年第11期。

扈启亮:《等效论与〈红楼梦〉中谐音的翻译》,《长沙铁道学院学报》(社会科学版)2009年第2期。

华卫:《白居易〈夜雪〉英译点评》,《泸州职业技术学院学报》2009年第4期。

黄宝生:《〈奥义书〉译本导言》,《深圳大学学报》(人文社会科学版)2009年第5期。

黄翠华:《从伽达默尔的哲学阐释学看Uncle Tom's Cabin的3种中译本》,《中国集体经济》2009年第15期。

黄粉保:《〈金瓶梅〉英译本误译解析》,《韩山师范学院学报》2009年第1期。

黄净:《试论诗歌翻译的意境之美》,《中国集体经济》2009年第27期。

黄俊雄:《达意“优”“美”能传神》,《中国翻译》2009年第1期。

黄科安:《“五四”时期外国散文理论的译介与效应》,《广播电视大学学报》(哲学社会科学版)2009年第2期。

黄科安:《从译介到创造:散文诗在现代中国的发展脉络》,《青岛大学师范学院学报》2009年第2期。

黄莉萍:《接受理论与唐诗词英译中文化差异的处理》,《西昌学院学报》(社会科学版)2009年第3期。

黄莉萍:《莎剧比喻翻译探析》,《南昌工程学院学报》2009年第2期。

黄鹂:《英国文学作品中特殊句式谚语的翻译》,《时代文学(下半月)》2009年第12期。

黄立:《西方汉学中宋词形式美的英译》,《西南民族大学学报》(人文社会科学版)2009年第3期。

黄敏、王巧生:《早期佛典翻译中佛教缘起思想的演化》,《贵州大学学报》(社会科学版)2009年第1期。

黄霓、唐丽蓉:《从等效论看〈围城〉中幽默语言的翻译》,《法制与社会》2009年第6期。

黄萍:《从翻译中发现美——浅谈许渊冲教授古诗英译“三美”论》,《科教文汇(中旬刊)》2009年第10期。

黄琦:《认知范畴视角下的模糊语翻译》,《哈尔滨学院学报》2009年第8期。

黄书霞:《谈谈诗歌翻译中艺术美的再现》,《黑龙江史志》2009年第15期。

黄四宏:《辩证性·科学性·时代性——重新审视鲁迅的翻译策略》,《南华大学学报》(社会科学版)2009年第1期。

黄四宏:《林纾、鲁迅文学翻译中叛逆手法之殊途同归》,《内蒙古农业大学学报》

（社会科学版）2009年第5期。

黄四宏：《叛逆：显性？隐性？——从文化构建看文学翻译中的叛逆》，《西安外国语大学学报》2009年第2期。

黄淞：《管窥中国古诗英译——〈春怨〉三个译本分析》，《四川文理学院学报》2009年第3期。

黄婷婷：《创造性叛逆在翻译科幻小说中"科学"部分的应用——以〈我，机器人〉为例》，《网络财富》2009年第20期。

黄小利：《语篇风格与韵味的忠实再现——浅析张培基先生的散文翻译》，《科技信息》2009年第18期。

黄协安：《厄普代克的"兔子故事"在中国的译介和研究》，《英美文学研究论丛》2009年第1期。

黄炎：《鲁迅翻译对中国现代文学理论的贡献》，《理论学习》2009年第2期。

黄炎：《鲁迅翻译对中国现代文艺理论的贡献》，《名作欣赏》2009年第15期。

黄焰结：《文化解读萧乾的莎剧故事翻译》，《湖北大学学报》（哲学社会科学版）2009年第6期。

黄宇杰：《诗歌翻译中文化差异探讨》，《科技创新导报》2009年第1期。

黄玉秀：《红楼梦章节标题的英译（英文）》，《语文学刊》（外语教育与教学）2009年第12期。

黄玉秀：《中国传统翻译批评之问题刍议》，《网络财富》2009年第11期。

黄泽英：《从接受理论看莎剧的两种中译本——以〈罗密欧与朱丽叶〉为个案》，《湘南学院学报》2009年第6期。

黄忠廉：《变译平行语料库概说——以严复〈天演论〉为例》，《外语学刊》2009年第1期。

黄忠廉：《适应与选择：严复翻译思想探源》，《上海翻译》2009年第4期。

黄忠廉：《严复翻译始末小考》，《读书》2009年第2期。

霍盼影：《诗有音美双飞翼译得灵犀一点通——斯蒂文斯〈雪人〉的翻译》，《经济研究导刊》2009年第15期。

霍小梅：《文学译作质量的译者个体心理因素分析》，《长春理工大学学报》（高教版）2009年第3期。

霍雨光：《文言文英译的语篇视角》，《济南职业学院学报》2009年第6期。

姬琨：《翻译中女性主义意象的缺失与补偿——以〈使女的故事〉译文为例》，《韶关学院学报》2009年第11期。

吉灵娟：《昆曲曲律与〈牡丹亭〉之〈惊梦〉曲词英译》，《江南大学学报》（人文社会科学版）2009年第5期。

纪艳：《论译者的主体性对诗歌翻译的影响》，《理论建设》2009年第6期。

季进：《我译故我在——葛浩文访谈录》，《当代作家评论》2009年第6期。

季琴：《从语法角度看〈撰集百缘经〉的译者及成书年代》，《语言研究》2009年第1期。

贾卉、刘颖：《从关联理论看汉诗英译的人称处理——以〈红楼梦〉中古诗的英译为例》，《江西社会科学》2009 年第 3 期。

贾慧：《读者反应对翻译策略的影响》，《甘肃高师学报》2009 年第 1 期。

贾军红：《英语诗歌及其汉译中指示语的语用分析及使用模式》，《安徽工业大学学报》（社会科学版）2009 年第 5 期。

贾玮品、顾正阳：《古诗词曲中的茶文化英译之我见》，《合肥工业大学学报》（社会科学版）2009 年第 4 期。

贾文渊、贾令仪：《翻译研究的解构主义误区》，《太原师范学院学报》（社会科学版）2009 年第 2 期。

贾文渊、贾令仪：《论译感》，《上海翻译》2009 年第 1 期。

贾永青：《从〈阿 Q 正传〉看文化空缺对翻译策略的影响》，《网络财富》2009 年第 14 期。

贾柱立：《谈翻译的质量标准及要素》，《天津职业院校联合学报》2009 年第 1 期。

江风：《中国近年来对〈论语〉英译本的研究》，《大众文艺》（理论）2009 年第 4 期。

江岚、罗时进：《唐诗英译发轫期主要文本辨析》，《南京师大学报》（社会科学版）2009 年第 1 期。

江岚、罗时进：《早期英国汉学家对唐诗英译的贡献》，《上海大学学报》（社会科学版）2009 年第 2 期。

江莉：《基于转喻认知机制的文学隐含意翻译研究》，《西安外国语大学学报》2009 年第 3 期。

江莉：《文学隐含信息翻译研究》，《网络财富》2009 年第 13 期。

姜彩燕：《从"立人"到"救救孩子"——鲁迅对〈儿童之好奇心〉等论文的翻译及其意义》，《鲁迅研究月刊》2009 年第 8 期。

姜光辉：《白居易诗歌英译的多元化策略描述》，《南京农业大学学报》（社会科学版）2009 年第 1 期。

姜君、于媛：《从互文性视角解读英译〈红楼梦〉》，《唐山师范学院学报》2009 年第 4 期。

姜莉：《〈齐物论〉英译之"名"与"实"——兼谈典籍英译中译者的任务》，《南昌大学学报》（人文社会科学版）2009 年第 3 期。

姜淼：《论文学翻译中的创作性》，《吉林省教育学院学报》（学科版）2009 年第 12 期。

姜楠：《翻译目的论分析〈爱丽斯漫游仙境〉译本》，《安徽文学（下半月）》2009 年第 5 期。

姜秋霞、郭来福、杨正军：《文学翻译中的文化意识差异——对〈红楼梦〉两个英译本的描述性对比研究》，《中国外语》2009 年第 4 期。

姜秋霞、金萍、周静：《文学创作与文学翻译的互文关系研究——基于林语堂作品的描述性分析》，《外国文学研究》2009 年第 2 期。

姜同：《关于词牌及其英译方法的探索》，《长江工程职业技术学院学报》2009 年第 4 期。

姜燕：《理雅各〈诗经〉英译本所绘夏商周三代社会图景》，《齐鲁学刊》2009 年第 6 期。

姜燕：《文学翻译中的意美再现——以〈大卫·科波菲尔〉的两个译本为例》，《陇东学院学报》2009 年第 5 期。

姜怡、余悦、林萌：《从〈六羡歌〉英译探语言共性视阈下的茶诗翻译》，《辽宁师范大学学报》（社会科学版）2009 年第 2 期。

蒋芬：《从政治审美到文学审美——论苏曼殊的翻译》，《玉林师范学院学报》2009 年第 1 期。

蒋坚松、陈惠：《实践刘重德教授的译诗主张——〈六祖坛经〉中偈、颂的翻译》，《中国外语》2009 年第 1 期。

蒋坚霞：《对“英汉诗歌翻译批评与学术道德规范”一文的回应》，《世界文学评论》2009 年第 2 期。

蒋坚霞：《我读罗赛蒂“Sudden Light”一诗的四种汉译》，《世界文学评论》2009 年第 1 期。

蒋林：《关于“译意不译词”的几点思考——以梁启超的翻译实践为中心》，《天津外国语学院学报》2009 年第 4 期。

蒋童、钟厚涛：《话语抵抗与理论构建——刘若愚中国古代文论的英语翻译研究》，《文艺理论研究》2009 年第 5 期。

蒋向艳：《〈玉书〉对中国经典文学海外传播的启示》，《淮阴师范学院学报》（哲学社会科学版）2009 年第 2 期。

蒋骁华：《译者的选择性适应与适应性选择评〈牡丹亭〉的三个英译本》，《上海翻译》2009 年第 4 期。

蒋新亮：《文学翻译中译者的翻译策略》，《经济研究导刊》2009 年第 21 期。

蒋芸：《自由的舞蹈——评葛浩文英译〈狼图腾〉》，《新西部（下半月）》2009 年第 12 期。

焦春宏、姚世红：《古诗词英译中的韵律美》，《大众文艺》（理论）2009 年第 13 期。

焦福民：《包天笑与晚清小说翻译》，《东岳论丛》2009 年第 10 期。

焦帅：《戏剧翻译的语用经济性——以英若诚英译本〈茶馆〉为例》，《边疆经济与文化》2009 年第 10 期。

揭廷媛：《诗歌的翻译单位——意境》，《河北经贸大学学报》（综合版）2009 年第 3 期。

解燕、马功文：《主流意识形态因素对译本的影响——兼评〈傲慢与偏见〉两个中译本》，《铜陵学院学报》2009 年第 1 期。

介永强：《〈唐长安佛寺考〉补苴》，《中国历史地理论丛》2009 年第 3 期。

金钏：《“文化翻译观”视角下〈红楼梦〉委婉语透视》，《时代文学（双月上半月）》2009 年第 6 期。

金刚师红：《央掘魔罗佛经故事的译本研读及思考》，《南京晓庄学院学报》2009 年第 5 期。

金鹤哲：《1949 年以前韩国文学汉译和意识形态因素》，《中国比较文学》2009 年第 4 期。

金静、曾玉洪：《古汉诗英译“形美”攻略——评〈走近“形美”：古汉诗英译实践点滴〉》，《西南民族大学学报》（人文社会科学版）2009 年第 S2 期。

金蕾：《浅谈文学翻译中的几种现象——以〈罗生门〉为例》，《安徽文学（下半月）》2009 年第 10 期。

金敏、尹富林：《从〈红楼梦〉的翻译探究文化传真的两种策略》，《南京工业大学学报》（社会科学版）2009 年第 4 期。

金鑫：《带着脚镣在舞台上跳舞——浅析戏剧翻译的双重标准》，《科技信息》2009 年第 28 期。

金哲、徐静静：《中国现代文学的传信者丁来东——以 50 年代之前为中心》，《当代韩国》2009 年第 4 期。

靳慧敏：《从语义和文体的角度评〈简·爱〉两译本》，《科技信息》2009 年第 27 期。

靳伟程：《从翻译审美动机角度论译者的翻译策略——以〈茶馆〉英译本为例》，《吉林省教育学院学报》2009 年第 4 期。

靳新：《论文学作品翻译的风格再现》，《三峡大学学报》（人文社会科学版）2009 年第 6 期。

靳秀莹：《儿童文学翻译之文体风格再现——兼评赵译〈阿丽思漫游奇境记〉》，《忻州师范学院学报》2009 年第 1 期。

靳秀莹：《葛浩文译学见解初探》，《重庆交通大学学报》（社会科学版）2009 年第 1 期。

靳秀莹：《主体间性与译者主体性》，《牡丹江教育学院学报》2009 年第 1 期。

荆素蓉：《梁遇春译作序跋研究》，《民族论坛》2009 年第 1 期。

井洁：《女性主义视角下的译者主体性——析朱虹译〈今天没有太阳〉》，《怀化学院学报》2009 年第 10 期。

鞠冰梅：《埃兹拉·庞德：译作即是新作》，《赤峰学院学报》（汉文哲学社会科学版）2009 年第 11 期。

康静雯：《译者主体性下张培基〈白杨礼赞〉英译文研究》，《贵州教育学院学报》2009 年第 2 期。

柯军：《在目的论框架下的宋辞翻译——刍议苏轼〈江城子〉的杨益宪译本》，《安徽文学（下半月）》2009 年第 8 期。

孔蓓蓓：《浅谈文学翻译中的译者主体性》，《中国科技信息》2009 年第 21 期。

孔令翠：《郭沫若的世界文化观与翻译选择》，《国外理论动态》2009 年第 7 期。

孔令翠：《郭译之瑕与辩》，《外国语文》2009 年第 6 期。

孔令翠、王慧:《翻译家郭沫若的历史考察》,《郭沫若学刊》2009年第3期。

孔令林:《因误译而失真的〈麦琪的礼物〉》,《赤峰学院学报》(汉文哲学社会科学版)2009年第5期。

孔祥辉、胡孝申:《汉英回文的比较与翻译——兼评许渊冲的"不到俄岛我不倒"》,《牡丹江大学学报》2009年第1期。

邝明艳:《所争非所论——三十年代文学翻译论争述评》,《社会科学论坛》(学术研究卷)2009年第7期。

蓝岚:《诗歌翻译中深层结构的传达——以朗费罗 A Psalm of Life 的三个译本为例》,《广西大学学报》(哲学社会科学版)2009年第S1期。

蓝若宇:《"pun"的译名及其在文学文本中的汉译》,《外语研究》2009年第2期。

乐黛云:《漫谈《诗经》的翻译》,《周易研究》2009年第5期。

乐国斌、龙丽华:《论诗歌的可译性》,《湘潮(下半月)》(理论)2009年第10期。

乐琼:《从鲁迅翻译风格的改变论洋文"洋味"不可失》,《时代文学(下半月)》2009年第1期。

雷阿勇:《语言与文化的典例——谈林语堂英译〈浮生六记〉中"笑"之文化意蕴》,《闽江学院学报》2009年第3期。

雷静:《〈阿丽思漫游奇境记〉两个中文译本的比较——基于归化和异化的分析视角》,《中南民族大学学报》(人文社会科学版)2009年第5期。

黎昌抱:《王佐良翻译观探析》,《中国翻译》2009年第3期。

黎闯进:《论中西语言文化差异在汉英翻译中的表现》,《湖北成人教育学院学报》2009年第1期。

李本书、杨泽树:《一个隐微的回答——翻译何以可能之方法论解读》,《曲靖师范学院学报》2009年第2期。

李冰梅:《韦利创意英译如何进入英语文学——以阿瑟·韦利翻译的〈中国诗歌170首〉为例》,《中国比较文学》2009年第3期。

李波:《从目的论的角度评价傅东华译本〈飘〉》,《合肥工业大学学报》(社会科学版)2009年第2期。

李昌银:《为英语诗歌归化式律译一辩》,《昆明学院学报》2009年第1期。

李长江、曹莹:《从"目的论"角度析典籍翻译的归化策略——以林纾、辜鸿铭的归化翻译为例》,《时代文学(下半月)》2009年第9期。

李畅:《宗教文化与文学翻译中的形象变异》,《外语学刊》2009年第5期。

李琛:《从关联翻译理论看〈春晓〉英译》,《柳州师专学报》2009年第5期。

李程:《诗歌翻译的美学渊源——从文学翻译到汉语古诗词英译》,《边疆经济与文化》2009年第6期。

李崇月、张彬、张志丽:《意识形态对毛泽东诗词翻译的影响》,《温州大学学报》(社会科学版)2009年第2期。

李春:《"人的文学":由来与终结——周作人前期的文学翻译与其文艺思想》,《鲁迅研究月刊》2009年第9期。

李春江：《论方平莎剧译本中的舞台指示》，《平顶山学院学报》2009年第3期。

李春江：《莎士比亚戏剧人物名称翻译研究》，《湖北第二师范学院学报》2009年第1期。

李春江：《戏剧称呼语翻译比较——以〈李尔王〉为例》，《科技信息》2009年第3期。

李存颉：《后现代文化语境下的译者主体性“他者”及其反思》，《才智》2009年第12期。

李福珍：《对〈红楼梦〉译本中“红”字翻译的比较研究》，《长春理工大学学报》（高教版）2009年第11期。

李国涛：《读王光译〈昆虫记〉》，《名作欣赏》2009年第16期。

李海红：《建构主义翻译研究对读者主体的观照》，《安徽工业大学学报》（社会科学版）2009年第1期。

李海军：《追随蒲松龄的足迹——〈聊斋志异〉英译概述》，《外国语文》2009年第5期。

李海军、熊云凤：《国内〈聊斋志异〉英译研究综述》，《湖南科技学院学报》2009年第9期。

李海燕：《论文学翻译中的创造性叛逆》，《科技信息》2009年第16期。

李红绿：《从翻译他者到建构自我——刘半农对外国诗体的借鉴》，《巢湖学院学报》2009年第1期。

李红绿：《从翻译他者到建构自我——刘半农对译诗主题的借鉴》，《牡丹江大学学报》2009年第3期。

李红绿：《刘半农译诗对其作诗的影响——以译诗的主题为例》，《大连大学学报》2009年第1期。

李红绿、赵娟：《胡适翻译思想探析》，《外语教学理论与实践》2009年第2期。

李红梅：《主客观因素驱动下译者的创造性叛逆——马君武、苏曼殊〈哀希腊〉译本对比分析》，《辽宁工业大学学报》（社会科学版）2009年第4期。

李红艳：《〈泊秦淮〉英译文的经验纯理功能分析》，《社会科学论坛》（学术研究卷）2009年第5期。

李慧敏：《对〈狼图腾〉的英文翻译——*Wolf Totem* 中蒙古族文化的意象分析》，《语文学刊》（外语教育与教学）2009年第12期。

李加强：《多元视野下中西诗学意象翻译观》，《东北师大学报》（哲学社会科学版）2009年第5期。

李佳：《非有复译不可》，《今日科苑》2009年第4期。

李剑：《文学翻译学习中的语言运用问题》，《山东省青年管理干部学院学报》2009年第5期。

李洁：《古典艺术散文译者的先在性》，《北京第二外国语学院学报》2009年第4期。

李今：《晚清语境中的鲁滨孙汉译——〈大陆报〉本〈鲁滨孙飘流记〉的革命化改写》，《中国现代文学研究丛刊》2009年第2期。

李今：《晚清语境中汉译鲁滨孙的文化改写与抵抗——鲁滨孙汉译系列研究之一》，《外国文学研究》2009年第2期。

李金妹：《论诗歌翻译中的文体风格和押韵技巧——评吕志鲁的〈英语爱情名诗选译〉》，《黄石理工学院学报》（人文社会科学版）2009年第2期。

李锦霞、孙斌：《别求新声于异邦——〈红楼梦〉俄译事业的历时研究》，《中国俄语教学》2009年第1期。

李瑾程：《论文化对汉语亲属称谓词英译的影响——以〈红楼梦〉中亲属称谓词的经典译文为例》，《邢台学院学报》2009年第4期。

李晋：《文学文体与应用文体翻译技巧探析》，《安徽文学（下半月）》2009年第9期。

李晶、蒋如俊：《语际转换的悖论：语言不可译性探究》，《科技创新导报》2009年第7期。

李晶晶：《古诗词英译中文化信息的总体审度及平衡传译》，《西南交通大学学报》（社会科学版）2009年第3期。

李靓、李延林：《"三美"原则在汉诗英译中的应用初探——以〈长恨歌〉的两译本为例》，《湖南医科大学学报》（社会科学版）2009年第1期。

李静：《雅各布森翻译理论研究》，《文学教育（上）》2009年第1期。

李珂：《由〈吉姆爷〉中译本看小说翻译叙述视角的传译》，《文学教育（上）》2009年第1期。

李坤：《鲁迅翻译刍论》，《太原大学学报》2009年第4期。

李坤：《萧译《尤利西斯》中的关照性叛逆》，《河北理工大学学报》（社会科学版）2009年第5期。

李兰：《论文化身份对儿童文学译介的影响》，《改革与开放》2009年第11期。

李磊：《翻译目的论与汉诗英译的意境美》，《重庆工学院学报》（社会科学版）2009年第12期。

李磊：《谈古典诗词意境美的翻译》，《时代文学（下半月）》2009年第10期。

李莉辉：《语境顺应与〈骆驼祥子〉中的文化翻译》，《长春理工大学学报》（高教版）2009年第1期。

李丽：《英汉语句子主谓之间的句法关系略探——以〈落花生〉的两个英译本为例》，《山西师大学报》（社会科学版）2009年第2期。

李利民：《刍议Bynner唐诗英译的语言心理过程》，《时代文学（下半月）》2009年第8期。

李妙晴：《〈台北人〉英译本中的归化现象》，《郑州航空工业管理学院学报》（社会科学版）2009年第1期。

李妙晴：《从"放纵式忠实"看张爱玲中英自译》，《时代文学（下半月）》2009年第7期。

李敏、陈梅霞：《从海德格尔本体论角度探讨翻译的"还原"——杨必〈名利场〉译文个案分析》，《宁夏大学学报》（人文社会科学版）2009年第6期。

李敏杰、朱薇：《近代外国文学译介的先驱——苏曼殊》，《长春工业大学学报》（社会科学版）2009 年第 3 期。

李敏杰、朱薇：《苏曼殊的翻译思想研究》，《长春工业大学学报》（社会科学版）2009 年第 5 期。

李明：《得意岂能忘形——从〈傲慢与偏见〉的两种译文看文学翻译中主位—信息结构之再现》，《广东外语外贸大学学报》2009 年第 4 期。

李慕祺：《“疑”字之疑——对〈静夜思〉英译文的经验功能分析》，《金融经济》2009 年第 8 期。

李娜：《〈三国演义〉俄文翻译中的文化传递》，《辽宁教育行政学院学报》2009 年第 8 期。

李娜：《译者主体性在译文上的体现——浅析〈天净沙·秋思〉的三则译文》，《和田师范专科学校学报》2009 年第 6 期。

李萍：《从〈论语〉关键概念词译法体会典籍翻译中历史文化和语境要素》，《科技信息》2009 年第 21 期。

李萍：《浅谈典籍英译两次翻译转换过程中译者的选择与适应》，《湖北广播电视大学学报》2009 年第 7 期。

李气纠、李世琴：《古典诗歌翻译的审美再现——以杜甫〈登高〉的英译分析为例》，《湘南学院学报》2009 年第 4 期。

李琴：《中国翻译文学与本土社会文化——中国翻译文学与本土文学的互动关系研究（之一）》，《贵州社会科学》2009 年第 6 期。

李琴：《中国社会意识形态与文学翻译的互动关系——中国翻译文学与本土文学的互动关系研究（之二）》，《兰州大学学报》（社会科学版）2009 年第 3 期。

李清平、陈可培：《林语堂翻译“美”的探究》，《宜宾学院学报》2009 年第 5 期。

李泉洁：《视角与文学翻译研究——托马斯·哈代小说〈德伯家的苔丝〉及其四中译本的个案研究》，《中山大学研究生学刊》（社会科学版）2009 年第 2 期。

李荣华：《句子结构调整与文学翻译的对等问题——读杨必译〈名利场〉有感》，《阴山学刊》2009 年第 5 期。

李容蓉：《解构主义看忠实——浅析〈墓园挽歌〉丰华瞻译本》，《科教文汇（下旬刊）》2009 年第 9 期。

李珊：《诗歌人际意义的跨文化建构——以〈红楼梦〉咏蟹诗英译为例》，《外国语言文学》2009 年第 3 期。

李双燕：《许译宋词之“三美”例说》，《高等函授学报》（哲学社会科学版）2009 年第 8 期。

李双燕：《译心译意——从整体意义对等论角度看〈鹿柴〉的三种英译本》，《语文学刊》（外语教育与教学）2009 年第 4 期。

李顺清：《从翻译规范看传统文化诗学对傅东华译〈飘〉的影响》，《语文学刊》（外语教育与教学）2009 年第 12 期。

李思：《论小说翻译中叙述距离的传译——以〈泥土〉中译本为例》，《郑州航空工业管理学院学报》(社会科学版) 2009 年第 6 期。

李伟民:《论朱生豪的诗词创作与翻译莎士比亚戏剧之关系》,《华南农业大学学报》(社会科学版) 2009 年第 1 期。

李卫丽:《诗歌翻译的“三美”体现——赏析英译古诗〈静夜思〉》,《安徽文学(下半月)》2009 年第 3 期。

李文杰:《〈德伯家的苔丝〉两个译本的对比分析》,《中外企业家》2009 年第 8 期。

李文军:《浅析典故和隐喻在艾略特诗中的互文性与暗示性》,《内蒙古工业大学学报》(社会科学版) 2009 年第 1 期。

李小荣:《汉译佛典之“论议经”及其影响》,《兰州学刊》2009 年第 8 期。

李小霞、鄢宏福:《〈儒林外史〉讽刺风格的翻译》,《长沙铁道学院学报》(社会科学版) 2009 年第 4 期。

李晓翠:《从目的论角度解析〈浮生六记〉——林语堂英译本中的变译现象》,《科教文汇(下旬刊)》2009 年第 1 期。

李晓丽:《试论莎士比亚戏剧中意象的汉译——以朱生豪译莎剧为例》,《大众文艺》(理论) 2009 年第 17 期。

李晓丽:《严复与泰特勒的翻译理论之比较》,《语文学刊》(外语教育与教学) 2009 年第 3 期。

李晓娜、林玉鹏:《目的论关照下戏剧独白诗的翻译——My Last Duchess 两个中译本给我们的启示》,《长春大学学报》2009 年第 7 期。

李晓霞:《意境与审美构成及其传译》,《洛阳理工学院学报》(社会科学版) 2009 年第 1 期。

李晓燕:《文学文本译者:创造性的读者》,《内蒙古农业大学学报》(社会科学版) 2009 年第 6 期。

李孝敏:《鲁迅翻译思想探析》,《中共郑州市委党校学报》2009 年第 6 期。

李昕:《从中西思维角度简析文言文汉译英之路径——细剖示例〈兰亭集序〉》,《才智》2009 年第 26 期。

李昕燕:《解析影响林语堂翻译活动的因素》,《江西金融职工大学学报》2009 年第 1 期。

李昕燕:《林语堂翻译理论刍议》,《牡丹江师范学院学报》(哲学社会科学版) 2009 年第 5 期。

李昕燕:《林语堂英译作品赏析》,《牡丹江大学学报》2009 年第 4 期。

李昕燕、曹庆生、禹丽芳、王晓丽:《论林语堂的文学观对其翻译行为的影响——林语堂英译〈浮生六记〉个案研究》,《赤峰学院学报》(汉文哲学社会科学版) 2009 年第 12 期。

李新:《前见在文学翻译中的作用——〈简·爱〉两译本语言研究》,《中国校外教育》2009 年第 S3 期。

李新:《文学翻译语言的时代性》,《新西部(下半月)》2009 年第 11 期。

李兴华:《汉文伊斯兰教译著的伦理文化》,《甘肃联合大学学报》(社会科学版)

2009年第1期。

李修群：《论伽达默尔阐释学视角下的名著重译》，《湘潭师范学院学报》（社会科学版）2009年第1期。

李秀花：《论魏晋南北朝隋本土诗文对汉译佛经之容摄》，《文学评论》2009年第4期。

李雪萍：《古诗〈行宫〉英译中意境的传达》，《内蒙古农业大学学报》（社会科学版）2009年第4期。

李艳：《读沃尔特·本雅明的“译者的任务”》，《琼州学院学报》2009年第3期。

李艳明：《从格式塔意象看诗歌〈致W.P.〉的两个译本》，《大众文艺》（理论）2009年第7期。

李旸、李学欣：《译者主体地位与古诗英译审美再现（英文）》，《语文学刊》（外语教育与教学）2009年第10期。

李杨：《展开一场跨文化的对话——“翻译与二十世纪中国文学”研讨会综述》，《中国比较文学》2009年第1期。

李奕：《浅析霍克斯对〈红楼梦〉人物姓名的翻译》，《科技信息》2009年第10期。

李英杰：《从文学翻译看诺贝尔文学奖》，《长春大学学报》2009年第11期。

李英杰：《浅谈汉诗英译中原作风格再现的三原则》，《赤峰学院学报》（汉文哲学社会科学版）2009年第10期。

李英军、熊莉清、张文宇：《试析隐喻翻译的可译性限度及不可译性——从汉英音韵差异角度》，《新疆大学学报》（哲学·人文社会科学版）2009年第1期。

李英照、施蕴中：《〈内经·痹论篇〉中含“痹”病名的英译——“翻译适应选择论”观照下的翻译解读》，《中国科技信息》2009年第1期。

李莹：《村上春树的鸡蛋与墙——对话村上春树译者林少华》，《南风窗》2009年第20期。

李永军：《红楼梦译十五年》，《团结报》2009年11月21日。

李勇梅：《从文化适应性的角度比较〈雨中猫〉的两个汉译本》，《西南民族大学学报》（人文社会科学版）2009年第S2期。

李宇航：《汉英翻译过程中的杂合现象——以张爱玲英译〈海上花列传〉为例》，《安徽文学（下半月）》2009年第10期。

李玉良、于巧峰：《〈诗经〉翻译中的难题与对策》，《宜春学院学报》2009年第1期。

李园园：《〈后殖民语境中的翻译——爱尔兰早期文学英译〉述评》，《科教文汇（上旬刊）》2009年第3期。

李媛媛：《他山之石：60年外国文艺理论的译介及影响》，《理论学刊》2009年第12期。

李占喜：《顺应论：文学翻译的一个新视角》，《华南农业大学学报》（社会科学版）2009年第3期。

李兆国：《梁启超翻译作品概述》，《经济研究导刊》2009年第4期。

李兆国：《梁启超文学翻译作品的翻译策略分析》，《哈尔滨学院学报》2009年第8期。

李兆国：《梁启超文学翻译作品的文本特征分析》，《内蒙古农业大学学报》（社会科学版）2009年第2期。

李振：《关联理论视角下文化负载词的翻译策略——以沙博理译“茅盾农村三部曲”为例》，《郑州航空工业管理学院学报》（社会科学版）2009年第2期。

李正荣：《二百年的果戈理——读蓝英年先生的新译作〈回忆果戈理〉》，《俄罗斯文艺》2009年第3期。

李正栓、陶沙：《国外毛泽东诗词英译研究》，《河北师范大学学报》（哲学社会科学版）2009年第2期。

李政：《中国诗词模糊性及其翻译的探讨》，《科教文汇（下旬刊）》2009年第5期。

李芝：《从文化语境顺应的角度分析〈浮生六记〉英译本中文化词汇增译法的运用》，《新西部（下半月）》2009年第11期。

李芝、戈玲玲：《〈钗头凤〉两个英译本的主位结构比较分析》，《南华大学学报》（社会科学版）2009年第6期。

李芝、戈玲玲：《从文化语境顺应角度析〈浮生六记〉中文化负载词的英译》，《湖南医科大学学报》（社会科学版）2009年第6期。

李志芳、刘瑄传：《论文化语境下的文学翻译》，《黄冈职业技术学院学报》2009年第4期。

李志慧：《从风格对等角度评〈简爱〉两个中译本》，《濮阳职业技术学院学报》2009年第1期。

李志奇：《从〈狼图腾〉英译看文学翻译中的改写动机》，《时代文学（双月上半月）》2009年第3期。

李志勇：《散文翻译中美学效果的再现》，《山东省农业管理干部学院学报》2009年第1期。

李稚君：《中国古典诗词中节气与星宿的英译》，《湖北广播电视大学学报》2009年第10期。

李宗蓥：《汉英诗歌格律的对比与翻译策略》，《河南工业大学学报》（社会科学版）2009年第3期。

连泰、李洁：《晚清翻译小说的意译特点及其原因探究》，《湖南工程学院学报》（社会科学版）2009年第2期。

梁根顺：《文学翻译的“忠实”与“创造”》，《社会科学评论》2009年第3期。

梁海波、高丽丽：《〈论语〉英译中的文化误读——从理雅各到安乐哲》，《时代文学（双月上半月）》2009年第2期。

梁海霞：《论文学翻译的创造性叛逆》，《语文学刊》（外语教育与教学）2009年第2期。

梁满玲、高宇婷：《论原文文本中心论在文学翻译中的局限性》，《科教文汇（下旬刊）》2009年第3期。

梁书恒：《〈红楼梦〉中的服饰文化与翻译》，《湖南人文科技学院学报》2009年第6期。

梁薇：《从翻译目的论视角出发研究 The Importance of Being Earnest 两个译本》，《科教文汇（中旬刊）》2009年第9期。

梁艳君：《词汇翻译策略与文化回归——〈红楼梦〉两个英译本的比较》，《辽宁师范大学学报》（社会科学版）2009年第6期。

廖华：《从接受美学看“林译小说”》，《广东教育学院学报》2009年第1期。

廖七一：《周氏兄弟的〈域外小说集〉：翻译规范的失与得》，《外语研究》2009年第6期。

廖嵘君：《意境浑融之美——意境说视角下〈江雪〉的英译对比研究》，《安徽文学（下半月）》2009年第12期。

廖思湄：《全球化语境下的郭沫若“翻译诗学”价值体现》，《电影评介》2009年第20期。

廖涛：《翻译规范论视角的晚清侦探小说翻译》，《安徽工业大学学报》（社会科学版）2009年第6期。

廖文丽：《论译者的主体性》，《中南林业科技大学学报》（社会科学版）2009年第5期。

廖文丽、谭云飞：《从现象学看儿童文学翻译》，《湖南人文科技学院学报》2009年第3期。

廖治敏：《从“功能对等”角度分析〈天净沙·秋思〉的两种英译本》，《经营管理者》2009年第14期。

林超：《考证严谨意象忠实——浅谈〈西厢记〉奚如谷和伊维德英译本》，《沈阳教育学院学报》2009年第5期。

林超、高爽：《论诗歌翻译中的形式对等》，《语文学刊》（外语教育与教学）2009年第6期。

林桂红：《不可译现象吗?》，《安徽文学（下半月）》2009年第1期。

林倩倩：《女性主义翻译思想及在小说汉译中的例证》，《滁州学院学报》2009年第4期。

林少华：《文体的翻译和翻译的文体》，《日语学习与研究》2009年第1期。

林文艺：《文学翻译探究》，《武夷学院学报》2009年第3期。

林燕：《文化语言学视角中〈虞美人〉英译文的得与失》，《重庆工学院学报》（社会科学版）2009年第2期。

林璋：《文本的翻译与评说——以林少华译〈挪威的森林〉为例》，《日语学习与研究》2009年第5期。

凌莉、刘露：《诗歌翻译的策略和方案》，《科技信息》2009年第17期。

刘爱勤：《语用学与古汉诗英译》，《疯狂英语》（教师版）2009年第2期。

刘北辰：《浅析唐代西行高僧义净及其佛经翻译》，《湖北广播电视大学学报》2009年第3期。

刘长庆：《佛经译场中的翻译理论探索》，《四川外语学院学报》2009年第S1期。

刘嫦、赵友斌：《功能翻译理论给文学翻译批评的启示》，《外语学刊》2009年第2期。

刘嫦、赵友斌：《功能翻译理论与薛范翻译英文歌的补偿手段》，《电子科技大学学报》（社会科学版）2009年第3期。

刘畅、赖思维：《索百年之文、引明日之路——评〈翻译资料与翻译研究丛书〉》，《中国翻译》2009年第1期。

刘超朋、谷香娜：《〈红楼梦〉中自由直接引语英译浅析》，《文学教育（上）》2009年第10期。

刘翠萍：《〈水浒传〉翻译中的再创造》，《语文学刊》（外语教育与教学）2009年第3期。

刘丹丹：《论英语象形诗汉译的美感再植》，《辽宁教育行政学院学报》2009年第3期。

刘芳：《互文性与诗歌翻译——以李清照的词英译为例》，《职业时空》2009年第10期。

刘芳：《论翻译中除“隔”之难——基于杨氏夫妇〈红楼梦〉译本中金陵判词翻译引起的思考》，《大众文艺》（理论）2009年第9期。

刘芳：《译道难、仍能上青天——浅谈中国古典诗歌英译》，《科技信息》2009年第29期。

刘芳佳、张景华：《从译者主体性看多元系统论的局限性》，《安徽工业大学学报》（社会科学版）2009年第6期。

刘芳亮：《荻生徂徕的翻译思想》，《解放军外国语学院学报》2009年第2期。

刘凤阁：《探析心理空间和概念整合理论在文学作品翻译中的应用》，《贵州师范大学学报》（社会科学版）2009年第4期。

刘福莲：《〈浮生六记〉林语堂译本研究述评》，《湖南人文科技学院学报》2009年第6期。

刘桂兰：《诗歌翻译理论与实践的互象建构——〈元曲一百五十首〉的英译解读》，《重庆工学院学报》（社会科学版）2009年第9期。

刘和林：《跨文化语境视角下〈苔丝〉的汉译》，《大连海事大学学报》（社会科学版）2009年第5期。

刘红华：《李白〈长干行〉译本中文化的传播和亏损》，《大众文艺》（理论）2009年第6期。

刘红秀：《〈天净沙·秋思〉英译本之我见——与黄国文、金春笙先生商榷》，《西南农业大学学报》（社会科学版）2009年第5期。

刘宏义：《从目的论视角析归化与有意误译的异同》，《湘潭师范学院学报》（社会科学版）2009年第3期。

刘华文：《诗歌翻译的审美距离》，《安徽大学学报》（哲学社会科学版）2009年第3期。

刘欢：《女性主义对翻译实践的影响》，《齐齐哈尔大学学报》（哲学社会科学版）2009 年第 1 期。

刘慧、杨洋：《入乎其内、出乎其外——谈杨必〈名利场〉中主语的翻译技巧》，《内蒙古财经学院学报》（综合版）2009 年第 6 期。

刘骥翔：《从语言象似性论诗歌意象并置翻译中形式对等的重要性——以〈天净沙·秋思〉译文为例》，《西南农业大学学报》（社会科学版）2009 年第 2 期。

刘佳：《翻译目的论视角下莎士比亚〈仲夏夜之梦〉三种中译本评析》，《辽宁师范大学学报》（社会科学版）2009 年第 4 期。

刘佳：《王佐良〈论读书〉译文中修辞的翻译》，《吉林省教育学院学报》2009 年第 7 期。

刘佳、陈莹莹：《文学作品翻译中译者的操控和多元翻译标准》，《科技信息》2009 年第 13 期。

刘建斐：《奈达“动态对等”翻译理论浅析》，《中共山西省委党校学报》2009 年第 3 期。

刘杰、张迎肖、马宏：《博弈——论翻译中的性别话语权力》，《河北农业大学学报》（农林教育版）2009 年第 1 期。

刘杰辉、成昭伟：《从论域视角解读〈巴黎茶花女遗事〉的翻译》，《理论界》2009 年第 2 期。

刘杰辉、冯书彬：《中国传统合作翻译模式刍议》，《唐山师范学院学报》2009 年第 1 期。

刘杰辉、赵红军：《翻译的文化维度——以〈巴黎茶花女遗事〉为个案》，《辽宁工业大学学报》（社会科学版）2009 年第 1 期。

刘金丽、李岚：《论“韵味”作为文学翻译标准》，《东北师大学报》（哲学社会科学版）2009 年第 4 期。

刘进：《中国诗歌中的前景化语言翻译——对比〈宣州谢朓楼饯别校书叔云〉两译本》，《乐山师范学院学报》2009 年第 10 期。

刘晶、邵志洪：《“前”“后”的意象图式及其在〈登幽州台歌〉中的翻译》，《东南大学学报》（哲学社会科学版）2009 年第 S2 期。

刘敬国：《文学翻译中的信息变异——析大卫·霍克斯〈红楼梦〉英译本》，《复旦外国语言文学论丛》2009 年第 1 期。

刘静：《格式塔同构理论观照下汉语古诗英译的情感解读与再现》，《郑州轻工业学院学报》（社会科学版）2009 年第 1 期。

刘静：《论汉诗英译中译者的审美投射与空白点的填充》，《长沙大学学报》2009 年第 1 期。

刘静：《钱钟书先生之“化境”翻译理论之我见》，《科技创新导报》2009 年第 22 期。

刘娟、谢海燕：《浅析功能翻译理论的综合性》，《中国电力教育》2009 年第 2 期。

刘军、李云：《跨文化与异质语言体验——多和田叶子的翻译和语言世界管窥》，

《外语研究》2009年第1期。

刘俊标：《辨析严复“信达雅”说与泰特勒翻译三原则》，《经济研究导刊》2009年第9期。

刘可：《从英译古汉语诗词看关联翻译的局限性》，《西南民族大学学报》（人文社会科学版）2009年第S2期。

刘孔喜：《文学作品标题的翻译》，《重庆文理学院学报》（社会科学版）2009年第1期。

刘莉：《从〈红楼梦〉“红色”翻译比较英汉颜色词的联想意义》，《大连大学学报》2009年第2期。

刘立胜：《文学翻译中的读者接受》，《西昌学院学报》（社会科学版）2009年第2期。

刘丽芳、陈洪丽：《从归化和异化的角度看〈如梦令〉的英译》，《邢台学院学报》2009年第3期。

刘丽红、李文芳：《由关联理论看〈围城〉中幽默话语的翻译》，《科教文汇（中旬刊）》2009年第4期。

刘丽娜：《浅论傅雷的“神似”翻译观》，《今日南国》（理论创新版）2009年第6期。

刘丽娜、马丽华：《〈浮生六记〉林语堂译本翻译艺术赏析》，《中国电力教育》2009年第5期。

刘丽娜、赵楠：《中国古诗英译初探》，《商业文化》（学术版）2009年第6期。

刘凌飞：《论等效翻译理论与谐音修辞的可译性——析〈阿丽思漫游奇境记〉》，《黑龙江史志》2009年第20期。

刘鹭：《林纾译本〈黑奴吁天录〉人物改写痕迹的文化透视》，《和田师范专科学校学报》2009年第5期。

刘明哲：《〈再别康桥〉两个译文再评析》，《成功（教育）》2009年第6期。

刘鹏：《意象与汉语诗歌翻译》，《郧阳师范高等专科学校学报》2009年第5期。

刘平：《从鲁迅的〈药〉中人物命名与翻译谈起》，《安徽农业大学学报》（社会科学版）2009年第3期。

刘倩、司浩：《〈围城〉中的幽默翻译》，《太原城市职业技术学院学报》2009年第3期。

刘曲、杨林：《审美现代性视角下的文学批评和翻译研究——基于张谷若〈还乡〉译本分析》，《南京工程学院学报》（社会科学版）2009年第1期。

刘人杰、申连云：《论“前景化”理论与汉语古诗翻译研究》，《湘潭师范学院学报》（社会科学版）2009年第2期。

刘荣跃：《文采、散文翻译的重要准则——翻译欧文作品的体会》，《中国翻译》2009年第3期。

刘蕊、王国臣：《论霍克斯〈红楼梦〉英译本中人际意义的再现问题》，《宜宾学院学报》2009年第1期。

刘书梅:《从审美反映看文学翻译的创造与叛逆》,《黑龙江科技信息》2009年第28期。

刘颂:《赞助人对朱生豪译莎的影响》,《长春理工大学学报》(社会科学版) 2009年第2期。

刘彤、陈学斌:《从许译唐诗〈无题〉看诗歌翻译中的丢失》,《时代文学(下半月)》2009年第12期。

刘薇:《散文英译中的语篇意识与增益策略》,《湖南城市学院学报》2009年第5期。

刘为洁:《中国佛经翻译与英国〈圣经〉翻译的比较》,《四川教育学院学报》2009年第2期。

刘伟丽:《信达雅与外国译论比较研究》,《现代商贸工业》2009年第17期。

刘玮:《从翻译美学角度看〈诗经〉译本的形美传递》,《安徽农业大学学报》(社会科学版) 2009年第4期。

刘文君:《中国女性主义翻译研究中的性别意识——张爱玲与朱虹翻译之个案比较》,《疯狂英语》(教师版) 2009年第3期。

刘文现:《浅谈英文小说的文体特征和翻译》,《今日科苑》2009年第17期。

刘习良:《追忆"毛著"翻译》,《中国翻译》2009年第5期。

刘小玲:《从文化转基因角度看诗歌翻译"三美"——以许渊冲翻译〈游东田〉为例》,《乌鲁木齐职业大学学报》2009年第4期。

刘晓凤、王祝英:《路易·艾黎与杜甫》,《杜甫研究学刊》2009年第4期。

刘晓明:《再论唐诗英译单位》,《科技信息》2009年第28期。

刘晓英:《从接受美学角度看中诗英译中的意象处理》,《安徽文学(下半月)》2009年第12期。

刘筱华、李贵苍:《美之集萃与再现:古诗英译的最高境界》,《云梦学刊》2009年第1期。

刘筱华、朱谷强:《典籍诗词英译中的形象意重构》,《韩山师范学院学报》2009年第4期。

刘心爽:《语用移情对文学翻译的启示》,《安徽文学(下半月)》2009年第3期。

刘叙一:《古诗词曲英译中的亡国咏怀诗文化浅析》,《新乡学院学报》(社会科学版) 2009年第6期。

刘学思:《翻译中的食人主义——解读庞德对中国古诗的翻译》,《唐山师范学院学报》2009年第1期。

刘亚丁:《异域风雅颂新声苦辛甘——〈诗经〉俄文翻译初探》,《中国文化研究》2009年第4期。

刘亚伟:《浅析中英颜色词互译——归化异化》,《科技信息》2009年第19期。

刘艳红、隋韦韦:《试析红楼梦译本的中华文化传递》,《时代文学(下半月)》2009年第9期。

刘艳平:《科技翻译与文学翻译的差异》,《改革与开放》2009年第11期。

刘燕:《林语堂英译〈浮生六记〉中文化承载词的处理》,《康定民族师范高等专科学校学报》2009年第2期。

刘洋:《对于和歌汉译的一点思考》,《太原城市职业技术学院学报》2009年第4期。

刘叶琳、欧阳辉:《在文学翻译中如何做到移风——评〈简爱〉的两个译本》,《湖北经济学院学报》(人文社会科学版)2009年第6期。

刘一鸣:《从关联理论看文化负载词的翻译——〈丰乳肥臀〉英译本个案研究》,《陕西师范大学学报》(哲学社会科学版)2009年第S1期。

刘迎春:《林纾的译本〈茶花女〉的接受与传播》,《吉林省教育学院学报》(学科版)2009年第10期。

刘颖:《关于〈文心雕龙〉的英译与研究》,《外语教学与研究》2009年第2期。

刘玉娟:《浅谈文学翻译中的风格问题》,《晋城职业技术学院学报》2009年第3期。

刘钰:《目的论和文学翻译的再创造》,《芜湖职业技术学院学报》2009年第3期。

刘源:《浅析莎剧〈哈姆雷特〉中的语言变异及其翻译——以梁实秋的译本为例》,《大众文艺》(理论)2009年第1期。

刘运峰:《鲁迅译文的编辑与出版》,《新文学史料》2009年第2期。

刘泽权、田璐:《〈红楼梦〉叙事标记语及其英译——基于语料库的对比分析》,《外语学刊》2009年第1期。

刘镇清:《试探〈昕夕闲谈〉的译者身份》,《华侨大学学报》(哲学社会科学版)2009年第1期。

刘政仙:《中国传统译论的特色、局限与现代走向》,《江苏经贸职业技术学院学报》2009年第3期。

刘志侠、卢岚:《梁宗岱欧游时期的译作》,《新文学史料》2009年第1期。

刘志欣:《诗歌翻译中的同一律原则》,《科技信息》2009年第13期。

柳安娜:《超脱、纯粹、诱人之美——解读鲁迅的翻译观》,《科教文汇(上旬刊)》2009年第4期。

柳鸣九:《为小孙女做一件事——我译〈小王子〉》,《书城》2009年第1期。

龙晓翔:《从耗散理论看文学翻译译者审美心理结构》,《湖南医科大学学报》(社会科学版)2009年第5期。

楼燕斐:《浅谈翻译中的风格再现——〈文学批评无用论〉原文与译文对比研究》,《广东工业大学学报》(社会科学版)2009年第4期。

卢丙华:《论郭沫若的“创作论”翻译学思想》,《时代文学(下半月)》2009年第7期。

卢丙华:《薛涛诗英译与西方女性主义文学》,《时代文学(下半月)》2009年第1期。

卢华国、张雅:《文学翻译中的语音象似性》,《湖北第二师范学院学报》2009年第5期。

卢静:《从目的论看严复翻译中的“不忠”》,《科教文汇(上旬刊)》2009年第5期。

卢军羽:《汉语古诗词英译理论研究的现状与展望》,《外语学刊》2009年第2期。

卢淑玲、陈可培:《形式移植在译诗中的重要性——评江枫译诗〈哦、船长、我的船长〉》,《重庆交通大学学报》(社会科学版)2009年第2期。

卢铁澎:《文学经典译介的战略自觉》,《首都师范大学学报》(社会科学版)2009年第2期。

卢颖:《跨文化符际翻译视角下的唐诗英译》,《襄樊学院学报》2009年第3期。

卢玉玲:《"想象的共同体"与翻译的背叛——"17年"霍华德·法斯特译介研究》,《英美文学研究论丛》2009年第1期。

陆宏:《对比〈圣经〉翻译与中国佛经翻译》,《科技信息》2009年第36期。

陆军、马春芬:《从文化翻译观的角度看老舍〈茶馆〉两个英译本中文化信息的处理》,《安徽文学(下半月)》2009年第10期。

陆洋:《接天莲叶无穷碧、映日荷花别样红——法国现当代中国文学翻译家何碧玉研究》,《中国翻译》2009年第4期。

路春晖:《真道恒久远经典永流传——五种圣经中文译本的比较研究》,《语文学刊》(外语教育与教学)2009年第9期。

路静:《王之涣〈登鹳雀楼〉四英译本评析》,《时代文学(下半月)》2009年第3期。

吕凤仪、何庆机:《德国"功能派"翻译理论对文学翻译适用性的学理研究》,《浙江理工大学学报》2009年第3期。

吕静:《浅谈金岳霖的翻译思想》,《陕西师范大学学报》(哲学社会科学版)2009年第S1期。

吕敏宏:《从小说语言形象显现看葛浩文先生小说翻译的形象再造》,《西南政法大学学报》2009年第4期。

吕桥:《〈茶馆〉选段两个英译本的功能语篇分析》,《中国电力教育》2009年第4期。

吕胜蓝:《从〈简·爱〉不同译本看意识形态对翻译的操纵》,《安徽文学(下半月)》2009年第6期。

吕小莉:《林纾与庞德译介比较与分析》,《宿州学院学报》2009年第4期。

吕莹莹:《中国语境下意识形态对于文学翻译的操控》,《齐齐哈尔师范高等专科学校学报》2009年第3期。

罗丹婷:《诗歌中的隐喻性意象翻译》,《边疆经济与文化》2009年第3期。

罗国青:《语言学角度的〈呼啸山庄〉原文与译文对比研究》,《安徽工业大学学报》(社会科学版)2009年第5期。

罗胡琴:《奈达功能对等理论视角下〈简·爱〉三个中译本修辞手法翻译的比较》,《河北工业大学学报》(社会科学版)2009年第4期。

罗巾如:《译在动静间——〈锦瑟〉典故翻译赏析》,《佳木斯教育学院学报》2009年第3期。

罗列:《20世纪初叶中国虚无党小说及"虚无美人"译介风潮研究》,《天津外国语学院学报》2009年第1期。

罗明燕：《关联理论与翻译实践》，《重庆教育学院学报》2009年第1期。

骆海辉：《李白诗歌词汇文化意义的解读与翻译》，《绵阳师范学院学报》2009年第12期。

骆贤凤：《中西翻译伦理研究述评》，《中国翻译》2009年第3期。

马成芳：《茅盾与20世纪早期中国文学翻译批评》，《和田师范专科学校学报》2009年第4期。

马德忠：《刍议英语散文翻译的气韵通畅》，《广西大学学报》（哲学社会科学版）2009年第S1期。

马德忠、赵秀明：《从鲁迅的译文序跋中看鲁迅的翻译思想》，《四川教育学院学报》2009年第9期。

马红军、刘仕敏：《翻译史研究的新作——〈五四时期外国文学翻译研究〉读后》，《河北农业大学学报》（农林教育版）2009年第3期。

马可云：《鲁迅的文学翻译观》，《绍兴文理学院学报》（哲学社会科学版）2009年第3期。

马丽华、刘丽娜：《译者主体性关照下的翻译标准的确立》，《科教文汇（上旬刊）》2009年第3期。

马敏敏：《张爱玲国语注译〈海上花列传〉的原因——从诗学角度考察》，《汕头大学学报》（人文社会科学版）2009年第2期。

马士奎：《论詹姆斯·霍姆斯的诗歌翻译观》，《青海师范大学学报》（哲学社会科学版）2009年第4期。

马士奎：《塑造美国形象——"文革"期间对美国当代文学作品的译介》，《临沂师范学院学报》2009年第2期。

马文芸：《女性主义翻译理论初探》，《大众文艺》（理论）2009年第18期。

马骁：《鲁迅林语堂翻译比较》，《语文学刊》（外语教育与教学）2009年第4期。

马晓冬：《变幻的面目：从Angelo到〈狄四娘〉——雨果剧作在近现代中国的译介与改编》，《戏剧文学》2009年第10期。

马晓冬：《不一样的"革命"——曾朴译〈九十三年〉》，《法国研究》2009年第3期。

马秀美：《译者主体性在朱生豪翻译中的介入——以Hamlet汉译本为个案》，《重庆工学院学报》（社会科学版）2009年第5期。

马亚丽：《翻译的异化与归化》，《时代文学（下半月）》2009年第3期。

马燕红：《由文学的互文性看翻译的局限性》，《社科纵横》2009年第12期。

马永波：《龙江当代翻译文学考察——〈龙江当代文学大系（1946—2005）·翻译文学卷〉导言》，《文艺评论》2009年第5期。

马月兰：《经典翻译研究与跨文化交流——兼评任东升著〈圣经汉译文化研究〉》，《高校社科动态》2009年第1期。

马振涛：《从〈天净沙·秋思〉的英译本看中国古诗英译的意境再现》，《疯狂英语》（教师版）2009年第4期。

马茁萌、付晓玲：《杨译本〈红楼梦〉人名翻译中的信息丢失》，《才智》2009年第24期。

毛凌滢：《后殖民语境下的翻译与译者汉语文化能力的培养》，《外语教学理论与实践》2009年第1期。

毛伟：《英译中国古典诗词中典故的处理》，《中国出版》2009年第9期。

毛卫强：《〈红楼梦〉翻译与民族文化传播》，《江苏大学学报》（社会科学版）2009年第5期。

毛小丽：《翻译中的误译类型及其解释——〈爱玛〉翻译对比研究》，《郑州航空工业管理学院学报》（社会科学版）2009年第5期。

孟健、王春：《比较之中出鉴别——文学翻译中风格的传达》，《湖南医科大学学报》（社会科学版）2009年第1期。

孟宪华、辛志娟、袁音：《“回归文本：外国文学阅读、翻译与研究”学术研讨会综述》，《外国文学动态》2009年第6期。

孟祥德、甘平：《译者的责任：矛盾、无奈与信念——简评林语堂对〈浮生六记〉中比喻的翻译》，《苏州教育学院学报》2009年第2期。

孟昭连：《汉译佛经语体的形成》，《中南民族大学学报》（人文社会科学版）2009年第2期。

孟昭连：《文白之辨——译经史上文质之争的实质》，《南开学报》（哲学社会科学版）2009年第3期。

苗莉莉、贾正传：《严复的翻译实践原则——翻译辩证系统观和目的论角度的探讨》，《鲁东大学学报》（哲学社会科学版）2009年第1期。

闵宽东：《在韩国的中国古典小说翻译情况研究》，《明清小说研究》2009年第4期。

敏俊卿、丁克家：《文化使者爱国赤子——记知名回族学者、阿拉伯语翻译专家李振中教授》，《回族研究》2009年第4期。

明江：《我们强烈感受到民族文学翻译的使命》，《文艺报》2009年1月15日。

莫群俐：《从丁尼生无题短诗的翻译看女性主义翻译理论对中国翻译实践的影响》，《湘潭师范学院学报》（社会科学版）2009年第1期。

莫群俐：《从茅于美的李清照词作英译看女性译者的主体性优势》，《湖南医科大学学报》（社会科学版）2009年第4期。

牟晓芳、李秀丽：《浅谈佛经翻译与〈圣经〉翻译的历史进程及其理论对比》，《山东广播电视大学学报》2009年第1期。

南凡、张铁辉：《中国古典诗歌可译性探析》，《时代文学（双月上半月）》2009年第4期。

倪筱：《语篇分析理论观照下的雪莱〈哀歌〉五译本评析》，《安徽文学（下半月）》2009年第11期。

聂楠、陈姗：《从佛经译本“文质之争”看归化与异化之争》，《衡水学院学报》2009年第5期。

聂韶峰：《译者主体性在许渊冲诗词改译中的彰显》，《时代文学（双月上半月）》

2009 年第 4 期。

聂咏华：《译者主体性的彰显——林语堂与〈浮生六记〉》，《丽水学院学报》2009 年第 1 期。

宁会勤：《从〈多佛海岸〉浅析诗歌翻译》，《读与写（教育教学刊）》2009 年第 9 期。

宁会勤：《浅析英诗汉译中音形意三美的处理》，《南阳理工学院学报》2009 年第 5 期。

牛雅玲：《试论日语散文翻译的方法》，《科技信息》2009 年第 5 期。

牛跃辉、肖剑：《海明威的写作风格与汉语翻译技巧赏析》，《时代文学（双月上半月）》2009 年第 1 期。

欧丹：《从关联理论翻译观看〈红楼梦〉英译本中典故的处理》，《重庆科技学院学报》（社会科学版）2009 年第 1 期。

欧敏、戈玲玲：《乔治·斯坦纳阐释翻译理论观照下的译者主体性——孙致礼译〈傲慢与偏见〉个案研究》，《新西部（下半月）》2009 年第 5 期。

欧阳志群：《小议处理文学翻译中的文化差异》，《企业家天地下半月刊》（理论版）2009 年第 1 期。

潘华方：《从目的论看儿童文学翻译》，《赤峰学院学报》（汉文哲学社会科学版）2009 年第 8 期。

潘佳宁：《道安翻译思想新探》，《沈阳师范大学学报》（社会科学版）2009 年第 2 期。

潘俊梅：《谈谈译者的翻译立场——以〈威尼斯商人〉两译本的比较为例》，《安徽文学（下半月）》2009 年第 9 期。

潘群辉、贾德江：《〈水浒传〉两译本的粗俗语英译评析——以“屁”的翻译为例》，《南华大学学报》（社会科学版）2009 年第 6 期。

潘小多：《和歌汉译中形式的选择与信息的增减——以〈百人一首〉为例》，《日语学习与研究》2009 年第 4 期。

潘小松：《林纾两本译作的序》，《博览群书》2009 年第 2 期。

潘艳慧、杨宁宁：《〈新青年〉时代：“众声翻译”中的译者主体性》，《浙江工业大学学报》（社会科学版）2009 年第 1 期。

潘玥：《王维〈相思〉两种译本的概念功能分析》，《科技信息》2009 年第 31 期。

庞丹丽：《对〈如梦令·风疏雨骤〉译文的主位结构分析》，《大学英语》（学术版）2009 年第 2 期。

庞秀成：《中国古典诗歌翻译叙事“主体”符码化的理论和实践问题》，《外国语（上海外国语大学学报）》2009 年第 3 期。

庞学通、曹永俐：《基于翻译“目的论”的中国古典戏曲英译——以元曲〈单刀会〉为例》，《湖北经济学院学报》（人文社会科学版）2009 年第 8 期。

庞艳艳：《从文学翻译目的层次性谈译者主体性》，《河南理工大学学报》（社会科学版）2009 年第 3 期。

庞月慧、朱健平：《功能学派翻译理论的解构主义印记》，《中国外语》2009 年第 1 期。

裴蕾：《宁信不顺——管窥鲁迅翻译理论之“直译”法》，《湖南医科大学学报》（社会科学版）2009 年第 1 期。

裴晓睿：《也谈文学翻译中的变异问题》，《国外文学》2009 年第 4 期。

彭爱民：《鲁迅翻译策略研究》，《琼州学院学报》2009 年第 3 期。

彭婧：《从接受美学看〈哈利·波特与魔法石〉的汉译本》，《湖南工业大学学报》（社会科学版）2009 年第 3 期。

彭婧：《文化缺省及其翻译策略——以〈哈利·波特与魔法石〉苏农汉译本为例》，《湖南冶金职业技术学院学报》2009 年第 2 期。

彭林祥：《清末民初域外文学译介的三重过滤》，《河北科技大学学报》（社会科学版）2009 年第 2 期。

彭婷婷：《〈名利场〉片段“开幕以前的几句话”三个译本的对比欣赏》，《科技信息》2009 年第 24 期。

彭俞霞：《小说人名的翻译——以〈包法利夫人〉为例》，《复旦外国语言文学论丛》2009 年第 1 期。

彭羽佳、蔡玉辉：《从视听性角度论戏剧对白翻译——以〈茶馆〉中的对白翻译为例》，《合肥工业大学学报》（社会科学版）2009 年第 5 期。

彭振川、王晶文：《意象重构与诗歌翻译》，《哈尔滨工业大学学报》（社会科学版）2009 年第 3 期。

戚健：《从〈红楼梦〉书名的英译看文化意象的可译性限度》，《湖南工业大学学报》（社会科学版）2009 年第 3 期。

戚健：《文化意象缺失与错位的翻译补偿手段——以〈红楼梦〉英译本为例》，《海南师范大学学报》（社会科学版）2009 年第 6 期。

齐颖：《从跨文化角度看翻译的“归化”与“异化”》，《呼伦贝尔学院学报》2009 年第 1 期。

齐智英：《从目的论看萧译〈尤利西斯〉中的创造性叛逆》，《南都学坛》2009 年第 6 期。

钱林森：《傅雷翻译文学经典与中国现代作家》，《中华读书报》2009 年 7 月 1 日。

强瑛：《“犹抱琵琶半遮面”——文学作品翻译中的语言模糊性》，《中国电力教育》2009 年第 5 期。

乔洪亮：《从译介学看李良民的〈牛虻〉译本》，《齐齐哈尔大学学报》（哲学社会科学版）2009 年第 6 期。

乔修峰：《美国学者谈冯梦龙“三言”翻译》，《中国社会科学报》2009 年 9 月 10 日。

乔颖：《简析德里达翻译思想的“前起源”特征》，《时代文学（下半月）》2009 年第 1 期。

秦军：《持守与革新——论意识形态与林纾翻译策略的博弈》，《桂林师范高等专科学校学报》2009年第4期。

秦楠：《浅析〈京华烟云〉中的异化翻译策略》，《安徽文学（下半月）》2009年第4期。

秦楠、范祥涛：《〈京华烟云〉的翻译研究视角》，《文学教育（上）》2009年第4期。

秦小红：《唐诗中数词的语义模糊性及其英译》，《甘肃联合大学学报》（社会科学版）2009年第6期。

邱丹叶：《散文英译中的译者主体性》，《南京理工大学学报》（社会科学版）2009年第6期。

邱富英：《浅析谢莉·西蒙的女性主义翻译思想》，《才智》2009年第5期。

邱明华：《英译中形式对等与关联理论的重要性——关于〈天净沙·秋思〉英译的两篇论文对比分析》，《科教文汇（上旬刊）》2009年第2期。

邱思莲：《体验哲学视阈下汉语古诗英译中的认知转换》，《湖北第二师范学院学报》2009年第12期。

邱绪萍：《〈诗经〉两个英译本的比较》，《牡丹江大学学报》2009年第10期。

邱彦勤：《从〈红楼梦〉两个英译本看"忠实"的度》，《湖南医科大学学报》（社会科学版）2009年第3期。

邱玉华：《图式理论解读"虎之歌"中意象的翻译处理》，《名作欣赏》2009年第18期。

曲雯：《从功能翻译理论看翻译的文化失真与补偿》，《内蒙古农业大学学报》（社会科学版）2009年第1期。

屈莉、张龙宽：《汉语古诗词英译中人称指示成分的隐显与变更》，《牡丹江大学学报》2009年第1期。

饶梦华：《勒菲弗尔对中国佛经翻译的误读》，《长沙铁道学院学报》（社会科学版）2009年第4期。

饶娜：《从文体风格对比看经典作品的再生》，《三峡大学学报》（人文社会科学版）2009年第S2期。

任爱翠：《〈茶馆〉中对"称呼"的汉译英对比》，《安徽文学（下半月）》2009年第12期。

任慧芳：《会话含义与小说中的会话翻译》，《重庆工学院学报》（社会科学版）2009年第6期。

任肖飞：《论文学翻译中译者的主体性》，《知识经济》2009年第15期。

戎林海、许伟燕：《论文学翻译中的创造性叛逆——以赵元任译〈阿丽思漫游奇景记〉为例》，《常州工学院学报》（社会科学版）2009年第5期。

荣觅：《〈论语〉理译本成功背后权力的介入》，《湖南医科大学学报》（社会科学版）2009年第1期。

阮红梅、程茵：《回归历史原初的语境——中国传统译论研究的再思考》，《理论导刊》2009年第6期。

阮红梅、高然：《妙喻之中见根本——佛经翻译译论新议》，《首都师范大学学报》

（社会科学版）2009 年第 3 期。

阮敏：《英语童话故事中的隐喻翻译》，《宁波大学学报》（人文科学版）2009 年第 1 期。

阮玉慧：《论非语言语境对翻译的影响——〈红楼梦〉译文片段分析》，《安徽工业大学学报》（社会科学版）2009 年第 4 期。

阮玉慧：《论译者的主体性》，《安徽大学学报》（哲学社会科学版）2009 年第 6 期。

邵爱琴：《从〈David Copperfield〉两种中译本的比较看文学翻译中的再创造性叛逆》，《疯狂英语》（教师版）2009 年第 2 期。

邵蓓蓓：《诗歌翻译中美感缺失与补偿》，《科技信息》2009 年第 13 期。

邵斌、朱安博：《是“鲁拜集”，也是“柔巴依集”——Rubaiyat 的译名之争》，《北京第二外国语学院学报》2009 年第 6 期。

邵霞、曾宪榕：《〈葬花辞〉三种英译本的三美分析》，《宁波教育学院学报》2009 年第 1 期。

邵毅：《女性身份的构建与本土文化身份的塑造——中国 20 世纪文学翻译中女性形象探析》，《安徽大学学报》（哲学社会科学版）2009 年第 5 期。

邵英俊：《中国文化的真实摹写——京华烟云张、郁译本部分章节对比分析》，《安徽文学（下半月）》2009 年第 1 期。

佘玲玲、罗小波：《试论不同翻译对原文风格的体现及影响——评〈驶向拜占庭〉的两个译本》，《怀化学院学报》2009 年第 12 期。

申欣欣：《现代西班牙汉译文学的译介策略》，《中国比较文学》2009 年第 3 期。

申欣欣、张昭兵：《现代西班牙译介文学的汉语化命运》，《江汉大学学报》（人文科学版）2009 年第 2 期。

沈纯琼：《浅谈日语俳句的翻译——读〈古池〉后的随想》，《中国商界（下半月）》2009 年第 10 期。

沈卉卉：《从等效原则看红楼梦回目翻译》，《重庆工学院学报》（社会科学版）2009 年第 7 期。

沈日中：《芥川龙之介在华译介版本考录：1921—1929》，《福建师大福清分校学报》2009 年第 3 期。

沈双：《张爱玲的自我书写及自我翻译——从〈小团圆〉谈起》，《书城》2009 年第 5 期。

盛绘：《徐志摩翻译活动的选择倾向》，《安徽工业大学学报》（社会科学版）2009 年第 3 期。

盛萍：《论译者主体性在胡适白话译诗中的体现》，《芜湖职业技术学院学报》2009 年第 2 期。

师杰：《〈红楼梦〉三个英译本的文化翻译比较》，《山西大同大学学报》（社会科学版）2009 年第 5 期。

师秀霞：《浅析林纾翻译的历史作用》，《科教文汇（上旬刊）》2009 年第 3 期。

施汶邑、李波阳：《从前景化角度析诗歌翻译策略》，《杭州电子科技大学学报》

（社会科学版）2009 年第 2 期。

石翠翠：《奈达翻译理论和目的论的对比研究》，《漯河职业技术学院学报》2009 年第 1 期。

石红霞：《文化负载词在〈红楼梦〉英译本中的处理》，《黄冈师范学院学报》2009 年第 S1 期。

石洁：《钱钟书的翻译思想——“化境”说》，《黑龙江科技信息》2009 年第 27 期。

石婧：《巧妙的“叛逆”——谈创造性叛逆之埃兹拉·庞德的翻译观》，《北华航天工业学院学报》2009 年第 6 期。

石蕾：《评杜牧〈泊秦淮〉的两个英译本》，《文学教育（上）》2009 年第 10 期。

石立林：《翻译的小说转向及其颠覆性初探——评〈翻译作证：论考德札尔的官方历史和颠覆式教育〉》，《牡丹江教育学院学报》2009 年第 6 期。

史薇：《伽达默尔的阐释观念与汉诗英译》，《商业时代》2009 年第 26 期。

史晓丽、范武邱：《文学翻译中的误译现象试析——小议〈骆驼祥子〉Evan King 译本中的“误译”》，《湖南医科大学学报》（社会科学版）2009 年第 2 期。

舒春霞：《学界泰斗译苑奇才——缅怀著名学者、翻译家刘重德先生》，《和田师范专科学校学报》2009 年第 4 期。

司建国：《情态隐喻的汉英对比研究——以〈雷雨〉为例》，《天津外国语学院学报》2009 年第 4 期。

宋彩霞：《文学翻译中译者的创造性》，《河北理工大学学报》（社会科学版）2009 年第 4 期。

宋歌：《文学风格翻译初探》，《内江科技》2009 年第 11 期。

宋华：《〈红楼梦〉民俗英译的召唤结构研究》，《南京理工大学学报》（社会科学版）2009 年第 6 期。

宋加高、潘子正：《〈锦瑟〉两种英译文本的概念功能分析》，《安徽文学（下半月）》2009 年第 1 期。

宋锦波：《中国传统译论评述》，《湖北广播电视大学学报》2009 年第 2 期。

宋莉华：《宾为霖与〈天路历程〉的汉译》，《上海师范大学学报》（哲学社会科学版）2009 年第 5 期。

宋丽娟：《〈今古奇观〉：最早译成西文的中国古典小说》，《明清小说研究》2009 年第 2 期。

宋丽娟、孙逊：《“中学西传”与中国古典小说的早期翻译（1735—1911）——以英语世界为中心》，《中国社会科学》2009 年第 6 期。

宋丽娟、孙逊：《〈好逑传〉英译本版本研究——以帕西译本和德庇时译本为中心》，《上海师范大学学报》（哲学社会科学版）2009 年第 5 期。

宋平锋、罗国太：《〈哈克贝利·芬历险记〉的两个中译本的修辞效果对比研究》，《长江师范学院学报》2009 年第 4 期。

宋琦：《关于〈雪国〉中部分景物描写的试译》，《大众文艺》（理论）2009 年第 15 期。

宋绍香：《中国解放区文学在俄苏：译介、反响、研究》，《文艺理论与批评》2009年第4期。

宋卫阳、潘卫民：《失落与补偿——论汉诗英译中意象的隐喻重构》，《长沙理工大学学报》（社会科学版）2009年第2期。

宋晓花：《从关联理论看诗歌翻译》，《疯狂英语》（教师版）2009年第2期。

宋学智：《翻译文学与外国文学和中国文学的关系》，《广西师范大学学报》（哲学社会科学版）2009年第2期。

宋学智、许钧：《傅雷翻译实践的成功路径及其意义》，《江苏社会科学》2009年第6期。

宋杨：《散文翻译中的语篇连贯研究》，《吉林师范大学学报》（人文社会科学版）2009年第6期。

苏超、朱乐红：《特定历史文化语境对严复与林纾翻译的影响》，《湖南农业大学学报》（社会科学版）2009年第5期。

苏东彦：《从语域理论来看〈红楼梦〉中人物语言的翻译》，《安徽文学（下半月）》2009年第3期。

苏福忠：《写在老黄去世一周年》，《新文学史料》2009年第3期。

苏珊·巴斯奈特、黄德先：《翻译研究与比较文学的未来——苏珊·巴斯奈特访谈》，《中国比较文学》2009年第2期。

苏艳：《〈西游记〉余国藩英译本中诗词全译的策略及意义》，《外语研究》2009年第2期。

苏艳：《神话—原型批评视阈中的文学翻译批评研究》，《外语学刊》2009年第2期。

孙帮根、张昕：《从〈阿Q正传〉（英译本）看英汉思维的差异以及英语的个性美》，《吕梁教育学院学报》2009年第2期。

孙丹枫：《浅析庞译〈论语〉之特色——庞德个性化解读对〈论语〉译本翻译取向的决定作用》，《语言与文化研究》（第四辑），2009年。

孙皓申、岳玉庆：《“忠实通顺”翻译标准的实证分析——简评〈爱玛〉的两种译本》，《黑龙江史志》2009年第1期。

孙建光：《近代小说译介见证译者主体意识的觉醒》，《淮阴工学院学报》2009年第6期。

孙建光：《译者在传记文学翻译中的角色》，《浙江师范大学学报》（社会科学版）2009年第4期。

孙建强：《论杨译鲁迅作品标点语用功能的翻译》，《文学教育（上）》2009年第6期。

孙瑾：《十年磨一剑锋从谨严起——〈史诗《江格尔》校勘新译〉的价值探析》，《新疆新闻出版》2009年第1期。

孙静：《〈红楼梦〉典故翻译赏析》，《时代文学（双月上半月）》2009年第3期。

孙李丽：《从译者主体性看〈红楼梦〉中〈秋窗风雨夕〉的两种英语译文》，《重庆交通大学学报》（社会科学版）2009年第6期。

孙丽华：《浅谈俳句汉译的音律美》，《黑龙江科技信息》2009 年第 35 期。

孙宁：《民国时期的夏目漱石文学中文译本稽考》，《东北师大学报》（哲学社会科学版）2009 年第 6 期。

孙尚勇：《中古汉译佛经偈颂诗学价值述略》，《宗教学研究》2009 年第 4 期。

孙婷、申志勇：《文学翻译中的形象思维》，《河北理工大学学报》（社会科学版）2009 年第 1 期。

孙小娟：《浅论〈浮生六记〉英译本中的译者主体性》，《内蒙古农业大学学报》（社会科学版）2009 年第 1 期。

孙晓艳：《〈静夜思〉英译本的回译比较》，《科技资讯》2009 年第 4 期。

孙晓艳：《汉诗英译的语篇构建——〈登鹳雀楼〉的语篇纯理功能分析》，《滁州学院学报》2009 年第 1 期。

孙晓艳：《宋词英译中模糊数字的处理》，《中国科技信息》2009 年第 6 期。

孙晓芸：《多元系统视角中的儿童文学翻译》，《甘肃高师学报》2009 年第 6 期。

孙雪娥、何树勋、廉洁：《英美文学作品中双关语的修辞效果及其翻译》，《商洛学院学报》2009 年第 5 期。

孙逊、宋丽娟：《〈凤凰杂志〉与中国古典小说的翻译》，《江西社会科学》2009 年第 5 期。

孙艳：《从文学翻译的角度论归化与异化翻译策略之争在中国》，《黑河学刊》2009 年第 1 期。

孙英丽：《中国经典对西方思想的影响——英美对〈大学〉〈中庸〉等经典的译介》，《社会科学战线》2009 年第 11 期。

孙媛、张慧琴：《关联理论视角下中国古典诗歌中隐喻的翻译》，《牡丹江大学学报》2009 年第 7 期。

孙振亮：《“两脚踏东西文化、一心评宇宙文章”——浅析林语堂的翻译理论与实践》，《才智》2009 年第 35 期。

孙致礼：《在目标语中发现“原文的回声”——读〈求婚〉译文有感》，《中国翻译》2009 年第 2 期。

索全兵：《形似才能神似——从比较〈坎特伯雷故事〉的两种译文谈起》，《南昌高专学报》2009 年第 2 期。

覃江华：《典籍英译者的文化意识与语篇意识的融合——以〈论语〉三种英译为例的讨论》，《重庆交通大学学报》（社会科学版）2009 年第 1 期。

谭敏、赵宁：《从多元系统论看儿童文学的翻译》，《黑龙江教育学院学报》2009 年第 8 期。

谭渊：《歌德笔下的“中国女诗人”》，《中国翻译》2009 年第 5 期。

谭云芳：《中国传统小说创作诗学对于清末民初域外小说翻译策略的影响》，《广东技术师范学院学报》2009 年第 5 期。

谭云飞：《“格式塔”理论对文学翻译的启示》，《中国科技信息》2009 年第 3 期。

谭云飞：《从现象学看文学翻译策略的选择》，《辽宁行政学院学报》2009 年第 11 期。

谭云飞：《格式塔心理学视角中的译者主体性》，《湘潮（下半月）》（理论）2009年第1期。

谭云飞：《现象学意向性原则对文学翻译中译者主体性发挥的启示》，《湖北经济学院学报》（人文社会科学版）2009年第6期。

汤丹：《论翻译的文化语境功能》，《长春理工大学学报》（高教版）2009年第1期。

汤富华：《论翻译之颠覆力与重塑力——重思中国新诗的发生》，《中国翻译》2009年第3期。

汤红：《论文学翻译中风格的统一》，《安徽工业大学学报》（社会科学版）2009年第6期。

汤水辉：《从霍译〈红楼梦〉解构译者的“他我”》，《长沙理工大学学报》（社会科学版）2009年第2期。

汤玉荣：《试析莎剧〈亨利五世〉两个译本中翻译策略选择的制约因素》，《大众文艺（理论）》2009年第13期。

唐代兴：《自然为人立法·人为自然护法：伦理学的自然基础（下）》，《湖南科技学院学报》2009年第6期。

唐金莲、卢贵英：《从“底”字透析译者态度——张培基英译〈落花生〉浅析》，《中国科技信息》2009年第6期。

唐菁：《浅谈林纾的文学翻译》，《黑龙江科技信息》2009年第29期。

唐丽君、舒奇志：《从接受理论视角论茅盾的外国儿童文学翻译》，《长春大学学报》2009年第5期。

唐述宗、康顺理：《解构主义视域下〈老人与海〉四个译本的评析》，《合肥工业大学学报》（社会科学版）2009年第1期。

唐文俐：《从话语分析的角度看小说对话的翻译——翟象俊译〈白象似的群山〉评析》，《时代文学（下半月）》2009年第5期。

唐晓华：《浅论唐诗英译的方法》，《读与写（教育教学刊）》2009年第6期。

唐媛：《中西思维差异对翻译的负迁移》，《湖南科技学院学报》2009年第2期。

唐植培：《从〈红楼梦〉中的谦称谈社交指示语的英译》，《湖南第一师范学报》2009年第2期。

滕飞、李建华：《词和文本翻译中面临的社会结构和功能差异——以〈骆驼祥子〉两个英译本的比较分析为例》，《科技信息》2009年第29期。

滕红艳：《文学翻译中译者注意心理探析》，《安徽农业大学学报》（社会科学版）2009年第3期。

田葆青：《从关联理论角度探讨文化缺省的翻译策略》，《科技信息》2009年第7期。

田婧：《从目的论的三个法则看王佐良英译〈雷雨〉》，《湖南第一师范学报》2009年第2期。

田明莉、鲁楠、赫妍、田志伟、李向坤、王爽：“Foreignization and Domestication in the Translation of *Hong Lou Meng*”，《资治文摘》（管理版）2009年第9期。

田雪娇：《从认知角度对〈围城〉中英版本中隐喻的对比研究》，《绥化学院学报》

2009 年第 2 期。

田正平、陈桃兰：《清末民初教育小说的译介与新教育思想的传播》，《社会科学战线》2009 年第 3 期。

仝亚辉：《马丁・布伯的“之间”概念与文学翻译对话研究》，《解放军外国语学院学报》2009 年第 1 期。

童俊：《比较文学与翻译在对话中共同发展》，《漯河职业技术学院学报》2009 年第 1 期。

童莉：《论文学翻译中的文化传递》，《衡阳师范学院学报》2009 年第 2 期。

童晓燕、龚晓斌：《原型范畴理论与语言的模糊性——论汉语诗词中模糊小数字的翻译策略》，《语文学刊》（外语教育与教学）2009 年第 6 期。

童益成：《试论〈名利场〉杨必译本》，《扬州教育学院学报》2009 年第 4 期。

童兆升、刘国忠、方英姿、陈海容：《散文翻译中“韵味”再现的层次性》，《安徽大学学报》（哲学社会科学版）2009 年第 4 期。

涂春梅：《鲁迅儿童文学译介探析》，《名作欣赏》2009 年第 29 期。

涂敏、涂鸿：《从六个译本看 Young Goodman Brown 中人名的翻译》，《科技信息》2009 年第 13 期。

万初鸣：《浅谈〈红楼梦〉两个英译本之不同》，《安徽文学（下半月）》2009 年第 8 期。

万华、冯奇：《形式与意义、谁主沉浮？——对诗歌翻译形式与意义对等争论的思考》，《同济大学学报》（社会科学版）2009 年第 1 期。

万瑶：《译者主体性在中国近代翻译高潮时期的体现》，《科技信息》2009 年第 5 期。

万志远：《黄裳译〈猎人日记〉》，《图书馆杂志》2009 年第 10 期。

汪精玲：《从语意传译看普拉斯〈晨歌〉的两个汉译本》，《池州学院学报》2009 年第 2 期。

汪精玲：《论兰姆散文译介中的主体差异性》，《合肥师范学院学报》2009 年第 2 期。

汪沛：《全球化视野下翻译研究的文化转向——读王宁新著〈翻译研究的文化转向〉》，《中国翻译》2009 年第 6 期。

汪庆华：《董秋斯与译作〈大卫・科波菲尔〉——意识形态操控视角》，《牡丹江大学学报》2009 年第 10 期。

汪庆华：《论文学翻译的创造性——认知语言学视角》，《时代文学（双月上半月）》2009 年第 4 期。

汪庆华：《认知语言学视角下文学翻译中的异化与归化》，《河池学院学报》2009 年第 3 期。

汪庆华：《意识形态对文学翻译的操控——论董秋斯的翻译实践》，《唐山师范学院学报》2009 年第 4 期。

汪小祥：《论翻译中文体风格的再现》，《常州信息职业技术学院学报》2009 年第 1 期。

汪洋：《由“翻译适应选择论”角度浅析佛经与〈圣经〉翻译》，《语文学刊》（外语教育与教学）2009 年第 4 期。

王爱琴：《从〈红豆词〉的两个译本看接受美学对汉诗英译的启示》，《宿州学院学报》2009 年第 2 期。

王碧燕：《从模因论看文化概念词归化翻译的语义异化变迁——从〈诗经〉之“上帝”到〈圣经〉之“上帝”》，《陇东学院学报》2009 年第 5 期。

王秉钦：《季羡林翻译思想“三论”》，《中国外语》2009 年第 5 期。

王成：《翻译的文体与政治——“林译”文体论争之刍议》，《日语学习与研究》2009 年第 1 期。

王程程：《浅谈翻译文学的地位问题》，《延边党校学报》2009 年第 6 期。

王程程：《谈许渊冲的“三化”对意美表达的作用》，《湖北广播电视大学学报》2009 年第 9 期。

王春香、陈可培：《从翻译美学角度看霍译〈红楼梦〉》，《重庆交通大学学报》（社会科学版）2009 年第 1 期。

王春宴：《从及物性对〈江雪〉原诗与三篇译文的比较》，《赤峰学院学报》（汉文哲学社会科学版）2009 年第 5 期。

王春燕：《佛经翻译对中国文化的影响》，《甘肃联合大学学报》（社会科学版）2009 年第 5 期。

王大亮：《浅析严复翻译的成功因素及对翻译学习的启示》，《新西部（下半月）》2009 年第 7 期。

王丹凤：《苏轼词英译中词汇特点的传达》，《宁波广播电视大学学报》2009 年第 4 期。

王冬杰、刘杰辉：《“林译小说”中的赞助人因素初探》，《安徽工业大学学报》（社会科学版）2009 年第 1 期。

王芳：《D. H. 劳伦斯的作品在中国的译介与接受》，《湖南第一师范学报》2009 年第 1 期。

王芳：《从〈荒原〉的汉译看文化传播的审美规律》，《湘潭师范学院学报》（社会科学版）2009 年第 3 期。

王芳：《从庞德的翻译理论与实践探析诗歌翻译的审美要求》，《湖南第一师范学报》2009 年第 2 期。

王芳：《从莎剧翻译看朱生豪的翻译思想》，《科技信息》2009 年第 19 期。

王芳：《从许渊冲翻译理论与实践探析文化传播的审美规律》，《湖南财经高等专科学校学报》2009 年第 3 期。

王芳：《论古汉诗英译与文化传播的审美规律》，《四川外语学院学报》2009 年第 S2 期。

王芳：《诗歌翻译中的文化传播美学观阐释》，《吉首大学学报》（社会科学版）2009 年第 5 期。

王芳：《文化传播审美规律与诗歌翻译审美实践》，《湖南税务高等专科学校学报》2009 年第 1 期。

王芳：《英语格律诗汉译形式美要求与文化传播的审美规律探析》，《中国外语》2009年第2期。

王芳：《影响翻译策略选择的因素——〈红楼梦〉两译本的对比研究》，《科技信息》2009年第21期。

王风：《周氏兄弟早期著译与汉语现代书写语言（上）》，《鲁迅研究月刊》2009年第12期。

王付荣：《谈古诗中意象的翻译》，《成功（教育）》2009年第8期。

王改霞：《文学翻译中的读者关照——〈珍妮姑娘〉两个译本对比研究》，《绵阳师范学院学报》2009年第12期。

王海艳、刘秀华：《仁者见仁智者见智——浅析中诗英译现状》，《辽宁工业大学学报》（社会科学版）2009年第3期。

王海艳、刘秀华：《谈互文性——古诗词英译的新视角》，《辽宁师专学报》（社会科学版）2009年第2期。

王浩：《以许渊冲翻译理论指导〈星之所在〉日文歌词汉译》，《科技创新导报》2009年第3期。

王浩萍：《〈尤利西斯〉中的语法变异翻译对比研究》，《河南师范大学学报》（哲学社会科学版）2009年第3期。

王环：《从杨译本〈红楼梦〉看服饰及配饰表达的翻译方法》，《科技信息》2009年第6期。

王环：《浅谈文学翻译中的超额与欠额翻译——杨译本〈红楼梦〉翻译中的个案分析》，《科技信息》2009年第16期。

王惠珍：《译本接受的天时地利人和——探析为何〈老人与海〉的两个译本在大陆遭遇不同的命运》，《安徽文学（下半月）》2009年第10期。

王慧、孔令翠：《郭沫若论学术著作翻译》，《国外理论动态》2009年第11期。

王家新：《“独自垂钓”的诗歌翻译——兼谈二〇〇九出版的几本译诗集》，《当代作家评论》2009年第5期。

王家新：《穆旦：翻译作为幸存》，《江汉大学学报》（人文科学版）2009年第6期。

王建丰、刘伟：《文学翻译批评学诞生的宣言书——〈文学翻译批评论稿〉评介》，《湖北经济学院学报》（人文社会科学版）2009年第5期。

王建国：《从直译说起》，《宜春学院学报》2009年第3期。

王茳：《从功能对等看双关翻译——以〈红楼梦〉译本为例》，《中国电力教育》2009年第4期。

王姣：《从“视界融合”谈翻译——〈水浒传〉两译本评析》，《安徽文学（下半月）》2009年第1期。

王金波：《清代评点派红学对〈红楼梦〉德文译本的影响》，《红楼梦学刊》2009年第2期。

王金月：《论庞德对中国古诗的创造性翻译》，《辽宁教育行政学院学报》2009年第9期。

王璟：《为有源头活水来——〈中国佛籍译论选辑评注〉的解读与评论》，《上海翻译》2009 年第 3 期。

王靓：《古风西来瑕不掩瑜——阿赫玛托娃译作〈离骚〉古语词文化意象曲解的译者角度鉴赏》，《安徽文学（下半月）》2009 年第 11 期。

王娟：《从接受美学看林纾的翻译》，《三峡大学学报》（人文社会科学版）2009 年第 3 期。

王娟：《析苏珊·巴斯内特的〈种子移植：诗歌与翻译〉》，《河北北方学院学报》（社会科学版）2009 年第 5 期。

王侃、蔡丽娟、朱志红：《〈兄弟〉在法语世界——法语书评翻译小辑》，《文艺争鸣》2009 年第 2 期。

王坤：《〈简·爱〉两种译本比较评析》，《吉林工程技术师范学院学报》2009 年第 2 期。

王坤：《英汉隐喻跨文化对比与翻译——以〈红楼梦〉为例》，《时代文学（下半月）》2009 年第 5 期。

王坤、岳玉庆：《从〈红楼梦〉中的服饰翻译看文化的可译性限度》，《内蒙古农业大学学报》（社会科学版）2009 年第 1 期。

王坤、岳玉庆：《社会指示语翻译中的信息流失探讨——以杨宪益〈红楼梦〉英译本为例》，《安徽工业大学学报》（社会科学版）2009 年第 2 期。

王磊：《论沃尔特·本亚明与〈译者的任务〉》，《乌鲁木齐成人教育学院学报》2009 年第 1 期。

王蕾：《"优势竞赛论"的重新解读》，《咸宁学院学报》2009 年第 2 期。

王蕾：《安徒生童话的翻译与中国现代儿童观的建立》，《中国现代文学研究丛刊》2009 年第 5 期。

王蕾：《徐志摩的翻译对诗歌创作的影响》，《电影评介》2009 年第 6 期。

王厉：《分析中英文化下翻译的差异性——以〈红楼梦〉回目的翻译为例》，《科教文汇（上旬刊）》2009 年第 7 期。

王立国、杨晓波：《〈不可儿戏〉中的人名双关及余光中的翻译策略》，《吉林农业科技学院学报》2009 年第 3 期。

王丽娜：《议文学翻译中的异化与归化策略》，《科技信息》2009 年第 26 期。

王丽娜、吴聪聪：《柳宗元诗文在国外》，《河北师范大学学报》（哲学社会科学版）2009 年第 2 期。

王莲：《鲁迅翻译思想综述》，《牡丹江师范学院学报》（哲学社会科学版）2009 年第 1 期。

王林：《叶公超与〈墙上一点痕迹〉的译介》，《四川外语学院学报》2009 年第 S2 期。

王琳琳：《帕尔默文化语言学对汉诗英译的解释力——以杜甫〈登高〉的两个英译本为例》，《科技信息》2009 年第 30 期。

王玲玲、武力：《文学翻译之移植策略初探——海明威〈雨中的猫〉曹庸译本鉴赏与重译》，《郑州航空工业管理学院学报》（社会科学版）2009 年第 4 期。

王玲英、陈海苹：《从英译〈赠张云容舞〉看诗歌的美学再现》，《牡丹江教育学院学报》2009 年第 3 期。

王露芳：《简论文学作品风格的翻译》，《广州番禺职业技术学院学报》2009 年第 4 期。

王密卿、王治江、赵亮：《汉诗英译中认知语境的构建》，《河北师范大学学报》（哲学社会科学版）2009 年第 6 期。

王淼：《“目的论”指导下的儿童文学翻译——Alice's Adventures in Wonderland 译本对比分析》，《辽宁师范大学学报》（社会科学版）2009 年第 4 期。

王敏：《社会文化语境对译语文本的制约性》，《安徽电子信息职业技术学院学报》2009 年第 1 期。

王明树：《“主观化”对文本对等的制约——以古诗英译为例》，《外国语文》2009 年第 1 期。

王娜：《中国文学翻译过程中异化法的地位》，《时代文学（下半月）》2009 年第 10 期。

王宁：《“被译介”和“被建构”的易卜生：易卜生在中国的变形》，《外国文学研究》2009 年第 6 期。

王宁：《“世界文学”与翻译》，《文艺研究》2009 年第 3 期。

王宁：《比较文学与翻译研究的文化转向》，《中国翻译》2009 年第 5 期。

王鹏飞：《从比较文学变异学视角看郭沫若诗歌翻译中的创造性叛逆》，《当代文坛》2009 年第 4 期。

王鹏飞、李文凤：《论郭沫若诗歌翻译中的变异》，《社科纵横》2009 年第 3 期。

王苹：《文明与欲望的较量：〈偶遇〉与〈肥皂〉比较》，《南京师范大学文学院学报》2009 年第 3 期。

王琦：《从读者反应角度分析中诗英译翻译——以〈天净沙·秋思〉为例》，《南昌大学学报》（人文社会科学版）2009 年第 3 期。

王倩：《罗经国〈滕王阁序〉英译技巧研究》，《西北成人教育学报》2009 年第 5 期。

王庆红：《从阐释学角度探析钱钟书“化境”说》，《中国电力教育》2009 年第 12 期。

王琼、王心洁：《浅论文学翻译中从“缺无”到“再创作”的过程》，《暨南学报》（哲学社会科学版）2009 年第 2 期。

王秋生、郭瑞：《1949 年前的哈代诗歌翻译史》，《安徽文学（下半月）》2009 年第 9 期。

王瑞生、阿拉坦：《从福柯的权力话语视角看林纾〈黑奴吁天录〉的翻译行为》，《内蒙古工业大学学报》（社会科学版）2009 年第 2 期。

王睿：《英汉诗歌自译现状研究》，《时代文学（双月上半月）》2009 年第 6 期。

王少娣：《林语堂的东方主义倾向与其翻译的互文性分析》，《解放军外国语学院学报》2009 年第 2 期。

王世荣、赵征军:《文学翻译中普世伦理建构的必要性》,《山西农业大学学报》(社会科学版)2009年第2期。

王顺子:《从〈祖国对你说什么?〉的两个译本探析海明威的个性化语言风格》,《内江科技》2009年第8期。

王桃桂、张映先:《从主体间性视角解读〈红楼梦〉译本》,《湖南医科大学学报》(社会科学版)2009年第1期。

王婷:《诗歌翻译中三美原则的再现——"A Red Red Rose"的四种中译文对比分析》,《科技信息》2009年第25期。

王维民、俞森林、傅勇林:《郭沫若翻译探源》,《西安外国语大学学报》2009年第3期。

王闻:《穿越"信"与"美"的译者:文学翻译中"似"与"不似"之辨》,《宜宾学院学报》2009年第9期。

王闻:《读者、于宏观与微观盘桓之中迈向显豁——基于接受美学的翻译文学研究》,《科技信息》2009年第6期。

王小琴:《中西译论对比研究》,《语文学刊》(外语教育与教学)2009年第2期。

王晓菲:《语境化分析对文学翻译的解释力浅析——以杨必先生的〈名利场〉中译本为例》,《大众文艺》2009年第23期。

王晓一:《再谈文学风格的翻译》,《辽宁教育行政学院学报》2009年第10期。

王晓莺:《张爱玲的中英自译:一个后殖民理论的视点》,《外国语文》2009年第2期。

王欣:《解构主义观照下的中国翻译研究》,《青海师范大学学报》(哲学社会科学版)2009年第1期。

王欣:《女性主义操纵下的文学翻译——评〈男人和女人女人和城市〉英译本》,《九江学院学报》2009年第1期。

王鑫玉、于亮:《翻译:一门艺术?一种技能?还是一门学问?》,《才智》2009年第1期。

王秀芬:《小说对话部分的汉英语体翻译策略》,《安徽文学(下半月)》2009年第5期。

王秀红、张轶前:《小说语言风格翻译的方法——兼评〈大卫·科波菲尔〉的翻译》,《河北理工大学学报》(社会科学版)2009年第4期。

王秀丽:《接受美学与文学翻译》,《科教文汇(上旬刊)》2009年第4期。

王学勤:《巴斯奈特文化翻译观与诗歌翻译》,《山西财经大学学报》2009年第S1期。

王雪玉:《从文学文本翻译看言语礼貌的文化制约性》,《四川教育学院学报》2009年第9期。

王洵:《目的论下的归化和异化——以〈道德经〉中的"道"翻译为例》,《三峡大学学报》(人文社会科学版)2009年第S2期。

王雅、李志娟:《文学翻译中的归化与异化研究》,《现代商贸工业》2009年第9期。

王雅晨、方文礼：《从功能语法看〈红楼梦〉两译本的对比研究》，《鸡西大学学报》2009年第6期。

王妍：《从女性主义角度谈〈水浒传〉的翻译》，《黑龙江史志》2009年第14期。

王岩：《Stephen Mitchel〈道德经〉英译本接受性研究》，《科教文汇（下旬刊）》2009年第5期。

王岩：《历史文化价值观与儿童文学翻译》，《时代文学（下半月）》2009年第6期。

王彦支：《顺应论观照下的〈爱丽丝漫游奇境记〉译本评析》，《语文学刊》（外语教育与教学）2009年第7期。

王烨：《试论梁遇春散文译介与创作的潜在关系》，《长春工业大学学报》（社会科学版）2009年第2期。

王一龙、门冬梅：《俄汉小说人物形象中人物对话的翻译》，《科学大众》2009年第7期。

王毅：《以符号学的意义理论阐释不可译性及形式对等》，《西华师范大学学报》（哲学社会科学版）2009年第2期。

王颖、盛芊芊：《〈红楼梦〉中几种特殊句式的英译》，《北京工业职业技术学院学报》2009年第4期。

王颖冲：《从“父与子”谈〈狼图腾〉中的拟亲属称谓及其英译》，《中国翻译》2009年第1期。

王永强：《〈论语〉在英美的译介与传播》，《时代文学（下半月）》2009年第6期。

王友琴：《〈红楼梦〉人名艺术及其翻译浅谈》，《宿州教育学院学报》2009年第4期。

王玉：《文化缺省的翻译策略——以杨宪益、戴乃迭〈阿Q正传〉译本为例》，《宁夏大学学报》（人文社会科学版）2009年第3期。

王云霞、李寄：《〈域外小说集〉欧化标点符号的文体效果及语言史意义》，《上海翻译》2009年第4期。

王泽京：《爱国翻译家杨宪益》，《江淮文史》2009年第5期。

王泽京：《蜚声中外的文化名家杨宪益》，《文史月刊》2009年第8期。

王珍：《〈浪淘沙〉三种英译文的经验功能分析》，《山东省农业管理干部学院学报》2009年第3期。

王振平：《为了翻译的一生——文学翻译家金隄教授学术生涯》，《世界文化》2009年第1期。

王志松：《翻译、解读与文化的越境——也谈“林译”村上文学》，《日语学习与研究》2009年第5期。

王忠芳：《浅谈文学翻译中的等值》，《绥化学院学报》2009年第1期。

韦静：《浅谈虚词在卞之琳译〈哈姆雷特〉素体诗中的音律作用》，《科教文汇（中旬刊）》2009年第2期。

韦晓萍：《文学翻译中文化意象的失落与再造》，《福建论坛》（社科教育版）2009年第6期。

卫娜:《论汉语文学作品英译过程中的对等原则》,《通化师范学院学报》2009 年第 11 期。

魏泓:《谈谈译者的“无形可见”》,《淮北煤炭师范学院学报》(哲学社会科学版)2009 年第 1 期。

魏家海:《庞德创译中国古诗中的中国传统情结》,《天津外国语学院学报》2009 年第 5 期。

魏家海:《诗学、意识形态、赞助人与伯顿 · 沃森英译中国经典》,《合肥工业大学学报》(社会科学版)2009 年第 3 期。

魏家海:《英伽登的层次理论与 Burtonwatson 英译中国古诗》,《中国翻译》2009 年第 1 期。

魏瑾:《李杜诗篇的人文意蕴与英译策略》,《外语学刊》2009 年第 3 期。

魏莉:《〈水浒传〉三个英译本的比较研究——兼谈文学翻译中译者的“创造性叛逆”》,《内蒙古农业大学学报》(社会科学版)2009 年第 3 期。

魏丽萍:《张爱玲翻译研究初探——读张爱玲〈老人与海〉中译本》,《洛阳师范学院学报》2009 年第 4 期。

魏清光:《认知框架理论与商务翻译》,《商场现代化》2009 年第 30 期。

魏全凤、陈清贵:《诗歌英译中“意义”的审美重建》,《西南科技大学学报》(哲学社会科学版)2009 年第 4 期。

魏淑仙:《此情就关风与月——从诗学的角度解读胡适留美期间的中诗英译活动》,《牡丹江大学学报》2009 年第 6 期。

魏晓斌、何向妮:《词汇空缺管窥》,《四川兵工学报》2009 年第 1 期。

魏晓红:《接受美学视野下文学作品的模糊性及其翻译》,《上海翻译》2009 年第 2 期。

魏亚坤、沙欢、金连花、邓奇:《夏目漱石名作〈我是猫〉中的拟声拟态词及其汉语译文的对比分析》,《时代文学(下半月)》2009 年第 7 期。

温年芳:《目的论与〈茶馆〉译介》,《语言与文化研究(第四辑)》,2009 年。

温彤:《论文体风格在文学翻译中的传译——以丁尼生的诗歌中译为例》,《湖北第二师范学院学报》2009 年第 7 期。

温雪梅:《〈天净沙 · 秋思〉的意义空白性与译者的诠释空间》,《湖南冶金职业技术学院学报》2009 年第 2 期。

温玉斌:《从模糊美学的视域审视诗歌“析字”辞格的翻译——兼评〈红楼梦 · 金陵判词〉修辞翻译的得失》,《牡丹江教育学院学报》2009 年第 1 期。

温玉斌:《从模糊美学视域审视诗歌矛盾修辞格的翻译问题》,《黑龙江生态工程职业学院学报》2009 年第 5 期。

温玉斌:《从模糊美学视域审视诗歌矛盾修辞格的翻译问题》,《山东省农业管理干部学院学报》2009 年第 5 期。

温玉斌:《从认知语言学视域审视诗歌概念隐喻的翻译——兼评〈红楼梦 · 咏菊〉两译本的得失》,《太原城市职业技术学院学报》2009 年第 1 期。

温育仙:《翻译标准的生命力——对严复“信”、“达”、“雅”的再认识》,《太原科技大学学报》2009年第2期。

该著别具匠心,选取晚清使臣这一特殊人群、晚清使西日记(游记)这一特殊文体作为研究对象。晚清使西日记自20世纪80年代重新整理出版后,多被学界作为历史文献,用以探讨中国社会的现代化问题,本书作者则在吸收借鉴前人成果的基础上,独辟蹊径,从中西文化交流的角度进行考察。流传至今的使西日记大约有30种,著者20余人,本书作者选取其中的15位作者,并特别以斌椿、志刚、郭嵩焘、刘锡鸿、张德彝、薛福成6位为重点,立足于文本细读,利用西方自传学、形象学、文化身份等多重理论视角,对这些使西日记进行考订、解读和比较。作者成功地把传统的历史考证研究与文化学研究相结合,发现并分辨出这些初出国门的外交官对陌生的西方文化不同的接受姿态,以及他们对母体文化不同的守护立场,并进一步从他们的教养、个性、生活环境和生活道路去解释其中的差异。另外还需注意的是作者在全书结构上的考量。作者认为,使西日记五花八门,重点不同,风格各异,欲求综合所有问题以得出结论既不可能也会失去方向。而如果从既定思想命题出发,又容易忽略中国近代史的复杂性,将历史图表化。因此作者选择从代表性作家作品出发,针对不同表现提出不同问题。全书分为绪论、正文八章和结论三部分。在绪论及第一章,介绍遣使西方与晚清使臣日记汇报制度的历史文化背景及具体实践情况。正文部分的八章对六位代表性使西日记作者的日记进行细致讨论,对其他使西日记进行简要介绍,并在此基础上,对使西日记中的文化观点做出总体探讨。在结论部分,作者认为,晚清日记中所表现出的晚清外交官对中西文化的态度主要在三个问题上表现出重大分歧:一是伦理,二是文化取向,三是国家理想。而这三个问题,也都成了日后“中西文化之争”的关键性问题。

温中兰、马大森:《唐代诗人刘方平〈月夜〉一诗的英译品评》,《宁波工程学院学报》2009年第3期。

乌尔沁、杨宪益:《是真名士自风流》,《人民日报》(海外版)2009年1月23日第007版。

邬国平、邬晨云:《李白诗歌的第一部英文译本——小畑薰良译〈李白诗集〉、译者与冯友兰等人关系及其他》,《江海学刊》2009年第4期。

巫元琼、刘晓民、吴庆晏:《论传统戏曲的翻译标准——兼评杨宪益、戴乃迭〈长生殿〉英译本》,《四川戏剧》2009年第4期。

吴碧宇:《韩子满〈文学翻译杂合研究〉述评》,《信阳农业高等专科学校学报》2009年第3期。

吴碧宇:《解析语用含糊与文学翻译》,《新疆职业大学学报》2009年第3期。

吴碧宇:《论语用含糊与文学翻译》,《河南广播电视大学学报》2009年第3期。

吴春明:《从互文性看古代译场的合理性及其启示》,《吉林省教育学院学报》2009年第7期。

吴海霞:《模糊语翻译在〈蒹葭〉两英译本中的比较》,《科教文汇(下旬刊)》2009年第7期。

吴海燕:《童话翻译中的情感融合》,《才智》2009年第34期。

吴海燕：《文学翻译中的情感再现与译者创作性》，《黑河学刊》2009 年第 5 期。

吴慧坚：《文学翻译的价值：以“诗意”开启原作的新旅程——从本雅明的翻译观看莎士比亚作品汉译》，《广东教育学院学报》2009 年第 1 期。

吴结评：《从赋、比、兴观〈诗经〉之英译》，《天津外国语学院学报》2009 年第 6 期。

吴菁菁：《文学翻译句法结构差异及其对大学英语写译教学的启示——基于〈远大前程〉中英文译本的对比分析》，《重庆科技学院学报》（社会科学版）2009 年第 10 期。

吴九成：《“意到、情到、味到”——〈聊斋〉翻译琐谈》，《蒲松龄研究》2009 年第 4 期。

吴珺如：《中国古典诗词曲赋英译的翻译美学思考》，《福建师范大学学报》（哲学社会科学版）2009 年第 4 期。

吴可：《文学翻译思维中所指网上的舞蹈——亨利·詹姆斯的代表作〈一位女士的画像〉译后联想（之一）》，《中国翻译》2009 年第 6 期。

吴璐燕：《国内互文性翻译研究综述》，《牡丹江大学学报》2009 年第 3 期。

吴梅花、许国新：《风韵译——郭沫若的翻译思想与实践》，《科技信息》2009 年第 18 期。

吴韧彦：《汉诗英译中的“无我之境”和“有我之境”》，《赤峰学院学报》（汉文哲学社会科学版）2009 年第 3 期。

吴珊秀：《英语格律诗歌的可译性与不可译性》，《南昌高专学报》2009 年第 2 期。

吴涛：《中国古诗英译模糊美的传达——从〈锦瑟〉的英译谈起》，《昆明理工大学学报》（社会科学版）2009 年第 8 期。

吴天慧：《意美、音美、形美——陆游〈钗头凤〉英译赏析》，《武汉船舶职业技术学院学报》2009 年第 1 期。

吴微：《桐城文章的“别样风景”——以严复、林纾的翻译为中心》，《中国现代文学研究丛刊》2009 年第 2 期。

吴仙仙、邵东芹：《关于文学翻译中的创造性叛逆》，《科技信息》2009 年第 33 期。

吴小丽：《译者主体性在翻译过程中的体现》，《甘肃广播电视大学学报》2009 年第 1 期。

吴小琴：《从权力话语理论再看林纾翻译中的“讹”》，《成都大学学报》（社会科学版）2009 年第 2 期。

吴晓樵：《茨威格〈罗曼·罗兰〉的早期中译本》，《新文学史料》2009 年第 2 期。

吴孝刚、颜贤斌：《从文学作品的习语翻译看归化、异化之争》，《语文学刊》（外语教育与教学）2009 年第 7 期。

吴欣：《从王维一首诗的五种英译看译事的最高境界》，《长春理工大学学报》（高教版）2009 年第 8 期。

吴欣：《辜鸿铭〈论语〉的英译特色》，《安徽工业大学学报》（社会科学版）2009 年第 4 期。

吴欣:《外文社〈毛泽东诗词〉英译本得失谈》,《南京邮电大学学报》(社会科学版)2009 年第 4 期。

吴秀明、董雪:《诺贝尔文学奖与文学语言翻译——兼谈中国文学“走向世界”的文化应对策略》,《文艺理论研究》2009 年第 5 期。

吴雪萍:《语境理论关照下的〈魂断蓝桥〉翻译》,《内蒙古农业大学学报》(社会科学版)2009 年第 3 期。

吴艳波:《地道中的“杂合”——评张谷若的〈苔丝〉译本》,《郑州轻工业学院学报》(社会科学版)2009 年第 1 期。

吴央波:《从多元系统角度看“五四”前后外国文学的翻译》,《安徽工业大学学报》(社会科学版)2009 年第 6 期。

吴玉光:《从接受理论看汉语诗词中模糊表达的英译》,《长沙铁道学院学报》(社会科学版)2009 年第 2 期。

吴玉琴:《〈囚徒〉人物语言翻译中的异化与归化》,《信阳农业高等专科学校学报》2009 年第 1 期。

吴泽扬、马茫:《林语堂〈幽梦影〉译本小议》,《名作欣赏》2009 年第 20 期。

吴振兰:《浅谈文学翻译中形象思维的运用》,《安徽文学(下半月)》2009 年第 7 期。

吴志刚:《准确理解原作是典籍英译的关键——理雅各英译〈孟子〉指瑕》,《重庆科技学院学报》(社会科学版)2009 年第 5 期。

吴志萌:《斯坦纳阐释学翻译模式关照下的三个〈庄子〉译本的比较研究》,《西南民族大学学报》(人文社会科学版)2009 年第 S1 期。

武敏:《同化与异化的有机统一——以〈京华烟云〉为例论汉英触媒文学的语言特色》,《时代文学(下半月)》2009 年第 1 期。

武文芳:《价值观、风格、翻译——论清末时期的中国小说翻译》,《中国校外教育》2009 年第 S3 期。

武月明:《被命运的洪流裹挟而去——写在〈野棕榈〉中译本问世之际》,《外国文学研究》2009 年第 5 期。

郄翠:《翻译目的论指导下的儿童文学翻译策略——以〈夏洛的网〉汉译本为例》,《科教文汇(上旬刊)》2009 年第 3 期。

夏彩霞:《阿尔杜塞的意识形态理论与翻译的文化转向》,《中国电力教育》2009 年第 4 期。

夏贵清、谭立新:《大翻译家的翻译速度探寻》,《贵州民族学院学报》(哲学社会科学版)2009 年第 1 期。

夏茹:《英汉文学翻译中的顺应性解释》,《南京晓庄学院学报》2009 年第 2 期。

夏天:《钱锺书翻译思想浅析》,《江苏社会科学》2009 年第 S1 期。

夏廷德:《善译必由之路:论典籍翻译的补偿》,《外语学刊》2009 年第 2 期。

夏廷德、夏飞:《论典籍翻译古雅韵味的补偿——以〈三国演义〉罗伯茨译本为例》,《辽宁大学学报》(哲学社会科学版)2009 年第 4 期。

夏锡华：《意识形态与文学翻译的互动关系》，《山西师大学报》（社会科学版）2009 年第 2 期。

夏兴华：《〈论语〉两种英语版本部分译文的比较》，《湖北广播电视大学学报》2009 年第 11 期。

夏杨：《图形背景理论关照下的诗歌意象翻译》，《陇东学院学报》2009 年第 2 期。

咸立强：《创造社“世纪末”文学思潮的译介进程》，《华南师范大学学报》（社会科学版）2009 年第 4 期。

咸立强：《翻译与中国现代文学——鲁迅与郭沫若在“翻译是媒婆”问题上的分歧》，《贵州社会科学》2009 年第 2 期。

向鹏、陈凤、刘悦明：《文化转向视域下的归化与异化——〈红楼梦〉中成语翻译的对比研究》，《宜宾学院学报》2009 年第 9 期。

向仍东：《论严复焦虑心态下的翻译误读》，《西南石油大学学报》（社会科学版）2009 年第 5 期。

向莎莉：《文化因素对文学作品标题翻译的影响》，《文学教育（上）》2009 年第 2 期。

项红梅、何明烈：《中国语境下的女性主义翻译实践》，《和田师范专科学校学报》2009 年第 1 期。

肖光亮：《唐诗英译适应选择的语篇视点研究——〈望岳〉两译本例析》，《四川理工学院学报》（社会科学版）2009 年第 S1 期。

肖家燕、刘泽权：《被扭曲的中华称谓——〈红楼梦〉尊他敬语五种英译之比较》，《外国语文》2009 年第 6 期。

肖丽：《意识形态操纵下的文学翻译——对小说〈饥饿的女儿〉书名英译的个案研究》，《韶关学院学报》2009 年第 2 期。

肖曼琼：《卞之琳诗歌翻译的文体选择及审美价值》，《外语学刊》2009 年第 3 期。

肖男、吴丽艳：《浅谈日汉翻译技巧——以芥川龙之介的〈鼻子〉为例》，《科技信息》2009 年第 5 期。

肖琦：《从文化背景看晚清翻译高潮》，《赤峰学院学报》（汉文哲学社会科学版）2009 年第 4 期。

肖琦：《意识形态的操控：晚清翻译出版情况及特点分析》，《贵州民族学院学报》（哲学社会科学版）2009 年第 1 期。

肖水来、孙洪卫：《释“道”有道、“道”亦可道——从斯坦纳阐释翻译学的角度看〈道德经〉中“道”的翻译》，《湖北社会科学》2009 年第 6 期。

肖婷：《从翻译适应选择论看林语堂〈浮生六记〉英译本中文化信息的传译》，《安徽文学（下半月）》2009 年第 7 期。

肖婷：《林译〈浮生六记〉中的文化信息在文化维的适应》，《科教文汇（上旬刊）》2009 年第 8 期。

肖维青：《语料库在〈红楼梦〉译者风格研究中的应用——兼评〈母语文化下的译者风格——《红楼梦》霍克斯与闵福德译本研究〉》，《红楼梦学刊》2009 年第 6 期。

肖文辉:《〈红楼梦〉中俗语翻译初探》,《才智》2009年第18期。

肖文辉:《浅析霍译〈红楼梦〉人名的翻译》,《湖北经济学院学报》(人文社会科学版)2009年第1期。

肖霞:《〈小说画报〉语言的“日化”现象》,《苏州教育学院学报》2009年第3期。

肖志清:《文学语言风格的和谐翻译》,《韶关学院学报》2009年第1期。

谢灿:《古诗歌翻译与修辞法技巧》,《太原城市职业技术学院学报》2009年第1期。

谢道挺:《得意不忘形:〈红楼梦〉飞白辞格译例缕析》,《福建教育学院学报》2009年第1期。

谢柯:《从科学主义视角重新审视许渊冲先生的某些翻译观点》,《宜宾学院学报》2009年第1期。

谢琳琳:《“译”味犹存——〈弗朗西斯·麦康伯短促的幸福生活〉两种译本的比较评析》,《西南民族大学学报》(人文社会科学版)2009年第S2期。

谢琳琳、付满:《歌剧翻译的美学追求——以歌剧〈文成公主〉翻译为例》,《广州广播电视大学学报》2009年第3期。

谢楠:《散文翻译的文体观照》,《东岳论丛》2009年第7期。

谢睿玲:《模因论视角下诗歌翻译的归化与异化》,《重庆工学院学报》(社会科学版)2009年第3期。

谢睿玲:《语义预设及其翻译技巧——论毛泽东诗词中语义预设的翻译》,《湖南科技学院学报》2009年第2期。

谢天振:《非常时期的非常翻译——关于中国大陆文革时期的文学翻译》,《中国比较文学》2009年第2期。

谢天振、田全金:《外国文论在中国的译介(一九四九—二〇〇九)》,《当代作家评论》2009年第5期。

谢宜辰:《诗歌翻译中动态注意理论和动态识解理论浅析》,《知识经济》2009年第12期。

谢宜辰:《文化语言学视阈下汉诗英译的心理空间构建与语篇情节分析——以杜甫〈登高〉的英译本为例》,《科技信息》2009年第30期。

谢志辉:《前景化与文学翻译的译文语言选择策略》,《南华大学学报》(社会科学版)2009年第6期。

谢忠明、李寄:《论傅雷的后期翻译》,《江汉论坛》2009年第11期。

辛红娟:《旅行与文学翻译的象似性研究》,《社会科学家》2009年第1期。

辛俊武:《中西文化差异与英美文学作品英汉翻译研究》,《甘肃联合大学学报》(社会科学版)2009年第5期。

邢力:《谈散文翻译中作者个性化话语方式的再现——以许地山散文翻译为个案》,《语文学刊》(外语教育与教学)2009年第12期。

邢晓宇、张红燕:《试论语言变异与翻译》,《内蒙古民族大学学报》(社会科学版)2009年第1期。

邢怡:《〈虞美人〉诗词英译与互文性》,《科教文汇(中旬刊)》2009年第9期。

熊华：《意识形态操纵下的英雄塑造——〈牛虻〉中文首译本》，《网络财富》2009年第19期。

熊辉：《简论〈小说月报〉的译诗》，《中国现代文学研究丛刊》2009年第6期。

熊辉：《简论创造社的诗歌翻译》，《兰州学刊》2009年第2期。

熊辉：《论译诗是外国诗歌影响中国新诗的中介》，《西华大学学报》（哲学社会科学版）2009年第3期。

熊辉：《试论形式之维的诗歌误译》，《天津外国语学院学报》2009年第2期。

熊辉：《五四新文化语境与〈新青年〉的译诗》，《北京社会科学》2009年第2期。

熊辉：《译介学与中国现代诗学体系的拓展》，《西南大学学报》（社会科学版）2009年第6期。

熊俊：《许渊冲“三美”原则在影视片名汉译中的运用》，《高等函授学报》（哲学社会科学版）2009年第12期。

熊敏、范祥涛：《重释翻译的忠实性原则——从接受美学看文学翻译》，《苏州教育学院学报》2009年第1期。

徐丹、陈月红：《从格式塔美学角度看“西敏大寺”的翻译》，《科技信息》2009年第19期。

徐德明：《老舍译事》，《博览群书》2009年第3期。

徐定喜：《中国古典诗词的朦胧与翻译》，《江西科技师范学院学报》2009年第2期。

徐黄丽、邓梅：《多元系统理论下〈飘〉译本的对比分析》，《牡丹江大学学报》2009年第3期。

徐慧、张向会：《认知图式与〈红楼梦〉诗词中文化意象的翻译》，《淮北煤炭师范学院学报》（哲学社会科学版）2009年第2期。

徐建龙、李志英：《基于主位理论的译文构建浅探》，《长沙大学学报》2009年第1期。

徐剑平、梁金花：《从接受理论视角看赛珍珠的〈水浒传〉翻译》，《时代文学（双月上半月）》2009年第5期。

徐剑平、梁金花：《文学翻译中审美的“陌生化”取向——以赛珍珠英译〈水浒传〉为例》，《江苏大学学报》（社会科学版）2009年第4期。

徐健、李崇月、徐瑞：《英语格律诗汉译的思想发展初探》，《名作欣赏》2009年第30期。

徐瑾：《论严复“信达雅”理论与纽马克交际翻译理论的相似性》，《长春教育学院学报》2009年第2期。

徐惊奇：《抗战时期重庆〈文艺阵地〉对外国文学的译介》，《外国语文》2009年第6期。

徐静：《勒菲弗尔意识形态理论对汉诗英译的解释力——以毛泽东〈忆秦娥·娄山关〉词英译为例》，《辽宁科技大学学报》2009年第4期。

徐静：《唐诗英译的意象图式概念识解运作——以〈送孟浩然之广陵〉英译本为例》，《鞍山师范学院学报》2009年第5期。

徐静：《文化语言学关照下的诗歌隐喻翻译研究——兼评 Stopping by the Woods on a Snowy Evening 余光中译本》，《科技信息》2009年第30期。

徐静怡：《操纵论视野下的晚清小说之“不信”翻译》，《河北北方学院学报》（社会科学版）2009年第3期。

徐静怡：《反思文学翻译中译者的创造性叛逆》，《经济研究导刊》2009年第4期。

徐美：《仁者见仁智者见智——评析〈野草〉两个英译本的意义传达》，《十堰职业技术学院学报》2009年第5期。

徐倩：《论汉语诗词英译中的顺应策略》，《中国西部科技》2009年第33期。

徐喜梅：《杜牧〈泊秦淮〉五种英译文的逻辑功能分析》，《科技信息》2009年第17期。

徐向群：《从英译〈论语〉孝论语句看中西译者的翻译特色——以辜鸿铭与理雅各译文为例》，《船山学刊》2009年第4期。

徐修鸿：《文学翻译：“叛逆”中求“忠实”》，《牡丹江师范学院学报》（哲学社会科学版）2009年第1期。

徐奕：《〈狼图腾〉中拟亲属称谓英译评析》，《北京城市学院学报》2009年第4期。

徐玉洁：《中国文学翻译的高峰——许渊冲及其翻译思想述评》，《科技信息》2009年第26期。

许飞：《试论归化与异化翻译策略在汉英文学翻译中的运用》，《河南广播电视大学学报》2009年第4期。

许红燕、李树飞：《诗歌翻译的美学再现初探》，《时代文学（下半月）》2009年第11期。

许宏：《典故翻译的注释原则——以〈尤利西斯〉的典故注释为例》，《解放军外国语学院学报》2009年第1期。

许钧、穆雷：《中国翻译学研究30年（1978—2007）》，《外国语（上海外国语大学学报）》2009年第1期。

许俊：《傅雷与丹纳〈艺术哲学〉》，《南京艺术学院学报》（美术与设计版）2009年第5期。

许雷、朱乐红：《悖论中前行：辜鸿铭英译〈论语〉策略反思》，《教育文化论坛》2009年第1期。

许敏：《古诗英译的意象组合美再现》，《宁波广播电视大学学报》2009年第2期。

许庆美：《非语言预设在翻译中的不同处理方式——〈爱情故事〉两个中译本脚注的对比分析》，《安徽文学（下半月）》2009年第12期。

许燕：《赛珍珠英译〈水浒传〉的陌生化取向——试析赛译本成功的原因》，《华东理工大学学报》（社会科学版）2009年第2期。

许月华：《从顺应论看一首中国古诗中“情”的文化翻译》，《烟台大学学报》（哲学社会科学版）2009年第4期。

宣莹莹：《小议中国古典诗歌的隐喻翻译》，《安徽文学（下半月）》2009年第11期。

薛俊艳、常文英：《从多元系统理论研究看影响译者的因素》，《山西广播电视大学学报》2009 年第 2 期。

薛蓉蓉：《从〈林纾的翻译〉看钱钟书的翻译思想》，《山西大同大学学报》（社会科学版）2009 年第 2 期。

学朴：《述往思来——“改革开放三十年外国文学翻译与研究研讨会”综述》，《中国比较文学》2009 年第 1 期。

闫朝晖：《汉语绝句英译的“韵式移植”》，《郑州轻工业学院学报》（社会科学版）2009 年第 3 期。

闫凤霞、赵典书：《古诗英译中时间的切身性概念化处理》，《广东技术师范学院学报》2009 年第 1 期。

闫培瑜：《许渊冲诗歌翻译的“三美”探析》，《吉林广播电视大学学报》2009 年第 6 期。

闫晓雅：《〈红楼梦〉翻译的译者主体性》，《韶关学院学报》2009 年第 5 期。

闫晓雅、万仁霞：《浅谈〈论语〉翻译中的译者主体性》，《宜宾学院学报》2009 年第 1 期。

严慧：《〈天下〉杂志与京派文学英译传播》，《中国现代文学研究丛刊》2009 年第 6 期。

严谨、潘衡跃：《王佐良的戏剧翻译——〈雷雨〉》，《忻州师范学院学报》2009 年第 3 期。

严晓江：《〈沁园春·雪〉英译文的关联翻译理论阐释》，《长春大学学报》2009 年第 5 期。

严晓江：《梁实秋的译学思想简论——以梁译〈莎士比亚全集〉为例》，《时代文学（下半月）》2009 年第 8 期。

颜丙香：《从〈洛丽塔〉的两个译本的开篇译文看翻译的美感》，《湖北社会科学》2009 年第 2 期。

晏开维：《浅谈翟里斯对〈聊斋志异〉典故的翻译》，《商业文化》（学术版）2009 年第 4 期。

晏飒绮：《典籍翻译的文化传播意义——以〈红楼梦〉的翻译为例》，《萍乡高等专科学校学报》2009 年第 1 期。

晏雪：《〈锦瑟〉英译和法译的隐喻学对比研究》，《黑龙江教育学院学报》2009 年第 2 期。

晏雪：《〈无题〉英译和法译的隐喻学对比研究》，《内蒙古农业大学学报》（社会科学版）2009 年第 2 期。

杨斌：《关联论视阈下庞德中诗英译的创造性内涵》，《徐州师范大学学报》（哲学社会科学版）2009 年第 6 期。

杨炳菁：《文学翻译与翻译文学——林译村上文本在中国大陆》，《日语学习与研究》2009 年第 5 期。

杨才元：《文化的可译性：一个相对概念》，《扬州大学学报》（人文社会科学版）2009 年第 1 期。

杨畅:《试析翻译文学的相对独立地位》,《长春理工大学学报》(高教版) 2009 年第 4 期。

杨畅、江帆:《〈红楼梦〉英文译本及论著书目索引(1830—2005)》,《红楼梦学刊》2009 年第 1 期。

杨超:《浅析文学翻译中理论与风格的矛盾统一》,《时代文学(下半月)》2009 年第 8 期。

杨春泉:《关于〈老人与海〉两种译本的比较(英文)》,《语文学刊》(外语教育与教学) 2009 年第 1 期。

杨春泉:《再谈译者主体性与文本的选择——以林语堂与〈浮生六记〉为例》,《长江大学学报》(社会科学版) 2009 年第 4 期。

杨春泉、周玉忠:《〈浮生六记〉林语堂译本中的地名英译赏析》,《福建论坛》(社科教育版) 2009 年第 8 期。

杨春霞:《从汉英语言功能分析的角度看古诗翻译中的对等》,《时代文学(下半月)》2009 年第 10 期。

杨德宏:《从意象的角度探讨古诗英译》,《辽宁教育行政学院学报》2009 年第 12 期。

杨德宏:《情景组合论对诗歌英译的启示》,《延安职业技术学院学报》2009 年第 6 期。

杨冬:《百年中国批评史中的“勃兰兑斯问题”——关于勃兰兑斯在中国的译介与接受》,《文艺争鸣》2009 年第 1 期。

杨帆、杨斌、陈于全:《谈庞德对中国古诗〈长干行〉的翻译》,《科技信息》2009 年第 29 期。

杨芳:《和歌文本解构及中译本的意象重构——以〈源氏物语〉桐壶卷和歌第二首为中心》,《外国问题研究》2009 年第 4 期。

杨贵章:《主题与主题倾向关联下的古汉诗之英译——“枫桥夜泊”四种英译之比较研究》,《华侨大学学报》(哲学社会科学版) 2009 年第 3 期。

杨国强:《从跨文化视角评〈聊斋志异选〉中姓名文化翻译》,《怀化学院学报》2009 年第 1 期。

杨华、喻礼会:《多元文化语境中徐迟译〈瓦尔登湖〉的现代诠释》,《和田师范专科学校学报》2009 年第 1 期。

杨慧林:《怎一个“道”字了得——〈道德经〉之“道”的翻译个案》,《中国文化研究》2009 年第 3 期。

杨杰:《翻译中词层不对等的现象及对策》,《齐齐哈尔师范高等专科学校学报》2009 年第 1 期。

杨静:《从关联理论探讨〈天净沙·秋思〉的英译》,《阜阳师范学院学报》(社会科学版) 2009 年第 5 期。

杨静:《最佳关联与诗词英译》,《韶关学院学报》2009 年第 10 期。

杨莉:《论诗歌叙事中的空间标识——以拜伦的叙事诗〈唐璜〉为例》,《社会科学辑刊》2009 年第 5 期。

杨立军：《翻译中的忠实性及翻译策略》，《吉林省教育学院学报》2009 年第 5 期。

杨琳、岳玉庆：《翻译中的语义连贯性探讨——〈傲慢与偏见〉两种译本的比较分析》，《和田师范专科学校学报》2009 年第 3 期。

杨柳：《翻译的诗学变脸》，《中国翻译》2009 年第 6 期。

杨玫：《运用“三美”理论分析许渊冲英译〈春江花月夜〉》，《吉林省教育学院学报》2009 年第 4 期。

杨平：《〈论语〉英译的概述与评析》，《浙江教育学院学报》2009 年第 5 期。

杨平：《20 世纪〈论语〉的英译与诠释》，《北京第二外国语学院学报》2009 年第 10 期。

杨平：《读者反应批评——文学翻译批评新视角》，《北京第二外国语学院学报》2009 年第 8 期。

杨巧南：《归化法在儿童文学翻译中的运用》，《中北大学学报》（社会科学版）2009 年第 6 期。

杨青：《庞德〈华夏集〉翻译原则探源》，《名作欣赏》2009 年第 17 期。

杨恕华：《从〈苔丝〉的汉译本看经典文学作品的复译》，《大众文艺》（理论）2009 年第 22 期。

杨司桂：《浅析翻译中的归化与异化》，《遵义师范学院学报》2009 年第 1 期。

杨伟燕：《翻译的美学语言学观》，《北京城市学院学报》2009 年第 4 期。

杨文滢：《〈老子〉语言的模糊性及其翻译的“留白”》，《中南大学学报》（社会科学版）2009 年第 4 期。

杨文滢：《英译本比照下的汉语模糊特征——以〈道德经〉为例》，《广州大学学报》（社会科学版）2009 年第 7 期。

杨小建、张慧琴、吴菲、刘君婉：《从〈阿 Q 正传〉的英译本看文化负载词的翻译》，《沈阳大学学报》2009 年第 5 期。

杨晓梅：《古诗词意境英译初探》，《时代文学（下半月）》2009 年第 9 期。

杨晓琼：《翻译是一种模式——本雅明〈译者的任务〉的几点解读》，《海军工程大学学报》（综合版）2009 年第 2 期。

杨肖、肖淑芬：《从蒋天佐的译作谈翻译文本的互文性》，《扬州大学学报》（人文社会科学版）2009 年第 1 期。

杨秀梅、包通法：《认知隐喻——诗歌英译中的意境鉴赏和传输载体》，《中国市场》2009 年第 9 期。

杨绪容：《周桂笙与清末侦探小说的本土化》，《文学评论》2009 年第 5 期。

杨雅洁：《翻译本质新论》，《法制与社会》2009 年第 18 期。

杨艳群、邱涤纯：《浅析〈红楼梦〉英译本对文化差异的处理》，《文史博览（理论）》2009 年第 9 期。

杨艳蓉：《动态对等理论与文学翻译》，《牡丹江大学学报》2009 年第 9 期。

杨阳、马新强：《探究文学翻译中译本的增值现象》，《湖南医科大学学报》（社会科学版）2009 年第 3 期。

杨怡：《浅析关联理论视角下的翻译实践》，《内蒙古农业大学学报》（社会科学版）2009 年第 1 期。

杨迎平：《翻译与影响：施蛰存与施尼茨勒》，《江苏社会科学》2009 年第 3 期。

杨迎平：《施蛰存的诗歌翻译及其对当代诗歌的影响》，《齐鲁学刊》2009 年第 2 期。

杨迎平：《施蛰存对外国独幕剧的翻译与出版及其现代意义》，《艺术百家》2009 年第 3 期。

杨颖：《〈静夜思〉的英译对比》，《科教文汇（中旬刊）》2009 年第 5 期。

杨云嵋：《探讨〈堂吉诃德〉中中西谚语的语义对比及具体的翻译对策》，《硅谷》2009 年第 17 期。

杨正军：《〈红楼梦〉两个英译本中文化内容的描述性研究》，《太原大学学报》2009 年第 3 期。

杨正军：《模因论观照下〈红楼梦〉译本中语言文化信息的传播》，《沈阳大学学报》2009 年第 5 期。

杨自俭、王菊泉：《我国英汉对比与翻译研究三十年：回顾与展望》，《上海翻译》2009 年第 1 期。

姚洁：《以舞台表演为目的的戏剧翻译及其复兴作用》，《安徽文学（下半月）》2009 年第 12 期。

姚俏梅：《从诗歌翻译的艺术效果评析〈春怨〉的英译》，《贺州学院学报》2009 年第 4 期。

姚文华：《试论语域分析与小说对话翻译》，《大学英语》（学术版）2009 年第 2 期。

姚颖、吉进：《Bynner 英译韦应物〈滁州西涧〉评析》，《山西师大学报》（社会科学版）2009 年第 5 期。

冶伟玲：《视角越界与童话翻译——以安徒生童话中英译本为例》，《四川教育学院学报》2009 年第 6 期。

叶杰琳、李秀霞：《屠岸先生对济慈诗歌的误读》，《科教文汇（下旬刊）》2009 年第 10 期。

叶立刚：《以关联理论视角审视汉诗文化意象的翻译》，《河南工业大学学报》（社会科学版）2009 年第 2 期。

叶庆芳：《从文化语境看译者主体性——以严复译本〈天演论〉为例》，《湖北经济学院学报》（人文社会科学版）2009 年第 5 期。

伊丽、陈建生、林婷婷：《〈落花生〉两个英译本分析——一项基于语料库的研究》，《湖北第二师范学院学报》2009 年第 12 期。

衣志梅：《中国佛经翻译与西方圣经翻译的相异性》，《安徽文学（下半月）》2009 年第 7 期。

殷丰立：《德国翻译目的论和严复“信达雅”理论比较》，《内江科技》2009 年第 1 期。

尹承东：《从毛泽东著作的翻译谈建国以来的中译外工作》，《中国翻译》2009 年第 5 期。

印玲：《20世纪二三十年代青岛文学翻译的繁荣及其影响》，《中共青岛市委党校·青岛行政学院学报》2009年第1期。

应葳：《从语境营造看〈小人物日记〉的翻译》，《中国科技信息》2009年第8期。

游洁：《略谈〈红楼梦〉两译本中人物对话的翻译策略》，《琼州学院学报》2009年第4期。

游瑞娇：《从克隆论看诗歌"三美"在翻译过程中的实现》，《安徽农业大学学报》（社会科学版）2009年第4期。

于海玲：《从"目的论"角度分析〈鲁宾逊漂流记〉中译本》，《长春大学学报》2009年第11期。

于海玲：《从详细度维度看汉语诗词的英译》，《湖南工业职业技术学院学报》2009年第3期。

于海玲：《童话翻译对译者的特殊要求》，《赤峰学院学报》（汉文哲学社会科学版）2009年第11期。

于建华：《对文学翻译中的创造性叛逆的探讨》，《现代经济信息》2009年第7期。

于洁、李红绿：《从权力话语理论谈胡适的翻译观》，《湖南农业大学学报》（社会科学版）2009年第6期。

于俊青：《威廉·琼斯对〈诗经〉的译介》，《东方丛刊》2009年第4期。

于连江：《多维视角下的文学翻译批评理论体系建构》，《浙江教育学院学报》2009年第5期。

于强福：《从〈红楼梦〉杨译本看模糊限制语的翻译策略》，《三峡大学学报》（人文社会科学版）2009年第S1期。

于素芳：《从翻译目的论看儿童文学翻译——以Alice's Adventure in Wonderland两个中译本为例》，《大众文艺》2009年第24期。

于涛：《关联理论关照下文学作品的重译——以David Copperfield的翻译为例》，《外国语言文学》2009年第1期。

余静：《文学翻译的改译与再生》，《杭州电子科技大学学报》（社会科学版）2009年第3期。

余来明：《"文学"译名的诞生》，《湖北大学学报》（哲学社会科学版）2009年第5期。

余岚：《接受理论视角下的儿童文学翻译策略》，《时代文学（下半月）》2009年第8期。

余丽文：《论后殖民主义视阈下文学翻译策略》，《大众文艺》（理论）2009年第4期。

余书英：《关于诗歌翻译中流失的美感》，《安徽文学（下半月）》2009年第7期。

余晓芳：《处理文学作品中预设的翻译方法探究》，《宿州教育学院学报》2009年第2期。

俞善林：《〈笑话的背后〉英译文的商榷之处》，《中国翻译》2009年第1期。

袁斌业、杨虹：《再为傅东华的〈飘〉一辩》，《琼州学院学报》2009年第6期。

袁炳宏：《浅谈〈红楼梦〉杨宪益和Hawkes翻译版本中食物名称的误译》，《疯狂英语》（教师版）2009 年第 1 期。

袁枫：《清末民初科幻翻译的原文本考察》，《民营科技》2009 年第 4 期。

袁洪敏：《〈杜伊诺哀歌〉的翻译和接受问题》，《江汉大学学报》（人文科学版）2009 年第 6 期。

袁瑾：《汉英翻译中的语篇衔接与连贯——以〈背影〉（节选）及其两个英译本为例》，《宁波广播电视大学学报》2009 年第 4 期。

袁萍：《从翻译规范看文学翻译》，《安徽文学（下半月）》2009 年第 10 期。

袁晓：《从接受美学的角度看儿童文学翻译》，《重庆工学院学报》（社会科学版）2009 年第 7 期。

袁晓红：《古诗英译的文化移植》，《中国校外教育》2009 年第 S2 期。

袁煜、高菲：《基于语料库的汉语翻译小说语言整齐化特征研究》，《宜春学院学报》2009 年第 5 期。

岳峰、周秦超：《理雅各与韦利的〈论语〉英译本中风格与译者动机及境遇的关系》，《外国语言文学》2009 年第 2 期。

岳巍、李绪兰：《试论阿列克谢耶夫对聊斋小说标题的俄译》，《蒲松龄研究》2009 年第 2 期。

岳玉庆：《从最佳关联原则看〈红楼梦〉宗教词汇翻译——以闵福德译本为例》，《忻州师范学院学报》2009 年第 4 期。

岳玉庆：《霍克斯英译〈红楼梦〉宗教词汇翻译研究》，《湖北经济学院学报》（人文社会科学版）2009 年第 7 期。

岳玉庆、王坤：《关联理论视角中的〈红楼梦〉宗教词汇翻译——以杨宪益和戴乃迭译本为例》，《湘潭师范学院学报》（社会科学版）2009 年第 5 期。

臧光亚：《基于语料库的英译汉儿童文学语言的欧化现象微探》，《语文学刊》（外语教育与教学）2009 年第 12 期。

曾弘彦：《对〈道德经〉第 1 章中英译本的评析》，《重庆工学院学报》（社会科学版）2009 年第 1 期。

曾景婷：《〈锦瑟〉英译中的诠释多元走向》，《河南理工大学学报》（社会科学版）2009 年第 2 期。

曾景婷：《意态由来画不成——〈锦瑟〉英译中的意象流失》，《江苏科技大学学报》（社会科学版）2009 年第 2 期。

曾竞兴：《近代中西方小说叙事差异在小说中译中的体现》，《邵阳学院学报》（社会科学版）2009 年第 5 期。

曾竞兴、王静、张景华：《中国小说叙事传统对中国近代小说翻译的影响》，《湘潭师范学院学报》（社会科学版）2009 年第 2 期。

曾奇：《诗歌翻译多样化实证与阐释——托马斯·格雷〈墓园挽歌〉（首节）汉译个案研究》，《湖北民族学院学报》（哲学社会科学版）2009 年第 5 期。

曾仁利、廖志勤：《朱生豪、梁实秋之翻译风格——以莎士比亚 The Life and Death of Richard the Second 两译本为例》，《西南科技大学学报》（哲学社会科学版）2009 年第3期。

曾融、杨南翎：《浅谈文学翻译中的信息丢失》，《鸡西大学学报》2009年第2期。

曾晓光：《〈三国演义〉罗慕士译本对衡量词的英译问题》，《哈尔滨学院学报》2009年第6期。

曾昭聪：《〈汉译佛典翻译文学选〉词语札记》，《绵阳师范学院学报》2009年第7期。

扎西东珠、何罗哲：《试论翻译的本质与文学翻译的特性》，《黑龙江史志》2009年第4期。

查晓丽：《多元系统论观照下的〈老人与海〉译本对比研究》，《宿州学院学报》2009年第4期。

查晓丽：《古诗英译的语篇叙事视角处理》，《文学教育（下）》2009年第2期。

查晓丽：《多元系统论观照下的〈老人与海〉译本对比研究》，《淮南师范学院学报》2009年第1期。

翟海静：《〈喜福会〉中译本的回译问题》，《淮北煤炭师范学院学报》（哲学社会科学版）2009年第5期。

翟海霞：《从模糊性看"天净沙·秋思"的英译》，《巢湖学院学报》2009年第2期。

翟赫：《试论翻译文学的价值——以"意象派"的出现和济慈研究为例》，《鸡西大学学报》2009年第5期。

翟红梅、张德让：《翻译适应选择论与林语堂英译〈浮生六记〉》，《外语学刊》2009年第2期。

翟清永：《从作者作品到读者和接受——接受美学关照下的文化负载词汇的翻译》，《太原城市职业技术学院学报》2009年第1期。

詹红娟：《从功能对等探讨英语歌名翻译》，《吉林广播电视大学学报》2009年第6期。

张阿林：《浅析英汉文学翻译中的语篇重构——以廖美珍译作〈在亚当之前〉为例》，《琼州学院学报》2009年第1期。

张安琪：《20世纪30年代中国现代童话的译介与创作》，《安徽文学（下半月）》2009年第2期。

张白桦：《大爱无形——翻译理论家谢天振学术个性中的人文情怀》，《内蒙古工业大学学报》（社会科学版）2009年第1期。

张柏兰：《社会符号学对汉语习语英译的解释——以〈红楼梦〉杨译本为例》，《贵阳学院学报》（社会科学版）2009年第4期。

张冲：《论女性主义翻译视角下的译者主体性——以孔慧怡翻译〈荒山之恋〉为例》，《和田师范专科学校学报》2009年第5期。

张春晓：《林纾译作卷首题词小议》，《明清小说研究》2009年第3期。

张春秀：《东汉汉译佛经中的己称代词》，《消费导刊》2009年第1期。

张道振：《意义阐释和文学翻译的伦理》，《中国翻译》2009年第3期。

张德福:《整体意象:诗歌翻译的关键》,《阜阳师范学院学报》(社会科学版)2009年第6期。

张朵:《古诗词英译中的美学特质赏析——兼彼得·纽马克翻译理论在其中的运用》,《湖北第二师范学院学报》2009年第9期。

张芳芳:《试论汉英文学翻译中量词的模糊性及意象美》,《保险职业学院学报》2009年第4期。

张广翠:《严复的翻译话语系统与近代中国文化转型》,《重庆科技学院学报》(社会科学版)2009年第10期。

张广奎:《"翻译移民理论"与诗歌翻译美学研究方法及定位》,《湖北社会科学》2009年第8期。

张国庆:《中国现当代文学与美国文学翻译》,《江汉论坛》2009年第11期。

张海峰:《阐释学、斯坦纳翻译理论与寒山诗英译》,《边疆经济与文化》2009年第12期。

张菡:《关联理论在翻译中的应用——以〈茶馆〉两英译本为例》,《孝感学院学报》2009年第1期。

张宏杰:《〈红楼梦〉两种译文"信""达""雅"之比较》,《科学大众》2009年第5期。

张华丽:《〈道德经〉英译中的译者主体性——Henricks〈道德经〉译文第一章解析》,《科技信息》2009年第29期。

张晖:《从文化视角看〈红楼梦〉委婉语的翻译》,《山东教育学院学报》2009年第4期。

张慧玲:《安德烈·勒菲弗尔的操控理论对意识流小说翻译的阐释》,《吉林广播电视大学学报》2009年第1期。

张继光:《〈荷塘月色〉朱纯深译本赏析》,《河北北方学院学报》(社会科学版)2009年第4期。

张继光、张蓊荟:《翻译美学与语用学结合初探》,《鸡西大学学报》2009年第1期。

张继文:《〈论语〉概念词词义解读与翻译——以〈论语〉英译为例》,《长春大学学报》2009年第7期。

张继文:《对鲁迅翻译思想的再认识》,《鸡西大学学报》2009年第3期。

张继文:《鲁迅文化翻译观探析》,《电影评介》2009年第12期。

张继文:《中学为体西学为用——对当代国内翻译研究的再思考》,《潍坊学院学报》2009年第1期。

张佳颖:《〈山海经〉地名英译的规范化》,《福建师大福清分校学报》2009年第4期。

张建萍、赵宁:《"翻译的性别"和"性别中的翻译"——从女性主义翻译理论谈起》,《南京理工大学学报》(社会科学版)2009年第2期。

张建青:《现代翻译文学史研究的开拓性著作——评〈五四以来我国英美文学作品译介史(1919—1949)〉》,《新西部(下半月)》2009年第2期。

张建青：《由翻译看语言之间关系（上）——庞德翻译思想述评》，《时代文学（下半月）》2009年第10期。

张江华：《论翻译选择的目的性——胡适翻译研究》，《中国西部科技》2009年第23期。

张锦：《从〈翻译适应选择论〉看林纾与魏易对 Uncle Tom's Cabin 的翻译》，《湖北第二师范学院学报》2009年第11期。

张晶、刘冰：《从格式塔角度浅析散文翻译中的意境重构》，《消费导刊》2009年第3期。

张景华：《改造国民性与译者的主体性——论梁启超的政治小说翻译》，《小说评论》2009年第S2期。

张敬：《从霍译〈红楼梦〉看译者主体性在文学翻译改写中的表现》，《中国外语》2009年第4期。

张静：《刍议英汉诗歌翻译中文化的传承》，《科教文汇（下旬刊）》2009年第4期。

张娟：《浅析文学翻译中误译的不可避免性及其影响》，《南昌高专学报》2009年第5期。

张娟超：《从政治角度分析〈红楼梦〉的两个英译本》，《重庆科技学院学报》（社会科学版）2009年第2期。

张珂：《归化法和异化法的巧妙结合——简评〈风之影〉的汉译》，《解放军外国语学院学报》2009年第4期。

张乐金：《朱生豪保持原作神韵的翻译原则探析》，《科技创新导报》2009年第18期。

张黎黎：《论梁启超"翻译强国"思想》，《三峡大学学报》（人文社会科学版）2009年第S1期。

张立柱：《外译中、非外译"外"——避免文学作品英译汉中的"洋腔洋调"》，《石家庄铁道学院学报》（社会科学版）2009年第2期。

张丽华：《晚清小说译介中的文类选择——兼论周氏兄弟的早期译作》，《中国现代文学研究丛刊》2009年第2期。

张丽娟、崔瑾英：《从目的论看翻译任务对〈飘〉译本中翻译对等的影响》，《科技信息》2009年第31期。

张丽娟、杨海青：《〈红楼梦〉动植物习语英译初探——以杨宪益和霍克斯译文为例》，《浙江工业大学学报》（社会科学版）2009年第3期。

张良博：《〈新青年〉的翻译活动——多元系统论的阐释》，《才智》2009年第32期。

张林：《从解构主义翻译观视角简析〈红楼梦〉的不同翻译》，《河北理工大学学报》（社会科学版）2009年第2期。

张琳、秦琛：《从中国四次翻译高潮探索翻译理论的形成与发展》，《时代文学（下半月）》2009年第2期。

张琳琳：《浅谈动态意义识解与安东尼·阿皮亚的深度翻译理论——以分析〈锦瑟〉英译为例》，《科技信息》2009年第32期。

张琳琳：《意象图示理论对英汉诗歌翻译的解释力》，《科技信息》2009年第34期。

张琳瑜、吴熹：《基于关联理论视角看〈三国演义〉的翻译策略》，《江西教育学院学报》2009年第3期。

张鲁艳：《儿童文学翻译的接受性研究》，《时代文学（双月上半月）》2009年第2期。

张敏：《浅论文学翻译中译者的创造性叛逆及其限度》，《牡丹江大学学报》2009年第4期。

张明权：《汉语四字格与译者风格实证研究——以〈简·爱〉的两个中译本为例》，《社会科学论坛》（学术研究卷）2009年第11期。

张楠、王磊、宋青：《论严复翻译思想的特点及其弊端》，《科技创新导报》2009年第1期。

张佩瑶：《钱钟书对翻译概念的阐释及其对翻译研究的启示》，《中国翻译》2009年第5期。

张琦：《从文学翻译的创造性叛逆看庞德的诗歌翻译》，《湖北大学成人教育学院学报》2009年第3期。

张琴：《论文学翻译的审美距离》，《连云港职业技术学院学报》2009年第3期。

张全之：《冷僻的选题、新颖的解析——评李寄〈鲁迅传统汉语翻译文体论〉》，《鲁迅研究月刊》2009年第1期。

张群：《〈红楼梦〉中的转喻翻译》，《时代文学（下半月）》2009年第7期。

张瑞娥：《调适语义彰显功能——称谓语在翻译中的语义嬗变与功能指向阐释》，《天津外国语学院学报》2009年第1期。

张少鹏：《早期创造社与胡适的翻译论争》，《安徽史学》2009年第6期。

张生：《对“现代”的追求——试论〈现代〉杂志译介外国文学的特点》，《中国比较文学》2009年第4期。

张世红：《归化与异化——莎士比亚第65首十四行诗的两种中译文比较》，《国际关系学院学报》2009年第5期。

张曙光：《翻译与中国新诗》，《江汉大学学报》（人文科学版）2009年第6期。

张铁辉、南凡：《谈中国古典诗歌翻译的目标及原则》，《时代文学（下半月）》2009年第8期。

张万防：《美学思想：翻译理论构建的新支点》，《绵阳师范学院学报》2009年第4期。

张威：《张培基散文英译中的情境再现》，《大连海事大学学报》（社会科学版）2009年第2期。

张伟锋、鲍贵：《关联理论视域下的汉语成语英译研究——以张培基〈英译中国现代散文选〉为例》，《南京工业大学学报》（社会科学版）2009年第4期。

张卫萍、赵春燕：《从语用移情看“红诗”的英译》，《顺德职业技术学院学报》2009年第3期。

张文、王永秋：《描写译学研究的目的与方法》，《北京第二外国语学院学报》2009年第10期。

张文静：《略论“五四”时期外国戏剧的翻译》，《西北农林科技大学学报》（社会科学版）2009年第3期。

张文英、王艳：《庞德意象翻译观下的中国古典诗歌意象翻译》，《牡丹江大学学报》2009年第10期。

张蓊芸、沈晓红：《隐喻翻译在翻译文学中的定位》，《英美文学研究论丛》2009年第2期。

张娴：《诗歌文本的陌生化及其在关联顺应模式关照下的翻译》，《宁夏大学学报》（人文社会科学版）2009年第6期。

张献丽：《语境在翻译中的重要性》，《郑州航空工业管理学院学报》（社会科学版）2009年第1期。

张小波、张映先：《语言形象再现的文类冲突——以〈红楼梦〉对联翻译为例》，《解放军外国语学院学报》2009年第3期。

张小丽：《从谭恩美的小说〈拯救溺水鱼〉看英译中的改写》，《牡丹江大学学报》2009年第6期。

张小林、王爱华：《基于语料库的翻译意识形态研究——〈麦田里的守望者〉不同译本脏话翻译差异的原因探析》，《知识经济》2009年第5期。

张小琴：《试论关联理论对戏剧翻译的解释力》，《文学教育（上）》2009年第9期。

张小胜：《从社会符号学角度评析〈红楼梦〉杨译本》，《湖北师范学院学报》（哲学社会科学版）2009年第3期。

张晓春：《唐诗〈春晓〉英译文的语篇衔接探讨》，《北京科技大学学报》（社会科学版）2009年第2期。

张晓梅：《试论傅雷的翻译理念》，《发展》2009年第7期。

张晓明：《开放与杂和：法国译学研究现状之管窥——兼评〈什么是翻译学?〉》，《外国语文》2009年第3期。

张欣：《审美等效与文学翻译归化异化之争》，《湖北大学学报》（哲学社会科学版）2009年第1期。

张秀：《从关联理论看〈儒林外史〉中习语的英译——以杨译〈儒林外史〉为例》，《开封教育学院学报》2009年第1期。

张秀荣：《论〈围城〉文化负载词的翻译》，《丽水学院学报》2009年第6期。

张秀燕：《从〈幽梦影〉看林语堂对国俗词语的翻译》，《泉州师范学院学报》2009年第1期。

张旭：《“天籁之音”：吴芳吉译诗的创格寻踪》，《外国语文》2009年第3期。

张旭：《历史的重构：一部中国英诗汉译断代批评史的构想》，《外语研究》2009年第2期。

张旭：《刘半农早期英诗汉译活动考察》，《贵州师范大学学报》（社会科学版）2009年第3期。

张旭：《朱自清早期译诗活动寻踪》，《淮阴师范学院学报》（哲学社会科学版）2009年第6期。

张旭东、张东宇：《从奈达的“对等”理论看译者的追求》，《东北师大学报》（哲学社会科学版）2009年第1期。

张雪飞：《汉英散文翻译中照应手段的翻译技巧——以〈永远的憧憬和追求〉为例》，《安徽文学（下半月）》2009年第9期。

张雪飞：《语义翻译策略的应用——以理雅各〈论语〉英译本为例》，《洛阳师范学院学报》2009年第6期。

张彦文：《钱钟书“化境”翻译理论之我见》，《山东省农业管理干部学院学报》2009年第4期。

张艳：《利用文学翻译促进外语教学》，《时代文学（下半月）》2009年第8期。

张艳芳：《〈静夜思〉的英译与欣赏——三种理解三种译本》，《赤峰学院学报》（汉文哲学社会科学版）2009年第11期。

张艳萍、贾德江：《伽达默尔阐释学对文学翻译中译者主体性的解释》，《内蒙古农业大学学报》（社会科学版）2009年第2期。

张艳蕊：《二十年来我国戴维·洛奇研究综述》，《郑州大学学报》（哲学社会科学版）2009年第5期。

张焰明：《典籍翻译理解的启示——从〈三国演义〉翻译中的理解谈起》，《韩山师范学院学报》2009年第4期。

张焰明：《文化范式下的〈落花生〉英译评析》，《牡丹江大学学报》2009年第9期。

张焰明：《语境参照系下的两个〈简·爱〉译本评析》，《黄山学院学报》2009年第6期。

张杨莉、熊云甫：《莎士比亚十四行诗第18首中的强语势汉译研究》，《四川文理学院学报》2009年第3期。

张洋：《从古诗歌中的颜色词英译看颜色范畴的文化构建——以〈渔歌子〉英译本为例》，《科技信息》2009年第33期。

张仰奋：《语用英诗汉译与美学理念的辩证统一》，《佛山科学技术学院学报》（社会科学版）2009年第6期。

张瑶、贾文波：《略谈中国翻译研究的局限性及其不成流派的原因》，《商场现代化》2009年第17期。

张艺宁：《语篇语言学在文学翻译中的创造性应用——〈阿丽丝镜中奇遇记〉两种译本的对比研究》，《吉林省教育学院学报》2009年第5期。

张翼：《试评〈哀希腊〉的两个译本》，《佳木斯大学社会科学学报》2009年第2期。

张瑛、贾勤、张倩倩：《〈简爱〉两中译本语言风格之比较》，《名作欣赏》2009年第27期。

张迎海：《从〈红楼梦〉中“笑道”的翻译对比看主、被动顺应》，《内蒙古农业大学学报》（社会科学版）2009年第2期。

张永喜：《影响译者选择翻译主题的多重因素——以王佐良的两部译作为例》，《外语研究》2009年第6期。

张玉芬：《浅析诗歌翻译》，《科教文汇（上旬刊）》2009年第7期。

张彧姣：《三十年代中国译坛“信”“顺”之争分析》，《科技信息》2009 年第 25 期。

张元卿、赵莉：《韩国对中国现代文学的译介（1945—1949）》，《东疆学刊》2009 年第 1 期。

张源：《高度归化的〈学衡〉译本与白壁德“儒者”形象的生成》，《东方丛刊》2009 年第 2 期。

张媛：《对严复“信达雅”的分析和突破》，《安徽警官职业学院学报》2009 年第 2 期。

张媛：《归化与异化：〈围城〉成语英译策略研究》，《西南农业大学学报》（社会科学版）2009 年第 6 期。

张云、曾凡桂：《翻译研究的哲学诠释学和接受美学视角——〈翻译：跨文化解释〉评介》，《外国语（上海外国语大学学报）》2009 年第 1 期。

张云鹤、王然、韩朔：《庞德对李白〈古风〉诗词误译的另一种解读》，《辽宁工业大学学报》（社会科学版）2009 年第 2 期。

张云霞：《Malapropism 及其在〈名利场〉中的翻译》，《漯河职业技术学院学报》2009 年第 3 期。

张芸：《从改写理论看林纾的有意误译》，《湖南第一师范学报》2009 年第 1 期。

张泽芬：《文学作品中典故翻译之浅谈》，《时代文学（双月上半月）》2009 年第 3 期。

张政：《简论辜正坤先生的诗歌翻译理论与实践——兼与〈对“英汉诗歌翻译批评与学术道德规范”一文的回应〉作者商榷》，《世界文学评论》2009 年第 2 期。

张政、张卫晴：《文化与改写——蠡勺居士的翻译实践探析》，《中国外语》2009 年第 1 期。

张志强、李世英：《赛珍珠著译中的“杂合”现象探析》，《江苏大学学报》（社会科学版）2009 年第 4 期。

张治：《晚清科学小说刍议对文学作品及其思想背景与知识视野的考察》，《科学文化评论》2009 年第 5 期。

张智中：《毛泽东诗词当中“飞动”与“沉思”的英译》，《沈阳大学学报》2009 年第 6 期。

张智中：《毛泽东诗词当中比喻、拟人、夸张的英译》，《湖南工程学院学报》（社会科学版）2009 年第 2 期。

张智中：《毛泽东诗词当中叠字、对偶、转品的英译》，《湖南工程学院学报》（社会科学版）2009 年第 3 期。

张智中：《毛泽东诗词当中颜色词的英译》，《云梦学刊》2009 年第 2 期。

张智中：《毛泽东诗词的静态意象及其英译——以“山”为例》，《天津外国语学院学报》2009 年第 2 期。

张智中：《毛泽东诗词中互文、设问、指代的英译》，《长江师范学院学报》2009 年第 5 期。

张智中：《毛泽东诗词中数词英译研究》，《解放军外国语学院学报》2009年第4期。

张智中：《毛泽东诗词中双关、顶真、警策的英译》，《安康学院学报》2009年第5期。

张智中：《毛泽东诗词中同异修辞格的英译》，《武汉科技大学学报》（社会科学版）2009年第6期。

章明：《解读小说〈在亚当之前〉汉译中的概念合成》，《赤峰学院学报》（汉文哲学社会科学版）2009年第6期。

章亚琼：《比较文学与翻译研究》，《长春理工大学学报》（高教版）2009年第11期。

章妍、钱艳秋：《从德国功能派翻译理论看〈金锁记〉的翻译策略》，《淮北职业技术学院学报》2009年第4期。

赵阿茹娜：《从"目的论"的角度分析杨译与霍译对〈红楼梦〉习语的异化与归化处理》，《阴山学刊》2009年第5期。

赵长江、付天军：《〈红楼梦〉英译与中国文化传递》，《河北学刊》2009年第2期。

赵丹：《文学翻译中的多元意义解读》，《安阳工学院学报》2009年第3期。

赵冬华：《从目的论角度析〈红楼梦〉两个英译本》，《河北工程大学学报》（社会科学版）2009年第4期。

赵芳芳：《外延内涵传承说对古诗翻译的启示》，《世纪桥》2009年第19期。

赵国军：《〈古兰经〉在我国的流传、翻译及其研究》，《甘肃社会科学》2009年第3期。

赵辉辉：《人物塑造之维小说翻译的得与失》，《湖北社会科学》2009年第12期。

赵辉辉：《修辞向度小说之翻译》，《理论月刊》2009年第2期。

赵洁琼：《浅谈文学翻译中的忠实与叛逆》，《安徽文学（下半月）》2009年第1期。

赵婧：《论严复的"信、达、雅"与奈达的"动态对等论"——从文学作品中非标准英语的翻译说起》，《安徽文学（下半月）》2009年第11期。

赵娟：《论翻译主体与翻译客体》，《牡丹江教育学院学报》2009年第1期。

赵莉、何大顺：《巴斯奈特的文化翻译观》，《文学教育（下）》2009年第6期。

赵立红、程姝：《〈罗生门〉中定语修饰词"た"的汉译表达》，《辽宁师范大学学报》（社会科学版）2009年第3期。

赵丽：《语境与翻译中语义的选择》，《内蒙古民族大学学报》（社会科学版）2009年第1期。

赵丽莎：《斯坦纳阐释翻译理论下〈道德经〉英译中译者主体性的体现——亚瑟·威利译本与辜正坤译本对比分析》，《科技信息》2009年第29期。

赵亮：《从安德烈·勒菲弗尔的理论看清末民初侦探小说的翻译》，《内蒙古农业大学学报》（社会科学版）2009年第5期。

赵亮、栾意敏：《目的决定策略——目的论视角下〈水浒传〉两个英译本的文化阐释》，《华北煤炭医学院学报》2009年第3期。

赵七月：《论会话含义与〈围城〉中的对话翻译》，《新西部（下半月）》2009年第10期。

赵荃：《论〈李尔王〉中弄人语言的翻译》，《文学教育（上）》2009 年第 12 期。

赵速梅、夏萍：《从叙事理论看小说〈夜色温柔〉的翻译》，《合肥工业大学学报》（社会科学版）2009 年第 2 期。

赵巍：《〈全唐诗〉中的翻译术语研究》，《解放军外国语学院学报》2009 年第 5 期。

赵巍：《重新解读钱钟书的翻译思想》，《北京航空航天大学学报》（社会科学版）2009 年第 4 期。

赵为：《翻译研究新视野：中国武侠小说俄译初探》，《外语学刊》2009 年第 5 期。

赵现标：《论严复翻译成功的人文因素》，《科技信息》2009 年第 18 期。

赵晓辉：《翻译：一门调解文化冲突的艺术——以〈红楼梦〉英译为例谈文化翻译的可译性限度》，《四川教育学院学报》2009 年第 9 期。

赵秀明：《论鲁迅的翻译思想》，《东北师大学报》（哲学社会科学版）2009 年第 4 期。

赵屹芳、范祥涛：《后殖民理论中的“杂合”在文学翻译中的表征》，《宁德师专学报》（哲学社会科学版）2009 年第 3 期。

赵永彬：《文学翻译中的文化误读与误译》，《名作欣赏》2009 年第 18 期。

赵玉珍：《〈红楼梦〉杨译本对文化缺省的处理》，《和田师范专科学校学报》2009 年第 5 期。

赵志华：《试述鲁迅生存心态对其翻译选材的影响》，《绍兴文理学院学报》（哲学社会科学版）2009 年第 4 期。

郑成志：《被译介的“自由诗”——对“自由诗”引入新诗坛的一种思考》，《龙岩学院学报》2009 年第 3 期。

郑殿臣：《英汉诗歌互译的补偿手段研究》，《玉溪师范学院学报》2009 年第 5 期。

郑红：《〈红楼梦〉章回目录翻译之探讨》，《铜陵学院学报》2009 年第 5 期。

郑红霞：《从翻译伦理看文化意象传译中创造性叛逆》，《湖北函授大学学报》2009 年第 1 期。

郑红霞：《从翻译伦理看文化意象传译中的误读》，《绵阳师范学院学报》2009 年第 4 期。

郑建平：《从多元系统论看〈二马〉文化词汇的翻译策略》，《桂林师范高等专科学校学报》2009 年第 3 期。

郑锦怀：《谁最早向中国读者介绍安徒生》，《博览群书》2009 年第 12 期。

郑莉、徐江：《古希腊罗马时期的西方译论及其美学之源》，《上海第二工业大学学报》2009 年第 3 期。

郑少惠：《对唐诗〈江雪〉英译文的经验功能分析》，《茂名学院学报》2009 年第 2 期。

郑穗嫔：《试论英汉翻译中的形象转换》，《甘肃科技》2009 年第 21 期。

郑燕虹：《肯尼斯·雷克思罗斯的“同情”诗歌翻译观》，《外语教学与研究》2009 年第 2 期。

郑意长：《罗兰·巴特“符号游戏”视域下的鲁迅科学小说翻译》，《晋阳学刊》

2009年第6期。

郑圆圆:《从跨文化角度看中国古典文学英译》,《安徽文学(下半月)》2009年第4期。

郑中求、寇学敏:《鸠摩罗什和严复对读者的关照及原因探究》,《湖北第二师范学院学报》2009年第4期。

止庵:《鲁译刍议》,《鲁迅研究月刊》2009年第2期。

止庵、王世家:《〈鲁迅著译编年全集〉答问》,《鲁迅研究月刊》2009年第8期。

郅婧:《民族文化的承载者与传递者——小议〈京华烟云〉中文化负载词的翻译》,《河南科技大学学报》(社会科学版)2009年第1期。

钟厚涛:《异域突围与本土反思——试析〈沧浪诗话〉的首次英译及其文化启示意义》,《文化与诗学》2009年第1期。

钟佳、李延林:《形象思维与傅雷之"神似论"》,《长沙铁道学院学报》(社会科学版)2009年第3期。

钟美华:《语言的"不可译性"简析》,《辽宁医学院学报》(社会科学版)2009年第1期。

钟明国:《辜鸿铭〈论语〉翻译的自我东方化倾向及其对翻译目的的消解》,《外国语文》2009年第2期。

钟鸣:《常见文化翻译方式在杨版〈红楼梦〉的对话翻译中的应用》,《西南民族大学学报》(人文社会科学版)2009年第S2期。

钟世亮:《从文学文体学的角度论析〈苔丝〉译本》,《湖南科技学院学报》2009年第1期。

钟淑敏:《〈红楼梦〉人名英译的文化缺损》,《新余高专学报》2009年第6期。

钟欣:《"原文隐形"探讨——改译中译者主动性与创造性的发挥》,《才智》2009年第3期。

钟志清:《中国的犹太文学译介与研究》,《重庆大学学报》(社会科学版)2009年第1期。

周红民:《论清末小说"翻译变形"的文化成因》,《南京晓庄学院学报》2009年第2期。

周沪:《从关联理论角度试析〈古文观止〉英译本的得与失》,《贺州学院学报》2009年第2期。

周华北:《〈杀人者〉三个中译本的比较与评析》,《传承》2009年第20期。

周建军、张顺生:《与〈苏州赋〉译者商榷——兼谈译事之严肃性》,《江苏技术师范学院学报(职教通讯)》2009年第12期。

周昆翔:《浅谈小说中对话语言的翻译》,《安徽文学(下半月)》2009年第9期。

周莉清:《从哲学阐释学的角度解读文学翻译——莎剧两译本对比研究》,《井冈山学院学报》2009年第5期。

周灵:《从〈浮生六记〉英译本看翻译中的模糊语言》,《时代文学(下半月)》2009年第12期。

周灵：《从〈浮生六记〉英译本看模糊语言的翻译策略》，《黑龙江教育学院学报》2009年第6期。

周璐：《从〈江雪〉英译看译者的主体性》，《吉林省教育学院学报》2009年第2期。

周明娟：《热切的关注殷切的期望——季羡林先生谈翻译》，《聊城大学学报》（社会科学版）2009年第5期。

周平：《〈德伯家的苔丝〉之张谷若译本的特色浅析》，《西南民族大学学报》（人文社会科学版）2009年第S1期。

周萍：《从目的论看〈红楼梦〉两译本宗教文化信息的翻译策略研究》，《牡丹江大学学报》2009年第7期。

周茜、孟庆升：《〈聊斋志异〉中〈瑞云〉英译本对比赏析》，《语文学刊》（外语教育与教学）2009年第9期。

周庆玲：《对〈鹿柴〉英译文的功能语篇分析》，《重庆科技学院学报》（社会科学版）2009年第1期。

周胜蓝：《论庞德〈华夏集〉翻译中异化策略的运用》，《重庆交通大学学报》（社会科学版）2009年第6期。

周时娥、赵元元：《万紫千红总是春——同一译者对英诗〈闪光〉的四种赏译》，《郑州航空工业管理学院学报》（社会科学版）2009年第3期。

周维、陈水平：《从关联理论看隐喻在〈红楼梦〉人名中的英译》，《科教文汇（上旬刊）》2009年第7期。

周文革、刘平：《从〈白鲸〉中译本看词义、形象和情理选择》，《湖南科技大学学报》（社会科学版）2009年第3期。

周小英：《浅析〈毛诗序〉中两段选文的英译》，《镇江高专学报》2009年第3期。

周晓寒：《从文化误译看译者的再创造——解读霍克思译〈红楼梦〉》，《湘潭师范学院学报》（社会科学版）2009年第5期。

周晓君：《论文学翻译中人物语言观念视点的转换》，《黑龙江史志》2009年第24期。

周晓君：《中国古典诗词文化意象传译中的视域融合》，《沈阳建筑大学学报》（社会科学版）2009年第4期。

周学恒：《功能翻译理论视角下的意图性与文学翻译策略之选择》，《齐齐哈尔大学学报》（哲学社会科学版）2009年第6期。

周彦军、何春霞：《论中国传统译论的现代转化》，《重庆科技学院学报》（社会科学版）2009年第5期。

周一、刘洪泉：《浅析古诗词中爱情隐喻的英译》，《商业文化》（学术版）2009年第2期。

周永涛：《论格律诗翻译的尾韵问题》，《科技信息》2009年第23期。

周羽：《试论晚清短篇小说译本的现代性——以周氏兄弟〈域外小说集〉为个案》，《求是学刊》2009年第5期。

周瓒：《翻译与性别视域中的自白诗》，《当代文坛》2009 年第 1 期。

朱爱萍：《中国古典诗歌翻译中意义与意境的关系》，《浙江树人大学学报》（人文社会科学版）2009 年第 1 期。

朱冰：《从释意理论看〈酒国〉中的比喻翻译》，《福建省外国语文学会 2009 年年会暨学术研讨会论文集》，2009 年。

朱璨：《从功能对等看〈道德经〉第一章英译》，《四川教育学院学报》2009 年第 6 期。

朱晨鹏：《译介救国开启民智——从翻译目的论看严复与鲁迅翻译观的共性》，《东华理工大学学报》（社会科学版）2009 年第 1 期。

朱耕：《论译者的翻译策略——〈红楼梦〉的两英译本文化信息翻译对比》，《重庆工学院学报》（社会科学版）2009 年第 3 期。

朱红红：《关联理论在寓言翻译中的应用和启示》，《科学之友》（B 版）2009 年第 11 期。

朱红雷：《行云流水诗趣盎然——〈荷花淀〉戴乃迭译本的美学探析》，《宜宾学院学报》2009 年第 1 期。

朱宏清：《论汉诗英译中意境的传达》，《东南大学学报》（哲学社会科学版）2009 年第 1 期。

朱江：《杨绛的译学见解——从〈失败的经验〉谈起》，《常州工学院学报》（社会科学版）2009 年第 5 期。

朱锦平：《谈〈竹枝词〉的翻译审美过程》，《文学教育（上）》2009 年第 3 期。

朱军：《宇文所安〈文心雕龙〉译文赏析》，《经济研究导刊》2009 年第 18 期。

朱岚晖：《从原作的互文性看译作的互补性——以〈李尔王〉的三个中译本为例》，《内蒙古农业大学学报》（社会科学版）2009 年第 4 期。

朱力：《翻译中译者的地位》，《时代文学（下半月）》2009 年第 2 期。

朱玲：《"五四"运动以前中国戏剧翻译状况考察》，《九江学院学报》2009 年第 5 期。

朱明胜：《多元系统翻译理论视角下的赛珍珠英译〈水浒传〉》，《宿州学院学报》2009 年第 6 期。

朱瑞君：《从斯坦纳翻译四步骤理论看译者主体性——以翟理斯〈聊斋志异〉译本为例》，《合肥工业大学学报》（社会科学版）2009 年第 6 期。

朱涛、张德让：《论梁实秋莎剧翻译的充分性》，《宁波教育学院学报》2009 年第 2 期。

朱廷波：《〈维纳斯与阿童尼〉第 50 节汉译语言层分析》，《科技信息》2009 年第 8 期。

朱献珑、屠国元：《论译者主体性——张谷若翻译活动个案研究》，《外国语文》2009 年第 2 期。

朱翔：《从语用等效谈〈红楼梦〉杨译本的转喻翻译策略》，《四川职业技术学院学报》2009 年第 1 期。

朱耀先、张香宇：《林纾的翻译：政治为灵魂、翻译为实业》，《郑州大学学报》（哲学社会科学版）2009 年第 5 期。

朱耀先、张香宇：《论鲁迅的翻译策略》，《中州学刊》2009 年第 4 期。

朱伊革：《“西方文化中心主义”话语下的林语堂“送去主义”译介观》，《北京第二外国语学院学报》2009 年第 6 期。

朱云云、谢华：《浅谈文学翻译中的译者主体性》，《牡丹江师范学院学报》（哲学社会科学版）2009 年第 2 期。

朱运枚：《隐形的操控者——论意识形态对翻译的操控》，《科技信息》2009 年第 10 期。

朱振雷：《从〈安妮日记〉看意识形态对文学作品改写的操纵》，《连云港职业技术学院学报》2009 年第 2 期。

朱振武：《〈文学翻译实用指南〉——一部医治初涉译事者“心病”的翻译著作》，《出版广角》2009 年第 4 期。

祝里会：《解构主义翻译观述评》，《科教文汇（上旬刊）》2009 年第 2 期。

祝琳：《带着镣铐跳舞亦灵活自如——许渊冲诗英译文中“三美”的体现》，《宜春学院学报》2009 年第 3 期。

《著名翻译家袁可嘉先生逝世》，《中国翻译》2009 年第 1 期。

《著名文学翻译家绿原在京病逝》，《中国翻译》2009 年第 6 期。

庄晓玲：《论中国古代诗歌的模糊美及其翻译——〈天净沙·秋思〉及其英译本之分析》，《黑龙江生态工程职业学院学报》2009 年第 2 期。

卓玲：《从哲学阐释学角度看翻译研究中的主体性和主体间性》，《科教文汇（上旬刊）》2009 年第 1 期。

邹红梅：《阐释学视角下的斯坦纳译者主体观——以〈吉檀迦利〉为例谈译者主体性研究》，《科技信息》2009 年第 8 期。

邹洁：《从翻译功能理论角度看傅东华译〈飘〉》，《安徽文学（下半月）》2009 年第 8 期。

邹利民、王静：《关联与反讽话语翻译——以〈傲慢与偏见〉中的反讽话语翻译为个案》，《湖南广播电视大学学报》2009 年第 4 期。

邹瑞玥：《林纾与周作人两代翻译家的译述特点——从哈葛德小说 The World's Desire 说起》，《中国现代文学研究丛刊》2009 年第 2 期。

左飚：《文化翻译的策略及其制约因素——以〈红楼梦〉两个全译本对原文本文化信息的处理方式为例》，《上海翻译》2009 年第 1 期。

二　2009年度集刊论文索引

比较文学学科理论

"CAO Shunqing. Chinese School：30 Years of Development"，1978—2008，《比较文学：东方与西方》第11辑。

谭军武：《东海西海，心理攸同——记"跨交化对话暨从刊创刊十周年庆国际研讨会"》，《跨文化对话》第24辑。

汤一介：《寻求文化中的"普世价值"》，《跨文化对话》第24辑。

乐黛云：《当今的跨文化对话——中国视野》，《跨文化对话》第24辑。

余斌：《对话，不仅仅是理论》，《跨文化对话》第24辑。

乐黛云：《中外文学交流史研究的第三波——关于中外文学关系史研究的通讯》，《跨文化对话》第24辑。

严绍望：《中外文学交流史：比较文学研究中的基础性学术——关于文学交流史研究的通讯》，《跨文化对话》第24辑。

宋炳辉：《中外文学关系研究的准备与可能》，《跨文化对话》第24辑。

葛桂录：《亟待加强中外文学关系史料学研究》，《跨文化对话》第24辑。

车槿山：《从作品到文本——谈中外文学关系研究的一个维度》，《跨文化对话》第24辑。

钱林森：《中外文学关系史研究的理念和方法再思》，《跨文化对话》第24辑。

周宁：《中外文学交流史：从影响研究、平行研究到"间性研究"》，《跨文化对话》第24辑。

叶舒宪：《当代比较文学与文学理论的"人类学转向"》，《文学理论前沿》第6辑。

乐黛云：《当代中国比较文学发展中的几个问题》，《中华文化研究集刊——比较文学研究》第8辑。

陈惇：《"全球化"时代与比较文学》，《中华文化研究集刊——比较文学研究》第8辑。

刘献彪：《新时期30年比较文学的贡献与走势》，《中华文化研究集刊——比较文学研究》第8辑。

王福和、於婵：《接受、误读、变异——影响研究的延伸和拓展》，《中华文化研究集刊——比较文学研究》第8辑。

葛桂录：《中外文学关系的史料学研究及其学科价值》，《中华文化研究集刊——比较文学研究》第8辑。

曹顺庆：《变异学：比较文学学科理论的重大突破》，《中外文化与文论》第17辑。

刘介民：《比较文学研究之方向和方法》，《中外文化与文论》第17辑。

吴家荣、刘萍：《论新时期比较文学教材的发展》，《中外文化与文论》第17辑。

吴楠：《全球化语境下文学的交互景观与生存境遇——“当代世界文学与中国”国际学术研讨会会议综述》，《励耘学刊》第9辑。

严绍璗：《关于文学“变异体”与发生学的思考》，《东亚诗学与文化互读：川本皓嗣古稀纪念论文集》，2009年10月。

荒林、孙桂荣：《跨学科·学术交流·两性对话》，《现代中国文学论坛》第2卷。

肖锦龙：《比较文学的过去、现在和未来——从苏珊·巴斯奈特的〈比较文学：批判性介绍〉谈起》，《中国视角下的外国文学研究》上册，2009年3月。

肖锦龙：《比较文学的危机及出路》，《中国视角下的外国文学研究》上册，2009年3月。

孙景尧：《对“进一步、退两步”新说的反思与认知——从美国对比较文学独立学科性质的一种新界定谈起》，《上海师大人文与传播学院中文系论文集》，2009年10月。

乐黛云：《和实生物，同则不继》，《多元之美》，2009年6月。

王国斌：《超越宏大社会理论——比较史学及其与文学研究之关系》，《多元之美》，2009年6月。

曹顺庆：《中国学派：比较文学第三阶段学科理论的建构》，《跨文明对话：视界融合与文化互动》，2009年11月。

钱志富、梁虹：《跨文明对话——视界融合与文化互动中的文化自觉》，《跨文明对话：视界融合与文化互动》，2009年11月。

胡志红、陈婷波：《西方生态批评与跨文明研究》，《跨文明对话：视界融合与文化互动》，2009年11月。

邓时忠：《比较文学的跨越性与主题学研究》，《跨文明对话：视界融合与文化互动》，2009年11月。

徐扬尚：《文学关系：比较文学的研究对象》，《跨文明对话：视界融合与文化互动》，2009年11月。

陈俐：《比较文学与世界文学课程设置和教学内容体系新探》，《跨文明对话：视界融合与文化互动》，2009年11月。

林广泽：《消费文化与比较文学精英意识的重塑》，《跨文明对话：视界融合与文化互动》，2009年11月。

陈蜀玉：《视点——比较文学定义与交响乐的联想》，《中外别裁集》，2009年6月。

麦永雄：《多元文化语境中的间性诗学与世界文学观念》，《外国文学史教学和研究与改革开放30年》，2009年6月。

庄美芝：《全球化时代的“世界文学”概念》，《外国文学史教学和研究与改革开放30 年》，2009 年 6 月。

比较诗学

Zhang Ziqing, “Does Poetry Make Anything Happen? —A Dialogue between Chinese and American Poets in the 20th Century”，《比较文学：东方与西方》第 11 辑。

王向远：《中外文学关系研究与中国比较文学“跨文化诗学”的特性》，《跨文化对话》第 24 辑。

杨乃乔：《论比较诗学及其他者视域的异质文化与非我因素》，《中华文化研究集刊——比较文学研究》第 8 辑。

孟湘：《生命超越主题学研究概述》，《中华文化研究集刊——比较文学研究》第 8 辑。

苏敏：《言志：从中西文学视域论中国诗学体系的诠释原则》，《东方丛刊》第 2 辑。

肖鹰：《直观与解脱：在尼采与克罗齐之间的朱光潜美学》，《中外文化与文论》第 17 辑。

邹涛：《他者的视角：西方中国文论研究——以宇文所安的〈中国文论：英译与评论〉为例》，《中外文化与文论》第 17 辑。

刘延超：《“诗学”》，《中外文化与文论》第 17 辑。

胡志红、陈婷波、赵金兰：《西方生态批评与佛教之间的跨文明生态对话》，《外国语文论丛》第 2 辑。

马大康：《接受美学在中国》，《东方丛刊》2009 年第 4 辑。

李国华：《多元视角中的东方美学》，《东方丛刊》2009 年第 4 辑。

陈跃红：《比较诗学的学科价值理念与方法意识》，《北大中文学刊》，2009 年。

徐新建：《比较诗学：谁是“第三者”?》，《多元之美》，2009 年 6 月。

肖鹰：《直观与解脱：在尼采与克罗齐之间的朱光潜美学》，《跨文明对话：视界融合与文化互动》，2009 年 11 月。

吴兴明：《“迂回”与“对视”》，《跨文明对话：视界融合与文化互动》，2009 年 11 月。

邹涛：《他者的视角：西方中国文论研究》，《跨文明对话：视界融合与文化互动》，2009 年 11 月。

张思齐：《从文化体系到中国本位》，《跨文明对话：视界融合与文化互动》，2009 年 11 月。

苏畅：《三重面具下的他者》，《跨文明对话：视界融合与文化互动》，2009 年 11 月。

苏志宏：《马克思主义美学中国化的文化学思考》，《跨文明对话：视界融合与文化互动》，2009 年 11 月。

侯传文:《东方诗学研究绪论》,《东方文学研究》第5辑。

尹锡南:《印度的梵语诗学译介研究及比较诗学发展概况》,《东方语言文化论丛》第28卷。

戴冠青、陈晓茹:《西方原型批评的中国化及其与中国古典意象论的互通性》,《理论创新时代:中国当代文论与审美文化的转型》,2009年7月。

东方比较文学

邱明丰:《中日诗话的影响与比较——十至十三世纪中日诗话关系探析》,《中外文化与文论》第17辑。

符鹏:《作为方法的日本鲁迅研究——以伊藤虎丸的〈鲁迅与终末论〉为中心》,《文化与诗学》第9辑。

李群:《近代复古主义思潮与中日文学史写作》,《东方丛刊》第3辑。

李玉珍:《中日现当代微型小说的交流与发展——兼谈渡边晴夫教授对中日两国现当代微型小说关系之研究》,《世界华文文学研究》第5辑。

吴卫峰:《〈新撰万叶集〉中的鹿鸣》,《东亚诗学与文化互读:川本皓嗣古稀纪念论文集》,2009年10月。

严安生:《"先知先觉"的不同命运——读〈美欧回览实记〉和〈郭嵩焘日记〉的一则随感》,《东亚诗学与文化互读:川本皓嗣古稀纪念论文集》,2009年10月。

梁东国:《荻原朔太郎的官能诗和韩国——以〈青猫〉为中心》,《东亚诗学与文化互读:川本皓嗣古稀纪念论文集》,2009年10月。

周阅:《川端文学与宋元绘画》,《东亚诗学与文化互读:川本皓嗣古稀纪念论文集》,2009年10月。

西槙伟:《内心的隔阂——丰子恺〈华瞻的日记〉与夏目漱石〈柿子〉》,《东亚诗学与文化互读:川本皓嗣古稀纪念论文集》,2009年10月。

王中忱:《东洋学言说、大陆探险记与现代主义诗歌的空间表现——以安西冬卫诗作中的政治地理学视线为中心》,《东亚诗学与文化互读:川本皓嗣古稀纪念论文集》,2009年10月。

刘顺利:《〈蓟山纪程〉所录朝鲜文人的中国文化之旅(1803—1804)》,《东亚诗学与文化互读:川本皓嗣古稀纪念论文集》,2009年10月。

赵怡:《亲疏爱恨之间——日本文人夫妇金子光晴、森三千代的上海与巴黎》,《东亚诗学与文化互读:川本皓嗣古稀纪念论文集》,2009年10月。

陈广宏:《曾毅〈中国文学史〉与儿岛献吉郎〈支那文学史纲〉之比较研究》,《罗宗强先生八十寿辰纪念文集》,2009年6月。

侯传文:《中印文化哲学:泰戈尔与道家》,《东方丛刊》第2辑。

尹锡南:《印度作家维克拉姆·赛特笔下的中国题材》,《东方丛刊》第2辑。

陈丕:《中朝文论关系比较》,《中外文化与文论》第17辑。

朱文斌：《论新马华文诗歌与中国五四新诗的关系》，《马华文学的现代阐释》第1辑。

李欣鹏：《热带雨林的刑伐旅者——论张贵兴的马来本土同想象中国的吊诡》，《马华文学的现代阐释》第1辑。

金进：《大道之行，左派风范——南下文人胡愈之与新马文化关系考辨》，《马华文学的现代阐释》第1辑。

钟怡雯：《马华诗歌与浪漫主义》，《世界华文文学研究》第5辑。

李珺平：《李贽"亦穆亦商"思想与〈古兰经〉》，《东方丛刊》第4辑。

黎蔷：《中国禅宗戏剧的缘起与佛教图文的东渐》，《民族文学与戏剧文化研究》，2009年4月。

权薇：《傣剧与〈南西拉〉的东南亚特色》，《民族文学与戏剧文化研究》，2009年4月。

任大星：《中日战争儿童文学比较》，《中国儿童文学大系：理论》第3卷。

杨亦军、冯翔鹤：《阿凡提故事的幽默性的流传、演变与发展》，《跨文明对话：视界融合与文化互动》，2009年11月。

王向远：《东方比较文学与"比较语义学"方法》，《东方文学研究》第5辑。

麦永雄：《从文化圈到全球化视野："帝国全球的彩虹"与东方文学》，《东方文学研究》第5辑。

廉松心：《天主教在中韩两国初期传播特点比较研究》，《韩国研究论丛》第20辑。

吕静、李海燕、张乐：《试论韩国雁鸭池出土"策事"简》，《韩国研究论丛》第21辑。

李雅娟：《文学、思想与政治的纠葛——读木山英雄〈北京苦住庵记——日中战争时代的周作人〉》，《现代中国》第12辑。

李春林：《鲁迅与旭莱纳》，《上海鲁迅研究》，2009年春。

张鸿声：《新文学初期上海城市现代性表达中的日本因素》，《中国现代文学论丛》第1辑。

桑凤平、俞海萌：《试论中日古典怪诞小说的"同途殊归"——〈蛇性之淫〉与〈白娘子永镇雷峰塔〉人物形象对比分析》，《语言与文化研究》第4辑。

陈蜀玉：《比较文学影响研究中辐射方式的个案分析——以中国文学对朝鲜文学的影响为例》，《中外别裁集》，2009年6月。

赵杨：《中韩近代社会小说比较研究》，《东方语言文化论丛》第28卷。

刘炳范：《关于战后日本文学的战争观问题》，《外国文学史教学和研究与改革开放30年》，2009年6月。

冯新华：《近三十年来我国东方文学史类教材建设的回顾与思考》，《外国文学史教学和研究与改革开放30年》，2009年6月。

谭晶华：《新时代的中国日本文学研究与教育》，《日本学研究：二零零九年上海外国语大学日本学国际论坛纪念论文集》，2009年11月。

刘萍：《中国的智慧——吉川幸次郎的〈论语〉研究》，《北京大学中国古文献研究中心集刊》，2009 年 1 月。

杨海峥：《水泽利忠〈史记之文献学的研究〉述略》，《北京大学中国古文献研究中心集刊》，2009 年 1 月。

晋永美：《〈韩国文集丛刊〉对中国文献研究的意义》，《北京大学中国古文献研究中心集刊》，2009 年 1 月。

谢云：《林泰辅〈论语年谱〉所涉日本之材料的若干考察》，《北京大学中国古文献研究中心集刊》，2009 年 1 月。

于春海：《中韩周易文化融合与差异——以李朝前期权近、李滉易图学为中心》，《东亚中韩日三国文化之交融与葛藤》，2009 年 9 月。

权宇：《试论江户时期东亚三国语言文化的交流与摩擦》，《东亚中韩日三国文化之交融与葛藤》，2009 年 9 月。

崔景明：《中韩日思想意识差异比较分析——儒家文化圈中的中日韩》，《东亚中韩日三国文化之交融与葛藤》，2009 年 9 月。

金勇：《〈三国演义〉在泰国的文学本土化过程》，《亚太研究论丛》第 6 辑。

中西比较文学

周宁：《俄罗斯思想中的“中国”》，《跨文化对话》第 24 辑。

张建华：《当代俄罗斯文学在中国》，《欧洲语言文化研究》第 5 辑。

陈瑛：《中国文学的玫瑰国之旅》，《欧洲语言文化研究》第 5 辑。

李逸津：《俄罗斯白银时代戏剧革新中的东方影响》，《东亚诗学与文化互读：川本皓嗣古稀纪念论文集》，2009 年 10 月。

林精华：《东正教之于中国：一种声音微弱的正面诉求》，《东方丛刊》第 2 辑。

吴泽霖：《中国文化视野和托尔斯泰经典的重读》，《走进经典：中国外国文学学会第九届年会论文集》，2009 年 6 月。

陈建华、沈喜阳：《俄苏“红色经典”在当代中国》，《走进经典：中国外国文学学会第九届年会论文集》，2009 年 6 月。

李伟昉：《论梁实秋与莎士比亚的亲缘关系及其理论意义》，《走进经典：中国外国文学学会第九届年会论文集》，2009 年 6 月。

赵丹：《后现代主义文学在俄罗斯的命运》，《中国视角下的外国文学研究》下册，2009 年 3 月。

车琳：《浅论马拉美与中国古典诗歌》，《跨文化对话》第 24 辑。

蒋芳：《建国后 30 年巴尔扎克研究》，《中华文化研究集刊——比较文学研究》第 8 辑。

方爱武：《影响与接受——福克纳与余华创作转向间的关系简论》，《中华文化研究集刊——比较文学研究》第 8 辑。

何辉斌：《通过孔子的道德观重新评价希腊悲剧》，《中华文化研究集刊——比较文学研究》第8辑。

林建华：《中西散文的内容和民族特色》，《中华文化研究集刊——比较文学研究》第8辑。

黄燕尤：《传统舞台形象的现代阐释——评析红娘的文化符号意义》，《中华文化研究集刊——比较文学研究》第8辑。

尹建民：《不约而同：〈雕鹗堡〉、〈长明灯〉、〈红花〉比较》，《中华文化研究集刊——比较文学研究》第8辑。

孔陈焱：《美国早期汉学家卫三畏的汉语研究述评》，《基督教学术》第7辑。

杨剑龙、洪玲：《传播与阐释：论中国现代文学中的耶稣形象》，《基督教学术》第7辑。

陈志：《克罗齐的表现主义诗论与袁枚的"性灵说"比较》，《中国学研究》第12辑。

谭佳：《现代性影响下"晚明叙事"的矛盾与修饰》，《中外文化与文论》第17辑。

李佳璐：《〈诗经·蒹葭〉与〈莎士比亚十四行诗集·一八〉之比较研究》，《外国语文论丛》第2辑。

侯璐：《中西"洪水"神话的文化内涵比较》，《外国语文论丛》第2辑。

蒋聪聪：《游走敞开与遮蔽之间——谢榛与海德格尔诗论的互相阐释》，《传承·创新》第3辑。

张松建：《被遗忘的歌者——中法大学诗人叶汝琏初论》，《新诗评论》第9辑。

谢旺霖：《杨牧：西方浪漫主义与古典抒情传统的体现和交错》，《新诗评论》第9辑。

西川：《中国现代诗人与诺斯替、喀巴拉、浪漫主义、布鲁姆——读帕特丽卡·劳伦斯著〈丽莉·布瑞斯珂的中国眼睛〉，并回应王敖〈怎样给奔跑中的诗人们对表：关于诗歌史的问题与主义〉 文》，《新诗评论》第10辑。

周伟驰：《现代中国基督教诗歌及其思想史脉络》，《新诗评论》第10辑。

彭小燕：《诱视毕存虑无——存在主义视野下的〈示众〉及其启示》，《励耘学刊》第8辑。

袁进：《试论现实主义在中国近代的崛起——兼论科学思想对近代审美意识的渗透》，《中国文学研究》第13辑。

向天渊：《中西精神冲突的正解与误解——刘小枫比较诗学的思想与方法》，《东方丛刊》第3辑。

庄伟杰：《解读海外华文诗歌的三个关键词》，《东方丛刊》第3辑。

孙雪霞：《文学·超越·他化——庄子与尼采"超越性"之比较》，《文心》第3辑。

倪立秋：《新移民小说的特质》，《世界华文文学研究》第5辑。

郭英剑、杨慧娟：《20世纪80年代以来中国戏剧舞台上的莎士比亚》，《英美文学研究论丛》第10辑。

王弋璇：《中国美国文学研究的回顾与展望——郭继德先生访谈》，《英美文学研究论丛》第11辑。

杨莉：《近20年来西方拜伦研究综述》，《英美文学研究论丛》第11辑。

卫景宜：《评裘小龙英语小说“上海侦探三部曲”里的现实叙事》，《英美文学研究论丛》第11辑。

魏全凤：《“睡美人”的后现代重写——析美国华裔作家何舜廉作品〈玛德琳在沉睡〉》，《英美文学研究论丛》第11辑。

刘戈：《“灰姑娘”与“灰公子”——英国求婚小说和中国才子佳人小说比较研究》，《英美文学研究论丛》第11辑。

黄协安：《厄普代克的“兔子故事”在中国的译介和研究》，《英美文学研究论丛》第10辑。

孟华：《19世纪法国文学中的中国形象》，《东亚诗学与文化互读：川本皓嗣古稀纪念论文集》，2009年10月。

钱林森：《作为汉学研究的西方中国游记》，《中国视角下的外国文学研究》上册，2009年3月。

钱林森：《中法文学关系》，《中国视角下的外国文学研究》上册，2009年3月。

余斌：《马尔罗在中国的命运》，《中国视角下的外国文学研究》上册，2009年3月。

董晓：《精神的自由与束缚——〈金蔷薇〉与〈艺海拾贝〉比较谈》，《中国视角下的外国文学研究》上册，2009年3月。

叶潇：《失意的山林女神——寂寞的象征——Echo与山鬼比较研究》，《中国视角下的外国文学研究》上册，2009年3月。

刘佳林：《纳博科夫与堂·吉诃德》，《中国视角下的外国文学研究》下册，2009年3月。

尹德翔：《〈初使泰西记〉中的西方形象及其历史含义》，《中国视角下的外国文学研究》下册，2009年3月。

杜心源：《论穆旦诗的现代主义意识》，《中国视角下的外国文学研究》下册，2009年3月。

姜智芹：《超验的灵魂世界：残雪对卡夫卡的创造性解读》，《中国视角下的外国文学研究》下册，2009年3月。

葛桂录：《“中国不是中国”：英国文学里的中国形象》，《中国视角下的外国文学研究》下册，2009年3月。

施敏：《灵魂忏悔与自我表现——从自传的角度论卢梭与郁达夫》，《中国视角下的外国文学研究》下册，2009年3月。

王永兵：《后现代主义文学思潮与中国当代新潮小说》，《全球化语境中的中国文学研究：全国第一届中国文学研究博士后论坛文集》，2009年7月。

李先国：《朱自清与沃尔特·佩特的刹那主义》，《全球化语境中的中国文学研究：全国第一届中国文学研究博士后论坛文集》，2009年7月。

邓军海：《“中国事实”与“西方理论”》，《全球化语境中的中国文学研究：全国第一届中国文学研究博士后论坛文集》，2009年7月。

李丹：《以〈草叶集〉为参照谈郭沫若的域外诗作》，《上海师大人文与传播学院中文系论文集》，2009年10月。

张宁：《〈狼来了〉与〈三声枪响〉的比较研究》，《中国儿童文学大系：理论》第4卷。

方卫平：《西方人类学派与周作人的儿童文学观》，《中国儿童文学大系：理论》第3卷。

汤锐：《中西儿童文学的比较》，《中国儿童文学大系：理论》第3卷。

王泉根：《论外国儿童文学对中国现代儿童文学的影响》，《中国儿童文学大系：理论》第2卷。

周小波：《中西童话类型的演变》，《中国儿童文学大系：理论》第2卷。

孟华：《中国文学中一个套话化了的西方人形象——“洋鬼子”浅析》，《多元之美》，2009年6月。

欧阳桢：《后殖民偏见或异国情调心理学——解构主义以来对中国的描述》，《多元之美》，2009年6月。

周劲松：《美国华裔文学的“蛹变期”》，《跨文明对话：视界融合与文化互动》，2009年11月。

顾子欣：《成也萧何，败也萧何——论西方诗歌对中国新诗的影响》，《诗探索》第2辑。

樊星：《中国的“霍尔顿”们——中美当代文学的一个比较》，《中国现代文学论丛》第1辑。

施旭升：《完全戏剧：丰富中的贫困——从高行健作品看戏剧的文学意义》，《中国现代文学论丛》第2辑。

苏伟贞：《鸦片床与诊疗椅：张爱玲〈金锁记〉、欧文·亚隆〈诊疗椅上的谎言〉的心理治疗图示》，《中国现代文学论丛》第2辑。

郑鸣：《金戈铁马论英雄——金庸与大仲马历史武侠作品之比较》，《外语论坛》第3辑。

严学玉：《德语文学中的犹太人》，《中外别裁集》，2009年6月。

叶蓉：《论〈圣经〉对“文革”后几位朦胧诗人的影响》，《中外别裁集》，2009年6月。

杨理达：《论西方神话和英雄史诗对英国小说人物的催生》，《英汉语言文化论丛》，2009年2月。

徐显静：《贱民的声音——澳洲土著作家萨利·摩根的〈我的位置〉与中国穆斯林作家霍达的〈穆斯林葬礼〉对比研究》，《外国语言理论研究与教学实践探索》，2009年11月。

李志强：《古罗马和西汉时期神话创作的共响——*The Aenied*与〈淮南子〉的比较》，《外语语言与教学研究》第1卷，2009年6月。

林精华：《中国1920—1940年代外国文学史研究：学术行为与社会思潮》，《外国文学史教学和研究与改革开放30年》，2009年6月。

汪介之：《国内外国文学史编撰中的若干问题》，《外国文学史教学和研究与改革开放30年》，2009年6月。

王成军：《外国文学史编纂需要注意的几个问题——以朱维之等〈外国文学史〉（欧美卷）为个案》，《外国文学史教学和研究与改革开放30年》，2009年6月。

董晓：《关于新时期30年来俄苏文学史研究的一点思考》，《外国文学史教学和研究与改革开放30年》，2009年6月。

李明滨：《曹靖华与俄苏文学学科创建》，《外国文学史教学和研究与改革开放30年》，2009年6月。

陈鹤鸣：《人的解放与中国西方文学研究与教学》，《外国文学史教学和研究与改革开放30年》，2009年6月。

周宇：《文化传播的缩影——元代到清代中俄科技文化交流概述》，《曹靖华诞辰110周年纪念文集》，2009年11月。

查晓燕：《一个文学大国的“他者”视阈——论19世纪俄国文学中的中国形象及其成因》，《曹靖华诞辰110周年纪念文集》，2009年11月。

蔡宗齐：《中西文化比较中的内文化、跨文化和超（个体）文化视角》，《全球化与文学》，2009年1月。

李宏霞：《中国古典小说第一人称叙事缺席和西方传统小说第一人称叙事传统之探源比较》，《外语与文化研究》第7辑下卷。

欧荣：《戴维·洛奇国内研究述评》，《外语与文化研究》第7辑下卷。

徐思云：《真狂？假狂——鲁迅、果戈理〈狂人日记〉之比较》，《外语与文化研究》第7辑下卷。

杨爽：《行吟诗人的轻盈游走——王小波与卡尔维诺》，《外语与文化研究》第7辑下卷。

翻译文学研究

Wang, Enke, “Translation Unit and Translation Studies Scope”，《比较文学：东方与西方》第11辑。

Zhang, Ting, “Gene? Meme? Translation?”，《比较文学：东方与西方》第11辑。

Zhang, Xian, “Domestication and Foreignization in the Chinese Translation of Jean Rhys' *Wide Sargasso Sea*”，《比较文学：东方与西方》第11辑。

Li, Te-fu, “Approaches to Basic Concepts in English Translation of Classical Chinese Poetry”，《比较文学：东方与西方》第11辑。

王宁：《后殖民主义翻译与策略》，《文学理论前沿》第6辑。

方汉文：《文明诗学视域中的典籍翻译》，《中华文化研究集刊——比较文学研究》第8辑。

周辉：《从比较文学角度看和合本〈圣经〉中译过程的父权化》，《基督教学术》第7辑。

解明娟：《论晚晴国际法的翻译与借鉴》《中国学研究》第12辑。

张源：《高度归化的〈学衡〉译本与白璧德“儒者”形象的生成》，《东方丛刊》第 2 辑。

卢玉玲：《“想象的共同体”与翻译的背叛——“17 年”霍华德·法斯特译介研究》，《英美文学研究论丛》第 10 辑。

刘颖：《从〈文心雕龙〉“风骨”英译及阐释看关键词的重塑和话语秩序的建立》，《中外文化与文论》第 17 辑。

龚雪萍、吴蓉：《从目的论的角度看严复的〈天演论〉译本》，《外国语文论丛》第 2 辑。

徐天池：《音译及其在英汉、汉英翻译中的应用》，《外国语文论丛》第 2 辑。

胡筱颖：A Survey of the History of Tang Poetry's Translation in Britain and the United States，《外国语文论丛》第 2 辑。

李丹：A Brief Study on Four English Translations of *Zhouyi*，《外国语文论丛》第 2 辑。

韦婧：《庞德译〈送友人〉与原诗意象之比较》，《外国语文论丛》第 2 辑。

王恒：《李清照诗词翻译中的文化补偿策略运用》，《外国语文论丛》第 2 辑。

吴蓉：《论“归化”与“domestication”、“异化”与“foreignization”》，《外国语文论丛》第 2 辑。

邓桦：《从翻译心理学角度看误译》，《外国语文论丛》第 2 辑。

卢子素：《关联理论视角下的霍译本〈红楼梦〉中隐喻翻译策略研究》，《外国语文论丛》第 2 辑。

陶涛：《释意派口译训练的关键——语言意义的认知》，《外国语文论丛》第 2 辑。

汤妮妮：《“他者”的反抗——从“Cataian”一词的翻译看翻译对“东方主义”的消解作用》，《传承·创新》第 3 辑。

邓燕：《文化身份认同之旅——张爱玲自译个案研究》，《传承·创新》第 3 辑。

刘婷：《新世纪中国社会流行语及其英译策略》，《传承·创新》第 3 辑。

李士勋：《关于〈金瓶梅〉德文译本和“梅”的翻译问题》，《金瓶梅研究》第 9 辑。

邝明艳：《不合时宜的“死魂灵”？——论鲁迅与 20 世纪 30 年代果戈理译介》，《励耘学刊》第 9 辑。

程小娟：《〈教务杂志〉中“God”汉译讨论研究》，《圣经文学研究》第 3 辑。

耿强：《全球化与翻译策略：异化·归化·航入》，《东方丛刊》第 4 辑。

于俊青：《威廉·琼斯对〈诗经〉的译介》，《东方丛刊》第 4 辑。

隽雪艳：《鉴赏标准的多样化与诗歌翻译策略的选择》，《东亚诗学与文化互读：川本皓嗣古稀纪念论文集》，2009 年 10 月。

刘岸伟：《阿瑟·魏理的〈袁枚〉及其对袁枚诗的翻译》，《东亚诗学与文化互读：川本皓嗣古稀纪念论文集》，2009 年 10 月。

余斌：《翻译文体与现代汉语书面语》，《中国视角下的外国文学研究》上册，2009 年 3 月。

李伟民：《爱国主义的担当责任与文化传播的使命意识——杰出翻译家朱生豪翻译莎士比亚戏剧探微》，《中国外国文学学会第九届年会论文集》，2009 年 6 月。

曹波:《萨缪尔·贝克特的研究与翻译——兼评余中先译〈无可名状的人〉》,《中国外国文学学会第九届年会论文集》,2009 年 6 月。

彭懿:《关于 Fantasy 一词的比较研究》,《中国儿童文学大系:理论》第 4 卷。

许钧:《尊重、交流与沟通——多元文化语境下的翻译》,《多元之美》,2009 年 6 月。

张寅德:《华人法语创作:交叉形象与跨文化写作》,《多元之美》,2009 年 6 月。

王晓路:《范式的置换与意义生成》,《多元之美》,2009 年 6 月。

祝远德、程虎:《和而不同:翻译文化学派改写论与哲罗姆模式忠实观》,《跨文明对话:视界融合与文化互动》,2009 年 11 月。

林温霜:《东欧文学译介的薪火传承——鲁迅与孙用》,《欧洲语言文化研究》第 5 辑。

赵慧:《浅谈京剧语境与翻译》,《语言与文化研究》第 4 辑。

孙丹枫:《浅析庞译〈论语〉之特色——庞德个性化解读对〈论语〉译本翻译取向的决定作用》,《语言与文化研究》第 4 辑。

陈伯鼎:《林少华的翻译观及其翻译风格初探》,《语言与文化研究》第 4 辑。

温年芳:《目的论与〈茶馆〉译介》,《语言与文化研究》第 4 辑。

Zhao, Dandan, "Translation of Idioms in Chinese Literature",《语言与文化研究》第 4 辑。

李美:《母语优势与语篇翻译策略——从戴乃迭译文的再创造谈起》,《外语与文化研究》第 7 辑上卷。

龚芬:《诗剧的翻译——〈哈姆雷特〉多译本比较》,《外语与文化研究》第 7 辑上卷。

程姝:《从翻译规范理论看朱译莎剧的不足》,《外语与文化研究》第 7 辑上卷。

江楠:《含有文化内涵的隐喻翻译初探》,《外语与文化研究》第 7 辑上卷。

姜琦:《试论美华文学创作和翻译中的中国文化改写和回归现象——以〈喜福会〉中译本的改写与操纵为例》,《外语与文化研究》第 7 辑上卷。

吴瑁如:《论中诗英译中的修辞格翻译与意境再现》,《外语与文化研究》第 7 辑上卷。

赵荣:《从文体功能角度探析〈围城〉中词汇变异的翻译》,《外语与文化研究》第 7 辑上卷。

汪秀虹:《浅析王佐良的翻译思想》,《当代外语新探索》,2009 年 6 月。

张雪芳:《浅谈鲁迅的翻译理论》,《当代外语新探索》,2009 年 6 月。

陈光勋:《浅谈文学英译汉的语言应用》,《当代外语新探索》,2009 年 6 月。

陈晓:《梁实秋和他的译论》,《当代外语新探索》,2009 年 6 月。

徐芳:《浅谈周作人与翻译》,《当代外语新探索》,2009 年 6 月。

刘永红:《论诗歌翻译的语用原理与验证操作》,《外国语言文学文化论丛》第 1 辑。

刘婉泠:《萧红精神的再现——从文学文体学看〈永远的憧憬和追求〉英译文中原作风格的再现》,《外国语言文学文化论丛》第 1 辑。

马云霞:《早期传教士作品中的"基督化"词语》,《浑沌学与语言文化研究:新进展》，2009年2月。

许京：《文学翻译中的译者风格》，《外语论坛》第3辑。

王维东：《留心木桶上最短的那块板——从“隐者之城”的译文及译者自解说开去》，《外语论坛》第3辑。

钟年：《〈傲慢与偏见〉两种译本的讽刺风格赏析》，《语言·文化与外语教学》，2009年3月。

刘爱玲：《译者主体性及其制约因素在鲁迅小说两个英译本中的体现》，《语言·文化与外语教学》，2009年3月。

陈林：《译者主体性在文学翻译中的补偿》，《语言·文化与外语教学》，2009年3月。

索全兵：《诗歌翻译中的创造性发挥》，《语言·文化与外语教学》，2009年3月。

蒲茂华、徐世红：《语言与运思——汉诗英译的相关因素》，《中外别裁集》，2009年6月。

姜治文：《漫谈诗的可译性与不可译性》，《外国语言文学研究集萃》，2009年9月。

包博：《跨文化视野中的异化/归化翻译》，《英语语言文学纵论》，2009年6月。

尤冬蕾：《浅谈文化语境中“言外之意”的翻译》，《英语语言文学纵论》，2009年6月。

赵云辉：《从认知的角度看英文隐喻的翻译》，《英语语言文学纵论》，2009年6月。

藏娜：《浅谈英译汉文学作品翻译的归化与异化》，《英语翻译理论与实践论文集》，2009年4月。

褚洁：《成语翻译中的文化差异》，《英语翻译理论与实践论文集》，2009年4月。

戴舒颖、戴兰：《从〈红楼梦〉的两个英译本窥析文化构架下的翻译》，《英语翻译理论与实践论文集》，2009年4月。

左飚：《文化翻译的策略及其制约因素——以〈红楼梦〉两个全译本对原文本文化信息的处理方式为例》，《语言学与翻译》，2009年7月。

庞双子：《运用语料库分析五四时期翻译对张爱玲小说中文句式的影响——以〈金锁记〉与〈五四遗事〉为例》，《语言学与翻译》，2009年7月。

束金星：《译者主体性与李商隐诗歌英译的多元阐释》，《语言学与翻译》，2009年7月。

刘君红：《从“龙”的英译之争谈汉语文化负载词的英译策略》，《语言学与翻译》，2009年7月。

刘爱华：《误行其道的魅力：语音变异与小说人物对话翻译》，《语言学与翻译》，2009年7月。

蒋向艳：《法兰西学院院士程抱一唐诗法译的再创性》，《语言学与翻译》，2009年7月。

辛红娟：《〈道德经〉在英语世界的译介：文化旅行视角》，《跨学科视域下的当代译学研究》，2009年2月。

蒋林：《论晚清翻译与时代精神的契合》，《跨学科视域下的当代译学研究》，2009年2月。

于德英：《鲁迅“硬译”论的旅行：历史转移与启示》，《跨学科视域下的当代译学研究》，2009 年 2 月。

魏先军、庄来来：《目的论视角下英语儿童文学作品中词汇汉译——以〈汤姆·索亚历险记〉中译本为例》，《跨学科视域下的当代译学研究》，2009 年 2 月。

赵朝永、邵志洪：《诗歌翻译的认知意象编码》，《跨学科视域下的当代译学研究》，2009 年 2 月。

巫阿苗：《从象似性角度看中国古典诗词的英译》，《跨学科视域下的当代译学研究》，2009 年 2 月。

刘泽权、朱虹：《基于语料库的〈红楼梦〉习语及其翻译研究》，《跨学科视域下的当代译学研究》，2009 年 2 月。

邹颂兵：《莎士比亚戏剧英汉平行语料库句级对齐研究》，《跨学科视域下的当代译学研究》，2009 年 2 月。

康美琳：《基于语料库的莎士比亚戏剧〈爱的徒劳〉汉译本中人称代词人际意义的构建研究》，《跨学科视域下的当代译学研究》，2009 年 2 月。

张子哲：《基于语料库的莎士比亚戏剧〈麦克白〉中称呼语的翻译研究》，《跨学科视域下的当代译学研究》，2009 年 2 月。

Meng，Ji，“Phraseology and Idiomaticity：A Progress Report on a Corpus—Based Study of Two Contemporary Chinese Versions of Cervantes”，*Don Quixote*，《跨学科视域下的当代译学研究》，2009 年 2 月。

Yu Ching-hua，Similarity and Difference in Translator's Style：A Case Study of the Two Translations of Hemingway's Work，《跨学科视域下的当代译学研究》，2009 年 2 月。

Wen Ting-hui，Investigating Simplification in Translated Chinese：A Corpus-Based Study，《跨学科视域下的当代译学研究》，2009 年 2 月。

Zhu Yubin，An Evaluation of Yang Bi's Translation of *Vanity Fair* with a Special Reference to Semicolon in Use，《跨学科视域下的当代译学研究》，2009 年 2 月。

陈慧麟：《英语小说人物的语言品种及其在汉译中的处理》，《英汉语言文化论丛》，2009 年 2 月。

王嘉隄：《翻译错误点评：从〈数字城堡〉看当前国内文学翻译质量问题的严重性》，《语言理论与教学研究》第 4 卷，2009 年 11 月。

林大江：《博尔赫斯和隐喻》，《语言理论与教学研究》第 4 卷，2009 年 11 月。

褚剑锋：《结构、解构主义之辩与译者主体性》，《语言理论与教学研究》第 4 卷，2009 年 11 月。

薛朝风：《颜色词语的语言世界观》，《语言理论与教学研究》第 4 卷，2009 年 11 月。

卞丽：《时光的斑点：詹姆斯·乔伊斯诗歌中的凯尔特遗风》，《语言理论与教学研究》第 4 卷，2009 年 11 月。

廖春霞：《浅谈汉语成语英译——〈红楼梦〉中的成语翻译》，《语言理论与教学研究》第 4 卷，2009 年 11 月。

李超：《从象征和隐喻解读文学名著改编的电影》，《语言理论与教学研究》第 4

卷，2009年11月。

李燕秋：《浅析英国浪漫主义在中国的接受和影响》，《语言理论与教学研究》第4卷，2009年11月。

孙达丹：《法律文学作品中的婚姻主题探究——以〈红字〉为例》，《语言理论与教学研究》第4卷，2009年11月。

刘吉文：《中韩颜色词隐喻认知对比》，《东方语言文化论丛》第28卷。

武斌红：《中韩拟声词对比研究》，《东方语言文化论丛》第28卷。

杜博：《词语的等效翻译在土耳其语文学翻译中的应用及实践》，《东方语言文化论丛》第28卷。

翟海静：《译者在对话过程中对原著作者及原著的把握——以〈简·爱〉中译本为例》，《华东外语教学论坛》第4辑。

贾亚杰：《从〈论语〉五个英译本比较看翻译中的延异与异化》，《外国语文教学与研究》第7卷，2009年12月。

李珊：《系统功能语言学视域下诗歌人际意义的英译——以〈红楼梦〉诗歌英译为例》，《外国语文教学与研究》第7卷，2009年12月。

廖治敏：《中国古诗词英译的会话含义探索》，《华西语文学刊》，2009年11月。

臧仲伦：《文学翻译及其他》，《曹靖华诞辰110周年纪念文集》，2009年11月。

许高渝：《珍贵的译论之“花”——读曹老〈有关文学翻译的几个问题〉》，《曹靖华诞辰110周年纪念文集》，2009年11月。

彭甄：《曹靖华文学翻译思想论略》，《曹靖华诞辰110周年纪念文集》，2009年11月。

刘锡诚：《曹靖华和〈第四十一〉》，《曹靖华诞辰110周年纪念文集》，2009年11月。

（收集整理者：苏筱）

三　2009年度比较文学专题文集及要目索引

李强主编：《民族文学与戏剧文化研究》，三晋出版社2009年版。

黎蔷：《中国禅宗戏剧的缘起与佛教图文的东渐》。

王颜飞：《简论中西民族戏剧的差异》。

黎蔷：《试论梵剧、回鹘剧与中国戏曲》。

权薇：《傣剧与〈南西拉〉的东南亚特色》。

何伟文主编：《当代外语研究——上海交通大学外语论丛·（第一辑）》，上海交通大学出版社2009年版。

施旻：《一种空灵澄澈的原生态写作——“前女性”时期的英语女性文学探幽》。

索宇环：《疯狂与错乱——作为闹剧的〈印度之行〉》。

孟玲玲：《美国黑人文学的自强之路》。

王敏：《典籍英译中的“博弈论”》。

林建法主编：《2008年文学批评》，春风文艺出版社2009年版。

季进：《当代文学：评论与翻译——王德成访谈录》。

上海社会科学院文学研究所编：《海上明月共潮生——上海社会科学院文学研究所成立三十周年学术文选》，上海社会科学院出版社2009年版。

张履岳：《“积淀说”：我的怀疑》。

张瑞燕：《论“九叶诗派”的文化源流》。

王道乾：《〈琴声如诉〉译后记》。

张怀久：《小说〈娇女〉与美国文学、文化史的“对话”——兼论托妮·莫里森对重建美国黑奴文学的贡献》。

潘庆舲：《美国小说史上一座里程碑》。

瞿世镜：《复杂的莱辛：一位人道主义者的上下求索》。

任一鸣：《翻译研究视野中的跨民族文学文本》。

盛韵：《小说乃一时代之精神写照——论尤金尼德斯的〈中性〉》。

李振刚主编：《白居易诗歌国际研讨会论文选》，河南文艺出版社2009年版。

尚永亮、李丹：《白居易百年研究述论》。

[日] 下定雅宏：《白居易的斋戒》。

金雅主编：《中国现代美学与文论的发动》，“中国现代美学、文论与梁启超”《全国学术研讨会论文选集》，天津人民出版社2009年版。

陈永标：《梁启超的学术思想与柏格森的生命哲学》。

姚全兴：《梁启超与柏格森生命美学》。

朱鹏飞：《梁启超对柏格森“绵延——直觉”说的接受与发展》。

刘悦笛：《现代性视野内梁启超的“社会美学”——兼与齐美尔“社会美学”比较》。

寇鹏程：《梁启超宗教思想改变的现代性困境》。

黄礼孩主编：《古马：种玉为月》，敦煌文艺出版社2009年版。

张玉玲：《论古马诗歌的虚无禅境之美》。

王允主编：《语言、文化与外语教学》，西南交通大学出版社2009年版。

李文娣：《应用创伤理论分析安德森的短篇小说〈双手〉》。

韩小敏：《论〈无名的裘德〉中女性对父权思想的内在化》。

谭浩洁：《解读〈赫索格〉中的生态观》。

钟年：《〈傲慢与偏见〉两种译本的讽刺风格赏析》。

余潇潇：《人类自醒的心路历程——综述西方文学史上的四座里程碑》。

刘爱玲：《译者主体性及其制约因素在鲁迅小说两个英译本中的体现》。

杨蕾：《散文的语篇分析——从功能语法的角度看“You. Are. a. Marvel”》。

陈林：《译者主体性在文学翻译中的补偿》。

索全兵：《诗歌翻译中的创造性发挥》。

罗志野、张福林主编：《语言文化与语言教学探索》，东南大学出版社2009年版。

王屹：《〈烧马棚〉主题阐释》。

齐宏伟编：《目击道存：欧美文学与基督教文化》，辽宁教育出版社2009年版。

[英] 托·斯·艾略特：《宗教和文学》，李赋宁译。

[英] 约翰·斯托得著，刘庆荣等编译：《探求〈圣经〉的本来面目》。

[德] 海涅：《从黑格尔到〈圣经〉》，张玉书译。

刘小枫：《作为罪感与爱感的〈圣经〉精神意向》。

[美] 阿尔伯特·甘霖：《希腊文化与希伯来文化之比较》，赵中辉译。

朱维之：《希伯来文学和世界文学》。

尹振球：《谈古希伯来文学和早期基督教文学的教学定位》。

［美］麦葛福：《〈忏悔录〉与奥古斯丁的人性观》，徐中绪译。

［俄］梅列日科夫斯基：《但丁与我们》，刁绍华译。

［美］弗兰斯基·薛华：《自然与恩典的冲突：从乔托到但丁再到彼特拉克》，梁祖永译。

马翰如：《我们为什么走不进天堂？——〈神曲·地狱〉的东拉西扯》。

［俄］列夫·舍斯托夫：《莎士比亚的“断裂”及其悲剧主题》，张冰译。

［英］海伦·加德纳：《作为基督教悲剧的莎士比亚四大悲剧》，沈弘、江先春译。

［英］C. S. 刘易斯：《论弥尔顿〈失乐园〉中的撒但》，胡家峦译。

［美］嘉柏霖：《读〈天路历程〉，和伟大相遇》，苏西译。

［德］汉斯·昆：《帕斯卡尔〈思想录〉对人性的洞察》，李永平译。

［法］吕西安·戈德曼：《拉辛戏剧中的悲剧观》，蔡鸿滨译。

［美］斯坦利·罗·霍柏：《浮士德的文化图谋》，瞿旭彤译。

［英］玛吉·莱恩：《简·奥斯汀的信仰与价值》，观郭静译。

苏欲晓：《罪与救赎：霍桑〈红字〉的基督教伦理解读》。

［美］房龙著，聂作平编译：《安徒生简单是因为他过于复杂》。

齐宏伟：《苦难与爱》。

杨伟：《狄更斯小说中的基督教思想》。

［俄］尼·别尔嘉耶夫：《论〈卡拉马佐夫兄弟〉中“宗教大法官的传说”》，耿海英译。

［美］杨腓力：《律法与恩典：托尔斯泰与陀思妥耶夫斯基》，刘志雄译。

［美］托马斯·莫里斯：《托翁的〈忏悔录〉与人生的意义》，李瑞萍译。

［英］阿里斯特·E. 麦格拉斯：《C. S. 路易斯对天堂的渴望》，高民贵、陈小霞译。

［俄］符·维·阿格诺索夫：《索尔仁尼琴：圣徒式的一生》，凌建侯等译。

余杰：《你从古拉格归来——致索尔仁尼琴》。

齐宏伟：《我们能否读懂〈圣经〉和上帝?》。

吴泽霖、邹红主编：《彭慧先生百年诞辰纪念文集》，北京师范大学出版社2009年版。

张欣：《别样的女性主义——谈彭慧笔下的女性形象》。

王树福：《中国学界识读俄苏文学的路径——以彭慧为中心》。

邝明艳：《中俄“混血”的理想女性——论〈母亲〉对〈不尽长江滚滚来〉的影响》。

张寅彭主编：《文衡·2008》，上海大学出版社2009年版。

曾军：《巴赫金对伯明翰学派的影响研究》。

陈晓兰：《性别、种族与战争——论克里斯塔·沃尔夫〈卡珊德拉〉与〈美狄亚·声音〉》。

肖有志：《简析古希腊文学中的神义论问题》。

张薇：《〈太阳照样升起〉对美国传统文化的解构》。
景春雨：《浅议纪德作品中的现代性伦理主题》。

董晓选编：《中国视角下的外国文学研究（上下册）》，南京大学出版社2009年版。
杨正润：《莎士比亚戏剧中的梦解读》。
杨正润：《莎士比亚与牛津伯爵》。
杨正润：《论忏悔录与自传》。
杨正润：《传记诗学的开拓者——评里翁·艾德尔》。
钱林森：《孤独灵魂的拷问与生存体验的求证——鲁迅与波特莱尔》。
余一中：《20世纪80—90年代俄罗斯文学中的“世纪末”意识》。
余一中：《俄罗斯后现代主义文学的起源及特点》。
余一中：《20世纪90年代上半期俄罗斯文学的新发展》。
余一中：《20世纪90年代下半期俄罗斯文学的新发展》。
余一中：《〈钢铁是怎样炼成的〉是一本好书吗?》。
唐建清：《“符号总是堕落的符号”——解读品钦小说〈V〉》。
唐建清：《解读罗伯·格里耶小说新作〈反复〉》。
昂智慧：《解读卡夫卡和他的文学世界——关于〈一条狗的研究〉的研究》。
董晓：《〈日瓦戈医生〉：我心目中的经典》。
董晓：《乌托邦与反乌托邦：苏联文学中的两种精神》。
钱林森：《作为汉学研究的西方中国游记》。
钱林森：《中法文学关系》。
余斌：《翻译文体与现代汉语书面语》。
余斌：《马尔罗在中国的命运》。
余斌：《海伦三题》。
余斌：《大师笔下的大师》。
肖锦龙：《比较文学的过去、现在和未来——从苏珊·巴斯奈特的〈比较文学：批判性介绍〉谈起》。
肖锦龙：《比较文学的危机及出路》。
董晓：《精神的自由与束缚——〈金蔷薇〉与〈艺海拾贝〉比较谈》。
叶潇：《失意的山林女神——寂寞的象征——Echo与山鬼比较研究》。
杨正润：《传记的界限——史学、文学与心理学的考察》。
杨正润：《中国传记的文化考察》。
杨正润：《论传记的要素》。
肖锦龙：《传播媒介和文学的命运——从米勒的〈黑洞〉等谈起》。
肖锦龙：《西方符号叙事学理论及思想范型批评》。
肖锦龙：《西方的修辞叙事学理论和思想范式批判》。
肖锦龙：《试论德里达对结构叙事学理论根基的拆解重构》。
昂智慧：《〈忏悔录〉的真实性与语言的物质性——论保尔·德曼对卢梭的修辞

阅读》。

昂智慧：《“文学科学”的弊端——论保尔·德曼对结构主义文学批评的批评》。

昂智慧：《文学创作和阅读中的语言问题——论保尔·德曼对美国新批评的批评》。

董晓：《超越“文学性”——试析巴赫金对俄国形式主义理论的批判》。

戴从容：《乔伊斯与爱尔兰民间诙谐文化》。

昂智慧：《论20世纪西方小说人物的自我形态》。

唐玉清：《“新小说”之后——从埃什诺兹的文本叙事看午夜出版社新生代小说作家群》。

胡学星：《行吟诗人维索茨基》。

赵丹：《后现代主义文学在俄罗斯的命运》。

皮野：《没有完结的故事——致〈高加索的俘虏〉们》。

赵建常：《开端就在终结中——评瓦尔拉莫夫小说〈沉没的方舟〉中的末世论倾向》。

隋旭升：《反恐：一个新的阅读视角》。

袁祺：《解读〈莎翁情史〉中的后现代文本策略》。

曹蕾：《忏悔作为自传——论奥古斯丁〈忏悔录〉的自传特征》。

唐岫敏：《〈维多利亚时代名人传〉的现代主义精神》。

孙勇彬：《约翰生的内心冲突——浅谈鲍斯威尔的传记艺术》。

颜芳：《〈存在的瞬间〉：弗吉尼亚·伍尔夫的自传实验》。

刘萍：《从安娜的解读看阐释的意义》。

刘佳林：《纳博科夫与堂·吉诃德》。

尹德翔：《〈初使泰西记〉中的西方形象及其历史含义》。

杜心源：《论穆旦诗的现代主义意识》。

姜智芹：《超验的灵魂世界：残雪对卡夫卡的创造性解读》。

葛桂录：《“中国不是中国”：英国文学里的中国形象》。

施敏：《灵魂忏悔与自我表现——从自传的角度论卢梭与郁达夫》。

张琦：《论20世纪初西方文学批评的转向》。

杨莉馨：《解剖不是命运——女性主义理论与精神分析学说》。

赵琨：《形式的自由与危机——试论现代主义的反形式与形式主义之异同》。

何玉蔚：《先见与兴趣：诠释的先决条件》。

邹广胜：《读者的主体性与文本的主体性》。

陈瑞红：《作为艺术家的批评家——王尔德的批评自律性思想探析》。

赵山奎：《传记文学的移情问题探讨》。

王军：《口述历史：口述者的历史?》。

周凌枫：《新时期自传与自我意识》。

袁雪生：《追求诗性与真实性的统一——论自传中的自我书写问题》。

郑歆：《向死而生：莎学对存在主义死亡观的领悟》。

许勤超：《政治的莎士比亚——文化唯物主义莎评概述》。

姚霞：《“批评即批评家们”——俄罗斯后苏联文学批评的一种审视视角》。

梁庆标：《反思镜子文化》。

张昊翔：《两次转向：中国女性主义文论的话语建构努力》。

宋如姗、李松编：《2009海峡两岸华文文学学术研讨会论文选集》，中国现代文学学会2009年版。

曾阳晴：《叶灵凤〈拿撒勒人〉中的弥赛亚与超人情结》。

廖卓成：《华文儿童文学第一人称叙事常见的破绽》。

蒋金运：《〈喜福会〉的叙事艺术》。

钟怡雯：《华马文学与国家文学》。

龚举善：《数位时代汉语写作的解放形象》。

李逸津：《从俄罗斯中国古代文论研究看中国古代文学思想的跨文化阐释》。

庄桂成：《钱谷融接受高尔基文学批评之反思——以〈论“文学是人学”〉为例》。

郑振铎：《郑振铎古典文学论文集（上下）》，上海古籍出版社2009年版。

郑振铎：《评日本人编的支那短篇小说》。

郑振铎：《日本最近发现之中国小说》。

秦晓晴主编：《外语教育·（Vol. 8）》，华中科技大学出版社2009年版。

兰芬芳、胡泓：《〈老人与海〉中的系列意象之解密》。

王卫平：《解读〈黑孩子〉〈美国饥饿〉中的“隔离（distance）”主题》。

潘锐、胡泓：《生态批评视角下弗罗斯特的诗歌》。

蔡新兴、郭晶晶：《个人主义的反思——斯蒂芬·克莱恩短篇小说〈海上扁舟〉解读》。

孙宜学编：《诗人的精神：泰戈尔在中国》，江西高校出版社2009年版。

钱智修：《台莪尔氏之人生观》。

黄仲苏：《〈太戈尔的诗十七首〉序》。

黄玄：《太戈尔传》。

许地山：《〈在加尔各答途中〉译者跋》。

冯友兰：《与印度泰谷尔谈话》。

瞿世英：《演完太戈尔的〈齐德拉〉之后》。

瞿世英：《太戈尔的人生观与世界观》。

郑振铎：《太戈尔的艺术观》。

张闻天：《太戈尔之“诗与哲学”观》。

张闻天：《太戈尔的妇女观》。

张闻天：《太戈尔对于印度和世界的使命》。

农：《诗人太戈尔》。

王希和：《太戈尔学说概观》。

郑振铎：《太戈尔〈新月集〉译序》。
王统照：《太戈尔的思想与其诗歌的表象》。
周越然：《“给我力量……”》。
西谛：《关于太戈尔研究的四部书》。
徐调孚：《太戈尔的重要著作介绍》。
樊仲云：《音乐家的太戈尔》。
简又文讲：《何志新记》，《太谷尔思想之背景》。
诵虞：《太戈尔的新著介绍》。
杜元戟：《教育家的太戈尔》。
冰心：《遥寄印度哲人泰戈尔》。
愈之：《台莪尔与东西文化之批判》。
梁漱溟：《东西方文化及其哲学（节录）》。
郑振铎：《欢迎太戈尔》。
徐志摩：《泰山日出》。
徐志摩：《泰戈尔来华》。
郭沫若：《太戈尔来华的我见》。
实庵：《我们为什么欢迎泰谷尔?》。
闻一多：《泰果尔批评》。
《小说月报》记者：《欢迎太戈尔先生》。
雁冰：《对于太戈尔的希望》。
秋白：《过去的人——太戈尔》。
实庵：《太戈尔与东方文化》。
诵虞：《太戈尔的我观》。
澄：《杂感一则》。
实庵：《评太戈尔在杭州上海的演说》。
达纾庵：《听太戈尔诗哲讲演感言》。
《政治生活周报》社：《致太戈尔的一封公开信》。
吴稚晖：《婉告太戈尔》。
梁启超：《印度与中国文化之亲属的关系——为欢迎泰谷尔先生而讲》。
雁冰：《太戈尔与东方文化——读太氏京沪两次讲演后的感想》。
济人：《不了解的欢迎与不了解的驱逐》。
徐志摩：《泰戈尔》。
实庵：《巴尔达里尼与太戈尔》。
实庵：《太戈尔是一个什么东西!》。
陆懋德：《个人对于泰戈尔之感想》。
实庵：《诗人却不爱谈诗》。
实庵：《太戈尔与金钱主义》。
鲁迅：《论照相之类（节录）》。

江绍原：《一个研究宗教史的人对于泰戈尔该怎样想呢》。
东君：《一个研究文学史的人对于贵推该怎样想呢》。
绍原：《泰戈尔与耶稣》。
东君：《吃牛肉茶的泰戈尔——答江绍原先生》。
林念仁：《“太戈尔与耶稣”》。
怀汀：《吃素与吃牛肉茶》。
江绍原：《为什么有人硬以为泰戈尔与耶稣不能比》。
鲁迅：《骂杀与捧杀（节录）》。

陈建华编：《文学的影响力：托尔斯泰在中国》，江西高校出版社2009年版。
闽中寒泉子：《托尔斯泰略传及其思想》。
佚名：《俄大文豪托尔斯泰小传》。
凌霜：《托尔斯泰之平生及其著作》。
茅盾：《托尔斯泰与今日之俄罗斯》。
茅盾：《托尔思泰的文学（节选）》。
郑振铎：《托尔斯泰生平与创作》。
瞿秋白：《托尔斯泰传论》。
鲁迅：《破恶声论（节选）》。
佚名：《托斯道氏之人道主义》。
天觋：《宗教改革伟人托尔斯泰之与马丁路得》。
蒋梦麟：《托尔斯泰人生观》。
陈复光：《托尔斯泰之人生观》。
陈叔铭：《托尔斯泰百周年纪念（节选）》。
郎擎霄：《托尔斯泰之人生哲学》。
瞿秋白：《托尔斯泰的妇女观（节选）》。
杨铨：《托尔斯泰与科学》。
耿济之：《托尔斯泰的哲学》。
张闻天：《托尔斯泰的艺术观》。
刘大杰：《托尔斯泰的教育观》。
郎擎霄：《托尔斯泰之政治概观》。
郎擎霄：《托尔斯泰之经济哲学》。
梁实秋：《耿济之译托尔斯泰的艺术论（节选）》。
郭沫若：《巨炮之教训》。
甘蛰仙：《中国之托尔斯泰（节选）》。
鲁迅：《〈奔流〉编校后记（七）》。
巴金：《〈脱洛斯基的托尔斯泰论〉译者前言》。
巴金：《〈黑暗之势力〉之考察》。
克己：《〈托尔斯泰论〉译者序言（节选）》。

司君：《读托尔斯泰的〈复活〉》。

郭沫若：《序〈战争与和平〉》。

封斗：《纪念托尔斯泰》。

夏衍：《我冒了一次大险——改编〈复活〉后记》。

方敬：《托尔斯泰的两个中篇：〈家庭幸福〉和〈伊凡·伊里奇之死〉》。

端木蕻良：《〈安娜·卡列尼娜〉（节选）》。

曹湘渠：《论安娜·卡列尼娜的死》。

郑朝宗：《〈子夜〉与〈战争与和平〉》。

罗曼·罗兰：《托尔斯泰与东方（节选）》，愈之译。

傅利采：《艺术家托尔斯泰》，冯乃超译。

克鲁泡特金：《基督伦理之要点》（节选），郭安仁译。

陈惇、刘洪涛编：《现实主义批判——易卜生在中国》，江西高校出版社 2009 年版。

《鲁迅论易卜生》。

《仲遥论易卜生》。

《陈独秀论易卜生》。

《胡适论易卜生》。

《周作人论易卜生》。

《傅斯年论易卜生》。

《胡愈之论易卜生》。

《茅盾论易卜生》。

《宋春舫论易卜生》。

《滕若渠论易卜生》。

胡适：《易卜生主义》。

仁佗：《看了女高师两天演剧以后的杂谈》。

芳信：《看了娜拉后的零碎感想》。

林如稷：《又一看了女高师两天演剧以后的杂谈》。

何一公：《女高师演的〈娜拉〉》。

西滢：《看新剧与学时髦》。

鲁迅：《娜拉走后怎样——一九二三年十二月二十六日在北京女子高等师范学校文艺会讲》。

微明（茅盾）：《〈娜拉〉的纠纷》。

郭沫若：《〈娜拉〉的答案》。

洪深：《论者谓易卜生非思想家——自习备忘录之一》。

陶履恭：《〈国民之敌〉译序》。

周瘦鹃：《〈社会柱石〉小引》。

林纾：《〈梅孽〉发明》。

潘家洵：《〈易卜生集〉（二）序》。

潘家洵：《〈海得加勃勒〉译者序言》。
雁声：《近代戏曲大家〈易卜生传〉序》。
潘家洵：《〈我们死人再醒时〉译者序言》。
刘伯量：《〈罗士马庄〉小引》。
佚名：《〈娜拉〉前奏曲（节选）》。
沈佩秋：《〈娜拉〉小引》。
马耳：《〈总建筑师〉译者序》。
沈子复：《〈玩偶夫人〉后记》。
沈子复：《〈建筑师〉后记》。
沈子复：《〈海妇〉后记》。
沈子复：《〈卜克曼〉后记》。
沈子复：《〈鬼〉后记》。
镜若口述：《叔鸾达旨·伊蒲生之剧镜若口述》。
太玄：《文豪意普森传》。
许家庆：《西洋演剧史（节选）》。
方璧（茅盾）：《自然主义戏曲的先驱易卜生》。
郭豫育：《看了易卜生的〈国民公敌〉以后》。
沈雁冰：《谭谭〈傀儡之家〉》。
孙俍工：《易卜生》。
佚名：《易卜生诞生百年纪念》。
袁振英：《易卜生底女性主义》。
熊佛西：《社会改造家的易卜生与戏剧家的易卜生》。
熊佛西：《论〈群鬼〉——为国立北平艺术学院戏剧系第九次公演作》。
袁振英：《易卜生传》。
袁振英：《易卜生传新叙》。
焦菊隐：《论易卜生（节选）》。
张嘉铸：《伊卜生的思想》。
余上沅：《伊卜生的艺术》。
刘大杰：《易卜生研究（节选）》。
高滔：《近代欧洲文艺思潮史纲（节选）》。
郑振铎：《十九世纪的斯坎德那维亚文学（节选）》。
任白涛：《西洋文学史（节选）》。

方铭、李诚主编：《中国楚辞学·第十二届中国屈原学会年会暨楚辞学国际学术研讨会论文集·第十二辑》，学苑出版社 2009 年版。

杨成虎：《〈天问〉的研究与英译》。

中国屈原学会编：《中国楚辞学》，学苑出版社 2009 年版。

余燕：《〈涉江〉英译研究》。

顾雪梁、何建乐主编：《当代外语新探索》，浙江大学出版社 2009 年版。

陈光勋：《浅谈文学英译汉的语言应用》。

吴家凤：《〈论语〉精选试译与心得》。

池娟：《从礼貌原则浅析 Hills. like. White. Elephants 中的人物性格》。

汪秀虹：《浅析〈喜福会〉中的女儿形象》。

陈佳勤：《对小说〈喧哗与骚动〉关键元素的解读》。

王丽娜：《解析〈土生子〉的社会象征意义》。

张雪芳：《〈喜福会〉，女性对男权的反抗》。

李娟：《试谈美国黑人文学的发展和影响》。

隋丽丽："In Search of Their Self-identities-A Womanist Study of Sisterhood in The Color Purple"。

殷骞："Defamiliarization—An Analysis on the Writing Techniques of The Old Man and the Sea"。

陈晓："The Call of theoul—An Analysis of Feminist Color in Cat in the Rain"。

林小红："One-eighths and Seven-eighths—A Review on Cat in the Rain by Earnest Hemingway"。

钱微："On Women's Status in Pride and prejudice"。

孙青梅："A Review on Cat in the Rain"。

陈庆元主编《明代文学论集 2007 中国明代文学学会（筹）第五届年会暨 2007 年明代文学与文化国际学术研讨会论文集》，海峡文艺出版社 2009 年版。

严明：《明代诗学对朝鲜汉诗的影响》。

赵君尧：《郑和下西洋与明代海洋文学刍论》。

吴光正：《神道设教：明清章回体小说叙事的民族传统》。

陈庆纪：《〈水浒传〉的道教文化意识》。

陈弦章：《宗教情怀的形象倾诉——〈西游记〉作者笔下的唐僧形象新论》。

万晴川：《〈三教开迷归正演义〉与三一教》。

段春旭：《〈平妖传〉与民间宗教》。

乐黛云、孟华主编：《多元之美》，北京大学出版社 2009 年版。

乐黛云：《和实生物，同则不继》。

（香港城市大学）张隆溪：《异域情调之美》。

秦海鹰：《从差异之美到认知危机——试析谢阁兰的〈论异国情调〉》。

（日本东京大学）平川佑弘：《西方的爱情与东方的友情——阿瑟·韦利和夏目漱石眼中的诗歌题材倾向》，张宏杰译。

［法］郁白（Nicholas Chapuis）：《如何赏读一首中国古诗——中国古典诗歌中的自我认同观》。

徐新建：《比较诗学：谁是“第三者”?》。

（台湾大学）周树华：《论惠特尼〈图诗选〉——一个多元读者的考察》。

严绍璗：《日本“古物语”〈竹取物语〉生成的考察》。

［日］川本皓嗣：《挂词、对与隐喻：双关语的比较诗学》，蒋洪生译。

［法］达尼埃尔-亨利·巴柔（Daniel-HenriPageaux）：《多元文化主义与文化间性：从形象学到媒介》，董强、姜丹丹、凌敏译。

孟华：《中国文学中一个套话化了的西方人形象——“洋鬼子”浅析》。

［法］让-马克·莫哈（Jean-Marc Moura）：《文学形象学、第三世界与后殖民批评——穿行在西方与中国之间》，姜丹丹译。

［法］米丽耶·德特利（Muriel Détrie）：《形象与反形象——透过冈仓天心和林语堂的英语作品看日本和中国》，刘海清译，杨治宜校。

［法］谢夫·莱尔（Yves Chevrel）：《翻译：传递还是变异》，王东亮译。

许钧：《尊重、交流与沟通——多元文化语境下的翻译》。

（香港岭南大学）欧阳桢：《后殖民偏见或异国情调心理学——解构主义以来对中国的描述》。

［法］张寅德：《华人法语创作：交叉形象与跨文化写作》，周莽译，杨治宜校。

王晓路：《范式的置换与意义生成》。

［美］德里克著，杨治宜校：《我们的认知方式：全球化——普世主义的终结》，朱琳译。

［德］鲁道夫·瓦格纳（Rudolf G. Wagner）：《玄学解释学》，杨治宜译。

杨慧林：《神学解释学的人文学价值》。

［美］王国斌：《超越宏大社会理论——比较史学及其与文学研究之关系》，杨治宜译。

中国外国文学学会编：《走近经典·中国外国文学学会第九届年会论文集》，外语教学与研究出版社2009年版。

陈众议：《经典的偶然性与必然性——以〈堂吉诃德〉为个案》。

叶廷芳：《重视经典，谨防经典主义》。

梁工：《圣经：通向文学经典之路》。

董洪川：《T. S. 艾略特与“经典”》。

张弛：《经典小说应有的内涵与价值——透过昆德拉小说诗学反思西方小说经典》。

申丹：《谈经典短篇小说的重新阐释》。

吴晓都：《激荡的岁月脆弱的灵魂——帕斯捷尔纳克与小说〈日瓦戈医生〉新析》。

李昌珂：《走向了经典——复读西格弗里德·伦茨〈德语课〉》。

张旭春：《文史互证与诠释的限度》。

杨莉馨：《灵魂的撕扯与爱略特小说的内在矛盾》。

关立丹：《夏目漱石代表作〈心〉的重读——兼谈夏目漱石与森鸥外对“明治精神”的认识》。

刘立辉、林玉蓉：《艾略特〈荒原〉的时空主题研究》。

陈戎女：《佩涅洛佩的纺织和梦——论〈奥德赛〉的女性主义》。

淡修安：《整体存在的虚妄与个体存在的麻木——对长篇小说〈切尔古文〉的深度解读》。

吴泽霖：《中国文化视野和托尔斯泰经典的重读》。

汪介之：《关于20世纪俄罗斯文学经典的再认识》。

朱振武：《美国小说本土化的多元因素》。

谢江南：《弗吉尼亚·伍尔夫小说中的大英帝国形象》。

邓亚雄：《英国文学中的小史诗》。

刘亚丁：《1988年以来苏联/俄罗斯文学界对肖洛霍夫的边缘化》。

何云波：《当神圣已成往事——世纪之交“钢铁热”之反思》。

陈建华、沈喜阳：《俄苏“红色经典”在当代中国》。

隋刚：《爱默生的重要隐喻：多功能的“透明的眼球”》。

吴允淑：《“星星”和“米饭”——高银早中期诗歌创作的抒情性与历史性》。

周明燕：《论西方文学中传统与现代的互动关系》。

聂珍钊：《关于建设20世纪西方文学史教材的研究》。

王守仁：《谈外国文学经典的教学》。

李伟昉：《论梁实秋与莎士比亚的亲缘关系及其理论意义》。

李伟民：《爱国主义的担当责任与文化传播的使命意识——杰出翻译家朱生豪翻译莎士比亚戏剧探微》。

曹波：《萨缪尔·贝克特的研究与翻译——兼评余中先译〈无名可状的人〉》。

中国诗经学会，河北师范大学编：《诗经研究丛刊第十六辑第八届〈诗经〉国际学术研讨会论文选刊之一》，学苑出版社2009年版。

［日］田中和夫：《诗经研究在现代日本的现状与课题》，屈明昌译。

［日］井泽耕一：《〈毛诗正义〉与王安石〈诗义〉——唐至北宋经书解释所展开的相关问题研究》，李寅生译。

［美］林中明：《气象文学之组：〈诗经〉——从“风云雨雪”的“赋比兴”说起》。

［台］林素英：《论〈卫风〉男女情诗中的礼教思想》。

［台］刘原池：《朱熹之〈诗〉学解释学》。

［港］张万民：《朱熹“三经三纬”说新探》。

中国诗经学会，河北师范大学编：《诗经研究丛刊第十七辑第八届〈诗经〉国际学术研讨会论文选刊之二》，学苑出版社2009年版。

［日］篠田幸夫：《日本现代的诗经·文化人类学研究》，李寅生译。

［日］大野圭介：《〈诗经〉叙事诗的空间认识》。

［韩］李相宝：《对〈诗经〉中性爱描写的考察——以〈国风〉为中心》。

［美］吴少达：《〈诗经〉的奥妙——景情与音义的双重合奏》。

（香）蔡若莲：《永恒的追寻——〈蒹葭〉诗旨探微》。

（台）吴叔桦：《苏辙与朱熹〈诗经〉诠释之比较》。

（台）黄雅琦：《经典的形成与宋代诗经学的特色》。

中国人民大学外国语学院编：《外语论坛第三辑》，外语教学与研究出版社2009年版。

许京：《文学翻译中的译者风格》。

王维东：《留心木桶上最短的那块板——从“隐者之城”的译文及译者自解说开去》。

张勇先：《古英语文学：To be，or Not to be——制约中国人研究古英语文学作品的若干因素》。

孙宏：《“父亲的土地”：美国小说中的地域感》。

刁克利：《美国作家素质特征与写作目的分析》。

杨彩霞：《无声的喧嚣：〈喧哗与骚动〉的多重解读》。

杨扬：《〈赎罪〉中女主人公的成长》。

苗军：《俄罗斯文学中的乌托邦和反乌托邦》。

王燕飞：《寂寞之井与娜塔丽·巴尼的“第三性”沙龙》。

赵蕾莲：《论马克斯·弗里施的小说〈认为技术决定一切的人〉对工具理性的批评》。

高海：《神话与文学的诗性思维》。

谢江南：《戏剧艺术的“讨论”在〈芭芭拉上校〉中的运用》。

龙艳：《基督教福音思想对乔治·艾略特两部作品的影响》。

刘海清：《马尔罗小说与电影艺术》。

郭桂堃：《〈再访湖边〉一文的意境美探讨》。

郑鸣：《金戈铁马论英雄——金庸与大仲马历史武侠作品之比较》。

陈世丹：《马洛笔下的浮士德：是懦夫，还是英雄?》。

张雅萍：《〈白噪音〉中的人物“主体性”分析》。

李平：《斯皮瓦克与法国女性主义——读〈国际框架下的法国女性主义〉》。

刘启升：《莎士比亚悲剧中的喜剧因素在小说〈白鲸〉中的体现》。

宋传民：《〈雨王汉德森〉的与美国浪漫主义传统》。

任国强：《写作手段抑或写作目的？——茨威格小说“心理分析试验”说辨析》。

蔡龙权、裘正铨、王军彦编：《外语语言与教学研究（一）》，上海科学技术出版社2009年版。

卢敏：《黑白之间：美国当代文学审美价值多元化趋势》。

陈怡均：《剧评家的陷阱——〈真正的杭恩德警官〉解读》。

陈海燕：《谈夏洛蒂·勃朗特创作困惑中的探索》。

杨晋：《带着面具的母亲——〈进入黑夜的漫长旅程〉与〈月照不幸人〉的女性形象分析》。

杨燕：《美国作家赛珍珠的中国情结》。

王敏：《独自远行——对凯特·肖邦杰作〈觉醒〉的女性主义解读》。

边西岩：《永远无法战胜的女性——试论渡边淳一“男女情爱小说”中的女性观》。

蔡宗源：《勒卡雷的间谍世界》。

金逸峰：《从魔鬼到“圣者”——对〈卢布林的魔术师〉主人公雅夏人性回归的思考》。

朱伊革：《“拿来”与“送去”——鲁迅与林语堂译介观的文化关照》。

张冬梅：《〈长干行〉三种译文的比较》。

刁迎春：《〈风土〉关键词翻译探究》。

傅勇林主编：《中外别裁集》，上海外语教育出版社2009年版。

商拓：《试论〈雷雨〉中“哦”字的用法》。

陈华：《福克纳的爱米丽》。

胡婧：《追求女性基本权利的勇士——无名妇与海丝特·白兰之比较》。

华少庠：《复活的历史——试论君特·格拉斯的最新力作〈蟹行〉》。

华少庠：《荒诞的意义——君特·格拉斯小说〈铁皮鼓〉中的现实与超现实》。

李昊：《永无止境的灵魂之旅》。

廖文武：《解读自白派》。

陆霞：《〈变形记〉：荒诞与现实的梦幻结合》。

陆霞：《试论〈夜颂〉中的死亡与爱》。

陆霞：《〈寻常的困惑〉究竟要说什么？——浅析卡夫卡独特的自传性创作》。

史迹：《论〈仲夏夜之梦〉梦的现实意义——释拉山德与底米特律斯之梦》。

史迹：《论狄金森的基督教情感与宗教诗歌》。

宋冰：《解读红色——评〈麦田里的守望者〉中红色的象征意义》。

汤习敏、尹岩松：《伊尔莎·艾兴格尔〈镜子的故事〉初探》。

严学玉：《德语文学中的犹太人》。

叶蓉：《论〈圣经〉对“文革”后几位朦胧诗人的影响》。

应阿尼：《时代的探索者——浅析井伏鳟二的早期小说》。

俞森林：《论〈呼啸山庄〉的叙事特色》。

钟菲菲：《莫泊桑爱情观管窥》。

林克：《存在的轮廓》。

林克：《里尔克的〈豹〉评析》。

林克：《释〈夜颂〉之夜》。

林克：《在相爱中相互解放——试论里尔克的爱情观》。

陈蜀玉：《比较文学影响研究中辐射方式的个案分析——以中国文学对朝鲜文学的影响为例》。

陈蜀玉：《视点——比较文学定义与交响乐的联想》。

蒲茂华、徐世红：《语言与运思——汉诗英译的相关因素》。

钱中文主编：《理论创新时代：中国当代文论与审美文化的转型》，知识产权出版社2009年版。

朱立元：《新时期“文学是人学”命题的重新确立及其理论意义的与时俱进——兼论马克思主义文艺理论的人学基础》。

章辉：《西方知识与本土经验·新时期文艺学三十年》。

庄锡华：《新时期人性人道主义文学观的复活》。

顾祖钊：《新理性主义与中国文论建设》。

黄光伟：《“新批评”派的“范例”及其历史意义》。

李建东：《镜像中的理论狂欢——现代文论话语的引进与误读》。

薛永武：《中国文论研究的间性拓展》。

周启超：《跨文化视界中的现代斯拉夫文论》。

刘锋杰：《文论创新的“现代”资源——对中国现代人文主义文论的一种期望》。

金雅：《全球化语境下中国现代文论资源的发掘与传承》。

王金龙：《文艺学中形式范畴的语义分析》。

高建平：《改革开放三十年与中国美学的命运》。

李松：《沟通与对话：审美文化与文学研究》。

李庆本：《国外生态美学状况》。

丁国旗：《美作为一种更高的法则——论马尔库塞美学思想的价值祈向》。

张政文：《谢林美学思想的现代性转向与反思》。

张清民：《消解与重构：罗蒂后哲学美学的双重文化追求》。

代迅：《列夫·托尔斯泰的艺术理论与中国文论两种传统》。

戴冠青、陈晓茹：《西方原型批评的中国化及其与中国古典意象论的互通性》。

张颖利：《弗洛伊德“升华说”对中国古代文艺创作观点的再解读》。

王建疆：《我们缺少一个什么样的审美？——兼论中西美学对话的基础和前景》。

李天道、刘敏：《解构理论视阈下中外文艺美学的对话与交流》。

陆兴忍：《日常生活批判理论与女性主义文学批评实践》。

徐书林：《对道拉起源故事中“通过仪式”的分析》。

党圣元：《中国古代文论的“当代性”意义生成问题》。

曹顺庆、王超：《论中国古代文论的中国化道路——对“中国文学批评”学科史的反思》。

李有光：《祈向多元——中国诗学解释学基本阐释向度论》。

王则远：《植根传统对话会通——中国古代文论的现代阐释》。

普慧：《〈文心雕龙〉的审美范畴对外来佛教语词的吸收和借鉴》。

欧阳文风：《王国维“隔”与“不隔”理论的感悟特质——感悟诗学现代转型系列论文之一》。

陈勤建主编：《文艺民俗学论文集》，上海文化出版社2009年版。

刘守华：《“羽衣仙女”故事的中国原型及其世界影响》。

李云安、陈勤建：《“到生活中、到习俗中去寻找模型”——对贺拉斯〈诗艺〉的文艺民俗批评》。

叶静、余悦：《西方民俗学视野和中国古典文学研究》。

钱林森编：《法国汉学家论中国文学——现当代文学》，外语教学与研究出版社2009年版。

钱林森：《法国汉学家论中国现当代文学》。

罗曼·罗兰：《鲁迅的〈阿Q正传〉》，罗大冈译。

布里埃尔：《鲁迅：一个深受大众喜爱的作家》，唐玉清译。

贝纳尔·夏特勒、让·儒德伊：《论阿Q》，钱林森译。

弗朗索瓦·于连：《作家鲁迅：1925年的展望——形象的象征主义与暴露的象征主义》，钱林森译。

王剑：《彷徨与出路》，唐玉清译。

安必诺、何碧玉：《西方传教士——中国现代文学的首批读者》，孔潜译。

米歇尔·鲁阿著，钱林森校：《茅盾的〈锻炼〉》，施婉丽译。

苏珊娜·贝尔纳：《走访茅盾》，丁世中、罗新璋译。

明兴礼：《巴金的小说》，王继文译。

保尔·巴迪：《老舍与短篇小说艺术》，罗慎仪译。

保尔·巴迪：《老舍的〈骆驼祥子〉》，文沛、白丁译。

J. M. G. 勒克莱齐奥：《师者，老舍》，许玉婷译，刘阳校。

阿兰·佩雷菲特：《中国的抗战文学》，杨剑译。

何碧玉：《京派美学》，陈寒译。

尚塔尔·格雷西埃、阿苏：《丁玲的短篇小说》，钱林森译。

苏珊娜·贝尔纳：《中国的女作家（一）》，邱海婴译。

米歇尔·鲁阿著，杨剑校：《中国的女作家（二）》，施婉丽译。

米歇尔·鲁阿：《中国现代诗中的“回归”主题》，鲁进译。

米歇尔·鲁阿：《法国派的中国诗人》，丁雪英、连燕堂译。

熊秉明：《论一首朦胧诗》。

金丝燕：《细读的悖论——诗书写的不可能与自由》。

夏德兰：《现代主义或现代性?》，邹琰译。

安妮·居里安：《难以捉摸的身份与悬空的文学》，杭零译。

桑德里讷·芒尚：《在现代主义和现代性之间——王文兴小说的语言驾驭》，许宁舒译。

诺埃尔·杜特莱：《冷峻客观的小说——阿城小说的写作技巧》，刘阳译。

张寅德：《莫言小说中的怪诞》，唐玉清译。

张寅德：《余华与历史的暴力性》，张群译。

金丝燕：《世纪的乌托邦：解脱与依恋——论20世纪中国文学的参与》。

金丝燕：《合唱与隐潜：一种世界文学观念——论中国当代文学的态度》。

张志忠编著:《新时期以来中国现当代文学研究重要现象评述:1978—2008》,武汉文学出版社2009年版。

荒林、诸葛文饶:《西方女性主义文学理论在中国的传播和影响荒》。

温存超主编:《本土文学的解读与阐释:河池学院教师广西新时期文学评论集》,广西人民出版社2009年版。

银建军、钟纪新:《生态美学视野中的仫佬族文学》。

银建军主编:《第四次仫佬族文学研讨会论文集》,广西人民出版社2009年版。

银建军、钟纪新:《生态美学视野中的仫佬族文学》。

黄伟林:《对身份的现代主义追问——论鬼子的〈瓦城上空的麦田〉》。

李伦新、方明伦、李友梅等主编:《海派文化与精彩世博:第七届海派文化学术研讨会论文集》,文汇出版社2009年版。

徐青:《中国抗日战争时期日本媒体的战争责任——以吉屋信子的〈到战祸中的北支和上海去〉为例》。

邓乔彬编著:《第五届宋代文学国际研讨会论文集》,暨南大学出版社2009年版。

金周淳:《苏轼对高丽汉诗之影响》。

金恩景:《1980年以后韩国的宋代文学研究概况——以诗、词研究为中心》。

诸海星:《20世纪韩国宋代文学研究现况简介(自1945年至1999年)》。

栾栋主编:《文心·第3辑》,暨南大学出版社2009年版。

徐真华、杨韶刚:《让-保罗·萨特:存在文学与自由追寻》。

刘波、尹丽:《书写"生活的另一面"——论塞利纳小说〈茫茫黑夜漫游〉》。

张弛:《西方文化的危机与诱惑——马尔罗〈西方的诱惑〉论析》。

韦华:《罗伯·格里耶小说中的时间》。

马利红:《超越"终有一死"的存在——析波伏瓦小说〈人总是要死的〉》。

方丽平:《从发现荒诞到反抗并超越荒诞——加缪的小说创作论析》。

彭郁:《昆德拉的存在编码》。

刘介民:《德里达文学解构的哲性诗学》。

李昀:《重构女性主体性:借助母性在象征中言说》。

裴云:《从胡塞尔现象学哲学到杜夫海纳现象学美学》。

张静:《末日审判与当代英雄——评加缪的小说〈堕落〉》。

何光顺:《"形象"浅论》。

孙雪霞:《文学·超越·他化——庄子与尼采"超越性"之比较》。

韩水仙:《启蒙的逻辑:哲理小说的叙事机制——对伏尔泰〈老实人〉的文本分析》。

袁兆文:《"正是终有一死者更早达乎深渊"——海德格尔诗人之天命观刍议》。

田蔚：《浅说文化视野中的唐代文人及其情诗》。

方开瑞：《宗教性典籍的汉译策略》。

吕进、熊辉主编：《诗学·2009·第1辑》，巴蜀书社2009年版。

肖照东：《论朱湘诗歌现代主义的实践特色与生命关怀》。

向天渊、刘若愚：《努力构建世界性文学理论》。

王鸣、韩德顺主编：《外语教学与语言文化》，天津科学技术出版社2009年版。

张韬：《形式与内容的错位——解析〈京华烟云〉译著中的误译现象》。

庞莹：《〈瓦尔登湖〉译文比较》。

李馨：《从〈红楼梦〉英译本看王熙凤性格之表现》。

刘佳欣："A New Perspective on Hornby's Book"。

周健：《浅析〈浮生六记〉英译本中特定文化词语的处理》。

周健：《从特色人物刻画的角度评〈傲慢与偏见〉王科一译本》。

孙淑玲：《〈远大前程〉中主要人物名字的内涵》。

贾玉梅："The Spiritually Downtrodden in Tennessee William's Vieux Carré"。

王晓波："Multicultural Communication in *My Antonia*"。

武玥："Downward Transcendence in *The Fall of the House of Usher*"。

吴睿："Edgar Allan Poe's *The Cask of Amontillado*"。

王晓薇："Understanding of Erich Frommand *The Art of Loving*"。

何云：《象征主义在中国文学领域中的应用》。

窦明："A Unique Woman—An Analyrsis of the Character of Isabel in *The Portrait of A Lady*"。

杨海艳："The Color Symbolism in *The Great Catsby*"。

闫丽华：《浅析〈菊花香〉中菊花的象征意义》。

王遐："Appreciation and Analysis of William Blake's London"。

王菲："Success in *The Fifth Chinese Danghter*"。

孙景：《浅析〈三位女性的文本与帝国主义的批判〉》。

孔维斌：《〈消失的地平线〉与〈桃花源记〉的比较》。

殷雪圻："Longinus' Understanding and Practice of Sublimity"。

孙斐瑾："Gender and English-American Literature"。

李志：《〈老人与海〉与〈江雪〉的比较研究》。

李志："Mark Twain's View on Social Hierarchy"。

国巍：《对〈嘉莉妹妹〉主人公命运的分析》。

徐璐璐："An Analysis on the Internal Change of Miss Brill in the Short Story 'Miss-Brill'"。

聂珍钊、罗良功编：《20 世纪美国诗歌国际学术研讨会论文集》，华中师范大学出版社 2009 年版。

玛乔瑞·帕洛夫：《约束、具象、引用：查尔斯·伯恩斯坦的〈影子时代〉对历史的重构》。

查尔斯·伯恩斯坦：《诗学的实践》。

聂珍钊：《解读伯恩斯坦的语言诗〈我的上帝有个态度问题〉》。

利维·莱托：《查尔斯·伯恩斯坦：挑战诗的理念》。

堂娜·阿齐葩·苏利文·哈珀：《迁延的终结：梦在兰斯顿·休斯 20 世纪 60 年代诗歌中的使用》。

德丽塔·马丁－奥根索拉：《兰斯顿·休斯文学翻译中的文化迁移美学》。

史蒂文·C. 特雷西：《兰斯顿·休斯与布鲁士在美国文学中的兴起》。

威廉·福斯特三世：《兰斯顿·休斯的辛普尔与哈灵顿的布特西：留住非洲裔美国普通人的声音》。

木内彻：《兰斯顿·休斯在日本的接受》。

道格拉斯·泰勒：《梦的政治：兰斯顿·休斯诗歌中的解放与乌托邦》。

科提斯克·里斯勒：《从休斯到阔曼亚卡：一种次要样式在诗学与政治领域的主要影响》。

罗良功：《黑人女性问题作为视角：解读兰斯顿·休斯的组诗〈你的女士〉》。

黄开红：《论兰斯顿·休斯诗歌中的黑人美国梦》。

马晶晶：《试论惠特曼的〈草叶集〉对兰斯顿·休斯的〈疲倦的布鲁斯〉的影响》。

程细权：《兰斯顿·休斯诗歌中的地名使用与政治观》。

徐江清：《从一元民族意识到多元文化观和社会观——兰斯顿·休斯诗歌主题思想变化管窥》。

王卓：《飞散的诗意家园——解读查理斯·雷兹尼科夫诗歌中的飞散情结》。

王松林：《“黑即是政治”：索尼娅·桑切斯诗歌中的语言革命和政治话语》。

李汝成，刘玉波：《论索尼娅·桑切斯诗歌的主题与艺术特点》。

唐红梅：《论艾丽丝·沃克诗歌创作经验对其叙事文学结构的影响——以〈现在是你敞开心扉的时候了〉为例》。

姜文泉：《解读索尼娅·桑切斯诗集〈仿佛来自小鼓的歌唱〉中的水意象》。

李海明：《梦想拯救不了女人灰暗的生活——评格温德林·布鲁克斯和她的诗歌〈厨房公寓〉》。

李怡：《论理查德·赖特诗歌与黑人美学的共融》。

郭哲韬：《论玛雅·安吉罗诗歌中的种族和性别》。

尚青青：《人权、女权和种族平等：解读朵琳·布鲁克斯的诗歌》。

汪霞：《论阿米里·巴拉卡诗歌中的颜色象征》。

陈富瑞：《〈当诗人〉中的鸟意象》。

邓年刚：《美国社会生活与诗歌》。

斯图亚特·克里斯提：《兰德尔·贾瑞尔诗歌中的寓言机制》。

张跃军：《论伊丽莎白·毕晓普在〈地理Ⅲ〉中关于回忆与场景的运用》。

鲍秀文、张鑫：《伊丽莎白·毕晓普的〈在鱼房〉解读》。

刘涵捷：《伊丽莎白·毕晓普诗歌的生态关怀》。

周桂君、刘建军：《平凡事件中的不平凡精神探索——弗罗斯特〈补墙〉中的隐喻探幽》。

何庆机：《罗伯特·弗罗斯特诗歌中子女缺场的伦理解读》。

马弦：《情感与理性的分裂与碰撞——评罗伯特·弗罗斯特的〈家冢〉》。

郭晶晶：《自然与人性的结合：弗罗斯特的一组诗歌解读》。

李云峰：《庞德、意象主义和消费文化》。

王海燕：《向日葵的启示——艾伦·金斯伯格的〈向日葵箴言〉解读》。

邱晶：《反理性的宣泄——简析艾伦·金斯堡的〈嚎叫〉》。

杜娟：《论 W. S. 默温诗歌中的自然意象——从诗歌主体的言说困境谈起》。

杨革新：《〈风琴〉里奏出的和声——史蒂文斯生态意识管窥》。

殷书林：《浅析斯坦利·库涅茨诗歌中的“自白/独自一顿悟”模式》。

刘茂生：《E. A. 罗宾逊诗歌中的主题思想与艺术创新——以〈理查·科里〉和〈弥尼沃·切维〉为例》。

李践：《想象与现实的抗争——罗伯特·洛厄尔及其诗歌》。

邹建军：《失望与希望的二重唱——艾略特戏剧组诗〈磐石〉合唱词核心精神探讨》。

赖艳：《生死之间的思考：普鲁弗洛克的情歌二重唱》。

闵文倩：《普拉斯诗歌的月亮意象解读》。

邵妍：《自我毁灭后的再生：埃斯特/普拉斯的完美主义症结》。

蔡俊：《〈变形〉：消费语境下的美国式童话》。

贺茜茜：《论安妮·塞克斯顿诗歌中的婚姻观》。

克丽丝丹·米勒：《〈配角戏〉：玛丽安·摩尔的激进节奏》。

王勇：《威廉·卡洛斯·威廉斯诗歌中的时空艺术》。

王群：《论卡明斯诗歌的视觉效果》。

郭海平：《〈春及一切〉中的声色流动》。

施汶邑、王祖友：《卡明斯诗歌“Buffalo Bill’s”前景化解析》。

安·瓦尔德曼：《关于基础结构诗学的个人陈述：诗歌礼品经济的替代性社区还是临时自治区域》。

孙宏：《创世纪、进化论与弗罗斯特的生态诗歌》。

陈红：《“只有用时间才能征服时间”：艾略特在〈四个四重奏〉中的时间观》。

朱黎航：《论〈四个四重奏〉的时间意识》。

吴瑾瑾：《沃伦的自我哲学与诗歌创作》。

闫建华：《〈叫喊的树叶〉：史蒂文斯的绿色思想空间》。

袁雪生：《超越传统意义模式的诗歌解读——评玛乔瑞·帕洛夫的〈不确定诗学：从兰波到凯奇〉》。

周琳、苏晖：《从弗罗斯特的诗歌创作看其科学观》。

朱萌：《从“移情”到“抽象”——论弗罗斯特抒情诗的现代性》。
周昕：《乌利波对北美诗歌创作的影响》。
芮渝萍：《“声音应是意义的回声”——论英语诗歌中的音义互动》。
林玉鹏：《20 世纪美国诗歌中的浪漫主义》。
何佳：《试论艾略特的哲学思想及其文艺批评理论在〈荒原〉中的体现》。
孙坚、王文：《灵与肉的歌者：从惠特曼到金斯堡》。
韦春晓：《诗性：无可比拟的力量》。
肖徐彧：《论罗伯特·潘·沃伦后期诗学观念的转型》。
张子清：《诗歌能有所作为吗?：20 世纪至 21 世纪中美诗人之间的对话》。
吴庆军：《索尼娅·桑切斯的诗歌特性：一个中国视角》。
李云启：《中西诗文化的脉动与源流》。
李智、甘文平：《互补与互鉴——加里·斯奈德诗歌研究述评》。

王晓平主编：《东亚诗学与文化互读：川本皓嗣古稀纪念论文集》，中华书局 2009 年版。

川本皓嗣：《日本诗歌中的传统与近代》，蒋春红译。
严绍璗：《关于文学“变异体”与发生学的思考》。
吴卫峰：《〈新撰万叶集〉中的鹿鸣》。
长濑真理：《“无名岂敢入山城”——试论 19 世纪上半叶日本女性的“闻达”》，张士杰译。
吉田岛洋介：《日本人何故欢迎高启的〈寻胡隐君〉》。
梁东国：《萩原朔太郎的官能诗和韩国——以〈青猫〉为中心》。
平石典子：《浪漫装置的诗歌——近代日本的接吻表象》，姚红译。
蒋春红：《本居宣长“物哀”论的确立》。
衣笠正晃：《近代日本对古典作品的评价和文学史记载——围绕〈新古今和歌集〉》，郝蕊译。
王晓平：《从点与圈出发的诗歌解读史——训读的精神遗产》。
隽雪艳：《鉴赏标准的多样化与诗歌翻译策略的选择》。
刘岸伟：《阿瑟·魏理的〈袁枚〉及其对袁枚诗的翻译》。
林容泽：《韩国近代诗的日译诗集——〈朝鲜诗集〉、〈朝鲜诗选〉和〈雪白集〉》，勾艳军译。
佐藤宗子：《性别与儿童文学——以翻译、改写为视点》，张士杰译。
冈本さえ：《东亚的欧洲观——明清时代的中国和江户时代的日本的比较》。
孟华：《19 世纪法国文学中的中国形象》。
艾特：《13 世纪“蒙古袭来”和“蒙古之碑”——关于日本生死观中的镇魂和怨亲平等》，赵莹译。
中村和惠：《褐色的兔子与黄色的蝴蝶——澳大利亚的黄祸论》，周阅译。
张哲俊：《日本谣曲〈皇帝〉再考》。

竹内晶子：《能剧〈当麻〉：极乐的渊源与世阿弥的革新》，勾艳军译。

考迪·博尔敦：《道路的选择：追溯森本熏〈女人的一生〉的创作历程》，高超译。

李逸津：《俄罗斯白银时代戏剧革新中的东方影响》。

ヨコタ村上孝之：《在中国的俄罗斯人的文学——对马特维耶夫家族中三代诗人的历史、文化以及文学的研究》，王振平、迟欣译。

稻贺繁美：《论丰子恺〈中国美术在现代艺术上的胜利〉与日译作品在接受西方思想时的媒介作用》，王振平译。

今桥映子：《金子光晴〈忧郁的花〉的所在——诗歌和绘画的彼岸》，赵莹译。

周阅：《川端文学与宋元绘画》。

西槙伟：《内心的隔阂——丰子恺〈华瞻的日记〉与夏目漱石〈柿子〉》。

大东和重：《郁达夫与佐藤春夫——再论佐藤文学对郁达夫的影响》。

王中忱：《东洋学言说、大陆探险记与现代主义诗歌的空间表现——以安西冬卫诗作中的政治地理学视线为中心》。

刘顺利：《〈蓟山纪程〉所录朝鲜文人的中国文化之旅（1803—1804）》。

松居龙五：《南方熊楠与夏目漱石——关于其伦敦体验》，蒋春红译。

赵怡：《亲疏爱恨之间——日本文人夫妇金子光晴、森三千代的上海与巴黎》。

水野达朗：《试论保田与重郎的朝鲜旅行记》，张士杰译。

小泽自然：《改写旅行者——池泽夏树〈安静的大地〉和多和田叶子〈球形时间〉中伊莎贝拉·波德形象的分析》，勾艳军译。

岩谷千子：《繁茂的叙事——中上健次文体和谷崎润一郎、紫式部、威廉·福克纳的文体比较研究》，勾艳军译。

李哲权：《由隐喻产生的作品——老子的水哲学和漱石的写作行为》，郝蕊译。

朴真秀：《东亚叙事文学与传统的背离——近代意识的形成与日本小说》，王萌译。

杨敏、王俊菊编著：《华东外语教学论坛·第 4 辑》，上海外语教育出版社 2009 年版。

翟海静：《译者在对话构成中对原著作者及原著的把握——以〈简·爱〉中译本为例》。

苏欲晓：《霍尔顿的困厄与求索——J. D. 塞林格〈麦田里的守望者〉主题分析》。

柴玉洁：《〈觉醒〉叙事层面的颠覆策略》。

荆兴梅：《〈欢乐之家〉的权力结构》。

丁礼明：《戴·赫·劳伦斯“血性意识”哲学内涵管窥》。

胡红霞、廖洪中：《论〈在西方的眼睛下〉的双重叙述手法》。

马礼霞：《爱的呼唤——评 D. H. 劳伦斯的〈木马赢家〉》。

陶久胜：《种族关系的解构与构建——读托妮·莫里森的〈宣叙〉》。

李永梅：《历史的回音：哈罗德·品特的〈从灰到尘〉》。

北京大学中文系编著：《北大中文学刊 2009》，北京大学出版社 2009 年版。

李鹏飞：《中国古代小说“变形”母题的源流及其文学意义故事的历史流变》。

陈晓明：《友爱、敌意与他者的单一性——论德里达的“幻影朋友之回归”》。

陈跃红：《比较诗学的学科价值理念与方法意识》。

Zhang Pei："Metaphorasa Political Rhetoric：Chunqiu Rhetoricina Straussian Light"。

蔡建平主编：《外国语言理论研究与教学实践探索》，黑龙江人民出版社2009年版。

董榆萍：《勃朗宁夫人〈葡萄牙人十四行诗集〉中的天堂玫瑰》。

林珊玲：《莱辛〈拉奥孔〉及其在批评史上的意义》。

唐海东：《新移民的"文革"写作》。

杨兴松：《白日梦中的文学宣言——解读〈墙上的斑点〉中的深层意识》。

杨永春：《〈吉米·布莱克史密斯的歌声〉中的土著暴力反抗的后殖民主义解读》。

褚艳玲：《基督精神被高举——浅析勃洛克〈十二个〉的主题思想》。

徐显静：《贱民的声音——澳洲土著作家萨利·摩根的〈我的位置〉与中国穆斯林作家霍达的〈穆斯林葬礼〉对比研究》。

胡丹：《〈圣经〉创世的解读》。

徐海华：《为成人开放的童话——解读〈王尔德童话〉》。

王念念：《解析梭罗的生态文化观》。

钱雅欣主编：《语言理论与教学研究（四）》，中国大地出版社2009年版。

王嘉禔：《翻译错误点评：从〈数字城堡〉看当前国内文学翻译质量问题的严重性》。

林大江：《博尔赫斯和隐喻》。

褚建峰：《结构、结构主义之辩与译者主体性》。

卞丽：《时光的斑点：詹姆斯·乔伊斯诗歌中的凯尔特遗风》。

廖春霞：《浅谈汉语成语英译——〈红楼梦〉中的成语翻译》。

李超：《从象征和隐喻解读文学名著改编的电影》。

李燕秋：《浅析英国浪漫主义在中国的接受和影响》。

孙达丹：《法律文学作品中的婚姻主题探究——以〈红字〉为例》。

谢桂梅、吴尚义主编：《语言与文化研究第四辑》，知识产权出版社2009年版。

Zhang Jingshuang："A Brief Analysis of Clymin The Return of the Native"。

桑凤平、俞海萌：《试论中日古典怪诞小说的"同途殊归"——〈蛇性之淫〉与〈白娘子永镇雷峰塔〉人物形象对比分析》。

韩星：《硬汉精神是如何炼成的——略论海明威小说中的死亡主题》。

GuoYali："Truthand Beauty-On Keats' Poem Odeona Grecian Urn"。

赵慧：《浅谈京剧语境与翻译》。

孙丹枫：《浅析庞译〈论语〉之特色——庞德个性化解读对〈论语〉译本翻译取向的决定作用》。

陈伯鼎：《林少华的翻译观及其翻译风格初探》。

Zhao Dandan："Tranlation of Idioms in Chinese Literature"。

温年芳：《目的论与〈茶馆〉译介》。

曹顺庆、徐行言主编：《跨文明对话：视界融合与文化互动》，巴蜀书社2009年版。

曹顺庆：《中国学派：比较文学第三阶段学科理论的建构（代序）》。

王宁：《全球化、民族主义及超民族主义》。

赵毅衡：《如何把韦伯切成两半》。

克劳斯·库菲尔德：《“西东合集”：欧洲文学与跨文化转型》。

徐行言：《全球化语境下的文明碰撞与文化抉择》。

钱志富、梁虹：《跨文明对话——视界融合与文化互动中的文化自觉》。

胡志红、陈婷波：《西方生态批评与跨文明研究》。

杜威·佛克马：《松散的结尾并非终结：论形式手段、互文性与文类》。

肖鹰：《盲观与解脱：存尼采与克罗齐之间的朱光潜美学》。

吴兴明：《“迂回”与“对视”》。

邹涛：《他者的视角：西方中国文论研究》。

张思齐：《从文化体系到中国本位》。

苏畅：《三重面具下的他者》。

苏志宏：《马克思主义美学中国化的文化学思考》。

郑飞：《〈诗学〉“好人”说》。

苏敏：《“言志学”刍议》。

王庆：《中西文学思维比较》。

张洪学、蒲华军：《试把冰河踏破，纵凌云一骑》。

陈国强：《巴赫金理论的大门为什么没有向阿里斯托芬敞开》。

陈可培：《“反者道之动”》。

全群艳：《承上古启中古的多元文化经典》。

艾尔鲁德·蚁布思：《文学与创伤史：纳粹大屠杀个案研究》。

马克·本德尔：《阿库乌雾的诺苏诗歌：发展中的民族诗学》。

阿库乌雾：《我用母语与当代世界诗坛对话》。

柏桦：《从模仿到互文》。

陈庆勋：《T. S. 艾略特的宗教“赋格曲”》。

刘琼：《唯美、色情与神圣之维》。

朱小琳：《神话重构与文化互渗》。

陈才宇：《论〈坎特伯雷故事〉的故事类型》。

王长才：《论罗伯·格里耶的小说叙事对电影的借鉴》。

杨劼：《从后殖民视域下看〈宠儿〉中的身体政治》。

周劲松：《美国华裔文学的“蛹变期”》。

向兰：《苦难的人生，扭曲的个性，谁之过?》。

江龙：《他为何厌恶?》。

李自芬：《汉语母语的元文化抗体：中国现代文学的中国性诉求》。

韩冷：《中国式的俄狄浦斯情结——〈将军底头〉解读》。

郑闽江、高洋：《中国京剧男旦在不同戏剧中的文化诠释》。

杨亦军、冯翔鹤：《阿凡提故事的幽默性的流传、演变与发展》。
邓时中：《比较文学的跨越性与主题学研究》。
徐扬尚：《文学关系：比较文学的研究对象》。
阮航：《美国电影对传统严肃小说的影响》。
李秀卿：《从“专著性”回归“教材性”》。
陈俐：《比较文学与世界文学课程设置和教学内容体系新探》。
林广泽：《消费文化与比较文学精英意识的重塑》。
祝远德、程虎：《和而不同：翻译文化学派改写论与哲罗姆模式忠实观》。

中国《文心雕龙》学会编：《〈文心雕龙〉与21世纪文论研究国际学术研讨会论文集》，学苑出版社2009年版。

[台]黄维樑：《〈文心雕龙〉理论用于古今中外文学的实际批评》。

中国现代文学馆主编：《中国现代文学新史料的发掘与研究国际学术研讨会中国现代文学新史料的发掘与研究国际学术研讨会论文集》，2009年

张先飞：《五四新文学家俄国现代人道主义思潮史观研究》。
王劲松：《殖民地文学的阐释模式与文化政治：跨文化视野下的伪满洲文学研究》。

安徽省文学艺术界联合会编：《文艺百家第2辑》，合肥工业大学出版社2009年版。

孙孝峰：《美学的历史的批评标准与当下文艺评论》。
杨柳：《马列文论中国化实践中的中国特色》。
朱天一：《马克思主义的文学批评标准在中国现代文学史上的传播及其得失》。
刘晶晶：《从典型学说看马列文论的中国化进程》。
凌彪虎：《简论鲁迅在马克思主义文学理论中国化方面的贡献》。
何华：《浅谈马克思主义文艺美学在中国的传播与影响》。

冯奇、傅敬民、苗福光：《外语教学与文化6》，上海大学出版社2009年版。

赵春华：“The Struggle of Modern Man：A Symbol in The White Peacock”。
曹桂娥：《吉尔曼女权主义乌托邦思想概论》。
张玲：《浅析岩井电影中的“青春”情结》。
苗福光：《文学与环境：跨学科的中西对话——“文学与环境国际学术研讨会”述评》。
王红：《〈小世界〉的思想力量——读戴维·洛奇的〈小世界〉》。
李晓光：《〈放浪记〉流行符号探微——细读林芙美子〈放浪记〉》。
冷碧莹：《传达优美与忧伤——对王道乾〈情人〉译本的分析》。
白岸杨：《〈白鲸〉及其作者的宗教伦理观分析》。
金彩霞：《阿特伍德的生态理想：回归自然》。
白静远：《探究人性的实验——小议霍桑短篇故事〈海德格尔医生的实验〉》。

周勇："A Brief Analysis of The Earliest Known Chinese Translations of English Poems Should be Milton's 'On His Blindness'"。

温年芳：《戏剧译介与英国戏剧文学的重构》。

修文乔：《清末民初的侦探小说翻译热潮：原因、接受和影响》。

梁君华：《试论〈红楼梦〉英译本对人物角色的传译》。

蔡石兴：《中国古诗英译中动词的锤炼》。

叶琴法、陈小莺编著：《外国语言教学与研究》，浙江大学出版社 2009 年版。

谢屏：《从〈哈姆雷特〉看纽马克译论与朱生豪译莎实践》。

王碧颖：《浅议儿童文学翻译》。

蔡蕾：《浅析日本万叶七夕歌》。

曹雅娟：《由〈静夜思〉看汉英诗歌中的第一人称指示代词》。

陈小莺：《浅论文学翻译策略——以中外名家诗歌翻译为例》。

刘庆云主编：《放翁新论》，海峡文艺出版社 2009 年版。

[日] 柴田清继：《陆游文学在日本——菊池桐孙〈五山堂诗话〉中的陆游》。

吴思敬主编：《诗探索 2009 第二辑理论卷》，九州出版社 2009 年版。

顾子欣：《成也萧何，败也萧何——论西方诗歌对中国新诗的影响》。

[韩] 金龙云：《中韩诗歌的对话可能性——以上世纪末、本世纪初为中心》。

顾钢主编：《外国语言与文化研究（2009）天津师范大学外国语学院 2009 年学术年会文集》，天津大学出版社 2009 年版。

任源梅：《卖花女语言的转变与翻译——关联理论与〈卖花女〉的两个中译本》。

杨天旻：《〈西游记〉两英译本中委婉语的翻译初探》。

储为：《品味〈戏谑〉》。

孙蕾：《异域的"他者"，原始的"他者"——后殖民理论视角下〈紫色〉的文本分析研究》。

石秀虹：《〈一桶白葡萄酒〉的认知语境效果解读》。

王萌：《基督教意识在李光洙长篇小说〈无情〉中的体现》。

马琳、王霄：《浅析修辞在扎巴洛斯基〈雷雨〉中的运用》。

田鹰：《寻找运气的男孩——D. H. 劳伦斯〈木马优胜者〉解析》。

王京春：《后现代主义的精神先驱》。

四　2009年度比较文学专著索引

（一）比较文学学科理论

陈惇：《比较文学基础教程》，中央广播电视大学出版社2009年版。

杜进：《跨文化视野中的比较文学》，安徽人民出版社2009年版。

王向远：《比较文学系谱学》，北京师范大学出版社2009年版。

张铁夫、季水河：《新编比较文学教程》，湖南教育出版社2009年版。

邹建军：《多维视野中的比较文学研究》，长江文艺出版社2009年版。

吴光、王福和：《中华文化研究集刊八：比较文学研究》，上海古籍出版社2009年版。

林精华、吴康茹、庄美芝：《首都师范大学文学院〈比较文学与世界文学〉丛刊第五辑：外国文学史教学和研究与改革开放30年》，北京大学出版社2009年版。

曹顺庆、徐行言：《跨文明对话：视界融合与文化互动》，巴蜀书社2009年版。

乐黛云、孟华：《元之美：比较文学国际学术研讨会》，北京大学出版社2009年版。

（二）比较诗学

冯黎明：《走向全球化：论西方现代文论在当代中国文学理论界的传播与影响》，中国社会科学出版社2009年版。

韩军：《跨语际语境下的中国诗学研究》，华中师范大学出版社2009年版。

胡建次、邱美琼：《日本学者中国古典诗学研究主要文献目录1900—2007》，百花洲文艺出版社2009年版。

李欧梵：《李欧梵论中国现代文学》，上海三联书店2009年版。

李旭：《中国诗学范畴的现代阐释》，上海古籍出版社2009年版。

李怡：《日本体验与中国现代文学的发生》，北京大学出版社2009年版。

刘艳芬：《佛教与六朝诗学》，中国社会科学出版社2009年版。

彭修银、皮俊珺：《近代中日文艺学话语的转型及其关系之研究》，人民出版社2009年版。

钱志富：《中外诗歌共享的诗歌理论研究》，作家出版社 2009 年版。

宋春香：《巴赫金思想与中国当代文论》，知识产权出版社 2009 年版。

宋春香：《他者文化语境中的狂欢理论》，中国社会科学出版社 2009 年版。

汪涛：《中西诗学源头辨》，人民出版社 2009 年版。

向天渊：《逐点点燃的世界：中西比较诗学发展史论》，文心出版社 2009 年版。

徐志啸：《华裔汉学家叶嘉莹与中西诗学》，学苑出版社 2009 年版。

杨矗：《对话诗学》，人民出版社 2009 年版。

于民：《中西文化互补论》，中国社会出版社 2009 年版。

赵奎英：《中西语言诗学基本问题比较研究》，中国社会科学出版社 2009 年版。

支宇：《术语解码比较美学与艺术批评》，光明日报出版社 2009 年版。

周群：《宗教与文学》，译林出版社 2009 年版。

邹元江：《中西戏剧审美陌生化思维研究》，人民出版社 2009 年版。

邹广胜：《自我与他者文学的对话理论与中西文论对话研究》，中国社会科学出版社 2009 年版。

朱光潜：《维柯的〈新科学〉及其对中西美学的影响》，贵州人民出版社 2009 年版。

朱立元：《马克思主义文艺理论中国化研究》，经济科学出版社 2009 年版。

朱寿桐：《新人文主义的中国影迹》，中国社会科学出版社 2009 年版。

（三）中西比较文学

曹广涛：《英语世界的中国传统戏剧研究与翻译》，广东高等教育出版社 2009 年版。

曹顺庆、徐行言：《跨文明对话：视界融合与文化互动》，巴蜀书社 2009 年版。

陈国恩、庄桂成、雍青：《俄苏文学在中国的传播与接受》，中国社会科学出版社 2009 年版。

丛新强：《基督教文化与中国当代文学》，山东文艺出版社 2009 年版。

邓晓芒：《人之镜：中西文学形象的人格结构》，上海文艺出版社 2009 年版。

董晓：《中国视角下的外国文学研究》，南京大学出版社 2009 年版。

段汉武：《百年流变：中国视野下的英国文学史书写》，海洋出版社 2009 年版。

樊星：《中国当代文学与美国文学》，中国社会科学出版社 2009 年版。

方长安：《冷战·民族·文学：新中国“十七年”中外文学关系研究》，中国社会科学出版社 2009 年版。

丰云：《新移民文学：融合与疏离》，中国社会科学出版社 2009 年版。

冯望岳：《陈忠实小说：在东西方文学坐标上》，中国社会科学出版社 2009 年版。

顾钧：《美国早期汉学研究》，外语教学与研究出版社 2009 年版。

顾钧：《卫三畏与美国早期汉学》，外语教学与研究出版社 2009 年版。

何成洲：《对话北欧经典：易卜生、斯特林堡与哈姆生》，北京大学出版社 2009 年版。

何辉斌、方凡、邹爱芳：《20 世纪浙江外国文学研究史》，浙江大学出版社 2009

年版。

贺昌盛：《想象的“互塑”：中美叙事文学因缘》，南京大学出版社2009年版。

胡星亮：《当代中外比较戏剧史论：1949—2000》，人民出版社2009年版。

胡亚敏：《美国越南战争：从想象到幻灭——论美国越战叙事文学对越战的解构》，复旦大学出版社2009年版。

黄立：《英语世界唐宋词研究》，四川大学出版社2009年版。

黄怀军：《中国现代作家与尼采》，湖南师范大学出版社2009年版。

黄永林：《中西通俗小说叙事：比较与阐释》，华中师范大学出版社2009年版。

蒋芳：《巴尔扎克在中国》，中国社会科学出版社2009年版。

江腊生：《后现代主义踪迹与文学本土化研究》，齐鲁书社2009年版。

江岚：《唐诗西传史论：以唐诗在英美的传播为中心》，学苑出版社2009年版。

李玙：《美国早期戏剧与电影中的中国人形象》（英文版），上海交通大学出版社2009年版。

李萌羽：《多维视野中的沈从文和福克纳小说》，齐鲁书社2009年版。

李树欣：《异国形象：海明威小说中的现代文化寓言》，中国社会科学出版社2009年版。

李伟民：《中西文化语境里的莎士比亚》，上海外语教育出版社2009年版。

李艳：《20世纪老子的英语译介及其在美国文学中的接受变异研究》，湖北人民出版社2009年版。

刘润芳、罗宜家：《德国浪漫派与中国原生浪漫主义：德中浪漫诗歌的美学探索》，中国社会科学出版社2009年版。

钱林森：《法国汉学家论中国文学：现当代文学》，外语教学与研究出版社2009年版。

饶芃子、杨匡汉：《海外华文文学教程》，暨南大学出版社2009年版。

单德兴：《故事与新生：华美文学与文化研究》，南开大学出版社2009年版。

沈庆利：《现代中国异域小说研究》，北京大学出版社2009年版。

汤锐：《比较儿童文学初探》（第2版），明天出版社2009年版。

田全金：《启蒙·革命·战争：中俄文学交往的三个镜像》，齐鲁书社2009年版。

田鹰：《比较视野中的张贤亮和劳伦斯性爱主题研究》，中国社会出版社2009年版。

王家平：《鲁迅域外百年传播史：1909—2008》，北京大学出版社2009年版。

王洁群：《晚清小说中的西方器物形象》，湘潭大学出版社2009年版。

王蕾：《安徒生童话与中国现代儿童文学》，华东师范大学出版社2009年版。

王立群：《中国早期口岸知识分子形成的文化特征：王韬研究》，北京大学出版社2009年版。

王喜绒：《生态批评视域下的中国现当代文学》，中国社会科学出版社2009年版。

王晓初、朱文斌：《世界华文文学研究（第5辑）》，安徽大学出版社2009年版。

魏崇新：《比较文学视阈中的中国古典文学》，外语教学与研究出版社2009年版。

吴冰：《华裔美国作家研究》，南开大学出版社2009年版。

吴光正、李舜臣、余来明：《异质文化的碰撞：二十世纪“佛教与古代文学”论丛》，黑龙江人民出版社 2009 年版。

徐连云：《梁启超的文学活动及外来影响》，吉林大学出版社 2009 年版。

徐颖果：《族裔与性属研究最新术语词典（英汉对照）》，南开大学出版社 2009 年版。

赵文书：《和声与变奏：华美文学文化取向的历史嬗变》，南开大学出版社 2009 年版。

杨春：《汤亭亭小说艺术论》，外语教学与研究出版社 2009 年版。

杨莉馨：《20 世纪文坛上的英伦百合：弗吉尼亚·伍尔夫在中国》，人民出版社 2009 年版。

叶立文：《“误读”的方法：新时期西方现代主义文学的传播与接受》，中国社会科学出版社 2009 年版。

尹德翔：《东海西海之间：晚清使西日记中的文化观察、认证与选择》，北京大学出版社 2009 年版。

张琼：《从族裔声音到经典文学：美国华裔文学的文学性研究及主体反思》，复旦大学出版社 2009 年版。

张文安：《中国与两河流域神话比较研究》，中国社会科学出版社 2009 年版。

赵文书：《和声与变奏：华美文学文化取向的历史嬗变》，南开大学出版社 2009 年版。

朱达秋：《中俄文化比较》，安徽教育出版社 2009 年版。

朱栋霖：《中外文学比较史：1949—2000》，江苏教育出版社 2009 年版。

朱寿桐：《新人文主义的中国影迹》，中国社会科学出版社 2009 年版。

钟玲：《中国禅与美国文学》，首都师范大学出版社 2009 年版。

（四）东方比较文学

陈多友：《研文肆言：文与中日文学研究》，汕头大学出版社 2009 年版。

关立丹：《武士道与日本近现代文学：以乃木希典和宫本武藏为中心》，中国社会科学出版社 2009 年版。

郭勇：《他者的表象：日本现代文学研究》，上海交通大学出版社 2009 年版。

胡连成：《昭和史的证言：战时体制下的日本文学 1931—1945》，吉林大学出版社 2009 年版。

金文峰：《〈徒然草〉受中日古典文学的影响》，上海交通大学出版社 2009 年版。

康东元：《日本近现代文学翻译研究》，上海交通大学出版社 2009 年版。

刘利生：《汉语汉字·东方文学》，时代文艺出版社 2009 年版。

刘顺利：《朝鲜半岛汉学史》，学苑出版社 2009 年版。

刘妍：《东方近代和现代文学（上）》，吉林文史出版社 2009 年版。

孟庆枢：《二十世纪日本文学批评》，吉林人民出版社 2009 年版。

毛世昌：《印度两大史诗和泰戈尔作品中的女性人物研究》，兰州大学出版社 2009 年版。

裴丹莹：《东方近代和现代文学》，吉林文史出版社 2009 年版。

齐珮：《日本唯美派文学研究》，中国社会科学出版社2009年版。

祁晓明：《江户时期的日本诗话》，中国社会科学出版社2009年版。

孙宜学：《诗人的精神：泰戈尔在中国》，江西高校出版社2009年版。

王晓平：《日本诗经学史》，学苑出版社2009年版。

王晓平：《亚洲汉文学》，天津人民出版社2009年版。

肖霞：《全球化语境中的日本女性文学》，山东大学出版社2009年版。

严绍璗：《日本中国学史稿》，学苑出版社2009年版。

张晓红、高雪洁、吕洪编：《东方文学史论》，黑龙江人民出版社2009年版。

张晓希：《中日古典文学比较研究》，南开大学出版社2009年版。

张竹筠：《东方古代文学》，吉林文史出版社2009年版。

徐连云：《梁启超的文学活动及外来影响》，吉林大学出版社2009年版。

（五）翻译文学

曹广涛：《英语世界的中国传统戏剧研究与翻译》，广东高等教育出版社2009年版。

陈国恩、庄桂成、雍青：《俄苏文学在中国的传播与接受》，中国社会科学出版社2009年版。

陈吉荣：《基于自译语料的翻译理论研究——以张爱玲自译为个案》，中国社会科学出版社2009年版。

陈志杰：《文言语体与文学翻译——文言在外汉翻译中的适用性研究》，上海外语教育出版社2009年版。

褚敏：《俄罗斯文学作品中文化词汇的翻译（俄语）》，黑龙江大学出版社2009年版。

高伟：《翻译家徐志摩研究》，东南大学出版社2009年版。

顾钧：《鲁迅翻译研究》，福建教育出版社2009年版。

黄田、郭建红：《文学翻译：多维视角阐释》，中央文献出版社2009年版。

姜秋霞：《文学翻译与社会文化的相互作用关系研究》，外语教学与研究出版社2009年版。

江枫：《江枫论文学翻译及汉语汉字》，华文出版社2009年版。

江枫：《江枫翻译评论自选集》，武汉大学出版社2009年版。

江岚：《唐诗西传史论——以唐诗在英美的传播为中心》，学苑出版社2009年版。

黄忠廉：《译文观止例话篇》，语文出版社2009年版。

江艺：《对话与融合——余光中诗歌翻译艺术研究》，世界图书西安出版公司2009年版。

蒋芳：《巴尔扎克在中国》，中国社会科学出版社2009年版。

蒋林：《梁启超“豪杰译”研究》，上海译文出版社2009年版。

金兵：《文学翻译中原作陌生化手法的再现研究》，复旦大学出版社2009年版。

金学勤：《〈论语〉英译之跨文化阐释：以理雅各、辜鸿铭为例》，四川大学出版社

2009 年版。

康东元：《日本近现代文学翻译研究（日语）》，上海交通大学出版社 2009 年版。

黎昌抱：《王佐良翻译风格研究》，光明日报出版社 2009 年版。

李艳：《20 世纪〈老子〉的英语译介及其在美国文学中的接受变异研究》，湖北人民出版社 2009 年版。

李志凌：《汉诗英译主体的多元诗艺关怀》，云南民族出版社 2009 年版。

郦青：《李清照词英译对比研究》，上海三联书店 2009 年版。

林巍：《中西文化比较及翻译研究》，华东理工大学出版社 2009 年版。

刘炳善：《译事随笔》，河南大学出版社 2009 年版。

罗新璋、陈应年：《翻译论集》，商务印书馆 2009 年版。（存目）

蒙兴灿：《五四前后英诗汉译的社会文化研究》，科学出版社 2009 年版。

彭镜禧：《摸象：文学翻译评论集》，（台北）书林出版有限公司 2009 年版。

裘姬新：《从独白走向对话：哲学诠释学视角下的文学翻译研究》，浙江大学出版社 2009 年版。

任淑坤：《五四时期外国文学翻译研究》，人民出版社 2009 年版。

孙致礼：《中国的英美文学翻译 1949—2008》，译林出版社 2009 年版。

王丹阳：《文学翻译中的创作论》，南京大学出版社 2009 年版。

王芳：《文化传播美学与诗歌翻译》，电子科技大学出版社 2009 年版。

王宏印：《文学翻译批评概论：从文学批评到翻译教学》，中国人民大学出版社 2009 年版。

王平：《文学翻译审美学》，国防工业出版社 2009 年版。

王世家、止庵：《鲁迅著译编年全集 1—20》，人民出版社 2009 年版。

魏瑾：《文化介入与翻译的文本行为研究》，上海交通大学出版社 2009 年版。

吴笛：《浙籍翻译家翻译艺术》，浙江大学出版社 2009 年版。

吴钧：《鲁迅翻译文学研究》，齐鲁书社 2009 年版。

夏廷德、刘迎春、陈文铁：《文学翻译与译介学理论新探》，大连海事大学出版社 2009 年版。

肖家燕：《红楼梦概念隐喻的英译研究》，中国社会科学出版社 2009 年版。

杨义：《二十世纪中国翻译文学史——近代卷》，百花文艺出版社 2009 年版。

杨义：《二十世纪中国翻译文学史——十七年及“文革”卷》，百花文艺出版社 2009 年版。

杨义：《二十世纪中国翻译文学史——三四十年代·英法美卷》，百花文艺出版社 2009 年版。

杨义：《二十世纪中国翻译文学史——五四时期卷》，百花文艺出版社 2009 年版。

杨义：《二十世纪中国翻译文学史——三四十年代·俄苏卷》，百花文艺出版社 2009 年版。

杨义：《二十世纪中国翻译文学史——新时期卷》，百花文艺出版社 2009 年版。

于德英：《“隔”与“不隔”的循环——钱钟书“化境”论的再阐释》，上海译文出版社2009年版。

张海惠、曾英姿、周珞：《中国古典诗歌英文及其他西文语种译作及索引》，国家图书馆出版社2009年版。

张明敏：《村上春树文学在台湾的翻译与文化》，（台北）联合文学出版社有限公司2009年版。

张翕荟：《认知视阈下英文小说汉译中隐喻翻译的模式及评估》，中国文联出版社2009年版。

中国社会科学院科研局：《戈宝权集——中国社会科学院学者文选》，中国社会科学出版社2009年版。

朱安博：《归化与异化——中国文学翻译研究的百年流变》，科学出版社2009年版。

朱徽：《中国诗歌在英语世界——英美译家汉诗翻译研究》，上海外语教育出版社2009年版。

朱耕：《文体翻译研究》，黑龙江人民出版社2009年版。

五　2009年度中国各主要大学比较文学博士、硕士论文索引

说明：

1. 该论文索引的资料数据主要来自中国知网中国博士学位论文全文数据库、中国优秀硕士学位论文全文数据库、万方中国学位论文文摘数据库、国家图书馆硕博士学位论文库以及北京大学学位论文库、北京师范大学学位论文库等高校学位论文库。

2. 该索引原则上只收入"比较文学与世界文学"学科的比较文学类博士（硕士）论文，也酌情收入其他学科方向（诸如文艺学、中国现当代文学、中国古典文学、英语语言文学等）的比较文学类论文，对于其他学科方向的比较文学类选题论文，一律在括号中加以注明。

3. 本索引的论文主要以作者毕业学校为单位，按照大学顺序排列，每行按照"作者名．导师名．论文名//毕业学校及所在专业（只注出非比较文学专业）"的格式，学校之间按照拼音排序，同毕业学校之间论文排名不分先后。

4. 因收集整理者学力水平限制，该索引定有错漏之处，敬请读者批评补正。

（一）博士论文索引

何恬、刘东（指导老师）：《比较视野中的越剧文化》，北京大学。

张慧瑜、戴锦华（指导老师）：《视觉呈现与主体位置——比较文学视野下的文化重读》，北京大学。

李阳、戴锦华（指导老师）：《电影的转折——比较文学视野下二十世纪四五十年代电影研究》，北京大学。

郭勇、严绍璗（指导老师）：《中岛敦文学的比较研究——以怀疑主义为中心》，北京大学。

肖伟山、严绍璗（指导老师）：《〈三国演义〉在韩国的传播与影响》，北京大学。

胡越、李昌珂（指导老师）：《身份与写作——德语国家年轻一代犹太裔作家叙事作品研究》，北京大学（德语语言文学）。

马征、王向远（指导老师）：《神圣：作为生命存在方式——文化间性视野中的纪

伯伦研究》，北京师范大学。

邝明艳、吴泽霖（指导老师）：《文学译介与民族意识——〈译文〉、〈世界文学〉研究》，北京师范大学。

张晓玉、李庆本、高旭东（指导老师）：《保罗·吉洛伊族裔散居文化理论研究》，北京语言大学。

罗承丽、王宁（指导老师）：《操纵与构建：苏珊·巴斯奈特“文化翻译”思想研究》，北京语言大学。

朱彤、高旭东（指导老师）：《王尔德在现代中国的传播与接受》，北京语言大学。

郑意长、徐志啸（指导老师）：《近代翻译思想之演进及其现代阐释》，复旦大学。

李金云、徐志啸（指导老师）：《论泰戈尔思想和文学创作中的宗教元素》，复旦大学。

娄晓凯、唐金海（指导老师）：《中国现代文学史上留欧美与留日学生文学观研究（1900—1930）》，复旦大学（中国现当代文学）。

木村淳哉、吴兆路（指导老师）：《中国明代四大小说在日本的传播研究》，复旦大学（中国古代文学）。

郭杨、章培恒（指导老师）：《林译小说研究》，复旦大学（中国文学古今演变）。

彭建华、汪文顶（指导老师）：《晚清民初的法国文学接受》，福建师范大学（中国现当代文学）。

黄遥、汪文顶（指导老师）：《兰姆随笔在中国的传播与影响》，福建师范大学（中国现当代文学）。

谢氏映凤、孙绍振（指导老师）：《〈红楼梦〉中的佛教思想探讨》，福建师范大学（文艺学）。

林佩璇、谭学纯（指导老师）：《〈圣经〉典故研究：价值与缺失》，福建师范大学（语言学与应用语言学）。

吴巍巍、汪毅夫（指导老师）：《真实与扭曲——西方传教士视野中的晚清福建社会之研究》，福建师范大学（中国近现代史）。

张继文、陈访泽（指导老师）：《中日古典定型诗歌中隐喻的认知对比研究——以唐诗和短歌为中心》，广东外语外贸大学（日语语言文学）。

周琼、陈建华（指导老师）：《赫尔岑与中国》，华东师范大学。

荆素蓉、潘文国（指导老师）：《梁遇春翻译研究》，华东师范大学（语言学及应用语言学）。

谭旭虎、傅惠生（指导老师）：《看与被看——史景迁的中国图景研究》，华东师范大学（语言学及应用语言学）。

朱一凡、潘文国（指导老师）：《翻译与现代汉语的变迁（1905—1936）》，华东师范大学（语言学与应用语言学）。

刘庆元、傅惠生（指导老师）：《〈小说月报〉（1921—1931）翻译小说的现代性研究》，华东师范大学（语言学及应用语言学）。

冯智强、潘文国（指导老师）：《中国智慧的跨文化传播——林语堂英文著译研究》，华东师范大学（语言学及应用语言学）。

袁斌业、张春柏（指导老师）：《翻译报国，译随境变：马君武的翻译思想和实践研究》，华东师范大学（英语语言文学）。

唐艳芳、张春柏（指导老师）：《赛珍珠〈水浒传〉翻译研究》，华东师范大学（英语语言文学）。

郭晓霞、梁工（指导老师）：《性别、族群、宗教与文学——妇女主义圣经批评视野下的五四女性文学研究》，河南大学（中国现当代文学）。

赵颖、蔡新乐（指导老师）：《想象与文学翻译的“团结”》，河南大学（英语语言文学）。

易经、黄振定（指导老师）：《试论翻译学体系的构建》，湖南师范大学（英语语言文学）。

谢军、黄振定（指导老师）：《霍克斯英译〈红楼梦〉细节化的认知研究》，湖南师范大学（英语语言文学）。

吕红、黄曼君（指导老师）：《追索与建构：论海外华人文学的身份认同》，华中师范大学（中国现当代文学）。

吕红、黄曼君（指导老师）：《追索与建构：论海外华人文学的身份认同》，华中师范大学（中国现当代文学）。

王晓姝、付景川（指导老师）：《哥特之魂——哥特传统在美国小说中的嬗变》，吉林大学。

杨炳菁、靳丛林（指导老师）：《后现代语境中的村上春树》，吉林大学。

孙艳华、宿久高（指导老师）：《泉镜花浪漫主义小说的幻想空间》，吉林大学。

窦可阳、张锡坤（指导老师）：《接受美学与象思维：接受美学的“中国化”》，吉林大学。

张德文、付景川（指导老师）：《种族身份的思考及其复杂心态的书写——哈莱姆文艺复兴的越界小说研究》，吉林大学。

马宁、靳丛林（指导老师）：《中国现代小说中的日本形象研究》，吉林大学。

宗圆、杨冬（指导老师）：《批评史的多重启示——试论韦勒克的〈近代文学批评史〉》，吉林大学。

宋琛、于长敏（指导老师）：《川端文学的精神分析阐发》，吉林大学。

苏畅、张福贵（指导老师）：《俄苏翻译文学与中国现代文学》，吉林大学（中国现当代文学）。

金花子、刘中树（指导老师）：《中韩电视剧叙事文化比较研究》，吉林大学（中国现当代文学）。

程绍华、张福贵（指导老师）：《中西现代作家创作的色彩观照与读者接受——以鲁迅、哈代、马克·吐温的小说为主要示例》，吉林大学（中国现当代文学）。

靳丛林、刘中树（指导老师）：《竹内好的鲁迅研究》，吉林大学（中国现当代文学）。

白云飞、黄定天（指导老师）：《苏联中国学研究》，吉林大学（世界史）。

梁晴、刘绍瑾（指导老师）：《从毛姆的小说创作看画家高更对其的影响》，暨南大学（文艺学）。

姚晓南、饶芃子、刘绍瑾（指导老师）：《学术史视野中的台港澳暨海外华文文学研究》，暨南大学（文艺学）。

周文萍、王列耀（指导老师）：《当今美国电影里的中国资源与中国形象》，暨南大学（文艺学）。

李琴、武文（指导老师）：《中国翻译文学与本土文学的互动关系研究》，兰州大学（中国现当代文学）。

杨建军、常文昌（指导老师）：《比较文化视野下的世界华裔文学新大陆：中亚东干文学》，兰州大学（中国现当代文学）。

于秀娟、王志耕（指导老师）：《反东方主义面具后的东方主义——谭恩美作品叙事模式分析》，南开大学。

苏艳、王宏印（指导老师）：《回望失落的精神家园：神话—原型视阈中的文学翻译研究》，南开大学（英语语言文学）。

钟明国、崔永禄（指导老师）：《整体论观照下的〈文心雕龙〉英译研究》，南开大学（英语语言文学）。

白秀峰、呼日勒沙（指导老师）：《蒙古族、达斡尔族人与异类婚配型故事比较研究》，内蒙古大学（中国少数民族语言文学）。

任小娟、曹顺庆、邓时忠（指导老师）：《“洋货”在中国近现代文学中的形象建构》，四川大学。

赵渭绒、曹顺庆（指导老师）：《互文性理论及其对中国的影响》，四川大学。

张雨、曹顺庆（指导老师）：《奥德修斯之旅：乔伊斯在中国》，四川大学。

罗坚、曹顺庆（指导老师）：《加里·斯奈德与禅宗文化》，四川大学。

王蕾、曹顺庆（指导老师）：《佛克马研究》，四川大学。

王超、曹顺庆（指导老师）：《弗朗索瓦·于连研究》，四川大学。

权五明、曹顺庆（指导老师）：《郭沫若历史剧〈屈原〉的创作、演出以及在日本的流变》，四川大学。

廖思湄、曹顺庆（指导老师）：《郭沫若西方戏剧文学的译介研究》，四川大学。

魏全凤、赵毅衡（指导老师）：《北美华裔新生代女作家小说研究》，四川大学。

刘熠、王晓路（指导老师）：《拒抗、吸纳、杂糅与重构——美国华裔女性文学文本中的华裔文化研究》，四川大学。

李涯、刘亚丁（指导老师）：《跨界与想象：近代旅外游记与民族国家建构》，四川大学。

刘占祥、曹顺庆、傅勇林（指导老师）：《〈老子〉与中国诗学话语》，四川大学。

刘静、靳明全（指导老师）：《20世纪初期中国诗坛的日本因素》，四川大学（现当代文学）。

李蕊芹、项楚、沈伯俊（指导老师）：《〈西游记〉的传播接受研究》，四川大学（古代文学）。

邱明丰、曹顺庆（指导老师）：《中国文论的中国化过程》，四川大学（文艺学）。

师会敏、冯宪光（指导老师）：《人的文学与人民文学：中国化马克思主义文艺理论的一个重要问题》，四川大学（文艺学）。

伍玉西、张箭（指导老师）：《明清之际天主教书籍传教研究（1552—1773）》，四川大学（专门史）。

刘芳亮、高文汉（指导老师）：《日本江户汉诗对明代诗歌的接受研究》，山东大学。

文治芳、马龙潜、余光中（指导老师）：《论乐黛云比较文学研究的理论与方法》，山东大学。

向忆秋、黄万华（指导老师）：《想象美国：旅美华人文学的美国形象》，山东大学（中国现当代文学）。

李大伟、徐传武（指导老师）：《佛音缭绕的六朝文学》，山东大学（中国古代文学）。

张春华、马龙潜（指导老师）：《叶嘉莹中国古典诗词诠释体系研究》，山东大学（文艺学）。

孙媛、谭好哲（指导老师）：《现代性视域中的吴宓诗学思想研究》，山东大学（文艺学）。

陈鸣、孙迎春（指导老师）：《操控理论视角观照下当代中国的外国文学翻译研究（1949—2008）》，山东大学（英语语言文学）。

房伟、吴义勤（指导老师）：《艰难的生成与暧昧的整合——1990年代中国小说宏大叙事研究》，山东师范大学。

蔡雅红、林精华（指导老师）：《郭嵩焘笔下的英国形象》，首都师范大学。

李冰梅、王宁（指导老师）：《冲突与融合：阿瑟·韦利的文化身份与〈论语〉翻译研究》，首都师范大学。

王光和、林精华（指导老师）：《西方文化影响下的胡适文学思想》，首都师范大学。

项静、蔡翔（指导老师）：《遭遇“西方”——1980年代文学中“现代”故事的几种叙述方式》，上海大学（中国现当代文学）。

傅敬民、李向平（指导老师）：《文化资本视阈下的〈圣经〉汉译研究》，上海大学（社会学）。

王勇、周国强（指导老师）：《〈论语〉英译的转喻视角研究》，上海交通大学（外国语言学及应用语言学）。

张俊萍、孙景尧（指导老师）：《试论形象学中“乌托邦”与“意识形态”的二元交融》，上海师范大学。

汪俊文、李时人（指导老师）：《日本江户时代读本小说与中国古代小说》，上海师范大学（中国古代文学）。

史军、谭晶华（指导老师）：《冲突、和解、融合——远藤周作的文学与宗教》，上海外国语大学（日语语言文学）。

余健明、冯庆华（指导老师）：《海明威风格汉译研究——以〈老人与海〉为例》，上海外国语大学（英语语言文学）。

禹一奇、冯庆华（指导老师）：《东西方思维模式的交融——杨宪益翻译风格研究》，上海外国语大学（英语语言文学）。

任晓霏、冯庆华（指导老师）：《“译者登场”——英若诚戏剧翻译系统研究》，上海外国语大学（英语语言文学）。

吴珺如、冯庆华（指导老师）：《论词之意境及其在翻译中的重构》，上海外国语大学（英语语言文学）。

张慧琴、冯庆华（指导老师）：《高健翻译协调理论研究》，上海外国语大学（英语语言文学）。

何子章、张健（指导老师）：《差异及对立的终结——移民英文小说汉译研究》，上海外国语大学（英语语言文学）。

林作帅、冯庆华（指导老师）：《论上海翻译文学与本土文学的张力与对话（1843—1919）》，上海外国语大学（英语语言文学）。

奚念、冯庆华（指导老师）：《翻译在外国文学经典建构中的作用——〈简·爱〉汉译研究》，上海外国语大学（英语语言文学）。

贾卉、张健（指导老师）：《符号意义再现：杜甫诗英译比读》，上海外国语大学（英语语言文学）。

刘雅峰、张健（指导老师）：《译者的适应与选择：外宣翻译过程研究》上海外国语大学（英语语言文学）。

孔祥立、冯庆华（指导老师）：《中国翻译学学科建设论》，上海外国语大学（英语语言文学）。

董琇、冯庆华（指导老师）：《译者风格形成的立体多元辩证观——赛珍珠翻译风格探源》，上海外国语大学（英语语言文学）。

丁敏、卫茂平（指导老师）：《席勒在中国：1840—2008》，上海外国语大学（德语语言文学）。

熊兵娇、谢天振（指导老师）：《实践哲学视角下的译者主体性探索》，上海外国语大学（翻译学）。

李红玉、谢天振（指导老师）：《浮出翻译史地表——性别视角下新时期以来英美女作家作品翻译研究》，上海外国语大学（翻译学）。

倪祥妍、方汉文（指导老师）：《日本小说家与郁达夫》，苏州大学。

严慧、范培松（指导老师）：《1935—1941：〈天下〉与中西文学交流》，苏州大学（中国现当代文学）。

周聚群、曹惠民（指导老师）：《“红色”中国的“杂色”呈现——论海外华文/华人小说中的“文革”书写》，苏州大学（中国现当代文学）。

王昊、赵杏根（指导老师）：《中国域外题材小说研究》，苏州大学（中国古代文学）。

潘智丹、汪榕培（指导老师）：《淡妆浓抹总相宜：明清传奇的英译》，苏州大学（英语语言文学）。

黄中习、汪榕培（指导老师）：《典籍英译标准的整体论研究——以〈庄子〉英译为例》，苏州大学（英语语言文学）。

孙瑞祥、孟昭毅（指导老师）：《当代中国流行文化生成机制与传播动力阐释》，天津师范大学。

方桂香、杨春时（指导老师）：《新加坡华文现代主义文学运动研究》，厦门大学

（文艺学）。

张长虹、周宁（指导老师）：《移民族群艺术及其身份：泰国潮剧研究》，厦门大学（戏剧戏曲学）。

金兰英、马金科（指导老师）：《〈方舟〉与〈犀牛角一样独自前行〉女性主题比较研究》，延边大学（中国现当代文学）。

车海锋、金宽雄（指导老师）：《朝鲜民族与满—通古斯诸民族神话传说中的意象、母题比较研究》，延边大学（亚非语言文学）。

刘艳萍、崔雄权（指导老师）：《姜敬爱与萧红小说创作之比较研究》，延边大学（亚非语言文学）。

韩继镐、金宽雄（指导老师）：《〈林巨正〉与明清章回体小说关联研究》，延边大学（亚非语言文学）。

李红梅、崔雄权（指导老师）：《韩国古典诗歌中的陶渊明研究》，延边大学（亚非语言文学）。

林苗、田青（指导老师）：《中国新教赞美诗集〈普天颂赞〉之研究》，中国艺术研究院（音乐学）。

文记东、谢春涛（指导老师）：《1949—1966 年的中苏文化交流》，中共中央党校（中共党史）。

江静、王云路、王勇（指导老师）：《赴日宋僧无学祖元研究》，浙江大学（中国古典文献学）。

徐武林、方一新（指导老师）：《汉语熟语在泰国的流传及借用》，浙江大学（汉语言文字学）。

刘亚轩、计翔翔（指导老师）：《清初来华传教士马国贤研究》，浙江大学（中国古代史）。

陈小亮、张节末（指导老师）：《论宇文所安的唐代诗歌史与诗学研究》，浙江大学（文艺学）。

杨昕、李岩（指导老师）：《"朝天录"中的明代中国形象研究》，中央民族大学（中国少数民族语言文学）。

吴文善、李岩（指导老师）：《比较视野中的金时习汉诗研究》，中央民族大学（中国少数民族语言文学）。

包哈斯、那木吉拉（指导老师）：《蒙古族和满族神话的比较研究》，中央民族大学（中国少数民族语言文学）。

（二）硕士论文索引

崔晓红、张辉（指导老师）：《传承与开拓——中国文学传统观照下的林译狄更斯小说》，北京大学。

阎静、凌建侯（指导老师）：《禁欲与狂欢——论托尔斯泰对莎士比亚的全盘否定》，北京大学。

陈蹊、车槿山（指导老师）：《三国故事在日本——以吉川英治的接受为中心》，北京大学。

刘真、陈跃红（指导老师）：《仿作与改写——卡洛琳·凯瑟与中国古典诗歌》，北京大学。

杨蓬、祖淑珍（指导老师）：《中俄文学中的治家格言之比较》，北京第二外国语学院（俄语语言文学）。

黄瑾、高建为（指导老师）：《维克多·谢阁兰“异国情调”观初探》，北京师范大学。

韩会玲、曹顺庆（指导老师）：《英语世界中元散曲的译介与研究》，北京师范大学。

王程熹、刘洪涛（指导老师）：《〈罗密欧与朱丽叶〉中译本研究：1904—1949》，北京师范大学。

张珂、刘洪涛（指导老师）：《民国时期我国“英国文学史”的写作（1912—1949）》，北京师范大学。

白晶晶、张哲俊（指导老师）：《清末民初留日中国人与日本女性——以〈留东外史〉为核心》，北京师范大学。

刘妙颖、张哲俊（指导老师）：《仓石武四郎的词学观念研究——以〈宋代词集〉为基础》，北京师范大学。

王文欢、张哲俊（指导老师）：《甲午以前旅日竹枝词中的日本观》，北京师范大学。

刘亚奇、姚建斌（指导老师）：《〈译林〉与新时期我国的外国文学译介及传播（1979—2008）》，北京师范大学。

杨正芝、姚建斌（指导老师）：《〈国外文学〉与新时期中国的外国文学传播（1981—2009）》，北京师范大学。

康洁、姚建斌（指导老师）：《〈外国文学研究〉与新时期中国的外国文学传播和接受》，北京师范大学。

刘玉洁、高建为（指导老师）：《维克多·雨果在中国的译介和接受》，北京师范大学。

李颖、张西平、吴志良（指导老师）：《架起中芬文化交流的桥梁：以王为义研究为中心》，北京外国语大学。

全慧、张西平（指导老师）：《白晋的索隐派思想初探——以耶稣会罗马档案馆所藏白晋手稿为中心》，北京外国语大学。

丁娜娜、顾钧（指导老师）：《那不勒斯中国学院历史沿革及其中文教学》，北京外国语大学。

李欣、柳若梅（指导老师）：《俄国汉学家布列特施奈德及其〈中国植物志〉》，北京外国语大学。

陈毓飞、魏崇新（指导老师）：《明清小说研究的他者视域：浦安迪的明清小说研究浅论》，北京外国语大学。

于伟、高旭东（指导老师）：《论叶维廉的道家美学思想与其诗学理论建构的关系》，北京语言大学。

冯雁、钱婉约（指导老师）：《论新时期以来抗战文学中的日本人形象》，北京语言大学。

杨蕾、高旭东（指导老师）：《〈人·兽·鬼〉反讽艺术与英国十八世纪讽刺文学》，北京语言大学。

杜旭静、赵冬梅（指导老师）：《身份的漂移和台湾历史的文学建构——施叔青〈行过洛津〉论》，北京语言大学。

计飞燕、陆薇（指导老师）：《疏离与超越—从短篇小说集〈新郎〉探讨哈金的流散书写》，北京语言大学（英语语言文学）。

于兴兴、杜道明（指导老师）：《论佛教美学对中国小说的影响——以唐传奇为中心》，北京语言大学（文艺学）。

张娴、沈素琴（指导老师）：《从文学文体学的角度比较〈骆驼祥子〉的三个英文译本》，北京语言大学（外国语言学及应用语言学）。

温倩、沈素琴（指导老师）：《文学翻译中的杂合现象——〈喜福会〉三个中译本的对比分析》，北京语言大学（语言学及应用语言学）。

李现刚、姚虹（指导老师）：《从文学文体学的角度评析〈大卫·科波菲尔〉中密考伯人物形象及其在三个中译本中的再现》，北京语言大学（外国语言学及应用语言学）。

王黎黎、韩经太（指导老师）：《宇文所安盛唐"京城诗"研究之研究》，北京语言大学（中国古代文学）。

王梦莹、程丽华（指导老师）：《从〈儿子与情人〉、〈沉沦〉看劳伦斯和郁达夫的悲情世界》，长春理工大学（外国语言学及应用语言学）。

苟雪柳、邓阿宁（指导老师）：《接受与变异——余华与福克纳叙事艺术比较研究》，重庆师范大学。

周彭、邓阿宁（指导老师）：《冲突与融合——跨文化背景中的谭恩美及其创作》，重庆师范大学。

王丹阳、靳明全（指导老师）：《中国形象在美国文化中的飞跃——从〈花木兰〉到〈功夫熊猫〉》，重庆师范大学。

孔镭、苏敏（指导老师）：《论文学翻译中文化意象的传递——以〈鲁滨孙飘流记〉诸译本比较分析为例》，重庆师范大学。

马秀美、边立红（指导老师）：《Hamlet汉译中译者的创造性叛逆——以朱生豪和卞之琳的译本为例》，长沙理工大学（外国语言学及应用语言学）。

严瑾、陈可培（指导老师）：《王佐良翻译思想与实践研究》，长沙理工大学（外国语言学及应用语言学）。

蔡宁、赵莉（指导老师）：《蓝眼睛中的黄土文化——试析〈大地〉中的异国形象》，东北林业大学（英语语言文学）。

杨朔镔、刘研（指导老师）：《中国"世界文学史"写作的滥觞》，东北师范大学。

杨帆、柳东林（指导老师）：《卡尔维诺研究在中国》，东北师范大学。

张于、高玉秋（指导老师）：《高中语文外国文学教学现状的调查与研究》，东北师范大学（汉语言文学）。

李巧惠、冯文坤（指导老师）：“Power” and “Constructing Cultures”：On Susan Bassnett's and André Lefevere's Translation Studies，电子科技大学（外国语言学及应用语言学）。

杨倩、冯文坤（指导老师）：The Translator's Subjectivity in Literary Translation from the Perspective of Philosophical Hermeneutics：A Comparative Study on Two Versions of “Jinling Panci” in Hong Lou Meng，电子科技大学（外国语言学及应用语言学）。

刘保龙、徐志啸（指导老师）：《想象的尴尬与摇摆——近代小说中的西方人形象研究》，复旦大学。

刘珍珍、严锋（指导老师）：《后现代主义视野下的刘慈欣科幻小说研究》，复旦大学。

乔莹莹、杨乃乔（指导老师）：《从非彼无我到依经立义——〈论语〉中的“他者”特质与诠释模式》，复旦大学。

郭西安、梁永安（指导老师）：《跨越言意“断堑”——从隐喻视域论“象外之境”的内在逻辑谱系》，复旦大学。

成箕淑、唐金海（指导老师）：《韩国的中国现代女性文学研究——以丁玲、张爱玲、萧红为中心》，复旦大学（现当代文学）。

叶盈、陈引驰（指导老师）：《试论释典海客故事在中国文学中的演变》，复旦大学（中国古代文学）。

蔡沅（金长）、胡中行（指导老师）：《贾岛与佛教文学》，复旦大学（中国古代文学）。

李玉辉、谈峥（指导老师）：《从文学文体学角度谈小说翻译——以〈道连·格雷的画像〉两译本为例》，复旦大学（英语语言文学）。

易永谊、葛桂录（指导老师）：《世界主义与民族想象：〈天下月刊〉与中英文学交流（1935—1941）》，福建师范大学。

王艳红、葛桂录（指导老师）：《他者如镜——论乔治·奥威尔东方之旅激荡的文明反思》，福建师范大学。

陈婧、邱岭（指导老师）：《江户初期读本对〈三言〉的借鉴和日本元素的体现》，福建师范大学。

张凝、葛桂录（指导老师）：《金庸小说复仇主题的西洋化进程》，福建师范大学。

张丽琴、苏文菁（指导老师）：《为华人树碑立传——林露笔下的华人形象》，福建师范大学。

袁月珠、苏文菁（指导老师）：《哈金小说创作研究》，福建师范大学。

张艳杰、蔡春华（指导老师）：《芥川龙之介笔下的中国女性形象》，福建师范大学。

罗小明、朱立立（指导老师）：《试论海外华文文学中的“文革”记忆书写——以陈若曦、严歌苓、李碧华的文革小说为例》，福建师范大学（中国现当代文学）。

吴春兰、汪文顶（指导老师）：《论中国当代文学生成中的“苏联影响”》，福建师范大学（中国现当代文学）。

李利飞、王珂（指导老师）：《论吴宓的古典主义文学观》，福建师范大学（文艺学）。

汪燚、谭学纯（指导老师）：《〈了不起的盖茨比〉译文修辞分析》，福建师范大学（语言学及应用语言学）。

陈慧敏、岳峰（指导老师）：《翻译策略及其制约因素——〈浮生六记〉两个英译本之对比研究》，福建师范大学（英语语言文学）。

贾玉红、岳峰（指导老师）：《语义·文化：〈水浒传〉英译本对比研究》，福建师范大学（英语语言文学）。

吴佩芬、肖四新（指导老师）：《汉语外国文学史编写与经典重构——以十九世纪英国文学经典重构为个案》，广东外语外贸大学。

刘兰辉、刘岩（指导老师）：《勃莱诗歌的中国色彩》，广东外语外贸大学。

张烈、刘金举（指导老师）：《从〈上海〉看横光利一的“东洋主义”》，广东外语外贸大学（日语语言文学）。

鲁赟、褚东伟（指导老师）：《从对话理论的视角看儿童文学翻译——以〈狮子、女巫、魔衣柜〉为案例分析》，广东外语外贸大学（外国语言学及应用语言学）。

孔莉姮、伍方斐、刘小平（指导老师）：《“他者”的困境与“身份”的追寻——论哈金〈自由生活〉的跨文化书写》，广东外语外贸大学（文艺学）。

张树霞、金丽（指导老师）：《四类文本中的侬智高形象比较研究》，广西民族大学。

贺征苏、金丽（指导老师）：《加拿大纽芬兰民歌歌词比较研究》，广西民族大学。

银浩、张泽忠（指导老师）：《宇宙蛋：世界视域中的原始图腾物与民族文化存在——兼论壮侗语族与东南亚相关民族的“卵生”型神话》，广西民族大学。

韦丽华、梁远（指导老师）：《中越动物文化涵义的比较研究》，广西民族大学（亚非语言文学）。

张丽、袁斌业（指导老师）：《文学翻译审美再现手段研究——以荣如德、黄源深的〈道连·格雷的画像〉中译本为例》，广西师范大学（英语语言文学）。

苏绘泉、唐高元（指导老师）：《查良铮诗歌翻译艺术评析——以诗译诗》，广西师范大学（英语语言文学）。

尹慧玉、费小平、宁梅（指导老师）：《走进人类灵魂的深处〈尤利西斯〉与施蛰存意识流小说比较研究》，贵州大学（英语语言文学）。

范卉婷、宁梅、费小平（指导老师）：《追寻多元的叙事：福克纳〈喧哗与骚动〉与莫言〈红高粱家族〉叙事模式的比较研究》，贵州大学（英语语言文学）。

唐雨、费小平、王志云（指导老师）：《后女性主义批评的中国之旅：五个关键词的译介研究》，贵州大学（英语语言文学）。

唐春华、费小平、宁梅（指导老师）：《忏悔—赎罪：〈赎罪〉与〈大浴女〉主题比较研究》，贵州大学（英语语言文学）。

程乾珊、宁梅、费小平（指导老师）：《处于转型时期的浪荡子奥斯卡·王尔德〈道连·格雷的画像〉与叶灵凤小说中浪荡子形象的比较研究》，贵州大学（英语语言文学）。

杨帆、袁荻涌（指导老师）：《阿赫玛托娃与中国诗歌》，贵州师范大学。

王娴、袁荻涌（指导老师）：《佩列文作品在中国——兼论九十年代后俄罗斯文学在中国的影响》，贵州师范大学。

孔聪、袁荻涌（指导老师）：《明清志怪小说和18世纪英国哥特小说叙事艺术比较研究》，贵州师范大学。

郑昱霞、任淑坤（指导老师）：《梁启超翻译思想研究》，河北大学（英语语言文学）。

高洁、马红军（指导老师）：《赛、沙〈水浒传〉英译本文化因素的翻译策略对比研究》，河北大学（英语语言文学）。

王静、马红军（指导老师）：《文学翻译中的译者主体性》，河北大学（英语语言文学）。

曹二玲、任淑坤（指导老师）：《图画故事书翻译研究》，河北大学（英语语言文学）。

韩芳、任淑坤（指导老师）：《从翻译标准的变化看译者主体性的变化》，河北大学（英语语言文学）。

梁晓茹、任淑坤（指导老师）：《胡适翻译思想研究》，河北大学（英语语言文学）。

王丽、任淑坤（指导老师）：《〈水浒传〉中人物绰号英译的评析及重译》，河北大学（英语语言文学）。

杨琳娜、汤新兰（指导老师）：《顺应理论下的译者主体性研究——以〈红楼梦〉两个译本为例》，河北大学（英语语言文学）。

白雪、刘金柱（指导老师）：《中国民间小戏与西方音乐剧比较研究——用黄梅戏〈天仙配〉和音乐剧〈猫〉为例分析》，河北大学（艺术学）。

张文敏、田玉琪（指导老师）：《近五十年来英语世界中的唐宋词研究》，河北大学（中国古代文学）。

范心恒、黄万武（指导老师）：《〈瓦尔登湖〉徐、潘汉译本中的文体对比分析》，湖北工业大学（外国语言学及应用语言学）。

杜娟、楼成宏（指导老师）：《〈上海〉居民形象研究》，华东师范大学。

周娜、楼成宏（指导老师）：《中国之旅与上海城市形象——芥川龙之介和横光利一作品分析》，华东师范大学。

罗巧玲、陈建华（指导老师）：《中国新时期以来的俄苏文学译介专刊研究》，华东师范大学。

雷磊、陈建华（指导老师）：《试论张炜作品中的俄苏因素》，华东师范大学。

顾伟列、赵文君（指导老师）：《论美国学者孙康宜之明清女性文学研究》，华东师范大学（中国古代文学）。

刘文婷、林在勇（指导老师）：《加拿大汉学家方秀洁对明清知识女性的研究》，华东师范大学（中国古代文学）。

罗晓、邵明珍（指导老师）：《美国汉学界的李渔研究》，华东师范大学（中国古代文学）。

于俭、文贵良（指导老师）：《抗战时期林语堂英文小说研究——以 Moment in Peking、A Leaf in The Storm 为中心》，华东师范大学（中国现当代文学）。

王维、漆瑗（指导老师）：《中国现代留英作家作品中的幽默因素》，华东师范大学（中国现当代文学）。

张金羽、邵明珍（指导老师）：《论海外汉学家关于中国古代山水自然观的研究》，华东师范大学（中国古代文学）。

张韬、陆钰明（指导老师）：《张爱玲译〈老人与海〉的特色研究——以海观、吴劳译本为参照》，华东师范大学（语言学与应用语言学）。

李旭、陆钰明（指导老师）：《五四前后中国翻译理论论争探讨》，华东师范大学（语言学及应用语言学）。

赵晓音、邹为诚（指导老师）：《英语全球化视野中“中国英语”的特征——一项基于哈金小说的研究》，华东师范大学（英语语言文学）。

汪根荣、梁超群（指导老师）：《文学翻译中的创造性叛逆——〈名利场〉中译本个案研究》，华东师范大学（英语语言文学）。

蔡小燕、黄忠敬（指导老师）：《语文教科书中的异域形象》，华东师范大学（教育学原理）。

何英菲、黄忠敬（指导老师）：《高中历史教科书中的异国形象》，华东师范大学（教育学原理）。

许源、宋雅智（指导老师）：《释意理论在文学翻译中的适用性》，哈尔滨工程大学（英语语言文学）。

李舒、刘克东（指导老师）：《卡特的〈马戏团之夜〉和莫里森的〈宠儿〉中的魔幻现实主义比较研究》，哈尔滨工业大学（外国语言学及应用语言学）。

汤道兵、任静生（指导老师）：《从语用顺应论视角看文学翻译》，合肥工业大学（英语语言文学）。

黄金萍、任静生（指导老师）：《从文学文体学的角度比较风格传递——〈了不起的盖茨比〉中译本个案研究》，合肥工业大学（英语语言文学）。

高顺洁、梁工（指导老师）：《后殖民理论视角下的圣经阐释》，河南大学。

孔松红、赵宁（指导老师）：《高中语文教材中外国文学作品审美教育研究》，河南大学。

马衡、孙景尧（指导老师）：《晚明入华耶稣会士笔下的耶稣故事》，河南大学。

黄晓娜、李伟昉（指导老师）：《〈福尔摩斯探案全集〉与〈霍桑探案集〉的比较研究》，河南大学。

刘宁宁、吕长发（指导老师）：《〈野性的呼唤〉与〈狼图腾〉之比较研究》，河南大学（英语语言文学）。

朱凌奕、姜玲（指导老师）：《华兹华斯与李白自然诗歌中修辞美学效果对比研究》，河南大学（外国语言学及应用语言学）。

李姗、袁喜生、李建伟（指导老师）：《中国当代科幻期刊出版传播特色与比较研究》，河南大学（新闻学）。

吴颖姝、李清良（指导老师）：《钱钟书的文艺复兴情结》，湖南大学（中国语言文学）。

颜一兰、朱健平（指导老师）：《女性主义翻译理论观照下周作人〈侠女奴〉翻译研究》，湖南大学（英语语言文学）。

杨娟、何江波（指导老师）：《基于翻译文学在文学多元系统中的地位比较 Gone with the Wind 的两个中译本》，湖南大学（英语语言文学）。

吕煜、张喆（指导老师）：《从朱丽叶，克里斯汀和繁漪比较研究悲剧的死亡主题》，河南科技大学（英语语言文学）。

杨石峰、彭在钦（指导老师）：《20 世纪中国文学现代性研究述评》，湖南科技大学（文艺学）。

刘源、谭桂林（指导老师）：《陈敬容与波德莱尔诗歌之比较》，湖南师范大学。

邓娜、詹志和（指导老师）：《〈简·爱〉与〈红楼梦〉女主人公形象的比较研究》，湖南师范大学。

王华青、谭桂林（指导老师）：《李健吾戏剧创作与法国文学》，湖南师范大学。

邓永一、谢南斗（指导老师）：《鲁迅与夏目漱石作品比较研究》，湖南师范大学。

刘瑞华、岳凯华（指导老师）：《韩少功与米兰·昆德拉》，湖南师范大学（中国现当代文学）。

吴曲、赵树勤（指导老师）：《牧神呼唤亚细亚的春天—郭雪波与艾特玛托夫生态小说比较论》，湖南师范大学（中国现当代文学）。

李兰、杨经建（指导老师）：《存在主义的东方化表述——论村上春树和王小波的小说》，湖南师范大学（中国现当代文学）。

张宏建、凌宇（指导老师）：《沈从文小说与印象主义》，湖南师范大学（中国现当代文学）。

刘韶、王建（指导老师）：《阮籍与尼采的比较研究——以悲剧精神为中心》，湖南师范大学（中国古代文学）。

李亚珍、赵炎秋（指导老师）：《比较视野下的黄庭坚诗学理论》，湖南师范大学（文艺学）。

彭洁丽、蒋坚松（指导老师）：《儿童文学翻译中的选择与顺应：〈夏洛的网〉两个汉译本个案研究》，湖南师范大学（英语语言文学）。

张俐、黄振定（指导老师）：《论文学作品的重译——以〈名利场〉的两个中文译本为例》，湖南师范大学（英语语言文学）。

李莉辉、黄慧敏（指导老师）：《从顺应理论看〈骆驼祥子〉英译的顺应过程》，湖南师范大学（英语语言文学）。

李双玲、黄振定（指导老师）：《从接受理论看儿童文学重译——以〈爱丽丝漫游奇境记〉为例》，湖南师范大学（英语语言文学）。

翟弘、蒋洪新（指导老师）：《论文学翻译中的回避策略》，湖南师范大学（英语语言文学）。

涂熙玲、黄慧敏（指导老师）：《目的论视角下的〈哈利·波特与死亡圣器〉——两个中译本的对比研究》，湖南师范大学（英语语言文学）。

力丰、刘少勤（指导老师）：《论泰国华文小说的现实主义创作风格》，华侨大学（中国现当代文学）。

杜贵斌、李晓洁（指导老师）：《台湾当代女性散文中的基督教文化情结》，华侨大学（中国现当代文学）。

田文文、陈旋波（指导老师）：《〈中国文学〉（英文版）（1951—1966）研究》，华侨大学（中国现当代文学）。

周向荣、张跃生（指导老师）：《〈管锥编〉（一）与佛典》，华中科技大学（中国古代文学）。

丁瑞兰、李遇春（指导老师）：《90年代以来中国女性作家对杜拉斯的接受研究》，华中师范大学（现当代文学）。

黄守岗、陈立华（指导老师）：《劳伦斯与沈从文主题学比较》，华中师范大学（英语语言文学）。

陈安慧、华先发（指导老师）：《文学翻译中陌生化手法的再现——析 The Kite Runner 中译本》，华中师范大学（英语语言文学）。

任杰、杜萌若（指导老师）：《D. H. 劳伦斯创作中的异域想象》，黑龙江大学。

翟硕、胡燕春（指导老师）：《瑞恰慈在中国的接受情况研究》，黑龙江大学。

刘亚男、杜萌若（指导老师）：《中国现代文学中西方侦探小说接受情况研究》，黑龙江大学。

高慧、张曙光（指导老师）：《阿赫玛托娃在中国的接受情况研究》，黑龙江大学。

李蒙、张曙光（指导老师）：《帕慕克小说中的文明冲突与对话》，黑龙江大学。

王世琳、白文昌（指导老师）：《俄语歌曲汉译策略研究》，黑龙江大学（俄语语言文学）。

苏研、徐文培（指导老师）：《散居族裔理论下〈喜福会〉中的“他者”》，黑龙江大学（英语语言文学）。

王晓敏、白劲鹏（指导老师）：《二战后美国犹太文学人物和主题的演变》，黑龙江大学（英语语言文学）。

孟希、王若茜（指导老师）：《日本无赖派与美国垮掉的一代的比较研究》，吉林大学。

张淼、许昌福（指导老师）：《〈平家物语〉与〈三国演义〉无常观之比较》，吉林大学。

康东辉、李军（指导老师）：《狼性精神的回归与张扬——杰克·伦敦与贾平凹的“狼”小说比较》，吉林大学。

於泽明、付景川（指导老师）：《“家园”的衰朽——巴金〈家〉与岛崎藤村〈家〉的比较》，吉林大学。

木哈塔尔·木巴热克、白杨：《鲁迅与阿拜的文学先驱意义之比较》，吉林大学（中国现当代文学）。

潘怡良、沈文凡（指导老师）：《日本平安朝时代白诗受容论稿》，吉林大学（中国古代文学）。

李春晖、尹允镇（指导老师）：《吴永寿和沈从文小说的比较研究》，吉林大学（亚非语言文学）。

夏艳、尹允镇（指导老师）：《丁玲和姜敬爱小说的主题意识，人物形象和表现手法比较》，吉林大学（亚非语言文学）。

林春颖、尹允镇（指导老师）：《黄真伊和鱼玄机的爱情诗比较研究》，吉林大学（亚非语言文学）。

王治家、唐民权（指导老师）：《〈唐吉诃德〉中俗语翻译的分析与比较》，吉林大学（西班牙语语言文学）。

刘静、赵建军（指导老师）：《语言陌生化与竟陵派诗风研究》，江南大学。

李侠云、周春宇（指导老师）：《流散语境中的回望——美华女作家严歌苓的“中国记忆”小说研究》，江南大学。

李鹏程、肖向东（指导老师）：《论80年代中国文学“人学”思潮与苏联文学的关系》，江南大学。

陈胤瑾、赵建军（指导老师）：《选择与重构——论梁实秋对白壁德人文主义的接受》，江南大学。

杨晶晶、肖向东（指导老师）：《铁凝与莱辛小说女性意识与人性关怀比较研究》，江南大学。

王哲、肖向东（指导老师）：《中美社会转型期底层文学比较研究》，江南大学。

胡波、张璘（指导老师）：《儿童文学翻译中的创造性叛逆——赵译〈阿丽思漫游奇境记〉研究》，江苏大学（外国语言学及应用语言学）。

王芳、张璘（指导老师）：《译者的个人诗学对文学翻译的影响——Uncle Tom's Cabin两个中译本的对比研究》，江苏大学（外国语言学及应用语言学）。

吴玉霞、司显柱（指导老师）：《中英人际意义比较与翻译》，江西财经大学（英语语言文学）。

张婧、曾剑平（指导老师）：《论意识形态、诗学、赞助人对文学翻译的操纵——以杨必译本〈名利场〉为例》，江西财经大学（英语语言文学）。

席芳媛（指导老师）：《沉默—反抗—融合：后殖民主义视野下汤亭亭作品的研究》，江西师范大学。

王伟、陈静（指导老师）：《华裔美国文学作品中的中国文化符号》，江西师范大学。

杨瑶、杨正和（指导老师）：《狂欢化视野下中西“重述神话”项目作品之比较》，江西师范大学。

王春雨、刘立善（指导老师）：《日本浪漫主义文学对中国创造社的影响》，辽宁大学。

徐姗姗、刘铁（指导老师）：《中西自传体小说比较研究》，辽宁大学。

朱柏玲、刘铁（指导老师）：《帕慕克与中国当代回族作家比较研究》，辽宁大学。

郝娜、赵凌河（指导老师）：《残雪与卡夫卡小说比较论》，辽宁大学（现当代文学）。

彭姗珊、刘立善（指导老师）：《中日新感觉派文学比较研究》，辽宁大学（日语语言文学）。

董晓慧、孙乔（指导老师）：《悲剧视野下的〈悲悼〉与〈雷雨〉之比较研究》，辽宁大学（英语语言文学）。

包磊、董广才（指导老师）：《从美学视角看〈雷雨〉的英译——以王佐良译本为例》，辽宁师范大学（英语语言文学）。

谭敏、陈浩东（指导老师）：《论翻译文本之外的意识形态与诗学操纵——The Importance of Being Earnest中译观照》，兰州大学（外国语言学及应用语言学）。

张霞、张正军（指导老师）：《鲁迅杂文里使用日语借用语的研究》，宁波大学（外国语言学及应用语言学）。

龙文武、周平远（指导老师）：《从苏区文艺到延安文艺——比较文学视野下中国革命文艺形态的历史建构研究》，南昌大学。

万丽萍、赖骞宇（指导老师）：《〈飘〉在中美两国的接受研究》，南昌大学。

周蓉、周平远（指导老师）：《比较视野中的1930—1940年代中国话剧研究》，南昌大学。

沈楠、赵建红（指导老师）：《哈金笔下东方主义话语的呈现》，南京理工大学（英语语言文学）。

戚佳鸣、赵雪琴（指导老师）：《论文学翻译中译文读者的地位——〈大卫·科波菲尔〉三个中译本的比较研究》，南京理工大学（外国语言学及应用语言学）。

戴春花、高圣兵（指导老师）：《从庞德翻译看译者主体性》，南京农业大学（英语语言文学）。

王欣、郁仲莉（指导老师）：《女性主义观照下的文学翻译——评朱虹翻译的〈男人和女人女人和城市〉》，南京农业大学（英语语言文学）。

刘丽芬、苗菊（指导老师）：《中译〈安徒生童话〉的翻译批评研究》，南开大学（英语语言文学）。

白塔娜、李文军（指导老师）：《〈江格尔〉与荷马史诗自然观之比较》，内蒙古师范大学。

丁晓敏、李亚白（指导老师）：《跨文化视野中的中国女性——鲁迅、赛珍珠、林语堂笔下女性形象比较》，内蒙古师范大学。

李海霞、高明霞（指导老师）：《西苏“身体写作”对中国女性主义文学批评范式建构的影响》，内蒙古大学（文艺学）。

陈亮、万奇（指导老师）：《浦安迪〈中国叙事学〉辨要》，内蒙古师范大学（文艺学）。

张燕、万奇（指导老师）：《宇文所安与中国诗艺传统的再发现》，内蒙古师范大学（文艺学）。

朱宁、王艳凤（指导老师）：《从深层生态学看〈礼拜五—太平洋上的灵薄狱〉对〈鲁滨孙漂流记〉的颠覆与超越》，内蒙古师范大学。

李玉华、万奇（指导老师）：《刘若愚〈中国文学理论〉探要》，内蒙古师范大学（文艺学）。

郝永萍、魏韶华（指导老师）：《契诃夫的影响与巴金小说创作风格的演变》，青岛大学（中国现当代文学）。

陈静静、魏韶华（指导老师）：《巴金前期域外小说创作》，青岛大学（中国现当代文学）。

张芸、隽雪艳（指导老师）：《和歌序词与〈诗经〉兴的比较研究》，清华大学（日语语言文学）。

朱湘莲、杨亦军（指导老师）：《赛珍珠的中国情结》，四川师范大学。

汤明月、泽拥（指导老师）：《追寻精神的家园——试论毛姆在探索主题中对东方的利用》，四川师范大学。

唐婉祺、李天道（指导老师）：《文化诗学视域中的中日“落花”意象比较》，四川师范大学（美学）。

孙北平、唐小林（指导老师）：《新时期文学三十年文学文本与基督教文化》，四川师范大学（中国现当代文学）。

植丹华、刘朝谦（指导老师）：《“顾彬事件”与中国当代文学批评话语生态反思》，四川师范大学（文艺学）。

李界峰、唐小林（指导老师）：《新时期文学三十年文学思潮与基督教文化》，四川师范大学（中国现当代文学）。

宋新丽、陈子谦、向宝云（指导老师）：《精神分析学与钱钟书诗学研究》，四川省社会科学院（文艺学）。

汤妮妮、廖七一（指导老师）：《心理分析维度下创造性叛逆的重新诠释》，四川外语学院（英语语言文学）。

陈敏、刘林（指导老师）：《〈傲慢与偏见〉主要汉语译本的比较研究》，山东大学。

李康、廖群（指导老师）：《〈诗经〉在美国的传播》，山东大学（中国古代文学）。

赵霞、孙之梅（指导老师）：《论〈小说月报〉前期（1910—1920）翻译小说的特点》，山东大学（中国古代文学）。

毕益芳、杨加深（指导老师）：《汤显祖〈牡丹亭〉和蒙特威尔第〈奥菲欧〉的比较研究》，山东大学（中国古代史）。

张静、朴银淑（指导老师）：《韩国卡普与中国左联的比较研究》，山东大学（亚非语言文学）。

徐自强、朴银淑（指导老师）：《新小说中的外国人形象研究》，山东大学（亚非语言文学）。

王兰兰、李铭敬（指导老师）：《井上靖〈孔子〉中的孔子像研究》，山东大学（日语语言文学）。

任慧芳、孙迎春（指导老师）：《目的论在儿童文学英汉翻译中的运用——〈爱丽丝奇境历险记〉两个中译本的对比研究》，山东大学（英语语言文学）。

张璐璐、任怀平（指导老师）：《文学文体学与意识流小说的风格翻译——以〈一个青年艺术家的肖像〉的两个译本比较为例》，山东大学（英语语言文学）。

方科大、任怀平（指导老师）：《汉译〈儿子与情人〉中的异化法：现代主义小说风格维度个案研究》，山东大学（英语语言文学）。

苑晓敏、孙迎春（指导老师）：《文学翻译中的交际修辞——简·奥斯汀〈傲慢与偏见〉三个中译本的比较》，山东大学（英语语言文学）。

赵娟娟、孙迎春（指导老师）：《翻译研究的比较文学视角》，山东大学（英语语言文学）。

孔凡梅、侯萍萍（指导老师）：《从文学文体学角度对〈喧哗与骚动〉两个汉译本的比较研究》，山东大学（英语语言文学）。

赵海泓、周晓瑜（指导老师）：《从〈黑奴吁天录〉看林纾的翻译思想和方法》，山东大学（历史文献学）。

薛红、白雪峰（指导老师）：《解读华裔美国文学中的文化身份认同》，山东大学

(世界史)。

马振芳、于冬云（指导老师）：《〈老人与海〉在中国》，山东师范大学。

林培菊、姜智芹（指导老师）：《他者镜像中的自我言说——毛姆笔下的中国形象》，山东师范大学。

王潇潇、王柏华（指导老师）：《肯尼斯·雷克斯罗思与杜甫：从翻译到创作》，首都师范大学。

常雅婷、李冰梅（指导老师）：《阿瑟·韦利的白居易诗歌翻译研究》，首都师范大学。

岳志华、易晓明（指导老师）：《聂鲁达在当代中国的接受与塑造》，首都师范大学。

韩小静、王柏华（指导老师）：《寒山诗英译对比研究》，首都师范大学。

童双、周荣胜（指导老师）：《中国新时期新历史小说中的自我塑造问题》，首都师范大学。

龙锦辉、庄美芝（指导老师）：《论谭恩美的文化身份观及建构》，首都师范大学。

廖晓丽、精华（指导老师）：《老舍早期创作与英国文学》，首都师范大学。

王红玉、李冰梅（指导老师）：《李商隐“无题诗”中的“朦胧”在英译中的传递》，首都师范大学。

阮廷明德、侯会（指导老师）：《〈西游记〉中的佛教思想研究》，首都师范大学（中国古代文学）。

赵燕妮、张志忠（指导老师）：《东边日出西边雨，道是无情却有情——跨文化语境下的严歌苓研究》，首都师范大学（中国现当代文学）。

郭兴华、王秋海（指导老师）：《从接受理论角度看文学作品重译的必要性和意义》，首都师范大学（外国语言学及应用语言学）。

计美丽、刘佳林（指导老师）：《举隅法与宇文所安的中国古典文学研究》，上海交通大学（中国古代文学）。

丁晓惠、胡开宝（指导老师）：《雪莱抒情诗两汉译本比较研究》，上海交通大学（英语语言文学）。

陈广媛、孙景尧（指导老师）：《试论“况义”的特点》，上海师范大学。

王晶、孙景尧（指导老师）：《日本东洋史学家桑原骘藏评传》，上海师范大学。

延经苹、刘耘华（指导老师）：《清初天主教文人许缵曾研究》，上海师范大学。

纪建勋、刘耘华（指导老师）：《教会文献〈碑记赠言合刻〉研究》，上海师范大学。

李云辉、陈纳（指导老师）：《论纪昀的西学观》，上海师范大学。

赵昕雅、陈纳（指导老师）：《纳妾制与明末清初儒家士大夫皈依基督教的障碍——试论中西文化在婚姻伦理价值上的冲突》，上海师范大学。

程芳、顾鸣塘（指导老师）：《李、杨爱情故事的传承与流变——以历代小说笔记、日本物语文学为例》，上海师范大学（中国古代文学）。

宋青、宋炳辉（指导老师）：《论索尔仁尼琴对中国当代文学的影响》，上海外国语大学。

闻琛、查明建（指导老师）：《上海译文出版社翻译文学出版研究（1978—2008）》，上海外国语大学。

马岩、宋炳辉（指导老师）：《论华裔美国作家任碧莲的身份观——任碧莲的小说研究》，上海外国语大学。

贺晚青、任生名（指导老师）：《〈围城〉与〈小世界〉中的现代学者形象之比较》，上海外国语大学。

周昊俊、乔龙宝（指导老师）：《浅谈文学翻译批评模式》，上海外国语大学（英语语言文学）。

留妍、张健（指导老师）：《试论西方奇幻文学的翻译——以〈魔戒〉为例》，上海外国语大学（英语语言文学）。

张晓慧、冯庆华（指导老师）：《论风格再现中译者的创造性——以宋词翻译为例》，上海外国语大学（英语语言文学）。

牟乐平、孙黎（指导老师）：《官话和合本圣经的翻译及其对汉语的影响》，上海外国语大学（英语语言文学）。

裴斐、史志康（指导老师）：《儿童文学翻译中的音美再现》，上海外国语大学（英语语言文学）。

龚慧、张群（指导老师）：《论〈傲慢与偏见〉的风格翻译》，上海外国语大学（英语语言文学）。

洪玉婷、罗平（指导老师）：《从语域分析的角度看〈名利场〉文学风格的汉译》，上海外国语大学（英语语言文学）。

刘猛、罗平（指导老师）：《从标记理论论文学风格的再现——以许渊冲英译宋词为例》，上海外国语大学（英语语言文学）。

冯欣、李磊荣（指导老师）：《俄罗斯翻译理论史及其影响研究》，上海外国语大学（俄语语言文学）。

乔露、陆永昌（指导老师）：《文学翻译中的文化误读》，上海外国语大学（俄语语言文学）。

董新萍、高洁（指导老师）：《夏目漱石的中国观》，上海外国语大学（日语语言文学）。

李倩、俞瑞良（指导老师）：《从〈哥儿〉的中文译本看风格翻译的对策》，上海外国语大学（日语语言文学）。

刘思思、王文新（指导老师）：《〈红与黑〉四个中译本的比较》，上海外国语大学（法语语言文学）。

费琼娟、范晓蕾（指导老师）：《文学翻译中形与神的关系》，上海外国语大学（法语语言文学）。

王艳艳、谢天振（指导老师）：《翻译家李文俊研究》，上海外国语大学（翻译学）。

黄云霞、柴明颎（指导老师）：《文化意象在翻译中的传递》，上海外国语大学（翻译学）。

郭仁杰、谢天振（指导老师）：《〈牛虻〉在中国的译介》，上海外国语大学（翻译学）。

王晨、谢天振（指导老师）：《翻译家杨宪益研究》，上海外国语大学（翻译学）。

李晰皆、谢天振（指导老师）：《试论出版机构的翻译出版活动——以上海商务印书馆初创期严译西学名著的出版为例》，上海外国语大学（翻译学）。

宋艳红、谢天振（指导老师）：《从女性主义翻译理论看〈红字〉中海丝特形象的传译》，上海外国语大学（翻译学）。

李磊、戴惠萍（指导老师）：《从伽达默尔哲学阐释学看 Uncle Tom's Cabin 的两个中译本》，上海外国语大学（翻译学）。

孙晓娅、吴刚（指导老师）：《目的论与戏剧翻译——对奥斯卡·王尔德 The Importance of Being Ernest 三个中译本的对比分析》，上海外国语大学（翻译学）。

齐凤丽、锦清（指导老师）：《Lawrence Venuti 翻译思想探索及其在中国的接受》，上海外国语大学（翻译学）。

陈冬云、郝琳（指导老师）：《弗吉尼亚·伍尔夫小说中的异域他者》，山西大学（英语语言文学）。

郭雪妮、吴舜立（指导老师）：《日本文学中的"变形小说"及其外来影响研究》，陕西师范大学。

焦欣波、吴舜立（指导老师）：《东西方叙事文学乱伦母题研究》，陕西师范大学。

刘思雨、韦建国（指导老师）：《东西方语境下奥尔罕·帕慕克作品研究》，陕西师范大学。

单晓云、韦建国（指导老师）：《试论康拉德的文化身份与其小说的关系》，陕西师范大学。

杨文学、田刚（指导老师）：《"林译小说"与中国文学的现代转型》，陕西师范大学（中国现当代文学）。

项波、言生（指导老师）：《唐五代笔记小说中的佛教故事研究》，陕西师范大学（中国古代文学）。

宋铮、李强（指导老师）：《土族〈格萨尔〉研究》，陕西师范大学（少数民族语言文学）。

宋洁、杨铭（指导老师）：《从目的论角度分析 Gulliver's Travels 的两个汉译本》，陕西师范大学（英语语言文学）。

陈燕、李文革（指导老师）：《从对等翻译理论角度比较〈简·爱〉的两个中译本》，陕西师范大学（英语语言文学）。

张凤、李文革（指导老师）：《从伽达默尔的哲学阐释学看 Pride and Prejudice 的两种中译本》，陕西师范大学（外国语言学及应用语言学）。

刘桂杰、李文革（指导老师）：《文学作品中的模糊现象及其在翻译中的再现》，陕西师范大学（翻译理论与实践）。

何慧斌、曹桂生（指导老师）：《苏轼与莱辛诗画关系论之比较研究》，陕西师范大学（美术学）。

周海霞、方汉文（指导老师）：《论 20 世纪 30 年代中国现代诗派对"荒原冲击波"的接受》，苏州大学。

朱美娟、蒋连杰（指导老师）：《身份界定与文化融合——奥尔罕·帕慕克小说的探索性特征分析》，苏州大学。

陈云丽、洪庆福（指导老师）：《〈约翰福音〉三大中文译本文学性比较研究》，苏州大学（文学性研究）。

季宇、金焕荣（指导老师）：《从〈红楼梦〉英译本比较看译者主体性的体现》，苏州大学（外国语言学及应用语言学）。

廖璐姗、张力群（指导老师）：《〈简·爱〉两译本的比较研究》，天津财经大学（英语语言文学）。

罗勤、王雪（指导老师）：《文学翻译中模糊性的美学价值》，天津大学（外国语言学及应用语言学）。

李洪辉、王雪（指导老师）：《接受理论与儿童文学翻译》，天津大学（外国语言学及应用语言学）。

朱雯瑛、张晓希（指导老师）：《关于五山禅僧形象的考察——以绝海中津为中心》，天津外国语学院（日语语言文学）。

薛俊艳、刘兵（指导老师）：《中国文学翻译中的意识形态——1905—1977 中国文学翻译选材研究》，太原理工大学（外国语言学及应用语言学）。

刘奎娟、崔长青（指导老师）：《接受美学视角下的文学翻译——〈水浒传〉英译本比较研究》，外交学院（外国语言学与应用语言学）。

杜彬彬、蒋承勇（指导老师）：《歌手的自然和诗人的旷野——华兹华斯与惠特曼自然观的比较研究》，温州大学（文艺学）。

周慧、黄晖（指导老师）：《后殖民语境下的文化身份追寻：奈保尔研究》，温州大学（文艺学）。

杜睿、刘应争（指导老师）：《高调绝唱——论五四新女性派作家的女性写作》，西北大学（中国现当代文学）。

李芳芳、吴宝玲（指导老师）：《论新时期基督教文学之审美超越性》，西北大学（文艺学）。

胡晓东、班荣学（指导老师）：《互文视角下的文学翻译——〈浮躁〉英译本的互文解读》，西北大学（英语语言文学）。

周文书、朱益平（指导老师）：《“改写”在文学翻译中的运用》，西北大学（英语语言文学）。

王靖涵、朱益平（指导老师）：《从多元系统理论的角度解读我国五四以来英美女性文学的译介》，西北大学（英语语言文学）。

夏吾拉旦、山夫旦（指导老师）：《敦煌文献汉藏文学翻译研究——以〈尚书〉和〈战国策〉译文为例》，西北民族大学（中国少数民族语言文学）。

秀日多、山夫旦（指导老师）：《汉藏文学翻译的艺术研究》，西北民族大学（中国少数民族语言文学）。

久美才让、才让草（指导老师）：《汉藏文学翻译中的文化空缺及其译法》，西北民族大学（中国少数民族语言文学）。

包宝泉、唐吉思（指导老师）：《翻译对等与读者反应论——从读者的角度看汉文文学作品的蒙译》，西北民族大学（中国少数民族语言文学）。

孙金霞、李晓卫（指导老师）：《〈深谷幽城〉对〈神曲〉艺术的继承和超越》，西北师范大学。

王丽莉、李晓卫（指导老师）：《花开，在不同的世界——西方文学中的贞德形象研究》，西北师范大学。

靳秀莹、姜秋霞（指导老师）：《社会文化背景下文学翻译中省译现象研究——以〈大卫·科波菲尔〉两个中文译本为例》，西北师范大学（英语语言文学）。

周静、姜秋霞（指导老师）：《文学创作与文学翻译的互文关系研究》，西北师范大学（英语语言文学）。

贾慧、姜秋霞（指导老师）：《文学翻译中的翻译规范——以中国第三次翻译高潮中小说译序跋为例的研究》，西北师范大学（英语语言文学）。

张慧玲、姜秋霞（指导老师）：《意识形态、诗学与英语意识流小说的汉译》，西北师范大学（英语语言文学）。

王文敏、西仁·库尔班（指导老师）：《文化图式理论与〈红楼梦〉典故维译》，新疆大学（中国少数民族语言文学）。

李学清、王星汉（指导老师）：《论元杂剧中的佛教剧》，新疆师范大学（中国古代文学）。

赵英、王诺（指导老师）：《〈瓦尔登湖〉生态思想和中国的接受》，厦门大学。

林银焕、俞兆平（指导老师）：《现代性视野中的郑振铎文学思想初探》，厦门大学（文艺学）。

李莲玉、陈端端（指导老师）：《关于中日“狐”的语言表达及其互译方式》，厦门大学（日语语言文学）。

林文才、纪玉华（指导老师）：《从关联理论的角度论诗歌翻译——雪莱〈西风颂〉四个汉译本之个案分析》，厦门大学（英语语言文学）。

李思茗、张敬惠（指导老师）：《从文化视角解读〈莎乐美〉在五四时期的译介》，西南财经大学（外国语言学及应用语言学）。

王妮、王本朝（指导老师）：《吴宓与中国比较文学》，西南大学（中国现当代文学）。

蒋进国、王本朝（指导老师）：《吴宓视野里的新文学》，西南大学（中国现当代文学）。

王丹、王本朝（指导老师）：《“易卜生主义”与五四新文学》，西南大学（中国现当代文学）。

张玲玲、卓新贤（指导老师）：《文学翻译中风格的可译性》，西南石油大学（外国语言学及应用语言学）。

孙平、罗婷（指导老师）：《论蒋子丹对荒诞小说的接受》，湘潭大学。

刘军凯、罗婷（指导老师）：《谭恩美长篇小说中的中国形象》，湘潭大学。

李曦怡、季水河（指导老师）：《笛福与图尼埃笔下鲁滨逊形象的生态学解读》，湘潭大学。

李珑珑、舒奇志（指导老师）：《论朱湘的诗学观对其翻译观的影响》，湘潭大学（外国语言学及应用语言学）。

唐丽君、舒奇志（指导老师）：《论茅盾的外国儿童文学翻译策略》，湘潭大学（外国语言学及应用语言学）。

代旋、建平（指导老师）：《〈红高粱家族〉风格传译的文体学评析——以其英译本 Red Sorghum 为例》，湘潭大学（外国语言学及应用语言学）。

吕剑兰、王建平（指导老师）：《从〈浮生六记〉两个英译本看意识形态对文学翻译的操控》，湘潭大学（英语语言文学）。

邓丽君、陈琳（指导老师）：《〈西游记〉詹纳尔译本角色名翻译的研究》，湘潭大学（英语语言文学）。

朴青梅、郑日男（指导老师）：《〈燕行录〉中的中国知识分子形象研究》，延边大学。

池美红、李官福（指导老师）：《中美流散文学中的文化身份研究》，延边大学。

安顺男、李官福（指导老师）：《〈佛本生故事〉与中朝民间故事之主题学研究》，延边大学。

金香花、金宽雄（指导老师）：《间岛移民题材小说之矛盾冲突比较研究》，延边大学。

吴文亮、李官福（指导老师）：《朝鲜朝末期国文小说中的满洲族形象研究》，延边大学。

安美兰、金宽雄（指导老师）：《对20世纪20年代初中韩短篇小说中一人称叙事模式的比较研究》，延边大学。

吴延华、郑日男（指导老师）：《宋元话本小说与朝鲜朝盘梭利脚本系列小说比较研究》，延边大学。

郑京花、郑日男（指导老师）：《〈北学派〉与楚辞关联研究》，延边大学。

李文豪、朴正阳（指导老师）：《金克己与中国文学》，延边大学。

尹燕姬、朴玉明（指导老师）：《蒲松龄〈聊斋志异〉与亨利·詹姆斯〈螺丝在拧紧〉中的宗教现象比较研究》，延边大学。

李伟光、马金科（指导老师）：《论杨朔抗美援朝文学作品中的朝鲜形象》，延边大学（中国现当代文学）。

姜艳秀、马金科（指导老师）：《论魏巍抗美援朝作品中的朝鲜形象》，延边大学（中国现当代文学）。

管延滨、温兆海（指导老师）：《周作人散文中的日本形象》，延边大学（中国现当代文学）。

玄春妍、马金科（指导老师）：《中韩现代主义诗人卞之琳和郑芝溶诗歌之比较》，延边大学（中国现当代文学）。

陈秋亮、邹志远（指导老师）：《疏离：鲁迅与朝鲜（韩国）新文学》，延边大学（中国现当代文学）。

张楠、于春海（指导老师）：《许筠赋对中国赋的借鉴与创新》，延边大学（中国古代文学）。

张新苗、孙德彪（指导老师）：《严羽与许筠诗论之比较》，延边大学（中国古代文学）。

安美善、朴正阳（指导老师）：《〈幸福的女人〉与〈女人心思〉比较研究》，延边大学（亚非语言文学）。

权基虎、许辉勋（指导老师）：《中·韩·日开天辟地神话比较研究》，延边大学（亚非语言文学）。

李红燕、崔熊权（指导老师）：《高丽中期苏东坡热与陶渊明文学的接受——以李仁老、陈华、李奎报为中心》，延边大学（亚非语言文学）。

胡萍飞、何昌邑（指导老师）：《从纽马克翻译理论看许渊冲韵译中国古典诗词》，云南师范大学（英语语言文学）。

韩民丽、王牧群（指导老师）：《从关联理论视角解析文学翻译中的文化缺省》，燕山大学（英语语言文学）。

韩晗、周华斌（指导老师）：《基督教传播与中国话剧的文化关系探析（1907—1945）》，中国传媒大学（戏剧戏曲学）。

窦彩云、徐敏慧（指导老师）：《意识形态和文学翻译的互动关系——〈牛虻〉中译本个案研究》，中国海洋大学。

金淑喜、刘润芳（指导老师）：《崔致远诗歌创作浅探》，中国海洋大学（中国古代文学）。

袁枫、任东升（指导老师）：《清末民初（1891—1917）科幻小说翻译探究》，中国海洋大学（外国语言学及应用语言学）。

薛岚、林少华（指导老师）：《试论梅花诗中的中国与日本》，中国海洋大学（日语语言文学）。

范乔乔、郑淑梅（指导老师）：《中美文化交流中的“中国话语”——林语堂英文创作研究》，浙江大学（中国现当代文学）。

王苗芳、吴秀明（指导老师）：《中国武侠小说对泰国的影响》，浙江大学（中国现当代文学）。

任传印、陈强（指导老师）：《风雨江湖菩提树——佛教四圣谛视角下的“天龙八部”》，浙江大学（中国现当代文学）。

陈文、吴越民（指导老师）：《从读者接受理论的角度比较〈名利场〉的两本中文译本》，浙江大学（外国语言学及应用语言学）。

刘玉、何云波（指导老师）：《永远的香格里拉——〈消失的地平线〉之形象学解读》，中南大学。

倪云、何云波（指导老师）：《“地之子”的心灵契合——论叶赛宁对彭燕郊诗歌的影响》，中南大学。

汤海威、谭德晶（指导老师）：《创造性转变——印度古代文学在中国流传的几个特点》，中南大学。

刘包发、阎真（指导老师）：《文化视域：中西悼亡诗的“爱”与“死”》，中南大学。

李水波、孟泽（指导老师）：《“错位”与“回归”——中西文化碰撞中的诗人叶维廉》，中南大学。

戴芝兰、孟泽（指导老师）：《中国古典诗和英美现代诗美感意识的汇通——叶维廉诗学片论》，中南大学。

覃莉、叶绪民（指导老师）：《庄子与叔本华“生命悲剧意识”比较研究》，中南民族大学（文艺学）。

肖赛辉、廖晶（指导老师）：《论意识形态、诗学对苏曼殊翻译〈惨世界〉的影响》，中南大学（外国语言学及应用语言学）。

李兰、贾文波（指导老师）：《文化身份在儿童文学翻译中的导向作用》，中南大学（外国语言学及应用语言学）。

童小艳、屠国元（指导老师）：《论文学翻译中的杂合——以 Gone with the Wind 两个中译本为例》，中南大学（外国语言学及应用语言学）。

孙建雄、范武邱（指导老师）：《从解构主义视角看翻译中的创造性叛逆》，中南大学（外国语言学及应用语言学）。

胡君、贾文波（指导老师）：《儿童期待视野的扩展与当今儿童文学翻译——以〈哈利·波特〉翻译为例》，中南大学（外国语言学及应用语言学）。

范晓丽、辛红娟（指导老师）：《哲学阐释学视阈中的文学作品复译研——〈苔丝〉复译的个案研究》，中南大学（外国语言学及应用语言学）。

李倩倩、贾文波（指导老师）：《被操纵的操纵者——斯奈德对寒山诗的译介》，中南大学（外国语言学及应用语言学）。

沈家会、屠国元、辛红娟（指导老师）：《〈诗经〉英译研究：误读与重构》，中南大学（外国语言学及应用语言学）。

陈媛、贾文波（指导老师）：《文学翻译中异化趋势的可能性——以〈红楼梦〉乔利英译本为例》，中南大学（外国语言学及应用语言学）。

曹建辉、张映先（指导老师）：《模糊语言学视阈下的〈红楼梦〉诗词翻译研究》，中南大学（外国语言学及应用语言学）。

韩媛、范武邱（指导老师）：《汉语模糊美感在〈水浒传〉翻译中的再现与遗憾——〈水浒传〉两个英译本的对比研究》，中南大学（外国语言学及应用语言学）。

李胡玉、金春仙（指导老师）：《千世峰的“石溪邑的新春”与浩然的“艳阳天”比较研究》，中央民族大学（中国少数民族语言文学）。

林文、徐文海（指导老师）：《从〈扶桑〉看严歌苓的新移民文学创作》，中央民族大学（中国少数民族语言文学）。

（收集整理者：苏筱）

六　2009年度港澳台期刊论文论著博硕论文索引

说明：本索引中的文献主要依据大陆国家图书馆台湾华艺、台湾“国家”图书馆、OAI博硕士论文联邦查询系统、TAO台湾学术期刊在线数据库、港澳期刊网、台湾汇文网（Hermes）、港澳台地区各高校博硕士论文及期刊索引等资料库进行的资料查找和搜集工作。由于资料存放位置受限和境外网络访问权限的问题，不免有遗漏或错误的地方，还请读者批评指正。

一　期刊论文

比较文学学科理论

江婉贞：《文学欣赏的视野》，《育达学报》（台湾）2009年第23期。

李正西：《高层次的散文考察和研究——评龙建春〈世界上古散文浅论〉》，《书目季刊》（台湾）2009年第3期。

苏子中：《同心与离心：〈同心圆：文学与文化研究〉的两手经营策略——在一个去中心的年代》，《人文与社会科学简讯》（台湾）2009年第12期。

吴叡人：《重层土著化下的历史意识：日治后期黄得时与岛田谨二的文学史论述之初步比较分析》，《台湾史研究》2009年第16卷第3期。

比较诗学

蔡振念：《预借的现代性——论郁达夫对西方颓废美学的挪用》，《中正大学中文学术年刊》（台湾）2009年第13期。

崔末顺：《三〇年代韩国文坛对现代主义诗的受容》，《台湾文学学报》（台湾）2009年第15期。

郭玉雯：《〈现代文学小说选集〉的现代主义特色》，《台湾文学研究集刊》（台湾）2009年第6期。

侯作珍：《自我困境与抵抗异化：现代主义在新世代小说中的呈现》，《东华汉学》

（台湾）2009年第10期。

李晓菁：《自然“近在眼前”与作为“社会角色”：部分文学生态批评分析的基本结果》（上），《生态台湾》（台湾）2009年第25期。

廖咸浩：《异梦为何同床?：中国现代诗中现代主义诗学与国族再造的纠结》，《台湾文学研究集刊》（台湾）2009年第6期。

林巾力：《主知、现实、超现实：超现实主义在战前台湾的实践》，《台湾文学学报》（台湾）2009年第15期。

邢舟：《专访：旅美华裔作家裘小龙——文学是个体的悲喜剧》，《亚洲周刊》（香港）2009年第23卷第1期。

颜昆阳：《从反思中国文学“抒情传统”之建构以论“诗美典”的多面向变迁与丛聚状结构》，《东华汉学》（台湾）2009年第9期。

杨小滨：《李欧塔：无中生有的美学》，《印刻文学生活志》（台湾）2009年第6卷第4期。

朱蕙足：《“现代”与“原初”之异质交混：翁闹小说中的现代主义演绎》，《台湾文学学报》（台湾）2009年第15期。

东方比较文学

曹长青：《中国文学场景一瞥——大江健三郎和铁凝“调情”》，《开放》（香港）2009年第275期。

陈美瑶：《解读战后日本女性文学中的幻想世界之一景——以金井美惠子之〈兔〉为例》，《台大日本语文研究》（台湾）2009年第18期。

陈明姿：《〈今昔物语集〉里的狐狸故事与中国文学》，《台大日本语文研究》（台湾）2009年第18期。

韩振乾：《鲁迅作品在韩朝之传播》，《中西文化研究》（澳门）2009年第2期。

郝誉翔：《美丽又忧伤的国族寓言——读大江健三郎〈优美的安娜·贝尔徹颤栗早逝去〉》，《文讯》（台湾）2009年第12期。

黄翠娥：《日本文学における項羽・劉邦像》，《日本语日本文学》（台湾）2009年第7期。

金培懿：《战后日本文人画与题画诗之研究进路探析（1949—2009）》，《中正大学中文学术年刊》（台湾）2009年第14期。

赖振南：『「竹取物語」における竹取翁のアイロニカルな役割』，《日本语日本文学》（台湾）2009年第7期。

黎湘萍：《思想家的“孤独”？——中关于陈映真的文学和思想与战后东亚诸问题的内在关联》，《新地文学》（台湾）2009年第10期。

李焯芬：《穆斯林的劝善诗》，《明报月刊》（香港）2009年第44卷第8期。

李美淑：『「鏡をうち見れば、いと憎げにはあり」——『蜻蛉日記』にみる「老い」の意識』，《日本语日本文学》（台湾）2009年第7期。

李敏勇：《国家的视野，文学的视点——“国际视野中的大江健三郎”研讨会的一个侧面》,《文学台湾》(台湾)2009 年第 10 期。

林珊妏:《越南的蛟龙故事类型及内涵探究》,《成大中文学报》(台湾)2009 年第 10 期。

林以衡:《“荡寇”新解:〈新荡寇志〉对日本“国体”、“神风”思想的开发及作家谢雪渔的政治理想》,《嘉大中文学报》(台湾)2009 年第 2 期。

林友顺:《1922—2009 马华文坛推手姚拓逝世》,《亚洲周刊》(香港)2009 年第 23 卷第 42 期。

毛峰:《村上春树 1Q84 向 1984 及鲁迅致敬》,《亚洲周刊》(香港)2009 年第 23 卷第 35 期。

太田登:《关于诗人石川啄木诞生之诸问题》,《台大日本语文研究》(台湾)2009 年第 18 期。

王万象:《宇文所安的唐诗诠释初探》,《联大学报》(台湾)2009 年第 6 卷第 1 期。

王晓平:《日本奈良时代对策文与唐代试策文学研究》,《中西文化研究》(澳门)2009 年第 2 期。

吴佩珍:『「華やぐいのちなりけり」——岡本かの子「老妓抄」の老妓像をめぐって』,《日本语日本文学》(台湾)2009 年第 7 期。

吴叡人:《重层土著化下的历史意识:日治后期黄得时与岛田谨二的文学史论述之初步比较分析》,《台湾史研究》(台湾)2009 年第 9 期。

杨锦昌:『中世文学における〈老い〉の境界』,《日本语日本文学》(台湾)2009 年第 7 期。

张诵圣:《试谈几个研究“东亚现代主义文学”的新框架——以台湾为例》,《台湾文学研究集刊》(台湾)2009 年第 5 期。

郅溥浩:《20 世纪中期的中阿文学交流一瞥》,《中西文化研究》(澳门)2009 年第 2 期。

中西比较文学

陈相因:《吸收俄罗斯:论曹禺的〈雷雨〉与奥斯特罗夫斯基的〈大雷雨〉在中国》,《戏剧研究》(台湾)2009 年第 4 期。

陈贻绎:《学术动态——第二届“圣经智慧文学教学方案研讨会”》,《汉语基督教学术论评》(台湾)2009 年第 7 期。

陈正芳:《淡化“历史”的寻根热——重探大陆新时期小说的魔幻现实主义》,《中外文学》(台湾)2009 年第 9 期。

傅正明:《把诅咒化为葡萄园——评米勒的小说〈心兽〉》,《明报月刊》(香港)2009 年第 44 卷第 11 期。

高阶秀尔文:《梵谷与法国文学》,朱燕翔译,《艺术家》(台湾)2009 年第 69 卷第 6 期。

葛桂录:《文学因缘:王国维与英国文学》,载葛桂录、王向远《比较文学与世界文学名家讲堂:含英咀华》,中央编译出版社 2014 年版。

郭成义：《从赫特米勒到龙应台》，《盐分地带文学》（台湾）2009年第25期。

何洵怡：《与全球孩子同行——论〈天堂小店〉对青少年公民教育的意义》，《淡江人文社会学刊》（台湾）2009年第12期。

黄渼婷：《乌托邦的千种面貌：初探摩尔的〈乌托邦〉对德国乌托邦概念与文学的影响》，《辅仁外语学报》（台湾）2009年第6期。

李翠玉：《流动的饗宴：〈盐之书〉中之多重生命叙写》，《英美文学评论》（台湾）2009年第15期。

李奭学：《三面玛利亚——论高一志〈圣母行实〉里的圣母奇迹故事的跨国流变及其意义》，《中国文哲研究集刊》（台湾）2009年第34期。

梁孙傑：《当他被牠看着的时候，他是谁？在德希达那儿的猫》，《中外文学》（台湾）2009年第12期。

廖梨月：《文学作品语言分析法之应用——以帕乌斯托夫斯基的中篇小说“北方的故事”为例》，《淡江外语论丛》（台湾）2009年第13期。

林芳玫、洪万生：《数学小说初探：以结构主义叙事分析比较两本小说》，《科学教育学刊》（台湾）2009年第17卷第6期。

吕奇芬：《史坦因战争书写中的游戏诗学》，《中山人文学报》（台湾）2009年第9期。

罗惠珍：《诺贝尔文学奖——赫塔·米勒（Herta Müller）——以书写对抗历史遗忘》，《亚洲周刊》（香港）2009年第23卷第42期。

马森：《晚清到民国诗歌的蜕变——中国现代文学的两度西潮（第六章）》，《新地文学》（台湾）2009年第10期。

茉莉：《描述极权制度带来的恐怖——诺贝尔奖得主米勒的写作主题》，《争鸣》（香港）2009年总385期。

南方朔：《对张学研究的期待——从奥威尔谈起：开启宝库重新解读张爱玲》，《亚洲周刊》（香港）2009年第23卷第12期。

齐宏伟：《论二十世纪20年代中国意第绪文学热》，《中西文化研究》（澳门）2009年第2期。

钱林森：《寻求现代中国“才智”——20世纪中国文学在法国的译介和接受》，《中西文化研究》（澳门）2009年第2期。

秦曼仪：《女性友谊通信小说的出版与阅读：法国十八世纪女作家与读者——友人的感性分享》，《欧美研究》（台湾）2009年第39卷第4期。

邱雅芳：《中村古峡在大正初期的殖民地行旅：〈到鹅銮鼻〉、〈来自蕃地〉的南方风情与“蕃地”体验》，《台湾文学学报》（台湾）2009年第15期。

苏榕：《死亡/转生——古雷希的生命书写》，《英美文学评论》（台湾）2009年第15期。

王美玲：《歌德〈维特〉的接受与影响：菲特列希·尼可莱〈少年维特的喜乐〉及乌里希·朋兹多尔夫〈少年威波的新烦恼〉》，《辅仁外语学报》（台湾）2009年第6期。

王仪君：《德莱登剧本〈安波那〉中的东方城市与殖民想象》，《中外文学》（台湾）2009年第1期。

王瑜君、柯秀雯：《流离与逼迫、认同与罪责的漫长阴影——荷塔·慕勒（Herta Müller）与欧洲的伤痕记忆》，《印刻文学生活志》（台湾）2009年第6卷第4期。

伍红玉：《“发现民间”与“到民间去”——中德近代民间文艺运动比较》，《中西文化研究》（澳门）2009第1期。

谢金蓉：《傅雷与伏尔泰：一个“老实人”在中国的旅行》，《外国语文研究》（台湾）2009年第6期。

谢作伟：《活化的精神——德利洛〈地下世界〉中的废弃影像与身份认同》，《英美文学评论》（台湾）2009年第15期。

许煜：《悼诺贝尔文学奖得主品特（Harold Pinter，1930—2008）——他在诗和死亡中追寻真理》，《亚洲周刊》（香港）2009年第23卷第2期。

鄢定嘉：《纳博科夫小说〈国王、皇后、杰克〉中的果戈理元素》，《俄语学报》（台湾）2009年第15期。

杨彦彬：《“非洲内陆白人族”：十八世纪科学知识与古典文学》，《台湾师大历史学报》（台湾）2009年第41期。

杨玉菁：《清法战争时期欧洲人眼中的北台湾——以〈孤拔元帅的小水手〉与〈北台封锁记〉为例》，《文史台湾学报》（台湾）2009年第1期。

杨宗霖：《评鲍晓鸥著，那瓜译，〈西班牙人的台湾体验（1626—1642）：一项文艺复兴时代的志业及其巴洛克的结局〉》，《台大历史学报》（台湾）2009年第44期。

姚京明：《“旅行者本身就是旅行”——费尔南·门德斯·平托和他的〈远游记〉》，《中西文化研究》（澳门）2009年第2期。

余君伟：《教化使命、同情心、自我保护论英国女作家立德的中国游记与旅游伦理》，《英美文学评论》（台湾）2009年第15期。

张尧钦：《理查·华格纳的〈精灵〉探讨》，《台大文史哲学报》（台湾）2009年第70期。

朱寿桐：《澳门文化的特殊生态与新移民文艺的价值》，《澳门研究》（澳门）2009年第53期。

翻译文学

白立平：《“翻译可以省说很多话”——梁实秋与鲁迅论战期间有关译作的分析》，《清华学报》（台湾）2009年第9期。

陈鹤鸣：《人的解放与中国的西方文学（上篇）》，《文史哲艺》（香港）2009年总第18期。

陈鹤鸣：《人的解放与中国的西方文学（下篇）》，《文史哲艺》（香港）2009年总第19期。

高婉瑜：《论〈阿弥陀经〉汉文与译本的词汇与篇章风格》，《淡江中文学报》（台湾）2009年第12期。

胡正茂：《文本语境分析与翻译：Willa Cather 小说“A Wagner Matinée”三联版译

本推敲》,《澳门理工学报》(澳门)2009年第12卷第2期。

李长声:《一部日本小说与两度世界危机——谈小林名著:〈蟹工船〉》,《明报月刊》(香港)2009年第44卷第1期。

李明滨:《二十世纪中叶俄罗斯对中国古典小说的翻译与研究》,《中西文化研究》(澳门)2009年第2期。

李奭学:《欧洲中世纪·耶稣会士·宗教翻译——我研究明末耶稣会翻译文学的回顾前瞻》,《编译论丛》(台湾)2009年第9期。

李有成:《翻译家查良铮》,《思想》(台湾)2009年第10期。

林温霜:《欧文学译介的薪火传承——鲁迅与孙用》,《中西文化研究》(澳门)2009年第2期。

茉莉:《"欧洲拉登"的暴力诗歌——卡拉季奇与种族屠杀》,《争鸣》(香港)2009年总第377期。

上田哲二:《日译杨牧诗集经由记述》,高嘉励译,《新地文学》(台湾)2009年第10期。

唐立新:《从翻译文化史看卞之琳的诗歌翻译》,《澳门理工学报》(澳门)2009年第12卷第2期。

童元方:《管窥〈和合本〉圣经译事》,《明报月刊》(香港)2009年第44卷第12期。

童元方:《无始、无终与无我——〈爱因斯坦的梦〉的翻译》,《明报月刊》(香港)2009年第44卷第9期。

汪宝荣:《〈儿童文学翻译读本〉评介》,《翻译学研究集刊》(台湾)2009年第12期。

王辉:《翻译即改写——伊索寓言的一个晚清译本考察》,《中西文化研究》(澳门)2009年第1期。

卫茂平:《德国作家艾希及其汉诗德译》,《中西文化研究》(澳门)2009年第2期。

杨莉馨:《现代中国对佛吉尼亚·伍尔夫的译介与接受研究》,《澳门理工学报》(澳门)2009年第12卷第2期。

姚绍基:《翻译:〈中世纪德语文学史概览〉第0章:中世纪德语文学的基本条件及问题》,《台德学刊》(台湾)2009年第17期。

郁龙余:《中国翻译学的四大特色》,《中西文化研究》(澳门)2009年第2期。

周欣佳:《翻译文学之对照分析——中日语言之情意》,《台大日本语文研究》(台湾)2009年第18期。

二 博硕论文索引

阿西雅(Asiya Esheva):《鲁迅与契诃夫小说的比较研究》,硕士论文,元智大学(人文社会学院中国语文学系)。

蔡嘉琪：《〈今昔物语集〉中的中国》，博士论文，辅仁大学（比较文学研究所）。

蔡明颖：《当〈哈姆雷特〉遇上儿童文学》，硕士论文，辅仁大学（翻译学研究所）。

蔡瑟芬：《托尔斯泰〈复活〉男女主人翁形象塑造之研究》，硕士论文，南华大学（文学系硕士班）。

蔡文淑：《伦茨短篇小说〈我的小村如此多情〉中译本翻译评析——以莱思翻译批评理论为基础》，硕士论文，“国立”高雄第一科技大学（应用德语所）。

蔡幸纹：《“他们的皇后疯了”：〈奥菲欧爵士〉之女性复声与疯狂》，硕士论文，“国立”中正大学（外国文学所）。

蔡依娥：《打破藩篱——中国鬼魂在谭艾美〈百种神秘感觉〉中的反击》，硕士论文，“国立”中正大学（外国文学所）。

陈采怡：《论布希亚的〈美国〉：美国形象的生产与消费》，硕士论文，淡江大学（外国语文学院法国语文学系硕士班）。

陈宏淑：《译者的操纵——从 Cuore 到〈馨儿就学记〉》，博士论文，“国立”台湾师范大学（翻译研究所）。

陈惠美：《论伍慧明〈骨〉与谭恩美〈喜福会〉中亚裔美国之再现》，硕士论文，交通大学（人文社会学院外国语文学系外国文学与语言学研究所）。

陈家盈：《〈堂吉诃德〉桑丘谚语的翻译研究——以杨绛译本为例》，硕士论文，静宜大学（外语学院西班牙语文学系研究所）。

陈美蘭：《张贵兴小说研究》，硕士论文，佛光大学（文学院）。

陈蓉美：《〈法句譬喻经〉的叙事研究》，硕士论文，“国立”“中央”大学（中国文学系硕士在职专班）。

陈茹文：《长袜皮皮之儿童观探究》，硕士论文，“国立”台东大学（儿童文学研究所）。

陈顺杰：《从陷落到自赎——村上春树小说研究》，硕士论文，“国立”台中教育大学（语文教育学系硕博士班）。

陈亭宇：《论奈波尔〈大河湾〉由殖民共谋到印裔流散者的困境》，硕士论文，“国立”中正大学（外国文学所）。

陈薇如：《论〈杜瓦特家族〉与〈杀夫〉中的女性形象》，硕士论文，淡江大学（西班牙语文学系硕士班）。

陈文森：《默默呼唤童年——析论〈默默〉象征之意涵》，硕士论文，“国立”台东大学（儿童文学研究所）。

陈艺文：『横光利一文学における「東洋」と「西洋」—「上海」と「旅愁」から探究して』，硕士论文，东吴大学（日本语文学系）。

陈永晋：“Towards an aesthetics of cliché : cultural recycling and contemporary fiction”，硕士论文，香港大学（英文学院）。

陈钰佩：《西班牙现代喜剧初探：以卡洛士·阿尔尼却斯作品为例》，硕士论文，淡江大学（西班牙语文学系硕士班）。

陈忠源：《韦沃〈文学理论〉与刘勰〈文心雕龙〉之比较》，博士论文，佛光大学

（文学系）。

陈姿伊：《莒哈絲〈劳儿之劫〉之劫》，硕士论文，淡江大学（外国语文学院法国语文学系硕士班）。

方瑞杨：《〈波谢洪尼耶遗风〉中的地主与农奴生活图像分析》，硕士论文，国立政治大学（斯拉夫语文学系）。

高雅婷：《以存在主义论述〈杜瓦特家族〉》，硕士论文，静宜大学（外语学院西班牙语文学系研究所）。

郭瀚涛：《文化因素对翻译的影响：以〈大黄蜂战机〉一书之中译为例》，硕士论文，长荣大学（人文社会学院翻译研究所在职专班）。

何冠雄：《〈令人战栗的格林童话〉接受现象研究》，硕士论文，“国立”新竹教育大学（语文学系硕士班）。

何思慧：“Talking Chinese Canada : the poetry of Fred Wah”，硕士论文，香港大学（英文学院）。

黄敬潔：《汉魏六朝佛典佛教讚研究》，硕士论文，“国立”中正大学（中国文学所）。

黄秋梅：《被编织的真相与玛格丽特·爱特伍〈双面葛蕾斯〉》，硕士论文，“国立”交通大学（外国语文学系外国文学与语言学硕士班）。

黄绍维：《跨越疆界：论鲁西迪〈摩尔人的最后叹息中〉翻译的借喻》，硕士论文，国立政治大学（英国语文学研究所）。

黄雅娟：《跨文化审美现代性：李金发探讨》，硕士论文，淡江大学（外国语文学院法国语文学系硕士班）。

黄玉慧：《越界：马华文学中的郁达夫与黄锦树》，硕士论文，“国立”台湾师范大学（华语文教学研究所）。

黄照隆：《破灭与重生——手塚治虫〈火之鸟〉研究》，硕士论文，“国立”台东大学（儿童文学研究所）。

黄资絜：《跨越写实藩篱——回忆剧中不可靠的叙述者》，硕士论文，台湾大学（戏剧学研究所）。

纪昭君：《恋慕于祂/她：〈百年孤寂〉与〈紅楼梦〉的母体回归及母神样貌》，硕士论文，“国立”成功大学（中国文学系硕博士班）。

李佳霖：《萝宾·麦金莉〈英雄的皇冠〉之女性英雄研究》，硕士论文，“国立”台北教育大学（人文艺术学院语文与创作学系）。

李家旭：《格林童话中公主形象塑造与变化之研究》，硕士论文，“国立”台南大学（国语文学系硕士班）。

李敏忠：《殖民地风景的书写：1930年代台湾白话小说文体风格研究》，博士论文，成功大学（文学院台湾文学系硕博士班）。

李佩静：《以后殖民观点阅读叶慈的〈凯瑟琳女伯爵〉、〈胡拉洪之女凯瑟琳〉与〈复活节1916〉：性别、国家以及牺牲典范》，硕士论文，“国立”中正大学（外国文学所）。

李青亲：《台湾西方翻译文学作品之引用研究》，硕士论文，“国立”政治大学（图书资讯与档案学研究所）。

李怡荻：《论张贵兴的雨林书写》，硕士论文，“国立”台北教育大学（人文艺术学院台湾文化研究所）。

李易璁：《井上靖文学的西域情趣——源于丝绸之路终端的中国边境形象》，博士论文，辅仁大学（比较文学研究所）。

李芝莹：《印顺法师传记书写及其生命教育意涵》，博士论文，“国立”台中教育大学（语文教育学系硕博士班）。

李芷伦：“Writing back in the works of Hanif Kureishi”，硕士论文，香港大学（英文学院）。

梁雅珮：《塞拉小说〈杜瓦特家族〉之中译本专有名词翻译探讨》，硕士论文，静宜大学（外语学院西班牙语文学系研究所）。

林翠怡：《Recapturing the past：the pillow book in the present age》，硕士论文，香港大学（现代语言及文化学院日本研究学科）。

林慧雯：『漱石文学における「絵画」の意味——第一の三部作「三四郎」、「それから」、「門」から見て』，硕士论文，东吴大学（日本语文学研究所）。

林慧真：《王维的禅学思想研究》，硕士论文，东海大学（哲学系）。

林亮岑：《福特之印象主义与〈好兵〉》，硕士论文，“国立”中正大学（外国文学所）。

林宛仪：《王祯和小说语言的流动性与在地性》，硕士论文，“国立”清华大学（台湾文学研究所）。

林熙强：《高一志〈譬学〉与亨利·皮坎〈说苑〉平行研究——修辞与符号》，博士论文，辅仁大学（比较文学研究所）。

林秀宇：《作为或不作为一个女人，这是个问题：以精神分析论玛格丽特·艾特伍德之〈可食的女人〉》，硕士论文，“国立”交通大学（外国语文学系外国文学与语言学硕士班）。

林银芬：《放逐的力量——唐娜·乔·娜波莉文本中的阴性主体》，硕士论文，“国立”台东大学（儿童文学研究所）。

林侑青：《黑眼珠看蓝眼睛：从文化研究视角看摩里森 *The Bluest Eye* 之中译本》，硕士论文，“国立”台湾师范大学（翻译研究所）。

林志勳：《以关联理论探究〈杀夫〉英译本之文化翻译问题》，硕士论文，长荣大学（人文社会学院翻译研究所）。

刘宛琦：《太宰文学中的天才形象——以中期作品〈清贫谈〉、〈千代女〉、〈水仙〉为中心》，硕士论文，台湾大学（文学院日本语文学研究所）。

刘欣鑫：《中德文学作品中的宗教宽容：比较莱辛戏剧〈智者纳旦〉与范稳小说〈水乳大地〉》，硕士论文，中国文化大学（德国语文学系）。

刘轩妤：《珍·瑞斯〈梦洄藻海〉中歇斯底里欲望的辩证》，硕士论文，“国立”交通大学（外国语文学系外国文学与语言学硕士班）。

卢盈瑜：《从旅行文学的视角剖析塞拉的〈亚卡利亚之旅〉》，硕士论文，静宜大学（外语学院西班牙语文学系研究所）。

吕毓轩：《苦闷的象征：陈映真早期小说（1959—1966）文艺典故研究》，硕士论文，“国立”清华大学（台湾文学研究所）。

潘伊珊：《“罪”与“罚”——杜斯妥耶夫斯基作品中罪人形象的分析》，硕士论文，淡江大学（俄罗斯研究所硕士班）。

彭孝怡：《浮士德中玛格丽特角色研究——以舒伯特、古诺、包益多作品为例》，硕士论文，台北艺术大学（音乐学院音乐学系硕士班）。

彭稚婷：《现实与理想的角力：辛恩戏剧的象征研究》，硕士论文，成功大学（文学院艺术研究所）。

邱立旺：《高尔基小说〈忏悔〉中的主导概念——语言文化学层面的探讨》，硕士论文，“国立”政治大学（斯拉夫语文学系）。

邱雅瑜：《从勒菲弗尔的翻译理论看台湾文学之英译》，硕士论文，辅仁大学（翻译学研究所在职专班）。

阮黄燕：《〈西厢记〉、〈玉娇梨〉与越南文学》，硕士论文，成功大学（文学院中国文学系硕博士班）。

宋宥臻：《图森作品中的后现代性》，硕士论文，淡江大学（法国语文学系硕士班）。

苏晏琪：《乔伊斯〈都柏林人〉与白先勇〈台北人〉中的国族认同》，硕士论文，“国立”中正大学（外国文学所）。

苏逸婷：《从文化元素探讨西语文学作品之转译研究：以〈巧克力情人〉为例》，硕士论文，淡江大学（西班牙语文学系硕士班）。

汤发凯：《舒曼、海涅与浪漫主义——以 Op. 48 诗人之恋为例》，硕士论文，台北艺术大学（音乐学院音乐学系硕士班）。

王光明：《重访夏洛蒂·勃朗特〈简爱〉：迈向自我实现之路》，硕士论文，“国立”中正大学（外国文学所）。

王佩茵：《〈Never Let Me Go〉之中译与译评》，硕士论文，长荣大学（人文社会学院翻译研究所在职专班）。

王晔胜：《韩美作家李昌来〈母语人士〉与〈漂泊岁月〉中的双文化成长叙事》，硕士论文，“国立”交通大学（外国语文学系外国文学与语言学硕士班）。

王尹均：《森鸥外与浪漫主义的关联性——以〈舞姬〉、〈泡沫记〉、〈信使〉为中心》，硕士论文，淡江大学（国际研究学院日本研究所硕士班）。

王玉婷：《中日蛇故事类型比较研究》，硕士论文，中兴大学（中国文学系所）。

王远洋：《从美学、政治到非裔美国表现文化：雷夫·艾利森〈隐形人〉批评之批判》，硕士论文，交通大学（人文社会学院外国语文学系外国文学与语言学研究所）。

温世如：《梁实秋翻译文学奖之研究：1987—2009》，硕士论文，辅仁大学（跨文化研究所翻译学硕士在职专班）。

吴春慧：《劳动与知识的辩证：夏曼·蓝波安与亚荣隆·撒可努作品中的身体实践与身体书写》，硕士论文，“国立”清华大学（中国文学系）。

吴青蓉：《The Catcherin the Rye 中译本之比较——以多元系统理论探讨》，硕士论文，长荣大学（翻译学系硕士在职专班）。

吴秋燕：《明代中国所见越南汉籍研究》，硕士论文，成功大学（文学院中国文学系硕博士班）。

吴婉筠：《差异的美学——女游书写、女书与女性谱系书写策略研究》，博士论文，辅仁大学（比较文学研究所）。

吴信锋：《传纪文学的翻译研究：以〈力争上游〉为例》，硕士论文，长荣大学（翻译学系）。

谢惠贞：《台语、文学、基督教——王贞文文学创作历程佮台文作品中的基督教关怀》，硕士论文，“国立”成功大学（台湾文学系硕博士在职专班）。

谢玉柔：《〈血之语言〉与〈永远的异乡人〉中跨国收养之再现》，硕士论文，“国立”交通大学（外国语文学系外国文学与语言学硕士班）。

熊开慧：《少年诗化成长小说研究——以保罗·科尔贺〈牧羊少年奇幻之旅〉与曹文轩〈根鸟〉为例》，硕士论文，东海大学（中国文学系）。

徐建国：《谁的〈咆哮山庄〉：艾蜜莉·布朗特之小说与其改编电影》，硕士论文，“国立”中正大学（外国文学所）。

徐锦：《Rewriting Shakespeare：a study of Lin Shu's translation of tales from Shakespeare》，硕士学位论文，香港大学。

徐明翰：《摩登生活的漫画及其“无—意义”：郭建英与上海新感觉派（1927—1935）》，硕士论文，“国立”交通大学（社会与文化研究所）。

许菱恬：《探索男子气概：派特·巴克〈重生〉中的弹震症与重生》，硕士论文，“国立”中正大学（外国文学所）。

许云慈：《禁锢的灵魂：〈本土之子〉中男性黑人暴力》，硕士论文，“国立”中正大学（外国文学所）。

严慧珍：《以张爱玲的“亦作亦译”探讨何谓翻译/创作：以〈秧歌〉为例》，硕士论文，辅仁大学（翻译学研究所）。

杨慧铃：《多丽丝莱辛〈野草在歌唱〉与〈马莎奎斯特〉中的女性个体与空间政治》，硕士论文，“国立”中正大学（外国文学所）。

杨慧铃：《施叔青小说中的女性跨国迁移书写之研究》，硕士论文，“国立”台北教育大学（人文艺术学院台湾文化研究所）。

叶卡琳娜：《俄国典藏〈红楼梦〉资料与红学研究的发展》，博士论文，“国立”成功大学（中国文学系硕博士班）。

易耿贤：《伯尔〈爱尔兰日记〉两中译本的比较分析》，硕士论文，中国文化大学（德国语文学系）。

尤莉雅：《巴金的〈家〉与屠格涅夫〈父与子〉之比较》，硕士论文，元智大学（中国语文学系）。

曾德嘉：《冲突抑或共生：宫崎骏动画电影中的野性、共生与泛灵论》，硕士论文，淡江大学（外国语文学院英文学系硕士班）。

詹惟婷：《从 *Proof* 看写实戏剧翻译》，硕士论文，“国立”台湾师范大学（翻译研究所）。

张宝云：《翻译风格之比较研究——以夏目漱石的〈少爷〉中译本为例》，硕士论文，辅仁大学（翻译学研究所）。

张海晴：《哈金小说研究》，硕士论文，淡江大学（中国文学系硕士在职专班）。

张家津：《可译性限度探讨——以沙博理（S. Shapiro）〈水浒传〉译本为例》，硕士论文，淡江大学（汉语文化暨文献资源研究所硕士班）。

张嘉文：《〈堂吉诃德〉谚语中译评析》，硕士论文，淡江大学（西班牙语文学系硕士班）。

张凯婷：《论鲁佛〈烈火平原〉之主题运用及写作技巧》，硕士论文，静宜大学（外语学院西班牙语文学系研究所）。

张秋蘭：《普鲁斯塔追忆似水年华之研究：阅读、回忆、自我书写的生存美学实践》，硕士论文，南华大学（生死学研究所）。

张淑玲：《西游记与哈利波特之英雄型塑比较研究》，硕士论文，"国立"台北教育大学（人文艺术学院语文与创作学系）。

张兴潔：《妇女在俄罗斯社会中的角色与地位之研究——以〈家规〉传统为中心》，硕士论文，淡江大学（俄罗斯研究所硕士班）。

张雅婷：《朵拉的妹妹：研究玛格丽特·爱特伍的〈双面葛蕾斯〉为"歇斯底里案例分析的片断"》，硕士论文，"国立"交通大学（外国语文学系外国文学与语言学硕士班）。

郑恪堃：《〈西游记〉与佛典故事比较研究》，硕士论文，静宜大学（人文暨社会科学院中国文学研究所）。

郑立亚：《从基督教思想看易卜生〈群鬼〉中的原罪遗传》，硕士论文，中原大学（人文与教育学院宗教研究所）。

郑媛容：《自传书写·叙事历史——露特·克吕葛的"克服过往"》，硕士论文，东吴大学（德国文化学系）。

郑智谦：《符号与机器：论村上春树〈海边的卡夫卡〉》，硕士论文，"国立"中山大学（哲学研究所）。

钟雨洁：《盖曼〈美国众神〉的神话与信仰诠释》，硕士论文，"国立"台北教育大学（人文艺术学院语文与创作学系）。

朱怡潔：《论文艺作品中"人、机械与大自然"之三角关系——从浪漫主义对工业化的回忆谈起》，硕士论文，东吴大学（德国文化学系）。

卓培宽：《阿言德的〈苏洛〉及英雄概念研究》，硕士论文，辅仁大学（西班牙语文学系）。

Rambukwella, Sassanka Harshana："The search for nation：exploring Sinhala nationalism and its others in Sri Lankan anglophone and Sinhala-language writing"，博士论文，香港大学（英文学院）。

Yeo，Claire：Lawrence Durrell's the Alexandria quartet，硕士论文，香港大学（英文学院）。

三 专著

钟怡雯：《马华文学史与浪漫传统》，（台北）万卷楼图书股份有限公司 2009 年版。

蔡宜静：《日本近代文学と映画の比較研究》，（台北）致良出版社有限公司2009年版。

刘洪涛：《沈从文小说与现代主义》，（台北）秀威资讯科技股份有限公司2009年版。

童元方：《选择与创造——文学翻译论丛》，（香港）牛津大学出版社2009年版。

陈大为：《风格的炼成：亚洲华文文学论集》，（台北）万卷楼图书公司2009年版。

朱乃长编译：《英诗十三味》，（台北）书林出版有限公司2009年版。

李奭学：《台湾观点：书话东西文学地图》，（台北）九歌出版社有限公司2009年版。

张明敏：《村上春树文学在台湾的翻译与文化》，（台北）联合文学出版社有限公司2009年版。

江弱水：《中西诗学的交融：七位现代诗人及其文学因缘》，（台北）人间出版社2009年版。

蔡源煌：《从浪漫主义到后现代主义：文学术语新诠》，（台北）书林出版有限公司2009年版。

段炼：《诗学的蕴意结构：南宋词论的跨文化研究》，（台北）秀威资讯科技股份有限公司2009年版。

彭镜禧：《摸象：文学翻译评论集》（第二版），（台北）书林出版有限公司2009年版。

布莱德贝里编著，赵闵文译：《文学地图（The Atlas of Literature）》，（台北）知书房出版社2009年版。

陈嘉式：《耶稣的比喻：其形成的传统、文学和翻译》，（台北）永望文化事业有限公司2009年版。

四　2009年度港澳台比较文学专题文集及要目索引

陈芳明、范铭如主编：《白先勇的文学与艺术国际学术研讨会论文集》，（台北）INK印刻文学生活杂志出版有限公司。

陈芳明：《艾略特与余光中的诗学对话——以一九六〇年代〈现代文学〉为平台》。

曾秀萍：《流离爱欲与家国想象——白先勇同志小说的“异国”离散与认同转变（一九六九—一九八一）》。

Michael Berry（白睿文）：《移民、爱国、自杀——白先勇与白景瑞作品中的感时忧国与美国梦想》。

《第五届世界华文传媒论坛（上海）论文集》，（香港）香港中国新闻出版社。

曾筱霞、沈庆：《华人新移民形象角色自塑》。

李瑞全、杨祖汉编：《中国文化与世界：中国文化宣言五十周年纪念论文集》，中央大学儒学研究中心。

连清吉：《台湾儒学文化与二十一世纪东亚文艺复兴》。

刘苑如主编：《游观：作为身体技艺的中古文学与宗教》，（台北）“中央”研究院中国文哲研究所。

论文来源有二：一是中央研究院中国文哲研究所与哈佛大学东亚语言与文明系合作举办的“Kinetic Vision in the Six Dynasties”工作坊七篇研究成果；二是执行”中国文人生活中的道与艺：自我技术之反思计划（2006—2008）召开的多次研讨会论文。书前有主编刘苑如写的导论：《从外游、内观到游观》，主要论及这一议题的缘起，后续的系列活动，以及本书所收录的十二篇论文的题旨。

田晓菲：《失乐园与复乐园：法显的天竺之行与早期中古时代的天堂/地狱的文化叙事结构》。

蔡瑜：《陶渊明的生死世界》。

黄景进：《重读〈净土宗三经〉与〈画山水序〉：试论净土、禅观与山水画、山水诗》。

刘苑如：《重绘生命地图：圣僧刘萨菏游踪的多重书写》。

五 2009年度港澳台相关会议提交的比较文学论文

说明：此一部分列举的港澳台地区的会议不全是比较文学的会议，但从提交的论文性质来看，很多论文具有比较文学的特色或使用了比较文学的研究方法，所以在此列出供读者参考。论文列举以会议为单位，会议则按照召开的时间先后进行编排。

第四届文学传播与接受国际学术研讨会，2009年3月。

王琛发：《进出于无佘之间：同化政策底下的印尼华人宗教文字与宗教传播》。

单德兴：《比较文学在台湾》。

郑文惠：《乡野传奇与全球图景——〈点石斋画报〉中妓女形象的叙事策略与文化再现》。

邓宜菁：《伦敦・台北：杜连魁的生与死》。

谢世宗：《翻译与传播：静态悲剧、侯孝贤与东亚极微主义》。

“日本的传统与现代”国际研讨会，2009年3月。

片山伦太郎（鹤见大学文学部日本文学科）：《日本近現代文学における伝統の問題の所在》。

张季琳（中研院中国文哲研究所）：《战后日本教养小说中的台湾》。

第二届“人文化成之视野与策略”国际学术研讨会，2009年3月。

海村惟一准［日本］：《日本平安时代的“人文化成”之验证——以日本学问神菅原道真为例》。

第十二届儒佛会通暨文化哲学学术研讨会“文化哲学的理论与实践”，2009 年 3 月。

黄俊威：《印度〈奥义书〉中的神话思想》。

林国源：《境界说与艺术批评论的圆融与谬悠》。

庄兵：《日本古代会通儒佛的第一人——圣德太子》。

伍至学：《尼采〈悲剧的诞生〉中的文化哲学反思》。

第六届魏晋南北朝文学与思想国际学术研讨会，2009 年 4 月。

宁稼雨：《从〈世说新语〉看魏晋士人神仙观念的嬗变》。

郑克孟：《魏晋南北朝文学与思想对越南的影响》。

涂艳秋：《初描菩萨——僧肇〈注维摩诘经〉中菩萨形象的探讨》。

2009 台湾东南亚区域研究年度研讨会，2009 年 4 月。

陈芳莲：《从历史层面看越南喃戏与台湾歌仔戏之异同》。

蔡明庭：《艺术、神话与人观：越南南岛民族 Giarai 人的“葬屋文化”》。

第二届两岸韵文学学术研讨会——“韵文学的欣赏与研究”，2009 年 5 月。

吕伟民（郑州大学）：《中国古典诗词对西方诗歌的影响》。

第二届铭传大学应用中国文学系所研究生学术研讨会，2009 年 5 月。

吴雨蓉：《从武男的诗看哈金〈自由生活〉中的自由追寻》。

第五届文化交流史：“中心”与“边缘”的互动国际学术研讨会，2009 年 5 月。

洪健荣：《明末艾儒略〈职外方纪〉中的知识传教论述》。

康才媛：《镰仓时代日本“茶道”文化之形成与发展——兼论〈喫茶養生記〉与中国茶文化的关系》。

第一届天主教学术国际研讨会——理性与信仰的跨领域对话，2009 年 5 月。

郑印君：《宗教叙事的“我—他”叙事与其伦理向度——以天主教作家远藤周作〈海与毒药〉为例》。

何佳瑞：《美与善——马里旦与孔子美学之比较》。

洪藤月：《由普鲁斯特的美学看〈追忆似水年华〉的永恒观》。

第 11 届文学与美学国际学术研讨会，2009 年 5 月。

林中明（张敬国学基金会）：《文侠武学、斌心雕龙——中西文学、艺术理论中的兵略思想》。

冈崎由美（早稻田大学）：《日译武侠小说的理论与实践》。

第5届国际暨第19届全国清代学术研讨会——文化越界，2009年6月。

刘玉才：《清初渡海移民与中日文化认知——以〈张斐声语〉、〈霞池省庵手简〉为中心》。

陈玮芬：《教改、翻译与女权——清末留学生与近代化思潮》。

徐志啸：《清末时期的中西小说比较》。

金敏镐：《由〈燕行录〉所见朝鲜人眼中的中国形象》。

2009第2届东方人文思想国际学术研讨会，2009年6月。

黎江（越南）：《越南通俗文学的释儒思想》。

第六届台湾文学研究生学术论文研讨会，2009年8月。

吴昱慧（清华大学台文所硕士班）：《日治时期"南方"的文学——以龙瑛宗为例》。

潘为欣（国北教大台文所硕士班）：《通译经验的转化——小野西洲土语小说〈罗福星之恋〉创作》。

梁钧荃（中正大学台文所硕士班）：《翻译、主体，在场与位移——论魏清德小说〈倾国恨〉》。

王俐茹（台湾师大台文所硕士班）：《日本·台湾汉文人的交游网络及其拾遗？——以馆森鸿为个案》。

"'没有主义'？文本与语境脉络、思想与意识形态的交会"国际学术研讨会，2009年9月。

陈建华：《社会变迁与文学研究的转型：关于中国大陆俄罗斯文学研究的思考》。

王志松：《党的原则与话语权的争夺：列宁〈党的组织和党的出版物〉在日本1920、30年代的接受》。

王成：《论日本"文艺大众化"思潮对中国左翼文学之影响："艺术大众化论争"到"文艺大众化讨论"》。

陈相因：《1927—1934中国共党的妇女问题策略：论柯伦泰的翻译作品与丁玲的崛起》。

吴佩珍：《可伦泰主义的流行与日本大正期女性思潮——以女性杂志〈女人艺术〉为例》。

邬定嘉：《纳博科夫与白先勇短篇小说中的"痴"与"狂"》。

何信翰：《格律、统计、意义——加斯帕洛夫的诗学方法在台湾现代诗研究上的应用》。

"四海斯文自一家：东亚使节文化书写"国际学术研讨会，2009年9月。

陈捷：《琉球贡使与留学生的汉诗文》。

蔡毅：《漂流船民的汉诗外交——清代中日关系的一个侧影》。

李腾渊：《周家禄〈朝鲜乐府〉中的朝鲜形象》。

交界与游移：近现代东亚的文化传译与知识生产国际学术研讨会，2009 年 9 月。

吴秀卿：《三国故事在近代韩中两国舞台上的传播》。

洪淑苓：《越南·台湾·法国——尹玲诗作的人生行旅与文化传译》。

黄美娥：《“文体”与“国体”：日本文学在日治时期台湾汉语文言小说中的跨界行旅、文化翻译与书写错置》。

张文薰：《帝国大学之文化介入：1940 年代台湾文坛形成史》。

东亚文化意象之形塑——第十一至十七世纪间中日韩三地的艺文互动国际学术讨论会，2009 年 9 月。

金文京：《西湖在日韩——略谈风景转移在东亚文学中的意义》。

崔溶澈：《中韩梦幻小说中的仙界形象》。

石守谦：《桃花源意象的形塑与在东亚的传布》。

张伯伟：《东亚诗人文化意象的嬗变：以“骑牛”与“骑驴”为例》。

朱秋而：《五山文学中的东坡像》。

朴载硕：《Rustic Images of Su Shi：From the Twelfth to the Seventeenth Century in East Asia》。

衣若芬：《明代中韩“孝女”唱和诗的文化意涵》。

第九届唐代文化国际学术研讨会——文化视域的融合，2009 年 9 月。

陈引驰：《柳宗元之佛教宗派意识及形成背景》。

金卿东：《“有怀与无语，聊和古人诗”——朝鲜文人与唐人文学交流之特殊方式》。

林仁昱：《俗情的关照与舍离——与“出家”有关的敦煌歌辞探究》。

陈映真创作五十周年国际学术研讨会，2009 年 9 月。

廖咸浩：《败北者的胜利：陈映真与全球化》。

黎湘萍：《“孤独”的思想者？——关于陈映真的文学和思想与战后东亚诸问题的内在关联》。

金河林：《陈映真的文学世界与韩国》。

国际视野中的大江健三郎文学学术研讨会，2009 年 10 月。

陈众议：《真实与虚构：大江文学想象力刍议》。

林水福：《〈个人的体验〉试论》。

黄冠闵：《自己的读者：大江健三郎的想象与自我改写》。

许金龙：《始于绝望的希望!：大江文学中的鲁迅影响之浅析》。

连宪升：《音乐与文学的交会：与大江健三郎一起聆听武满彻和大江光的音乐》。

吴晓都：《大江健三郎与俄国现代文论》。

余中先：《大江健三郎与〈世界文学〉》。

陆建德：《互文性、信仰及其他：读大江健三郎〈别了！我的书〉》。

吴佩珍:《向左转？向右转？大江健三郎的“纯粹天皇”作品群初探》。

吴叡人:《最高贵的痛苦：大江健三郎〈鹿岛札记〉和〈冲绳札记〉中的日本乡愁》。

李永平:《反抗中的希望》。

彭小妍:《边缘性与跨文化现代性：大江健三郎的安娜贝尔·李》。

多重视野的人文海洋：海洋文化学术研讨会，2009年10月。

黄宗洁:《建构“海洋伦理”的可能：以夏曼·蓝波安、廖鸿基、吴明益之海洋书写为例》。

邱子修:《跨文化评析台美海洋文学：〈白鲸记〉及〈失踪的太平洋三号〉的象征意涵》。

杨慧铃:《空间的她者，她者的空间——施叔青移民书写中的住与行》。

社会变迁与人文书写：文化场域中的话语流动成果发表会，2009年10月。

林美容:《跨文化民俗书写的角色变化——佐仓孙三〈台风杂记〉与〈闽风杂记〉的比较研究》。

金良守:《试论东亚大众文化的“越境”：以韩国的村上春树受容为中心》。

第四届中国小说与戏曲学术研讨会，2009年10月。

王三庆:《日本汉文小说再探》。

陈芳:《“莎剧曲”〈暴风雨〉的程式语意涵》。

第五届环中国海国际汉学研讨会，2009年11月。

周国强（长崎县立大学）:《战前东亚留日学生唯美主义文学活动的历史回顾》。

台湾“挪威剧作家易卜生国际学术研讨会”，2009年12月。

Bruce G. Shapiro、薛孟仁:《21世纪中的Ibsen主义：抉择与信奉基本教义派之灾害》。

林国源:《易卜生与现代戏剧反写实传统的滥觞——兼述跋曲剧〈当我们死者复苏〉的内省性》。

段馨君:《易卜生戏剧中的女性觉醒与影响——以〈玩偶之家〉与〈群鬼〉为例》。

刘晋立:《易卜生〈野鸭〉文本中的视觉意象分析》。

法蓝斯奎雷、张逸帆:《皮尔金特的戏剧形式》。

萧恩亚法、张逸帆:《易卜生在库德斯坦》。

刘效鹏:《海达·盖伯乐的笑意》。

耿一伟:《作为社会学的易卜生戏剧——以欧斯特迈耶（Thomas Ostermeier）的〈玩偶之家——娜拉〉为例》。

张逸帆:《易卜生〈小爱渥夫〉中的孩童之死、创伤与回忆：“爱之欲其生”的生命美学》。

何一梵面对思考的终结:《从〈海达·盖伯乐〉（1890）的结局谈起》。

“行旅、离乱、贬谪与明清文学”学术研讨会，2009 年 12 月。

刘瓊云：《复调的旅行：世本〈西游记〉中的圣教与戏言》。

王瑷玲：《以游代隐——清初戏曲中的主体安置与境外想象》。

廖肇亨：《海上山川容我醉：嘉庆五年琉球册封使赵文楷、李鼎元的海洋体验》。

康士林：《The City of Light〈光明之城〉的争议：是否确有一个 Jacob D'Ancona 写出这中世纪的中国商旅?》。

李奭学：《翻译的旅行，行旅的翻译：明末耶稣会士与欧洲宗教文学的传播》。

第三届东亚比较文学研讨会：东亚文学形象学——东亚诸国在彼此文学中的形象，2009 年 12 月。

Sangjin Park：“East Asian Literature and the Universal Literary Value”。

Han Hyung Koo：“How Korean Literature Sees its East Asian Neighbors”。

张哲俊：《中国古代文学中日本形象研究的问题与方法》。

Chang-ho Kim：“Images of Korea in North-East Chinese literature and Images of North-East China in Korean Literature”。

靳明全：《中国战国策派与日本浪漫派的文学观比较研究》。

Paul McCarthy：“China in Japan，Englished”。

李正荣：《日僧空海 Kūkai〈三教指归 Sangō Shiiki〉的“虚”“实”形象构造比较研究》。

蔡嘉琪：《平安时期日本文学中的中国——以〈今昔物语集〉为例》。

王晓平：《日本的“文艺中国”展现的中国文化形象》。

徐东日：《康熙：超于理想的君主形象——以朝鲜朝燕行使者金昌业等人的“燕行录”作品为中心》。

孟华：《一个中国学者对感想学理论与方法论的思考》。

邵毅平芥川龙之介与洛蒂：分裂的中国与日本形象。

Soonsik Kim：“Images of Vietnam in The Distant Songba River”。

横路启子：《西川满的“台湾印象”——以〈文艺台湾〉为主》。

李易璁：《日本昭和文坛中的“中国形象”变迁轨迹》。

Su Mee Lee：“Literary Imagologie of Incheon Chinatown：The Image of Chinese in Oh Jung Hee's ‘Junggugin geori’（中国人街）”。

Nicholas Koss：“Three Generations of Images of East Asia in Fiction from Taiwan”。

台湾古典散文学术研讨会，2009 年 12 月。

廖振富：《中村樱溪〈涉涛集〉北台湾山水游记的跨界书写》。

黄美娥：《帝国汉文的跨界移动与交错——日人佐仓孙三的“同文”想象与实践》。

赖欣阳：《林献堂〈环球游记〉中的家国情怀》。

七　2009年度海外学者发表在中国刊物上的中文论文论著索引

［日］大江健三郎、铁凝、莫言：《中日作家鼎谈》，《当代作家评论》第5期。

［日］丸尾常喜：《"耻辱"的形象——作为民族自我批评的鲁迅文学之二》，秦弓译，《现代中国文化与文学》第1期。

［日］大野修：《〈述书赋〉的性格——中唐时期的书论》，梁少膺译，《东方艺术》第24期。

［日］神谷忠孝：《北海道文学述略》，吴佩军译，《外国问题研究》第4期。

［日］岩崎菜子：《冰心旅居日本期间的佚文的发现与美军"占领期"的审查》，胡明扬译，《中国现代文学研究丛刊》第1期。

［日］内田昌功：《2007年日本史学界的隋唐史研究》，黄正建译，《中国史研究动态》第4期。

［日］藤田梨那：《郭沫若的万宝常研究之动机与意义》，《郭沫若学刊》第3期。

［日］岸田宪也：《郭沫若与"千代松原"》，《现代中国文化与文学》第6辑。

［日］横打理奈：《〈女神〉中含有诗意的科学用语》，《现代中国文化与文学》第6辑。

［日］千野拓政、［韩］林春城、张旭东、蔡翔、罗岗、陈晓明、刘复生、季红真、王鸿生：《当代性·先锋性·世界性——关于当代文学六十年的对话》，《学术月刊》第10期。

［日］关尾史郎、程喜霖、赵和平、李锦绣、马德：《敦煌学百年：历史、现状与发展趋势》，《新疆师范大学学报》（哲学社会科学版）第2期。

［日］藤村裕一郎：《一本"战记"小说的日中转换——从〈肉弹〉到〈旅顺实战记〉》，《中国现代文学研究丛刊》第2期。

［日］小谷一郎：《关于新发现的郭沫若佚文——〈雁来红〉》，《郭沫若学刊》第3期。

［日］伊泽美绪：《〈竹取物语·龙首明珠〉中求婚难题的汉文典籍利用》，《南京师范大学文学院学报》第4期。

［日］田仲一成：《海陆丰正字戏的价值》，《文化遗产》第1期。

［日］田仲一成：《再论民间祭祀文化在戏剧起源史上的重要作用——对傅谨教授〈中国戏剧发源于乡村祭祀仪礼说质疑〉一文的回应》，《民俗研究》第2期。

［日］萩原正树：《日本的中国词学研究及新进展》，《长沙理工大学学报》（社会科学版）第3期。

［日］山田敬三：《鲁迅——无意识的存在主义》，魏雯译，《北京大学学报》（哲学社会科学版）第5期。

［日］关村博道：《日本学者关于〈春秋繁露〉的论争评析》，《西南民族大学学报》（人文社会科学版）第1期。

［日］佐藤利行：《正冈子规的汉诗》，赵建红译，《中国诗歌研究动态》第1期。

［日］佐佐木干：《再现丽人梅兰芳——电影〈梅兰芳〉与日本作家的随笔》，《中国京剧》第7期。

［日］长谷部茂：《试论伊斯兰哲学对宋明儒学的影响》，《海交史研究》第2期。

［日］内山知也：《白行简与〈李娃传〉》，陈广宏译，《中国学研究》第12辑。

［日］木村淳哉：《杨守敬〈日本访书志〉小识——其和刻本研究》，《中国学研究》第12辑。

［日］今泉秀人：《"乡下人"究竟指什么》，陈薇译，《中国现代文学研究丛刊30年精编：作家作品研究卷》上辑。

［日］篠田幸夫：《日本现代的〈诗经〉文化人类学研究》，李寅生译，《诗经研究丛刊》第17辑。

［日］大野圭介：《〈诗经〉叙事诗的空间认识》，《诗经研究丛刊》第17辑。

［日］村山吉广：《日本诗经学会会长开幕致词》，《诗经研究丛刊》第16辑。

［日］田中和夫：《诗经研究在现代日本的现状与课题》，屈明昌译，《诗经研究丛刊》第16辑。

［日］井泽耕一：《〈毛诗正义〉与王安石〈诗义〉——唐至北宋经书解释所展开的相关问题研究》，李寅生译，《诗经研究丛刊》第16辑。

［日］川本皓嗣：《日本诗歌中的传统与近代》，蒋春红译，《东亚诗学与文化互读：川本皓嗣古稀纪念论文集》。

［日］长濑真理：《"无名岂敢入山城"——试论19世纪上半叶日本女性的"闻达"》，张士杰译，《东亚诗学与文化互读：川本皓嗣古稀纪念论文集》。

［日］古田岛洋介：《日本人何故欢迎高启的〈寻胡隐君〉》，《东亚诗学与文化互读：川本皓嗣古稀纪念论文集》。

［日］平石典子：《浪漫装置的诗歌——近代日本的接吻表象》，姚红译，《东亚诗学与文化互读：川本皓嗣古稀纪念论文集》。

［日］衣笠正晃：《近代日本对古典作品的评价和文学史记载——围绕〈新古今和歌集〉》，郝蕊译，《东亚诗学与文化互读：川本皓嗣古稀纪念论文集》。

［日］佐藤宗子：《性别与儿童文学——以翻译、改写为视点》，张士杰译，《东亚诗学与文化互读：川本皓嗣古稀纪念论文集》。

［日］冈本墨之：《东亚的欧洲观——明清时代的中国和江户时代的日本的比较》，《东亚诗学与文化互读：川本皓嗣古稀纪念论文集》。

［日］中村和惠：《褐色的兔子与黄色的蝴蝶——澳大利亚的黄祸论》，周阅译，

《东亚诗学与文化互读：川本皓嗣古稀纪念论文集》。

［日］艾特：《13世纪“蒙古袭来”和“蒙古之碑”——关于日本生死观中的镇魂和怨亲平等》，赵莹译，《东亚诗学与文化互读：川本皓嗣古稀纪念论文集》。

［日］竹内晶子：《能剧〈当麻〉：极乐的渊源与世阿弥的革新》，勾艳军译，《东亚诗学与文化互读：川本皓嗣古稀纪念论文集》。

［日］夕村上孝之：《在中国的俄罗斯人的文学——对马特维耶夫家族中三代诗人的历史、文化以及文学的研究》，王振平、迟欣译，《东亚诗学与文化互读：川本皓嗣古稀纪念论文集》。

［日］松井贵子：《中村不折的历史画——从欧洲到亚洲》，郝蕊译，《东亚诗学与文化互读：川本皓嗣古稀纪念论文集》。

［日］稻贺繁美：《论丰子恺〈中国美术在现代艺术上的胜利〉与日译作品在接受西方思想时的媒介作用》，王振平译，《东亚诗学与文化互读：川本皓嗣古稀纪念论文集》。

［日］今桥映子：《金子光晴〈忧郁之花〉的所在——诗歌和绘画的彼岸》，赵莹译，《东亚诗学与文化互读：川本皓嗣古稀纪念论文集》。

［日］大东和重：《郁达夫与佐藤春夫——再论佐藤文学对郁达夫的影响》，《东亚诗学与文化互读：川本皓嗣古稀纪念论文集》。

［日］松居龙五：《南方熊楠与夏目漱石——关于其伦敦体验》，蒋春红译，《东亚诗学与文化互读：川本皓嗣古稀纪念论文集》。

［日］水野达朗：《试论保田与重郎的朝鲜旅行记》，张士杰译，《东亚诗学与文化互读：川本皓嗣古稀纪念论文集》。

［日］小泽自然：《改写旅行者——池泽夏树〈安静的大地〉和多和田叶子〈球形时间〉中伊莎贝拉·渡德形象》，勾艳军译，《东亚诗学与文化互读：川本皓嗣古稀纪念论文集》。

［日］岩谷千子：《繁茂的叙事——中上健次文体和谷崎润一郎、紫式部、威廉·福克纳的文体比较研究》，勾艳军译，《东亚诗学与文化互读：川本皓嗣古稀纪念论文集》。

［日］平川佑弘：《西方的爱情与东方的友情——阿瑟·韦利和夏目漱石眼中的诗歌题材倾向》，《多元之美》。

［日］川本皓嗣：《挂词、对与隐喻：双关语的比较诗学》，《多元之美》。

［日］稻贺繁美：《围绕名作和巨匠认知问题的认识上的龃龉——以“日本美术史”形成期（1870—1900）为中心》，《多元之美》。

［日］饭琢容：《〈血蓑衣〉的来龙去脉——村井弦斋〈两美人〉的变形》，黎继德译，《中国现代文学论丛》第4卷。

［日］内山精也：《宋代八景现象考》，《全球化与文学》。

［日］船越达志：《试论〈红楼梦〉第十二回早期在日本传播后对日本文人的影响》，《〈红楼梦〉与国际汉学——第六届〈红楼梦〉国际学术研讨会论文集》。

［韩］柳晟俊：《略论晚唐代罗隐诗与新罗崔致远诗之关系》，《全球化与文学》。

［韩］李浚植：《论〈铸剑〉》，《中国现代文学论丛》第 4 卷。

［韩］李哲权：《由隐喻产生的作品——老子的水哲学和漱石的写作行为》，郝蕊译，《东亚诗学与文化互读：川本皓嗣古稀纪念论文集》。

［韩］朴真秀：《东亚叙事文学与传统的背离——近代意识的形成与日本小说》，王萌译，《东亚诗学与文化互读：川本皓嗣古稀纪念论文集》。

［韩］林容泽：《韩国近代诗的日译诗集——〈朝鲜诗集〉、〈朝鲜诗选〉和〈雪白集〉》，勾艳军译，东亚诗学与文化互读：川本皓嗣古稀纪念论文集》。

［韩］宋昌基：《韩国诗经学会会长开幕致词》，《诗经研究丛刊》第 16 辑。

［韩］金芝鲜：《从〈红楼梦〉看韩国人的审美意识》，《红楼梦学刊》第 5 期。

［韩］郭美善、蔡美花：《朝鲜古代“天机论”的形成与发展》，《延边大学学报》（社会科学版）第 6 期。

［韩］金文京：《军记物语和中国文学》，《日语学习与研究》第 2 期。

［韩］尹彰浚：《韩国的中国文字学研究 50 年回顾》，《延边党校学报》第 6 期。

［韩］闵宽东：《在韩国的中国古典小说翻译情况研究》，《明清小说研究》第 4 期。

［韩］朴正元：《20 世纪 80—90 年代韩中小说文学》，《当代韩国》第 3 期。

［韩］吴秀卿：《中国戏曲在韩国的传播与接受》，《戏曲研究》第 3 期。

［韩］卢寿亨：《在华韩人安那其主义者与巴金》，《韩国研究论丛》第 2 期。

［韩］延敬淑：《论新罗末期渡唐诗人》，《韩国研究论丛》第 2 期。

［韩］高旼喜：《〈红楼梦〉韩文翻译本后四十回中的几个问题》，《红楼梦学刊》第 1 期。

［韩］高旼喜：《关于〈红楼梦〉韩译本中称谓语的若干问题》，《红楼梦学刊》第 5 期。

［韩］李仙玉：《菊花的象征性》，《中国学研究》第 12 辑。

［韩］吕承焕：《金桂轩变迁考略（1870—1880）》，《中国学研究》第 12 辑。

［韩］张善姬：《为人的文学》，《中国学研究》第 12 辑。

［韩］朴贞淑：《〈文选〉东传时间及其途径》，《东方丛刊》第 2 辑。

［韩］金云龙：《中韩诗歌的对话可能性——以上世纪末、本世纪初为中心》，《诗探索》第 2 辑。

［韩］林春城：《新时期中国现当代文学史话语和他者化的政治学》，《现代中国文学论坛》第 2 卷。

［韩］全炯俊：《20 世纪 90 年代中国文学的新状态与新阐释研究》，《现代中国文学论坛》第 2 卷。

［韩］金周淳：《苏轼对高丽汉诗之影响》，《第五届宋代文学国际研讨会论文集》。

［韩］金恩景：《1980 年以后韩国的宋代文学研究概况——以诗、词研究为中心》，《第五届宋代文学国际研讨会论文集》。

［韩］诸海星：《20 世纪韩国宋代文学研究现况简介（自 1945 年至 1999 年）》，《第五届宋代文学国际研讨会论文集》。

［韩］崔溶澈：《〈红楼梦〉的文化翻译——以韩国语译文为主》，《〈红楼梦〉与国

际汉学——第六届〈红楼梦〉国际学术研讨会论文集》。

［新加坡］李焯然：《通俗文学与道德教化——〈伍伦全备记〉与〈彰善感义录〉的比较》，《南京大学学报》（哲学·人文科学·社会科学版）第4期。

［新加坡］瑞安·毕肖普：《从文化研究的内外部身份看未来的文化研究》，张士民译，《首都师范大学学报》（社会科学版）第5期。

［新加坡］李苇民：《从"兴观群怨"看新加坡诗人希尼尔诗歌的社会现实意识及其他》，《中国学研究》第12辑。

［新加坡］严丽珍：《一群面对信仰的人物形象——以巴金早期小说为例》，《中国学研究》第12辑。

［新加坡］严丽珍：《新加坡的华文教育发展状况》，《中国学研究》第12辑。

［马来西亚］潘碧华：《中国现代文学与马华文学的关系》，《马华文学的现代阐释》第1辑。

［马来西亚］潘碧华：《以诗为文——论〈红楼梦〉的诗性性质》，《〈红楼梦〉与国际汉学——第六届〈红楼梦〉国际学术研讨会论文集》。

［马来西亚］陈广才：《马来西亚红学研究的展望》，《〈红楼梦〉与国际汉学——第六届〈红楼梦〉国际学术研讨会论文集》。

［马来西亚］李国正：《〈芙蓉女儿诔〉的文化意蕴》，《〈红楼梦〉与国际汉学——第六届〈红楼梦〉国际学术研讨会论文集》。

［马来西亚］严家建：《从癞僧跛道两个角色看〈红楼梦〉的宗教式度世情怀》，《〈红楼梦〉与国际汉学——第六届〈红楼梦〉国际学术研讨会论文集》。

［马来西亚］孙彦庄：《霍克斯的创造性叛逆之探讨——以〈红楼梦〉英译本中的隐喻为例》，《〈红楼梦〉与国际汉学——第六届〈红楼梦〉国际学术研讨会论文集》。

［越南］潘秋云：《越南汉赋在内容上的创造》，《中国学研究》第12辑。

［俄］A. A. 罗季奥诺夫：《国文学走出去的步伐——苏联解体后中国新时期小说散文在俄罗斯的传播状况》，《小说评论》第5期。

［俄］弗·邦达连科、王宗琥：《俄罗斯文学：急剧的年轻化——2008年俄罗斯文坛印象》，《外国文学动态》第3期。

［俄］B. H. 扎哈罗夫：《当代学术范式中的陀思妥耶夫斯基和巴赫金》，梁坤译，《俄罗斯文艺》第1期。

［俄］阿列克谢·阿廖欣：《诗刊〈阿里翁〉创刊15周年志》，贾茜译，《俄罗斯文艺》第4期。

［俄］A. A. 罗季奥诺夫：《1930—1931年中国民族主义期刊上的俄罗斯和俄罗斯文学——以〈前锋周报〉和〈前锋月刊〉为例》，《曹靖华诞辰110周年纪念文集》。

［俄］列娜·西拉尔德：《作为文本分析基本方法的四维阐释学》，《曹靖华诞辰110周年纪念文集》。

［俄］弗·尼·扎哈罗夫：《文学研究术语翻译问题》，《曹靖华诞辰110周年纪念文集》。

［英］苏珊·巴斯奈特、黄德先：《翻译研究与比较文学的未来——苏珊·巴斯奈

特访谈》,《中国比较文学》第2期。

［英］弗兰西斯·马尔赫恩:《瓶中信:文学研究中的阿尔都塞》,孟登迎译,《中外文化与文论》第2期。

［英］赫伯特·翟理斯:《简论中国古代文明——以哲学、文学、教育为例》,何进平译,《天府新论》增刊第1期。

［英］布鲁斯·麦康纳基:《用意象图式行事——戏剧研究中的认知转向与历史学家眼中的经验问题》,徐传治译,《文化艺术研究》第5期。

［法］杰拉尔·马瑟、钱林森、黄蓓:《沿着谢阁兰的路径通向中国》,《中国比较文学》第2期。

［法］利大英:《远行与发现——1932—1935年的戴望舒》,寇小叶译,《现代中文学刊》第6期。

［法］雅各·德里达:《给予谁?(知勿知)》,刘平译,《圣经文学研究》第3辑。

［法］汪德迈:《重新研究和翻译“五经”的意义》,《周易研究》第5期。

［法］皮埃尔·卡蓝默:《除了和睦相处,我们别无选择》,《跨文化对话》第24辑。

［法］米歇尔·苏盖:《他者的智慧:在需要共同管理的世界中尊重文化差异》,《跨文化对话》第24辑。

［法］陈力川:《何谓“跨文化态度”?》,《跨文化对话》第24辑。

［法］金丝燕:《跨文化研究学科建设》,《跨文化对话》第24辑。

［法］安托万·当尚:《生存于不可预知的未来:多元化时代的苦果与文明的药方》,《跨文化对话》第24辑。

［法］查理·莫隆:《马拉美与“道”》,《跨文化对话》第24辑。

［法］郁白:《如何赏读一首中国古诗——中国古典诗歌中的自我认同观》,《多元之美》。

［法］达尼埃尔-亨利·巴柔:《多元文化主义与文化间性:从形象学到媒介》,《多元之美》。

［法］让-马克·莫哈:《文学形象学、第三世界与后殖民批评——穿行在西方与中国之间》,《多元之美》。

［法］米丽耶·德特利:《形象与反形象——透过冈仓天心和林语堂的英语作品看日本和中国》,《多元之美》。

［法］谢夫莱尔:《翻译:传递还是变异》,《多元之美》。

［美］亨利·H. H. 雷马克:《比较文学的起源、演化及跨学科研究》,耿强译,《中国比较文学》第3期。

［美］乔纳森·卡勒:《比较文学何去何从?》,查明建译,《中国比较文学》第3期。

［美］米·爱普施坦:《铜骑士与小金鱼:普希金两位一体的长诗与童话》,李志强译,《俄罗斯文艺》第1期。

［美］米·爱普施坦:《浮士德和彼得大帝在海岸——从歌德的〈浮士德〉到普希金的〈铜骑士〉》,贾茜译,《俄罗斯文艺》第2期。

［美］米·爱普施坦:《从小人物走向美好的光明——果戈理与陀思妥耶夫斯基笔

下的抄写员》，韩万舟译，《俄罗斯文艺》第3期。

［美］米·爱普施坦：《普拉东诺夫与海德格尔的存在语言》，张百春译，《俄罗斯文艺》第4期。

［美］达德里·安德鲁：《论依然在野的电影作者》，史亚娟译，《电影艺术》第4期。

［美］马歇尔·布朗：《黎明的喧嚣——历史时期过渡的模式》，都岚岚译，《上海交通大学学报》（哲学社会科学版）第5期。

［美］劳伦斯·布尔：《（跨国界）美国文学研究的新走势》，王玉括译，《当代外国文学》第1期。

［美］艾多阿多·卡达瓦：《文学前的马克思》，蔡新乐译，《外国文学》第5期。

［美］奚密、董炎：《我有我的诗——奚密访谈录》，《渤海大学学报》（哲学社会科学版）第4期。

［美］奚密：《反思现代主义：抒情性与现代性的相互表述》，《渤海大学学报》（哲学社会科学版）第4版。

［美］顾明栋：《〈周易〉明象与现代语言哲学及诠释学》，《中山大学学报》（社会科学版）第4期。

［美］迈克·希尔：《“无知带来的新奇乐趣”：亚当·斯密的知识分化论》，林斌译，《外国文学》第4期。

［美］斯科特·斯洛维克：《在数据的世界里寻求一种环境敏感性话语：文学与科学的区分》，韦清琦译，《鄱阳湖学刊》第1期。

［美］托莉·莫伊：《“我不是女作家”——当今女性、文学和女性主义理论》，陈旭译，《南京大学学报》（哲学·人文科学·社会科学版）第1期。

［美］布赖恩·麦克黑尔：《后现代主义曾为何物》，胡全生译，《上海交通大学学报》（哲学社会科学版）第1期。

［美］布赖恩·麦克黑尔：《关于建构诗歌叙事学的设想》，尚必武、汪筱玲译，《江西社会科学》第6期。

［美］谢恩·鲍曼、克里斯·威利斯：《哈代与批评理论》，欧阳俊杰译，《中华文化论坛》增刊第1期。

［美］斯维特兰娜·阿尔珀斯：《描绘或叙事——一个关于写实再现的问题》，王晓丹译，《图书与情报》第2期。

［美］塞缪尔·麦克考德·克罗瑟斯：《一家文学诊所》，王波译，《图书与情报》第2期。

［美］张英进：《比较文学是一个跨学科的学科》，《中国比较文学》第1期。

［美］邓腾克：《路翎的文学技巧：〈饥饿的郭索娥〉中的神话和象征》，张达译，《中国现代文学研究丛刊30年精编：作家作品研究卷》上辑。

［美］李力：《在女性身体，文本与革命意义之间的移行——对张天翼小说〈移行〉的一种符号学的解读》，《励耘学刊》第8辑。

［美］赵和平：《穿越恐惧、希望、欲望和绝望——论哈金作品对“等待”主题的反思》，张清芳译，《励耘学刊》第8辑。

［美］罗伯特·D. 哈姆纳：《“中心无法保持”：奈保尔处心积虑的伪装》，《英美文学研究论丛》第10辑。

［美］菲利斯·特丽波：《女性主义诠释学与圣经研究》，《圣经文学研究》第3辑。

［美］林中明：《气象文学之祖：〈诗经〉——从“风云雨雪”的“赋比兴”说起》，《诗经研究丛刊》第16辑。

［美］克林思·布鲁克斯：《丁尼生诗中哀泣者的动机》，王永译，《诗探索》第2辑。

［美］马克·本德尔：《阿库乌雾的诺苏诗歌：发展中的民族诗学》，《跨文明对话：视界融合与文化互动》。

［美］倪豪士：《〈史记〉的“上下文不连贯句子”和司马迁的编撰方法》，《全球化与文学》。

［美］颜海平：《中国现代戏剧及其西方模版：批评性主体重构之路》，周佳译，《中国现代文学论丛》第3卷。

［斯洛伐克］玛利安·高利克：《中西文学对峙中的颓废主义》，王燕译，《中国现代文学研究丛刊》第1期。

［斯洛伐克］马利安·高利克：《梁实秋与中国新人文主义》，张林杰译，《中国现代文学研究丛刊30年精编：作家作品研究卷》上辑。

［斯洛伐克］黑山：*Honglou Meng*——An Ingenious Literary Cryptogram（or An Interesting ParalleIs between a Real Fate of the Cao's Family and the Fictive Fate of this Famous JeweI of Classical Chinese Literature），《〈红楼梦〉与国际汉学——第六届〈红楼梦〉国际学术研讨会论文集》。

［匈牙利］阿格妮丝·赫勒：《情感在艺术接受中的地位》，傅其林译，《中外文化与文论》第2期。

［匈牙利］阿格妮丝·赫勒、冯宪光、王晓路、吴兴明、马睿、傅其林：《关于马克思主义与美学问题的对话》，王晓路译，《中外文化与文论》第2期。

［葡萄牙］瑞·埃斯特拉达：《论罗蒂：回归人之维度》，路程译，《文艺理论研究》第6期。

［奥地利］雷纳·温特：《雷蒙·威廉斯的著作及其对当今批判理论之意义》，王行坤译，《首都师范大学学报》（社会科学版）第5期。

［荷兰］米克·巴尔：《用作书写策略的身体》，张思齐译，《圣经文学研究》第3辑。

［荷兰］杜威·佛克马：《松散的结尾并非终结：论形式手段、互文性与文类》，《跨文明对话：视界融合与文化互动》。

［荷兰］艾尔鲁德·蚁布思：《文学与创伤史：纳粹大屠杀个案研究》，《跨文明对话：视界融合与文化互动》。

［德］艾利卡·费舍尔－李希特：《建立行为表演美学的理由》，余匡复译，《戏剧》（中央戏剧学院学报）第4期。

［德］沃尔夫冈·顾彬：《绝望之虚妄，正与希望相同——一位文学史学家的心

声》，王卓斐译，《学习与探索》第4期。

［德］沃尔夫冈·顾彬：《从语言角度看中国当代文学》，《南京大学学报》（哲学·人文科学·社会科学版）第2期。

［德］沃尔夫冈·顾彬：《语言的重要性——本土语言如何涉及世界文学》，《扬子江评论》第2期。

［德］沃尔夫冈·顾彬：《路的哲学》，张宽、卫东译，《中国现代文学研究丛刊30年精编：作家作品研究卷》下辑。

［德］沃尔夫冈·顾彬：Living a Poetic Life，or Melancholy and Youth：*The Dream of the Red Chamber*（1792）in Germany，《〈红楼梦〉与国际汉学——第六届〈红楼梦〉国际学术研讨会论文集》。

［德］伽达默尔：《“隙缝之玫瑰”——伽达默尔论策兰》，王家新等译，《新诗评论》第10辑。

［德］白马：《重建王逸〈楚辞章句〉的立足点——再论今已失传的刘安〈离骚传〉》，《中国楚辞学》第12辑。

［德］洛文塔尔：《〈文学、通俗文化与社会〉导言》，张萍译，《文化与诗学》第9辑。

［德］克劳斯·库菲尔德：《“西东合集”：欧洲文学与跨文化转型》，《跨文明对话：视界融合与文化互动》。

［意］史华罗：《冯梦龙〈情史类略〉与安德烈·勒·夏普兰〈爱情论〉：对两种不同爱情观的诠释》，《励耘学刊》第8辑。

［意］鲁道夫·瓦格纳：《玄学解释学》，《多元之美》。

［加拿大］大卫·杰弗里：《摹仿：艺术与广告中的摹仿和欲望》，蒋显璟译，《国外文学》第2期。

［加拿大］格拉汉姆·古德：《萨特的福楼拜，福楼拜的萨特——论萨特〈家庭白痴〉第三卷》，赵文译，《上海文化》第1期。

［加拿大］黛博拉·迈德森：《双重否定的修辞格——加拿大华裔离散文学》，徐颖果、丁惠译，《南开学报》（哲学社会科学版）第5期。

［加拿大］考迪·博尔敦：《道路的选择：追溯森本熏〈女人的一生〉的创作历程》，高超译，《东亚诗学与文化互读：川本皓嗣古稀纪念论文集》。

［加拿大］詹姆斯·扬：《观众与艺术界》，陈玮译，《文化与诗学》第9辑。

［澳大利亚］大卫·古德曼、吕一旭：《家信与中国——1913—1914年伊莉莎白·弗雷在天津》，朱建君译，《中国海洋大学学报》（社会科学版）第3期。

［澳大利亚］庄伟杰：《空间位移与放逐诗学》，《文艺研究》第2期。

［澳大利亚］庄伟杰：《马华文学的问题意识和价值判断探蠡——兼谈马华文学研究与教学的可能性》，《华文文学》第2期。

［澳大利亚］庄伟杰：《解读海外华文诗歌的三个关键词》，《东方丛刊》第3期。

［澳大利亚］庄伟杰：《多元语境中华文诗歌写作的当代性思考》，《南京理工大学学报》（社会科学版）第5期。

［澳大利亚］庄伟杰：《华文文学书写的维度及诗学探寻》，《世界华文文学论坛》第4期。

［澳大利亚］庄伟杰：《跨文化语境与自主性写作——海外华文文学创作与研究再思考》，《华文文学》第6期。

［澳大利亚］庄伟杰：《〈野草〉与“鲁迅文学奖”》，《粤海风》第2期。

［以色列］伊里丝·帕鲁士：《19世纪东欧犹太社区中的女读者》，钟志清译，《中国图书评论》第4期。

［以色列］卓拉·加百利：《朝向空间的叙事理论》，李森译，《江西社会科学》。

［以色列］莉莉·拉托克：《希伯来女性作家：作为局内人的局外人》，《中国图书评论》第4期。

［智利］爱德华多·德维斯－巴尔德斯、［墨西哥］里卡多·梅尔加－鲍：《试析亚洲思想在拉丁美洲的影响（上）》，韩晗译，《拉丁美洲研究》第3期。

［智利］爱德华多·德维斯－巴尔德斯、［墨西哥］里卡多·梅尔加－鲍：《试析亚洲思想在拉丁美洲的影响（下）》，韩晗译，《拉丁美洲研究》第4期。

（收集整理者：苏筱）